Het Boe

Van James Clemens zijn verschenen:

Het Boek van Vuur (I Verboden en Verbannen)
Het Boek der Stormen (II Verboden en Verbannen)

James Clemens

HET BOEK VAN VUUR

Boek 1 van Verboden & Verbannen

Uitgeverij Luitingh ~ Sijthoff

Derde druk

Published in agreement with the author, c/o BAROR INTERNATIONAL, INC., Armonk, New York, U.S.A.

Oorspronkelijke titel: *Wit'ch Fire*
Vertaling: Karin Schuitemaker
Omslagontwerp: Karel van Laar
Omslagfotografie: Blacksheep

ISBN 90 245 4773 3
NUR 334

www.boekenwereld.com

Voor mijn ouders, Ronald en Mary Ann, die mijn dromen de ruimte gaven en mij een thuis en een wereld gaven waarin ik ze kon waarmaken.

Voorwoord bij Het Boek van Vuur

door Jirrob Sordun, DFS, AM, *hoofd Universitaire Studiën,* UDB

Ten eerste: de auteur liegt.

Verdiept u zich niet nader in dit werk zonder dit feit te onderkennen en het te allen tijde voor ogen te houden wanneer u deze vertaling ter hand neemt. De auteur zal trachten u in verwarring te brengen, uw denkvermogen te vertroebelen. Hoedt u voor zijn vele valstrikken.

Dit document werd vijf eeuwen geleden in de ban gedaan. Er was een tijd dat lezing van slechts de eerste bladzijde reeds met de dood werd bestraft.* Zelfs in deze verlichte tijden is een groot aantal wetenschappers nog altijd van mening dat alle exemplaren van de Kelvische Boekrollen moeten worden vernietigd. Ook ik reken mij tot deze kring van wetenschappers.

Waarom, zo vraagt u zich nu vermoedelijk af, verschijnt er in dat geval een voorwoord van mijn hand bij deze verwerpelijke eerste tekst?

Uit pragmatisme, simpel gesteld. Het verbieden, verbranden en in de ban doen van deze teksten is niet afdoend gebleken om ze van de aardbodem te doen verdwijnen.** Met de hand geschreven kopieën, van buiten geleerde vertalingen, in geheimtaal geschreven bladzijden en vele andere infame incarnaties van de Boekrollen overleefden de zuiveringen. De laatste decennia is men tot het droeve inzicht gekomen dat regulering de enige praktische benadering van deze gruwel kan zijn, om daarmee de toegang tot deze teksten te beperken tot diegenen die daarop met voorafgaand onderricht en onderzoek zijn voorbereid. Alleen zo kunnen de leugens, de misleiding en de halve waarheden van dit werk worden ontmaskerd. Daarom is deze uitgave van de Boekrollen – uitsluitend voor promo-

* *Wetten der Oppressie*, prof. Sigl Rauron, uitg. UDB, p. 42: 'In het Arturische tijdperk werd regelmatig jacht gemaakt op de aanhangers van de verboden teksten, waarna hun de ogen werden uitgebrand met hete kolen en hun ingewanden werden uitgerukt en getoond aan het volk. Ook wredere straffen werden wel toegepast.'

** 'Bedrog onder de Geleerden', Jirrob Sordun, *New Uni Times*, dl. 4, nr. 5, p. 16-17. 'De leden van een ketterse sekte lieten bladzijden van de Boekrollen op verborgen plaatsen op hun lichaam tatoeëren. De groep kwam vervolgens jaarlijks bijeen en las de tekst van elkaar af. Zo ver ging de gedrevenheid om het verbod te omzeilen.'

vendi – vrijgegeven. Uw begeleider is opgeleid voor en gemachtigd tot de verantwoorde bestudering van deze eerste tekst. *NB: Neem het werk slechts onder begeleiding door. Bestudeer alleen de opgegeven hoofdstukken volgens het schema in de syllabus. Leen dit werk niet uit aan familieleden of vrienden, tenzij ze dezelfde cursus volgen.*

Dankzij deze vorm van regulering heeft men de geruchten over en de nieuwsgierigheid naar de Boekrollen nu al meer dan tien jaar tot een minimum kunnen beperken. Er gaat niets boven de sanctie van de dorre academische wereld om de aantrekkingskracht van een verboden boek te doen verbleken.

Deze vertaling van de Eerste Boekrol vormt als een van de weinige, voor zover bekend, een getrouwe weergave van het origineel. In andere rijken en landen zijn bastaardvertalingen in overvloed in omloop. Met dit werk hebt u echter een rechtstreekse vertaling van de oorspronkelijke tekst in handen die bijna drie eeuwen geleden werd vervaardigd. Waar de authentieke, handgeschreven boekrol zich bevindt, behoort evenals de identiteit van de auteur tot de vooralsnog onopgehelderde vragen van de wetenschap.*

Wat u hier in handen hebt, vormt aldus de dichtste benadering van de werkelijke gruwel die u naar alle waarschijnlijkheid ooit onder ogen zult krijgen. Slechts een selecte kern van promovendi krijgt toegang tot de begeleide lezing van deze tekst. Dit is een eer en tevens een zware verantwoordelijkheid. Na lezing van deze tekst zult u grondige instructie ontvangen over hoe te handelen wanneer u naar dit werk wordt gevraagd.

En dát u voor vragen van oningewijden zult worden gesteld, staat vast. Wees dus op uw hoede! Onder de onbedeelde, ongeschoolde massa bestaat nog altijd veel nieuwsgierigheid naar deze tekst, en een van uw voornaamste taken zal eruit bestaan die af te zwakken. U zult vertrouwd worden gemaakt met manieren om die nieuwsgierigheid te neutraliseren en belangstelling in gegeeuw te doen verzanden.

Wees waakzaam. En houd, slapend en wakend, te allen tijde het volgende voor ogen: de auteur liegt.

* *Het raadsel van de verdwenen Boekrollen*, Errillo Sanjih, Vulsanto Press, p. 42. 'De meest recente verwijzing naar de oorspronkelijke, handgeschreven kopieën dateert van circa twee eeuwen geleden. Deze verwijzing, door Heer Jessup van Argonau, wordt door kenners op het gebied van de Boekrollen echter als grootspraak afgedaan.'

Aanvaarding van aansprakelijkheid

Voor dit aan u toegewezen exemplaar draagt u de volle verantwoordelijkheid. Op verlies, het aanbrengen van veranderingen en vernietiging staan zware straffen (krachtens plaatselijke verordeningen). Het is ten strengste verboden dit werk te verspreiden, te vermenigvuldigen, of zelfs voor te dragen in het bijzijn van anderen dan uw medecursisten. Met de plaatsing van uw handtekening en uw duimafdruk, hieronder, aanvaardt u de volledige verantwoordelijkheid en vrijwaart u de universiteit van enigerlei schade u of uw omgeving toegebracht, voortvloeiend uit de lezing van dit werk.

____________________ ____________

Handtekening Datum

Zet hier uw duimafdruk: ☐

*** WAARSCHUWING ***

Mocht u deze tekst buiten de geëigende universitaire kanalen hebben aangetroffen, slaat u dan nu dit boek dicht en licht de desbetreffende autoriteiten in, opdat het in veilige bewaring kan worden gesteld. Het niet in acht nemen van deze waarschuwing houdt het risico van uw onmiddellijke arrestatie en gevangenneming in.

U BENT GEWAARSCHUWD

HET BOEK VAN VUUR

Aldus kwam de wereld ten einde en als zandkorrels, opgeworpen in de wind bij Winterhorst, kwamen aldus alle andere werelden tot stand.

Woorden op perkament, opgetekend in zwarte inkt, zijn een illusie, dat besef ik als schrijver maar al te goed. De uitspraak van woorden verandert, betekenissen verschuiven, de tand des tijds laat niets ongeschonden.

Waarom schrijf ik dit dan? Waarom jaag ik die illusie na? Dit is niet de eerste keer dat ik haar vervloekte verhaal vertel. Vele malen heb ik over haar geschreven, in vele incarnaties. Als reine maagd, eenmaal, in eerbetoon aan haar. Als het kwaad, een andere keer, zonder ziel of geweten. Ik heb haar als pias afgeschilderd, als profeet, als zot en als verlosser, als held en als schurk. Dat alles was ze, in werkelijkheid, en niets van dat al. Ze was een vrouw, meer niet.

Deze keer vertel ik voor het eerst haar ware verhaal. Een waarheid die, met enig geluk, ten langen leste mijn einde zal betekenen. Ik herinner me haar belofte nog alsof slechts een enkele hartslag mij van haar woorden scheidt. 'Vloek of zegening, kleine man? Doe ermee wat je goeddunkt. Maar als het voortschrijden van de jaren te zwaar gaat wegen, vertel dan mijn verhaal... Vertel mijn ware verhaal en je zult je einde vinden.'

Maar kan ik het wel? Er is sindsdien zoveel tijd verstreken.

Een duizendtal monden, waaronder de mijne, heeft de gebeurtenissen steeds verder verdraaid, detail na detail, woord na woord, met elke verfraaiing die iedere verhalenverteller aan zijn favoriete gedeelte aanbracht. Als uitgehongerde straathonden met een bot knauwen we aan het vlees, sleuren we het door het slijk, bevuilen we het met speeksel en bloed totdat er niets rest dan een armzalig restant van wat het eens was.

Met bevende hand zet ik de pen op het papier. Ik zit hier in deze gehuurde kamer en krabbel met zere pols het ene woord na het andere neer. Om me heen verrijzen stapels halfvergane perkamenten en bestofte boekwerken, de stukjes van de puzzel. Ik omring me ermee als met beminde oude vrienden, onder bereik van mijn hand en mijn hart, iets om te beroeren met mijn vingertoppen en te ruiken met mijn neus, een tastbaar bewijs van mijn verre verleden.

Met mijn pen zwevend boven het papier denk ik terug aan haar laatste woorden, elk scherp als een gekartelde dolk. Haar lieve gezicht, het zonlicht op haar korte, rode haar, de blauwe plek onder haar rechteroog, de bebloede lip die ze steeds weer met haar tong bevoelde terwijl ze worstelde om haar laatste woorden uit te brengen... en ik herinner me de droevige blik in haar ogen toen ik om haar dwaasheid lachte. Ik vervloek die ogen!

Maar dat was pas later, veel later. Om het einde te begrijpen moet je eerst weten hoe het begon. En om het begin te begrijpen moet je het verleden begrijpen, het verleden dat lang voor haar geboorte al was verdwenen in het rijk der mythen.

Ik zal het je laten zien, als ik het vinden kan: een perkament dat vertelt hoe het Boek in het leven werd geroepen, het Boek dat een meisje en een wereld te gronde zou richten.

Ah, hier is het...

Proloog

[Opmerking bij de tekst: men heeft kunnen vaststellen dat de navolgende passage is overgenomen uit L'orda Rosi – *De Orde van de Roos* – geschreven in het Hoog-Alasisch, bijna vijf eeuwen voor de geboorte van haar die bekend zou worden als de Hexe van Winterhorst.]

MIDDERNACHT IN DE MAANVALLEI

Trommen verdreven de stilte in de winterse vallei; in de sneeuw was het landschap als in zilver geëtst. Een havik krijste in schril protest tegen de verstoring van de rust op zijn nest.

Erril steunde met zijn vuisten op de halfverrotte vensterbank en leunde naar voren om uit het raam op de tweede verdieping van de herberg te kijken. Verspreid over de vallei brandden de kampvuren van de manschappen die trouw waren gebleven aan de Orde. Zo weinig vuren, dacht hij. Hij keek naar de donkere schimmen die samendromden rond de kampvuurtjes en zich bewapenden. Ook zij wisten wat de trommen betekenden.

De nachtwind voerde flarden van gebrulde bevelen en de geur van geoliede wapenrustingen mee. Met de rook van de vuren stegen ook de gebeden van de soldaten op naar de hemel.

En voorbij de vuren, aan de rand van het dal, balde zich een duistere massa samen die de sterrenhemel aanvrat.

De havik krijste opnieuw. Errils mond stond strak en zorgelijk. 'Stil, kleine jager,' fluisterde hij voor zich uit in de maanloze nacht. 'Morgen mag je met de aaseters je buik rond eten, maar laat me nu met rust.'

Achter hem verhief Greshym, de oude magiër, zijn stem. 'Zij hebben de heuvels in handen. Maken we nog wel een kans?'

Erril deed zijn ogen dicht en liet zijn hoofd hangen. Een wee gevoel kneep zijn maag samen. 'Laten we hem nog iets langer de tijd geven, mijnheer. Wie weet vindt hij een zwakke plek in hun gelederen.'

'De schrikheren dringen al op in de poort naar de vallei. Hoor je die trommen niet? De Zwarte Legioenen rukken op.'

Erril draaide zich met een zucht om naar Greshym. Hij liet zich op de vensterbank zakken met zijn rug naar het raam en nam de oude man aandachtig op. In zijn rode gewaad dat in vodden om zijn uitgemergelde lichaam hing, ijsbeerde Greshym voor het kwijnende haardvuur. De oude magiër, kaal op een paar grauwe plukken rond zijn oren na, liep met kromme rug. Zijn ogen zagen rood van de walm die uit de haard opsteeg.
'Bid dan maar voor hem,' zei Erril. 'Bid maar voor ons allemaal.'
Greshym bleef staan om zijn rug aan het vuur te warmen en keek hem fronsend aan. 'Ik weet wat er achter die grijze ogen aan het werk is, Erril van Standi: hoop. Maar jij en je Standi's klampen je vast aan een handvol lucht.'
'Wat wilt u dan dat we doen? Moeten we het hoofd buigen voor de bijlen van de schrikheren?'
'Dat zal snel genoeg gebeuren.' Greshym wreef over de stomp van zijn rechterarm, die hij bijna beschuldigend had geheven.
Erril zweeg, starend naar die gladde stomp. Hij had de oude man zo'n zes manen geleden niet zo onder druk moeten zetten. Erril dacht terug aan die hond van Gulgotha die hen samen met een handjevol vluchtelingen in het Veld van Elysia in de val had laten lopen.
Greshym zag zijn starende blik. Hij hief zijn stomp op naar de flakkerende vlammen. 'Luister, jongen, we wisten allebei dat het mis kon gaan.'
'Ik raakte in paniek.'
'Je was bezorgd om de kinderen, zeker met je nichtje onder de burgers.'
'Ik had je niet onder druk moeten zetten. Je had me gezegd wat er zou gebeuren als je zou proberen te hernieuwen.' Met gebogen hoofd zag Erril de tallacvelden weer voor zich, in het strijklicht van de namiddagzon. Hij zag weer hoe Greshym zijn rechtervuist ophief naar de hemel in een smeekbede om de gave van Chi, en hoe zijn hand bij de aanvang van het ritueel opging in het laatste zonlicht. Toen de oude magiër deze keer zijn arm weer liet zakken, baadde zijn hand echter niet in de rijke, rode Chirische macht, maar had hij alleen nog een stomp.
'Het was mijn eigen keus, Erril. Laat het toch rusten. Als jij er niet was geweest, had niemand het er die dag levend afgebracht.'
Erril ging met zijn hand naar het litteken op zijn onderarm. 'Wie weet...' Na Greshyms verminking had hij zich op het Gulgotha-monster gestort en het wezen tot bloederige mootjes gehakt. Hij kon nog altijd niet zeggen of zijn woeste uithalen waren voortgekomen uit woede of uit schuldgevoel. Na afloop had hij onder het dampende bloed en de ingewanden gezeten en waren de kinderen in doodsangst voor hem teruggedeinsd – zelfs zijn nichtje –, alsof híj het monster was.
Greshym snoof. 'Ik wist van tevoren hoe het zou aflopen. Hetzelfde lot

heeft ook de andere magiërs van de Orde getroffen.' Hij trok zijn mouw over de stomp om die te verbergen. 'Chi heeft ons verlaten.'

Erril tilde zijn hoofd op. 'Het is niet iedereen overkomen.'

'Alleen omdat ze de hernieuwing hebben uitgesteld,' zei Greshym met een zucht. 'Maar dat komt nog wel. Ooit zullen ze het toch moeten proberen. Uiteindelijk zal zelfs de hand van je broer Shorkan verbleken. De laatste keer dat ik hem zag, was de Roos al afgenomen tot een zwakke, roze gloed. Hij had nauwelijks de kracht voor een enkele fatsoenlijke bezwering. Als zijn kracht eenmaal verdwenen is, zal ook hij gedwongen zijn naar Chi te reiken in een poging te hernieuwen en zal ook híj zijn hand verliezen.'

'Dat weet Shorkan. De academie in de volgende vallei...'

'Dwaze hoop! Zelfs als hij een leerling kan vinden die nog bloedrood is, wat heeft hij dan aan één enkel kinderknuistje? Er zijn wel tien magiërs nodig bij wie de Roos nog vers is om de legermacht daarbuiten terug te dringen. En wat dacht je van die honderd andere veldslagen die her en der in onze gebieden woeden? We worden op alle fronten bedreigd door de schrikheren van Gulgotha.'

'Hij heeft een droom.'

'Larie.' Greshym stond inmiddels weer met zijn gezicht naar het haardvuur. Even bleef het stil, een paar ademtochten lang; toen sprak hij tegen de gloeiende kolen. 'Hoe is het mogelijk dat drie eeuwen beschaving zo snel verloren zijn gegaan? Onze met bezweringen hooggehouden torenspitsen die eens tot aan de wolken reikten, zijn tot stof vergaan. Ons volk loopt tegen ons te hoop en verwijt ons het verlies van Chi's steun en bescherming. Steden zijn tot puinhopen vervallen. Overal in het land weerklinkt de gulzige brul van de Gulgotha.'

Erril zweeg. Hij had zijn ogen stijf dichtgeknepen toen plotseling een hoorn door het dal schalde – een hoorn van de Standi's! Zou het?

Erril schoot naar het raam en leunde met de oren gespitst zo ver naar buiten dat hij er bijna uit viel. De hoorn schalde opnieuw, en even leek het alsof zelfs de verre trommen van het Zwarte Legioen stokten. Er was beroering ontstaan bij de kampvuren aan de noordrand, zag Erril. Hij kneep zijn ogen tot spleetjes in een poging door de zwarte deken van de nacht heen te turen. De vuurkuilen werden verstoord door een uitbarsting van activiteit; toen ving hij, afgetekend tegen het kookvuur van het legerkamp, een tel lang een glimp op van een steigerende bruine hengst. Shorkans hengst!

Voordat Erril kon zien of het paard een of twee ruiters op zijn rug droeg, slokte het duister het beeld alweer op. Erril liet zijn gehandschoende vuist op de vensterbank neerkomen.

Greshym was naast Erril komen staan. 'Is dat Shorkan?'

'Ik denk het wel!' Erril liep weg van het raam. 'Snel, naar beneden! Misschien heeft hij hulp nodig!'

Zonder af te wachten of Greshym achter hem aan kwam, stormde Erril de kamer uit en vloog hij met grote, bonkende passen over de houten trap van de herberg naar beneden. Hij sprong het laatste stuk en holde verder door de gelagkamer zodra zijn voeten de plankenvloer raakten. Langs de muren waren veldbedden neergezet, die bijna allemaal waren bezet door gewonde mannen. Normaal gesproken zou hij hier en daar bij iemand zijn blijven staan om even een hand op een knie te leggen of een grapje te maken met een van de gewonden, maar deze keer niet. Genezers gingen voor hem uit de weg terwijl hij door het vertrek rende en een wachtpost gooide de deur open om hem door te laten.

De koele nachtlucht prikte in zijn longen toen hij door de gang en over de veranda de herberg uit holde. Op het moment dat hij op de halfbevroren aarde onder aan de veranda sprong, hoorde hij zwaar beslagen hoeven snel dichterbij denderen. De flakkerende toortsen bij de deur gaven te weinig licht om het paard te kunnen zien aankomen; hij had de wijd opengesperde neusvleugels en de wilde ogen van de hengst nog niet gezien, of het dier was al bij hem. De ruiter trok de teugels strak. De hengst boorde zijn voorbenen tot aan de koten in de modder en kwam zwoegend tot stilstand. Het schuim spatte van zijn lippen terwijl hij zijn manen schudde en uit zijn koortsige neus stoomden grote witte pluimen de donkere lucht in.

Erril had echter geen oog voor het wreed afgejakkerde paard. Op ieder ander moment zou hij de brute ruiter die zo'n prachtig dier zo genadeloos behandelde de wind van voren hebben gegeven, maar deze keer wist hij te goed wat de ruiter ertoe gedreven had. Hij stak zijn hand op om zijn broer te begroeten.

Shorkan schudde zijn hoofd en liet zich uit het zadel glijden. Hij kreunde toen zijn voeten de grond raakten, maar hij bleef overeind. 'Gegroet, broeder,' zei hij met een hand op Errils schouder. 'Help me even met mijn makker, wil je?'

Pas toen merkte Erril de kleine, tweede ruiter op, die achter zijn broer in het zadel had gezeten. De kleine gestalte zat te rillen van de kou in een geleende jas die hij over zijn nachtkleding droeg. De vlasblonde jongen, met blauwe lippen en een wit weggetrokken gezichtje, leek op zijn hoogst tien jaar oud. Erril tilde de jongen van het bezwete paard en hielp hem de treden van de veranda op.

'We hebben een verwarmde kamer en warme kokoa op de tweede verdieping,' zei Erril over zijn schouder tegen zijn broer. Shorkan gaf de teugels van zijn hengst over aan een stalknecht. Erril zag hoe zijn broer met een gepijnigde blik in zijn ogen het strompelende paard nakeek.

Beide broers hadden de grijze ogen en het dikke, zwarte haar van de Standi's, maar Shorkans jongere gezicht was getekend door zorgelijke rimpels bij zijn mondhoeken en zijn ogen. Erril wilde de zware last die op de schouders van zijn broer rustte graag helpen dragen, maar hij was niet door Chi uitverkoren voor de gave van de Roos. Hij kon alleen de kracht in zijn armen en het scherp van zijn zwaard inzetten voor hun strijd.

'Opschieten dan. Naar de kamer.' Shorkan luisterde met zijn hoofd iets scheef naar de trommen in de heuvels. 'Deze nacht zal nog lang genoeg duren.'

Erril wees hun de weg door de gelagkamer naar de trap, met de jongen strompelend naast zich. In de warme gloed van de haardvuren kreeg het kind in ieder geval weer een beetje kleur. Zijn bleke, dunne lippen werden langzaam roder, en op zijn wangen verscheen een warme, rozige blos. Vanonder zijn strogele haren keek hij Erril met blauwe ogen aan, een zeldzaamheid in deze streek.

Op hun weg door de gelagkamer keek Shorkan om zich heen naar het grote aantal bedden. 'Nog meer gewonden?'

'Schermutselingen aan de randen van de vallei,' vertelde Erril.

Shorkan gaf alleen een afgemeten knikje, maar de groeven rond zijn mond verdiepten zich. Met zachte aandrang duwde hij Erril de trap op.

In de kamer stond Greshym nog precies waar Erril hem had achtergelaten – met zijn rug naar het vuur koesterde hij zich in de warmte van de vlammen.

Shorkan liep met grote passen de kamer in. 'Ik had niet verwacht dat ik jou nog hier zou aantreffen, Greshym.'

De oude man ging opzij om plaats te maken voor Shorkan bij de haard.

'Waar had ik anders heen gekund?' vroeg Greshym. 'Dankzij jou zitten we gevangen in deze vallei. We zitten in de val.'

'Je bent me tot hier gevolgd, Greshym, in blind vertrouwen op mijn woord. Gun me dat vertrouwen nog iets langer.'

'Dat zeg je nu al tijden.' De oude man wees met zijn kin naar Shorkan. 'Laat je hand eens zien.'

'Als het moet.' Hij stak zijn rechterhand uit naar de oude man. De huid had een rossige kleur, alsof hij licht verbrand was in de zon.

De oude man schudde zijn hoofd. 'Je Roos taant, Shorkan.' Greshym tuurde naar de jongen, die probeerde onopgemerkt dichter bij het warme haardvuur te komen. Zodra hij de jongen binnen handbereik had, greep hij hem bij zijn schouder. 'Je hebt dus een leerling weten te vinden?' Hij reikte naar beneden en trok de mouw van de veel te grote overjas op, zodat de rechterhand van het kind vrijkwam. De hand was al even bleek als het bange gezicht van de jongen. 'Wat zie ik? Is het niet gelukt?'

Shorkan bevrijdde de jongen met zachte hand uit Greshyms greep en legde een arm om zijn schouders. Hij bracht het kind dichter bij het haardvuur en gaf hem een aai over zijn hoofd. 'Hij is links.' Shorkan schoof de linkermouw van de jas omhoog, zodat de andere hand van het kind zichtbaar werd. De huid was dieprood, alsof hij zijn hand tot aan de pols in een plas bloed had gestoken. In steeds verschietende tinten kolkte en wervelde het rood over zijn kleine handpalm en de rug van zijn hand. 'Daar heeft hij zijn leven aan te danken. Een van de hondsoldaten beging dezelfde vergissing en liet hem aan de eerste slachting ontkomen. Hij heeft zich in een appelton verstopt. De rest van de academie is één groot slachthuis.'
'Dus hij is de enige?' vroeg Greshym. 'Wat stelt de kracht van één kind voor tegenover een heel Gulgotha-leger? Ik had gehoopt dat je een leermeester zou vinden bij wie de Roos nog pril en bloedrood was, iemand met kennis.'
'Er was niemand meer. Zelfs de rector is gevlucht.'
'Dat verbaast me niets van meester Realto,' zei Erril zuur. 'Ik heb die gluiperd nooit vertrouwd.'
Shorkan draaide het haardvuur de rug toe. Hij gaf een knikje naar het raam, waar buiten het geluid van de trommen nog altijd klonk. 'Het doet er niet toe. Voordat het ochtend is, zijn we allemaal afgeslacht.'
'Wat?' Erril liep naar zijn broer toe. 'En je droom dan?'
Greshym snoof. 'Ik heb het je toch gezegd?' mompelde hij voor zich uit.
'Vertrouw me nou maar, broeder. Het gaat er hier vanavond niet om of wij het overleven, maar om het lot van onze toekomst.'
'Welke toekomst?' zei Greshym. 'Dit kind is waarschijnlijk de laatste volbloed magiër in heel Alasea.'
'Dat is een waar woord, Greshym. Met dit kind komt er een eind aan het rijk van Chi. De wereld gaat een duister tijdperk tegemoet, een grimmige tijd waarin bloed en tranen een man zullen vormen. Zo is het voorspeld door de sekte van Hifai, Ordeleden die de wegen van de toekomst naspeuren.'
'Onheilsprofeten!' zei Erril. 'Ketters. Ze zijn uitgestoten.'
'Slecht nieuws wordt nooit goed ontvangen, zeker niet door machthebbers. Maar ze spraken wel de waarheid.' Shorkan wees naar het raam. 'Die trommen verkondigen de zuiverheid van hun visioenen.'
'We zijn nog steeds een sterk volk,' zei Erril. 'We kunnen dit overleven.'
Shorkan keek zijn broer met een halfhartig glimlachje aan. 'Ook dat is een waar woord, Erril. En toch zal Alasea vallen, en de Gulgotha zullen het volk onderwerpen. Dit is een tijd van duisternis voor het land. De nacht volgt op de dag, net als de kringloop van zon en maan. Met wat ons hier te doen staat, kunnen we misschien een nieuwe zonsop-

gang mogelijk maken. Wij maken het niet meer mee, evenmin als onze achterkleinkinderen, maar eens zal de zon opnieuw kunnen opkomen. Om de kiem te leggen voor die nieuwe dageraad moet een vonkje van dat zonlicht van ons worden overgeleverd op ons nageslacht.'

'Hoe dan?' vroeg Erril, met een blik naar het kind. 'Hoe?'

'De Hifai-sekte sprak van een boek.'

Greshym ging zitten op het enige bed dat de kamer rijk was. 'Het Boek? Je bent een dwaas, Shorkan. Heb je me daarvoor laten komen?'

'Het waren jouw eigen woorden, Greshym. Toen je nog tot de Hifai behoorde.'

Erril verbleekte en deed een stap bij de oude man vandaan.

'Dat was lang geleden,' zei Greshym, 'toen de gaven nog nieuw voor me waren. Ik heb de sekte al jaren geleden verworpen.'

'Je herinnert je de profetie ongetwijfeld nog. In de jaren daarna zijn jouw visioenen door anderen bevestigd.'

'Dit is waanzin.'

'Het is de waarheid. Wat heb je destijds gezegd?'

'Dat weet ik niet meer. Het waren dwaze woorden.'

'Hoe luidde de profetie?'

Greshym legde zijn ene hand over zijn ogen. Zijn stem leek van ver weg te komen.

> Drie komen er.
> Een is gewond,
> een is ongeschonden,
> voor een is het bloed nieuw.
> Daar,
> gesmeed in het bloed van een onschuldige,
> om middernacht in de Maanvallei,
> komt het Boek tot stand.
> Drie worden een
> en het Boek wordt gebonden.

Shorkan ging naast Greshym op het bed zitten. 'We hebben je woorden bestudeerd. De tijd is gekomen.'

Greshym kreunde. 'Er is nog zoveel dat je niet weet. Je bent jong, het bloed is nog nieuw voor je. Ik heb andere boekrollen bestudeerd, teksten die na de verstoting van de Hifai zijn verbrand. Niet alles is op perkament vastgelegd.'

Shorkan greep de oude magiër bij de schouder. 'Spreek, Greshym. Geef je tong de vrijheid. De tijd dringt.'

Greshym boog zijn hoofd en prevelde zacht voor zich uit:

Het bloed zal haar roepen,
het Boek zal haar binden.
In bloed gebonden
zal ze verrijzen.
Stenen hart.
Zielenhart.
Ze verrijst opnieuw.

Stilte vulde het vertrek, slechts verstoord door het knapperende haardvuur.

Errils hand ging naar het gevest van zijn zwaard. 'Ik heb altijd gedacht dat ze een mythe was.'

'Sisakofa,' zei Shorkan, die met zorgelijk toegeknepen ogen zijn greep op Greshyms schouder liet verslappen. 'De hexe van ziel en steen.'

Erril beende heen en weer over het versleten vloerkleed. 'Volgens de legenden werd ze door Chi vernietigd omdat ze het had gewaagd de bloedmagie te bedrijven. Als straf voor haar wreedheden is iedere vrouw gedoemd elke maan te bloeden. Hoe kan die gruwel ooit weer verrijzen?'

Greshym haalde zijn schouders op. 'Daarom hebben we ook niets gezegd. De visioenen rond het Boek beloven niet allemaal een stralende toekomst.'

'Dat is zeker een grimmig visioen,' zei Shorkan. 'Als ons meer tijd was vergund, zouden we wellicht andere profetische visioenen kunnen onderscheiden die enig licht op jouw woorden konden werpen, maar het is al bijna middernacht. Het moet nu gebeuren, anders glipt ons ook deze laatste kans door de vingers.'

Greshym zuchtte. 'Willen we dat risico echt nemen?'

'Ook mét visioenen is de toekomst onzichtbaar voor ons.' Shorkan stond op van het bed, onder krakend protest van de houten planken. 'We zullen het moeten doen met wat we in handen hebben. Onze Orde is ten dode opgeschreven. Met dit boek kan een klein deel van onze magie behouden blijven. Ik vind dat we moeten doorzetten.'

'Ik geef jou de teugels in handen, Shorkan. Wat moet ik anders?' zei de oude man, terwijl hij zijn stomp in de lucht stak.

'Goed dan.' Shorkan hielp Greshym overeind. 'Kom bij het vuur staan.'

Erril keek toe terwijl zijn broer de jongen erbij haalde en de drie magiërs een weerkring van kaarsvet voor het haardvuur legden: krachtige bescherming voor krachtige magie. Erril deed een stap achteruit.

Shorkan keek over zijn schouder naar Erril. 'Jij speelt ook een rol in deze onderneming, broeder. Een sleutelrol, zelfs. Als het straks gedaan is, flitst er een fel, wit licht op en woedt er nog altijd rauwe magie in het

vertrek. Dan moet je zo snel je kunt het Boek dichtslaan om de bezwering te beëindigen.'
'Je kunt op me rekenen,' zei Erril fronsend. Een wee, leeg gevoel bekroop hem. 'Maar de magie is jouw hart, broeder. Waarom sla je het Boek niet zelf dicht?'
'Je weet wel waarom, of je vermoedt het in ieder geval. Ik zie het in je ogen,' zei Shorkan zacht. 'De schepping van deze tekst zal ons vernietigen. Wij moeten het Boek worden.'
Erril verstrakte nu hij zijn vermoedens bevestigd zag. 'Maar...'
'Het is bijna middernacht, broeder.'
'Ik weet dat de tijd dringt! Maar... en het kind dan?' vroeg Erril met een knikje naar de jongen. 'Jullie offeren hem op. Heeft hij hier geen stem in?'
'Ik ben hiervoor op de wereld gezet, krijgsman,' zei de jongen. Het was de eerste keer dat hij iets zei, en zijn woorden klonken kalm en zelfverzekerd. Erril besefte dat hij niet eens wist hoe de jongen heette, hoewel zijn accent verried dat hij in een dorp aan de kust was opgegroeid. 'Toen de schrikheren aanvielen, leidde Chi me naar de appelton om me te verbergen. Dit was voorbestemd.'
'Ik heb al deze zaken al met de jongen besproken,' zei Shorkan, die uit de weerkring stapte en Erril omarmde. Hij drukte hem stevig tegen zich aan. 'Wees niet bang, grote broer. Het moet gebeuren.'
Erril omhelsde zijn broer en deed er verder het zwijgen toe, uit angst dat zijn stem zou verraden hoe wanhopig hij zich voelde.
Na een veel te korte tijd schraapte Greshym zijn keel en zette zijn gedoofde kaars op de schoorsteenmantel. Erril liet zijn broer los na een laatste, stevige omhelzing.
'Wat dient er als totem voor het Boek?' vroeg Greshym, die de was op zijn vingers aan zijn gewaad afveegde. Erril zag dat de oude man langer leek, minder kromgebogen – hij leek bijna weer zijn oude zelf. Het was maanden geleden dat de oude magiër magie had bedreven. 'De totem moet ook beschermd zijn door het hart van een maker.'
Shorkan haalde een verfomfaaid boekje uit een zak van zijn rijkleding. Erril herkende de dieprode, goudgerande roos op de kaft, waarvan de verf aan de randen na jaren van gebruik hier en daar was weggesleten. Het was Shorkans dagboek. 'Dit draag ik al drie jaar op mijn hart.'
Hij legde het boekje in het midden van de kring en haalde vervolgens een met goud afgezette dolk uit zijn gordel, met een roos in snijwerk onder op het gevest. Greshym haalde uit de plooien van zijn gewaad eenzelfde dolk te voorschijn. Daarna keken de oudere magiërs naar de jongen.
'Ik heb de mijne niet bij me,' zei hij met grote ogen in antwoord op hun

afwachtende blikken. 'Hij ligt nog op school.'
'Dat geeft niet,' stelde Shorkan hem gerust. 'Elk mes is goed. Deze fraaie dolken zijn puur ceremonieel.'
'Toch is het raadzaam om de juiste werkwijze strikt te volgen,' zei Greshym. 'De bezwering die we gaan uitvoeren is bijzonder krachtig.'
'We hebben geen andere keus. De avond loopt al ten einde.' Shorkan draaide zich om naar zijn broer en stak zijn hand uit. 'Mag ik de dolk die je van vader hebt gekregen?'
Met nog altijd dat pijnlijk lege gevoel in zijn hart maakte Erril de koppel los en bevrijdde zijn dolk. Het gevest van ijzerhout legde hij in zijn broers hand.
Shorkan sloot zijn hand om de dolk alsof hij wilde testen hoe hij in de hand lag en zei toen met vaste stem: 'Erril, ga drie stappen achteruit. Kom niet dichterbij, wat er zich ook voor je ogen voltrekt, totdat je het witte licht ziet flitsen.'
Erril deed wat hem was opgedragen en wankelde achteruit, terwijl de drie neerknielden in de beschermende kring van was. Shorkan gaf zijn mes met de roos op het gevest aan de jongen en hield zijn vaders dolk zelf.
'Laten we ons voorbereiden,' zei Shorkan.
Erril keek toe hoe zijn broer met het mes een dunne, bloedige streep in zijn rechterhandpalm trok. Greshym klemde zijn dolkgevest tussen zijn tanden en deed hetzelfde in zijn linkerhand. Alleen de dolk van de jongen hing nog ongebruikt en onbevlekt in de lucht.
Shorkan merkte zijn aarzeling op. 'Het mes is vlijmscherp geslepen. Als je het lemmet snel langs je hand haalt, voel je het alleen heel even bijten.'
De jongen hield de dolk nog altijd doodstil.
Greshym spuugde zijn mes uit in zijn bloedende hand. 'Het moet uit vrije wil gedaan worden, jongen. Wij kunnen je deze taak niet uit handen nemen.'
'Dat weet ik. Het is mijn eerste keer.'
'Snel en zuiver,' zei Shorkan.
De jongen kneep zijn ogen stijf dicht, klemde zijn kiezen op elkaar en haalde toen het scherp langs zijn handpalm. In de kom van zijn hand welde bloed op. Met vochtige ogen keerde de jongen zich naar Shorkan.
Shorkan knikte. 'Goed dan. Nu kan het beginnen.'
De drie staken hun arm uit en legden hun bebloede handpalm op het dagboek. Hun vingers raakten elkaar, verstrengelden zich als aarzelende geliefden. 'Zoals ons bloed zich nu mengt,' zei Shorkan op gedragen toon, 'zo mengen zich ook onze krachten. Laat de drie een worden.'

Erril zag hoe het diepe rood van de jongenshand zich uitspreidde naar de andere twee magiërs, totdat alle handen warm roze oplichtten. In het vertrek stak een zwak briesje op, dat een paar lokken van Errils zwarte haar optilde. Eerst dacht Erril nog dat de wind door het open raam naar binnen waaide, maar dit briesje was warm, als de eerste fluistering van de lente.

De drie magiërs bogen het hoofd in gebed. Terwijl ze zo met geluidloos bewegende lippen baden, begon de wind steeds sneller en warmer door de kamer te kolken. De razende wind zoog alle kleur op uit de kring, alsof hij de cirkel van was gebruikte om vaste vorm aan te nemen. Erril zag de kolkende wind op hem inbeuken in een woest draaiende werveling van kleuren. Hoe meer de wind aan tastbaarheid won, des te vager werd de inhoud van de kring van was, alsof alle substantie eraan onttrokken werd.

Het enige in de weerkring dat zijn vorm behield, was het boek met zijn frisse kleuren in het hart. Zelfs de magiërs, die rond het dagboek geknield zaten, leken veranderd in kristallen beelden, doorschijnend en vaag.

De wind won nog altijd aan kracht. Errils ogen prikten en het kostte hem moeite zich staande te houden in de storm die met zijn hete adem van wervelende kleuren op hem inbeukte. Hij leunde tegen die muur van wind.

Toen zag Erril de doorschijnende gestalte van zijn broer opeens overeind springen in de cirkel.

'Nee!' schreeuwde Shorkan naar het plafond. Op zijn brul vloog het dagboek open en spoot een verblindend licht als een fontein op uit de bladzijden. Een hartslag lang scheen het fel als de zon, en toen verdween het weer in het niets, opgeslokt door de bladzijden van het boek.

Erril wreef de echo's van het vlammende licht uit zijn ogen.

De jongen, van wie ook nog slechts de doorschijnende omtrekken te zien waren, begon van het boek weg te krabbelen, achteruit in de richting van Erril.

Shorkan zag hem gaan. 'Blijf hier!' riep hij.

De jongen sloeg geen acht op hem en week terug tot aan de rand van de weerkring van was. Daar stuitte hij op weerstand, een onzichtbare barrière waar hij uit alle macht tegenaan duwde. Hij bleek sterker dan de barrière, en terwijl hij zich een weg voorbij die grens van was vocht, werden delen van zijn lichaam weer tastbaar.

Wat door de weerkring heen brak, was alleen geen mens!

Op de grens van de beschermende cirkel veranderde het lichaam van de jongen van een doorschijnende menselijke gestalte in een groot, ruig behaard, dreigend opgericht beest.

'Hou hem tegen, Erril,' riep Shorkan zijn broer toe, 'of alles is verloren! We zijn bedrogen!'
Voordat Erril in beweging kon komen, schoot een verzengende windstoot op uit de cirkel, die hem dwars door de kamer en op het bed smeet. Door de kracht van de wind doofden de kaarsen en het haardvuur, en het vertrek werd in duisternis gedompeld.
Na die uitbarsting ging de wind abrupt liggen, alsof ergens een deur was dichtgedaan die een winterstorm buiten hield. Erril keek rond in de donkere kamer. Hij was alleen.
Opeens laaide het vuur in de haard weer op, aangestoken door een gloeiend kooltje. Met knipperende ogen tegen dat onverwacht felle licht zag Erril het dagboek van zijn broer opengeslagen op het vloerkleed liggen. De bladzijden brachten geen schijnsel meer voort.
Waar was het beest? Waar was zijn broer? Erril kwam moeizaam overeind van het bed en nam behoedzaam het vertrek in ogenschouw, waar de stormwind kleren en tassen naar alle hoeken had geslingerd en stoelen omver had geblazen.
Toen hij een stap van het bed naar het open boek deed, greep iets hem van achteren bij zijn enkel en gaf een ruk, zodat hij languit op het kleed viel. Hij draaide zich op zijn rug en trapte blind naar zijn aanvaller. Zijn hak trof doel met een bevredigende, doffe dreun. De greep om zijn enkel verslapte en Erril trok zijn been los. Hij krabbelde weg van de verborgen aanvaller, rolde zich op zijn zij om zijn tegenstander te kunnen zien en trok zijn zwaard terwijl hij op zijn hurken overeind kwam.
Vanonder het bed kwam het te voorschijn en dook op hem af – het beest dat eens een jongen was geweest. Haat vlamde op uit geelbruine roofdierenogen en sissend richtte het weerwezen zich vanuit zijn ineengedoken houding in volle lengte op. Het beest was minstens even lang als Erril, maar het was wel twee keer zo zwaar. Zijn zwarte vacht hing in dikke matten neer, als baarden van korstmos. Maar het waren vooral zijn klauwen en tanden, lang en scherp als dolken, waarop Erril zijn ogen gericht hield. Het wezen kwam met dreunende passen op hem af, voorafgegaan door een weerzinwekkende stank.
Erril deinsde achteruit en hief zijn zwaard. Op dat moment viel het beest hem aan, alsof die beweging het teken was waarop hij had gewacht. Erril dook naar rechts weg, onder een van de maaiende armen door, en haalde in het voorbijgaan het scherp van zijn lange zwaard langs de flank van het beest.
Doof voor de brul van pijn van het monster sprong Erril op het bed om het gevecht vanuit die gunstige positie voort te zetten. Hij draaide zich met een ruk om naar het monster, zijn zwaard in de aanslag om een nieuwe aanval af te slaan, en bleef toen roerloos staan. De aanval bleef

uit. Het beest kroop log van hem weg.
Het ging op het dagboek af!
Nee! Erril sprong achter het beest aan, het zwaard met beide handen geheven. Hij zette zijn volle gewicht achter de stoot waarmee hij zijn zwaard diep in de brede rug en tot in de houten vloerplanken onder het wezen boorde. Het beest verkrampte, zijn hoofd schoot naar achteren en zijn bek opende zich voor een geluidloze brul. Toen zakte het wezen voorover, met Erril boven op zich.
Erril rolde van het monster af en reikte naar zijn dolk. Zijn hand verstijfde om de lege schede. Hij had zijn mes aan Shorkan gegeven! Het beest bleef echter roerloos, levenloos op de grond liggen.
Hijgend en met een waakzaam oog op het monster stapte Erril om die bewegingloze hoop bont heen en liep naar het opengeslagen dagboek. Shorkan had gezegd dat hij het boek moest dichtslaan om de bezwering te voltooien. Was er misschien na alles wat er was gebeurd iets fout gegaan? Was de transformatie mislukt?
Erril knielde neer bij het dagboek en keek naar de opgeslagen bladzijden, die bedekt waren met het krabbelschrift van zijn broer. Het boek was niet veranderd.
Hij voelde nieuwe tranen opwellen in zijn roodomrande ogen. Was zijn broer voor niets gestorven? Voorzichtig ging hij met zijn hand naar de rand van de kaft – de enige herinnering aan zijn verloren broer, zijn verloren familie, zijn verloren land. Met neergeslagen ogen sloeg hij toen het boek dicht en voldeed zo aan de wens van zijn overleden broer.
Zodra het boek dichtklapte, voer er een kille schok door Errils lichaam die hem ruggelings tegen de vloer smeet. Lichtjes dansten voor zijn ogen, een paar tellen lang, en de kamer tolde en kantelde. Na enige tijd werd zijn blik weer helder. Het eerste wat hij zag was dat het beest weer in een jongen was veranderd. Errils zwaard stak omhoog uit de rug van het kind, dat baadde in een steeds groter wordende poel van bloed die tot aan het dagboek reikte.
Mijn goden, wat heb ik gedaan? Erril voelde hoe een ijskoude klauw zich om zijn hart sloot. Wat is dit voor begoocheling? Heb ik een onschuldig kind gedood?
Hij keek het vertrek rond, zoekend naar een aanknopingspunt, doodsbang dat bedrieglijke, boze magie hem ertoe had gedreven de jongen te vermoorden.
Zijn blik bleef rusten op het dagboek. Misschien...
Heel langzaam stak hij zijn hand uit naar het dagboek. Even bleef zijn vinger aarzelend boven de kaft hangen, en toen gaf hij het een snel, kort tikje, alsof hij een slang uit zijn tent probeerde te lokken. Er gebeurde niets. Deze keer bleef een schok uit.

Hij zette zijn tanden in zijn onderlip en legde zijn hele hand plat op het boek. Nog steeds niets.

Met een vinger wipte hij het boek open. Een lege witte bladzijde staarde hem aan. Hij wist dat zijn broer het dagboek van kaft tot kaft had vol gekrabbeld. Nog steeds met maar één vinger bladerde Erril het hele dagboek door. Het was leeg – alle bladzijden waren maagdelijk wit, van voor tot achter.

Erril pakte het boek op, terwijl het bloed van de jongen van de leren band drupte, en sloeg de eerste bladzijde weer op.

Starend naar de witte bladzijde zag hij dat zich woorden op het papier begonnen te vormen, alsof ze door een geest met rode inkt werden geschreven. Hij herkende het handschrift. Het was dat van Shorkan!

'Broer, hoor je me?' zei Erril tegen de lege lucht.

Het schrijven ging door alsof hij geen woord had gezegd.

'Shorkan?'

Nog altijd kwam er geen antwoord.

Erril las de woorden, en zijn handen klemden zich om de bladzijden van het boek.

> Aldus werd het Boek geschapen, gedrenkt in het bloed van een onschuldige, om middernacht in de Maanvallei. De man die het zou meedragen, las de eerste woorden en slikte zijn tranen in om zijn verloren broer... en zijn verloren onschuld. Geen van beide zou ooit nog terugkeren.

Erril liet het Boek op de vloer vallen. Starend naar het bloed van de jongen op zijn handen viel hij op zijn knieën en vergoot bittere tranen.

Aldus werd het Boek geschapen, door dwaze mannen die speelden met krachten die ze niet volledig doorgrondden. Maar goed, ik zou hetzelfde hebben gedaan, dus wie ben ik om mijn beklag te doen? Een verhalenverteller, meer niet, vol verhalen over vervlogen tijden.
Nu weet je hoe en waarom het Boek werd gemaakt, gesmeed uit profetieën, dromen en rauwe magie.
Uit antwoorden schieten nieuwe vragen op.
Wat is het Boek? Waartoe dient het? En wat is er geworden van de in bloed gedrenkte bladzijden?
De tijd schrijdt voorwaarts, zoals ik kan getuigen; het verleden is vergeten, de toekomst gedroomd. En vragen worden beantwoord.
De wereld draait als de tol van een kind, in de maat van de tijd. Eeuwen vliegen voorbij als de onbeheerst fladderende vleugels van een mus – totdat zij verschijnt. Dan zet ik mijn vinger op de wereld en breng de tol tot stilstand. Daar is ze, in de boomgaard. Zie je haar? Nu is het tijd voor haar verhaal, het verhaal van de vrouw uit de profetie van een eenhandige magiër, de vrouw die de ziel van de wereld zou opslokken.

EERSTE BOEK

De eerste vlammen

I

De appel viel op Elena's hoofd. Van de schrik beet ze op haar tong en haar voet gleed van de volgende sport van de ladder. Ze viel de twee meter naar beneden op de harde grond en plette een rotte appel, zodat haar nieuwe werkkleren van achteren onder de plakkerige smurrie kwamen te zitten.

'Pas je op, Elena?' riep Joach vanaf een andere ladder. De appelmand op zijn rug was bijna vol en de draagband sneed in zijn voorhoofd.

Ze keek naar haar eigen mand, waarvan de inhoud over de grond in de boomgaard was gerold. Met een gezicht zo rood als de appel die haar had geraakt, stond ze op in een poging nog iets van haar waardigheid te behouden.

Ze wiste het zweet van haar voorhoofd en keek naar de zon, die laag boven de horizon stond. De lange schaduwen van de namiddag kropen dichterbij. Zuchtend zocht ze haar appels bij elkaar. Straks ging de bel voor het avondeten, en zelfs als ze alle appels terugvond, zou haar mand nog maar voor iets meer dan de helft gevuld zijn. Vader zou wel weer boos zijn. 'Altijd met je gedachten ergens anders,' zou hij haar verwijten. 'Als er echt gewerkt moet worden, geef je niet thuis.' Ze had het hem al vaak genoeg horen zeggen.

Ze legde een hand op de ladder die tegen de boomstam stond. Het was niet waar dat ze alles deed om onder het werk uit te komen. Ze vond het niet erg om hele dagen op de akkers of in de boomgaarden te werken. Maar door het eentonige werk dwaalden haar gedachten meestal al snel af naar alle interessante dingen die ze om zich heen zag. Vandaag had ze het verlaten nestje van een kakora ontdekt, weggestopt tussen twee takken van een fruitboom. Mateloos geboeid had ze het ingenieuze bouwsel van takjes, gedroogde modder en bladeren bekeken. Daarna was er het spinnenweb geweest, zwaar van de dauw als een met edelstenen bezette kanten draperie. En de lege pop van een vedelaarkever, vastgekleefd aan een blad. Er was zoveel te bekijken en te bewonderen.

Ze rekte zich uit om de zeurende pijn tussen haar schouderbladen te verdrijven, starend naar de eindeloze rijen appelbomen. Even voelde Elena een steek van benauwing – de 'kriebels', zoals haar moeder het noemde. In het verleden hadden de arbeiders vaak gefluisterd over de verstikkende aanraking van de boomgaard. De bomen hadden het hele hoogland verzwolgen; ze spreidden zich als een deken uit over honderden hectaren, van de verre toppen van de hoge Tanden tot aan de vlakten in het laagland. De boomgaard had weliswaar in elk jaargetijde een ander gezicht – een kleed van roze en witte bloesems in het voorjaar, een ondoordringbare zee van groen in de zomer, een warrig staketsel van takken in de winter – maar in al zijn massaliteit had hij iets onveranderlijks dat de ziel aanvrat en leegzoog.

Elena huiverde. De bomen maakten de horizon rondom onzichtbaar. Door de verstrengelde takken boven haar hoofd kon ze niet eens de zon op haar gezicht voelen. Als klein meisje had ze hier tussen de rijen met bomen gespeeld. Toen had de wereld nog zo onmetelijk geleken, vol van avontuur en het onbekende. Nu ze bijna een vrouw was, begreep Elena eindelijk wat de gefluisterde woorden van de andere arbeiders betekenden.

Langzaam maar zeker verstikt de boomgaard je.

Ze hief haar gezicht op. Dit was haar wereld. Een val gemaakt van bomen, bladeren en appels. Het uitzicht gaf haar blik nergens de kans om uit te breken. De lucht was verzadigd van de weeïge stank van rottende appels. De geur sijpelde binnen door je poriën, als een brandmerk, een blijk van eigendom, zoals een hond met zijn geur zijn territorium afbakent. Elena tolde om haar as, overweldigd door de schoonheid van de boomgaard.

Kon ze maar vliegen als een vogel, dan was ze hier zo weg. Ze zou over de vlakten van Standi glijden, voorbij de Inova-moerassen klapwieken en tussen de bultruggen van de eilanden van de Archipel door scheren tot ze boven de Grote Oceaan was. Dromend van verre oorden draaide ze om en om onder de takken van de bomen.

'Als je bent uitgedanst, zus,' riep Joach naar haar, 'moest je maar weer eens aan het werk gaan.'

Zijn strenge woorden kortwiekten haar en ze tuimelde uit de wolken terug naar de aarde. Ze keek omhoog naar haar oudere broer. Zijn stem klonk als een echo van haar vader. Heel even kon Elena haar vader zelfs zien in de brede schouders en de krachtige trekken van het gebruinde gezicht van haar broer. Wanneer was dat gebeurd? Waar was de jongen met wie ze schreeuwend door de boomgaard had gedraafd, jagend op denkbeeldige dieren?

Ze liep terug naar haar ladder. 'Joach, heb jij nooit het gevoel dat je hier weg wilt?'

'Natuurlijk wel,' zei hij, zonder op te houden met plukken. 'Ik wil mijn eigen boerderij. Misschien kan ik wel een stuk land krijgen in de wilde boomgaard bij de Horst.'

'Nee, ik bedoel weg uit de vallei – uit de boomgaarden.'
'En een stadse worden in Winterfell, zoals tante Fila?'
Elena klom met een zucht haar ladder op. De boomgaard had haar broer al met huid en haar verslonden; zijn geest en zijn ziel waren verstrikt in de wirwar van takken. 'Nee,' probeerde ze weer, 'weg uit de heuvels, bedoel ik, om andere landen te zien.'
Hij hield op met plukken en keek haar nadenkend aan, een rijpe appel in zijn hand. 'Waarom zou ik?'
Elena legde de draagband om haar voorhoofd. 'Laat maar.' Haar mand leek opeens twee keer zo zwaar. Niemand begreep haar.
Toen barstte haar broer opeens in lachen uit en Elena keek weer op.
'Wat?' zei ze, ervan overtuigd dat ze werd uitgelachen.
'Jij trapt ook overal in, hè, Elena?' Een plagerige grijns brak Joachs gezicht open. 'Natuurlijk wil ik weg uit die duffe vallei! Waar zie je me voor aan? Voor een of ander suf boertje? Kom op zeg, ik ben hier weg zodra ik de kans krijg.'
Elena lachte. De boomgaard had haar broer dus nog niet te pakken!
'Geef me een zwaard en een paard en je ziet me nooit meer terug,' ging hij verder, zijn blik verloren in zijn eigen droombeelden.
Tussen de rijen bomen lachten ze elkaar toe, als bondgenoten.
Opeens klonk er een schel getingel over het land: de bel voor het avondeten.
'Dat zou tijd worden!' zei Joach, die in een soepele beweging van de ladder op de grond sprong. 'Ik sterf van de honger.'
'Jij sterft altijd van de honger,' zei ze met een grijns.
'Ik ben ook in de groei.'
Daar had haar broer zonder meer gelijk in. Joach was de afgelopen zomer echt de hoogte in geschoten; volgende week werd hij veertien. Hij stak nu al ruim een kop boven haar uit, ook al was hij maar een jaartje ouder. Ze bedwong de neiging om even naar beneden te kijken. De meisjes van de boerderijen in de buurt waren al aan alle kanten aan het uitbotten, maar als zij haar hemd uittrok, was er bijna geen verschil te zien met haar broer. Soms werden ze zelfs aangezien voor broers. Ze hadden hetzelfde rode haar, dat ze allebei in een staart op hun rug droegen, dezelfde groene ogen boven hoge jukbeenderen en dezelfde bruinverbrande huid. Zij had dan wel meer sproeten, langere wimpers en een kleinere neus, maar ze was vrijwel even gespierd als hij. Van jongs af aan hadden ze samen op de akkers en in de boomgaarden gewerkt, en die jaren hadden hun lichaam op dezelfde manier gevormd.
Tot nu toe was hun werk op de boerderij echter beperkt gebleven tot de lichtere karweitjes. Binnenkort begon Joach aan het zware werk, samen met de andere mannen, en dan zou hij niet alleen de lengte, maar

ook de borstkas en de armen van een volwassen man krijgen. Na een tijdje zou niemand hen meer voor broers verslijten – tenminste, dat mocht ze hopen. Hoe eerder, hoe beter, bad ze in gedachten, terwijl ze ongewild toch naar haar borst staarde.
'Als je klaar bent met het bewonderen van die appeltjes van je,' plaagde hij, 'zullen we dan maar eens gaan?'
Ze plukte een appel en gooide die naar zijn hoofd. 'Ga toch weg!' Ze had het boos bedoeld, maar de lach die erachteraan kwam, verpestte het. 'Ik sta tenminste niet voor de spiegel spierballen te maken als er niemand kijkt.'
Nu was het zijn beurt om te blozen. 'Dat heb ik nooit... Ik bedoel, dat was niet...'
'Ga nou maar naar huis, Joach.'
'En jij dan?'
'Mijn mand is nog lang niet vol. Ik denk dat ik beter nog even kan doorwerken.'
'Ik kan wel wat van mijn appels bij jou in de mand doen. De mijne is toch veel te vol. Dan lijkt het net alsof we alle twee even hard gewerkt hebben.'
Ze wist best dat haar broer haar alleen maar wilde helpen, maar toch stak zijn aanbod haar een beetje. 'Ik kan echt mijn eigen appels wel plukken.' De woorden kwamen er iets bitser uit dan ze bedoeld waren.
'Ook goed. Ik probeer alleen maar te helpen, hoor.'
'Zeg maar tegen moeder dat ik voor zonsondergang thuis ben.'
'Dat is je geraden. Je weet net zo goed als ik dat ze liever heeft dat we voor het donker binnen zijn. De Cooliga's zijn vorige week drie schapen kwijtgeraakt.'
'Dat weet ik. Ik heb de verhalen ook gehoord. Ga nou maar, anders is al het lamsvlees al op voordat je binnen bent. Ik red me wel.'
Een tel lang aarzelde haar broer, zag ze, maar uiteindelijk liet hij toch zijn honger winnen. Hij zwaaide nog even en ging toen tussen de rijen bomen door op weg naar huis. Even later hadden de bomen hem al opgeslokt en vervaagden ook zijn knersende voetstappen in de stilte.
Elena klom tot boven aan de ladder en reikte zo ver ze kon omhoog, naar de zwaarst beladen takken. In de verte ontwaarde ze de rookpluimen die uit de vele schoorstenen van de stad Winterfell opstegen, dieper in de vallei. Ze volgde de donkere, vlekkerige kolommen tot ze vervaagden tot een dunne nevel, hoog boven het dal, waar de wind de rook meevoerde naar de verre oceaan. Kon ze maar mee...
Terwijl ze daar zo stond te staren, hoorde ze haar vader in gedachten weer op barse toon zeggen: *Je zit altijd ergens anders met je gedachten, Elena.*

Met een zucht rukte ze haar blik los van de lucht en liet ze zich met haar buik tegen de ladder leunen om haar evenwicht te bewaren. Dit was haar leven. Met twee handen tegelijk plukte ze appels en liet ze over haar schouder in haar mand vallen. Dwalend langs de takken beproefden haar bedreven vingers of de appels al rijp genoeg waren, totdat alle volgroeide appels die binnen haar bereik aan de takken hingen in haar mand waren beland.
Onder het werken kwam ook de pijn weer opzetten, van tussen haar schouderbladen tot onder in haar rug. Ze negeerde de pijn en bleef doorwerken; maaiend naar de vliegen die om haar hoofd zoemden, klom ze nog een sport hoger zodat ze bij de volgende takken kon, vastbesloten om voor zonsondergang haar mand vol te krijgen.
Na een tijd breidde de pijn in haar schouders zich als onkruid uit naar haar buik. Ze nam een andere houding aan op de ladder, omdat ze dacht dat haar middenrif beurs begon te worden van het leunen tegen de sporten. Opeens sloeg een gemene kramp zijn klauwen in haar onderbuik. Ze verloor bijna haar evenwicht, maar door snel de ladder vast te grijpen kon ze voorkomen dat ze in de diepte stortte.
Met halfdichtgeknepen ogen klemde ze zich vast aan de ladder en wachtte tot de pijn weer zakte. Op den duur zakte hij altijd. De laatste paar dagen had ze al een paar keer een aanval van buikkramp gehad. Ze had het voor zich gehouden, omdat ze dacht dat het kwam van alle blaarbessen die ze had gegeten. De tijd voor blaarbessen was zo weer voorbij, en ze was altijd al dol op die paarsige vruchtjes geweest. Voor die zoete nectar had ze wel een paar krampen over.
Ze klemde haar kiezen op elkaar, zoog haar adem in en liet de pijn over zich heen komen. Na een tijdje restte alleen nog een dof, beurs gevoel. Met haar hoofd op haar armen gunde ze zich even de tijd om een paar keer diep adem te halen voordat ze weer aan het werk ging.
Toen ze opkeek, zag ze iets waardoor haar buik in één klap vergeten was. De avondzon drong door het bladerdak heen en ving een appel in zijn licht, een schitterende vrucht die in omvang nauwelijks onderdeed voor een kleine meloen. Precies het soort grote, sappige appels dat haar moeder het liefst voor haar taarten gebruikte. Zelfs haar vader zou meer dan tevreden zijn als ze met een volle mand én die trofee thuiskwam. Maar kon ze er wel bij?
Ze klom nog een sport hoger, eentje meer dan ze eigenlijk van haar vader mocht, en stak haar arm zo ver mogelijk uit. Haar vingertoppen streken langs de onderkant van de appel, zodat hij begon te bungelen aan zijn tak.
Verdikkeme! Joach had er wel bij gekund als hij er nog was geweest. Maar dit was háár vondst. Ze perste haar lippen op elkaar en stapte

voorzichtig op de volgende sport. De ladder deinde onder haar voeten. Met een arm stevig om de stam geslagen stak ze haar andere hand uit naar de grote prijs. Haar schouder begon te bonzen van de pijn terwijl haar hand beetje bij beetje verder opklom naar die enorme vrucht.
Met een triomfantelijke grijns zag ze hoe haar hand de vlek van zonlicht rond de appel raakte. Tenminste, dat was de bedoeling. Ze stak haar arm nog verder uit, maar op het moment dat haar hand bij de rand van de zonnestraal kwam, verdween hij. In de overtuiging dat ze alleen even verblind was door de zon, raakte ze niet meteen in paniek.
In plaats daarvan zette een hevige kramp zijn tanden in haar onderbuik, met een scheurende pijn alsof iemand een roestige dolk door haar ingewanden haalde. Ze hapte naar adem en liet zich een sport zakken, terwijl ze de boom en de ladder in een innige omhelzing hield.
Terwijl ze daar zo hing, voelde ze warme nattigheid langs haar bovenbenen sijpelen. Vol afschuw keek ze naar beneden, ervan overtuigd dat ze door de pijn de controle over haar blaas had verloren. Verschrikt door wat ze zag, liet ze zich meteen de hele ladder af glijden, tot ze onderaan in een hoopje op de grond lag.
Ze ging zitten en keek nog eens goed. Bloed! Haar grijze broek was in het kruis doorweekt van het bloed. Haar eerste gedachte was dat iets haar vanbinnen had opengehaald. Toen drong het besef door en verscheen er een glimlachje om haar mond. Eindelijk was gebeurd waar ze over had horen vertellen, waar ze zo naar had uitgekeken: haar eerste menstra.
Zij, Elena Morinstal, was nu een vrouw.
Verdwaasd ging ze met een hand naar haar voorhoofd. Voordat ze haar bezwete voorhoofd kon afvegen, zag ze iets vreemds aan haar rechterhand.
Die zat ook onder het bloed!
Over haar hele hand lag een dik, rood waas, alsof ze een robijnkleurige handschoen droeg. Waar kwam dat vandaan? Ze wist zeker dat ze zichzelf niet had aangeraakt van onderen. En zo erg bloedde ze trouwens ook niet.
Ik zal mijn hand wel hebben opengehaald aan een spijker toen ik van de ladder af gleed, dacht ze, of aan de scherpe punt van een afgebroken tak.
Het deed alleen geen pijn. In plaats daarvan voelde ze een bijna aangename koelte. Ze veegde haar hand af aan haar bruingroene hemd. Het bloed gaf niet af. Haar hemd was nog even schoon. Ze wreef steviger over haar hemd. Nog steeds niets te zien.
Haar hart begon te bonken, ze zag sterretjes voor haar ogen en de angst kneep haar keel dicht. Haar moeder had haar nooit gewaarschuwd dat

zoiets kon gebeuren als een vrouw haar eerste menstra kreeg. Misschien was het wel een geheim waar alleen vrouwen van wisten, iets wat ze voor mannen en kinderen verzwegen. Dat moest het zijn! Ze dwong zichzelf rustig adem te halen. Het zou vast niet zo blijven. Haar moeders handen zagen er ook normaal uit.
Ze ademde een paar keer diep in en uit. Het kwam vast goed. Haar moeder zou haar dat rare gedoe wel kunnen uitleggen. Ze ging staan, zette voor de tweede keer die dag haar mand rechtop en raapte haar appels weer bij elkaar. De laatste appel die ze vond was de reusachtige appeltrofee. Die had ze zeker net voordat ze viel nog te pakken gekregen. Wat een geluk! Ze raakte even haar rechteroorlelletje aan om de geesten de gepaste eer te bewijzen voor die gunst. 'Dank u, lieve Moeder,' prevelde ze tegen de lege boomgaard. Dat was een goed voorteken aan het begin van haar leven als volwassen vrouw.
Ze bukte zich om haar trofee te pakken en toen ze haar bloedrode hand de vrucht zag grijpen, herinnerde ze zich weer het moment dat haar hand was verdwenen, alsof hij was opgeslokt door het felle zonlicht. Ze fronste en schudde de gedachte van zich af. Het licht had haar vermoeide ogen waarschijnlijk parten gespeeld.
Haar hand sloot zich om de appel. Moeder ging hier vast een heerlijke taart van bakken. Ze zag de vers gesneden punt al voor zich, vol smeuïge, warme stukjes appel met kaneel.
Toen ze haar prijs opraapte, trilde de appel even als een levend wezen in haar hand, om meteen daarop te verschrompelen tot een rimpelige, verdroogde klont. Met een vies gezicht liet ze hem vallen. Zodra de vrucht de grond raakte, flitste er een steekvlam uit op die haar bijna verblindde. Elena sloeg een arm voor haar gezicht, maar het licht verdween even snel als het was opgeschoten. Voorzichtig liet ze haar arm weer zakken. Van de appel was alleen nog maar een hoopje as over.
Heilige Moeder van Regalta!
Ze deinsde achteruit bij het zien van het donkere hoopje, en op dat moment galmde de bel voor het avondeten weer over de boomgaard. Ze schrok op, maar het geluid zette haar ook in beweging. Ze liet haar mand staan en zette het op een lopen.

Tegen de tijd dat Elena het erf van haar familie in zicht kreeg, zorgden alleen de laatste stralen van de ondergaande zon nog voor een streepje licht aan de westelijke hemel. Dichte schaduwen lagen over de aangestampte aarde tussen de paardenstal en het woonhuis. Met een sprong over de greppel die water naar de boomgaard bracht, kwam ze aangestormd door de laatste rij bomen.
Een wagen vol dagloners kwam haar tegemoet, op weg naar de straat.

Over het erf klonk bulderend gelach. De ezeldrijver, Horrel Fert, gebaarde dat ze uit de weg moest gaan. 'Even doorlopen, meissie,' riep hij tegen haar. 'Ik heb hier een bak vol hongerige mannen die hard aan een hap eten toe zijn.'
'En aan een biertje! Vergeet vooral het bier niet!' riep iemand achter in de wagen. Zijn opmerking werd gevolgd door een nieuw schaterlachen. Elena sprong opzij naar de rand van het erf. De vier muilezels voor de wagen zetten zich schrap in hun tuig en trokken de kar met krakende wielen langs haar heen. Ze stak haar rechterhand al op om de vertrekkende arbeiders uit te zwaaien, maar toen liet ze hem weer zakken en stopte hem weg achter haar rug, vol plotselinge schaamte over haar bevlekte hand. Als die rode kleur een teken was van haar ontluikende vrouwelijkheid, geneerde ze zich opeens om die verandering ten overstaan van die uitgelaten troep mannen kenbaar te maken. Ze merkte dat ze al bloosde bij de gedachte.
Zodra de wagen voorbij was gerold, schoot Elena weg over het erf, maar ze was nog binnen gehoorsafstand toen een van de mannen tegen een ander zei: 'Wat een rare meid is dat toch. Dat kind daast altijd maar rond. Ze is niet helemaal goed, als je het mij vraagt.'
Elena negeerde zijn krenkende opmerking en liep verder naar de achterdeur van het huis. Het was niet de eerste keer dat ze zoiets had opgevangen. De kinderen op school hadden een nog veel scherpere tong. Elena was altijd al een lang, slungelig meisje geweest dat in de oude, zelfgemaakte afdragertjes van haar broer liep. Ze was vaak het mikpunt van spot en ze had de weg van school naar huis vaak genoeg huilend afgelegd. Zelfs haar meesters vonden haar wat traag; ze vatten haar dagdromerij op als blijk van haar beperkte vermogens. Ook dat oordeel deed pijn, maar in de loop der jaren had Elena's hart een dikke laag eelt gekregen.
Met haar broer en een handjevol jonge kinderen van omliggende boerderijen als haar enige speelkameraadjes, had Elena ontdekt hoe heerlijk het kon zijn om alleen op onderzoek uit te gaan. Ze had allerlei mooie plekjes ontdekt in de omringende heuvels: een konijnenhol waar reeën en herten gewoon uit haar hand kwamen eten; een mierenhoop die even groot was als zijzelf; een holle boom die ooit door de bliksem was getroffen; een veldje dat lang geleden als begraafplaats had gediend, vol grafstenen waar de schimmel als rijp overheen lag. Vaak kwam ze na zo'n dag rondzwerven uitgeput thuis, onder de schrammen van braamstruiken en onder de modder, maar met een brede lach op haar gezicht.
Deze keer naderde Elena fronsend de achterdeur en ze vertraagde haar pas.
Hoezeer ze ook van haar ontdekkingstochten genoot, ze kon niet ont-

kennen dat er de laatste tijd een zekere onvrede in haar hart was geslopen. Ze betrapte zichzelf er vaak op dat ze naar de verre horizon staarde. Haar handen hunkerden naar iets waar ze geen woord voor had. Het leek alsof er diep in haar botten een storm op til was die elk moment kon losbarsten.

Elena klom de treden naar de achterdeur op. Toen ze de deurkruk wilde pakken, viel haar oog op haar hand, die rood opgloeide in het laatste zonlicht. En nu dit weer! Wat zou dat te betekenen kunnen hebben? Haar bevende vingers bleven even boven de koperen klink hangen. Voor het eerst kreeg ze een besef van hoe groot en diep het onbekende voorbij haar boomgaard werkelijk was. Plotseling angstig geworden, deed ze haar ogen dicht.

Waarom zou ze ooit van huis weg willen? Hier was ze veilig, hier was iedereen die van haar hield. Hier was het land rondom zo vertrouwd als een oud flanellen nachthemd op een koude morgen. Waarom zou ze naar iets anders verlangen?

Terwijl ze daar op de drempel stond te huiveren, vloog de deur voor haar neus open, zodat ze van schrik een stap achteruit deed. Haar vader torende boven haar uit in de deuropening, met zijn grote hand stevig om Joachs schouder. De twee mannen leken verbaasd om Elena op de stoep te zien staan.

'Zie je wel,' zei Joach schaapachtig, 'ik zei toch dat ze zo zou komen?'

'Elena,' zei haar vader, 'je weet heel goed dat je niet alleen in het donker in de boomgaard mag komen. Je moet eens leren...'

Elena vloog haar vader in de armen.

'Wat is er, liefje?' vroeg hij, terwijl hij haar in zijn sterke armen sloot. 'Wat is er aan de hand?'

Ze drukte haar gezicht tegen haar vaders borst en bad dat hij haar nooit meer zou loslaten. Meer nog dan het rieten dak en de warme haard was dit haar thuis.

2

Onder de dikke takken van de fruitbomen was nu ook het laatste restje daglicht bijna verdwenen. Rockingham trok zijn mantel dichter om zijn schouders en stampte met zijn voeten. De nachten in dit bergdal waren zo verdomde koud. Hij vervloekte de post die zijn meerderen hem hadden toebedeeld. Begraven in een ingeslapen gat vol achterlijke boertjes – en dan die ijzige winters! Als hij dacht aan het zonnige klimaat van zijn geboorte-eiland...
Terwijl de koude wind aan zijn dunne mantel plukte, zag Rockingham in gedachten zijn eiland in de Archipel voor zich. De stranden, de broeierige warmte, de zon die er uren over deed om in de golven van de oceaan te verdwijnen. Terwijl hij in gedachten weer terug was op het eiland dat hij jaren geleden had verlaten, fluisterde de echo van een verre herinnering in zijn oor: lang blond haar en lachende ogen... en een naam... een meisjesnaam. Wie was dat? Hij probeerde vat op de herinnering te krijgen, maar als een bang vogeltje fladderde die steeds net buiten zijn bereik. Wat was hij vergeten? Een kille windstoot tilde zijn rijmantel op, en de ijzige aanraking wekte hem ruw uit zijn dagdroom. Rockingham rukte de wind zijn mantel uit handen en trok de stof op tot aan zijn onbeschermde hals.
Grommend van ongeduld keek hij naar de vrijwel blinde ziener, die met een vinger in een hoopje bijna afgekoelde as naast een omgevallen appelmand roerde. De oude man stak zijn neus op in de avondwind die tussen de rijen stammen kwam aansuizen, als een jachthond die een onzichtbaar geurspoor volgt. Vervolgens bracht hij zijn besmeurde vinger naar zijn haakneus.
'Ze bloedt,' zei de blinde, ruikend aan zijn vinger. Zijn stem klonk als oude ijsschotsen die langs elkaar schuren en afbreken.
'Over wie heb je het, Dismarum? Waarom moesten we zo nodig de stad uit?'
'Over degene die de meester zoekt – eindelijk is ze dan gekomen.'
Rockingham schudde zijn hoofd. Niet weer die onzin! De waandenkbeelden van die oude man kostten hem zijn nachtrust. 'Ze is een mythe!' zei hij, met nauw verholen weerzin. 'Hoeveel eeuwen probeert de Duistere Heer niet al vruchteloos een vrouw te bezielen met zijn krach-

ten? Toen ik op Blackhall diende, heb ik het resultaat van alle pogingen van de verhevene gezien: kerkers vol krijsende, misvormde schepsels. Het is onmogelijk. Een vrouw kan geen magie bedrijven.'
'Het is niet onmogelijk. Ze is hier.'
Rockingham gaf een trap tegen de mand, zodat de rode appels over de grond rolden. 'Dat zei je vorig jaar ook. Toen we de ingewanden van dat meisje over het altaar hadden uitgespreid, bleek dat je het bij het verkeerde eind had.'
'Dat is niet van belang.'
'Zeg dat maar tegen de mensen in Winterfell. Haar gekrijs ontketende bijna een volksopstand. Als dat bataljon hondsoldaten er niet was geweest, waren we als beesten de stad uit gejaagd.'
'Duizenden mogen sterven om de goede in handen te krijgen.' Dismarum legde een knokige klauw om Rockinghams elleboog. 'Ik wacht al ontelbare jaren. Oude profetieën, fluisteringen uit het verleden, zeiden me dat ze naar deze vallei zou komen. Ik kwam hier als jonge man, toen jouw betovergrootvader nog in de luiers lag... en al die jaren heb ik gewacht.'
Rockingham bevrijdde zijn arm uit de ijzeren greep. 'Ben je deze keer zeker van je zaak? Als je het fout hebt, verlos ik je hoogstpersoonlijk van je tong, zodat ik die leugens van je niet meer hoef aan te horen.'
Steunend op een knoestige staf van poihout draaide de blinde ziener zijn melkwitte oogbollen in Rockinghams richting. Rockingham deinsde terug. Het leek alsof die ogen dwars door hem heen keken, tot aan zijn ruggengraat.
'Ze is hier,' siste Dismarum.
Rockingham schraapte zijn keel. 'Goed. Morgenochtend haal ik een eskadron op uit het garnizoen en laat ik haar in hechtenis nemen.'
De oude man wendde zijn spookachtige blik af en trok met zijn stokoude vingers de kap van zijn mantel over zijn kale hoofd. 'Het moet vanavond gebeuren.'
'Hoe dan? De ouders laten ons dat meisje echt niet midden in de nacht het huis uit slepen. Die boeren hier zijn niet zo mak als het gepeupel in de steden. Ze zijn hier nog steeds verdomd eigenmachtig.'
'De meester heeft mij jouw hulp toegezegd, Rockingham. Ik heb om jou gevraagd. Jij volstaat.'
'Ik? Wou je zeggen dat jij de reden bent dat ik uit Blackhall ben gehaald en in deze verrotte vallei ben gestationeerd?'
'Ik had iemand als jij nodig, iemand die door de meester is voorbereid.'
'Wat bazel je nou?' wilde de krijgsman weten.
De oude man antwoordde niet, maar trok opeens een lange dolk die zilver oplichtte in het maanlicht en stak die vlak boven de lies in Roc-

kinghams onderbuik. De jongere man week geschrokken achteruit, maar voordat hij kon ontkomen, had de ziener zijn buik al van onder tot boven opengehaald alsof hij een vis fileerde.

Rockingham zakte kreunend door zijn knieën, met zijn handen voor zijn opengereten buik om de lussen van zijn darmen tegen te houden. 'W-w-wat doe je?'

Met de bloederige dolk nog in zijn hand stak Dismarum zijn andere arm uit, die uitliep in een stomp. 'Ga, mijn kinderen. Spoor haar op. Wees mijn ogen. Wees mijn oren. Vernietig wie ons in de weg staat!'

De verzwakte Rockingham zakte voorover, steunend op een hand, terwijl hij zijn andere arm nog om zijn buik geslagen hield. Er wriemelde iets in zijn ingewanden, als kolen die worden opgepookt. Met een schrille kreet viel hij in doodsnood op zijn zij en liet zijn buik los.

Door de duisternis die hem insloot, zag hij ze uit zijn buik komen, met duizenden tegelijk: witte, wormachtige maden. Terwijl ze naar buiten stroomden, de avondlucht in, was het alsof ze opzwollen en uitrekten, totdat elke worm even lang was als zijn arm en even dik als zijn duim. In riekende drommen krioelden ze over en om hem heen; een aantal boorde zich in de grond en verdween. Toen slokte het duister hem op, en hij stierf.

Alleen de woorden van de oude man vergezelden hem naar de vergetelheid. 'Spoor haar op, kleintjes. Ze is van mij.'

3

Met een zucht liet Elena zich in het hete water zakken. De wasem sloeg tegen de balken aan het plafond en ze snoof de sterke bessengeur op van de gekneusde blaadjes die moeder in het bad had gedaan.
‘Het warme water is zuiverend en de kruiden helpen tegen de krampen,’ had haar moeder haar verzekerd terwijl ze nog een kruik leeggoot in de badkuip. ‘Je moet er alleen wel in blijven tot het water begint af te koelen.’
‘Ik blijf zitten waar ik zit,’ had Elena geantwoord. Ze liet zich heen en weer rollen in het warme water om haar pijnlijke spieren uit te rekken en te ontspannen. De vreemde gebeurtenissen van die dag waren vervaagd, vervloeid door de maaltijd van geroosterde eend en de rustige stemmen van haar ouders die aan tafel overlegden over de beste plek om een bod te doen op een nieuwe stier. Het nieuws van haar eerste menstra had bij haar familieleden veel meer belangstelling gewekt dan haar bevlekte hand. Het was bijna alsof alles gewoon een nare droom was geweest.
‘Morgen stuur ik Joach op pad met uitnodigingen voor het feest,’ zei haar moeder, met ogen die fonkelden van de plannen. ‘Ik vraag aan je tante Fila of zij de taart wil regelen, en je vader zal cider bij moeten halen. Hebben we wel genoeg stoelen? Misschien kan ik maar beter even met de wagen naar de Sontaks rijden om er een stel te lenen. En daarna moet ik zorgen...’
‘Ik hoef geen feestje, moeder,’ zei Elena, terwijl ze ondertussen heimelijk genoot. Iedereen zou weten dat ze nu een vrouw was. Glimlachend liet ze zich onder water zakken en kwam toen weer omhoog, terwijl ze het water uit haar ogen wreef.
‘Natuurlijk geven we wel een feestje voor mijn kleine meid, doe niet zo gek. Je bent mijn enige dochter.’ Even kreeg haar moeders blik iets droevigs. Elena zei niets. Ze wist dat haar moeder dacht aan het doodgeboren meisje dat ze twee jaar na Elena had gebaard. Sindsdien had haar moeder niet meer in verwachting kunnen raken. In haar kastanjebruine haar zaten nu grijze strepen, en er waren rimpels verschenen in haar eens zo gladde huid. Voor het eerst drong het tot Elena door dat haar moeder ouder werd. Ze zou geen andere kinderen meer krijgen dan Elena en Joach.

Haar moeder ging met haar ranke vingers door haar grijzende haren en zuchtte even. Toen keerde haar blik weer terug naar het heden, en naar Elena's rechterhand. 'Weet je zeker dat je niet met de verf van opoe Filbura hebt gerommeld, Elena?' Ze nam Elena's robijnrode hand in de hare en bekeek hem van alle kanten. 'Of heb je er soms in de werkplaats per ongeluk wat van die verf om de schapen mee te merken overheen gekregen? Je weet toch dat ik liever niet heb dat jullie daar spelen, hè?'

'Nee, moeder,' zei ze, terwijl ze in de badkuip omhoogschoof. 'Echt niet. Mijn hand was gewoon opeens rood.'

'Misschien heeft Joach een grap met je uitgehaald.'

'Dat denk ik niet.' Elena kende Joach door en door. De schok op het gezicht van haar broer toen hij haar bevlekte hand zag, was niet gespeeld.

'Dan was het misschien een van de buurkinderen. Die Waklens zitten vol rare streken.'

Elena liet haar hand uit die van haar moeder glijden en pakte de paardenharen borstel. 'Het is dus niet een of ander vrouwengeheim?' zei ze, boenend op haar handpalm. 'Iets wat met volwassen worden te maken heeft?'

'Nee, liefje,' zei haar moeder met een lachje. 'Het is gewoon een of andere grap.'

'Ik vind het anders niet erg grappig.' Ze bleef boenen, maar de bloedrode vlek wilde niet weg.

'Dat zijn zulke dingen zelden.' Haar moeder haalde even een hand over Elena's wang, maar haar blik bleef op Elena's hand rusten en om haar mond verschenen zorgelijke rimpeltjes. 'Het trekt vast vanzelf weg. Maak je er maar niet druk over.'

'Ik hoop maar dat het op het feest niet meer te zien is.'

'Anders kun je altijd nog mijn mooie handschoentjes aantrekken, lieverd.'

Elena's gezicht klaarde op. 'Mag dat?' Ze schuurde niet meer met de borstel over haar huid; het begon al te branden. Misschien liet ze het maar gewoon zo. Ze wilde haar moeders lange satijnen handschoenen al heel lang een keertje dragen. Ze zouden echt prachtig staan bij haar feestjurk!

'Zorg eerst maar eens dat je helemaal schoongewassen bent voordat het water koud wordt. Over het feest praten we later nog wel.' Haar moeder stond op en streek haar jurk glad. 'Het is al laat. Laat je het bad goed leeglopen en spoel je alles na voordat je naar bed gaat?'

'Ja, moeder,' zei ze met een geërgerde zucht. Ze was toch geen kind meer?

Haar moeder gaf haar een kus op haar kruin. 'Welterusten, schat. Tot morgen.'
Toen glipte haar moeder de badkamer uit en deed ze de deur achter zich dicht, zodat Elena de harde stemmen die in de woonkamer opklonken niet meer hoorde. Joach kreeg het nog altijd van vader ingepeperd dat hij zijn zusje alleen had gelaten in de boomgaard. Elena zag precies voor zich welke blik Joach op dat moment had opgezet: gehoorzaam en gepast eerbiedig. Ze wist dat hij de strenge woorden van haar vader zo van zich af liet glijden.
Ze glimlachte. Door de dikke eikenhouten deur hoorde ze alleen nog wat zacht gemompel. Innig tevreden liet ze zich achteroverzakken in het stomend hete water. Haar schrik om de appel die tot as was vergaan kriebelde alleen nog in een ver hoekje in haar achterhoofd. Het was vast een of andere truc geweest. Ze was opeens blij dat ze niets over de appel had gezegd. Het leek allemaal zo onnozel nu ze weer thuis was. Gewoon een stomme grap.
Maar toch...
Ze hield haar hand op in het lamplicht. Het was net alsof haar hand het licht aantrok, en de kleur leek in golvende kringen over haar huid te stromen. Ze herinnerde zich dat ze aan warme appeltaart had gedacht toen de appel opeens warm was geworden en was verdroogd tot hij helemaal rimpelig en hard was.
Het leek wel toverij.
Ze zwaaide met haar hand in de nevelige lucht alsof ze spreuken zei en boze magie bedreef.
Met een grijns om haar gekkigheid deed ze alsof ze een zwarte magiër van vroeger was, uit de verhalen die rond het kampvuur werden verteld over de tijd voordat Heer Gulgotha over de Oostelijke Zee was gekomen om haar volk te redden van de wanorde.
De mythische verhalen over rauwe magie werden in het donker fluisterend verteld en in liedjes bezongen: over het elvenvolk met hun zilveren haren en de reuzen van de hoogvlakte; over Aloa Glen, de citadel van de zwarte magie met de duizend torens, die eeuwen geleden onder de golven was verdwenen; over de trollen uit de Westelijke Gronden, die praatten als mensen maar de mensen uit de grond van hun hart haatten; over de meerwezens die ver weg in het oosten tussen de Vervloekte Vlaken zwommen. Elena kende honderden van zulke verhalen, die haar van jongs af aan waren verteld.
Met haar verstand wist Elena wel dat het allemaal verzinsels waren, oudewijvenpraat, maar toch zetten de oude verhalen haar hart altijd weer in vuur en vlam. Ze wist nog hoe ze bij haar vader op schoot met haar knuistjes tegen haar kin had geluisterd naar oom Bol die 'De Slag om

de Maanvallei' voordroeg. Voordat hij begon, had hij haar op gedempte toon verteld dat de slag hier had plaatsgevonden, in deze vallei. 'De stad Winterfell was toen nog niet meer dan een viersprong,' had hij gefluisterd, 'met een armoedige stal en een tochtige herberg.' Ze had gelachen bij het idee. Ze was nog maar een klein kind geweest, te jong om de velden in te mogen, en ze had alles wat haar oom zei voor waar gehouden. Nu moest ze glimlachen om haar eigen dwaasheid. De grote mensen hadden vast vreselijk om haar goedgelovigheid moeten lachen. Maar nu was ze geen kind meer.

Ze liet haar hand in het water zakken en bloosde. Ze wist dat ze te oud was om over zulke idiote dingen te dagdromen. Vandaag was ze een vrouw geworden. Die verhalen waren niet echt. Magie bestond niet. Dat was allemaal poppenkast van kermisklanten en oplichters.

Op school had ze geleerd over de echte geschiedenis van haar land. Over de Gulgotha die vijf eeuwen geleden de zee waren overgestoken en haar land en volk beschaving hadden gebracht. Over hoe dankzij hun rede en logica een eind was gemaakt aan de heidense riten van haar voorouders. Over de mensenoffers die haar volk vroeger had gebracht en de onzichtbare geesten die ze hadden aanbeden. En over de komst van de vorst van Blackhall, Heer Gulgotha. In de roerige tijden die daarop volgden, hadden zijn stadhouders haar barbaarse voorouders vrede en kennis aangeboden. Hun in vriendschap uitgestoken hand was beantwoord met bloedvergieten, maar uiteindelijk hadden de waarheid en de wijsheid getriomfeerd over de magiërs en hun bedrog. Toen was een tijdperk van rede en wetenschap aangebroken, waarin de mythe en de barbarij werden weggevaagd.

Met een frons wreef Elena gerstezeep in haar haren. Ze had geen zin meer om over die droge geschiedenislessen na te denken. Ze had wel iets belangrijkers aan haar hoofd. Wat moest ze aantrekken voor het feest? Als ze haar haren nou eens opstak, als een volwassen vrouw?

Ze duwde haar schuimige lokken tot boven op haar hoofd. Ze vond het vreselijk om het zo te dragen in plaats van lekker vrij en los, maar nu ze een vrouw was, werd het tijd dat ze zich niet meer als een klein meisje gedroeg. Terwijl de zeep in haar nek liep, liet ze een paar plukken tot op haar schouders vallen.

En Tolel Manchin, de knappe leerjongen van de smid? Ze zag zijn zwarte krullen en zijn blozende wangen voor zich – en zijn armen! Na al die maanden aan de blaasbalg van de smidse had hij spierballen gekregen waar de andere jongens jaloers op waren. Zou hij ook op het feest komen? Vast wel, toch? Elena voelde haar hartslag versnellen. Ze zou haar moeder vragen of ze de schelpenketting van haar grootmoeder om mocht. Die zou echt prachtig staan bij haar groene jurk.

Elena wierp een blik op haar natte bovenlijf. Het badwater stroomde vrijwel ongehinderd over de nog bijna onzichtbare eilandjes van haar ontluikende vrouwelijke vormen. Daarmee zou ze de aandacht van Tolel in ieder geval niet trekken. De meisjes in haar klas praatten onderling al op gedempte toon over onderkleding en de gevoeligheid die gepaard ging met het tot wasdom komen. Elena legde haar handen op haar borst en drukte stevig. Niets. Zelfs geen spoortje van de pijn waar de andere meisjes over fluisterden.
Misschien kon Tolel maar beter niet op haar feestje komen. Moest dat feest eigenlijk wel doorgaan? Wie zou ooit geloven dat zij een vrouw was geworden?
Elena rilde toen een plotselinge tochtvlaag langs haar blote rug streek. Het badwater koelde nu snel af. Ze liet zich tot haar schouders in het water zakken, dat zelfs lauw nog warmer was dan de kille lucht in de badkamer. Waarom bleef dat badwater niet wat langer heet, vroeg ze zich opeens verbolgen af. Waren nog een paar minuten van die zalige, stomende warmte nou echt te veel gevraagd? Ze zakte nog verder onderuit in het afkoelende water.
Languit in bad stelde ze zich voor dat ze in de warme bronnen van Coltoka lag. Ze had erover gelezen in een schoolboek: vulkanische bronnen, hoog in de eeuwige sneeuw van de Tanden. Het was net alsof het zepige water in de badkuip warmer werd door haar dromerige gedachten over dat mineraalrijke water. Ze glimlachte en slaakte een tevreden zucht. Dit was lekker.
Terwijl ze daar zo lag, mijmerend over de met stoom gevulde grotten van Coltoka, warmde haar badwater verder op, totdat het van heerlijk ontspannend geleidelijk onverwacht heet werd! Elena's ogen vlogen knipperend open.
Haar huid werd rood van de warmte. Ze sprong overeind in het bad. Langs de rand van de badkuip begonnen zelfs al belletjes op te borrelen. Haar kuiten en voeten werden gloeiend heet. Net toen de stoom van het borrelende water begon af te slaan, sprong Elena uit de badkuip.
Ze deinsde achteruit toen het water over de rand van de badkuip spatte en sissend over de eiken vloer stroomde. Dikke stoomwolken vulden het vertrek. Elena's blote achterste raakte de koude badkamerdeur en die schok bracht haar in beweging. Ze tastte naar de deurknop. Wat was hier aan de hand?
Ze gooide de deur open en bleef op de drempel staan, met een hulpkreet naar haar moeder op de lippen. Op dat moment spoot het water dat nog in de badkuip was achtergebleven op in een explosie van stoom. Elena's rug werd getroffen door een muur van oververhitte lucht, die

haar naakt de aangrenzende kamer in slingerde.
Ze landde op een vloerkleed en gleed door de kamer, terwijl het losse kleed onder haar oprimpelde. Toen ze tot stilstand kwam, zag ze dat ze niet de enige in de kamer was. Haar vader was opgesprongen van de bank, waar hij in alle rust had zitten genieten van zijn pijp. Haar broer zat als verstijfd op een stoel bij de haard en staarde haar met open mond aan.
Ze ging rechtop zitten, en haar vaders pijp viel uit zijn halfopen mond kletterend op de vloer. 'Elena, meisje, wat... wat heb je gedaan?' vroeg hij.
'Ik deed helemaal niets! Het water werd gewoon steeds heter en heter.' Elena begon haar verbrande huid te voelen, en in haar ogen welden de eerste tranen op.
Joach stond op en trapte de brandende tabak uit die uit zijn vaders pijp was gevallen, voordat die het vloerkleed verschroeide. Zijn aandacht werd er volledig door in beslag genomen, leek het, en hij had een lichte blos op zijn wangen. 'Zou je niet even een handdoek halen, Elena?'
Elena keek naar haar naakte gestalte, en uit haar keel welde een beschaamde snik op.
Op dat moment kwam haar moeder in haar nachthemd de trap af gestommeld, met haar ochtendjas in de hand. 'Wat is er aan de hand? Wat was dat voor vreselijk kabaal?' Haar blik bleef rusten op de ineengedoken Elena en haar ogen werden groot. Ze haastte zich naar haar dochter. 'Je bent zo rood als een gekookte aardappel. Laten we maar even vlug een likje zalf op die brandwonden smeren.'
Elena liet zich in haar moeders ochtendjas wikkelen. De zachte katoen voelde aan als grove jute tegen haar pijnlijke huid. Ze klemde haar kiezen op elkaar tegen de pijn en ging staan.
Haar vader en Joach stonden inmiddels in de deuropening van de badkamer. 'De barsten zitten in de badkuip,' zei haar vader. Zijn stem klonk gedempt van de schok. 'En de was op de vloer staat in bellen op de planken. Het lijkt wel alsof iemand heeft geprobeerd de boel af te laten branden.' Hij keek vragend om naar Elena.
'Allemachtig,' zei Joach hoofdschuddend en met grote ogen. 'Je hebt flink wat schade aangericht, zusje!'
'Stil, Joach!' Haar vader draaide zich om en keek haar recht aan. 'Wat is hier gebeurd?'
Haar moeder sloeg beschermend haar arm om Elena. 'Kom op, Bruxton, sla nou niet meteen zo'n beschuldigende toon aan. Ze heeft pijn. Wat denk je trouwens dat ze heeft gedaan? Zie je soms ergens as? Ruik je petroleum?'
Haar vader mompelde iets binnensmonds.

‘Elena heeft al genoeg te verduren gehad. Laat haar met rust. Morgenochtend is het vroeg genoeg om te achterhalen wat er is gebeurd. Ze heeft nu eerst verzorging nodig.’

Elena kroop dicht tegen haar moeder aan. Wat wás er eigenlijk precies gebeurd? Hoe viel het te verklaren dat een badkuip vol water haar plotseling bijna levend had gekookt? Elena had niet echt een antwoord op die vraag, maar in haar hart voelde ze dat het aan haar te wijten was. Ze dacht weer aan de verkoolde appel en haar hoofd begon te bonzen. De hele dag was haar al het ene mysterie na het andere overkomen.

Haar moeder omhelsde haar voorzichtig. ‘Kom maar mee naar boven, dan zullen we eens even iets aan die brandwonden doen.’

Ze knikte, hoewel de ergste pijn al begon weg te trekken. Ze keek even naar haar handen en zag dat het diepe, bijna paarse rood van de vlek op haar rechterhand was vervaagd tot een robijnrode kleur die nauwelijks opviel naast haar rood verbrande armen. Die verf was in het hete water in ieder geval een beetje weggebrand, en dat was tenminste iets – al had het dan een pijnlijke huid en een verwoeste badkamer gekost.

‘Wat gebeurde er nou echt?’ fluisterde Joach. Hij zat in kleermakerszit aan het voeteneind van Elena’s bed. Nadat haar moeder haar armen en haar rug had ingesmeerd met geneeskrachtige zalf was hij stiekem haar kamer binnengeglipt.

Elena zat rechtop, met haar kussen tegen haar buik gedrukt en met haar opgetrokken knieën bijna tegen die van Joach aan. ‘Ik weet het niet zeker,’ zei ze zachtjes in de donkere kamer. Ze wilden geen van beiden dat hun ouders hen hoorden. Af en toe hoorde Elena in de kamer beneden de barse stem van haar vader opklinken. Bij iedere uitbarsting kromp ze met gloeiende wangen van schaamte ineen. Ze hadden het niet breed, en het zou veel geld kosten om de vernielde badkamer te herstellen.

Toen vingen ze opeens de stem van haar moeder op. ‘Ze zeiden dat zij het kon zijn! Ik moet het ze vertellen!’

Haar vader verhief zijn stem. ‘Laat dat maar uit je hoofd, vrouw! Het zijn allemaal zotten aan die kant van jouw familie! Fila en Bol...’

Joach stootte haar even aan met zijn knie. ‘Zo kwaad heb ik ze nog nooit meegemaakt.’

‘Waar hebben ze het over, denk je?’ Elena zat ingespannen te luisteren, maar de stemmen van haar ouders waren weer afgezwakt tot onverstaanbaar gemompel.

Joach haalde zijn schouders op. ‘Ik zou het niet weten.’

Elena voelde de tranen in haar ogen branden. Ze was blij dat het zo donker was dat niemand ze kon zien.

‘Ik begrijp eigenlijk niet dat ze zo van streek zijn door een barst in de

badkuip,' zei Joach. 'Ik heb wel ergere dingen gedaan. Weet je nog die keer dat ik Tracker die hele mand hazelnoten had gevoerd die moeder had willen gebruiken voor de verjaardagstaart voor vader?'
Elena lachte tegen wil en dank. Ze veegde de tranen uit haar ogen. Tracker, hun hengst, had de hele nacht last van diarree gehad, en hun vader was zijn hele verjaardag bezig geweest met het uitmesten van de schuur en rondjes lopen met het paard om te voorkomen dat het koliek kreeg.
'En die keer dat ik de kinderen van Waklen wijsmaakte dat je de maan kon aanraken als je van de hoogste takken uit een boom sprong?' Hij grinnikte in het donker.
Elena gaf hem een stomp tegen zijn knie. 'Sambi heeft toen anders wel zijn arm gebroken!'
'Eigen schuld. Had hij mijn kleine zusje maar niet in de modder moeten duwen.'
Opeens zag Elena die dag van twee jaar geleden weer precies voor zich. Ze had de jurk met bloemetjes aan die ze van tante Fila had gekregen voor het midzomerfeest. De modder had het jurkje bedorven. 'Deed je dat voor mij?' vroeg ze, met een mengeling van schrik en plezier.
'Daar heb je toch een grote broer voor, of niet soms?'
Elena voelde nieuwe tranen opwellen.
Joach liet zich van het bed glijden, boog zich naar haar toe en gaf haar een knuffel. 'Maak je maar geen zorgen, El. Ik kom er wel achter wie die grappen met jou uithaalt. Ze moeten niet aan mijn kleine zusje komen.'
Ze gaf Joach een knuffel terug. 'Dank je wel,' fluisterde ze in zijn oor.
Joach richtte zich op en sloop naar de deur. Vlak voordat hij door de deur verdween, draaide hij zich nog even naar haar om. 'En trouwens, ik kan die geheimzinnige grappenmaker mij toch niet te slim af laten zijn? Ik heb wel een naam hoog te houden!'

4

In het maanlicht knielde Dismarum neer in het klamme onkruid in de boomgaard, een in een mantel gehulde figuur, krom als een rotte stronk. In de stille avond was nergens de roep van een vogel of zelfs maar het gezoem van een insect te horen. Dismarum luisterde, zowel met zijn oren als met zijn innerlijke gehoor. De laatste molgrati had zich in de grond geboord om zich kronkelend een weg te zoeken naar de boerenhoeve in de verte. Uit de rafelige wond in de buik van Rockingham steeg allang geen damp meer op nu het dode lichaam in de avondlucht was afgekoeld.

Dismarum drukte zijn voorhoofd tegen de koude aarde en zond zijn gedachten uit naar zijn schepsels. Hun antwoord kwam terug als de stemmen van duizend zingende kinderen, een koor met één enkele boodschap: honger.

Geduld, kleintjes, sprak hij hen in gedachten toe. Straks krijgen jullie je feestmaal.

Tevreden over hun voortgang kwam Dismarum overeind en strompelde naar Rockingham, met zijn ene hand tastend en zoekend naar zijn dode gids omdat zijn ogen te zwak waren om in het donker van veel nut te zijn. Hij hurkte neer naast de dode man en haalde zijn mes uit de schede. Hij klemde het heft in de elleboog van zijn mismaakte arm en haalde vervolgens het scherp langs zijn vinger. Schijnbaar zonder de korte steek van pijn in zijn gewonde vinger te voelen stak hij de dolk weer weg en boog zich over Rockingham. Met zijn bloedende vinger kleurde hij Rockinghams lippen rood, als een aflegger die een dode opbaart.

Toen boog Dismarum zich voorover en kuste Rockingham op de bloedrode lippen. Hij proefde zout en ijzer. Hij blies zijn adem in de koude, halfopen mond totdat de wangen van Rockingham bol stonden en bracht vervolgens zijn lippen naar het oor van de dode. 'Meester, ik smeek u: hoor mijn roep,' fluisterde hij in het koude oor.

Dismarum rechtte zijn rug, wachtend, luisterend. Het kwam: de lucht om hem heen werd ijzig koud en hij werd zich bewust van een kwaadaardige, kille aanwezigheid. Uit de dode lippen ontsnapte een geluid als het geritsel van de wind in dorre takken, gevolgd door woorden die uit

Rockinghams zwarte keel leken op te wellen.
'Is ze hier?'
'Ja,' antwoordde Dismarum met geloken ogen.
'Spreek.' Het woord galmde, alsof het opsteeg uit een klamme put.
'Ze is gerijpt, bebloed met macht. Ik ruik het.'
'Vind haar! Grijp haar!'
'Vanzelfsprekend, mijn heer. Ik heb de molgrati al uitgezonden.'
'Ik stuur je een skaltum om je terzijde te staan.'
Dismarum huiverde. 'Dat zal niet nodig zijn. Ik kan...'
'Hij is al onderweg. Bereid haar voor.'
'Zoals u wilt, meester,' zei Dismarum, maar hij voelde de aanwezigheid al vervagen. In de leegte die achterbleef, leek de winterse boomgaard bijna zwoel. Dismarum trok zijn mantel dicht om zijn schouders. Het was tijd om te gaan. De molgrati waren waarschijnlijk al op de plaats van bestemming.
Dismarum ging met zijn hand naar Rockinghams buik. Zijn hand zonk weg in de geleiachtige wond en klonterend bloed kwam tussen zijn vingers omhoog. Hij grijnsde de vier rotte tanden bloot die nog in zijn zwarte tandvlees stonden.
Geknield naast het lijk graaide hij handenvol aarde bij elkaar en vulde daarmee Rockinghams wond. Na dertien handen aarde gebruikte Dismarum zijn ene goede hand en de stomp van zijn andere arm om de randen van Rockinghams wond tegen elkaar aan te drukken.
Terwijl hij de klamme randen op hun plek hield, fluisterde hij de woorden die zijn gevreesde meester hem had geleerd. Bij ieder woord voelde hij de pijn in zijn eigen buik aanzwellen. De laatste woorden kwamen als een gekwelde kreet uit zijn mond, alsof hij een kind baarde. Hij kneep zijn ogen dicht tegen de bijna ondraaglijke pijn toen zijn lippen de allerlaatste lettergreep uitpersten. Zijn oude hart bonsde tegen zijn ribben. Gelukkig vervaagde de pijn vrijwel meteen na het laatste woord.
Dismarum leunde achterover en liet zijn hand over Rockinghams wond gaan. De randen waren gedicht; de wond was genezen. Hij legde een vinger op het voorhoofd van zijn dode gids en zei één enkel woord: 'Verrijs!'
Het lijk schokte onder zijn vinger; het kwam bijna een handbreedte omhoog van de koude aarde, om daarna weer tot rust te komen. Dismarum hoorde een rasperige ademtocht aan Rockinghams koude lippen ontsnappen. Even later volgde een tweede, en toen een derde moeizame ademhaling.
Dismarum duwde zichzelf overeind, zwaar steunend op de staf die hij stevig in zijn ene vuist geklemd hield. In een veld vlakbij klonk het wee-

moedige loeien van een koe. Hij bleef stil staan terwijl Rockingham zich hijgend en happend naar adem terug naar deze wereld vocht.
Na een paar stevige hoestbuien ging Rockingham overeind zitten. Hij bracht een bevende hand naar zijn buik en trok zijn gescheurde hemd over zijn blote middenrif. 'W-wat is er gebeurd?'
'Je was weer flauwgevallen,' antwoordde Dismarum afwezig, starend naar de hoeve in de donkere verte.
Rockingham deed zijn ogen dicht en wreef zich over zijn voorhoofd. 'Alweer?' mompelde hij, terwijl hij zich op zijn knieën liet rollen en vervolgens langzaam ging staan. Hij klauwde naar een boomstam om steun te zoeken. 'Hoe lang ben ik buiten westen geweest?'
'Lang genoeg. Het spoor wordt al koud.' Dismarum wees naar de hoeve. 'Kom.' De oude ziener liep weg, waarbij hij zijn staf bij elke stap hard liet neerkomen. De zwarte kunsten van zijn meester hadden hem uitgeput en zijn ledematen voelden zwak als die van een pas uit het ei gekropen vogeljong. Hij merkte dat Rockingham bij zijn boom was blijven staan.
'De nacht is niet jong meer, oude man,' riep Rockingham tegen zijn rug. 'Kunnen we niet beter teruggaan naar de stad en morgen terugkomen om dat wicht te halen? Laten we in ieder geval de paarden nemen, zo ver weg staan ze niet...'
Dismarum keerde Rockingham zijn half in zijn kap verscholen gezicht toe. 'Nu!' siste hij. 'Voor de dag aanbreekt, moet ze gesneden en opgebonden zijn. De meester heeft duidelijke instructies gegeven. Ze moet gebonden worden voordat de maan zijn gloed verliest.'
'Er moet wel meer.' Rockingham duwde zich af van de boom als een boot die afvaart uit een veilige haven. Hij strompelde achter de ziener aan, terwijl Dismarum zich omdraaide om het spoor van de molgrati te volgen. Rockingham wauwelde gewoon door. 'Je hebt te veel van dat gekrabbel van waanzinnigen gelezen. Hexen bestaan alleen in verhalen waar ouders hun kinderen angst mee aanjagen. Op die boerderij vinden we straks alleen een bange boerendochter met eelt op haar handen van het achter de ploeg lopen. Die krankzinnige klopjacht kost me wel een nacht slaap.'
Dismarum bleef staan, leunend op zijn staf. 'Het kost je nog wel meer dan je nachtrust als ze vannacht door de mazen van ons net glipt. Je hebt in de kerkers van de meester kunnen zien hoe hij mislukkingen beloont.'
De ziener merkte vergenoegd op dat zijn woorden Rockingham de rillingen over de rug joegen. Dismarum wist dat Rockingham in de onderwereld van Blackhall had rondgelopen en daar de mismaakte wrakken had gezien van mensen die eens het zonlicht hadden gezien. Toen

Dismarum zijn weg vervolgde, kwam zijn praatgrage gids zwijgend achter hem aan.
De ziener genoot van de stilte. Hij had de zwakke man ook in de koude boomgaard kunnen laten verstijven, maar behalve als bergplaats voor de molgrati kon Rockingham nog op vele andere manieren van nut zijn. In Blackhall had de meester Rockingham op zijn bloedaltaar opengereten en hem vervuld met zijn meest duistere kunsten. Dismarum herinnerde zich nog hoe de man had gebruld die keer om middernacht, hoe hij uit zijn ogen had gebloed van de pijn, hoe hij spartelend op de bloederige steen zelfs zijn rug had gebroken. Later had de meester hem weer geheeld, beetje bij beetje, en ten slotte die lange nacht uit het geheugen van de dwaas gewist. Zo was Rockingham omgesmeed tot een werktuig voor de meester, waarna hij aan Dismarum was gegeven om hem bij te staan in zijn wake over de vallei.
Dismarum keek opzij naar Rockingham. Vooral de meest weerzinwekkende rite was hem bijgebleven, uitgevoerd om klokslag middernacht in de nacht dat Rockingham was gemaakt. Een pasgeboren kind was gedood voor de rite, waarna het onschuldige bloed van de zuigeling over het altaar en over Rockinghams blootgelegde, kloppende hart was gestroomd. Hij herinnerde zich het werktuig dat toen in Rockingham was ingebed – iets zo duisters dat alleen de gedachte eraan de ziener met zijn melkwitte ogen al deed huiveren.
In de heuvels klonk het gejank van een hond op in de nacht, alsof het dier de geur had opgevangen van wat in Rockingham verscholen zat.
Ja, Rockingham zou zijn nut ongetwijfeld nog bewijzen.

5

Elena kon niet slapen. Haar brandwonden deden al bij de minste beweging pijn. Haar hoofd zat nog vol met de angstaanjagende dingen die er in de badkamer waren gebeurd. Hoe graag ze zichzelf ook wilde vertellen dat haar geen blaam trof voor de ravage in het vertrek, diep in haar hart wist ze wel beter. En dat was nog een zorg die maakte dat haar ogen niet dicht wilden vallen en de slaap ver te zoeken was.

Wat was er gebeurd?

Ze bleef steeds maar denken aan wat haar moeder had gezegd. Zij kan het zijn! In haar moeders stem had niet zozeer trots als wel angst doorgeklonken.

Voor de honderdste keer haalde Elena haar hand boven de dekens en hield ze hem omhoog. In het halfduister leek de vlek op haar rechterhandpalm donkerder. De balsem die haar moeder in een dikke laag op haar armen had gesmeerd, glinsterde in het zwakke maanlicht dat door de gordijnen van haar slaapkamer drong. De zalf gaf de sterke, zoete geur van de toverhazelaar af. Toverhazelaar. Zelfs de lucht die ze inademde, voedde haar angst.

Tovenaars en hexen.

Haar oom Bol, een onuitputtelijke bron van oude mythen en sagen, had haar en haar broer op jachttochten laten bibberen op hun slaapmatten met zijn verhalen over hexen, trollen en het elvenvolk – wezens van het licht en van het donker, uit de fantasie en de folklore. Ze zag weer voor zich hoe ernstig oom Bol altijd keek en hoe zijn ogen fonkelden, glanzend in de gloed van het kookvuur, als hij aan het vertellen was. Hij leek echt te geloven in wat hij vertelde en hij bracht zijn verhalen zonder veelzeggende knipoogjes of in overdrijving opgetrokken wenkbrauwen. Het was die serieuze manier van praten en zijn lage, zware stem die zijn verhalen nog het engst maakten.

'Dit is het ware verhaal van ons land,' zei hij dan, 'een land dat eens Alasea heette. Er was eens een tijd dat de lucht, het land en de zee tot de mensen spraken. De dieren des velds waren de gelijken van hen die op twee benen liepen. Ver in het westen – in het gebied dat ook toen al de Westelijke Gronden werd genoemd – bracht het woud wezens voort zo gruwelijk dat je versteende als je het waagde ernaar te kijken, maar ook wezens die zo wonderbaarlijk waren dat je op je knieën zou willen vallen om ze alleen maar te kunnen aanraken. Dat was het land Alasea, jullie land. Vergeet niet wat ik jullie vertel. Het zou ooit je leven kunnen redden.'

En dan vertelde hij tot diep in de nacht.

Elena deed haar uiterste best zich een paar van oom Bols grappige verhalen te herinneren om zichzelf gerust te stellen, maar haar piekerende geest kwam steeds weer met duistere verhalen aan – verhalen over hexen.

Elena draaide zich op haar zij in haar kleine bed. De zachte katoenen tijk voelde ruw aan tegen haar benen. Ze trok haar kussen over haar hoofd in een poging oude verhalen en nieuwe angsten buiten te sluiten, maar het hielp niet. Ze kon nog steeds een kerkuil horen roepen tussen de daksparren van de paardenstal vlakbij. Ze wipte haar kussen weer van haar gezicht en klemde het tegen haar borst.

De kreet van de kerkuil klonk opnieuw, en een tel later werd een zware vleugelslag hoorbaar toen de uil langs haar raam fladderde, op pad voor zijn nachtelijke jachtpartij. Pintail, zoals de bijnaam van de uil luidde, verdiende de kost door de graanvoorraden vrij van muizen en ratten te houden. De vogel was bijna even oud als Elena en huisde al zo lang als zij zich kon heugen onder het dak van de schuur. Iedere avond ging hij op dezelfde tijd op jacht.

Met de jaren was het gezichtsvermogen van het arme beest echter minder scherp geworden, al jaagde hij nog wel. Elena maakte zich zorgen om de gezondheid van de vogel en smokkelde nu al bijna een jaar lang stiekem restjes eten voor de oude uil mee.

Toen Elena hoorde dat Pintail langs haar raam fladderde, putte ze troost uit dat vertrouwde ritueel. Ze slaakte een diepe zucht en liet de spanning van zich af glijden. Ze was hier thuis, omringd door familieleden die van haar hielden. Morgenochtend zou de zon weer schijnen en begon ze aan haar eigen dagelijkse ritueel, net zoals Pintail nu. Al die grillige gebeurtenissen zouden naar de achtergrond verdwijnen of verklaard worden. Ze deed haar ogen dicht in de wetenschap dat ze vannacht toch nog de slaap zou kunnen vatten.

Net toen ze begon weg te zakken, zette Pintail het op een krijsen.

Elena schoot overeind in bed. Pintail bleef schreeuwen. Het was geen jachtroep, geen kreet om zijn territorium af te bakenen, maar een jammerklacht vol pijn en angst. Elena vloog naar het raam en rukte de gordijnen open. Misschien had een vos of een lynx de vogel te grazen genomen. Met haar hand bezorgd om haar keel speurde ze het erf beneden af.

De paardenstal stond aan de overkant van het erf. Ze hoorde de merrie en de hengst angstig hinniken. Ook zij wisten dat de schreeuw van

de uil een waarschuwing was om waakzaam te zijn. Het erf was leeg. Op de aangestampte aarde stonden alleen een kruiwagen en een ploeg met een braam in de schaar die haar vader nog moest repareren.
Elena deed het raam open. Haar nachtkleding waaide op in de koele avondwind, maar ze leunde naar buiten zonder het echt te merken. Ze kneep haar ogen tot spleetjes, speurend naar een teken van leven in de schaduwen, maar er was niets te zien.
Of toch! Ze deed een stap achteruit. Aan de rand van het lege hok waar de schapen voor het scheren werden samengedreven, bewoog een schim. Een gestalte – nee, twee – stapte vanuit het duister onder de takken van de bomen in de boomgaard in het zwakke maanlicht dat over het erf streek. Een man met een kap over zijn hoofd en een kromme staf, en een magere man die een kop boven zijn gebogen metgezel uitstak. Ze wist instinctief dat dit geen verdwaalde reizigers waren, maar iets duisterders, iets gevaarlijks.
Opeens scheerde Pintail krijsend over het lege erf, op nog geen handbreedte boven het hoofd van de langste man. Hij trok zijn hoofd iets in en hief geschrokken zijn arm. Pintail negeerde hem en schoot met een scherpe bocht door de lucht, worstelend met iets wat hij in zijn klauwen geklemd hield. Elena voelde een golf van opluchting toen ze zag dat Pintail ongedeerd was.
Op dat moment draaide de uil zich in volle vlucht om, wild klapwiekend, en viel naar de grond. Elena hield haar adem in, maar voordat Pintail de harde aarde raakte, sloeg de vogel zijn vleugels uit en remde zijn val af, om daarna weer omhoog te schieten – recht op haar af! Elena deed vlug een paar passen van het raam vandaan terwijl de vogel in glijvlucht op het raam af kwam en onzacht op de vensterbank landde, met zijn snavel wijd opengesperd in een boze schreeuw.
Elena dacht even dat de uil een slang had gevangen, maar ze had nog nooit een slang gezien die zo week wit van kleur was, als de buik van een dode vis. Het beest spartelde in de klauwen van de uil, en Pintail moest duidelijk zijn uiterste best doen om zijn prooi in bedwang te houden. Aan het gekrijs van de vogel te horen deed de worsteling hem zelfs pijn. Waarom laat Pintail dat smerige ding niet gewoon vallen, vroeg ze zich af. Waarom draagt hij het uit alle macht mee?
Even later zag ze waarom. De slang was bezig zich dieper en dieper in de borst van de uil te vreten. Pintail dróég het beest helemaal niet; hij wilde zich er juist van ontdoen. Pintails wanhopig klauwende poten probeerden te voorkomen dat het zich nog dieper in hem boorde. De vogel keek haar met een groot geel oog aan, alsof hij haar om hulp wilde vragen.
Elena schoot naar voren. Pintail probeerde wankelend op een poot in

evenwicht te blijven op de vensterbank, worstelend met het weerzinwekkende wezen. Net toen ze een hand naar haar vriendje uitstak, was het al te laat. De slang vocht zich los uit Pintails klauwen en verdween in zijn geheel in de vogel. De uil verstrakte, sperde zijn snavel in doodsnood wijd open en viel toen dood achterover uit het raam.

'Nee!' Elena sprong naar het raam en speurde steunend op de vensterbank naar Pintail. Ze ontdekte zijn gebroken lijfje op de grond, een levenloze hoop op de aangestampte aarde van het erf. De tranen stroomden over haar wangen. 'Pintail!'

Plotseling begon de grond onder zijn lichaam als drijfzand te bewegen. Elena gilde toen ze honderden van die monsterlijke slangenwezens als een krioelende massa uit de aarde omhoog zag komen om de vogel op te slokken. Twee tellen later lagen er alleen nog een handjevol witte botjes en een schedel waarvan de lege oogkassen naar haar omhoog leken te staren. Met knikkende knieën zag ze de wormen weer in de bodem verdwijnen. Ze wist gewoon dat ze daar zouden blijven wachten, onzichtbaar, op jacht naar vlees.

Met betraande ogen keek ze weer naar de twee reizigers aan de rand van het erf. De man met de kap gebruikte zijn staf als kruk om verder te strompelen over het verraderlijke erf, kennelijk zonder enige angst voor de afschuwelijke schepsels die onder de aarde scholen. Toen bleef hij staan en hief zijn gezicht op naar Elena's raam. Ze sprong huiverend achteruit, uit angst dat die ogen op haar zouden blijven rusten. Haar nekhaartjes gingen overeind staan, als waarschuwing voor dreigend gevaar.

Ze moest haar ouders roepen!

Elena rende naar haar slaapkamerdeur en gooide hem open.

Haar broer stond al op de overloop. Joach had alleen zijn ondergoed aan en wreef zich slaperig in de ogen. Hij wees naar het erf. 'Heb je ook dat vreselijke gekrijs gehoord?'

'Ik moet vader waarschuwen!' Ze greep haar oudere broer bij zijn arm en trok hem mee naar de trap naar de benedenverdieping.

'Waarom?' protesteerde hij. 'Ze hebben het vast ook wel gehoord. Het is gewoon die oude Pintail die met een vos vecht. Hij kan wel tien vossen aan. Hij redt zich wel.'

'Niet waar, hij is dood.'

'Wat? Hoe is dat gebeurd?'

'Iets ergs! Ik... Ik weet het niet.'

Elena bleef Joach vasthouden op de trap, bang als ze was om haar broer los te laten. Ze moest hem voelen om het gegil in haar binnenste in bedwang te houden. Ze stormde de trap af en de woonkamer door naar de kamer van haar ouders. Het huis was donker en stil en de lucht was

zwaar, alsof er ieder moment een storm kon losbarsten. De paniek greep Elena naar de keel en haar hart bonsde in haar oren. Ze duwde Joach naar de tafel. 'Steek een lamp aan, vlug!'
Hij holde naar de tondeldoos om haar opdracht uit te voeren.
Ze vloog naar de slaapkamer van haar ouders. Normaal gesproken zou ze eerst op de deur hebben geklopt voordat ze naar binnen ging, maar voor goede manieren was nu geen tijd. Ze stormde de kamer binnen op het moment dat Joach de geoliede pit aanstak. Het licht vlamde op en wierp Elena's schaduw over het bed van haar ouders.
Haar moeder, die nooit diep sliep, werd onmiddellijk wakker. 'Elena!' zei ze met grote, geschrokken ogen. 'Wat is er, liefje?'
Haar vader kwam op een elleboog overeind en kneep nog half in slaap zijn ogen dicht tegen het lamplicht. Hij keek haar geërgerd aan en schraapte zijn keel.
Elena wees naar de achterdeur. 'Er komen mensen aan. Ik zag ze op het erf.'
Haar vader ging rechtop zitten. 'Wie zijn het?'
Haar moeder legde een hand op haar vaders arm. 'Niet meteen het ergste denken, Bruxton. Misschien is het wel iemand die verdwaald is of hulp nodig heeft.'
Elena schudde haar hoofd. 'Nee, nee, ze hebben kwaad in de zin.'
'Hoe weet je dat, meisje?' zei haar vader, terwijl hij de dekens terugsloeg en in zijn winterondergoed uit bed klom.
Joach verscheen met de lantaarn in zijn hand in de deuropening. 'Ze zegt dat Pintail dood is.'
In Elena's ogen welden de tranen alweer op. 'Er zijn een soort... beesten. Afschuwelijke dingen.'
'Luister, Elena,' zei haar vader bars, 'weet je zeker dat je het niet gewoon hebt gedroomd?'
Op dat moment werd er hard op de achterdeur gebonsd.
Een tel lang kon niemand zich verroeren, en toen zei haar moeder: 'Bruxton?'
'Maak je geen zorgen, mama,' zei haar vader tegen haar moeder. 'Het is vast iemand die verdwaald is, zoals je zelf ook al zei.' De geruststellende woorden van haar vader strookten echter niet met zijn zorgelijk gefronste wenkbrauwen. Haastig schoot hij zijn broek aan.
Haar moeder glipte uit bed en trok haar ochtendjas aan. Ze liep door de kamer en trok Elena in de beschermende kring van haar arm. 'Je vader lost het wel op.'
Joach liep met de lamp achter zijn vader aan door de woonkamer. Elena, die hen op veilige afstand met haar moeder volgde, zag haar vader de handbijl pakken waarmee ze houtblokken tot aanmaakhout voor de

haard hakten. Elena drukte zich dichter tegen haar moeder aan.
Haar vader liep door de keuken naar de achterdeur, met Joach naast zich. Elena en haar moeder bleven voor de haard in de keuken staan.
Met de bijl geheven riep haar vader door de dikke eiken deur: 'Wie is daar?'
De stem die antwoordde klonk krachtig en dwingend. Elena wist op de een of andere manier dat het niet de man in de kap was die sprak, maar de andere, langere gestalte. 'In opdracht van de Raad van Gulgotha eisen wij toegang tot dit huis. In geval van weigering zal het gehele huishouden in hechtenis worden genomen.'
'Wat komt u doen?'
'We hebben opdracht de hoeve te doorzoeken,' zei dezelfde stem. 'Ontgrendel de deur!'
Haar vader keek met een zorgelijke blik om naar haar moeder. Elena schudde haar hoofd om haar vader te waarschuwen.
Hij draaide zich weer om naar de deur. 'Het is al laat. Hoe weet ik of u bent wie u zegt?'
Een vel papier werd onder de deur door geschoven, tot aan haar vaders blote voeten. 'Ik draag het zegel van de procureur van het regionale garnizoen.'
Haar vader gebaarde naar Joach dat hij het vel moest oppakken en in het lamplicht moest houden. Vanaf de andere kant van het vertrek zag Elena het paarse zegel onder aan het papier.
Haar vader draaide zich naar hen om en fluisterde: 'Het ziet er wel officieel uit. Joach, laat de lamp maar staan en ga met Elena naar boven. En wees stil, allebei.'
Joach knikte. Hij was duidelijk gespannen en zou zo te zien het liefst zijn gebleven, maar zoals gewoonlijk volgde hij de aanwijzingen van zijn vader op. Hij zette de lamp op de rand van de tafel en liep door het vertrek naar Elena. Haar moeder drukte haar nog even tegen zich aan en duwde haar toen met zachte hand in de richting van haar broer. 'Pas goed op je zusje, Joach. En kom niet naar beneden voordat wij je roepen.'
'Ja, moeder.'
Elena aarzelde. Het flakkerende lamplicht wierp grillige schaduwen op de muur. Haar twijfel gold niet de spreker, maar die ander, de man met de kap, die nog niets had gezegd. Ze wist niet hoe ze moest vertellen van de ziekmakende kilte die haar bekroop bij de herinnering aan het gezicht dat zoekend naar haar had opgekeken toen ze achter het raam stond. En dus deed ze alleen een stap terug naar haar moeder en borg zich nog even in haar armen.
Haar moeder streek haar over het hoofd en duwde haar toen van zich

af. 'En nu opschieten, liefje. Dit gaat niet om jou. Kom op, naar boven, en neem Joach mee.' Haar moeder probeerde haar geruststellend toe te lachen, maar de angst in haar ogen deed haar poging teniet.
Elena knikte en liep achteruit naar haar broer toe, zonder haar ogen af te wenden van haar ouders in de keuken.
Achter haar rug hoorde ze Joach zeggen: 'Kom op, zusje.' Hij legde een hand op haar schouder.
Ze huiverde onder zijn aanraking, maar liet zich desondanks meetronen. Door de woonkamer liepen ze terug tot aan de donkere voet van de trap. Als een eenzaam baken in het donkere huis hulde de lamp in de keuken haar ouders in zijn licht. Van onder aan de trap zag Elena dat haar vader zich omdraaide en de roestige ijzeren balk optilde die moest voorkomen dat rovers de deur intrapten. Ze wist dat wat er voor de deur stond nog veel erger was dan dieven.
De angst nagelde haar aan de grond aan de voet van de trap. Joach probeerde haar aan haar arm mee te trekken en praatte op haar in. 'Kom op, Elena, ga nou mee naar boven.'
'Nee,' fluisterde ze. 'Ze kunnen ons hier toch niet zien in het donker.'
Joach protesteerde niet; zelf wilde hij duidelijk ook zien wat er gebeurde. Hij liet zich naast zijn zusje op zijn knieën op de onderste tree zakken. 'Waar denk je dat ze voor komen?' fluisterde hij in haar oor.
'Voor mij,' fluisterde ze terug, zonder erbij na te denken. Elena wist gewoon dat het zo was. Het was op de een of andere manier allemaal haar schuld: haar veranderde hand, de verkoolde appel in de boomgaard, de ontplofte badkamer en nu deze bezoekers in het holst van de nacht. Er gebeurden te veel vreemde dingen om nog toeval te kunnen zijn.
'Kijk,' fluisterde Joach.
Elena richtte haar blik weer op de keuken, waar haar vader nu de deur liet openzwaaien. Hij maakte zich breed op de drempel, met de bijl nog in zijn hand. Ze kon hun stemmen horen.
Haar vader nam als eerste het woord. 'Goed, waar is nou al die drukte om?'
De magere man deed een stap dichter naar de deuropening, die scherp afgetekend was in het lamplicht. Hij was maar een paar vingers kleiner dan haar vader, maar hij had minder brede schouders en uit zijn gescheurde, geplooide hemd stak een klein buikje. Hij droeg een rijmantel en zwarte, modderige laarzen. Zelfs van de andere kant van het huis kon Elena zien dat de mantel van een dure kleermaker kwam en niet zomaar in het dorp was gekocht. Hij streek met een vinger over het dunne bruine snorretje onder zijn scherpe neus en gaf toen antwoord op haar vaders vraag. 'We zijn hier naar aanleiding van een misdrijf. Een van uw dochters wordt beschuldigd van een... eh, een laaghartige daad.'

'En wat mag dat misdrijf dan wel zijn?'
De spreker keek even achterom en wipte van de ene voet op de andere, alsof hij steun bij iemand zocht. Op dat moment verscheen de andere man in de deuropening. Elena zag dat haar vader onwillekeurig terugdeinsde. Het lamplicht bescheen een gestalte die gehuld was in een gitzwarte mantel met een donkere kap. Naast hem stak een staf in de grond. Met een knokige hand schermde de man in de mantel zijn gezicht met de rand van de kap af voor het lamplicht, alsof het heldere licht pijn deed aan zijn ogen. Zijn stem kraakte van ouderdom. 'We zoeken een kind' – hij stak zijn hand in de lucht – 'met een met bloed bevlekte hand.'
Haar moeder onderdrukte een kreet van schrik, maar niet voordat de oude man haar zijn gezicht had toegekeerd, waardoor het lamplicht in zijn kap scheen. Elena moest zich inhouden om geen geluid te maken toen die ogen zich op haar moeder richtten – het waren ogen zonder leven, zonder glans, melkwit als de nietsziende oogbollen van een doodgeboren kalfje.
'We weten niet waar u het over hebt,' zei haar vader.
De man met de kap pakte zijn staf uit de grond en trok zich terug op het donkere erf.
De jongere man deed het woord. 'We willen niet het hele gezin wakker maken. Komt u even mee naar buiten, dan kunnen we onder vier ogen praten. Wie weet is alles zo geregeld, zonder al te veel drukte.' Hij maakte een lichte buiging en gebaarde naar het erf. 'Kom, het is al laat, en we kunnen onze slaap allemaal goed gebruiken.'
Elena zag haar vader naar de deur lopen en wist wat er op het erf op hem wachtte. Ze dacht aan Pintail, die verscheurd was door de beesten die zich onder de grond verscholen. Ze sprong overeind om naar de keuken te rennen, maar Joachs vuist schoot uit, greep haar nachthemd en trok haar terug.
'Wat doe je nou?' siste hij tegen haar.
'Laat me los!' Ze probeerde zich los te worstelen, maar Joach was veel sterker. 'Ik moet vader waarschuwen.'
'Hij zei toch dat we uit het zicht moesten blijven?'
Ze gluurde naar haar vader, die weer een stap dichter naar de deur toe deed. Nee, lieve godin, nee! Ze rukte zich los uit Joachs greep en rende naar de keuken, met Joach achter zich aan. De drie volwassenen draaiden zich naar haar om toen ze de cirkel van lamplicht in stormde.
'Wacht!' riep ze. Haar vader was op de drempel blijven staan, met een van woede rood aangelopen gezicht.
'Ik dacht dat ik had gezegd...'
De jonge indringer, achter haar vader, pakte hem bij de schouders en

duwde hem naar buiten. Elena gilde toen haar vader verrast en maaiend met zijn armen over de drie treden naar beneden struikelde en op de harde grond viel. Haar moeder stormde met een keukenmes in de hand op de man af, maar ze was te oud en de man was te snel; hij greep haar moeder bij haar pols en draaide haar ruw om.

Joach slaakte een woedende brul, maar de man grijnsde alleen en gaf haar moeder een zet, zodat ze hulpeloos naast haar man op de grond viel. Schuimbekkend vloog Joach de indringer aan. De man zwaaide met een knuppel die hij onder zijn mantel te voorschijn had gehaald en raakte Joach tegen zijn slaap. Met een klap sloeg haar broer tegen de houten vloer.

Elena verstijfde toen de man zijn ogen op haar liet rusten. Ze zag zijn blik even naar haar rechterhand schieten, de hand die rood bevlekt was. Zijn ogen werden groot.

'Het is waar!' zei hij, terwijl hij een stap achteruit deed, dichter naar de deur. Hij keek naar buiten, naar de man in de kap op het erf. 'Ze is het echt!'

Haar vader was inmiddels weer overeind gekrabbeld. Hij stond beschermend over zijn vrouw gebogen, die naar haar linkerarm greep en op haar knieën ging zitten. 'Blijf met je handen van mijn dochter af!' brulde haar vader de indringers woedend toe.

Ook Joach stond op, met bloedend voorhoofd, en ging nog wat onvast ter been tussen Elena en de deur in staan.

De oude man hompelde naar haar ouders toe. 'Je dochter of je leven,' kraste hij. Zijn stem klonk als slangen in het donker.

'Je krijgt Elena niet. Ik maak jullie allebei af als je het probeert.' Haar vader gaf geen krimp onder de doordringende blik van de oude man.

De gestalte in de mantel zei niets, maar hief alleen zijn staf en tikte twee keer op de grond. Bij de tweede tik begon de aarde rond haar ouders opeens woest te kolken en werden ze door een wolk van modder aan het zicht onttrokken. Voor het eerst in haar leven hoorde Elena haar vader het uitschreeuwen van angst. Toen het stof was gaan liggen, zag ze dat haar vader en moeder waren bedolven onder de witte wormen die ook Pintail hadden gegrepen. Ze zaten onder het bloed.

Elena gilde en liet zich op haar knieën vallen.

Haar vader draaide zich wankelend om naar de deur. 'Joach!' schreeuwde hij. 'Breng je zus in veiligheid! Vlu...' De rest van zijn woorden werd gesmoord door de wormen die zijn mond en zijn keel binnendrongen.

Joach liep achteruit terug naar Elena en trok haar overeind.

'Nee,' zei ze, zo zacht dat het bijna onhoorbaar was. 'Nee!' klonk het weer, harder deze keer. Haar bloed begon te koken. 'Néé!' Ze kreeg een rood waas voor haar ogen en haar keel werd dichtgeknepen. Met gebalde vuisten sprong ze overeind, sidderend van woede. Ze zag Joach nauwelijks meer, die met grote ogen achteruitweek. Al haar aandacht was op het erf gericht, op de kronkelende lichamen van haar ouders op de kolkende aarde. Toen slaakte ze een brul waarmee ze al haar woede de vrije loop liet.

Een muur van vlammen schoot op en joeg over het erf. De twee boosaardige mannen sprongen uit de baan van het vuur, maar haar ouders konden zich niet verroeren. Elena keek toe hoe het vuur haar vader en moeder omspoelde. Haar oren, die nog suisden van de krachtsexplosie, hoorden het geschreeuw van haar ouders plotseling afbreken alsof ergens een deur werd dichtgeslagen.

Op dat moment sloeg Joach een arm om haar middel en trok haar mee uit de keuken naar de donkere woonkamer. De keukenmuur stond in brand. Elena liet zich uitgeput tegen hem aan vallen, slap als een lappenpop. Joach wankelde onder haar gewicht. Rook vulde de kamer.

'Elena,' zei Joach met zijn mond tegen haar oor, 'ik kan het niet alleen. Kom op!' De vette rook sloeg op zijn keel en hij hoestte. Het vuur had zich inmiddels al verspreid naar de gordijnen in de woonkamer.

Ze dwong zichzelf om op eigen kracht overeind te blijven. 'Wat heb ik gedaan?'

Joach staarde over zijn schouder naar de vlammen. Op zijn wangen glansden de tranen in het schijnsel van het vuur. Toen keek hij weer voor zich, met speurende ogen.

De rook verstikte de lucht. Elena hoestte.

Joach deed een stap naar de voordeur en bleef toen weer staan. 'Nee, dat ligt te veel voor de hand. We moeten op een andere manier naar buiten zien te komen.'

Hij trok haar mee naar de trap. Elena voelde het overal prikken nu het bloed in haar verdoofde armen en benen weer begon te stromen. Ze beefde van de ingehouden snikken. 'Het is mijn schuld.'

'Stil. Naar boven.'

Joach duwde haar naar de trap en joeg haar de treden op. 'Kom op, El,' fluisterde hij haar op dringende toon toe. 'Hoorde je niet wat die twee beneden zeiden? Het gaat om jou.'

Ze keek hem met betraande ogen aan. 'Dat weet ik. Maar waarom? Wat heb ik gedaan?'

Daar had Joach geen antwoord op. Hij wees naar de deur van zijn kamer. 'Daarheen.'

Haar blik viel op het raam aan de andere kant van de overloop en ze schudde Joach van zich af. 'Ik kon niet zien wat er gebeurde. Ik moet het zien.' Ze liep struikelend naar het raam.

'Niet doen!'

Elena negeerde het opgewonden gefluister van haar broer. Ze liep de overloop over naar het raam, dat niet open kon maar wel een goed uitzicht bood op het erf beneden. Ze drukte haar voorhoofd tegen het koele glas. Beneden, op een paar passen van de achterdeur en verlicht door de vlammen, zag ze de resten van haar vader en moeder, half verscholen onder de dikke rookwolken die over het erf spoelden.
Twee stel verzengde beenderen lagen met de armen verstrengeld op de bruine aarde, met de schedels tegen elkaar aan. De oude man stond op een paar passen afstand. De zoom van zijn gewaad smeulde. Hij hield een arm geheven, wijzend naar de voorgevel van het huis.
Joach kwam achter haar staan en trok haar weg bij het raam. 'Zo heb je wel genoeg gezien, Elena. Het vuur breidt zich uit. We moeten opschieten.'
'Maar... moeder en vader...' Ze keek over haar schouder naar het raam.
'Rouwen komt later wel.' Joach trok haar mee naar zijn slaapkamer en deed de deur open. 'Vannacht moeten we in leven zien te blijven.' Hij vervolgde met ijskoude stem: 'Morgen is het vroeg genoeg om wraak te nemen.'
'Wat nu, Joach?' zei ze toen ze eenmaal in zijn kamer stonden.
'Vluchten.' Zelfs in het halfduister van de kamer kon ze de verbeten trek om zijn mond zien. Hoe bleef haar broer zo onaangedaan? Hij had alleen heel even gehuild. 'We hebben warme kleren nodig. Pak mijn wollen overjas maar.' Haar broer schoot zijn broek aan en trok de dikke trui over zijn hoofd die haar moeder voor de vorige Winteravond voor hem had gebreid. Bij de gedachte aan die feestdag welden nieuwe tranen op. 'Schiet op,' zei Joach.
Ze pakte zijn lange jas van de haak in zijn kast en wikkelde zich in de dikke, warme stof. Ze besefte pas hoe koud ze het had gehad toen ze de warme omhelzing van de jas voelde.
Haar broer stond al bij zijn slaapkamerraam. 'Kun je goed je evenwicht bewaren, El?'
'Het gaat steeds beter. Hoezo?'
Hij wenkte haar naar het raam, dat vanuit een zijmuur uitkeek op een reusachtige kastanje. De wijd uitstaande, dikke takken raakten zowel de dakrand van het huis als het dak van de paardenstal. Haar broer zette het raam wijd open. 'Doe mij maar na,' zei hij, terwijl hij op de vensterbank klom.
Hij sprong naar buiten, sloeg zijn handen om een stevige tak en slingerde zich omhoog naar een dikkere tak. Het was duidelijk te zien dat hij dit vaker had gedaan. Hij draaide zich om en gebaarde dat het nu haar beurt was.
Ze klom op de smalle vensterbank. Haar blote tenen klemden zich om

de houten rand. Ze keek naar de grond ver onder zich. Als ze viel, was een gebroken arm of been nog wel haar minste zorg. Bij de gedachte aan wat zich daar in de aarde verschool, begon ze te wankelen op de vensterbank.

Haar broer floot als een woudzanger, en ze richtte haar aandacht weer op hem. Ze sprong uit het raam en greep de boomtak, net zoals hij voor haar had gedaan. Met de hulp van Joach hees ze zich naast hem op de dikke tak.

'Klim maar achter mij aan!' zei Joach zacht, uit angst dat de twee mannen hen opmerkten. Ze hoorde stemmen aan de voorkant van het huis, gevolgd door het geluid van brekend glas. Ze kroop achter hem aan over de takken van de boom, zonder acht te slaan op de takjes die aan haar kleren en haar huid bleven hangen.

Over de takken van de boom staken ze het verraderlijke erf over. Hoe verder ze bij de stam vandaan raakten, des te dieper bogen de takken door onder hun gewicht. Joach wees naar het open luik van de hooizolder. 'Goed kijken.' Hij rende over een dunne tak naar voren en sprong toen door de lucht. Met een halve koprol landde hij op een berg hooi. Hij kwam vrijwel meteen weer overeind en ging in het luik staan. 'Schiet op!' siste hij haar toe.

Ze haalde even diep adem en nam een aanloop. Ze moest wel springen! En het zou haar ook zijn gelukt, als er niet vlak voor haar sprong een takje in een zak was blijven haken. De jas scheurde, en halverwege haar sprong maakte ze een draai. Maaiend met haar armen vloog ze door de lucht, en ze schreeuwde het uit van de schrik. Nog altijd schreeuwend klapte ze vlak onder het luik van de hooizolder tegen de schuur.

Voordat ze kon vallen, greep Joach de kraag van de overjas. Hangend in de jas bungelde ze aan zijn arm. 'Ik krijg je niet omhoog,' zei hij, terwijl hij zich schrap zette. 'Steek je armen uit en pak de rand! Schiet op! Ze hebben je vast gehoord!'

Terwijl haar hart in haar oren bonsde, reikte ze uit alle macht naar de onderrand van het luik van de hooizolder. Ze raakte de houten rand alleen met haar vingertoppen, maar dat was genoeg. Krabbelend om vat te krijgen op het hout hees ze zich op terwijl Joach aan de jas rukte, en samen wisten ze haar op de hooizolder te krijgen.

Hijgend van de inspanning werkten ze zich door het hooi naar de ladder.

Boven aan de ladder bleef Elena staan en keek naar de vloer van aangestampte aarde in de stal. 'Wat als die wormen daar nou ook zitten?' Joach wees naar de hengst en de merrie in hun hok. 'Tracker en Mist leven nog, kijk maar.' De twee paarden waren nerveus geworden door alle opschudding en rolden angstig met hun ogen. 'Kom.' Haar broer

ging voorop en klauterde langs de ladder naar beneden.
Toen Elena achter hem aan klom, haalde ze haar rechterhand open aan een dikke splinter. Ze peuterde het stukje hout uit haar handpalm en zag dat de robijnrode verkleuring was vervaagd tot een lichtroze tint, nagenoeg dezelfde kleur als haar andere hand.
Joach had de deuren van de paardenhokken al opengegooid en de twee paarden stapten behoedzaam briesend naar buiten, van streek door de rook. Haar broer gooide haar teugels en een bit toe. Ze haalde even een hand over Mists hals om haar te bedaren en liet toen het bit en de leidsels op hun plaats glijden. Tijd om de paarden te zadelen was er niet.
Joach sprong op Trackers rug en kwam zijwaarts naar haar toe om haar op de blote rug van Mist te helpen klimmen. Daarna reed hij naar de deuren achter in de schuur en wipte met zijn teen de klink omhoog. De deuren zwaaiden open en ze zagen de rand van de boomgaard. Joach hield de doorgang open om Mist door te laten.
Terwijl Elena Mist naar buiten stuurde, speurde ze de donkere ruimte tussen de schuur en de bomen af. De maan was achter de wolken verdwenen en er dreven dikke rookwolken door de lucht. Net toen ze Mist in de richting van de bomen wilde drijven, vlamde er licht op achter Joach. Ze draaide zich met een ruk om. Haar hart klopte in haar keel. Achter haar broer kwam de man met de kap om de hoek van de schuur gelopen. Zijn metgezel hield een lantaarn in de lucht.
'Rijden, Elena!' Joach keerde zijn paard naar de twee mannen. 'Ik hou ze wel tegen.'
Elena luisterde niet naar hem en keek hoe de oude man zijn kromme staf hief en op de aangestampte aarde tikte. Zodra de staf de grond raakte, begon de grond rond de voeten van de twee mannen op te bollen en te bewegen, als de golven in een vijver waar een steen in is gegooid. De golf van kolkende aarde kwam in hoge snelheid op Joach af. Af en toe ving ze even een glimp op van dikke, witte lichamen die de grond omwoelden. 'Nee! Rijden, Joach!'
Joach zag ook wat er op hem af kwam. Met een ruk aan Trackers leidsels trok hij het hoofd van het paard om. Tracker hinnikte in paniek en verzette zich, maar toen draaide hij zich met trappelende hoeven om en zette af voor een sprong om aan zijn achtervolgers te ontkomen. Maar het dier was niet snel genoeg. De voorste rand van de verdorven golf verzwolg zijn achterbenen.
Elena zag hoe het achterlijf van het paard in de aarde wegzonk alsof het drijfzand was. De leem zag zwart van het bloed. Tracker steigerde met uitpuilende ogen, gillend van de pijn. Joach klemde zijn handen stevig om de teugels. Het paard viel op de grond. Zijn voorhoeven klauwden in de aarde in een wanhopige poging zijn achterlijf te bevrijden.

Joach spoorde het paard aan, maar Elena wist dat het geen zin meer had. De roofdieren in de grond hadden maar een paar tellen nodig om een bot kaal te vreten. Ze joeg haar rijdier naar het worstelende paar. Vlak voor Tracker hield ze de merrie in. Elena had de leidsels om één arm gedraaid en ze moest vechten om Mist voor de zwoegende hengst in bedwang te houden, die haar met wilde ogen aanstaarde. 'Kom hier!' gilde ze naar haar broer.

Eindelijk erkende Joach dat hij geen schijn van kans had. 'Laat mij maar! Rijden!'

'Niet zonder jou!' Mist sprong een paar passen achteruit. De golf, die even had stilgehouden terwijl de wormen zich aan het paard te goed deden, kwam nu haar kant op. Trackers voorbenen raakten gevangen in de ziedende aarde. 'Springen!' riep ze naar haar broer.

Joach kneep met gebalde vuisten in de teugels, verstijfd in zijn besluiteloosheid. Toen schudde hij zijn hoofd en werkte hij zich omhoog op het bokkende paard. Hij zwaaide met zijn armen om in evenwicht te blijven, en toen sprong hij van Trackers rug en landde met een smak op zijn buik op de romp van Mist. Zijn onverwachte gewicht gaf Mist vleugels, en het paard sprong ervandoor alsof ze met de zweep had gekregen.

Elena liet Mist gaan. Ze gaf alleen af en toe met een hand een rukje aan de teugels om haar naar de donkere boomgaard sturen. Haar andere arm had ze nodig om te voorkomen dat haar broer van het paard gleed. En zo stormden ze gedrieën het woud van appelbomen in.

6

Met ontblote borst en slechts gekleed in zijn slobberige reisbroek liep de jongleur naar de rand van het toneel en zette zijn nap neer. Alle steden leken op elkaar, de vorige liep over in de volgende, met dezelfde onbestemde gezichten die hem aanstaarden vanuit het publiek. Hij trok nu al acht jaar rond, alleen, met zijn herinneringen als zijn enige gezelschap. En zelfs die herinneringen zaten hem nog te dicht op de lip.

Hier en daar begonnen mensen in het publiek te mompelen en naar hem te wijzen. Hij ging op veilige afstand van de rand staan. De vingers wezen naar zijn rechterschouder, besefte hij, waar zijn arm had moeten zitten.

De jongleur wierp zijn vier messen in de lucht, die de rook van alle pijpen in het vertrek in smalle repen sneden. Hij keek hoe de eerste terugtuimelde naar zijn linkerhand, greep het heft met geoefende nonchalance en stuurde het mes met een snelle polsbeweging weer de lucht in. De rest liet hij de achtervolging inzetten. De tollende messen vingen het licht van de toortsen en kaatsten het terug naar het publiek, dat tot dicht voor het gammele toneel van de herberg opeengepakt zat.

Af en toe klonken er goedkeurende o's en ah's op uit het publiek, maar over het algemeen was er meer aandacht voor de kwaliteit van het bier dat in de herberg werd geschonken en de snelheid waarmee het werd aangevoerd. Met één oog op zijn messen zag de jongleur hoe een veelgeplaagde dienster zich moeizaam door de massa drong met een dienblad vol klotsende glazen op haar geheven arm. Ze had de opgeplakte glimlach van de oververmoeiden op haar gezicht.

Hij knikte kort als dank voor de munt die rinkelend in de nap op de rand van het podium viel. Zo kwam een rondreizende kunstenmaker aan de kost.

'Hé, makker!' riep iemand vanaf het voortoneel met onvaste, overdadig met bier gesmeerde stem. 'Pas je wel op met die grote, dure prikkers? Straks raak je nog een arm kwijt.'

Achter in de zaal klonk een kakelend lachje, en iemand riep naar de dronken man: 'Kijk zelf maar uit, Bryn. Je staat wel erg dicht bij die rondtollende messen. Als je niet oppast, scheert hij nog die lelijke stekelworm onder je neus af die voor een snor moet doorgaan.'

Het publiek brulde het uit om de schimpscheut.
De man die op de hak was genomen – met een kalende kop en een dikke, gekrulde en geoliede snor – liet zijn vuist op de planken van het toneel neerkomen. 'Zou je denken? Je mocht willen dat je mans genoeg was voor een snor, Strefen.'
Dat zag er niet best uit. Niet dat de jongleur verwachtte dat de woordenstrijd zou omslaan in iets ergers dan een uitwisseling van beledigingen, maar als het publiek zich beter vermaakte met wat er aan de tafels gebeurde dan met de kunstenmaker op het toneel, dan zou zijn nap niet veel munten te zien krijgen. Hij moest hun aandacht weer zien te trekken. Vandaag de dag keken de mensen niet snel meer ergens van op, zelfs niet van een eenarmige jongleur.
Hij liet een mes vallen, alsof hij even de controle was kwijtgeraakt. Het lemmet raakte de houten planken met een harde *plok* en boorde zich diep in het plankier. De hoofden in het publiek draaiden weer zijn kant op. Geef mensen de kans om je smadelijk uit te lachen om een mislukking en je krijgt meteen hun volle aandacht. Hij hoorde de eerste hoonlachjes al opborrelen. Even later landden de andere messen, schijnbaar zonder dat hij er nog enige macht over had, een voor een met de punt van het lemmet in het heft van hun voorganger – *plok, plok, plok* – totdat ze alle vier als een torentje boven op elkaar stonden.
De toren van messen zwaaide nog even licht heen en weer voor de verbaasde ogen van de gasten van de herberg. Hier en daar klapte iemand, en dat verdwaalde handgeklap breidde zich gestaag uit tot een gematigd enthousiast applaus. Het blijk van waardering ging vergezeld van een handjevol munten dat rinkelend in zijn nap terechtkwam.
Het was hard werken voor elke koperen duit, die immers ook aan bier uitgegeven kon worden. Als hij die avond wilde eten, moest er toch echt meer binnenkomen. Hij kreeg zelden genoeg bij elkaar voor een dak boven zijn hoofd, maar hij was het wel gewend om onder zijn paard te slapen.
Hij liep met grote passen naar de zijkant van het toneel, deed zijn buidel open en haalde een stel geoliede fakkels te voorschijn voor zijn volgende kunstje. Hij hield de drie toortsen in zijn ene hand en stak ze aan in een walmende brander. Ze vlamden op, en de toeschouwers vielen stil toen ze zagen dat elke toorts met een andere kleur brandde – donkergroen, azuur en rood, een dieper rood dan gewone vlammen. Die truc, waarvoor hij speciale alchemistische poeders gebruikte, had hij in zijn jaren in de Zuidlanden geleerd.
Achter zijn rug hoorde hij een enkeling klappen.
Hij draaide zich met de toortsen in de lucht om naar het publiek en gooide ze omhoog, bijna tot aan de dakbalken van de gelagkamer van

de herberg. Toen ze een voor een in een waterval van licht weer naar beneden kwamen tuimelen, ving hij ze op en stuurde ze terug naar het dak.
Er werd intussen geestdriftig geapplaudisseerd, maar hij hoorde het nog steeds geen muntjes regenen in zijn nap. En dus gooide hij de fakkels nog hoger op, tot zijn spierballen als dikke bundels op zijn armen stonden en zijn lijf glom van het zweet dat als een laagje olie op zijn huid lag. Links van het podium klonken de o's van een paar vrouwen, maar hij zag uit zijn ooghoek dat ze vooral naar zijn lichaam keken, en niet naar de tuimelende toortsen. Hij had inmiddels wel geleerd dat er meer manieren waren om de kost te verdienen als rondreizend artiest, en hij voelde zich niet te goed om te laten zien wat hij in huis had.
Al jonglerend spande hij zijn schouders, zodat zijn brede borst en uitstekend ontwikkelde spierpartijen goed uitkwamen. Met zijn zwarte haren, grijze ogen en de gezonde rode kleur van de bewoners van de vlakten van zijn geboorteland had hij in het verleden ook wel met andere dingen dan messen en fakkels gejongleerd om een kamer en een bed te verdienen.
Er werden al meer muntjes in zijn geldkistje gemikt.
Hij besloot met een zwierige buiging, terwijl de drie toortsen nog in de lucht hingen. Met ingehouden adem, zoals gewoonlijk, keek het publiek toe hoe de fakkels op zijn gebogen rug af tuimelden. Hij zag dat een van zijn welgeschapen bewonderaarsters geschrokken een hand voor haar mond sloeg. Vlak voordat de fakkels hem raakten, maakte hij een salto uit stand, ving de toortsen een voor op en liet ze in één beweging in een gereedstaande emmer met water vliegen. Met elke vlam die sissend uitdoofde, zwol het applaus aan. Toen hij klaar was, stond het publiek naast de stoelen en werd er met kroezen op de tafels gebonkt.
Zijn nap vulde zich nog altijd met munten, zag hij. Hij bleef buigen totdat het publiek wat rustiger werd en de muntenstroom begon op te drogen. Met een laatste zwaai pakte hij zijn messen en zijn nap en sprong van het toneel af. Er werd nog enthousiast nagepraat in de volle gelagkamer, en een paar gasten sloegen hem op de schouders toen hij zich tussen hen door drong. Hij trok zijn leren wambuis aan; voor het dikke katoenen hemd dat hij daar normaal gesproken nog onder droeg, had hij het door zijn opvoering te warm gekregen.
Een blik op het hoopje munten leerde hem dat hij vanavond goed zou kunnen eten, en met een beetje geluk had hij dan ook nog net genoeg over voor een kamer in de herberg. Zo niet, dan kon hij altijd nog zijn geluk beproeven bij een van de dames die hun ogen nog steeds niet van zijn blote borst af konden houden. Mogelijkheden genoeg.
De herbergier schoof met zijn dikke buik langs de bar naar hem toe. In

de warme gelagkamer waren zijn bolle wangen zo roze geworden als de pens van een varken. Hij droeg het voorschoot vol wijnvlekken dat tot de standaarduitrusting leek te behoren van uitbaters van dit soort herbergen. Hij streek de vier haren die nog op zijn hoofd prijkten naar achteren, bracht zijn brede neus tot voor het gezicht van de jongleur en legde zijn dikke hand op het doorleefde hout van de toog. 'Waar is mijn aandeel?' bracht hij piepend uit.

De jongleur telde het vereiste deel van de munten uit als betaling voor het gebruik van het toneel. De herbergier volgde elk koperen muntje dat in zijn vlezige handpalm werd gedrukt met zijn ogen. Nog even en het water loopt hem uit de mond, dacht de jongleur bij zichzelf, zo duidelijk stond de hebzucht in zijn ogen te lezen.

'Is dat alles?' zei hij, schuddend met zijn knuist vol munten. 'Ik heb met eigen ogen die muntjes in je nap terecht zien komen. Je houdt geld achter.'

'Ik kan u verzekeren dat uw aandeel hiermee is voldaan.' De jongleur keek de herbergier recht in de ogen.

De herbergier gaf zich mopperend gewonnen en keerde terug naar zijn post verderop aan de toog, waarbij hij een dienster die hem in de weg liep een zet gaf. Een andere dienster, een aantrekkelijk meisje dat haar dikke blonde haar in een vlecht droeg, zette achter de rug van de herbergier een glas bier voor hem op de bar. 'Proost,' fluisterde ze, met een klein lachje en iets geloken wimpers. 'Een drankje om het vuur te blussen. Voorlopig.' Met een korte blik over haar schouder naar hem ging ze verder naar de volgende klant.

Zijn paard sliep vanavond alleen, zoveel was zeker.

Hij pakte zijn glas koud bier op en ging met zijn rug tegen de toog staan om de volgende artiest te zien die het podium beklom. Het publiek liet zich vandaag niet eenvoudig vermaken, en na zijn eigen optreden had hij te doen met de jonge jongen die nu de treden naar het toneel op liep. Het was alleen geen jongen, besefte hij toen de artiest een nap op het voortoneel had gezet en zich oprichtte. Ze was klein, en de grijze broek en het eenvoudige witte hemd die ze droeg, waren niet ontworpen om haar vrouwelijke vormen te benadrukken, voor zover aanwezig. Hij dacht eerst dat ze nog zo jong was dat ze nauwelijks voor het eerst kon hebben gebloed, maar toen ze eenmaal op de kruk was gaan zitten en het publiek in keek, besefte hij dat hij het mis had. Haar gezicht, jong met een huid als zachte boter en een mond als een rozenknop, rijmde niet met de blik in haar violette ogen: een blik vol droefenis en gratie die alleen met het verstrijken van vele harde jaren worden verworven.

De gasten negeerden haar vanzelfsprekend volledig terwijl ze een luit uit een stoffen koffer haalde. Aan de tafels aan haar voeten zat de stem-

ming er nu goed in; mensen riepen om meer wijn, zaten te slempen met hun vrienden, lieten hun glazen klinken en barstten af en toe uit in bulderend gelach. De rook van pijpen en toortsen hing zwaar in de lucht. Ze zag eruit als een bloemblaadje in een razende storm.
De jongleur zuchtte. Dit werd geen fraaie vertoning. Het zou niet de eerste keer zijn dat een kunstenmaker met een hagel van vieze servetten en broodkorsten van het toneel af werd gejaagd. Hij had het vaker gezien.
De kleine vrouw liet de luit tegen haar buik rusten en boog zich over het instrument als een moeder over haar kind. Het hout van de luit was zo dik gelakt dat het glom in het schijnsel van de fakkels, alsof het nat was. Hij had nooit eerder zulk rood hout gezien; het leek bijna zwart, en de nerven liepen als kleine draaikolken over het oppervlak. Dat was een duur instrument om mee door de binnenlanden te trekken.
En nog altijd werd ze door de gasten genegeerd. Hij hoorde een ruzie uitbreken over wie de wedstrijd cider drinken ging winnen op de jaarmarkt, volgende maand. Er werd met vuisten gezwaaid en voordat de ruziemakers uit elkaar konden worden gehaald, was de stand één gebroken neus – en dat allemaal om cider. Maar goed, op zijn reizen had hij wel meer belachelijke ruzies meegemaakt, met kwalijkere gevolgen dan een gescheurde lip en een bloedende, gehavende neus.
Hij nam een slok van zijn bier en liet het vocht door zijn keel naar beneden glijden. Zijn ogen zakten half dicht, net op het moment dat de vrouw op het toneel haar eerste akkoord aansloeg. Het was net alsof de muziek dwars door het rumoer heen sneed en zich als een vogeltje in zijn oren nestelde. Ze liet het akkoord een tweede keer klinken, en terwijl de eerste gezichten zich naar het toneel keerden, begon het rumoer aan de tafels af te nemen.
Zijn eigen ogen gingen ook weer open. De troubadour keek voor zich uit, niet naar de mensen in het publiek, maar daar voorbij, naar een ander oord. Hij keek hoe ze haar vingers iets verplaatste op de hals van het instrument en met de nagels van haar andere hand over de snaren streek. Het nieuwe akkoord was een zuster van het eerste. Het dwaalde door de gelagkamer, alsof het op zoek was naar die eerste tonen. De gasten vielen stil om die zoektocht niet te verstoren.
In die stilte begon de vrouw te spelen. De lieflijke muziek nam het vertrek in bezit en sprak van gelukkiger tijden, lichtere tijden dan de sombere dag die zojuist ten einde was gelopen. De jongleur zag hoe haar vingers over het hout en de snaren dansten. Toen deed ze iets opmerkelijks: ze begon te zingen. Haar stem zette zacht in, nauwelijks te onderscheiden van de honingzoete akkoorden, maar met haar lied zwol ook haar stem aan en vervlocht zich met de melodie. De taal waarin ze

zong verstond hij niet, maar hij voelde wat het betekende. Ze zong van de jaren, van de wisseling van de jaargetijden, van de kringloop van alles wat leeft.
De gasten leunden verbluft achterover in hun stoelen. Een man hoestte, en zijn buren keken hem woedend aan alsof hij hun de meest vuile belediging naar het hoofd had geslingerd. De rest keek niet op of om, maar staarde alleen met open mond naar het toneel.
Ze zong zonder acht te slaan op de reacties. Haar stem kreeg een iets andere lading en de zingende akkoorden veranderden in een weeklacht. Ze waarschuwde voor gevaar, voor tijden waarin de kringloop van het leven wordt bedreigd. Ze zong van verwoeste schoonheid en bedorven onschuld. Het klonk alsof zich onder haar stem en haar akkoorden trommen roerden.
De jongleur voelde opeens de behoefte om haar te troosten, te vertellen dat alles nog niet verloren was. Hij zag haar vingers trager over de snaren gaan toen het tempo van haar lied opnieuw verschoof, naar het ritme van een steeds zwakker kloppend hart. Trager en trager waaierden de akkoorden uit over het hunkerende vertrek. Een paar gasten bogen zich voorover naar het toneel, alsof ze zo het einde konden tegenhouden. Maar dat einde kwam toch. Nog een laatste streek van nagel langs snaar, en toen niets meer. Haar stem bleef nog even op een enkele noot in de lucht hangen, maar met haar adem vervloog ook die laatste toon. Een doodse stilte daalde over het vertrek neer. Niemand wilde de eerste zijn die bewoog. De jongleur voelde tot zijn grote verbazing een traan over zijn wang rollen. Zijn hand kwam niet omhoog om hem weg te vegen. Hij liet hem vallen. Er waren veel betraande ogen en natte wangen te zien in de gelagkamer.
Hij dacht dat het nu was afgelopen, maar dat bleek niet het geval. Uit haar luit steeg opnieuw een gefluisterd akkoord op. Haar vingers leken niet eens te bewegen; het was alsof de luit zelf zong. De muziek zweefde door de ruimte en streek over de vele betraande wangen. En toen zong haar stem het slot – over een enkeling, het laatste licht temidden van de verwoesting. Haar muziek ontlokte nieuwe tranen aan de ogen van de jongleur. Het voelde alsof haar lied alleen voor hem werd gezongen, al was hij zich bewust van de vele anderen in het vertrek die zich door haar muziek hadden laten raken, van de andere harten die klopten op haar ritme. Met haar laatste akkoord, helder en klinkend als een klok, en met de laatste fluistering van haar lied bood ze iedereen troost met een enkel woord: hoop.
Toen was het voorbij. Hij zag hoe ze verschoof op haar krukje en opstond.
De gasten, die al die tijd hun adem hadden ingehouden, slaakten alle-

maal tegelijk een diepe zucht, gevolgd door opgewonden gemompel en applaus. Iedereen stroomde naar het toneel om haar nap met munten te vullen. Voordat hij besefte wat hij deed, stond de jongleur al voor haar en goot de munten uit zijn eigen nap over in de hare.

Hij keek even omhoog naar het toneel en zag dat ze hem met haar violette ogen opnam. Ze had zich angstig teruggetrokken tot achter op het podium, kennelijk afgeschrikt door al het gedrang om haar heen en de bewonderende uitroepen. Haar luit hield ze tegen haar borst geklemd.

Toen ontstond er opeens opschudding bij de ingang van de herberg. Een man kwam de gelagkamer binnengestormd. 'Er is brand bij de boerderij van Bruxton!' riep hij door het vertrek. 'De boomgaard staat in brand!' Onder de gasten brak beroering uit.

De jongleur sloeg geen acht op het rumoer, maar hield zijn blik op de luitspeelster gericht. Die brand was zijn zorg niet.

Ze schoot over het toneel naar voren, naar hem toe. Daar knielde de troubadour neer tot ze hem recht in de grijze ogen kon kijken. 'Ik heb je nodig, Erril van Standi.'

7

Het vuur verlichtte de horizon achter Elena. Rook wolkte dik en zwarter dan de nacht tussen de rijen bomen, steeds dichterbij, en een knappend geloei brulde langs de hellingrand. Ze spoorde Mist nog eens aan, maar het paard was nat van het zweet van de wilde rit en begon al te strompelen.

'Ze moet rusten, El!' riep Joach achter haar rug. 'Mist houdt het niet vol in dit tempo.'

'En de brand dan?'

'We hebben een goede voorsprong! De wind houdt de vlammen wel even tegen.' Hij reikte om haar heen en trok de teugels strak. Mist ging stapvoets lopen.

Joach liet zich van de merrie glijden en bracht de teugels naar voren om het paard aan de hand te leiden. Mist brieste in de nachtlucht, sperde haar neusvleugels open en keek met grote, bange ogen vooruit. De rook en het brullende vuur hadden haar schrikachtig gemaakt en ze stond te dansen op haar hoeven alsof ze het liefst weer in galop zou gaan.

Elena gaf het paard een klopje op haar hals en klauterde ook van haar rug af. Joach had gelijk. Als ze de kans kreeg, zou Mist blijven draven tot haar hart uit elkaar spatte. Ze nam de teugels over van haar broer en liet Mist stapvoets lopen.

Joach legde een hand op de natte flank van het paard. 'Ze is veel te warm. We kunnen haar vanavond niet meer berijden. Maar ik denk dat we nu wel ver genoeg weg zijn.'

Elena staarde naar de brandende hellingen. Ze dacht terug aan de vlammen die haar huis hadden verteerd en toen waren overgeslagen naar de paardenstal. Even later waren gloeiende sintels van het staldak overgewaaid naar de bomen en hadden ze de boomgaard in vuur en vlam gezet. Na de droogte van de afgelopen zomer was het kreupelhout in perfect aanmaakhout veranderd, zodat het vuur met onnatuurlijke snelheid om zich heen had gegrepen.

Onder haar ogen verging haar wereld tot as in een brand die ze zelf had aangestoken. Ongemerkt wreef ze over het restje van de verkleuring op haar rechterhand.

Joach zag dat de tranen over haar wangen begonnen te stromen, maar

de oorzaak van die tranen schatte hij verkeerd in. 'We komen hier echt wel weg, El. Dat beloof ik je.'
Ze schudde haar hoofd en gebaarde naar het oprukkende vuur. 'Ik heb ze vermoord.' Ze zag weer de muur van vlammen voor zich die over haar ouders heen spoelde.
'Niet waar.' Joach legde zijn hand op de hare, die om de teugels lag. 'Dat heb je niet, Elena. Je hebt ze behoed voor vreselijke pijn.'
'Misschien hadden ze het wel overleefd.'
Joach huiverde. 'Vader en moeder hadden geen schijn van kans. Ik heb gezien hoe vlug die slangenmonsters Tracker verscheurden. En zelfs als ze op de een of andere manier in leven waren gebleven, dan nog weet ik niet... Ik denk niet dat ze dan beter af waren geweest.'
Elena liet haar hoofd hangen en zei niets.
Joach legde een vinger onder haar kin en tilde haar hoofd op. 'Het is niet jouw schuld, Elena.'
Ze wurmde zich los uit haar broers greep en keerde hem de rug toe. 'Je begrijpt het niet... Ik... Ik...' Ze moest haar tong dwingen de schuld in haar hart te erkennen. 'Ik wilde hier weg... Ik wenste dat ik hier weg kon.' Ze draaide zich met een ruk naar hem om; hete tranen liepen over haar wangen. Ze wees naar de brandende boomgaard. 'Ik haatte het hier... en nu staat het in brand, door mij!'
Joach sloeg zijn armen om haar schokkende schouders en drukte haar stevig tegen zich aan. 'El, ik wilde ook weg. Dat weet je toch? Het komt niet door jou.'
'Door wie dan wel, Joach?' zei ze tegen zijn borst. 'Wie zijn schuld is dit dan allemaal?' Ze maakte zich los uit zijn omhelzing en stak haar rechtervuist in de lucht. 'Waarom is dit met me gebeurd?'
'Die vragen komen later wel. Eerst moeten we bij Millbend Creek zien te komen.' Hij staarde over zijn schouder naar het vuur dat de helling bekroonde. De vlammen likten naar de maan. 'Als we de beek oversteken, zijn we waarschijnlijk wel veilig voor het vuur. Misschien hebben we dan even de tijd om goed na te denken.'
Elena beet op haar onderlip. Ze was plotseling bang voor de antwoorden die ze zou kunnen vinden; ze wist dat de troostende woorden van Joach weleens leeg konden blijken en dat alles wat er op deze zwarte avond was gebeurd haar misschien toch voor de voeten kon worden geworpen. Ze snufte en wreef zich over haar neus.
Naast haar hinnikte Mist angstig, en Elena aaide de merrie over de trillende neusvleugels. 'Stil maar, lieveling, het komt goed,' fluisterde ze tegen het paard.
Opeens sprong Mist met zo'n kracht naar achteren dat de leren leidsels bijna uit Elena's handen schoten. Voordat Elena wist wat er gebeurde,

werd ze door het steigerende, in doodsangst hinnikende paard de lucht in getild. Toen vloog Mist langs de helling naar beneden en sleurde Elena met zich mee.

'Ho, Mist! Ho!' Elena worstelde om haar benen op de grond te krijgen. Haar jas en haar knieën schampten over struiken, takken en stenen.

'Loslaten, Elena!' riep Joach, die achter hen aan holde.

Maar Elena was niet van plan om het laatste dat van thuis was overgebleven in de nacht te zien verdwijnen. Ze klemde de teugels stevig in beide vuisten. Terwijl ze half stuiterend, half rennend werd meegetrokken, slaagde ze erin een voet tegen een kei te zetten en uit alle macht aan de leren leidsels te trekken. Mists hoofd werd met een ruk naar achteren getrokken en de romp van het paard schoot naar voren, de helling af. Elena slingerde de leidsels rond de stam van een fruitboom en bond ze vast, biddend dat het tuig niet zou knappen. Het hield, tot haar grote opluchting. Mist struikelde en krabbelde toen weer overeind.

Joach kwam slippend naast haar tot stilstand. 'Wat gebeurde er nou?'

'Stil!' zei Elena.

Door het gebrul van het vuur heen zwol een nieuw geluid aan. Het begon als een fluistering, maar werd steeds duidelijker. Het was het geluid van grote, ruisende vleugels, alsof iemand een dik kleed uitklopte, en het kwam steeds dichterbij.

Mist trok hinnikend aan de leidsels en draaide haar ogen weg tot alleen nog het wit te zien was. Elena dook in een reflex in elkaar en Joach kroop weg onder de takken van een appelboom.

Allebei speurden ze de hemel af. De deken van rook die de sterren versluierde, begon te kolken toen het gevleugelde beest voorbij kwam suizen. Het was groot, met een spanwijdte van meer dan twee mannen. Heel even prikte de punt van een vleugel – een raamwerk van botten, omspannen door vliezige, rode plooien – door het scherm van rook, om vervolgens weer uit het zicht te verdwijnen.

De aanblik deed Elena's bloed in haar aderen stollen. Wat hier vanavond door de lucht vloog, was geen bewoner van deze vallei, maar iets wat hier ver vandaan huisde, verborgen voor de ogen van deugdzame mensen. Het vloog in de richting van het vuur.

Joach was de eerste die zijn stem weer terugvond toen het schepsel voorbij was. 'Wat was dat?' fluisterde hij.

Elena schudde haar hoofd. 'Ik weet het niet, maar volgens mij kunnen we maar beter opschieten.'

Rockingham drukte een zakdoek tegen zijn neus en mond en hield de brandende toorts zo ver mogelijk van zich vandaan. Het roet en de rook schrijnden in zijn keel. Hij gooide de fakkel in een droge haagdoorn aan

de rand van de boomgaard. Zodra de struik vlam vatte, sprong hij terug naar het harde aarden erf van de hoeve.
Half struikelend liep hij terug naar waar Dismarum op zijn staf geleund stond. De ziener had een hand in de lucht gestoken om de wind te voelen. 'Nog een.' Dismarum wees naar een hoop dode bladeren dicht bij de rand van de akker.
'Ik heb wel weer genoeg brandjes aangestoken,' zei Rockingham, die zijn met as besmeurde handen aan zijn broek afveegde. Zijn gezicht zag zwart van het zweet en de rook. 'De hele helling staat in lichterlaaie.'
'Nog een,' zei de ziener weer, wijzend naar de bladerhoop. Zijn donkere gewaad, waarvan de zomen waren verschroeid, wapperde in de avondwind.
Loop naar de hel, dacht Rockingham. Hij bleef staan waar hij stond. 'De brand woedt al fel genoeg om de kinderen van de hellingen van de boomgaard het dal in te drijven. We hoeven niet de hele berg in de as te leggen.'
'De hele vallei mag in vlammen opgaan. Alles om het meisje in handen te krijgen.'
Rockingham veegde zijn gezicht af met zijn zakdoek. 'De mensen in dit dal leven van de boomgaarden. Als die boeren ook maar dénken dat wij deze brand hebben aangewakkerd...'
Dismarum sprak tegen het vuur. 'Dan geven we het meisje de schuld.'
'Maar de mensen in de stad, die...'
'Die zijn ons vangnet. De brand zal haar naar Winterfell drijven.'
'En jij denkt dat de burgers haar alleen maar gevangennemen als ze haar gezicht laat zien? Als die kinkels denken dat zij de boomgaarden heeft laten afbranden, zie je haar niet meer terug. Of hoogstens in stukjes.'
Dismarum wees met zijn staf naar de hoop dode bladeren. 'Ze mag ons geen tweede keer door de vingers glippen.'
Rockingham pakte mopperend een nieuwe fakkel. Hij stak hem aan in de laatste, sputterende vlammen die nog tussen de resten van de geblakerde stal opschoten en liep over het erf naar de hoop bijeengeharkte bladeren. Hij stak de brandende toorts diep in de hoop. Toen hij wegliep, handenwrijvend om het roet van zijn handen te krijgen, laaide het vuur met een gulzig, knappend gegrom meteen hoog op in de kurkdroge bladeren.
De dikke rook die van de hoop af sloeg, maakte hem aan het hoesten. Opeens blies een felle windstoot zijn kant op, en een werveling van brandende bladeren danste als een zwerm steekvliegen om hem heen. Hij sloeg om zich heen naar de gloeiende sintels, die schroeivlekken op zijn dure rijmantel achterlieten. 'Het is mooi geweest!' schreeuwde hij, ter-

wijl hij met zijn hak een brandend takje uitstampte. 'Ik ga terug naar de stad!'

De rook prikte in zijn tranende ogen. Zijn met roet verstopte neus jeukte en schrijnde. Hij nieste en keek vol afschuw naar de zwarte viezigheid in zijn zakdoek. Zwaaiend met zijn armen probeerde hij het grauwe rookgordijn te verdrijven en Dismarum terug te vinden. 'Dismarum!' riep hij.

Geen antwoord.

De oude man zou wel terug naar de straat zijn gehobbeld. Rockingham baande zich een weg over het rokerige erf, met zijn blik gericht op het smeulende geraamte van de hoeve om niet te verdwalen in de nevel. Hij hoestte en spuwde op de grond. Toen raakte zijn voet iets zachts. Verrast sprong hij achteruit, totdat hij besefte dat het Dismarum was. De oude man zat geknield op het erf en had zijn staf diep in de grond gestoken. Even zag Rockingham pure haat opvlammen in de melkwitte ogen van de ziener, maar zijn giftige blik was niet gericht op Rockingham, maar op iets achter hem.

Rockingham verstijfde, plotseling overspoeld door het verpletterende gevoel dat een paar kille ogen zich in zijn rug boorde.

Hij draaide zich met een ruk om. Wat hij zag, door het dichte waas van rook heen, dwong hem met een kreet van angst naast Dismarum op de knieën.

Het monster torende hoog boven de brandende hoop bladeren uit. Het had de knobbelige vleugels wijd uitgeslagen en de ogen gloeiden rood op in het schijnsel van het vuur. Het schepsel was twee keer zo groot als Rockingham, maar dun als een geestverschijning, met een doorschijnende huid die strak over het been en kraakbeen spande. In de borstholte klopten vier zwarte harten die zwarte rivieren van bloed door het lijf pompten. De vlammen verlichtten ook de rest van de ingewanden: een kolkend, woelend, weerzinwekkend kluwen. Rockinghams maag draaide zich om en hij merkte dat het koude zweet hem op het voorhoofd stond, ondanks de hitte van het vuur. Het beest sloeg nog een laatste keer met zijn vleugels en joeg zo een nieuwe warreling van gloeiende sintels rond Rockingham op. Toen werden de vleugels ingetrokken en opgevouwen achter de knokige schouders.

Het monster stapte het erf op. De klauwen boorden zich diep in de aangestampte aarde. De haarloze kop en de muil zwaaiden heen en weer tussen de twee mannen; lange, gele tanden staken voorbij de zwarte lippen. De lange, puntige oren keerden zich trillend naar Rockingham. Een klauw strekte zich naar hem uit. Van de vlijmscherpe punten van de nagels die uit hun vlezige schede schoven, drupte een groene, olieachtige vloeistof.

Rockingham wist dat het vergif was dat hij zag, en hij wist wat hier voor hem stond. Hij had de wezens nooit met eigen ogen gezien, maar in de zalen van de Gulgotha-vesting werden er op gedempte toon verhalen over rondverteld: skaltums, de luitenants van de Duistere Heer in eigen persoon.

Toen het beest zijn muil opendeed om te spreken, werden zijn puntig gevijlde tanden zichtbaar. De zwarte tong, zo lang als de arm van een man, schoot naar voren. Het wezen had een hoge stem en siste bij het spreken. 'Waar isss het kind? Waar isss het kind dat de hoge koning zzzoekt?'

Dismarum tilde zijn hoofd op, maar hij weigerde het beest nog altijd in de ogen te kijken. 'Haar kracht is tot wasdom gekomen' – hij gebaarde naar het vuur – 'en ze heeft zich met vlammen een weg langs ons heen gebaand. Ze is de boomgaard in gevlucht.'

De skaltum liet zijn kop zakken en schoof tot vlak voor Dismarum. Met een nagel draaide het beest het gezicht van de oude man naar het licht. Rockingham zag dat de ziener zijn hoofd zo ver mogelijk naar achteren boog om te voorkomen dat de scherpe punt zijn huid doorboorde. 'Isss ze ontssnapt? Waarom isss dat de meesster niet verteld?'

Dismarums fluisterende stem was zwak als een rietstengel in de wind. 'We hebben een val voor haar gezet. Voordat de zon opkomt, hebben we haar in handen.'

'De Illusstere wil haar – sssnel!' De skaltum spuwde van woede, en zijn speeksel viel sissend als een levend wezen op de aarde. 'Misshaag de meesster niet!'

'Ze zit gevangen tussen de wanden van het dal. We zullen niet falen.'

Het beest bracht zijn kop nog dichter bij Dismarum. Zijn tong streek langs de neus van de ziener. 'Andersss zzzul je boeten.' De skaltum haalde zijn nagel van Dismarums hals en trok zijn klauw in.

De ziener liet zijn hoofd op zijn borst zakken. 'Het was een wijs besluit van de Duistere Heer om u te zenden. Met uw hulp kunnen we niet falen.' Achter zijn woorden hoorde Rockingham Dismarums onvervalste haat.

Het wezen nam de oude man onderzoekend op. Zijn kop ging heen en weer, als de kop van een vogel die naar een worm loert. 'Ken ik jou niet, oude?'

Rockingham zag Dismarum huiveren, al wist hij niet of het van angst of van woede was.

Toen keek de skaltum met een vergenoegde blik naar Rockingham. 'Jou ken ik ook, groentje. Jou herinner ik me zzzeker nog.'

Rockingham had geen idee wat het schepsel bedoelde. Als hij ooit zo'n beest had ontmoet, zou hij dat niet snel vergeten, in geen duizend jaar.

De skaltum legde een vinger op Rockinghams borst; hij rilde onder de aanraking, beducht voor die scherpe klauw. Het wezen boog zich voorover en legde een klauw om Rockinghams achterhoofd. Toen schoot het opeens naar voren en drukte zijn zwarte lippen hard op de zijne. Nee! De tong die zich tussen zijn lippen wrong, smoorde zijn kreet. Rockingham verzette zich tegen de indringer, maar de skaltum hield hem stevig vast terwijl zijn tong zich een weg naar binnen zocht. Rockingham kronkelde in zijn greep; zijn keel trok samen en zijn hart joeg het bloed bonzend langs zijn slapen.

Vlak voordat Rockinghams geest het begaf, was het afgelopen. De skaltum trok zich terug en deed een stap naar achteren. Spuwend en kokhalzend viel Rockingham neer, steunend op zijn handen en knieën.

Boven zijn hoofd hoorde hij de stem van de skaltum. 'Ik proef haar ssspoor in jou.'

Rockingham braakte in het onkruid.

8

De jongleur beende met grote passen achter de troubadour aan de kamer in. Je kreeg niet veel voor zestien koperstukjes, merkte hij op. Het was donker in het slaapvertrek, maar de kamermeid liep naar de lamp en hield een vlam bij de pit. De kleine ruimte knapte niet op van het licht. De muren hadden in geen jaren een verfkwast gezien, en het enkele bed was vermoedelijk de enige bron van levensonderhoud voor het handjevol motten dat op de lamp af kwam. Een kast van geschilderd cederhout was het enige andere meubelstuk in de kamer. Hij liep erheen en trok een van de kromgetrokken, krakende deurtjes open. Op het stof en de motten na die hij daarmee de vrijheid gaf, was de kast leeg.

Het vertrek mocht ook weleens gelucht worden, want het rook er naar oud kaarsvet en ongewassen lichamen. In het smalle raam dat uitkeek op de binnenplaats van de herberg was door de verflaag op de houten kozijnen echter geen beweging te krijgen. Op de binnenplaats, twee verdiepingen lager, klonken geschreeuw en het getrappel van paardenhoeven. De brand in de boomgaard hield de gemoederen van de burgers nog altijd bezig.

Maar hij had geen boodschap aan die brand.

De jongleur drukte de kamermeid een muntje in de hand en wachtte tot ze de kamer weer uit was geglipt. Hij schoof de sluitbalk op zijn plaats en bleef bij de deur staan tot haar voetstappen waren weggestorven. Nieuwe voetstappen bleven uit. Pas toen hij zich ervan had verzekerd dat ze niet werden afgeluisterd, draaide de jongleur zich om naar de troubadour. Ze had haar tas aan het voeteneind van het bed gezet en liet zich op de gekreukelde sprei op het bed zakken, met de ingepakte luit in haar handen. Haar gezicht was iets van hem af gekeerd, zodat haar steile blonde haar als een gordijn tussen hen in hing.

'Die naam die je gebruikte – Erril,' zei hij, erop gebrand dat raadsel eerst op te helderen, 'waarom noemde je me zo?'

'Zo heet je toch?' De vrouw, klein en tenger als een verwaarloosd kind, legde de luit voorzichtig naast zich op het bed. Haar hand bleef beschermend op het instrument rusten.

Hij negeerde de vraag. 'En wie mag jij dan wel zijn?'

'Ik ben Neelahn van Lokaihera,' zei ze. Haar stem bleef zacht en bescheiden. Ze sloeg haar ogen naar hem op alsof ze verwachtte dat hij de naam zou herkennen.

Lokaihera? Waarom klonk die naam hem bekend in de oren? Hij zocht zijn geheugen af, maar hij had zoveel steden en dorpen gezien. 'Waar ligt dat?'

De vrouw leek nog meer in zichzelf te keren. Ze liet de luit uit zijn foedraal glijden. De nerven in het rode hout leken te wervelen in het lamplicht, net als eerder in de gelagkamer. 'Wat vergeet je snel, Erril van Standi,' fluisterde ze tegen haar luit.

Hij zuchtte, moe van die omtrekkende bewegingen. 'Ik ben al honderden winters niet meer met die naam aangesproken. Die man is eeuwen geleden gestorven.' Hij liep naar het raam en trok het rafelige gordijn open. Op de binnenplaats liepen mannen met fakkels heen en weer. Anderen droegen emmers en spaden aan. Er reed een wagen voor, en iedereen probeerde een plaatsje in de bak te bemachtigen. De twee trekpaarden voor de wagen moesten met de zweep worden overgehaald om de afgeladen kar te trekken. Erril keek de wagen na toen die schokkerig in beweging kwam en naar de weg sukkelde. Een oranje gloed omrandde de heuvels in het westen.

Hij dacht aan de laatste keer dat hij hier in deze vervloekte vallei was geweest en huiverde. Toen had hij ook vanuit het raam van een herberg uitgekeken over vuren in de heuvels.

Zonder zich om te draaien vroeg hij: 'Waarom heb je mij opgezocht?'

In de ruit zag hij dat de troubadour het hoofd boog en met haar vingers de snaren van haar luit beroerde. De eenzame klanken verzachtten de scherpe randen van het vertrek. 'Omdat wij de laatsten zijn.'

Haar klanken voerden hem weg uit de kamer naar een oord hier ver vandaan. Hij draaide zich naar haar om. 'De laatste wat?' mompelde hij.

'De laatste fluisteringen van macht uit een ver verleden, van Chi.'

Zijn gezicht verstrakte. De naam van de goddelijke geest die Alasea had uitgeleverd aan de schendingen van de Gulgotha vervulde hem met weerzin. 'Ik heb geen macht,' zei hij bars.

Ze hield haar hoofd schuin, zodat haar haren voor haar fijne gezicht vielen. 'Je leeft al vijf eeuwen, en nog twijfel je aan je macht?'

'Dat was het werk van mijn broer. Hij heeft me dit aangedaan.'

Ze fluisterde één enkel woord. 'Shorkan.'

Erril voelde een schok bij het horen van de naam van zijn broer. Hij trok een wenkbrauw op en keek de vrouw onderzoekend aan. 'Hoe komt het dat je zoveel over mij weet?'

'Ik heb me over de oude verhalen gebogen.' Ze stak een ranke vinger uit en streek de stroom blond haar uit haar gezicht, zodat één violet oog

zichtbaar werd. 'En over de oude woorden: "Drie worden een en het Boek wordt gebonden."'
'Oude woorden uit een verloochend verleden.'
Ze kneep haar ogen tot spleetjes en keek hem peinzend aan. 'Je bent niet meer de man uit de verhalen. Die man redde het Boek, beschermde het. Hij trok door het land en probeerde de mensen aan te sporen tot verzet tegen de opperheer van de Gulgotha. Men zegt dat die man nog altijd door het land zwerft.'
'Oude verhalen, zoals ik al zei.'
'Nee, het verhaal is onveranderd.' Ze liet haar haren weer voor haar gezicht vallen. 'En het is nog altijd niet afgelopen.'
Erril ging op de vensterbank zitten. 'Hoe wist je wie ik was?'
Ze nam haar luit op haar schoot en haalde haar hand een keer over de snaren. 'De muziek.'
'Wat bedoel je? Wat heeft je luit ermee te maken?'
Ze streek liefkozend met een vingertop over de rand van de luit. 'Voorbij de Tanden, diep in het hart van de Westelijke Gronden, lag ooit een oeroud bos van koakonabomen. Herinner je je de koakona nog, de geestbomen? Of ben je die soms ook vergeten?'
'Ik weet nog dat er een midden in Aloa Glen stond.' In gedachten zag hij de zon ondergaan tussen de oprijzende takken van de eenzame koakonaboom, zodat de bloesems als saffieren glansden in het schemerlicht. 'Die boom was hoger dan de hoogste torenspitsen van de stad.'
Neelahn ging rechtop zitten op het bed en keerde hem voor het eerst haar volle gezicht toe. Uit haar stem en haar blik sprak een hunkering die hij niet eerder had opgemerkt. 'Draagt de boom nog bloesems?'
'Nee. De laatste keer dat ik hem zag, had het zilte water de wortels aangevreten.' Erril merkte dat zijn woorden haar pijnlijk troffen. 'Ik denk niet dat de boom nog leeft,' ging hij op zachte toon verder.
Erril zag een traan over haar wang rollen. Toen ze verder ging met haar verhaal, had haar stem een droeve ondertoon gekregen. 'Lokaihera heette het bos, de Ziel van het Woud. Het...'
Plotseling wist hij het weer, en Erril schoot overeind. Lokaihera! De herinnering welde in hem op als een rivier die tijdens een hoosbui buiten zijn oevers treedt. Hij zag zijn vader voor zich, met zijn pijp in de mond aan de keukentafel en een hand wrijvend over zijn volle maag. Het beeld stond hem opeens zo haarscherp voor de geest dat hij zijn knieën voelde knikken. Hij zag zelfs het spinnenweb van adertjes op zijn vaders neus, hij hoorde zijn fluitende ademhaling als hij aan zijn pijp zoog, en het schrapen van zijn stoel over de plankenvloer. 'Mijn vader...' prevelde hij. 'Mijn vader vertelde me eens van een reis die hij als jongeman naar zo'n streek had gemaakt. Ik dacht altijd dat het fabeltjes waren,

zijn grote verhalen over nimfen die boomgeesten huwden, wolven zo groot als volwassen mannen en bomen met de omtrek van ons huis.'
'Lokaihera is geen fabeltje. Het was mijn thuis.'
Erril zweeg, denkend aan zijn eigen huis. De herinnering aan zijn vader had een stortvloed van oude beelden losgemaakt, beelden die hij uit alle macht uit zijn geheugen had proberen te bannen: zijn broer en hij die verstoppertje speelden op het land, het oogstfeest van zijn eerste zoen, de vlakten die zich rondom tot in het oneindige leken uit te strekken.
'Het spijt me,' zei hij tegen haar. 'Wat is er met je land gebeurd?'
Ze liet haar schouders hangen. 'Het is een lang verhaal, uit een tijd voordat jouw volk naar dit land kwam. Het elvenvolk, dat verdorven ras, sprak een vloek uit over onze geestbomen.' Ze leek zich in zichzelf terug te trekken, weg uit de bedompte kamer.
Erril hoorde de eeuwenoude pijn die haar hart nog altijd verwondde in haar stem. 'Die elven waar je van spreekt,' zei hij in de stilte die ze had laten vallen. 'Ik heb vaker verhalen over die zilverharige schimmen gehoord. Ik dacht dat ze alleen in de mythen bestonden.'
'De tijd maakt een mythe van elke waarheid.' Ze sloeg even haar ogen naar hem op en liet toen haar hoofd weer zakken. 'Dat zou jij toch moeten weten, Erril van Standi. Voor de meeste mensen ben jij ook alleen nog maar een mythe, een legende.'
Erril bleef woordeloos staan.
Ze ging verder met haar verhaal. 'Vele jaren lang zochten we een manier om onze bomen voor afsterven te behoeden, maar het Rot, de oude vloek van de elven, greep om zich heen. Bladeren verkruimelden in onze handen; takken bogen door onder het gewicht van krioelende larven. Ons grootse woudrijk kromp steeds verder ineen, totdat ons nog slechts een handvol koakonabomen restte. En ook die laatste bomen waren ten dode opgeschreven, tot de komst van een magiër van jouw volk, die onze laatste bomen redde met een Chirische zegening. Maar naarmate de kracht van Chi het land verliet, won het Rot weer aan kracht. Opnieuw werd ons thuis met de dood bedreigd. Bomen die volop hadden gebloeid sinds de dagen dat het land nog jong en pril was, kregen geen bloesems meer. Sterke takken knakten. En met onze bomen verzwakte ook ons volk.'
'Jouw volk?'
'Mijn zusters en onze geesten. We zijn verbonden met onze bomen, zoals jij verbonden bent met je ziel. De een kan niet leven zonder de ander.'
'Jij...'
Ze streek haar fijne haren uit haar gezicht. 'Ik behoor tot de niphai.'
'Een nimf?'
Haar mond verstrakte even. 'Zo noemt jouw volk ons.'
'Mijn vader zei dat jullie stierven als jullie meer dan honderd passen

van jullie bomen werden gescheiden. Hoe kun je dan hier zijn, zo ver van je geboortegrond?'
'Hij had het fout.' Neelahn legde een hand op haar luit. 'We kunnen wel van de boom, maar niet van onze geest worden gescheiden. Een meester-schrijnwerker in de Westelijke Gronden heeft deze luit gemaakt van het stervende hart van de laatste boom... mijn boom. Haar geest huist in het hout. Haar muziek is het lied van oude bomen. Ze spreekt tot degenen die nog de herinnering aan de magie bewaren.'
'Waarom? De tijd van de magie is voorgoed voorbij.'
'Haar lied trekt anderen aan die net als zij sporen van de magie dragen, zoals magneetsteen ijzer aantrekt. Ik trek door het land en laat haar zingen, op zoek naar mensen in wie de macht nog leeft. Haar muziek laat me zien wat de luisteraar voor zijn geestesoog ziet. Ik zag wat jij je herinnerde toen ik speelde: de torens van Aloa Glen, de velden van je thuis in Standi. Ik wist wie je was.'
'En wat vraag je van me?'
'Een heelmiddel.'
'Waarvoor?'
'Voor Lokaihera. Ik ben de laatste. Als ik sterf, sterven ook mijn volk en onze ziel. Dat mag ik niet laten gebeuren.'
'Hoe moet ik je dan helpen?'
'Die vraag kan ik niet beantwoorden. Maar onze oudste geest en haar waakster kregen op hun sterfbed een visioen.'
Erril zuchtte en wreef met zijn ene hand over zijn slapen. 'Ik heb mijn buik vol van visioenen en profetieën. Veel goeds hebben ze me nooit gebracht, zoals je ziet.'
Hoop gaf haar stem nieuwe kracht. 'Ze hebben jou bij mij gebracht, Erril van Standi.'
'Je hecht te veel belang aan deze toevallige ontmoeting.'
'Dat is niet waar. De avond is vervuld van voortekenen.'
'Zoals?'
'Op haar sterfbed zag de oudste hoe Lokaihera weer groen ontsproot uit rode vlammen – uit vuur dat uit magie was geboren.' Ze wees uit het raam. 'Vuur. En nu vind ik jou hier – een magisch wezen.'
'Dat ben ik niet. Ik ben een man. Ik kan verminkt worden, net als ieder ander.' Hij gebaarde naar de stomp van zijn arm. 'Ik kan sterven, net als ieder ander. Alleen... Alleen de zegen van de veroudering is me niet vergund. En dat spoortje magie is meer een vloek dan een gave.'
'Het is genoeg,' zei ze vol overtuiging. 'De avond behoort toe aan vuur en magie.' Haar ogen schitterden met dezelfde kleur als de bloesems die als edelstenen aan de eenzame boom in het verloren Aloa Glen hingen. 'Het is een begin.'

9

De krijs van het gevleugelde beest doorsneed het duister als een slagersmes. Het wezen had de hele nacht hun spoor gevolgd. Met zijn kreet nog nagalmend in haar oren ging Elena met haar volle gewicht aan de teugels hangen om Mist uit de droge geul omhoog te sjorren.
Joach trok ook uit alle macht aan de leidsels van het paard. 'Het komt op onze geur af,' zei haar broer tussen opeengeklemde kiezen. 'We moeten Mist achterlaten en ons uit de voeten maken!'
'Nee!' zei Elena fel. Ze liet zich in de droge bedding naar beneden glijden om achter het paard te komen. Mists achterbenen waren tot aan de koten weggezakt in de rulle aarde en ze kwam niet meer vooruit. De merrie was aan het eind van haar krachten en deed zelfs geen poging meer om zichzelf los te worstelen.
Elena ploegde door de bedding naar Mists romp. Ze streek met haar hand over de koortsige huid van het paard. De dampende, trillende flanken van het dier dropen van het zweet. 'Het spijt me, Mist,' fluisterde ze terwijl ze een hand uitstak naar de staart van het paard, 'maar ik laat het je nog niet opgeven!'
Elena greep de staart vast en trok hem bruut op tot boven de rug van het paard. 'En nou lopen, meid!' Ze gaf Mist met een hand een tik tegen haar achterwerk en gaf met haar andere hand nog een ruk aan haar staart.
Mist brieste luid en bevrijdde bokkend haar achterbenen uit het gruis, zodat Elena tot onder in de geul rolde. Ze landde op haar achterste en zag tevreden dat Joach het paard sjorrend aan de teugels uit de geul sleurde die hen gevangen had gehouden.
Weer verscheurde een rauwe kreet de stilte in de heuvels. Het klonk al dichterbij.
'Schiet op, El!' riep Joach.
Elena had geen aansporing nodig. Ze was alweer overeind gekrabbeld en klauterde langs de losse aarden wal van de bedding omhoog.
Toen ze eenmaal bovenaan was gekomen, wees Joach voor zich uit. 'De Millbend is nog maar een paar mijl die kant op.'
Elena schudde haar hoofd. 'We moeten ons verstoppen! Dat beest is al veel te dichtbij.' Ze griste Joach Mists teugels uit handen en trok het

paard de andere kant op – terug naar het laaiende vuur.
'El, wat doe je?'
'In de rook vallen we minder op en kan de jager ons spoor minder goed volgen. Schiet nou op! Ik weet een plekje waar we ons schuil kunnen houden tot dat beest het opgeeft.'
Joach kwam achter haar aan, met een zorgelijke blik naar de brandende boomgaard. 'Als we voor die tijd tenminste niet levend verbrand zijn.'
Elena reageerde niet, maar zocht de omgeving af naar de vertrouwde herkenningspunten. Door de rook en haar bonkende hart kon ze zich niet goed concentreren. Gingen ze zo nog wel goed? Ze dacht dat ze wist waar ze was in de boomgaard, maar helemaal zeker was ze er niet van. Turend rende ze verder, met Mist achter zich aan. Ja! Daar was het! Die oude steen in de vorm van een berenkop. Ze had het goed gezien. Hier was het.
Ze sloeg links af, gebarend naar haar broer dat hij haar moest volgen. Recht vooruit lag de halfverscholen, overgroeide laagte die ze zocht. De deken van rook die de sterren boven hun hoofd versluierde, begon opeens te kolken en iets reusachtigs schoot op nog geen steenworp afstand over hen heen. Elena had het gevoel alsof het gewicht van het wezen dat klapwiekend voorbijkwam haar neerdrukte. Het vloog in de richting van de geul waar ze net een paar tellen geleden uit waren geklauterd.
Joach staarde haar in de zwakke gloed van de vlammen met grote ogen aan. In zijn blik zag ze de doodsangst die ze ook in haar eigen hart voelde. Als ze hadden geprobeerd naar de beek te komen, waren ze nu een gemakkelijke prooi geweest. Joach knikte dat ze verder moest gaan, zonder er nog bezwaar tegen te maken dat hun pad hen dichter naar het vuur bracht.
Elena ging voorop, zo snel en zo stil als ze kon. Ze slaakte een zucht van opluchting toen ze de Oude Man in het oog kreeg. Met Mist aan de teugel daalde ze af in de ondiepe kom waar een stukje ongerept bos de ordelijke rijen fruitbomen onderbrak, als een soort oase van onontgonnen wildernis. Dwars door de braamstruiken heen baande ze zich een weg naar het hart van de laagte.
'Lieve Moeder,' fluisterde Joach toen zijn blik de Oude Man vond. 'Niet te geloven.'
Voor hen verhief zich het indrukwekkende, dode omhulsel van een reusachtige boom – geen iele appelboom, maar een van de oeroude woudreuzen die hier naar de hemel reikten lang voordat de eerste mensen naar deze vallei kwamen. Om de stam te omvatten zouden acht volwassen mannen met ineengeslagen handen niet genoeg zijn. De top was

al lang geleden verdwenen; alleen de knoestige stomp stond er nog, waaruit één enkele, dikke tak de lucht in stak.
'Die heb ik op een van mijn ontdekkingstochten gevonden,' zei Elena. Ze praatte op gedempte toon, niet om onopgemerkt te blijven voor de oren van de gevleugelde jager, maar uit eerbied voor wat voor haar stond. 'Ik noem hem altijd de Oude Man.'
Ze troonde Joach mee naar een langgerekte, zwarte spleet in de bast. 'Hij is hol vanbinnen, als een soort grot. We kunnen...'
Een gierende brul van woede vulde de vallei. De jager had ontdekt dat zijn prooi hem door de vingers was geglipt.
Zonder nog iets te zeggen struikelden Elena en Joach de omhelzing van de Oude Man binnen. Zelfs Mist liet zich gewillig achter hen aan naar binnen glibberen. Het holle hart van de boom was groot genoeg om een kleine kudde paarden te herbergen.
Het eerste dat Elena opviel in hun schuilplaats in de boom was de geur van de Oude Man. De overheersende stank van rottende appels die overal tussen de takken van de boomgaard hing, viel weg tegen de prikkelende, houtige geur van de boom. Op deze plek ademde de lucht alleen dennenhars en een vleug kastanje uit. De boom mocht dan al lang geleden gestorven zijn, maar zijn geur had standgehouden, alsof de eeuwenoude ziel van de Oude Man nog altijd in het omhulsel van die eens zo trotse woudreus huisde. Zelfs de verstikkende rook die nu door de boomgaard dreef, kon de aanwezigheid van de Oude Man niet verdrijven.
Elena legde haar hand voorzichtig tegen het hout. Op de een of andere manier wist ze dat de Oude Man hen vannacht zou beschermen. Zodra haar rechterhand het hout raakte, voelde ze een koele rust door haar arm en tot in haar hart stromen. Even meende ze zelfs gefluisterde woorden in haar hoofd te horen, als een stem die opklonk uit een diepe put.
Kind... van bloed en steen... een gunst... zoek mijn kinderen...
Ze schudde dat rare idee van zich af en haalde haar hand van de boom. Ze sloeg haar armen om haar lichaam en zette de stem uit haar gedachten. Het was vast alle angst van die nacht die nog door haar hoofd speelde.
Joach kwam naast haar staan en zonder een woord te zeggen pakten ze elkaar bij de hand. Joach kneep stevig in haar hand terwijl ze samen naar de nacht luisterden. Na een tijd verdween het gekrijs in de verte. Ze hadden het monster om de tuin geleid; het wezen was hun spoor kwijtgeraakt en het zag ernaar uit dat het de jacht had opgegeven – voorlopig, in elk geval.
Joach stak zijn hoofd uit het holle hart van de boom en keek de boomgaard in. 'We moeten verder,' zei hij. 'Het vuur is al bijna bij ons. Als we niet opschieten, kunnen we straks geen kant meer op.'

Elena knikte, hoe jammer ze het ook vond om de Oude Man te moeten verlaten. Ze leidde Mist naar buiten, en meteen werden haar ogen en haar neus weer belaagd door de bijtende rook. Ze wierp een blik over haar schouder. Het vuur had al de hele horizon achter haar in een rode gloed gezet! Vanuit de heuvels kwam het gulzige razen van de vlammen bulderend op hen af.

'We moeten opschieten,' zei Joach, die zich al door de haag van braamstuiken heen worstelde. 'Het is nog een heel eind naar de beek.'

Elena liep achter hem aan. Even later hadden ze de kom achter zich gelaten en renden ze zo hard ze konden door de boomgaard. Elena keek steeds even achterom. Ze werden nog steeds opgejaagd, deze keer door het laaiende vuur.

Het laatste dat ze van de Oude Man zag, was zijn ene, uitgestrekte tak. Hij brandde, als een om hulp zwaaiende man die op het punt stond te verdrinken in een zee van vlammen.

Met tranen in de ogen wendde ze haar blik af. In haar hoofd klonken de vreemde woorden nog na: *Zoek mijn kinderen.*

'Niet te geloven dat die jongen van Bruxton zoiets doet!' De wagenmenner, krom en verweerd als een oude boom, sloeg met zijn vuist op de bok. De mannen achter op de kar vielen hem boos mompelend bij. Een paar staken dreigend hun spaden in de lucht.

Rockingham boog zich vanaf zijn afgejakkerde paard voorover naar de wagen. 'Zijn vader had de ziener laten komen.' Hij wees met zijn duim naar Dismarum, die een kleinere, jonge merrie bereed die achter zijn rijdier was gebonden. De oude man zat voorovergezakt in het zadel met zijn kap diep over zijn gezicht getrokken, wiegend alsof hij half sliep. 'Zijn vader had om ons gevraagd, om te zien of de jongen en het meisje nog geholpen konden worden.'

'Maar die kinderen... heeft zijn vader die twee echt samen betrapt? Heeft hij de gruweldaad met eigen ogen gezien?'

Rockingham knikte. 'In de schuur. Als een stel honden, zonder erom te malen dat ze broer en zus zijn.'

Achter op de wagen steeg een bevredigend geschokt gemurmel op. Rockingham verbeet een glimlach. Het ging nog gemakkelijker dan hij had verwacht, dat verspreiden van boze verhalen die de verholen angsten van elke familie wakker maakten. Hij trok zijn rijmantel dichter om zijn schouders. Er blies een kille bergwind over de donkere weg. Rockingham wierp een korte blik op de smeulende heuvels. Hier en daar laaiden de vlammen nog hoog op terwijl het vuur zich een weg door de boomgaard vrat.

Tussen de mannen in de kar klonk een hoge stem. 'En toen u daar aan-

kwam, wat gebeurde er toen?'
Rockingham ging weer recht in het zadel zitten en keerde zijn gezicht naar de wagen. 'We troffen de jongen aan met een bijl in zijn hand. Zijn moeder lag bloedend aan zijn voeten; het lichaam van zijn vader was al koud.'
'Lieve Moeder!'
Verscheidene mannen drukten hun duim tegen hun voorhoofd om het kwaad af te weren.
'De dochter had de schuur en het huis al in brand gestoken. De jongen kwam met de bijl op ons af zodra hij ons in het oog kreeg. Ik moest me wel terugtrekken, om de blinde ziener te beschermen.'
'Hoe gebeurt nou zoiets?' zei de wagenmenner met grote ogen van verbijstering. 'Ik ken ze – geen kwaaie kinderen, leek het, ze haalden nooit nare streken uit.'
Op dat moment mengde Dismarum, die tot dan toe had gezwegen, zich in het gesprek. Hij sloeg zijn kap terug en draaide zijn gezicht naar het schijnsel van de fakkels. 'Demonen. Hun hart is bezeten door boze geesten.'
Deze keer bracht bijna iedereen in de kar zijn duim naar zijn voorhoofd. Een man sprong zelfs uit de kar en rende terug naar de stad in de verte. Het geluid van zijn voetstappen loste geleidelijk op in de nacht.
'Breng ze gezond en wel bij mij,' ging de ziener verder. 'Als ze worden gedood, ontsnapt het kwaad uit hun stervende hart – en dan zoekt het misschien een van jullie eigen kinderen op. Wees dus voorzichtig.' Dismarum trok zijn kap weer over zijn hoofd en gebaarde met een knokige hand naar Rockingham dat hij moest doorrijden.
Rockingham zette zijn hakken in de buik van zijn paard. Dismarums merrie volgde. 'Zegt het voort!' riep Rockingham naar de geschokte mannen in de wagen achter zich. 'Zoek de ontaarde kinderen en breng hen naar het garnizoen!'
Voorbij de volgende bocht, uit het zicht van de wagen, ging Rockingham langzamer rijden tot hij op gelijke hoogte met Dismarum kwam. 'De val is gezet,' zei hij tegen de oude man.
Dismarum zweeg. Plotseling kwam het geraas van leerachtige vleugels over de bomen op hen af. Beide mannen krompen ineen toen het wezen over hun hoofd in de richting van de stad vloog. 'Bid maar dat de val strak genoeg is,' prevelde Dismarum voor zich uit, terwijl de gevleugelde verschrikking kleiner werd en ten slotte tegen de lichtende hemel in het oosten verdween.

Elena zat achter Joach, met haar armen om zijn middel geslagen terwijl hij Mist door de Millbend dreef. Het paard kloste door de brede, ondiepe beek en liet het water af en toe zo hoog opspatten dat het tegen Elena's kuiten kletste. Het ijzige water herinnerde haar eraan dat de winter voor de deur stond. Het water leek het angstige paard echter gerust te stellen, aan Mists onstuimige gehinnik te horen.

'Aan de overkant zijn we veilig,' zei Joach. Zijn stem klonk schor van vermoeidheid en de rook. 'De beek is zo breed, ik denk niet dat het vuur eroverheen kan springen. Dat hoop ik, tenminste.'

Elena zei niets. Zij hoopte het ook. Achter haar verspreidde het vuur zich als de tastende vingers van een hand door de boomgaard, alsof de vlammen naar hen op zoek waren. Eén keer had het vuur hen bijna ingesloten, in een droge geul tussen twee heuvels. Ze hadden op Mists rug moeten klimmen en langs dezelfde weg terug moeten draven, rakelings langs het front van vlammen. Gelukkig hadden ze in elk geval niets meer gezien of gehoord van het gevleugelde monster.

Tegen de tijd dat ze bij de Millbend kwamen, was de maan al onder en kondigde een lichte streep in het oosten de ochtend aan.

'Joach,' zei ze, 'hoe ver is het nog naar Winterfell?'

'Dat weet ik niet precies. Als ik nou ergens iets zag wat ik herkende, maar ik zie helemaal geen barst door al die rook. Tegen zonsopgang zijn we wel in de stad, denk ik.'

Joach dreef Mist met zachte drang van zijn hakken tegen de oever van de beek omhoog naar droge grond. 'We kunnen nu maar beter weer gaan lopen.' Hij liet zich van de rug van de merrie glijden en stak zijn hand uit om Elena eraf te helpen.

Toen haar voeten de grond raakten, zakte ze bijna door haar knieën, zo moe waren haar benen. Haar voeten klopten en al haar gewrichten kraakten van vermoeidheid. Ze voelde zich rauw, alsof ze van top tot teen was afgeranseld tot haar huid openlag.

Joach hield haar overeind. 'We kunnen hier wel heel even uitrusten, El.'

Ze wreef over haar beroete gezicht en knikte. Strompelend liep ze naar een mossig rotsblok op de oever en ging zitten. Dichtbij snuffelde Mist aan een paar groene scheuten naast de beek en zette er toen haar tanden in.

Joach slaakte een diepe zucht en liet zich op de oever neerploffen. Hij zette zijn handen achter zijn rug in het gras en staarde naar de rivier van rook die voor de sterren langs schoof.

Ze liet haar kin op haar borst zakken. Sinds gistermiddag was alles waar ze haar hele leven in had geloofd, tot zelfs de grond onder haar voeten, veranderd in een verraderlijk moeras. Niets leek nog echt. Zelfs Joach en Mist, op een armlengte afstand, leken ontastbaar, alsof ze zo tot stof uiteen konden vallen en wegwaaien, zodat ze hier alleen tussen de bomen achterbleef. Ze sloeg haar armen om zich heen en begon huiverend

heen en weer te wiegen op haar stenen zetel. Haar tranen lieten zich niet langer tegenhouden.
Ze merkte nauwelijks dat Joach op de oever overeind kwam en naar haar toe liep. Hij sloeg zijn armen om haar heen en hield haar vast. Ze hield op met wiegen, maar het beven liet zich ook door zijn omhelzing niet stoppen. Hij drukte haar nog steviger tegen zich aan en trok haar hoofd tegen zijn borst. Hij zei niets, maar hield haar alleen stevig vast. Na een tijdje werd het beven minder. Ze ontspande zich en liet zich tegen Joach aan leunen.
Ze wist dat het niet alleen haar broer was die haar hier in zijn armen hield. In zijn innige omhelzing zaten ook de liefde en de warmte van haar moeder, en in zijn sterke armen scholen ook het gebeente en de kracht van haar vader. Ondanks alles wat er deze nacht was gebeurd, vormden ze nog altijd een gezin.
Ze was graag zo in zijn armen blijven zitten totdat de ochtendzon boven de bergen stond, maar opeens brieste Mist luid en danste weg van de beek, de oren in verwarring gespitst. Joach liet zijn zus los en kwam overeind, spiedend naar wat het paard aan het schrikken had gemaakt. Elena ging staan en greep Mist bij de teugels. Joach hurkte neer in het mos op de oever en tuurde op en neer langs de beek. 'Zie je iets, Joach?'
'Nee, niets. Ik denk dat ze gewoon nog schrikachtig is van vannacht.'
Mists nervositeit sloeg over op Elena. Op haar tenen sloop ze naar Joach toe. Ze tuurde de beek af, eerst stroomopwaarts en toen stroomafwaarts. Het water stroomde klaterend over de gladde keien tussen de met varens begroeide oevers. Alles leek normaal. 'Je zult wel...' begon ze, maar toen hield ze op. Ze knipperde met haar ogen, bang dat haar vermoeide ogen haar bedrogen.
Een zilveren glans, als weerspiegeld maanlicht, lichtte op in een stil poeltje onder aan de oever. Maar de maan was al onder. Terwijl ze ernaar staarde, begon de glinstering tegen de stroming in te draaien.
'Wat is dat daar?' vroeg ze.
'Waar?'
Ze wees naar het licht, dat inmiddels trager rondkolkte en zich als gemorste melk over het wateroppervlak verspreidde.
Joach keek haar van opzij aan. 'Ik zie niets.'
'Dat licht, daar, in het water. Zie je dat dan niet?'
Joach deed een stap achteruit en probeerde Elena mee te trekken, maar ze week niet van haar plaats. 'Er is niets te zien, El.'
Ze bleef net zo lang staren totdat de glans vervaagde tot een wazige weerschijn op het water; toen was het opeens verdwenen. Ze wreef zich in haar ogen. 'Nu is het weg,' zei ze zacht.

'Wat dan? Er was niets te zien.'

'Er was... Er was iets.'

'Nou, ik zag het niet. En na alles wat er vannacht is gebeurd, denk ik niet dat het ons goed gezind was, wat het ook geweest mag zijn.'

'Wel waar.' Het was eruit voordat Elena er erg in had, maar ze wist dat ze de waarheid sprak. 'Het was geen gevaar.'

'Ik heb eigenlijk wel genoeg vreemde dingen gezien voor vannacht. Kom, we gaan. Het is nog een heel eind lopen naar Winterfell.' Joach wierp nog een laatste blik op de beek, schudde zijn hoofd en liep toen stroomafwaarts langs het water verder.

Elena liep met Mist aan de teugel achter hem aan.

Ze probeerde zich de gloed op het water weer voor de geest te halen. Het kon gezichtsbedrog zijn geweest, maar heel even, vlak voordat de glinstering verdween, was het licht samengesmolten tot een zilvergerand beeld: een vrouw met ogen als twee stralende sterren. In een zucht was het toen weer verdwenen en zag ze alleen nog zwart water en keien. Ze wreef zich in haar branderige ogen. Een speling van het licht en vermoeidheid, meer was het niet geweest.

Maar waarom was haar verkleurde hand opeens als vuur gaan branden toen het beeld in het water verscheen, alsof ze de zon had aangeraakt? Een tel later was met het beeld ook die warmte weer vervaagd.

En waarom had Joach helemaal niets gezien, de vrouw niet en zelfs de glinstering niet?

Mist duwde haar neus in haar rug en Elena sjokte achter Joach aan. Er waren gewoon te veel vragen. Misschien zou ze straks in Winterfell antwoorden vinden.

10

De dag begon koud in de kleine kamer van de herberg. Erril lag op de vloer van het vertrek, gewikkeld in een deken en met zijn knapzak als kussen onder zijn hoofd. Hij was al wakker toen de eerste stralen van de ochtendzon de stofjes in de kamer hadden verleid tot een trage dans. Het was een lange nacht geweest. Neelahn en hij hadden tot diep in de nacht zitten praten, tot ze ten slotte hadden besloten dat een paar uur slaap geen kwaad kon als ze opgewassen wilden zijn tegen de nieuwe dag.

Neelahn was al snel in slaap gevallen op het bed. Ze sliep in haar kleren en hield de luit als een geliefde in haar armen. Erril doolde ondertussen rond tussen eilandjes van halfslaap, en zelfs die paar hazenslaapjes waren verstoord door vreselijke dromen. Uiteindelijk had hij zijn pogingen te doen alsof hij sliep opgegeven en had hij gekeken hoe de zon de morgen bracht.

Terwijl hij naar het oprukkende licht lag te staren, tolden zijn gedachten op duizend pennen rond, langs oude herinneringen, vragen en angsten. Waarom was hij hier bij die dwaze vrouw gebleven, vroeg hij zich af. Toen haar ogen dichtvielen en haar ademhaling trager werd, had hij gemakkelijk weg kunnen sluipen. Maar haar woorden hielden hem gevangen in dit vertrek. School er een diepere betekenis in zijn ontmoeting met deze niphai, zoals zij volhield? Was het laaiende vuur in de boomgaard een voorteken? En waarom... waarom was hij naar deze vervloekte vallei teruggekeerd?

Het antwoord op die laatste vraag kende hij. Hij kon zich niet verschuilen voor wat er diep in zijn hart school en hem had teruggebracht naar dit dal. Gisteravond was de avond waarop eeuwen geleden het Boek was gebonden – en hij zijn broer had verloren. Erril zag Shorkan, Greshym en de jongen – zijn naam wist hij nog altijd niet – nog steeds haarscherp voor zich, geknield in de weerkring van was, met de dreunende trommen op de achtergrond. Dat beeld stond hem nog levendig en scherp voor de geest, als een schilderij waarvan de verf nog nat was. Vijfhonderd winters geleden had hij in een herberg als deze gestaan, met het Boek stevig in zijn handen geklemd en het bloed van een onschuldige in een plas aan zijn voeten. Zonder dat hij zich er toen bewust van

was, was op dat moment het voortschrijden van de jaren voor hem tot staan gebracht. Pas vele wisselingen van de jaargetijden later was het tot hem doorgedrongen welke vloek er sinds die avond op hem rustte: hij zou nooit ouder worden. Hij moest toezien hoe iedereen van wie hij ging houden ouder werd en stierf, terwijl hij eeuwig dezelfde bleef. Bij elk van hen had hij van tijd tot tijd de woede in hun ogen zien opflikkeren: waarom word ik oud en blijf jij in leven? Ten slotte was de pijn om steeds weer getuige te moeten zijn van die woede ondraaglijk geworden en was hij de wijde wereld in getrokken voor een leven zonder thuis, zonder vrienden.
En steeds als er weer honderd winters waren verstreken, kwam hij terug naar deze vallei in de hoop antwoorden te vinden. Wanneer komt hier een einde aan? Waartoe blijf ik in leven? Maar antwoorden op zijn vragen waren tot nu toe uitgebleven. Het land werd ouder, en hij zag hoe in de vallei de littekens heelden van de slag in die noodlottige nacht. Onder de mensen vervaagde de herinnering; de doden lagen vergeten in hun ongemarkeerde graven. Elke eeuw keerde hij terug om degenen te herdenken die in de opmars van de schrikheren het leven hadden gelaten. Het kwam hun toe dat er in ieder geval iemand was die hun moed en hun opoffering gedacht.
Erril wist dat hij zich op zijn zwaard kon storten en zo een eind kon maken aan de vloek; die gedachte had op menige doorwaakte nacht door zijn hoofd gespeeld. Maar zijn hart stond het hem niet toe. Wie zou dan de duizenden herdenken die zoveel winters geleden in deze nacht waren gestorven? En zijn broer Shorkan, die zijn leven had gegeven om het Boek te vormen – hoe kon Erril zijn verantwoordelijkheid verzaken terwijl zijn broer zoveel had opgeofferd?
En dus kwam hij elke honderd winters terug.
Erril hoorde Neelahn wakker worden. Hij zag dat ze een hand naar haar gezicht bracht om de spinnenwebben van de slaap weg te vegen. Erril schraapte zijn keel om haar te laten weten dat hij ook wakker was. Ze kwam half overeind, steunend op een elleboog. 'Is de dag alweer aangebroken?'
'Ja,' zei hij, 'en als we nog een plaatsje in de gelagkamer willen bemachtigen voor het ochtendmaal, kunnen we maar beter opstaan. Ik heb de hele nacht mannen in en uit horen lopen.'
'Kunnen we niet hier eten? Ik... Ik mijd de drukte liever.'
'Nee, ze serveren alleen in de gelagkamer.' Erril trok zijn laarzen aan en kwam overeind. Hij liet zijn stijve nek kraken en keek uit het raam. In het westen was de ochtendhemel besmeurd met kronkelige slierten roet en het dak van de vallei ging schuil onder een dikke rooksluier. Boven de heuvels pakten donderkoppen zich samen achter de bergtoppen. Er

was storm op til, maar op deze dag zou regen een zegen zijn voor de vallei. Hier en daar zag Erril nog vlammen opschieten, als beekjes van vuur. Dichterbij waren de heuvels getekend en zwart, slechts her en der doorsneden door geulen met nog een spoor van groen leven.

Neelahn kwam naast hem staan en kamde haar haren met haar vingers.

'Wat een kwade morgen,' fluisterde ze, starend uit het raam.

'Ik heb de vallei er nog veel slechter aan toe gezien dan dit.' Hij haalde zich de morgen na de Slag om Winterhorst voor de geest. Bloed had die dag de duizend beken rood gekleurd, kreten weergalmden tegen de grillige wanden van de Tanden en de lucht was vergeven van de stank van verkoold vlees. Daarbij vergeleken was dit een heerlijke morgen.

'Het land herstelt zich wel weer,' zei hij tegen Neelahn. Hij wendde zich af van het raam en hing zijn ransel over zijn schouder. 'Dat doet het altijd.'

Ze pakte haar tas, bond haar luit eraan vast en voegde zich bij hem bij de deur van de kamer. 'Niet altijd,' zei ze zacht.

Hij keek haar even aan. Haar starende ogen zagen een oord ver van hier. Hij wist dat ze in gedachten in het stervende bos van haar geboortegrond was. Met een zucht deed hij de deur open.

Neelahn glipte door de deur naar buiten, de overloop op. Voor hem uit liep ze de trap af naar de gelagkamer. De stemmen en de op luide toon gevoerde gesprekken die uit de huiskamer van de herberg opstegen, klonken nog even opgewonden als toen ze de vorige avond laat naar boven waren gegaan. De gemoederen van de burgers waren duidelijk nog niet bedaard.

Toen de troubadour en hij de gelagkamer in kwamen, stampte net een schriele man met een wilde rode haardos en as op zijn kleren met zijn laars op het planken podium. Erril zag geen nap voor het toneel staan, dus wist hij dat dit niet het eerste optreden van vandaag kon zijn.

'Luister, mensen!' riep de magere man met hoge, scherpe stem tegen de gasten aan de volgepakte tafels. 'Dit heb ik van niemand minder dan de kapitein van het garnizoen!'

Een man met een spade in de hand brulde de man toe: 'Hou maar op, Harrol! We moeten eerst de brand meester zien te worden, voordat we ons druk gaan maken om die kinderen.'

'Nee!' protesteerde de man. 'Die kinders zijn van demonen bezeten!' Hij spuwde de woorden als een vloek uit over de gasten.

'Nou en? Door demonen blijven mijn vrouw en kinderen niet met een lege maag zitten. We moeten redden wat we redden kunnen van de oogst, anders komen we van de winter allemaal om van de honger.'

Het gezicht van de man op het toneel liep rood aan; zijn rug schokte van woede. 'Dwaas! Die kinderen hebben de brand anders wel aangestoken! We moeten ze vinden voor ze de volgende boomgaard in de fik steken. Gaan jullie daarop zitten wachten? Moet de hele verdomde vallei soms eerst in lichterlaaie staan?'

Dat laatste argument bracht de dwarsligger in zijn gehoor tot zwijgen.

Neelahn was stilletjes in Errils schaduw komen staan. Ze keek vragend naar hem. Hij haalde zijn schouders op. 'Loos gepraat, meer niet. Zo te horen zijn ze op zoek naar een zondebok.'

Een grijze oude man aan een tafel vlakbij ving zijn woorden op. 'Nee, vriend. Het waren die van Morinstal, zeggen ze in de heuvels. Het kwaad heeft vat gekregen op hun hart.'

Erril knikte en wendde zich met een flauwe glimlach af. Hij nam Neelahn mee naar de toog, niet van zins betrokken te raken in wat er in de streek gaande was. Hij pakte twee krukken, zodat ze konden zitten.

De herbergier stond op zijn post achter de toog, maar deze morgen lag er een heuse glimlach op zijn anders zo norse gezicht. De brand was duidelijk een uitkomst voor de herberg. Niets bracht zoveel geld in het laatje als een flinke rel.

Erril ving de blik van de herbergier op, die zijwaarts langs de toog schoof tot waar ze zaten. 'Er is alleen nog maar koude pap,' zei hij bij wijze van begroeting. Erril zag de blik van de herbergier afdwalen naar Neelahn. Hij liet zijn ogen over haar ranke figuur gaan en likte zijn vlezige lippen af. Ze kromp ineen onder zijn blik. Met een vette grijns richtte de herbergier zich weer tot Erril. 'Al kan ik voor vijf koperstukken extra misschien nog wat zwartebessenmoes opscharrelen voor mevrouwtje hier.'

'Alleen pap en brood, graag,' zei hij.

'Brood is een koperstuk extra.'

Erril fronste zijn wenkbrauwen. Sinds wanneer was brood niet gewoon bij de pap inbegrepen? De herbergier maakte handig misbruik van de drukte, zoveel was duidelijk. 'Geen probleem,' zei hij koel, 'zolang u de lepels tenminste niet ook apart in rekening brengt.'

De buikige man had de kilte in zijn stem kennelijk gehoord, want hij blies met wat binnensmonds gebrom de aftocht. Toen hun ontbijt arriveerde vanuit de keuken, werd het opgediend door een bedeesde dienster die vermoeid uit haar bloeddoorlopen ogen keek, alsof ze de hele nacht had doorgewerkt. Erril stopte haar een extra muntje toe. Met deze prijzen zou een fooi voor de diensters er bij de meeste gasten niet af kunnen vandaag. Hij zag haar ogen oplichten toen ze het muntje van de toog griste en in haar zak liet glijden, vingervlug als een goochelaar op de jaarmarkt.

Achter zijn rug woedde de discussie over wat er moest gebeuren nog onverminderd voort. Geen van beide partijen was nog een duimbreed

geweken, en op dat moment werd het heen-en-weergepraat abrupt onderbroken.
Twee mannen kwamen binnengestommeld vanaf de binnenplaats, met rode wangen van de frisse ochtendlucht. De kleinste van de twee, die bijna een dwerg leek naast zijn boomlange metgezel, was mank en bracht steeds met een brede zwaai zijn slechte been naar voren op zijn weg door de gelagkamer. Achter hem aan kwam een reusachtige man met een warrige baard en brede schouders. De lange man, gekleed in een zware, met bont afgezette jas en kalfsleren laarzen, liet zijn gitzwarte ogen argwanend over de gelagkamer gaan. Om zijn mond lag een verbeten trek. Hij zag eruit als een zwerver, alsof hij het niet goed kon verdragen om veel mensen om zich heen te hebben.
Erril vermoedde dat het een bergbewoner was, een lid van het nomadenvolk dat tussen de besneeuwde pieken van de Tanden leefde. Ze waagden zich zelden in het laagland buiten het handelsseizoen, als de dooi de passen begaanbaar maakte. Dat deze man nu hier verscheen, met de winter voor de deur, was echt uitzonderlijk.
De kleinste van de twee stak een vuist in de lucht. 'We hebben nieuws! Nieuws!'
Aangezien het lopende dispuut was verzand in een patstelling van gedram en gemopper, richtten alle ogen zich nu op de nieuwkomers, ook die van Erril. 'Wat heb je gehoord, Simkin?' riep een man aan een tafeltje.
'Niet gehoord, gezien!' Simkin, het onderdeurtje, werkte zich hoofdschuddend met zijn ellebogen door de drom mensen, met de logge bergbewoner in zijn kielzog. Eenmaal aangekomen bij het toneel klauterde hij het podium op en wenkte de grote man ongeduldig dichterbij. Het toneel bracht hem bijna op gelijke hoogte met de bergbewoner, zodat hij een hand op diens schouder kon leggen. Simkin liet zijn blik over de afgeladen gelagkamer gaan. 'Deze man zegt dat hij de demon heeft gezien!'
Smalend gesis vulde het vertrek, hoewel sommigen voor alle zekerheid ook even hun duim naar hun voorhoofd brachten. 'Ga toch weg met je sterke verhalen, Simkin!' riep iemand.
'Nee, luister nou. Het is echt waar!'
'Wat heeft hij dan gezien? Je vrouw zeker!' De hele gelagkamer barstte in lachen uit, maar de spanning was duidelijk voelbaar in hun reactie.
'Vertel het dan!' De kleine man porde de bergbewoner in zijn rug. 'Toe dan!' Erril zag een flits van woede om Simkins por in de blik van de man. Een bergbewoner liet zich niet opjutten.
De grote man schraapte ondanks zijn ergernis zijn keel, met een geluid alsof iemand de bast van een boom scheurde. Toen begon hij te praten,

met een stem zo diep als de grotten die onder de koude toppen verscholen lagen. 'Het vloog in de schemering door de Tranenpas, niet ver van ons kamp. Bleek als de zwammen die op dode bomen groeien en van vleugel tot vleugel zo breed als drie uitgestrekte mannen. Het wiekte voorbij, met rood opgloeiende ogen; onze dieren raakten in paniek en een vrouw van mijn haard baarde een doodgeboren kind.'

Niemand waagde het een bergbewoner voor leugenaar uit te maken – niet recht in zijn gezicht, in ieder geval. Bergbewoners stonden bekend om hun oprechtheid. Na zijn woorden bleef het stil in het vertrek.

Erril was rechter op zijn kruk gaan zitten tijdens deze verklaring. Zijn lepel met pap was onderweg naar zijn mond blijven steken. Dat kon toch niet waar zijn, na al die tijd? Ze waren al in eeuwen door niemand meer gezien.

Achter in de gelagkamer vroeg iemand voorzichtig: 'Ben je helemaal hierheen gekomen om ons te waarschuwen?'

De bergbewoner liet zijn stem dalen tot een laag gerommel. 'Ik ben hierheen gekomen om het te doden.'

Erril liet zijn lepel zakken en hoorde tot zijn verbazing zijn eigen stem aan de bergbewoner vragen: 'Was dat beest uitgemergeld als een hongerend kind, met een zo dunne huid dat je er dwars doorheen kon kijken?'

De bergbewoner stak zijn baard in Errils richting. 'Zeker, het flauwe licht sneed er als een mes doorheen. Ziek zag het eruit.'

'Weet je over welk wezen hij het heeft?' fluisterde Neelahn naast hem.

Van de andere kant van de volle gelagkamer riep een man: 'Jij daar, jongleur, wat weet jij van dat beest?'

Alle ogen waren nu op hem gericht. Erril had spijt van zijn overhaaste woorden, maar hij kon ze nu niet meer inslikken. 'Het brengt rampspoed,' zei hij tegen de verzamelde gasten, en hij smeet zijn lepel op de toog. 'Alle hoop is voor jullie verloren.'

Opgewonden stemmen vulden het vertrek. Alleen de bergbewoner bleef doodstil staan, temidden van de mannen die rond hem samendromden. Hij had zijn ogen tot spleetjes geknepen en hield zijn vastberaden blik strak op Erril gericht. Erril wist dat zijn woorden de reus niet van zijn voornemen hadden afgebracht. De bergbewoners hadden het ijs van hun hoge toppen en de onwrikbaarheid van hun granieten land in de aderen. Als zij zich iets voornamen, kon zelfs de dreiging van de dood hen niet zomaar op andere gedachten brengen.

Neelahn ving Errils blik op en boog zich naar hem toe. 'Wat is dat voor wezen?'

Met fluisterende stem, bestemd voor geen andere dan zijn eigen oren, zei hij: 'Een van de schrikheren van Gulgotha – een skaltum.'

'De zzzon komt op.' De skaltum sloop door de bedompte kelder onder de gewelven van het garnizoen naar Dismarum. Het wezen schudde zijn vleugels uit als een natte hond in de regen. Het klapperen van de leerachtige beenderen echode door het vertrek. 'Iss alless gereed?'
Dismarum week een stap achteruit. De stank van rottend vlees en vuil in de kelder stootte hem evenzeer af als de vervaarlijk dreigende skaltum. 'Rockingham rijdt te paard door de stad om het nieuws over het meisje te verspreiden. Ze zal nu wel snel gevonden worden. Ze moet wel naar de stad komen, ze kan nergens anders heen.'
'Bid daar maar om. Het Zzwarte Hart hongert naar haar. Sstel hem niet weer teleur.'
Dismarum boog licht en liep achteruit naar de deur. Hij tastte blind naar de grendel en trok de deur open. Het ochtendlicht, dat zijn slechte ogen nauwelijks onderscheidden, stroomde langs de trap naar binnen door de deuropening en omspoelde zijn voeten. Dismarum glimlachte inwendig toen hij de skaltum zag wegduiken voor het licht. De felle gloed van het zonlicht was niet dodelijk voor deze wezens, anders dan voor andere gunstelingen van de Duistere Heer, maar ze gaven er desondanks de voorkeur aan die warme aanraking te mijden. Hun doorschijnende huid kleurde donker als die voor langere tijd aan de zon werd blootgesteld, en onder hun afstotelijke soort werd dat gezien als een ontsierende smet.
De ziener hield de deur langer en wijder open dan nodig was en joeg de skaltum zo terug tot achter in het vertrek. Dismarum zou het beest met veel plezier in de middagzon vastzetten om het dan te zien kronkelen. Zijn afkeer van die gevleugelde creaturen was met het verstrijken der jaren niet minder geworden.
Ten langen leste liet het beest een kwaad gesis horen en deed het weer een stap in Dismarums richting. In het tevreden besef dat hij zo ver genoeg was gegaan, trok Dismarum de deur dicht. Voorlopig hadden die wezens zo hun nut, maar als de ziener de kans kreeg... Hij kon zelfs een skaltum aan het krijsen maken.
Met zijn hand op de vochtige stenen muur liep hij door de hal naar de trap. De toortsen boven de treden gaven genoeg licht om vage omtrekken te kunnen onderscheiden. Steunend op zijn staf klom hij over de uitgesleten treden omhoog. Zijn vermoeide knieën deden bij elke stap meer pijn. Een paar keer moest hij stilhouden om uit te rusten. Buiten adem en met zijn ogen dicht probeerde hij zich te herinneren hoe het voelde om jong te zijn; om te zien met scherpe ogen, te lopen zonder stekende, zeurende pijntjes in zijn botten. Hij voelde zich alsof hij altijd al zo oud was geweest, grijs en kromgebogen onder het gewicht van zijn jaren. Was hij echt ooit jong geweest?

Tijdens een van die rustpauzes werd hij bijna omvergelopen door een krijgsman die de trap af kwam. De officier drukte zich met zijn rug tegen de muur om hem door te laten. 'Pardon, mijnheer.'
Dismarum zag dat de man een voederemmer voor de gevangenen in de kerkers meesleepte. De stank van verzuurd vlees en schimmel sloeg ervanaf. Zelfs met zijn slechte ogen kon hij de maden in de brij zien rondkruipen.
Kennelijk zag de jonge militair dat de ziener zijn neus vol afkeer optrok. Hij hield zijn emmer omhoog en zei: 'Blij toe dat daar beneden maar één gevangene zit. Ik zou niet graag nog meer van deze rotzooi aanslepen.'
Dismarum knikte nors en zette zijn klim voort, zwaar steunend op zijn staf van poihout. Hij vroeg zich af wie de jonge officier kwaad had gemaakt om deze straf te verdienen. De doolhof van kerkers had maar één bewoner: de skaltum. En die zou zeker geen genoegen nemen met de restjes in de emmer.
Hij hoorde de krijgsman fluitend afdalen in de ingewanden van het garnizoen. Dismarum volgde de treden naar de grote zaal. Toen hij aankwam op de volgende overloop, klonk de schreeuw van de jonge officier op uit de diepte, waarna hij abrupt afbrak.
Dismarum zuchtte. Wellicht bracht het maaltje de skaltum in een beter humeur. Zonder nog te rusten nam hij de laatste treden omhoog, zijn protesterende gewrichten negerend. Zijn eerste zorg was nu om de afstand tussen hem en het beest daar beneden zo groot mogelijk te maken.
Leunend op zijn staf liep hij de grote zaal van het garnizoen in. De hoge deuren stonden wijd open en boden uitzicht op de grote binnenplaats, badend in het vroege zonlicht, waar het een komen en gaan was van paarden en wagens. Soldaten zochten zich een weg door het gewoel van klepperende hoeven en knarsende wielen. Vanuit de smidse aan de overkant van de binnenplaats klonk het heldere geluid van ijzer dat gesmeed werd.
Dismarum keerde de deur de rug toe en liep door de zaal, bonkend met zijn staf op de stenen vloer. Om hem heen liepen soldaten af en aan. Zwaarden kletsten tegen dijen en de geur van geoliede wapenrustingen drong in zijn neus. Hij bewoog zich ongehinderd door de drukte. Geen krijgsman waagde zich al te dicht in de buurt van die gestalte in zijn lange gewaad. Toen hij langs de open deuren van de drie slaapzalen kwam, zag hij alleen maar rijen lege britsen. Iedereen had dienst. Het wemelde deze morgen op straat van de wapenrustingen en klingen.
Opeens hoorde hij een bekende stem achter zich. 'Dismarum! Wacht even, oude!' Het was Rockingham.

Dismarum draaide zich naar hem om. Rockingham had zijn verschroeide rijkleding verwisseld voor het rood-en-zwart van het garnizoen. Zijn glimmend gepoetste zwarte laarzen reikten tot aan zijn knieën en zijn rode overjas was bezaaid met koperen haakjes en knopen. Hij had zijn snor ingevet en eindelijk het roet van zijn gezicht gewassen, maar toen hij over de stenen vloer naar de ziener toe liep, ving Dismarums scherpe neus de rooklucht op die nog altijd om hem heen hing.

Rockingham bleef voor de ziener staan. 'Misschien hebben we wel te veel patrouilles op pad gestuurd,' zei hij.

'Hoezo?' vroeg Dismarum geïrriteerd. De skaltum had zijn zenuwen op scherp gezet.

'Met zoveel mensen op straat wagen de jongen en het meisje zich misschien niet gauw in de stad.' Rockingham wees naar de deur. 'Je kunt geen twee stappen zetten zonder tegen een krijgsman op te lopen. Ik zou me zelf nog niet eens in de stad wagen.'

De ziener knikte en wreef in zijn ogen. Misschien had die zot wel gelijk. Als hij niet zo uitgeput was geweest, was hij waarschijnlijk tot dezelfde conclusie gekomen. 'Wat stel je voor?'

'De soldaten moeten teruggeroepen worden. Ik heb het verhaal in de hele stad verspreid. De mensen zijn in rep en roer. Laat de stedelingen maar voor ons jagen.'

Dismarum leunde zwaar op zijn staf. 'Ze mag ons niet weer door de vingers glippen.'

'Zodra ze haar gezicht laat zien in de stad, wordt ze in haar nekvel gegrepen. De burgers zijn in alle staten, na de brand en de geruchten over demonen. Elke straat wordt door honderd paar ogen in de gaten gehouden.'

'Goed, dan gelasten we de jacht af.' Dismarum draaide zich al om. 'We wachten tot ze naar ons toe komt.' Toen hij over de stenen verder strompelde, zag hij de skaltum voor zich, weggedoken in zijn doolhof van kerkers, als een uitgehongerde bastaardhond die zit te wachten op een bot. Het was gekkenwerk om ook maar te overwegen de zucht van dat beest en de meester die het diende te dwarsbomen.

Maar Dismarum wachtte al zo lang.

11

Van boven de boomgrens kreeg Elena het rode dak van de molen van de stad in het oog. Het vuur hadden ze inmiddels ver achter zich gelaten, hoewel de rookpluimen haar broer en haar nog altijd nazaten langs de ochtendhemel. Bij het zien van het schuine dak kostte het Elena opeens minder moeite om de ene voet voor de andere te krijgen. Ze haalde Joach in en trok de onwillige Mist aan de teugels mee.
'We zijn er bijna,' zei Joach.
'En als tante Fila nou niet in de bakkerij is?'
'Ze is er altijd, El. Maak je daar nou maar geen zorgen om.'
De twee hadden besloten naar hun tante te gaan, een weduwe die de bakkerij van Winterfell bestierde. De zus van hun moeder was een sterke vrouw met een wil en een ruggengraat van ijzer. Zij zou wel weten wat de verschrikkingen van de afgelopen nacht te betekenen hadden.
Toen Elena achter haar broer aan een bocht in de beek rondde, kwam de molen vol in het zicht. De muren van rode baksteen en de smalle ramen gaven haar een gerust gevoel. Ze was hier vaak door haar moeder heen gestuurd om een zak bloem of meel te halen, in ruil voor iets anders. Het grote waterrad draaide zijn trage rondjes in het diepe, glinsterende water van de beek, die zich hier in een korte ondiepte stortte. Even voorbij de molen lag de brug over de Millbend, een stenen overspanning die de weg naar de stad verbond met het karrenspoor dat naar de dunbevolkte heuvels leidde.
Joach stak een hand uit om Elena tegen te houden voordat ze zich buiten de beschutting van de bomen waagde. 'Ik ga eerst kijken of er iemand in de molen is. Houd jij je nog maar even schuil.'
Elena knikte en legde een hand op Mists neus om haar een paar passen naar achteren te dwingen. De merrie schudde bokkig haar hoofd en stampte met een hoef op de grond. Elena wist dat het paard popelde om onder de takken vandaan te komen en het weiland in te gaan dat nog zomers groen langs de bosrand lag. 'Stil maar, lieverd.' Elena krabbelde Mist achter haar oren. Haar sussende woorden kalmeerden het schichtige paard, maar op haarzelf hadden ze geen enkel effect.
Ze keek Joach na, die behoedzaam over het open terrein naar de deur van de molen liep. Hij probeerde de ijzeren klink op te lichten. Ze zag

hem trekken, maar de deur zat op slot. Hij klom op een meelton en gluurde door een raam naar binnen. Toen sprong hij van de ton, krabde zich op zijn hoofd en verdween om een hoek.

Elena vond het vreselijk om de laatste die nog van haar gezin over was uit het zicht te zien verdwijnen. Als hij nou nooit meer terugkwam? Straks bleef ze helemaal alleen achter. Onwillekeurig stelde ze zich voor hoe dat zou zijn: een leven zonder familie. Wat als ze de laatste levende Morinstal in het dal was? Ze sloeg haar armen stevig om zich heen en hield haar adem in.

Op dat moment hief op een tak vlakbij een kakora zijn eenzame lied aan. De ochtend was doortrokken van de geur van dauwbloemen, die hun blaadjes alleen openvouwden voor de eerste zonnestralen. Zelfs de deken van rook die over de wereld lag, leek ervoor te wijken. Terwijl ze wachtte tot Joach weer verscheen, zag ze een konijn uit zijn schuilplaats in het lange gras schieten en naar de bomen springen. Op zijn weg verstoorde hij een zwerm vlinders, die in een wolk opstoven. Op deze kleine weide leek de heerschappij van de zomer nog ongebroken. Ze zuchtte. De nacht was zo afschuwelijk geweest dat ze eigenlijk had verwacht dat het landschap volkomen veranderd zou zijn als de zon weer opging, met verwrongen bomen en ontaarde dieren. Maar het leven in de vallei ging ongehinderd zijn gang, net als elke andere morgen. Op een vreemde manier stelde dat besef haar gerust.

Als het leven gewoon doorging, kon zij dat ook.

Een beweging bij de molen trok haar aandacht. Joach verscheen om de hoek van de molen en wenkte haar uit haar schuilplaats. Dank, lieve Moeder! Elena zette het op een hollen; ze wilde de afstand tussen hen het liefst zo snel mogelijk kleiner te maken, al remde Mist haar steeds af door haar pogingen een hap gras te nemen. Toen ze bij haar broer kwam, schudde hij zijn hoofd. 'Niemand thuis. Ze zijn vast gaan helpen met de brand.'

'En als tante Fila er straks nou ook niet is?' vroeg Elena, terwijl Mist zich te goed deed aan de bladeren van een lijsterbes.

'Dat denk ik niet, El. Onze tante is een taaie, maar de mannen laten haar nooit helpen het vuur te bestrijden, hoeveel heibel ze ook schopt. Ze is echt wel thuis.'

'Je zult wel gelijk hebben.'

'Kom, we gaan.' Joach liep voor haar uit naar de brug over de Millbend. Elena trok aan de leidsels om Mist mee te krijgen, maar de merrie was vastbesloten in de wei te blijven tot ze haar buik rond had gegeten.

Met veel moeite kreeg ze het paard mee naar de brug. De hoeven van de merrie klosten op het steen toen ze naar de overkant liepen. Op het

hoogste punt keek Elena nog even achterom naar de molen en zag dat achter een raam op de eerste verdieping een gordijn met een ruk werd dichtgetrokken. 'Er is wél iemand thuis in de molen, Joach.' Ze wees naar het raam met het dichte gordijn.
'Dat is vreemd. Ze moeten me toch echt gehoord hebben. Ik heb zelfs nog op het raam gebonsd aan de achterkant.'
'Misschien was het een van de kinderen van de molenaar en durven ze niet open te doen, omdat hun ouders niet thuis zijn.'
'Ik ken Cesill en Garash. En zij weten ook wie ik ben. Dit zint me helemaal niet,' zei Joach met een strak gezicht.
Over de weg kwam een kar met ratelende wielen dichterbij. Joach duwde hen van de brug af en in de richting van de bomen aan de noordrand van de weg. Hij drong Mist naar achteren tot ze vanaf de weg niet meer te zien waren.
'Het kan toch iemand zijn die we kennen?' zei Elena. 'Iemand die ons kan helpen?'
'Of het is een van die mannen van gisteravond.'
Elena ging dichter tegen Mist aan staan. Vanuit hun schaduwrijke schuilplaats kon ze de open wagen langs zien rijden. In zwart-en-rood geklede mannen zaten opeengepakt in de laadbak en op de boorden – garnizoenssoldaten. Ze herinnerde zich dat de magere man van gisteravond had gezegd dat hij van het garnizoen kwam.
Zowel Joach als zij liet de wagen voorbijratelen zonder de mannen aan te roepen.
Joach gebaarde dat ze dieper het bos in moest sluipen. Ze kwamen uit op een wildpad dat breed genoeg was om Mist te laten omdraaien. Hiervandaan konden ze de wagen nog net zien. Een paar soldaten sprongen van de kar en stelden zich op bij de brug. Twee mannen beenden naar de molen.
'Laten we maar maken dat we wegkomen,' fluisterde Joach in haar oor.
Net toen ze zich wilden omdraaien om weg te lopen, zag Elena dat de deur van de molen openging en dat de molenaar en zijn vrouw naar de soldaten holden. Ze kon niet horen wat de molenaar zei, maar hij wees een paar keer met zijn hand naar de weg naar de stad.
'Ik begrijp er niets van,' zei ze.
'Klim maar op Mist.' Joach gaf haar een voetje zodat ze zich op de rug van de merrie kon hijsen en sprong toen achter haar op het paard. 'We gaan naar tante Fila, maar niemand mag ons zien.'
'Waarom niet? We kennen genoeg mensen in de stad die vrienden zijn van onze ouders.'
Joach gebaarde naar de brug. 'Ja, net zoals de molenaar en zijn vrouw.'
Geschrokken zette ze haar hakken in Mists flanken en stuurde haar op

een drafje over het wildpad. 'Wat moeten we dan?'
'We gaan door het bos. Tante Fila woont meer in het noorden van de stad. Als we door het bos om de stad heen rijden, lopen we minder kans om gezien te worden.'
Ze zweeg. Haar hart kwam in opstand tegen wat hij zei, maar haar verstand zei haar dat hij gelijk had. Ze konden voorlopig alleen nog hun eigen familieleden vertrouwen. Tante Fila was nuchter en slim. Zij en haar drie volwassen zoons zouden hen beschermen en zorgen dat al dat gedoe werd opgelost.
Ze spoorde Mist aan. Hoe eerder ze bij de bakkerij van tante Fila waren, des te veiliger waren ze. Ze keek naar rook die langs de hemel trok vanaf de geblakerde boomgaarden in de heuvels in de verte. Wat was er met haar dal gebeurd, met de mensen die ze kende? Ze dacht terug aan wat ze had gedacht, starend naar de vredige weide bij de molen. Ze had zichzelf maar wat wijsgemaakt.
Het leven ging níét gewoon door in de vallei waar ze geboren was.
Het was verwrongen, veranderd in een kil oord waar niets meer hetzelfde was.

Erril liet zijn pap op de toog staan en wees met zijn hoofd naar de deur. 'We moesten maar eens vertrekken.'
Neelahn zat ineengedoken op een kruk naast hem. Bijna iedereen in de herberg was om hen heen komen staan om meer van Erril te weten te komen over de schrikheer, en ze was nog niet echt bekomen van de schrik. Zijn verzekering dat hij hun even weinig over het beest kon vertellen als ieder ander, dat alles wat hij wist uit oude verhalen kwam die hij op zijn reizen had gehoord, had hun nieuwsgierigheid nauwelijks kunnen bevredigen. Ze bleven aandringen, totdat Erril ten slotte een van zijn jongleermessen had getrokken en ook de laatste volhouders had weggejaagd. Inmiddels ging het gesprek in de gelagkamer weer over wat er aan de demonenkinderen moest worden gedaan. De discussie kwam alleen niet echt op gang, want de meeste gasten hadden hun duim bijgelovig naar hun voorhoofd gebracht en waren vertrokken om hun huis en haard te beschermen tegen het vervloekte gevaar.
Slechts één gast hield Erril nog altijd met priemende blik in de gaten. De bergbewoner, gebogen over zijn warme bier, had kennelijk geen haast om weg te komen uit de herberg. Erril werd nerveus van zijn starende blik.
Erril stond op en keerde de reus zijn rug toe. 'We moeten weg,' zei hij weer.
De niphai verroerde zich niet. Erril stak een hand uit om Neelahn bij de elleboog te pakken, maar ze ontweek zijn hand.
'Voel je het dan niet?' ging hij verder. 'Er hangt gevaar in de lucht. De

stad is net een hoop droog tondel, en iedereen loopt met brandende fakkels rond. We moeten hier weg.'

'En de skaltum dan?' vroeg ze met zachte stem. 'Is het niet veiliger om in de stad te blijven tot die gedood is?'

'Die wordt niet gedood.'

'Waarom niet?'

'De skaltums worden beschermd door zwarte magie.'

Achter zijn rug bromde een zware stem. 'Wat voor zwarte magie?' Erril schrok, verrast dat een zo grote man hem zo geruisloos van achteren kon naderen. Neelahn keek met grote ogen van schrik op.

Erril draaide zich om naar de bergbewoner en ontdekte dat hij zijn hoofd in zijn nek moest leggen om hem aan te kunnen kijken. 'Neem me niet kwalijk, maar wij voeren hier een persoonlijk gesprek.'

'Ik jaag een beest na dat je angst aanjaagt,' antwoordde de grote man op barse, lage toon. Zijn neusvleugels trilden. 'Als je enig eergevoel hebt, vertel je me wat ik moet weten.'

Het bloed steeg Erril naar het hoofd. Er was een tijd geweest dat zijn eergevoel boven alle twijfel verheven was. Hij voelde een steek van schaamte, voor het eerst in meer winters dan hij kon tellen.

Veilig verscholen achter Errils rug liet Neelahn haar stem horen. 'Eigenlijk heeft hij wel gelijk. Hij heeft het recht om het te weten.'

Erril balde zijn ene vuist. 'Je kunt het beter laten rusten, bergbewoner.'

De reus richtte zich in zijn volle lengte op. Erril had niet beseft hoe klein de man zich had gemaakt toen hij nog tussen de burgers in stond. Hij hoorde dat achter hem een dienster van schrik een glas uit haar handen liet vallen bij het zien van die kolossale gestalte. Erril, zelf een lange man, kwam met zijn hoofd maar tot de buik van de reus. 'Mijn naam is Kral a'Darvun, van de haard van Senta,' zei hij grimmig. 'Het wezen heeft de haard van mijn stam verwond. Zonder de kop van dat beest kan ik niet terug.'

Erril wist hoe vurig de bergbewoners hun eer verdedigden. In de verraderlijke, ijzige passen was vertrouwen van levensbelang. Erril drukte zijn vuist tegen zijn keel uit erkenning voor de plechtig gezworen eed. Kral deed de beweging na, met een licht verbaasde blik in zijn ogen. 'Je kent onze gebruiken, laaglander.'

'Ik heb veel gereisd.'

'Dan ken je ook mijn wil. Vertel me over die zwarte magie.'

Erril slikte. Hij voelde zich plotseling opgelaten dat hij de man zo weinig kon vertellen. 'Ik... Ik weet het eigenlijk niet goed. De zwarte magie strekte zijn hand over ons land uit toen de Gulgotha hier binnenvielen. In mijn tijd meenden de geleerden dat Chi om dat bederf ons land verliet. Naarmate de Chirische magie in het land uitdoofde tot schaarse, verspreide fluisteringen, won de duistere magie aan kracht. Ik heb op mijn reizen gruwelen gezien waarvan zelfs het dapperste hart zou verschrompelen.'

Kral hoorde zijn woorden met gefronste wenkbrauwen aan. 'Je praat van tijden voordat mijn haard vanuit de Noordelijke Woestenij naar hier kwam. Hoe kan dat?'

Errils adem stokte. Hij had niet nagedacht bij wat hij zei. Eén avond vrijuit praten met Neelahn en er was meteen niets meer over van de terughoudendheid waarin hij door de jaren heen een meester was geworden.

'De man die hier voor je staat,' zei Neelahn achter zijn rug, 'is Erril van Standi, de Dolende Ridder uit de verhalen.'

Krals ogen vernauwden zich tot afkeurende spleetjes, maar in de lijnen rond zijn ooghoeken school ook angst. 'Ik vraag om de waarheid en jij komt met oude verhalen.'

'Hij is geen mythe,' zei ze. 'Hij is werkelijkheid.'

Plotseling schoten Krals armen naar voren en hij legde zijn handen om Errils slapen. Erril begreep wat hij wilde doen en verzette zich niet tegen de grote man. Neelahn, die niet met dit gebruik vertrouwd was, hapte geschrokken naar adem.

De herbergier, die bezig was de scherven op de vloer van de gelagkamer bij elkaar te vegen, keek op van zijn werk en riep: 'Dat wil ik hier niet hebben! Als je iets uit te vechten hebt, ga je er maar mee naar buiten!'

Kral hield zijn handen stil.

Erril bleef roerloos staan. 'Ik ben wie ze zei,' zei hij. 'Ik ben Erril van het geslacht Standi.'

Kral deed zijn ogen dicht, een tel lang. Toen vlogen zijn ogen weer open. Hij wankelde een stap achteruit, tegen een tafel aan, die met een klap omviel. 'Je spreekt de waarheid!'

De herbergier stak met een rood hoofd en trillende wangen zijn bezem in de lucht. 'Wat had ik nou gezegd? Eruit, of ik haal de stadswacht!'

Kral viel op zijn knieën. Een plank in de vloer versplinterde door de klap. 'Nee! Dat kan niet waar zijn.' Zijn stem dreunde door het vertrek en de tranen liepen in zijn baard.

De reactie van de man schokte Erril. Hij wist dat de bergbewoners het vermogen bezaten de waarheid van iemands tong af te lezen dankzij een of andere vorm van elementaire steenmagie die diep in de aarde onder hun bergen school. Maar dit? Bergbewoners huilden niet, zelfs niet bij de vreselijkste verwondingen.

'Je bent gekomen!' Krals stem was een rommelende kreun. Hij liet zich op de vloer zakken. 'Dan heeft het Steen de waarheid gesproken. Mijn volk is ten dode opgeschreven.'

12

De klamme broek was te lang, zodat Elena de pijpen bij de enkels moest oprollen. De panden van haar groene wollen hemd hingen tot op haar knieën. Joach had de kleren van de waslijn van een herder gehaald. Terwijl ze haar rode lokken wegstopte onder een jagershoed, klaagde ze tegen Joach: 'Ik zie er belachelijk uit. Moet dit echt?'

Ze stonden verscholen onder een wilg waarvan de afhangende takken als scherm dienden. Aan één kant sliertten de takken in het water van een beekje dat langs de boom stroomde.

'Zo zijn we minder gemakkelijk te herkennen.' Ze keek toe hoe Joach zijn gezicht afboende met zijn nachthemd. Vervolgens hees hij zich in een versleten jak met gele lappen op de ellebogen. 'Ze zijn op zoek naar twee kinderen op een paard. We kunnen Mist beter hier aan de wilg binden.'

'Ik laat haar liever niet alleen achter,' zei Elena. 'Straks komt er een dief langs en wordt ze gestolen.' Elena streek nadrukkelijk haar ontvreemde hemd recht en keek Joach verwijtend aan.

Hij negeerde haar beschuldigende blik. 'Hiervandaan is het niet meer ver lopen naar tante Fila. We kunnen altijd Bertol vragen om Mist op te halen.'

Elena zag tante Fila's logge, onbeholpen zoon voor zich. 'Bertol zou in zijn eigen achtertuin nog verdwalen. Straks kan hij haar niet vinden.'

'De merrie overkomt heus niets, El. Er is gras genoeg en ze kan drinken uit de beek.'

'Maar het voelt alsof we haar in de steek laten.'

'Dat doen we niet. Ze is hier veiliger dan als we haar meenemen.'

Haar broer had gelijk, maar toch vond ze het vreselijk om hun gezinnetje te moeten opbreken. Hun nabijheid was het enige wat haar na de afgelopen nacht nog een enigszins veilig gevoel gaf. Met een vermoeide zucht gaf ze Mist een paar klopjes op haar flank. 'Niet bang zijn. We komen snel weer terug.'

Mist tilde haar hoofd op, kauwend op het dunne gras dat hier en daar onder de wilg opschoot. Ze sloeg met haar staart, geërgerd dat Elena haar had gestoord.

'Zie je nou wel, El? Over Mist hoef je je echt geen zorgen te maken.'

Enigszins beledigd stopte Elena haar hemd onder haar riem. 'Laten we maar gaan,' zei ze met een zucht.

Joach wrong zich door het gordijn van wilgentakken. Hij hield de takken opzij zodat Elena ertussendoor kon glippen en liet ze daarna weer terugvallen. Elena keek over haar schouder. Het paard was niet meer dan een bleke schim in de schaduw onder de boom.

Met een laatste snufje liep ze achter Joach aan, die stil was blijven staan bij een smal paadje. Het modderpad liep van de rand van Winterfell naar een zwemplekje waar de kinderen uit de stad graag kwamen. Het water was ijskoud nu de zomer voorbij was en de poel was verlaten, zodat ze op het pad niet bang hoefden te zijn voor nieuwsgierige blikken.

De zon stond al bijna op zijn hoogste punt, en na het schaduwrijke bos leek het pad te baden in het licht. Toen ze de stad naderden, werd het pad zo breed dat Elena naast haar broer kon lopen. Ze zag dat Joachs ogen voortdurend heen en weer schoten en hoe stram hij zijn benen hield bij het lopen. De spanning van haar broer sloeg op haar over; steeds weer sjorde ze onwillekeurig aan haar hemd en zette ze haar pet recht.

'Kijk,' zei ze en ze wees voor zich uit. 'Daar is het schuurtje van de slager.' Voor hen uit, half verscholen onder het bladerdak, stond het ijshuis van de slager. De takken van de bomen hielden de warmte van de zon van het dak.

Joach knikte alleen en liep snel door.

Toen ze voorbij het ijshuis bij het eind van het pad kwamen, zagen ze allebei bleek en stond het zweet in dikke druppels op hun voorhoofd. Voor hen doemden de rieten daken en bakstenen muren van de stad op. De rook uit de schoorstenen steeg in zwarte strepen op, om zich hoog in de lucht bij de rooksluier van de brand in de boomgaard te voegen. Het was rustiger dan anders in de stad. In de straten, die gewoonlijk gevuld waren met het opgewonden rumoer van de marktkooplui en hun klanten, heerste nu op een enkele kreet na een ongebruikelijke rust.

Joach keek haar van opzij aan, met een krampachtig lachje om zijn lippen. 'Klaar? Loop maar goed door, maar ook weer niet té snel.'

Ze knikte. 'Mag ik je hand vasthouden?'

Zijn gedachteloos uitgestoken hand bleef halverwege in de lucht hangen. 'Nee, dan trekken we misschien de aandacht. We kunnen zelfs beter een eind uit elkaar gaan lopen.'

Ze voelde de tranen alweer in haar ogen prikken. 'Alsjeblieft, Joach, ik wil dat je dicht bij me blijft.'

'Goed, El,' zei hij, met een opgeluchte zucht. Kennelijk speelden vergelijkbare gevoelens ook bij hem op. 'Maar we kunnen echt beter niet hand in hand lopen.'

Ze bedwong haar tranen en dwong zichzelf te knikken. De bakkerij van tante Fila lag maar een paar straten van de rand van de stad. Vanwaar Elena nu stond, kon ze bijna zweren dat ze het brood in de ovens kon ruiken als ze echt haar best deed. Alle vertrouwde geuren van het stadje Winterfell leken haar trouwens te begroeten: het gebraden vlees voor het ochtendmaal, de rook van de houtvuren, de scherpe gistgeur van de ciderbrouwerij vlakbij, zelfs de zoete, leemachtige geur van de paardenmest op de vuile straten en in de stallen. Elena rechtte haar rug. 'Ik ben zover,' zei ze, op een meer beheerste toon deze keer.
Joach beet op zijn onderlip en zette koers naar een achterafstraatje dat naar de wijk van de kooplui liep. Elena slikte de harde knoop van tranen in haar keel weg en volgde haar broer op de voet.
De eerste winkel waar ze langs kwamen was de slagerij. Vliegen zwermden zoemend rond de varkensbouten, het gelige lamsvlees en de kippen zonder kop. Door de deuropening zagen ze de slager staan, met een bloederig hakmes in de hand. Zijn dikke zwarte haar deed Elena altijd denken aan het stugge, stekelige haar van varkens, vooral omdat het zo afstak tegen de bleke huid van de man, die glom van het zweet en het vet. Elena merkte dat ze terugdeinsde. Ze was beducht voor de slager, met zijn harde stem en de geur van slachtafval die om hem heen hing. Hij kon Elena aanstaren alsof hij keurde hoeveel vlees ze op haar botten had. Omdat dit de eerste winkel was waar ze voorbij moesten lopen nu ze in de stad waren, trok ze onwillekeurig haar te ruime kleren iets strakker om zich heen. Een onbehaaglijk gevoel sloop haar hart binnen.
Joach en zij liepen aan de andere kant van de straat.
Toen ze voorbij de slagerij kwamen, klonk er opeens een stem als een donderslag vanuit een donkere deuropening iets verderop. 'Jullie daar! Blijf eens even staan!'
Ze durfden geen stap meer te zetten.
Joach schoof tussen haar en de spreker in. Een soldaat in een zwart-met-rood uniform en zijn zwaard nog in de schede kwam uit de deuropening op hen af geslenterd. Zijn donkere haar en ogen verrieden dat hij geen dienstplichtige van hier was, maar een van de vreemdelingen die het garnizoen bemanden. Zijn bloemkoolneus getuigde van vroegere vechtpartijen, waarvan Elena zich afvroeg of ze niet vooral buiten diensttijd hadden plaatsgevonden.
'Waar komen jullie vandaan, jongens?'
Joach gebaarde Elena onopvallend achter hem te gaan staan. 'We zijn onze vallen wezen nalopen, meneer!'
De blik van de soldaat ging van hen naar de bosrand. 'Zijn jullie onderweg toevallig een jongen en een meisje op een paard tegengekomen?'
'Nee, meneer.'

De man liet zijn donkere ogen over Elena gaan. Ze bleef strak naar haar voeten kijken en duwde haar verkleurde hand diep weg in haar broekzak. 'Heb jij ook niets gezien, jochie?'
Elena schudde alleen haar hoofd, uit angst dat haar stem haar zou verraden.
'Loop dan maar door.' Hij stak zijn kin in de lucht en wuifde hen verder.
Joach glipte langs de soldaat, met Elena op zijn hielen. Toen ze een snelle blik achterom wierp, zag ze dat de soldaat met een hand boven zijn ogen de bosrand aftuurde, om daarna weer terug te sloffen naar zijn beschaduwde post in de deuropening.
Pas toen ze een hoek waren omgeslagen, durfden ze weer iets te zeggen.
'Ze zijn dus echt naar ons op zoek,' fluisterde Joach.
'Waarom dan? We hebben toch niets gedaan?'
'Kom, laten we maar naar tante Fila gaan.'
Ze probeerden rustig door te lopen, maar hun pas versnelde naarmate ze dichter bij de hoek van de straat met tante Fila's bakkerij kwamen. Elena moest bijna hollen om haar verwoed doorstappende broer bij te houden. Joach sloeg als eerste de hoek om, en daar bleef hij zo abrupt staan dat ze tegen zijn rug op botste, zodat hij een stap naar voren schoot. Elena keek de straat in.
Waar de bakkerij van tante Fila had gestaan, geurend naar vruchtenpasteitjes en suikerkoek, restte alleen nog een rokend geraamte van geblakerde posten en zwarte balken. Elena's eerste gedachte was dat haar magische vuur van de boomgaard moest zijn overgesprongen naar de bakkerswinkel van haar tante. Die angst verdween echter meteen weer toen ze de fakkels zag in de handen van de mensen die op straat te hoop waren gelopen.
'Ze heult met de demon!' riep iemand in de menigte.
'Zet het teken van het boze oog op haar voorhoofd!' brulde een tweede.
'De hele familie van die vervloekte kinders moet uit de stad verbannen worden!'
'Nee, hang ze op!'
Elena ontdekte haar tante Fila op straat, op haar knieën voor de afgebrande bakkerij. Haar tranen trokken bleke strepen over haar beroete gezicht. In een plas bloed, met zijn buik op de straatkeien, lag een van haar zoons.
Elena zag niets meer door haar tranen. Zij had de winkel van haar tante dan misschien niet zelf aangestoken, maar haar vuur had wel weer een familielid te gronde gericht. Ze deed een stap in de richting van de drom mensen.

Joach hield haar tegen. 'Niet doen.'
Ze hadden nog kunnen wegkomen als ze meteen weer om de hoek waren verdwenen, maar door Elena's beweging en de woorden van Joach keken een paar mensen op straat om. De meesten keurden de twee kinderen in hun grove kleren geen tweede blik waardig, maar de ogen van tante Fila's zoon Bertol werden groot toen hij hen herkende. Hij stak zijn arm uit en wees: 'Daar! Daar zijn mijn neef en nicht. Kijk dan! We zeiden toch dat ze zich niet bij ons in de winkel verstopt hadden?'
De hand van tante Fila schoot omhoog naar haar zoon, alsof ze wilde proberen zijn woorden en zijn verraad tegen te houden. Haar ogen vol verdriet en pijn vonden heel even die van Elena.
De menigte stormde op hen af. Joach probeerde Elena mee te trekken, maar plotseling werden ze van achteren door twee sterke handen beetgepakt.
Elena gilde, maar ze kon zich niet losrukken. Samen met Joach werd ze in de richting van de drom mensen geduwd. Met grote ogen keek Elena achterom naar de man die haar vasthield. Het was de slager. Zijn potige armen hielden hen beiden met gemak in bedwang. Zijn mond was vertrokken in een witte streep van haat en zijn ogen zagen rood van moordlust.
'Roep de wacht!' riep iemand in de menigte die Joach en haar insloot. 'We hebben de demonenkinderen!'

Erril keek fronsend naar de bergbewoner, die nog altijd geknield en in tranen voor hem zat. Neelahn wist zich niet goed raad met zijn uitbarsting en staarde met een smalle hand voor haar mond op hem neer. 'Kral,' zei Erril, 'ik weet niets wat jouw volk zou kunnen verdoemen. Laat die dwaasheid en sta op.'
Maar Kral kreunde alleen, starend naar de vloer.
De herbergier kwam aangelopen, met zijn bezem voor zijn bolle buik. 'Eruit met je zootje!' Hij maakte een vegende beweging met zijn bezem en wees toen met de steel naar Kral. 'Hup, naar buiten, voordat die pummel hier op de vloer van zijn stokje gaat.'
Kral duwde zichzelf op totdat hij als een beer boven de dikbuikige herbergier uittorende. 'Pas op je woorden, waard, of ik nagel je tong tegen de deur.'
De herbergier trok wit weg en deinsde een stap terug. Hij tilde zijn bezem hoger op. 'Als het zo moet... Als het zo moet, roep ik de stadswacht erbij.'
Kral stak zijn arm uit naar de herbergier, maar Erril legde een hand op zijn schouder. 'Hij is de moeite niet waard, Kral. Laat die kerel maar.' Erril trok de lange man mee naar de deur. Het was alsof hij probeerde

een kei te verplaatsen die diep in de grond was weggezakt, maar even later voelde hij de schouder van de man onder zijn handen ontspannen en stond Kral toe dat Erril zijn handen van de hals van de herbergier af trok.
Erril draaide zich om naar de herbergier. 'Als ik u was, zou ik in het vervolg wat beleefder zijn tegen bergbewoners.'
Met Kral achter zich aan liep Erril naar de deur van herberg. Neelahn volgde hen naar buiten, de geplaveide straat op, waar het opvallend rustig was. Alleen een stel soldaten hing rond op de hoek, vlak bij twee vastgebonden paarden. Bij een van hen hing het uniformjasje open, en zijn buik puilde uit over zijn koppel. Hij nam hen met een verveelde blik op en richtte zijn aandacht toen weer op zijn kameraad, die grote verhalen ophing over de slag die hij de vorige avond bij het dobbelen had geslagen.
Erril sloeg geen acht op de twee en wendde zich tot Kral. 'Hier scheidden zich onze wegen, bergbewoner,' zei hij. 'Jij wilt op zoek naar de skaltum, en ik bid dat je dat beest nooit zult vinden, hoezeer dat je ook mag verdrieten. Ik wil alleen de weg naar de vlakten vinden.' Hij keek naar Neelahn, die haar blik niet van de wachten af had gehouden. Met de punt van haar laars schopte ze nerveus tegen een straatkei. 'En wat is jouw reisdoel, troubadour?'
Neelahns antwoord kreeg Erril nooit te horen, want op dat moment kwam er een man om de hoek die op de twee soldaten af stormde. 'We hebben ze!' riep hij. 'De demonenkinderen! Ze zitten als ratten in de val! Kom snel!'
De dikste van de twee wachten zette zich af tegen de muur waar hij tegenaan geleund stond en gaf de andere soldaat een knikje. 'Waarschuw het garnizoen,' zei hij op verveelde toon. Hij hechtte duidelijk weinig geloof aan de woorden van de opgewonden man. 'Ik ga wel even kijken wat deze man heeft ontdekt.'
De andere soldaat knikte en maakte zijn paard los. Hij sprong in het zadel en snelde langs Erril en zijn twee metgezellen, met een oorverdovend hoefgetrappel, dat snel vervaagde toen hij zijn paard met een ruk aan de teugels de hoek om stuurde.
'Laat maar eens zien wat jullie gevangen hebben,' zei de achtergebleven wacht.
'Het zijn die van Morinstal, zeker weten,' zei de man, wijzend naar waar hij vandaan was gekomen. 'Hun neef heeft het zelfs bevestigd.' Voor de wacht uit verdween hij in de steeg tussen de kleermakerij en de schoenlapper.
Neelahn was de eerste die iets zei. 'Wat gaat er met die kinderen gebeuren?'

Erril staarde naar de straat waar de man en de soldaat in waren verdwenen. 'De burgers zijn woest. Bij geruchten over demonen gaat het er in stadjes als dit niet zachtzinnig aan toe. Ze zullen waarschijnlijk smeken om te mogen sterven voordat de dag om is.'
'En als het nou alleen maar roddels en loze geruchten zijn?' vroeg Neelahn. 'Dan vloeit er onschuldig bloed.'
Erril haalde zijn schouders op. 'Ik sta hier buiten.'
Neelahn keek hem met grote ogen aan. 'Als je dit gewoon laat gebeuren, kleeft hun bloed evengoed aan jouw handen als aan die van de burgers.'
'Ik heb al bloed aan mijn handen,' zei hij verbitterd. Erril dacht terug aan de nacht dat het Boek was gebonden en aan de jonge magiër, badend in zijn eigen bloed terwijl Errils zwaard als onkruid tussen de rotsen uit zijn rug omhoogstak. 'Het bloed van een onschuldige.'
'Ik ken je geschiedenis, Erril. Dat was toen. Dit is nu!' Neelahn kneep haar ogen tot boze spleetjes. 'Laat je de smet van het onrecht dat je vroeger hebt begaan voor eeuwig je handen bezoedelen?'
Erril voelde het bloed naar zijn hoofd stijgen – of het van woede was of van schaamte zou hij zelf niet eens kunnen zeggen.
Gelukkig kwam op dat moment Kral tussenbeide. 'Als die kleintjes echt demonenkinderen zijn,' zei hij, 'dan is de skaltum misschien niet ver weg. Ik ga kijken.'
Neelahn knikte. 'Ik wil er ook heen.'
Twee paar ogen richtten zich op hem. In de ene blik lagen vastberadenheid en trots, in de andere een vurig mededogen. Er was een tijd dat hij hetzelfde zou hebben gevoeld bij de gedachte dat er kinderen in gevaar waren. Maar wat voelde hij nu? Hij richtte zijn blik naar binnen en vond niets. Dat verontrustte hem meer dan hun vragende blikken. Wat hadden al die eindeloze jaren met hem gedaan?
Hij keek Neelahn en Kral aan. 'Laten we proberen de waarheid te achterhalen.'

Elena zag Joach worstelen met de touwen waarmee zijn armen waren vastgebonden. Haar polsen zaten ook gevangen in dikke koorden, maar zij bleef stil staan. Waarom zou ze er nog tegen vechten? Ze staarde naar de ruïne van de bakkerij van haar tante. De burgers die in een kring om hen heen stonden, joelden en jouwden hen uit. De meesten kende ze wel, ze zat met hun kinderen op school. En toch waren hun gezichten verwrongen van haat. Zelfs als Joach en zij zich uit hun boeien konden bevrijden, waar moesten ze dan naartoe vluchten? Dit was haar thuis. Dit waren haar mensen.
Een steentje vloog vanuit de menigte door de lucht en raakte haar voor-

hoofd, zodat ze even uit balans werd gebracht. Het stak, en er druppelde bloed uit de bult. Ze zag dat haar neef Bertol een arm uitstak om een tweede steen te pakken, maar tante Fila sloeg zijn hand weg. Er was dus in ieder geval nog iemand die om haar gaf. De tranen begonnen te stromen, niet van de pijn, maar om alles wat ze was kwijtgeraakt.
Joach gaf zijn pogingen om zich los te worstelen op. Kennelijk was hij er inmiddels ook van overtuigd dat het geen enkele zin had. Hij schuifelde dichter naar haar toe, woordeloos.
De slager maakte zich los uit de mensenmenigte en beende op hen af. Hij stak een hand uit naar Elena. Joach probeerde tussen hen in te komen staan, maar werd door een vlezige hand weggeslagen. Elena zag het bloed opwellen uit de mond van haar broer, die op zijn knieën neerviel. De slager rukte de jagershoed van haar hoofd en liet haar lange rode haar over haar schouders vallen. 'Kijk,' zei hij, 'hier staat ze, de hexe. Dit is de demon die onze landerijen in de as heeft gelegd en goed volk de dood in heeft gejaagd. Laat dat mooie gezichtje jullie niet om de tuin leiden.'
De slager liet een vinger van haar wang af glijden naar haar hals. 'Of dat onschuldige lijf!' Opeens sloot zijn knuist zich om haar hemd en scheurde het open. De knopen dansten over de straatstenen.
Elena schreeuwde het uit om zijn schending.
De menigte sloeg het optreden van de slager met ingehouden adem gade. Joach vocht om bij de man te komen, maar sterke armen hielden hem tegen.
De slager liet zijn vinger rond haar ontblote, ontluikende borsten gaan. 'Zo ongerept om te zien!' Zijn stem klonk dik en hees. 'En zo vol van lage lusten!'
Hij keerde zich van haar af. 'Het boze in haar probeert bij mij binnen te sluipen, ik voel het, om me te verlokken met onreine gedachten.' Hij keek Elena weer aan. 'Achteruit, hexe; mij kun je niet verleiden zoals je broer.' De slager schermde zijn ogen af met zijn hand en deed een paar passen achteruit.
De menigte volgde de vertoning in gespannen stilte, maar toen drong tante Fila zich naar voren. 'Zo is het genoeg!' riep ze tegen de drom mensen. Ze stak het plein over naar Elena en bedekte Elena's bovenlichaam met het opengescheurde hemd. Elena rook de geur van meel en suiker die uit het schort van haar tante opsteeg. Ze moest in de keuken aan het werk zijn geweest toen de burgers in oproer waren gekomen en haar bakkerij kort en klein hadden geslagen. Elena liet zich door haar tante in de armen nemen.
Tante Fila keek naar de kring van mensen. 'Het is nog maar een kind! Zien jullie dan niet dat ze doodsbang is? Zou een demon bang zijn voor

touwen en stervelingen? Is er ook maar enig bewijs dat ze iets heeft misdaan? Geruchten en roddels, meer is er niet.'
Op het plein steeg boos gemompel op. 'En de boomgaarden dan?' riep iemand. 'Bijna een kwart van de oogst is verloren gegaan!'
Maar tante Fila liet zich niet afschrikken. Ze streek een grijze haarlok uit haar gezicht. In haar stem klonk de vrieskou uit de bergen. 'Ik ben vandaag meer kwijtgeraakt dan jullie allemaal bij elkaar. Mijn zoon is bruut vermoord terwijl hij mijn winkel probeerde te redden! Niet dit kind heeft mij vandaag kwaad gedaan, maar de waanzin!'
Ze richtte een priemende vinger op een paar mensen in de menigte. 'Wat als jouw kind hier voor je stond? Of eentje van jou, Gergana? Hou op met die waanzin! Kijk in je hart!'
De mensen hoorden haar beduusd aan.
'Ik ken dit meisje en deze jongen. Ze hebben geen spoortje kwaad in zich! Jullie weten toch hoe ze zijn? Hebben jullie deze twee kinderen ooit anders gezien dan beleefd, met een lieve lach voor iedereen?'
'Schande!' riep de slager. 'Iedereen kan je vertellen dat er iets raars is met dat wicht, zoals ze altijd in haar eentje door het bos sluipt. Om demonen te ontmoeten, waarom anders? Ze heeft net nog geprobeerd om me te behexen!'
'Dat is gelogen!' Tante Fila stak een arm uit naar de slager. Haar mond was een witte streep van woede. 'Dáár is het kwaad. Zijn optreden verraadt zijn eigen verdorvenheid – niet die van deze kinderen. Zoals hij zich vergreep aan dat jonge meisje! Dát is boosaardig, niet het kind!'
Inmiddels richtten de blikken van veel mensen zich vol afkeer op de slager. Elena gunde zichzelf een korte opwelling van hoop dat tante Fila deze waanzin de baas kon worden. Toen klonk achter haar rug een stem die leek op te stijgen uit een muffe graftombe, een stem die ze kende.
'Beste vrouw, ga weg bij dat meisje. Ze heeft u misleid, u allemaal. Ze is een hexe, en dat zal ik hier bewijzen!'
Elena draaide zich half om en zag de oude man met de mantelkap die haar ouders had gedood. Hij werd geflankeerd door soldaten. Elena's knieën knikten toen hij zijn lege ogen op haar richtte.
Steunend op zijn staf van poihout strompelde de oude man op haar af. 'Achteruit!' siste hij de menigte toe.
Tante Fila negeerde hem en ging tussen de kromgebogen oude man en Elena in staan. 'U was het! U bent met de beschuldigingen over deze kinderen gekomen!'
De angst kneep Elena's keel dicht. Ze stootte haar tante aan met haar elleboog om haar voor de oude man te waarschuwen, maar haar tante sloeg geen acht op haar.
De man wees met zijn staf naar zijn donkere metgezel. 'Rockingham,

neem het kind mee naar het garnizoen. Daar zullen we met onze ondervragingen de bewijzen voor haar demonische inborst vinden.'
Rockingham kwam naar voren, vergezeld van vier wachten.
Tante Fila pakte Elena bij de schouder en trok haar mee in de richting van de menigte. 'Net zoals met dat meisje van Sesha zeker, twee jaar geleden? Haar gegil vergeet ik van mijn leven niet meer!' Tante Fila stak een arm in de lucht en wendde zich tot de menigte. 'Zijn jullie bereid om weer een kind aan deze monsters af te staan? Dit is onze vallei, onze stad!'
Overal om zich heen hoorde Elena mensen de woorden van haar tante overnemen. De angst verslapte zijn greep om haar keel en ze vond haar stem terug. 'Tante Fila! Die mannen hebben vader en moeder gedood.'
Iedereen had haar uitroep gehoord, en de mensenmenigte op het plein hield geschrokken de adem in.
Rockingham en de vier soldaten weken achteruit voor de strijdlustige menigte. Een aantal burgers haalde al messen te voorschijn. Elena zag dat de kleermaker van de stad de touwen om Joachs polsen doorsneed. Even later holde hij naar Elena toe en knoopte ook haar boeien los. Eenmaal bevrijd, wreef ze over haar rauwe polsen.
'Ik zei toch dat tante Fila ons zou helpen?' zei Joach met een blos op zijn wangen.
Elena zag de verbaasde blik van tante Fila toen die haar verkleurde rechterhand in het oog kreeg. De hand van haar tante ging naar haar arm. 'Houd die maar uit het zicht,' fluisterde ze haar snel toe, terwijl ze de mouw van het te grote hemd over Elena's hand trok. Toen richtte haar tante haar aandacht weer op de onrust die elk moment tot een uitbarsting kon komen.
De soldaten deden voorzichtig een paar passen vooruit, maar de burgers waren veruit in de meerderheid.
'Laat dat kind met rust!' riep iemand.
Een ander stak een mes in de lucht en riep: 'Bescherm de kinderen!'
Tante Fila boog zich voorover naar Elena. 'Je bent nu veilig, liefje. Wees maar niet bang. Ik laat ze mijn familie geen kwaad meer doen.'
Haar woorden drongen echter nauwelijks tot Elena door, die haar ogen strak op de oude man gericht hield. Ze zag dat hij zijn staf omhoogbracht en twee keer op de keien liet neerkomen. De beweging van de gebrekkige oude man werd door niemand anders opgemerkt, maar Elena herkende het teken. Zo had hij ook de witte wormen opgeroepen om haar broer en haar aan te vallen.
'Nee,' zei Elena schril. Ze kneep Joach zo hard in zijn arm dat hij naar adem hapte. 'We moeten hier weg!'
Maar het was al te laat.

Op het plein klonk een kreet van angst. Iedereen keek omhoog naar de rokerige hemel.
Het kwam van over de daken. Voor ieders ogen doemde een reusachtig gevaarte op. Brede vleugels deden de lucht kolken. Elena herkende die leerachtige vleugelslag. De krijs van het beest joeg de burgers uiteen, als muizen die wegschieten voor de sprong van een boerderijkat. De duisternis had het beest die nacht onzichtbaar gemaakt, maar het geluid van het wezen dat haar broer en haar op hun vlucht door de brandende boomgaard doodsangst had aangejaagd, zou ze uit duizenden hebben herkend. Nu wilde Elena niets liever dan dat de duisternis zou terugkeren om die weerzinwekkende aanblik voor haar verborgen te houden. Het leek alsof het beeld zelfs haar geest aantastte.
'Kijk!' riep de man in de mantel. Hij wees met zijn andere arm, zodat een gladde stomp zichtbaar werd waar eens zijn rechterhand had gezeten. 'Daar komt de demon waarmee ze een pact heeft gesloten om haar te bevrijden!'
De mensen stoven gillend uiteen, op de vlucht voor het monster dat op Elena af dook. Toen het hard op de straat landde, klauwend over de keien met zijn scherpe nagels, stonden alleen Joach en haar tante nog om haar heen. Door het vel heen was het zwarte bloed te zien dat in brede stromen door zijn lijf werd gepompt. Het wezen trok zijn vleugels in en siste naar de burgers die zich opeengepakt verscholen in deuropeningen en achter toonbanken. Toen richtten de gifzwarte ogen zich fonkelend van boosaardigheid op Elena.
Tante Fila schoof tussen haar en het monster. 'Rennen, kinderen!' zei ze, terwijl ze zich oprichtte tegenover het beest. 'Ga naar jullie oom Bol!'
Nog voordat tante Fila haar zin had afgemaakt, greep Joach Elena beet en probeerde haar mee te sleuren naar het geblakerde geraamte van de bakkerij.
Als een slang schoot het beest naar voren en sloeg een klauw uit naar tante Fila.
'Nee!' riep Elena toen de rug van haar tante brak met een knappend geluid dat boven het geschreeuw van de menigte uit te horen was. Toen reet het monster met puntige tanden de keel van tante Fila open en smeet haar lichaam op de grond. 'Nee,' jammerde Elena, terwijl Joach haar een zet gaf.
Hij was niet snel genoeg. De klauw van het wezen schoot uit en greep haar broer bij de strot.
'Joach!' gilde ze, maar haar broer werd van haar zijde weggerukt en snakkend naar adem, met uitpuilende ogen, meegetrokken.

13

Bol zat over zijn stoffige boek gebogen. De middagzon drong in zwakke straaltjes door het vuile raam. Het stompje van de kaars op zijn leestafel brandde met een flakkerend geel vlammetje. Hij had de hele nacht zitten lezen in een poging de kennis bij elkaar te sprokkelen die hij nodig had. De stapels muffe oude boeken en de rijen boekrollen in hun vakjes vormden zijn enige gezelschap.

'Vuur zal het teken zijn van haar komst,' prevelde hij, terwijl hij zijn witte haren uit zijn vermoeide ogen streek. Hij tuurde naar de andere woorden op de bladzijde. Zijn mond, half verborgen achter een dikke snor, vertaalde de eeuwenoude tekst woord voor woord. De tekenen van de Zusters spraken van deze dag. Hij wierp een blik naar buiten. Door de ramen van zijn kleine huis, dat hoog boven de vallei was gebouwd op een verlaten plek die Winterhorst werd genoemd, was de hele nacht de rode gloed van brandende bomen te zien geweest.

Het arme kind. Ze had beter voorbereid moeten zijn, gewaarschuwd moeten worden.

Krabbend in zijn witte baard boog Bol zich weer over zijn boekwerk, maar terwijl hij met een voorzichtige vinger de door de ratten aangevreten bladzijde omsloeg, beefde zijn hart een tel lang in zijn borst, waarna het werd vervuld van een verlies dat groter was dan zijn huis. Hij legde zijn beide handen op zijn leestafel om niet op de plankenvloer te vallen. Een vreselijk verdriet dreigde hem te verzwelgen toen hij voelde hoe zijn tweelingzuster stierf.

'Fila!' steunde hij in de lege kamer.

Tranen vulden zijn ogen en drupten op de vergeelde bladzijden. Zonder een gedachte aan de kwetsbare teksten, waar hij gewoonlijk als een moeder over waakte, liet hij zijn zilte tranen de oude inkt op de bladzijden uitvloeien.

Zijn hand sloot zich door zijn grof geweven hemd om een amulet. 'Fila!' riep hij opnieuw.

En ze kwam, zoals altijd.

Naast de haard gloeide een hoek van de kamer zacht op, als een dwaallichtje. De zwakke gloed keerde in zichzelf, en naarmate het schijnsel in omvang afnam, werd het feller totdat het ten slotte de gedaante van

zijn zus aannam. Gehuld in uitwaaierende golven van wit licht keek ze hem met gefronste wenkbrauwen aan, meer geërgerd dan bedroefd.
'Het is zover, Bol.'
Verse tranen welden op en haar gedaante vervloeide. 'Dus het is waar!' zei hij.
'Geen tranen.' Haar gezicht stond nog altijd strak en ernstig. 'Ben je gereed?'
'Ik... Ik had verwacht dat ik meer tijd zou hebben, nog jaren.'
'Dat dachten we allemaal. Maar goed, het is begonnen. Tijd om je boeken weg te doen, oude man.'
'Laat je dit karwei aan mij over?' vroeg hij smekend. 'Sta ik er alleen voor?'
Haar strenge blik verzachtte. 'Ik heb mijn eigen taak, broer. Dat weet je.'
'Ja, ik weet het: de zoektocht naar de vervloekte brug. Denk je echt dat je die ooit zult vinden?'
'Als hij bestaat, zal ik hem vinden,' zei ze vastberaden.
Hij zuchtte en keek zijn zus aan. 'Een wil als koud ijzer,' zei hij bedroefd, 'zelfs in de dood.'
'Een wever van dromen,' antwoordde ze, met een flauw lachje, 'zelfs bij leven.'
Hun mond plooide zich in een gespiegelde glimlach om dat aloude twistpunt, zo eender en toch zo verschillend. Bij beiden sprak de pijn van het verlies helder uit hun ogen.
Fila's geestverschijning werd allengs zwakker. 'Ik kan niet langer blijven. Bescherm haar.' Haar beeld vervaagde tot een nauwelijks zichtbare gloed. Toen het licht werd opgeslokt door de schaduwen in de bibliotheek, zweefden haar laatste woorden nog door het vertrek. 'Ik hou van je, Bol.'
'Dag zuster,' prevelde hij voor zich uit. De kamer was leger en eenzamer dan ooit.

Elena stormde terug naar haar broer, die vocht voor zijn leven. De tijd leek te vertragen, in te dikken als het sap van een wintereik. De klauw van de skaltum zat nog altijd om Joachs nek geklemd en zijn gezicht liep paars aan. Elena sprong op en greep met een gesmoorde kreet naar de poot van het wezen. Blind van de angst begroef ze haar vingers in het klamme vel, vastbesloten om haar broer niet aan dat monster te verliezen. 'Laat los!' gilde ze.
Ze had de woorden nog niet uitgeroepen of haar hand barstte in vlammen uit. Uit haar vingers stroomde een hitte als van gesmolten gesteente. Ze balde haar handen tot vuisten en ontdekte dat haar vingers zo door

de poot van het beest gingen – dwars door het vel, de spieren en het bot heen.
Het wezen trok jankend zijn poot terug, die nu uitliep in een verschroeide stomp. Krijsend van de schok van die verminking wankelde het achteruit, weg van Elena en haar broer.
Joach viel naar voren. Hij rukte de afgesneden klauw van zijn hals en gooide de poot op straat. 'Lieve Moeder!' bracht hij uit, terwijl hij zich naar Elena haastte.
Elena's blik flitste naar haar hand, in de verwachting geblakerde beenderen en verschroeid vlees te zien, maar alles was zoals het hoorde – er was zelfs geen spoor van de rode smet meer te zien. Was ze van die vloek bevrijd?
'Rennen, El!' riep Joach. Hij trok Elena mee naar de verkoolde balken van de bakkerij.
Maar het jankende monster was niet het enige gevaar op de straat.
Joach kwam slippend tot stilstand en trok Elena tegen zich aan. Tussen hen en de veiligheid stond de man in de mantel, leunend op zijn staf. Er lag een glimlach om zijn lippen, alsof alles precies zo was verlopen als hij had gehoopt.
'Kom bij mij, kind. Ik heb lang genoeg op je gewacht.' Verrassend snel liet hij het ondereinde van zijn staf opschieten naar Elena's hoofd.
Elena was nog niet bekomen van de kracht die door haar hand was gevloeid, en haar verwarde geest onderkende de dreiging niet.
Ze bleef stokstijf staan, totdat Joach haar uit de weg duwde. Ze hapte naar adem en viel met haar knieën op de harde keien. Vanuit haar ooghoek zag ze dat de staf Joach met een harde klap tegen de schouder raakte.
Ze krabbelde overeind, wakker geschud uit haar verdwazing, en zette het op een lopen. Maar Joach kwam niet achter haar aan. Elena bleef staan en keek achterom naar haar broer, die uit alle macht probeerde om met zijn bovenlichaam zijn benen in beweging te krijgen. Maar zijn benen gehoorzaamden niet; het was alsof ze wortel hadden geschoten. Hij keek op met ogen vol doodsangst en zag dat Elena was blijven staan.
'Lopen!' riep hij.
Ze wankelde achteruit, kijkend hoe de behexing zich door het lichaam van haar broer verspreidde. Even later kon hij zijn armen al niet meer bewegen, en nog een tel later verstarden ook zijn nek en zijn hoofd. Alleen een enkele traan rolde nog over zijn wang.
'Je laat je broer toch niet in de steek, kind?' De oude man wenkte haar met een knokige vinger. 'Kom!'

Burgers drongen zich langs Erril terwijl hij zich tegen de stroom in een weg baande in de richting van het geschreeuw. Ellebogen en knieën beukten op hem in alsof hij een kei was in een snelstromende rivier, en hij kwam nauwelijks vooruit. Uiteindelijk werkte Kral zich naar voren en maakte met zijn grote lijf de weg vrij voor de anderen.

Een stedeling – Erril nam aan dat het een slager was, gezien zijn voorschoot met bloedvlekken – probeerde Kral uit de weg te stompen. De bergbewoner liet de zwaargebouwde man met een kleine schouderbeweging door de lucht vliegen. De man sloeg met zijn hoofd tegen een muur en viel bewegingloos op de grond. Zonder nog naar de man om te kijken liep Kral verder.

'Vlucht!' riep een andere burger hun toe. 'De demon is gekomen!'

Kral wierp een grimmige blik op Erril en versnelde zijn pas. Erril volgde de bergbewoner op de voet, met Neelahn in zijn kielzog. Even later was de straat leeggestroomd en hadden ze de vluchtende drommen achter zich gelaten.

'Wees op je hoede, Kral,' zei Erril zacht. 'Het kan niet ver meer zijn.'

Ze liepen waakzaam door tot aan de volgende hoek, waar ze dekking zochten achter de wagen van een hoefsmid. Over de rand van de kar wierp Erril een blik op de straat erachter.

Het bloed stolde in zijn aderen. Op nog geen steenworp afstand, voor de uitgebrande resten van een huis, stond een beest dat hij had gehoopt nooit meer te zien. De skaltum jankte van de pijn, de vleugels krampachtig uitgestrekt, en hield een gewonde poot tegen zijn borst gedrukt. Gewond? Erril dook weer terug achter de wagen. Wie was in staat een beest als dat iets aan te doen?

Erril zag dat Kral aanstalten maakte om zijn bijl uit zijn gordel te halen, een te licht wapen om het tegen een schrikheer op te nemen. Erril stak een hand op om de bergbewoner tot geduld en voorzichtigheid te manen. Kral antwoordde met een diepe frons.

Neelahn kwam op haar knieën naast hen zitten en gluurde onder de wagen door de straat in. 'Daar zijn de kinderen,' fluisterde ze, wijzend tussen de spaken van het wagenwiel. 'Wie is die man in die mantel?'

Erril keek en ontdekte de twee kinderen, ineengedoken voor een gestalte met een mantelkap, voor de geblakerde resten van het huis. De schaduw van zijn kap verborg het gezicht van de man, maar Erril herkende de zwarte mantel. Zijn mond vertrok zich tot een dreigende streep. 'Een zwarte magiër.'

'Kom hier, kind,' zei de gestalte met de mantel, wiens stem hen bereikte nu het gekrijs van de skaltum afnam. 'Of je broer sterft.'

De skaltum stapte op de twee jonge mensen af. Zijn stem sneed als een werpmes door de lucht. 'Geef mij de jongen. Ik ruk zzzijn armen en benen uit zzzijn lijf, een voor een, voor de ogen van dat andere rotkind.'

Een andere man, gekleed in het rood-en-zwart van het garnizoen, stond achter een regenton te trillen als een riet. 'Doe wat het beest van de meester zegt, Dismarum! De jongen hebben we niet nodig.'
'Zwijg, Rockingham,' snauwde de man die Dismarum was genoemd. Op een blik van de zwarte magiër deinsde de man nog verder terug achter zijn ton.
Opnieuw stelde de skaltum zijn eis. 'Geef mij de jongen! Ik zzal zijn jonge hart proeven.'
'Demon!' gromde Kral naast Erril, met een stem vol haat. Voordat Erril een arm kon uitsteken om hem tegen te houden, sprong Kral over de wagen heen naar voren, zijn bijl dreigend geheven boven zijn hoofd. De skaltum draaide zich met een ruk om naar zijn aanvaller.
De zwarte magiër trok zich terug in de schaduwen van het afgebrande gebouw. Zijn hand ging naar het jonge meisje, dat zich al die tijd niet had durven verroeren.
Wat een dwaas was die bergbewoner! Voordat Erril kon bedenken wat hem te doen stond, namen zijn voeten en zijn hart het heft al in handen. Onwillekeurig sprong hij achter Kral aan, met getrokken zwaard, klaar om zich in het gevecht te storten.

Elena's ogen hielden Joachs blik vast. Op haar rustte geen behexing, zoals op hem, maar ze kon al evenmin vluchten als hij. Andere banden hielden haar aan deze plek vastgenageld. Ze wilde niet van haar broers zijde wijken, zelfs niet toen de man met de kap een klauwachtige hand naar haar uitstak.
Vlak voordat zijn vingers haar huid raakten, trof een elleboog vanuit het niets haar borst en gooide haar naar achteren. Een eenarmige man met een zwaard wierp zich tussen haar en de oude man in. Lang, breedgeschouderd en met de rode wangen van de volken van de vlakte hief hij zijn zwaard. 'Je krijgt haar niet, zwarte magiër!'
Voordat de man met de kap iets kon doen, slaakte het gevleugelde wezen een ijselijke kreet die iedereen deed opkijken. De man met het zwaard duwde Elena tegen de grond, buiten het bereik van de brede vleugel die over hun hoofden scheerde. 'Vlucht, kind!' brulde hij in haar oor.
Maar haar benen weigerden te gehoorzamen. Haar hart, dat nog door onzichtbare koorden was verbonden met de verstarde Joach, wilde niet van wijken weten. Verdwaasd bleef ze zitten, ineengedoken op de straatstenen.
Trillend van angst zag Elena dat een reus het gevleugelde monster aanviel, zwaaiend met een bijl in een onscherpe warreling van scherp geslepen staal en spieren. Zijn woeste aanval dreef de gevleugelde demon achteruit.

Toen voelde ze opeens een andere hand op haar schouder. Ze keek omhoog, in het bezorgde gezicht van een kleine vrouw.
'Kom maar mee. Erril ontfermt zich wel over je metgezel.'
Ze schudde haar hoofd. 'Mijn broer!' was het enige dat ze kon uitbrengen, wijzend naar Joach.
De vrouw was echter sterker dan ze eruitzag en ze trok Elena overeind.
'Neelahn!' riep de man met het zwaard. Hij steunde op een knie; zijn zwaard wees naar de figuur in de mantel. 'Breng haar in veiligheid!'
De vrouw die Neelahn was genoemd, legde een arm om haar schouders en fluisterde iets in haar oor. Wat ze zei, of bijna zachtjes zong, kon Elena niet verstaan, maar op de een of andere manier drongen haar woorden door de dikke mist heen die haar geest vertroebelde. De woorden deden Elena denken aan de fluisteringen van de Oude Man in de boomgaard. Het lied van de vrouw gaf haar weer macht over haar benen, merkte ze, en ze liet zich door haar meevoeren, weg van het gevecht.

Neelahn kreeg het meisje zover dat ze met haar beschutting zocht achter de wagen. Zou dit haar zijn, vroeg de niphai zich af. Ze zong het kind in haar oor, woorden die ze had geleerd om de geest van mensen voor zich te winnen. Ze streek een rode haarlok uit het gezicht van het meisje en keek in de ogen met de kleur van jong groen. Bestond het dat zij het was?
Nu het meisje veilig was, richtte Neelahn haar aandacht weer op de straat. Erril had zich weer overeind gewerkt, en de zwarte magiër deinsde terug voor de aanraking van het zwaard. Erril zorgde dat de man met de kap niet kon ontsnappen, maar Neelahn zag dat beide mannen hun ogen gericht hielden op het gevecht tussen de skaltum en de bergbewoner.
Kral was voluit in de aanval gegaan, woest zwaaiend met zijn bijl, maar zijn slagen ketsten gewoonweg af op de taaie huid van het beest, zonder dat er een druppel bloed vloeide.
Krals bijl mocht het wezen dan misschien niet deren, maar Neelahn zag dat de skaltum nog niet was bekomen van de verwonding die hem eerder was toegebracht. Het beest hield zijn verminkte arm tegen zijn zij gedrukt en beschermde zijn flanken met zijn vleugels.
'Drijf de skaltum naar het zonlicht!' riep Erril naar zijn boomlange metgezel. 'Daar is hij wel kwetsbaar!'
Met een woeste schijnaanval veranderde Kral de richting van het gevecht, en even later drong hij het wezen achteruit naar een vlek zonlicht. De skaltum leek zich echter bewust van het dreigende gevaar en begon terug te vechten. Met de donkere nagels van zijn ongeschonden

poot haalde hij uit naar de man met de bijl. Kral sprong achteruit. Door zijn snelle, soepele reactie wist de bergbewoner een verwonding te voorkomen, maar hij verloor ook terrein. Het beest stond nu verder van het zonlicht af.
De skaltum krijste triomfantelijk, hervond zijn zelfvertrouwen en haalde weer naar Kral uit. Met elke uithaal dreef hij Kral een stap terug, bijna alsof hij met de man speelde, en weldra waren hun posities weer omgekeerd. De bergbewoner, die inmiddels baadde in het zweet, week stap voor stap terug in de richting van het zonlicht. Kral hapte naar adem en steunde afgemat met zijn handen op zijn knieën.
Het beest sloeg zijn schubbige vleugels wijd uit in het zicht van de overwinning en dook naar voren voor de genadeslag.
Neelahn sloeg geschrokken een hand voor haar mond.
Op dat moment sprong Kral met verbazingwekkende snelheid naar achteren – het zonlicht in!
Sissend volgde het wezen Kral tot aan de rand van het vierkant van helder licht. Vlak voor de grens van licht en schaduw kwam het beest tot stilstand, beducht voor de aanraking van de zon, en begon het met grote passen in een cirkel om de bergbewoner heen te lopen.
'Vluchten kan niet meer, klein menssending,' zei het beest. Het klonk alsof hij lachte.
Neelahn besefte dat het wezen gelijk had. De vlek van zonlicht was een vierkant eiland dat aan alle kanten was omringd door schaduw. En in de schaduw wachtte het beest.
Kral keek om zich heen, wanhopig zoekend naar een uitweg.
Neelahn deed hetzelfde. Als de bergbewoner werd geveld, zat Erril in de val tussen de schrikheer en de zwarte magiër. Dat mocht niet gebeuren! Ze draaide zich op haar hakken om en trok het tinnen deksel van een pekelton. Toen rende ze naar een andere vlek van zonlicht en hield het tin schuin omhoog, zodat de weerspiegelde zonnestralen de kop van de skaltum beschenen.
Het beest brulde en probeerde weg te komen. Neelahn veranderde de positie van het deksel en liet het weerkaatste zonlicht het wezen volgen. Kral zag zijn kans schoon en stormde met een woeste brul naar voren. Hij haalde met zijn bijl uit naar het monster en raakte het beest voluit in de hals. De blootstelling aan het zonlicht had de duistere bescherming van de huid van het beest verzwakt, en het bijlblad zonk er diep in weg.
Het beest deed een paar onvaste stappen naar achteren, weg van Krals wapen. Het greep naar zijn keel, waar tussen zijn scherpe klauwen een stroom zwart bloed opwelde. Wankelend op zijn poten, waaruit de kracht al wegvloeide, probeerde het zijn vleugels uit te slaan, maar in

plaats daarvan stortte het wezen voorover in het zonlicht. Zijn stinkende bloed stroomde sissend en borrelend over de keien.
Kral liep naar het ineengezakte wezen en hief zijn bijl hoog op.

Erril bleef niet kijken hoe Kral de skaltum afmaakte. Hij richtte zijn volle aandacht weer op de zwarte magiër. Bij het zien van de zwarte mantel draaide zijn maag zich bijna om. Wat bracht een man ertoe zijn leven te wijden aan de zwarte magie die het land had vergiftigd? Erril voelde dat zijn bloed begon te koken van een woede die al minstens honderd jaar niet meer in hem was opgeweld. Hij vond het geen onaangename gewaarwording.
'Je lievelingetje is dood, magiër,' beet hij de ineengekrompen man toe. 'Laat de jongen gaan, of jou wacht hetzelfde lot.'
Met zijn kap diep over zijn hoofd schoof de magiër achter de jongen en bleef zwaar leunend op zijn staf staan, alsof hij niet meer kon. 'Je mengt je in zaken die je begrip verre te boven gaan.'
De zwarte magiër tilde zijn andere arm op, zodat zijn stomp zichtbaar werd. Schaduwen schoten op de magiër af en klommen langs zijn gewaad omhoog naar zijn arm. De duisternis vloeide in golven naar zijn lege pols en pakte zich daar samen. Als een zwarte roos die uit de knop kwam, groeiden de donkere schaduwen vervolgens uit tot een hand die zo zwart was als ebbenhout. 'En je uit dreigementen die je onmogelijk waar kunt maken.'
Erril kneep zijn ogen tot spleetjes. 'Wil je het erop wagen?'
De zwarte magiër vouwde zijn boosaardige vuist open. De vingers die hij uitstrekte, dronken het licht in. 'Ik zeg het nog één keer: geef me het meisje. Je weet niet wat ze is, wat ze te betekenen heeft.'
'Ik weiger te doen wat je vraagt, verdorvene.' Erril bracht zijn zwaard omhoog, maar bleef staan waar hij stond uit angst dat hij de verstarde jongen zou raken.
De zwarte magiër pakte zijn staf over in de zwarte vuist. De duisternis stroomde van zijn gruwelijke hand uit over het grauwe hout, totdat de hele staf in nachtzwarte schaduwen was gehuld.
Terwijl Erril zich voorbereidde op het gevecht, legde de man in de mantel zijn hand van vlees en bloed op de schouder van de jongen.
'Kom niet aan die jongen!' riep Erril, en hij stortte zich op de man, vastbesloten om hem tegen te houden voordat hij de jongen iets kon aandoen.
De zwarte magiër gooide zijn hoofd in zijn nek, zodat zijn kap openviel, en keek Erril voor het eerst recht in het gezicht. Toen hun blikken elkaar raakten, sloot een kille hand zich om Errils hart.
Nee! Erril kwam wankelend tot stilstand. Dat was onbestaanbaar! Zijn

zwaard zakte naar beneden en schraapte met de punt over de straatkeien.
De gestalte in de mantel bracht zijn staf omhoog en sloeg op straat. Duisternis wolkte op vanuit de straatstenen en slokte de magiër en de jongen op. Uit de schaduwen klonk de stem van de zwarte magiër. 'Hebben de eeuwen je dan niets wijzer gemaakt, Erril?'
De poel van schaduwen was in een oogwenk verdwenen, als het doven van een zwarte vlam. Waar de jongen en de magiër hadden gestaan, was nu alleen nog lege straat.
Erril liet zich op zijn knieën vallen. Achter hem slaakte het jonge meisje een kreet vol smart en tranen.
Tot Erril drong haar schreeuw echter nauwelijks door. Hij zag nog steeds het gezicht van de zwarte magiër voor zich. Het was een bekend gezicht: dezelfde gebroken neus, de ongelijke jukbeenderen, de dunne lippen. En dan was er nog de verminkte onderarm.
Hij herinnerde zich de man die al die eeuwen geleden naast zijn broer was neergeknield in een weerkring van was – in de nacht dat het Bloedboek in het leven was geroepen.
Errils lippen vormden de ware naam van de zwarte magiër. 'Greshym!'

TWEEDE BOEK

Haarden en hartsteen

14

Tolchuk zocht naar stenen in de geul, die kurkdroog was na de droge zomer. Hij keek even omhoog naar de donderkoppen die zich als een leger samenpakten achter de toppen van de Tanden. Om de hoogste berg, de Grote Noordsnijder, kolkte een donkere wolkensluier. Nog even en er zouden brede stromen modderwater vanuit het winderige hooggebergte door de droge bedding razen.

Hij richtte zijn aandacht weer op het steengruis op de helling. Rollende donderslagen kwamen van de eeuwige sneeuw op de toppen naar beneden zetten. Hij mocht wel opschieten als hij de regen voor wilde blijven. Doordat de lagere rotswanden het zonlicht tegenhielden, kostte het hem moeite de geelachtige glinstering van het geursteen te ontdekken. En deze geul, die de hele zomer droog had gestaan, was de laatste manen al zorgvuldig uitgekamd.

Hij rommelde tussen de keien, schrapend met zijn grauwe nagels over elke steen, op zoek naar die kenmerkende kleur. Zijn neusvleugels stonden wijduit, gespitst op de branderige geur van ruw geursteen.

Er waren wel plekken waar de kans om die steen te vinden groter was, maar Tolchuk nam het liefst deze route. Omdat geursteen hier zo schaars was, was er verder niemand van zijn stam te bekennen. Tolchuk hield van de eenzaamheid, die hem verloste van de schimpscheuten van de andere trollen. Vooral vandaag, de dag voordat zijn magra-rite begon – de ceremonie die van hem een volwassen lid van zijn stam zou maken. Hij zocht geursteen voor de voorbereidingen van vanavond, een steen die hij aan de vooravond van zijn magra zelf had uitgezocht.

Hij bukte zich naar een dikke plaat steen en trok met een klauw groeven in het oppervlak. Hij snoof aan zijn nagel: nee, gewoon zandsteen. Toen hij zich weer liet zakken om zijn handen door het puin op de bodem en langs de wanden van de geul te halen, trof een steen ter grootte van een meloen zijn schouder en gooide hem tegen de met stenen bezaaide grond. Hij kwam hard neer en rolde door tot hij op zijn zij lag. Fenshwa loerde over de rand van de rotsrichel.

Tolchuk trok zijn volle lippen op en ontblootte zijn gladde, gelige tanden in een scheve grijns. Hij duwde zichzelf overeind. Met gebogen rug kwam hij met zijn hoofd maar tot halverwege de rotsrichel. De knokkels van één hand zette hij ter ondersteuning op de grond. Hij draaide zijn hoofd opzij en keek met een dreigende blik omhoog naar zijn belager.

Fenshwa, die gehurkt op de rand van de rotsrichel zat, leek een bonkig rotsblok met brede, bolle, gele ogen. Zijn rug was gebogen, net als die van Tolchuk, en hij steunde op de eeltige knokkels van één hand, zoals een trol gewoon was te doen. Zijn strogele haar stond borstelig overeind op zijn hoofd en liep in een stekelige baan over zijn kromme rug door tot onder zijn leren doek. Hij grijnsde zijn gehavende tanden bloot. Fenshwa was een winter ouder dan Tolchuk en liet om de haverklap zijn tanden zien, zodat iedereen de kerven kon zien die bewezen dat hij had gepaard.

Alle wijfjes dweepten met Fenshwa; allemaal streken ze met hun volle billen langs zijn flank als hij met zijn zware gang langskwam. Geen enkel wijfje streek ooit uitnodigend langs Tolchuk, hoe hij ook zijn best deed om bij het lopen zijn rug krom en zijn knokkels op de grond te houden. Tolchuk was lelijk, dat wist hij. Hij was kleiner dan andere volwassen trollen en zijn ogen waren te amandelvormig; vergeleken met Fenshwa's bolle, ronde ogen leken ze bijna spleetjes. Daarbij was zijn neus ook nog eens te lang, en zijn tanden waren te kort om opwindend te zijn voor een wijfje. Zelfs zijn haar wilde niet uit zichzelf overeind blijven staan. Tolchuk moest er bijenwas in smeren om stekels te krijgen. Maar wat hij ook deed, het zou nooit genoeg zijn om iedereen zijn schande te doen vergeten.

Fenshwa pakte een kei op met zijn vrije hand en woog hem op zijn hand.

'Ik zal die tanden van jou eens even afbikken, halfbloed!' zei hij smalend.

De vernedering deed Tolchuks bloed koken. 'Je kent de wet, Fenshwa. Ik ben magra, ik moet met rust gelaten worden.'

'Pas als de zon ondergaat!' Hij gooide zijn kei, maar Tolchuk kon het projectiel gemakkelijk ontwijken. Zijn gemengde bloed mocht zijn uiterlijk dan hebben bedorven, hij had er wel zijn wendbaarheid aan te danken.

Fenshwa raapte een nieuwe kei op, groter dan de vorige, en keek Tolchuk dreigend aan.

'Laat me met rust, Fenshwa.'

'Je bent bang! Jij bent geen echte trol!'

Tolchuk was het gewend om te worden uitgelachen, maar zo'n lage belediging kon hij niet over zijn kant laten gaan. Een trol liet zich geen lafaard noemen! Tolchuk deed niet langer alsof en richtte zich in zijn volle lengte op, op twee benen – iets wat een volbloed trol nooit zou kunnen. Aan dat vermogen had hij ook zijn naam te danken: Tolchuk, wat in de oude taal verwees naar zijn gemengde afkomst en zijn schande: 'Hij die loopt als een mens.'

Nu hij rechtop stond, reikte zijn hoofd tot aan de rand van de rotsrichel. Hij zag Fenshwa vol walging toekijken hoe hij zijn rug rechtte. Fenshwa bracht de hand met de kei naar achteren, klaar voor de aanval.

Voordat Tolchuk goed en wel besefte wat hij deed, schoten zijn handen naar voren en grepen Fenshwa bij zijn steunarm. Hij trok zijn verraste belager over de rand en smeet hem op de keien in de droge bedding. Tolchuk had meteen spijt van zijn onbezonnen daad. Fenshwa was geen trol om ruzie mee te krijgen.

Fenshwa landde languit op zijn buik op de stenige helling. Beschermd door zijn dikke huid en zijn stevige bouw krabbelde hij meteen weer op. Tolchuk week een stap terug toen Fenshwa omrolde en overeind kwam. Hij trok zijn lippen op naar Tolchuk en bracht zijn hand naar zijn gehavende lip. Fenshwa voelde onderzoekend rond in zijn mond, trok zijn hand weer terug en staarde met een ontzette blik naar het bloed op zijn vinger. Fenshwa's ogen spoten vuur, en zijn pupillen werden zo groot dat het zwart het geel volledig verdrong.

Tolchuk had nog nooit iemand zo woedend gezien.

Fenshwa gooide zijn hoofd in de nek voor een strijdkreet, een woeste brul die weergalmde door de droge geul. Nu zag Tolchuk ook de reden voor zijn razernij. Door de val was een van Fenshwa's hoektanden afgebroken, een verminking die zijn positie binnen de stam danig in gevaar kon brengen.

Met een nieuwe brul van woede vloog Fenshwa Tolchuk naar de strot. Tolchuk dook weg en ramde de benige kruin van zijn hoofd in de maag van zijn belager. De klap joeg alle lucht uit Fenshwa's longen. Happend naar adem vloog hij naar achteren en landde onzacht op zijn achterwerk.

Tolchuks aanvaller was echter een bedreven vechter, een toekomstig lid van de strijdersgroep. Fenshwa rolde om en sprong overeind, en zijn eeltige hand schoot uit en greep Tolchuk bij de enkel. Met een ruk aan Tolchuks been trok Fenshwa hem achterover op de grond.

Tolchuk probeerde de klap van zijn val met zijn schouder op te vangen, maar hij kon niet voorkomen dat zijn achterhoofd hard tegen de grond sloeg. Sterretjes dwarrelden voor zijn ogen. Met een wazige blik zag hij Fenshwa op zich af duiken. Tolchuk probeerde nog weg te rollen, maar dat lukte niet meer.

Fenshwa stortte zich boven op hem en begon Tolchuk meteen in zijn onbeschermde buik te trappen. Tolchuk rolde over de grond om de ergste trappen te ontwijken. De nagels aan Fenshwa's voeten scheurden zijn huid aan flarden en met zijn vingernagels klauwde hij naar Tolchuks ogen.

Tolchuk worstelde om los te komen, maar Fenshwa was zwaarder dan hij. Als hij niet snel wegkwam, werd zijn buik opengereten. Tolchuk greep Fenshwa's arm, maar hij zag uit zijn ooghoeken dat Fenshwa met zijn andere hand een dolk van hertshoorn uit zijn gordel trok.

Wanneer trollen klauw tegen klauw om een wijfje vochten, gold het als achterbaks om een wapen gebruiken. Dankzij hun dikke huid en stevige bouw gebeurde het zelden dat een trol bij die gevechten het leven liet. Binnen de stam doodde de ene trol de andere niet. Alleen bij oorlogen tussen stammen, als de trollen onderling om grondgebied streden, werden wapens gebruikt. Om een trol te doden, was een wapen onontbeerlijk.

Fenshwa bracht zijn mes omhoog. De haat spatte nog altijd uit zijn ogen. 'Halfbloed,' zei hij tussen opeengeklemde tanden, terwijl het bloed uit zijn mond drupte, 'na vandaag kwel jij ons niet meer!'

Die zelfgenoegzame woorden kostten Fenshwa zijn zege. Tolchuk besefte dat Fenshwa niet van zins was hem alleen te laten bloeden. Met beide handen grabbelde Tolchuk naar een kei en ramde de stenen toen in één beweging tegelijk tegen Fenshwa's oren. Tolchuk hoorde de klap waarmee de stenen de schedel spleten. De gelijktijdige slagen tegen de enige zwakke plekken in een trollenschedel hadden noodlottige gevolgen.

Tolchuk had Fenshwa alleen bewusteloos willen slaan, in de hoop dat er weer met hem te praten viel tegen de tijd dat hij bij zinnen kwam. Maar toen de stenen doel troffen, spoot het bloed uit de neus van zijn belager en sproeide als een warme fontein over Tolchuks gezicht. Hij zag Fenshwa's ogen wegdraaien en hoorde hem half stikken in het bloed in zijn keel. De dolk viel uit Fenshwa's hand op de keien, gevolgd door zijn krachteloze lichaam. Tolchuk bevrijdde zijn benen van Fenshwa's gewicht en krabbelde overeind. Het bloed stroomde uit Fenshwa's neus en mond over de keien. Zijn borstkas bewoog niet meer.

Tolchuk staarde verdwaasd op hem neer. Zijn adem stokte. Wat had hij gedaan? Trollen doodden geen trollen, niet binnen de stam!

Hij tilde zijn arm op en keek naar de bebloede steen die hij nog altijd in zijn hand geklemd hield. Er was een schilfer afgebroken door de klap waarmee de steen Fenshwa's hoofd had geraakt. In de kern van de steen fonkelde een gelige glinstering hem tegemoet.

Geursteen.

Hij liet de kei uit zijn verdoofde vingers rollen.

Mogweed stond aan de rand van het groene woud van de Westelijke

Gronden. Hij leunde tegen een boom, aarzelend nu hij afscheid moest nemen van het bos waar hij altijd had gewoond. Boven zijn hoofd tikten de droge bladeren in het zachte briesje tegen elkaar, als de pantsers van dode torren. De heuvels van het voorgebergte, voorbij de bomen in het oosten, leken bijna naakt in al hun weidsheid, slechts bedekt door een kleed van lang, geel gras. En voorbij de heuvels en de weiden rezen de bergkammen van de Tanden op, het gebergte dat hij zou moeten doorkruisen om bij het land van de mensen te komen. Mogweed streek met zijn wang over de ruwe schors. Kon hij het wel opbrengen om dit achter te laten?

Hij tilde een arm op en staarde naar de dunne vingers en de gladde huid. Hij rilde, en keek toen naar de kleren die om zijn lichaam hingen. Hij had bij jagers gezien hoe die eigenaardige kledingstukken gedragen hoorden te worden. Grijze beenstukken over de linnen onderkleding en een rood jak over een hemd van grijze wol. Alles zat zoals het hoorde, maar toch voelde hij ieder naadje en elke vezel van de stof over zijn gevoelige huid schuren. En die zwarte laarzen sloegen echt alles. Die dingen weigerde hij aan te trekken; ze zaten in de leren tas die hij op zijn rug droeg. Zolang hij in het woud was, wilde hij aarde tussen zijn tenen voelen!

Hij wist dat hij de laarzen aan zijn voeten zou moeten doen zodra hij uit de beschutting van de bomen kwam. Hij moest eruitzien als een man. Als hij eenmaal aangekleed was, konden alleen zijn ogen zijn afkomst nog verraden. Zijn ogen, met de lange, smalle in plaats van ronde pupillen, zeiden wie hij werkelijk was.

Hij bleef zo staan, met een arm om de boom geslagen, totdat een snuit hem zacht aanstootte. 'Kalm aan, Fardale. Ik heb even tijd nodig om me voor te bereiden.' Hij keek geërgerd neer op de boomwolf.

Fardale, een mansgrote wolf, zat op zijn achterpoten en liet zijn tong opzij uit zijn bek bungelen. Met zijn dikke vacht, waarvan het diepzwart uitliep in matbruin en grijs, viel hij bijna weg tegen de vlekkerige schaduwen in het woud. De wolf luisterde met alert opgestoken oren naar het bos om hen heen. Zijn snuit stak snuffelend omhoog in de lucht, beducht op gevaar.

Mogweed trok in bittere afgunst zijn neus op. Fardale hoefde niets over zijn dichte zwarte vacht aan te trekken. Hij had geen frutsels nodig om zijn vermomming compleet te maken. Vrijwel iedereen zou Fardale voor een doorsnee-boomwolf houden – zolang ze tenminste niet naar zijn ogen keken. Net als Mogweed had hij langgerekte pupillen, zodat zijn ogen meer op die van een boskat dan op die van een wolf leken. Hun ogen getuigden van hun ware afkomst: silura.

Fardale keek met zijn bruingele ogen naar hem op. Vanuit de ogen van de boomwolf leek een zwakke gloed Mogweed warm tegemoet te stralen. Vage gevoelens kregen gestalte in zijn geest, fluisteringen van gedachten en beelden van zijn wolvenbroeder: *een ondergaande zon. Een hongerige buik. Poten die willen rennen.* Mogweed wist wat die beelden betekenden. Fardale maande hem dat het daglicht afnam en dat ze nog een lange weg te gaan hadden voordat de avond viel.

'Ik weet het,' zei Mogweed hardop. Hij kon ook spreken met de fluisteringen van zijn ziel, zoals Fardale had gedaan en zoals iedere silura dat kon, maar hij moest zich oefenen in het praten. Binnenkort zou hij zich onder de mensen moeten begeven en dan moest zijn vermomming volmaakt zijn, wilden ze geen gevaar lopen op hun reis. Hij huiverde weer. 'Ik vind het gewoon vreselijk om hier weg te gaan.'

Het antwoord kwam in beelden: *een tepel, zwaar van moedermelk. De geuren van het woud, vol en veelsoortig. Gevlekte schaduwen, weggebrand door rauw zonlicht.* Fardale vertrok al evenmin graag uit hun bossen.

Ze moesten wel. De oudwortel van hun stam had het bevolen, en hij moest gehoorzaamd worden.

Maar toch... Moesten ze écht gehoor geven aan het bevel van de oude? Mogweed haalde diep adem en liet zijn tas op de grond vallen. Hij bukte zich en trok zijn laarzen te voorschijn. Zittend aan de rand van het bos stak hij zijn voeten in zijn laarzen en zag zijn beide benen huiverend verdwijnen in hun leren graf. 'We kunnen ook gewoon hier blijven,' zei hij op nauwelijks hoorbare fluistertoon tegen zijn metgezel. 'En hier leven, als verstotenen.'

Fardale gromde en de gedachten van de wolf drongen diep door in zijn geest: *een giftige boomkikker. Een poel verstikt door algen. Een oude eik, behangen met gele schimmel.* Het woud was als gif voor hen geworden. Als ze de oudwortel dwarsboomden, zou het bos hun geen vreugde brengen.

Mogweed wist dat Fardale gelijk had, maar hij voelde hoe een warme gloed zich in zijn buik verspreidde. 'Dat weet ik wel, Fardale, maar ze hebben ons verbannen! We zijn hun toch niets meer verschuldigd?' Er klonk vuur door in zijn woorden, maar het leeuwendeel van zijn woede hield hij gevangen in zijn hart. Dat was ook een reden waarom hij met zijn mond sprak. Hij wilde niet dat Fardale besefte hoe diep zijn woede werkelijk ging.

Fardale ging staan en liet zijn kop dreigend zakken. Zijn ogen gloeiden rood op: *een valdeurspin. De ene nestbroeder die de andere aanvalt. Een kraai die een gespikkeld ei uit een nest rooft.* Fardale legde alle schuld nog steeds bij hem.

'Ik wilde ons alleen van de vloek bevrijden,' antwoordde Mogweed. 'Ik

kon toch niet weten dat het zo vreselijk verkeerd zou aflopen?'
De wolf wendde zijn kop af en verbrak het oogcontact ten teken dat hun gesprek wat hem betreft ten einde was.
Mogweed liep rood aan, niet van schaamte, maar van woede. Loop naar de hel, dacht hij bij zichzelf. Fardale hing al veel te lang als een wurgend juk om zijn nek. Met een siddering van opwinding bekroop hem het verlangen de wolf achter te laten en helemaal alleen zijn geluk onder de mensen te beproeven.
Wat had hij tenslotte nog aan zijn eigen volk? Ze hadden hem altijd links laten liggen! Waarom zou hij zijn heil dan niet bij de mensen zoeken? Onwillekeurig zetten Mogweeds benen zich in beweging en brachten hem vanuit de beschutting van de boomtakken naar het volle licht van de middagzon.
Hij keek om zich heen. Zonder de bescherming van de bomen leek de lucht zo weids, zo onvoorstelbaar groot! Mogweeds benen haperden en kwamen tot stilstand. Hij knielde neer onder die immense hemel, die hem als een loodzwaar gewicht tegen de grond leek te drukken. Hij draaide zich om naar Fardale. 'Kom je nog?' De vraag had er scherp uit moeten komen, maar de angst legde een trilling in zijn stem. De gedachte om die grote wereld in te trekken zonder iemand op wie hij zich kon verlaten maakte hem doodsbang. Voorlopig had hij Fardale nog nodig – voor zo lang als het duurde.
Fardale kwam soepel uit het schaduwrijke bos gelopen. De kattenogen speurden kalm de horizon af, zonder dat de aanblik enige uitwerking op hem leek te hebben. Onbekommerd draafde hij met lichte tred verder over de rotsige bodem, terwijl de zon een olieachtige glans over zijn vacht legde.
Mogweed kneep zijn ogen tot spleetjes. Fardale was altijd al de koelbloedige van hen beiden geweest, de dappere, de nobele. Hij keek uit naar de dag dat Fardale eindelijk eens zou knakken, en hij bad dat híj degene mocht zijn die hem brak.
Hij keek Fardale na terwijl die op zijn gemak langs hem heen liep en op weg ging naar de kale heuvels. Met zijn nek nog altijd iets gebogen onder het gewicht van de hemel liep Mogweed achter zijn tweelingbroer aan, de moed van zijn broer vervloekend.
Eens komt de dag, lieve broer, dat ik je zal leren wat angst is.

15

Tolchuk droeg het slappe lichaam van Fenshwa in zijn armen. Hij liep rechtop, met rechte rug, zodat hij twee armen vrij had om het zware lichaam te dragen. Vlak bij het dorp zag hij een groepje wijfjes dat de schrale grond omwroette op zoek naar wortels. Toen ze hem in het oog kregen, trokken ze vol afkeer hun neus op om Tolchuks opgerichte houding. Trollen gebruikten gewoonlijk hun rug en maar één arm om boomstammen of andere zware lasten te verslepen, zodat hun andere arm vrij was voor steun bij hun moeizame gang. Ze waren zo verontwaardigd om hem zo te zien dat ze pas in de gaten kregen wat hij droeg toen hij dichterbij kwam. Hun ogen werden groot, uit hun keel steeg een opgewonden gekakel op en even later maakten de wijfjes zich hobbelend uit de voeten. De kruidige geur van hun angst bleef in de tintelkoude berglucht hangen.

Zonder op de wijfjes te letten liep Tolchuk het uitgesleten pad naar de grotten van zijn stam op. Zijn rug en zijn armen gloeiden van de inspanning, maar dat was wel het minste dat hij kon verdragen om te boeten voor zijn misdaad. De wet van zijn volk kon niet erger worden geschonden: geen trol behoorde ooit een lid van zijn eigen stam om het leven te brengen.

Toen hij over Fenshwa's bloedende lichaam gebogen stond, had Tolchuk even overwogen om te vluchten, zo groot was zijn schande, maar daarmee zou hij zijn gestorven vader hebben onteerd. Zijn geboorte had al genoeg schande over zijn familie gebracht. Dat kon hij toch niet verergeren door zo'n laffe daad? En dus had hij Fenshwa opgetild en was hij begonnen aan de tocht terug naar hun grotten, vastbesloten om zich te onderwerpen aan de straf van zijn stam.

Voor zich uit, aan de voet van de hoge rotswand, zag Tolchuk het zwarte gat van de grotten van zijn stam, bijna onzichtbaar in de schaduwen die tegen de ruwe, pokdalige wand plakten. De wijfjes hadden het dorp al gewaarschuwd. Bij de ingang van de grotten had zich een drom trollen verzameld – vrijwel de hele stam, van de kromme ruggen van de ouden tot de dribbelende voetjes van de jongen. Uit de groep staken ook een aantal eikenhouten stokken van strijders omhoog. Stilte had zich als een stamgenoot bij zijn dorpsgenoten gevoegd. Een speenjong trok

zijn duim uit zijn mondje en wees naar Tolchuk, maar voordat hij iets kon uitbrengen, legde zijn zoogmoeder een grote hand over zijn mond. Niemand sprak in het gezelschap van de doden.
Tolchuk was dankbaar voor de stilte. Binnenkort zou hij al die vragende blikken opnieuw onder ogen komen en hardop moeten getuigen van zijn misdaad, maar voor die tijd had hij een plicht te vervullen, en dat zou hij doen ook.
Tolchuks hart ging als een razende tekeer in zijn borst en zijn knieën knikten. Toch liep hij onder de blik van zijn dorpsgenoten met vaste tred verder. Als hij nu weifelde, verloor hij misschien de moed en kon zijn groeiende angst vat krijgen op zijn hart. En dus dwong hij zichzelf de ene voet voor de andere te zetten en gestaag zijn weg naar huis te vervolgen.
Een grofgebouwde, volwassen trol brak door de muur van toeschouwers heen. Zijn steunarm had de omtrek van een boomstam. Hij stak zijn neus op in de wind, die vanaf Tolchuk in zijn richting waaide. Toen verstarde de grote trol; al zijn spieren stonden strak als een rotswand. In het halfduister van hun grotten gingen de ogen van trollen bij het klimmen der jaren steeds verder achteruit, terwijl hun scherpe reukvermogen alleen maar beter werd. De grote trol hief zijn hoofd op naar de rotswanden die hem omringden en verbrak de stilte met een schreeuw die stem gaf aan zijn verdriet. Hij herkende de geur van Tolchuks vracht. Fenshwa's vader herkende zijn zoon.
Bijna had Tolchuk zijn pas ingehouden. Hoe kon hij ooit zijn schuld bekennen? De spieren in zijn kaken schrijnden van de kracht waarmee hij zijn kiezen op elkaar klemde. Hij hield zijn blik strak op de opening in de rotswand gericht en zette zijn tocht voort.
Fenshwa's vader stormde op hem af, zijn stevige achterbenen roffelend over de rotshelling. In een regen van losse schalie kwam hij slippend voor Tolchuk tot stilstand. Met zijn vrije hand raakte hij de arm van zijn zoon aan, die slap over de grond sleepte. 'Fenshwa?'
Tolchuk negeerde hem, zoals het gebruik van zijn volk voorschreef. Rouwenden zag men niet. Hij liep verder naar het gapende gat van de ingang. Voor de vader was Tolchuks zwijgen antwoord genoeg. Zijn zoon was niet zomaar gewond – Fenshwa was dood. Achter zijn rug hoorde Tolchuk de jammerklacht die uit de keel van de vader opwelde. Hij zag dat de andere leden van zijn stam de rouwende vader de rug toekeerden.
Onvast ter been door de uitputting en door de angst baande Tolchuk zich een weg door de menigte trollen die voor hem uiteenweek. Niemand raakte hem aan, niemand versperde hem de weg: laat de dood snel voorbijgaan. Hij droeg zijn last door de ingang het duister van de grotten in.

Het dak van de grote gemeenschappelijke ruimte welfde zich hoog boven zijn hoofd, buiten het bereik zelfs van de rook van de verspreide kookvuren. De vingers van steen die druipend afhingen van het plafond leken hem beschuldigend na te wijzen. Met het hoofd gebogen liep hij verder door het kookgedeelte van het dorp. Een paar wijfjes stonden met kromme ruggen bij hun vuren, en in hun grote ogen speelde de weerschijn van de flakkerende vlammen van hun haarden.
Hij doorkruiste de woonruimten van de verschillende families. Kleine doorgangen leidden van de gemeenschappelijke ruimte naar de afgescheiden holen van de afzonderlijke gezinnen. Mannetjes van de stam staken argwanend hun hoofd uit de openingen als hij langsliep, voor het geval iemand een van hun wijfjes wilde afpakken. Zodra ze echter zagen wat hij in zijn armen hield, doken ze meteen weer weg, bang dat de dood hun holen in zou schieten.
Toen hij voorbij de doorgang naar de grotten van zijn eigen familie kwam, keek er niemand naar buiten. Hij was de laatste van zijn geslacht. De echo's in zijn geboortegrot waren verstomd sinds zijn vader vier winters geleden naar de geesten was gegaan.
Tolchuk sloot zich af voor de vertrouwde geur van zijn huis. Hij wist waar hij heen moest om de taak die op zijn schouders rustte te volbrengen: naar de spelonk van de geesten.
Hij vervolgde zijn weg naar het diepste en donkerste gedeelte van de grot. Een smalle spleet die van de vloer tot aan het plafond reikte, liep hier als een barst door de achterwand van de grot. Voor het eerst sinds hij aan zijn tocht was begonnen, kwamen zijn benen slepend over de vloer tot stilstand, alsof de aanblik van de doorgang ze verlamde. De laatste keer dat hij hier voor dit duistere pad had gestaan, was toen zijn vader was gevallen in een treffen met de Kuukla. Tolchuk was nog te jong geweest om met de strijders mee te gaan. Toen ze terugkwamen, had niemand hem verteld dat zijn vader in de strijd was omgekomen.
Hij was vogelpik aan het spelen met een kleintje dat nog te jong was om angst en afschuw voor hem te voelen toen ze voorbijkwamen, slepend met zijn vaders doorboorde lichaam. Hij had verdwaasd toegekeken, een pijltje in de hand, terwijl zijn laatste familielid door de zwarte spleet werd getrokken op de reis naar de spelonk van de geesten daarachter.
En nu moest Tolchuk zelf die weg afleggen.
Voordat zijn benen wortel konden schieten van de angst en hem hier aan de grond nagelden, klemde hij zijn vracht steviger tegen zijn borst en liep verder. Vanwege de omvang van zijn last moest hij zich opzij draaien en zich zo door de nauwe spleet wringen. Met ingehouden adem

wurmde hij zich door de inktzwarte gang. Schuivend met zijn rug langs de wand volgde hij het uitgesleten pad, totdat om een bocht in de gang een blauwe gloed hem zwak tegemoet straalde. Het was alsof het licht alle kracht uit zijn armen en benen zoog. Zijn wil verslapte. Hij begon te beven.

Toen klonk voor hem uit een fluisterende stem. 'Kom. We wachten.'

Tolchuks been bleef halverwege in de lucht hangen. Het was de stem van de Triade. Hij had gehoopt dat hij het lichaam in het vertrek van de geesten kon achterlaten en ongemerkt weg kon komen om zijn misdaad op te biechten aan de stam. De Triade vertoonde zich zelden. Deze ouden, blind van de ouderdom, leefden diep in het hart van de berg. Alleen voor de meest plechtige ceremonies kwam de Triade uit zijn verblijf achter de geestgrotten gekropen om zich onder de stamleden te begeven.

Nu werd hij door de drie oeroude trollen opgewacht. Was de Triade al op de hoogte van zijn laaghartigheid?

'Kom, Tolchuk.' De woorden leken door de gang naar hem toe te zweven, als een blinde worm op zoek naar licht.

Tolchuk moest zijn voeten dwingen om op de stem af te gaan. Zijn adem bleef gevangen in zijn longen. Fenshwa's lichaam dreigde uit zijn greep te glijden door het zure zweet. Toen werd het smalle pad eindelijk breder, de stenen wanden weken terug en hij kon weer met zijn borst vooruit lopen.

Met armen die trilden onder Fenshwa's gewicht strompelde hij het vertrek van de geesten binnen. De spelonk, verlicht door toortsen die blauw opvlamden, strekte zich voor hem uit tot aan de verre achterwand, waar een zwart oog toegang gaf tot het domein van de Triade. Die weg was geen trol ooit gegaan, afgezien van de ouden zelf en de doden.

Op de drempel van de spelonk bleef Tolchuk bevend staan. Hij had zich maar één keer eerder in zijn leven in dit vertrek gewaagd: voor zijn naamceremonie, toen hij vier winters oud was. Die dag had een lid van de Triade hem gebrandmerkt met de vervloekte naam Hij-die-loopt-als-een-mens – een schande die hij nu alweer twaalf winters met zich meetorste.

Tolchuk had gehoopt nooit meer een voet in die door geesten bevolkte spelonk te hoeven zetten, maar hij kende het gebruik. De doden werden in dit vertrek achtergelaten, uit het zicht van de stam. Niemand vroeg ooit wat er van hun lichaam werd of fluisterde daar zelfs maar over. Praten over de doden kon rampspoed over een haard afroepen.

De overledenen waren een zaak van de Triade.

Tolchuk deed een stap naar voren, verder het vertrek in. De drie ouden zaten kromgebogen midden in de spelonk, als rotsen die uit de stenen vloer omhoogstaken. Naakt en verweerd, meer bot dan vlees, wachtten de drie af.

Een van de Triade verhief zijn stem, hoewel Tolchuk niet kon zeggen wie van hen sprak. Het was alsof de woorden uit alle drie stroomden. 'Laat de dode achter.'

Tolchuk had Fenshwa's lichaam voorzichtig op het steen willen laten zakken, om de goden niet te ontstemmen door zijn gedode stamgenoot te weinig eerbied te betonen. Zijn spieren lieten hem echter in de steek en Fenshwa's lichaam rolde uit zijn uitgeputte armen. De klap waarmee het hoofd tegen de rotsbodem sloeg, weergalmde door de ruimte.

Geschrokken kromde Tolchuk zijn rug in de houding die een trol betaamde. Nu zijn plicht was vervuld, week hij weer achteruit naar het nauwe pad, weg van de Triade.

'Nee. Die weg staat niet meer voor je open.' Net als eerst leek de stem van de drie trollen tegelijk te komen. 'Je hebt een stamgenoot kwaad gedaan.'

Tolchuk bleef staan. Hij hield zijn ogen neergeslagen naar het verweerde gesteente. De ouden wisten dat hij de wet had geschonden. De woorden glipten uit zijn mond. 'Ik wilde hem niet dood...'

'Voor jou staat nu nog maar één weg open.'

Tolchuk tilde zijn hoofd net ver genoeg op om de kromgebogen gedaanten te kunnen zien. Drie armen kwamen omhoog en wezen naar het zwarte oog in de verte, naar de gang die behalve de Triade geen trol ooit had betreden.

'Je gaat de weg van de doden.'

Mogweed school in de schaduw van een groot rotsblok en staarde naar de bergen in het oosten. Fardale met zijn gevoeliger zintuigen was vooruitgelopen om de weg te verkennen. Voorbij de goudgele weiden van de lagere heuvels van het voorgebergte was het terrein steniger en verraderlijker geworden. Hoger in de bergen stonden hier en daar nog wel scheefgegroeide eiken en verspreide groepjes dennen, maar de stoffige grond was vooral begroeid met stekelige meidoornstruiken. Na een barre tocht door rotsige geulen en over steile bergwanden had Fardale gelukkig een beter begaanbaar pad naar de top ontdekt. Ze hadden allebei een zucht van opluchting geslaakt, maar Fardale, waakzaam als altijd, had erop gestaan dat hij de route eerst verkende voordat ze zich op het pad waagden.

Mogweeds kleren stonken naar zweet na hun lange tocht en plakten hinderlijk aan zijn lijf. Plukkend aan de stof vroeg hij zich af hoe mensen het in die lappen uithielden. Hij deed zijn ogen dicht en riep de verandering op, biddend om het vertrouwde gevoel van vloeiend vlees en buigend been. Zoals gewoonlijk de laatste tijd gebeurde er niets; zijn mensengedaante bleef onveranderd. Hij vloekte binnensmonds, deed zijn ogen weer open en keek naar het oosten. Ergens in die verte moest een redmiddel te vinden zijn voor de vloek die op hem en Fardale rustte.

Zweterig van de klim staarde hij verlangend naar de koude sneeuw die de hoogste top aan de horizon bekroonde, sneeuw die zelfs de warmste zomerzon niet had doen smelten. De berg, de Grote Noordsnijder, torende boven zijn vele broeders uit. Die keten van scherpe pieken heette de Tanden en sneed het land in tweeën, van de bevroren IJswoestijn in het noorden tot aan de Barre Gronden in het zuiden.

Mogweed hield zijn hand boven zijn ogen en tuurde de bergen in het zuiden af. Op duizenden mijlen afstand moest ergens de Grote Zuidsnijder staan, de tweelingzus van deze Snijder. Vanaf hier lag de zuidelijke Snijder verborgen achter de horizon. Het verhaal wilde dat je vanaf de top van een van beide Snijders kon praten met iemand op de andere top, ondanks de talloze mijlen die de twee bergen scheidden. Zelfs gefluisterde woorden zouden die afstand heen en weer kunnen overbruggen.

Mogweed moest fronsen om dat belachelijke idee. Hij had wel iets belangrijkers aan zijn hoofd dan verhaaltjes voor kinderen. Hij kruiste zijn armen voor zijn borst en staarde met een verbitterde trek om zijn mond naar de muur van bergen. Daarachter lagen de landen van het mensenras – een wereld die hij vreesde, hoewel hij wist dat hij zich er zou moeten wagen.

De wolken die zich boven de bergtoppen samenpakten, werden door de oostenwind aan de scherpe kammen gespietst. De sneeuwtop van de Grote Snijder verdween in het kolkende zwarte wolkendek. Het weerlichtte tussen de donderkoppen. Als Fardale en hij de Tanden wilden oversteken voordat de winter zijn ijzige hand over het land legde, zouden ze voort moeten maken.

Mogweed zocht met zijn blik de armetierige bomen en het kreupelhout af naar een teken van zijn broer. Waar bleef die dwaas? Angst kneep onverwacht zijn maag samen. Had zijn broer misschien de benen genomen en hem alleen achtergelaten in dit onherbergzame oord?

Alsof hij zijn gedachten had gehoord, dook Fardale opeens weer op aan de voet van de met keien bezaaide helling. Gespannen, hijgend van de onverwachte inspanning en ongedurig dribbelend keek Fardale omhoog naar Mogweed en vroeg hem om contact. Mogweed stelde zich open. Zelfs van die afstand kon hij de bruingele gloed in de wolvenogen zien. Fardales gedachten fluisterden in zijn geest: *de stank van krengen, rottend in de zon. Rennende poten, gevolgd door knarsende tanden. Een*

pijlvlucht door de open hemel. Er waren jagers in aantocht.
Mensen? Hij mocht er dan zelf als een mens uitzien, en op de lange reis die ze voor de boeg hadden zou hij ongetwijfeld ook met mensen moeten omgaan, maar zijn eerste ontmoeting met dat volk had Mogweed toch liever nog even uitgesteld. Heimelijk had hij gehoopt dat ze voorlopig buiten het gezichtsveld van mensen konden blijven, in ieder geval tot ze voorbij de Tanden waren.
Mogweed liet zich langs de stenige helling naar beneden glijden om zich bij zijn broer te voegen. 'Waar kunnen we ons verbergen?'
Rennende poten. Voetkussentjes, opengereten door scherpe stenen. Fardale wilde vluchten – en snel ook.
Mogweeds benen deden zeer. De moed zonk hem in de schoenen bij de gedachte aan een vlucht over ruw terrein. Hij liet zijn schouders hangen. 'Kunnen we niet ergens wegkruipen totdat ze voorbij zijn en dan terugkomen naar het pad?'
Vlijmscherpe tanden. Nagels. Wijde neusvleugels, snuffelend naar sporen.
Mogweed verstrakte. Snuffelaars! Hier? Hoe kon dat? Die beesten met hun onstilbare vraatzucht trokken in roedels door het wilde woud. Met hun scherpe neus volgden ze het spoor van eenzame silura en vielen die aan. Hij had nooit geweten dat die wezens door mensen getemd konden worden. 'Waar kunnen we heen?'
Fardale draaide zich om en sprong weg over het pad. Zijn staart stak als een wegwijzer in de lucht.
Mogweed hees zijn tas hoger op zijn schouder en ging achter zijn broer aan. Zijn vermoeide gewrichten protesteerden tegen de plotselinge inspanning, maar de gedachte aan de kwijlende snuffelaars en de verscheurende tanden van die beesten verdrong zijn pijn.
Toen hij om een bocht in het pad kwam, zag hij dat Fardale iets verderop was blijven staan om de lucht te proeven. Even later schoot de wolf naar links, weg van het pad.
Kreunend wurmde Mogweed zich voorbij een braamstruik om zijn broer te volgen, terwijl de doorns aan zijn kleren plukten. Klauterend over een steile helling die bezaaid lag met scherpe stenen en gruis ging Mogweed weldra over op handen en voeten, net als zijn wolvenbroeder. Mogweeds voeten kregen weinig houvast en telkens gleed hij een stuk terug, zodat hij de moeizame klim weer opnieuw kon beginnen.
Zijn adem kwam rauw over zijn droge lippen. Mogweed keek langs de helling omhoog, naar Fardale, die al boven was en zijn snuit in de wind had gestoken. Dat vervloekte, onhandige lichaam ook! Mogweed boorde zijn ontvelde vingers in de aarde en klauwde zich een weg omhoog. Langzaam worstelde hij zich naar boven, bij elke stap zorgvuldig hou-

vast zoekend voor zijn tenen en zijn handen. Terwijl hij zo voortploeterde, zwol achter zijn oren een bekend gezoem aan. Fardale zocht contact. Met een grimas keek hij omhoog en zocht de ogen van zijn broer. Fardale zat ineengedoken op de rand van de helling, met gloeiende ogen. Nu hun blikken elkaar hadden gevonden, stroomden de beelden van zijn broer bij Mogweed binnen: *Tanden happen naar achterpoten. Een wurgende strop.* De jagers kwamen dichterbij.

Met de vaart van de angst klom Mogweed het laatste stuk van de helling op. Op handen en voeten kroop hij naar zijn broer toe. 'W-w-waar zijn ze?'

Fardale draaide zich half om en wees met zijn snuit naar de bergen in het oosten.

Mogweed speurde het pad af dat ze hadden verlaten. Het platgetreden spoor slingerde zich door de hoge heuvels totdat het in het ruigere terrein van het hooggebergte verdween. 'Waar...' Zijn mond klapte dicht. Hij zag beweging op het pad, veel dichterbij dan hij had verwacht!

Mannen in bosgroene kleren, met bogen over hun schouders en pijlbundels als verenbossen op hun rug, kwamen over het pad aangebeend. Mogweed probeerde te versmelten met de grond. Drie snuffelaars, vastgehouden aan leren riemen en met ijzer gemuilkorfd, rukten vol ongeduld aan de leiband van hun meesters. Zelfs van die afstand kon Mogweed zien hoe de snuffelaars onder de ijzeren muilkorven hun neusvleugels wijd opensperden om het geurspoor op te snuiven. Gedrongen en tanig, haarloos en met een huid met de kleur van bont en blauw geslagen vlees vochten ze tegen hun riemen. Nagels klauwden in het pad. Mogweed zag een van de beesten dreigend zijn tanden ontbloten toen een ander hem aanstootte, zodat de vier rijen puntige tanden zichtbaar werden, knarsend tussen de sterke kaken.

Mogweed maakte zich klein tegen de grond. 'Lopen!' fluisterde hij tegen zijn broer. 'Waar wacht je op?'

Opeens barstte om hen heen een gierend gejank los, dat uitwaaierde over de heuvels. Mogweed wist wat dat gejank te betekenen had. Hij had het vaker gehoord, 's nachts, diep in het woud. Een snuffelaar brulde om bloed!

Fardales gloeiende ogen keken hem aan. Beelden drongen binnen: *Een pasgespeend jong krijgt een uitbrander omdat zijn gejank een verscholen nest verraadt. Een snuit, vastgehecht aan een spoor.* De snuffelaars hadden Fardales spoor ontdekt op het pad.

Fardale sprong weg, en Mogweed slikte een venijnig verwijt in. Hij rende achter zijn broer aan. Hun vlucht was een waas van schaafwonden, kneuzingen en valpartijen. Ze werden achtervolgd door geschreeuw, maar het was onmogelijk te bepalen hoe ver weg het gebrul was.

Via een oude, droge beekbedding leidde Fardale hen dieper het voorgebergte in. De stenen die de droge bedding bekleedden, waren gladgeschuurd door het water en vormden een glibberig pad. Mogweeds laarzen lieten hem in de steek en zijn voet gleed uit over een wiebelige steen. Hij viel op zijn knieën en voelde een warme pijn opvlammen in zijn enkel.

Toen Mogweed moeizaam overeind krabbelde, klonk achter hem gejank op. De beesten zaten hun op de hielen! Niet ver voor hem uit draafde Fardale ongedurig heen en weer. Mogweed zette zijn bezeerde voet op de grond, maar meteen schoot er een roodgloeiende pijn door zijn been omhoog. Toen hij verder probeerde te hinken over het oneffen terrein, viel hij opnieuw. 'Ik kan niet meer rennen!' riep hij naar zijn broer.

Fardale draafde naar hem toe en snuffelde aan zijn laars.

'Laat me niet alleen,' jammerde Mogweed.

Fardale tilde zijn kop op en keek Mogweed in de ogen. *Twee wolven, rug aan rug, beschermen elkaar.*

Achter hen schalde een brul door de heuvels, beantwoord door een tweede kreet, nog dichterbij.

Een meute jaagt een hert over een klip. Een vlucht eenden vliegt op.

'Wat?' Fardales beelden sloegen nergens op. Huisde zijn broer al te lang in zijn wolvengedaante? Kreeg de wilde natuur van de wolf de overhand op zijn silura-ziel? Mogweed klemde zijn tanden op elkaar tegen de pijn en kromp gespannen in elkaar. 'Je stuurt me alleen maar onzin!'

Een wolvin leidt een nest. Fardale draaide zich om en begon aan de klim omhoog uit de ondiepe beekbedding. Hij keek over zijn schouder om naar Mogweed.

Mogweed duwde zich op één been op en zette van zijn andere laars alleen de neus op de grond, om zijn evenwicht te bewaren. Hij greep Fardale bij zijn staart. Half hinkend, half getrokken door Fardale wist hij uit de bedding omhoog te klauteren. Het kostte veel tijd, en Mogweeds mond stond strak van de pijn. Eenmaal boven liet hij zich hijgend tegen de stam van een den vallen. 'Misschien kunnen we beter blijven zitten waar we zitten,' zei hij. 'In een boom klimmen. Afwachten tot de jagers komen. Misschien zien ze niet dat we silura zijn in deze gedaante.'

Fardale keek hem met halfdichtgeknepen ogen aan. *Uilenogen. Vlees dat van botten wordt gescheurd.*

Mogweed kreunde. Fardale had gelijk, natuurlijk. Dit waren mannen uit de bossen van de Westelijke Gronden en die waren niet zo eenvoudig om de tuin te leiden. Het enige dat er voor hen op zat, was om mensen te mijden totdat ze over de Tanden heen waren. Hun volk had zich in honderden winters niet uit de bossen en in de oostelijke gebieden gewaagd. Met een beetje geluk waren de mensen aan de andere kant van de Tanden de silura vergeten.

Verderop langs de droge beek klonk een schreeuw op.

Rennende poten! De geur van de meute, dichtbij. De tepel van je moeder, tegen je snuit. Mogweed zette zich af tegen de boom. Strompelend liep hij naast zijn broer verder, met een hand steunend op Fardales schouder. Ze kwamen maar langzaam vooruit, maar zoals zijn broer had aangegeven, hadden ze niet ver meer te gaan.

Fardale hielp Mogweed langs een helling omhoog tot waar zelfs geen doornstruiken meer groeiden. Daarachter strekten zich alleen nog graniet en schalie voor hen uit, verweerd steen waar zich lang geleden een gletsjer een pad door het gebergte had gebaand. De steile hellingen van grijs gesteente waren doorsneden met donkere kloven.

Het kale, ongenaakbare landschap zoog het laatste restje hoop uit Mogweeds hart. 'Nee,' fluisterde hij tegen de slordige opeenhoping van steen en schalie. Zijn broer had zijn verstand verloren! Struikelend week hij achteruit, weg van die dorre woestenij. 'Dan waag ik het er nog liever op met de snuffelaars,' zei Mogweed met een ongelovige blik naar Fardale.

Een vogeljong, gevangen in een gaspeldoorn. Het jonge bloed weggezogen door stekende doorns totdat het stilligt. Als ze teruggingen, wachtte hun een zekere dood. *Een woeste stroom waarachter de meute jankte.* Als ze verder gingen, hadden ze een kans, hoe gevaarlijk het ook scheen.

Achter hen barstte het huilende gejank weer los, en zelfs de knersende voetstappen van de jagerslaarzen waren nu te horen. Uit de onzichtbare bedding klonk een stem op. 'Kijk 'ns aan! Zie je die sporen? Zo te zien zijn die gedaanteveranderaars hier naar boven geklommen. Vort, Blackie, pak ze!' De knal van een handzweep en het gejank van de snuffelaars sneden door de ijle lucht. 'Pak die verrotte wisselaars!'

Fardale keek Mogweed met een voldane blik aan. Hij had gelijk gekregen. Uit het bloeddorstige gejank van de snuffelaars hadden de jagers opgemaakt wat de bron was van de geur die de beesten hadden opgepikt: silura. Of, in de vuige, lompe taal van de mensen: wisselaars.

Een kreun ontsnapte aan Mogweeds opeengeklemde tanden. Waarom was hij ooit uit zijn bossen weggegaan? Hij had gewoon moeten blijven, moeten proberen er het beste van te maken. Wat zou het dat hij misschien altijd een uitgestotene was gebleven? Dan was hij tenminste nog in leven gebleven.

In zijn bange hart wist Mogweed echter dat hij deze reis moest maken. De gedachte om voorgoed in deze ene vorm gevangen te blijven joeg hem nog meer angst aan dan de jankende snuffelaars of wat er voor hen lag.

Wankelend op één laars liet Mogweed de woorden zwakjes over zijn lippen komen. 'Goed... we gaan.'
Steunend op Fardales schouders liep Mogweed over de drempel van doornstruiken het land van rotsen en kloven in, een land dat door iedereen in de Westelijke Gronden werd gemeden: het domein van de trollen.

16

Tolchuks benen weigerden het vertrek van de geesten verder in te lopen. Hij bleef zwijgend staan met het lichaam van Fenshwa uitgestrekt aan zijn voeten. De drie oude trollen draaiden zich traag om en liepen met kromme rug naar de gang in de verte. Woorden dreven vanaf de Triade naar hem toe. 'Volg ons. Dit is nu jouw weg.'

Tolchuk wist dat hij zou worden gestraft voor zijn aanval op Fenshwa. De wet van de trollen was streng en vaak genadeloos. Maar dit? Hij staarde naar het zwarte oog in de achterwand, de ingang naar de weg van de doden. Spijt bekroop hem om zijn besluit Fenshwa's lichaam terug te brengen. Hij had beter de wildernis in kunnen vluchten.

De laatste van de benige oude trollen kroop de gang in de verte in. Een enkel woord echode nog door het vertrek. 'Kom.'

Toen hij verder liep door het vertrek van de geesten, richtte Tolchuk zich op en rechtte hij zijn rug. Hij had zijn stam te schande gemaakt en daarmee zijn aanspraak op het aanzien van een trol verspeeld. De noodzaak de schijn op te houden was samen met Fenshwa gestorven. Hij stapte over het lichaam van zijn stamgenoot en liep door de spelonk. Blauw opvlammende toortsen sisten hem toe. Zijn schaduwen kronkelden over de wanden als hij langskwam en bespotten zijn gang, als verwrongen demonen.

Bij de ingang van de gang boog hij het hoofd en stapte de duisternis in voordat zijn angst hem brullend op de vlucht kon drijven. De schuifelende, slepende voetstappen van de oude trollen leidden hem dieper de ingewanden van hun onderaardse verblijf in. Hier waren geen toortsen meer om de wanden te verlichten, en na een bocht in de gang slokte het donker hem op. Alleen het krassen van nagels over steen wees hem nu nog de weg.

Deze strot van steen had het lichaam van zijn gestorven vader verzwolgen toen die door de Triade was meegesleept naar het geestenrijk. Nu moest Tolchuk zijn straf ondergaan door net als zijn vader deze weg af te leggen. Voor zijn volk was hij evengoed dood als Fenshwa.

Wat er aan het eind van de gang wachtte, wist alleen de Triade. Al zo lang als Tolchuk zich kon heugen bestond de Triade uit dezelfde drie leden. Hij had ooit aan zijn vader gevraagd wat er gebeurde als een van

het drietal doodging. Zijn vader had hem een draai om zijn oren gegeven en gemompeld dat hij dat niet wist, aangezien er zo lang als hij leefde nog nooit een lid van de Triade was gestorven.
Tolchuk wist verder niet veel van de drie ouden. Over hen praten was uit den boze; dat tartte het lot, evenals het noemen van de namen van de doden. Desondanks vormde de Triade een constante in het leven van de stam. De drie stokoude, gebochelde trollen waakten over het zielenleven van zijn volk.
Alleen zij en de doden wisten waar deze donkere gang heen leidde.
De angst sloeg zijn klauwen in Tolchuks hart en dreigde zijn benen te verlammen. Zijn keel zat dicht, zijn ademhaling werd rasperig en pijnlijke steken beten in zijn zij. Steeds langzamer schuifelde hij door de kronkelige gang, waar het steeds warmer en bedompter werd. Een vage geur van zilt en eeuwenoude schimmel drong zijn wijd opengesperde neusgaten binnen.
Hoe verder hij kwam, des te nauwer sloot de gang zich om hem heen, alsof het steen hem probeerde beet te grijpen en vast te houden, zodat hij niet omdraaide. Zijn hoofd schuurde langs het stenen dak. Van die aanraking gingen alle haartjes op zijn lijf overeind staan, en hij boog zijn hoofd nog verder naar beneden. De gang werd lager naarmate hij zich dieper in het hart van de berg boorde, totdat Tolchuk zich ten slotte gedwongen zag weer zijn toevlucht te nemen tot de schuifelende gang van een trol: met de rug gebogen en steunend op één vuist.
Tolchuks knokkels waren rauw geschaafd van het kruipen toen hij een stuk voor zich uit een groenachtig licht door de gang zag schijnen. Hij sleepte zichzelf verder, en met elke stap won de gloed aan kracht. Hij knipperde met zijn ogen om ze na al die tijd in de duisternis weer aan het licht te laten wennen.
Het eind van de gang kon nu niet ver meer zijn.
Na een tijd werd de gang weer breder en ontdekte hij de bron van de gloed. De wanden van de gang waren van boven tot onder bedekt met duizenden duimgrote gloeiwormen, die een zwak schijnsel met de lichtgroene kleur van algen afgaven. De laag van beestjes krioelde en deinde; sommige vormden kluwens, verstrengeld als boomwortels, andere bewogen zich alleen voort en lieten een lichtgevend slijmspoor achter op de wand.
De massa wormen op de wanden verdichtte en verspreidde zich. Verderop in de gang was zelfs de vloer bedekt met de wemelende, als maden kronkelende beestjes. Donkere vlekken van vertrapte gloeiwormen vormden het voetspoor van de oude trollen. Tolchuk probeerde zijn voeten neer te zetten waar zij hem waren voorgegaan. Hij gruwde bij het idee dat hij de wormen met zijn blote voeten zou vermorzelen. Alleen

de aanblik van die kronkelende massa legde al een knoop in zijn maag. Hij was zo gefixeerd op de wormen dat hij bijna midden in een grote grot stond voordat hij in de gaten had dat hij uit de gang was gekomen. Pas toen hij de zangerige keelklanken van de Triade hoorde, keek hij op. De drie trollen zaten dicht tegen elkaar aan in een kring, met de hoofden gebogen.

Zijn blik schoot door de grot en viel op een torenhoge boog van robijnrood hartsteen, achter de neergehurkte Triade. Tolchuk viel op zijn knieën. Hartsteen was een edelgesteente dat de berg zelden aan de mijnwerkers gunde. De laatste keer dat iemand hartsteen had gevonden, een schilfertje dat niet groter was dan een mussenoogje, was er zo'n beroering onder de trollen ontstaan dat om het bezit van de steen zelfs een stammenoorlog was uitgebroken. In die oorlog was zijn vader gedood.

De drie trollen verdwenen bijna in het niet voor die enorme overspanning. Tolchuk staarde met open mond naar het hartstenen gevaarte en moest zijn hoofd in zijn nek leggen om de verre top van de boog te zien. De ontelbare facetten waarin het gesteente was geslepen, weerkaatsten de wormengloed in talloze kleuren, wonderbaarlijke tinten die zijn onbeholpen tong met geen mogelijkheid kon beschrijven. Hij bleef staan en liet zich omspoelen door het schijnsel.

Anders dan de weemakende, slijkige gloed van de gloeiwormen maakte het weerkaatste schijnsel iets diep in hem wakker. Het drong door tot in de rode kern van zijn beenderen, en voor het eerst van zijn leven voelde Tolchuk zich compleet. Hij voelde zijn ziel in iedere vezel van zijn lichaam. De gloed die hem als een klaterende waterval omspoelde, zuiverde hem van zijn schaamte om zijn lichaam. Hij merkte dat hij zijn rug rechtte, verder dan hij zichzelf ooit had toegestaan. Spieren die al sinds zijn kindertijd verkrampt waren, ontspanden zich. Terwijl zijn schouders naar achteren gingen, merkte hij dat hij onwillekeurig zijn armen in de lucht stak.

Hij was geen halfbloed, geen verscheurde ziel. Hij was compleet!

Tranen stroomden over zijn wangen toen hij zich bewust werd van zijn ondeelbare ziel, van de schoonheid die in zijn vlees en bloed school. Hij ademde de stralende lucht diep in om de weerkaatste gloed tot diep in zijn binnenste te laten doordringen. Op deze plek wilde hij zijn leven lang blijven staan. Hier zou hij kunnen sterven.

Laat de Triade me maar de strot afsnijden, dacht hij. Laat mijn hartenbloed de wormen om mijn voeten maar wegspoelen. Been en spieren waren maar een kooi, maar zijn ziel die erin verscholen zat, kon door geen bijl of mes uiteengereten worden. Die was compleet en zou dat altijd blijven!

Hij vroeg niets meer van het leven dan dit moment, maar anderen kwamen tussenbeide.
'Tolchuk.'
Zijn naam schampte langs de grens van zijn bewustzijn, maar als een steentje dat in een rimpelloze poel valt, brak dat ene woord door zijn gevoel van welbehagen.
Zijn naam klonk opnieuw. 'Tolchuk.'
Hij draaide zijn hoofd in de richting van de stem en door die beweging verdween zijn serene kalmte. Hij schudde zijn hoofd, zoekend naar wat hij was verloren, maar het kwam niet meer terug. De hartstenen boog glinsterde en fonkelde als tevoren, maar meer was er niet.
Tolchuks rug kromde zich en zijn spieren verkrampten toen hij merkte dat drie paar ogen hem aandachtig aankeken.
'Het begint.' De stem van de Triade klonk meer als gesteun dan als woorden.
Tolchuk boog zijn hoofd. Zijn hart bonsde in zijn keel.
Een van de Triade kwam naar hem toe. Hij voelde dat de benige klauw van de trol zich om zijn pols sloot. Tolchuks hand werd opgetild en er werd iets koels en hards in zijn handpalm gedrukt. Daarna liep de trol achteruit van hem weg.
'Zie,' beval de Triade. Net als eerder leek het woord van alle drie af te komen, als het suizen van de wind door een nauwe kloof.
Tolchuk wierp een blik op het zware gewicht in zijn hand. Het was een brok hartsteen, zo groot als de kop van een geit. 'Wat... Wat is dit?' Zijn stem klonk zo hard op in de grot dat Tolchuk zijn hoofd boog voor het geluid.
Het antwoord wervelde op uit het groepje trollen. 'Dat is het Trollenhart, de vorm waarin de ziel van ons volk gestalte heeft gekregen.'
Bijna liet Tolchuk de steen uit zijn bevende hand vallen. Hij had over deze steen horen fluisteren. Een hartsteen die de geest van de trollen overbracht naar het andere land. Hij stak de steen uit naar de Triade, biddend dat zij hem het voorwerp weer zouden afnemen.
'Kijk.' Hun ogen leken te gloeien in het schijnsel van de wormen. 'Kijk diep in de steen.'
Hij slikte tegen de kriebel in zijn droge keel en hief de steen op tot voor zijn ogen. De klomp glom met een dieprode glans, al had hij niet de fonkelende gloed van de boog. Hij staarde naar de steen, maar kon er niets belangwekkends in ontdekken. Verward liet hij de kei weer zakken.
'Kijk onder het oppervlak,' sisten hun stemmen hem toe.
Tolchuk fronste en kneep zijn ogen tot spleetjes. Hij richtte al zijn aandacht op de hartsteen. Op het oog was het een gewone edelsteen, zij het

een uitzonderlijk grote. Wat verwachtten ze van hem? Als hij moest sterven, waarom kwamen ze dan hiermee? Net toen hij weer weg wilde kijken, zag hij het. Een barstje in het hart van de steen. Een zwarte smet, diep verscholen onder de geslepen facetten. 'Wat is...?' De barst bewoog! Even dacht hij dat hij de steen zelf had bewogen, maar onder zijn ogen zag hij de donkere massa die diep in de steen begraven lag opnieuw samentrekken. Deze keer had hij zeker niet bewogen, wist hij, verlamd van angst als hij was.

Hij tuurde en bracht de steen omhoog naar het licht. Nu zag hij wat er onder de lagen van de edelsteen verborgen lag. Diep in de steen zat een worm. Het kon een achterneefje zijn van de kronkelende beestjes die de wanden van de spelonk bedekten, alleen was deze zo zwart als de brandende olie in de poelen diep onder de berg. Wat was dat voor wezen?

Zijn vraag werd meteen beantwoord, alsof de Triade zijn gedachten had gelezen. 'Dat is de Vloek. Hij voedt zich met de geesten van onze doden wanneer ze de heilige steen binnengaan.'

Drie armen wezen naar het Hart. 'Dat is waar de weg van de doden waarlijk eindigt: in de buik van een worm.'

Tolchuk ontblootte zijn korte hoektanden in een grimas. Dat kon toch niet? Hij had altijd geleerd dat de doden, begeleid door de Triade, door de steen overgingen naar een nieuwe wereld en een nieuw leven. Hij stak de steen met het zwarte hart in de lucht. Hij was altijd voorgelogen! Dit was waar alles ophield. 'Ik begrijp het niet.'

De Triade vervolgde: 'Vele levens geleden verbrak een trol een eed die was afgelegd aan de geest van het land. Dat verraad werd bestraft met een vervloeking.'

Tolchuk liet de hartsteen zakken en keek naar de grond. 'Waarom vertelt u me dit allemaal?'

De Triade zweeg.

Een diep gerommel deed de berg op zijn grondvesten trillen: donder vanaf de top, ver boven hun hoofd. De 'stem van de berg', zoals de trollen het noemden. De winterse storm die al die tijd had gedreigd, was eindelijk losgebarsten.

Toen de echo wegstierf, stegen er opnieuw woorden op uit de Triade. 'Je bent magra, je hebt de gepaste leeftijd. En de berg vraagt om jou.'

Hij hief zijn ogen op naar de oeroude trollen. 'Waarom ik?'

'Je bent trol en géén trol. In jou zijn de geesten van twee volken vermengd.'

'Ik weet het,' zei Tolchuk. 'Een halfbloed. Trol en mens.'

De drie trollen keken elkaar aan en spraken onderling op zachte toon. Tolchuk spitste zijn oren. Vage fluisteringen stegen op uit de gehurkte, kromgebogen gedaanten, losse woorden en halve zinnen: '... gelogen...

hij weet niet... het bloedboek... tanden van kristal...' Een laatste zin glipte zijn oren in: '... De steen zal de hexe doden.'
Tolchuk wachtte, maar meer woorden bereikten hem niet. Zijn hart bonkte tegen zijn ribben. Hij kon niet blijven zwijgen. 'Wat wilt u van me?' Zijn woorden dreunden door de stille spelonk.
Het drietal richtte drie paar ogen op hem en hun antwoord stroomde naar hem uit: 'Verlos onze geesten. Dood de Vloek.'

Mogweed en Fardale zaten weggedoken onder een overhangende rots. De stenen rand bood weinig beschutting, maar de storm had zo snel en zo woest toegeslagen dat er geen tijd was geweest om een andere schuilplaats te zoeken in dit onherbergzame trollenland.
De bliksem haalde uit naar de bergtop en liet het gesteente beven. Dreunende donderslagen drukten hen nog dieper weg onder hun afdak van steen. Vanaf de toppen joeg de fluitende wind striemende slagregens voor zich uit.
Toen eenmaal was gebleken dat de jagers ervoor terugschrokken hen tot in het trollenland te volgen, had Mogweed gedacht dat het grootste gevaar was geweken, zolang ze niet per ongeluk een van de kolossen tegen het lijf liepen die tussen deze kale pieken leefden.
Hij had er niet bij stilgestaan dat het weer een gevaar op zich kon zijn. Ragfijne, ijzige druppeltjes beten als wespensteken in Mogweeds onbeschermde huid. 'We moeten op zoek naar een betere plek om te schuilen,' zei hij tegen Fardale, die zijn dikke vacht uitschudde. 'Anders vriezen we dood voordat het avond is.'
Fardale zat met zijn rug naar Mogweed toe en keek uit over de door regenvlagen geranselde geulen en rotsen. De kille regen die als een stortvloed uit het dikke wolkendek neerstroomde, leek hem totaal niet te deren. Zijn vacht stootte de regen af als de veren van een gans, terwijl Mogweeds kleren het vocht opnamen en de kou als een klamme hand tegen zijn huid drukten.
Mogweed klappertandde en zijn opgezette enkel klopte in zijn zompige laars. 'We moeten op z'n minst een kampvuurtje maken,' zei hij.
Fardale richtte zijn blik op Mogweed, met de bruingele gloed die nu eerder kil dan warm was. Er vormde zich een beeld, een waarschuwing: *Een arendsoog ontwaart de zwiepende staart van een domme eekhoorn.*
Mogweed kroop dieper weg onder de rotsrichel. 'Denk je dat de trollen ons vuurtje zouden zien? Met zo'n storm schuilen ze toch zeker diep weg in hun grotten?'
Fardale speurde zwijgend het rotsige terrein af.
Mogweed drong er niet verder bij zijn broer op aan. Ze hadden minder te duchten van de kou dan van een troep trollen. Mogweed liet zijn

tas van zijn schouder glijden en op de vloer van hun schuilplaats plof-fen. Hij kroop in een uitholling waar hij zoveel mogelijk uit de wind en de regen zat en trok zijn knieën tegen zijn borst om een zo klein mogelijk doelwit voor de snijdende windstoten te vormen. Voor de duizendste keer die dag wenste hij dat zijn oude vermogens nog had, al was het maar een greintje.

Kon ik mezelf maar in een beer veranderen, dacht hij, dan waren die regen en die kou niet meer dan lichte ongemakken. Hij keek naar de harige gedaante van zijn tweelingbroer en trok een grimas. Fardale was altijd al de geluksvogel van hen tweeën geweest. Het leven had hem altijd toegelachen, vanaf zijn eerste ademtocht. Als eerstgeborene was Fardale benoemd tot erfgenaam van het familiebezit. In overeenstemming met die status was Fardale gezegend met de tong van een redenaar; hij vond altijd precies de goede woorden op het juiste moment. Zijn naam deed al snel de ronde als mogelijke oudwortel van de stam. Mogweed daarentegen wist altijd precies het verkeerde te zeggen, op de meest foute momenten; hij kon zijn tong niet roeren of hij streek zijn stamgenoten tegen de haren in. Het gebeurde zelden dat iemand zijn gezelschap zocht of hem om raad vroeg.

Toch was dat niet wat Mogweed echt stoorde aan zijn broer, hoe ergerlijk het ook was. Wat Mogweed deed trillen van woede was het gemak waarmee Fardale hun vervloekte geboorte accepteerde.

De geboorte van een eeneiige tweeling was een opwindende, feestelijke gebeurtenis geweest onder hun volk van gedaanteveranderaars. Er waren al vaker tweelingen geboren bij de silura, maar nog nooit eerder een eeneiige. Mogweed en Fardale waren de eersten. Niemand kon hen uit elkaar houden, zelfs hun ouders niet. De ene broer was echt precies het spiegelbeeld van de ander.

In het begin waren de broers een bezienswaardigheid en een bron van vreugde binnen de stam geweest. De broers waren echter al snel tot de ontdekking gekomen dat zodra een van hen van gedaante veranderde, het lichaam van zijn broer vanzelf vervormde om zich daarnaar te voegen en de gelijkvormigheid in stand te houden, of die verandering gewenst was of niet. Een niet-aflatende machtsstrijd was het gevolg. Als een tweelingbroer zijn concentratie even liet verslappen, werd zijn lichaam een gewillige prooi voor een onverhoedse verandering door de ander. In een wereld waarin het vanzelf sprak dat iedereen de vorm kon aannemen die hij wilde, waren Mogweed en Fardale door hun geboorte tot elkaar veroordeeld.

Fardale had die last gewoonweg aanvaard, maar Mogweed was erdoor verbitterd geraakt. Hij had er nooit genoegen mee kunnen nemen dat dit lot hen nou eenmaal had getroffen en had de oude teksten van hun volk doorgevlooid op zoek naar een manier om de keten te verbreken die de broers aan elkaar vastgeklonken hield. En uiteindelijk had hij die manier ook gevonden: een geheim dat alleen de oude silura diep in het hart van het woud kenden.

Mogweed slaakte een diepe zucht. Als hij nou voorzichtiger was geweest...

In een eeuwenoud, door de wormen aangevreten boek had hij iets ontdekt wat maar weinig silura over hun soort wisten: wanneer twee silura-geliefden verstrengeld waren in de paring, kon op het hoogtepunt van hun hartstocht geen van beiden van gedaante veranderen. Manenlang had Mogweed op die ontdekking gebroed. Dat ene feitje, vermoedde hij, kon de sleutel bevatten waarmee hij zich van Fardales juk kon ontdoen. In zijn geest rijpte langzaam maar zeker een plan.

Hij wist dat zijn broer een jonge vrouw het hof maakte, de derde dochter van de stamoudste. Over het algemeen ontwikkelden silura op den duur een voorkeur voor een bepaalde vorm, en zij had een voorliefde voor de verschijning en de snelheid van een wolf. De jonge wolvin met haar lange poten en sneeuwwitte vacht had Fardales aandacht getrokken. De geruchten over een vereniging gingen al snel van mond tot mond.

Terwijl zijn broers romance opbloeide, hield Mogweed zich op de achtergrond. Dit zou zijn kans kunnen zijn. Hij las, smeedde zijn plannen en wachtte af.

Toen kwam de nacht, bij volle maan, dat zijn geduld werd beloond. Mogweed sloop achter zijn broer aan, verschool zich in het struikgewas en keek toe hoe Fardale de sierlijke wolvin het hof maakte. Zijn broer verleidde het jonge vrouwtje met zachte stootjes van zijn snuit in haar witte vacht, die glansde in het maanlicht. Ze beantwoordde Fardales gevoelens en liet hem al snel toe. Terwijl Mogweed hen bespiedde, besteeg Fardale haar, nog behoedzaam in het begin, met zachte beetjes in haar oren en haar nek, totdat van lieverlee zijn hartstocht de overhand kreeg.

Mogweed wachtte totdat er een kenmerkend gejank aan de keel van zijn broer ontsnapte – en kwam toen in actie. Mogweed liet zijn eigen lichaam veranderen in dat van een man, biddend dat zijn broer in de greep van de hartstocht gevangen zou blijven in zijn wolvengedaante.

Zijn plan werkte...

Onder de overhangende rots in het land van de trollen staarde Mogweed naar de bleke huid van zijn handen.

Zijn plan had té goed gewerkt!

Toen Mogweed op die vervloekte avond zijn mensengedaante had aangenomen, was Fardale inderdaad een wolf gebleven. Maar zoals Mogweed weldra merkte, had de verbreking van hun gelijkvormigheid zijn prijs – een hoge prijs.

Geen van beide broers kon nog van gedaante veranderen. De twee waren voorgoed gevangen in hun afzonderlijke omhulsels.

Was hij nou maar voorzichtiger geweest...

Vlakbij liet Fardale een dreigend gegrom horen, en dat geluid bracht Mogweed weer terug in het heden. De nekharen van zijn broer stonden overeind en zijn oren lagen plat tegen zijn kop, die hij diep had laten zakken. Opnieuw klonk de diepe grom op uit Fardales keel.

Mogweed schoof dichter naar zijn broer toe. 'Wat is er? Trollen?' Dat woord alleen al was genoeg om een rilling over zijn rug te jagen.

Op dat moment kwam recht voor hun neus een beest met een donkere huid door het regengordijn gestapt. Om zijn nek bungelde een ijzeren muilkorf en hij sleepte een gebroken ketting achter zich aan. Het dier bracht zijn kop naar beneden in een spiegeling van Fardales houding en zette zijn poten schrap tegen het gesteente.

Een snuffelaar!

Het dier moest zich hebben losgerukt van de jagers om de jacht op eigen houtje voort te zetten. Mogweed dook weg achter Fardales rug, maar veel dekking bood de wolf niet. Tegenover die grote, bloeddorstig grauwende kolos was Fardale maar een lichtgewicht, een jankend jong tegenover een beer.

De bonkige schouders van het beest stonden strak gespannen. De snuffelaar, verlost van de ijzeren muilkorf, deed zijn bek open en ontblootte de rijen puntige tanden. Het dier jankte naar hen, een geluid dat de donderslagen tussen de bergtoppen naar de kroon stak.

En toen kwam de sprong.

17

Tolchuk stak de hand waarin hij de hartsteen geklemd hield uit naar de oude trol die het dichtst bij hem stond. Zijn hart lag even zwaar in zijn borst als de steen in zijn hand. 'Ik begrijp niet wat u van me vraagt. Hoe kan ik de Vloek ooit vernietigen?'

Het drietal zweeg en verroerde zich niet. Drie paar ogen keken hem doordringend aan. Hij had het gevoel dat hij tot op het bot werd ontleed en gekeurd. Ten slotte hoorde hij de op vlakke toon uitgesproken woorden: 'Jij bent het.'

Tolchuk wilde de oudsten van zijn stam graag de vereiste eerbied betonen, maar dit bewees toch echt dat de ouderdom de drie van hun verstand had beroofd. 'Wat ben ik? Wat denkt u dat ik ben?'

Drie paar ogen staarden hem aan, maar een antwoord bleef uit.

De mijlen van steen boven Tolchuks hoofd leken op hem neer te drukken. 'Alstublieft. Ik ben maar half trol. Wat u van me vraagt is een taak voor een strijder, een volbloed. Waarom komt u bij mij?'

Opnieuw stroomden woorden naar hem uit. 'Jij bent de laatste nazaat van de Eedschender die het land verried en de rampspoed van de Vloek over ons volk heeft gebracht.'

Tolchuk voelde alle kracht uit zijn armen wegvloeien. Kwam er dan nooit een eind aan zijn schande? Als de Triade de waarheid sprak, was hij niet alleen gedoemd als halfbloed door het leven te gaan, maar stamde hij ook nog eens af van een verdorven trol die onheil over zijn volk had gebracht. Hij zocht naar woorden om op deze beschuldiging te antwoorden, maar vond alleen een hees gefluisterde ontkenning. 'Dat... Dat kan niet.'

In de toon van de Triade lag het graniet van de bergen. 'Jij, zoon van Lenchuk, bent de laatste van een oud geslacht. De laatste loot aan de stam van de Eedschender.'

'Maar... waarom zegt u dat ik de láátste loot aan zijn stam ben?'

'Bij jouw naamgeving heeft een oude genezer je onderzocht. Je zaad is onzuiver vanwege je gemengde bloed. Je kunt geen nakomelingen verwekken.'

Tranen prikten in zijn ogen – al die geheimen. 'Waarom is mij dat nooit verteld?'

Zijn vraag werd genegeerd. Hun volgende woorden klonken scherp als een bevel. 'Je bent de laatste. Jij moet de naam van je bloedlijn zuiveren door het verraad van je voorouder recht te zetten.'
Tolchuk deed zijn ogen dicht en kneep in de steen met het zwarte hart in zijn hand. Zijn tong kleefde aan zijn gehemelte. 'Wat heeft die Eedschender gedaan?'
De Triade sloot de cirkel weer en overlegde met gebogen hoofden. Na een paar tellen stilte bereikte hem een fluistering: 'We weten het niet.'
'Hoe kan ik het dan rechtzetten?'
De woorden klonken opnieuw: 'We weten het niet.'
Tolchuks ogen vernauwden zich in verwarring. 'Hoe moet ik dat dan te weten komen?'
'Je zult met het Hart uit ons land moeten vertrekken. De antwoorden die je zoekt, liggen voorbij de Geestenpoort.'
Wat er na 'vertrekken' kwam, hoorde Tolchuk niet meer. De gedachte alleen al joeg de rillingen over zijn rug. Dat was zijn grootste angst geweest nadat hij Fenshwa had gedood: te worden verbannen. Te worden gedwongen om zijn geboortegrond te verlaten en de wijde wereld in te trekken, een wereld waarin zijn volk werd gehaat en gevreesd. Tolchuk kromp ineen onder hun starende blikken. 'Waar moet ik heen?'
Drie armen gingen omhoog en wezen naar de grote boog van robijnrood hartsteen. 'Door de Geestenpoort.'
Tolchuk fronste zijn wenkbrauwen. Hoe moest hij ooit door die poort komen? Hij kon toch niet dwars door het massieve gesteente naar buiten?
'Kom.' Twee van de oude trollen liepen door de spelonk naar de boog toe. Een van hen stelde zich op bij de linkervoet van de boog; de andere stak traag over naar de rechterkant. Het derde lid van de Triade nam Tolchuk bij de arm en voerde hem mee naar de doorgang van de boog.
'Wat moet ik nu doen?' vroeg Tolchuk met onvaste stem.
De trol naast hem sprak. Nu hij zich had losgemaakt van de anderen lag er een vleugje warmte in zijn stem, als in die van een strenge vader. 'In de tijd voor de Vloek verzamelde de Poort de geesten uit het Hart en bracht ze over naar de andere wereld. Houd vast aan je verlangen, net als de geesten, dan brengt de Poort je waar je moet zijn. Als de laatste nazaat van de Eedschender door de Geestenpoort gaat, zo luidt de voorspelling, zal hij de weg naar de verlossing van onze geesten vinden.'
Tolchuk gaf een knikje in de richting van de boog. 'Maar ik ben geen geest. Ik kan niet dwars door massief gesteente heen.'
'Je hoeft ook geen geest te zijn.'
'Wat moet ik dan doen?'
Een antwoord bleef uit, maar op dat moment hieven de trollen die krom

gebogen aan weerszijden van het torenhoge stenen gewelf stonden een laag, eentonig gezang aan. Hun brommende stemmen leken zich diep in Tolchuks botten te boren. Hij werd opeens een beetje draaierig. Zijn oren gonsden en de hartsteen in zijn hand trilde mee met het gebrom van de trollen. Toen begon voor zijn verblufte ogen de stenen wand binnen de hartstenen boog te veranderen. Op het oog bleef het gewoon hetzelfde harde graniet, maar Tolchuk besefte dat dat niet meer dan een illusie was, als de schimmige weerspiegeling van een rotswand in stilstaand water. Het leek nog wel op gesteente, maar het had even weinig substantie als het dunne laagje op stille poelen waar waterelfjes overheen scheerden.

Het neuriënde brommen zwol aan en de hartsteen in zijn handen werd naar de Geestenpoort getrokken als twee warme lichamen die elkaar vinden in de winternacht. De zachte drang van de steen spoorde zijn voeten aan te volgen, en Tolchuk voelde zijn benen gehoor geven aan de oproep. Zijn oren bonsden van het gezang en gebrom en hij merkte nauwelijks dat de oude trol een stap van hem vandaan deed. Alleen liep Tolchuk verder naar de boog.

De woorden van het derde lid van de Triade volgden hem nog wel: 'Luister naar de hartsteen. Hij is nog altijd ons Hart, hoe zwart ook. Luister, en de steen zal je leiden waar hij kan.'

De woorden vonden wel de weg naar zijn benevelde geest, maar hun betekenis drong niet tot hem door. Hij liet ze langs zich heen gaan. Toen hij de Poort naderde, veegden de trillingen al zijn gedachten weg. Hij stelde zich open voor die aanraking, in het vertrouwen dat de Poort hem zou brengen waar hij moest zijn. In dat blinde vertrouwen deed hij de volgende stap – de eerste stap op zijn reis om zijn volk te bevrijden.

Zodra hij door de sluier van de Poort ging, verdween op slag het gezoem in zijn oren, om plaats te maken voor het ijselijke gejank van een jager die bloed rook.

Mogweed krabbelde achteruit toen de snuffelaar huilend naar voren sprong. Fardale schoot met ontblote tanden onder de overhangende rots uit. Uit de strot van de wolf steeg een woest gejank op. Mogweed had zijn broer nog nooit zo'n geluid horen voortbrengen. De brul deed het bloed in zijn aderen stollen en legde zijn hart lam. Zelfs de snuffelaar werd erdoor tot staan gebracht.

De wolf en de snuffelaar stonden op nog geen handbreedte afstand tegenover elkaar. Beide dieren hielden de kop laag en loerden naar de ander, zoekend naar een zwakke plek.

Mogweed zat roerloos ineengedoken in zijn schuilplaats. De bliksem sloeg in een iele den, een mijl verderop, en een donderslag scheurde de hemel open. De regen spoelde over de twee strijders. De snuffelaar torende hoog boven Fardale uit. De scherpe tanden, de nagels als dolken en de onverzadigbare bloeddorst van het beest lieten er weinig twijfel over bestaan wie van de twee na afloop van het gevecht nog overeind zou staan. De vraag was nu alleen nog of Mogweed kon ontkomen terwijl de snuffelaar zijn honger stilde met Fardales lijk. Mogweed speurde naar een manier om onopgemerkt onder de rots vandaan te sluipen. Zonder waarschuwing, alsof ze gehoor gaven aan een of ander instinctief teken, vlogen de twee elkaar opeens aan. Het geluid van happende kaken en woest gegrom ontsnapte aan de warreling van zwarte vacht en vel met de kleur van gekneusde huid. Nagels en tanden boorden zich in vlees.

Mogweed probeerde uit zijn hol te kruipen, maar toen hij bij de rand van de rotsrichel was gekomen, kwam het vechtende paar zijn kant op gerold en moest hij snel terugspringen. Ze waren nu zo dichtbij dat Mogweed het bloed kon zien dat de haren in Fardales vacht deed samenklitten. Hoeveel daarvan Fardales eigen bloed was kon hij onmogelijk zeggen, maar het was duidelijk dat het gevecht niet al te lang meer kon duren.

Alsof het eb werd, rolde het grommende gevecht toen weer van Mogweeds schuilplaats weg, zodat de weg vrijkwam om te vluchten. Mogweed schoof stapje voor stapje uit de beschutting van de rotsen, met de bedoeling het zodra het kon op een lopen te zetten. De kille regen raakte hem met zijn ruwe liefkozingen weer vol in het gezicht, maar Mogweed sloeg geen acht op de bijtende druppels. Hij hield een oog op het gevecht en een oog op het donkere pad dat zich tussen de rotsen door slingerde. Net toen hij zijn broer de rug toekeerde, werd zijn blik getrokken door een onverwachte beweging.

Een grote kei kwam van bovenaf aangerold en stortte naast de twee vechters op de grond. De twee schrokken op van de klap waarmee de kei landde, en zowel de wolf als de snuffelaar bleef als bevroren staan, met hun bebloede tanden onbeweeglijk boven strot en buik.

Toen schoot uit de kei opeens een arm naar voren, die de snuffelaar greep.

Het was geen kei, maar een trol! Mogweed dook weer weg onder de overhangende rots en maakte zich klein in het donkerste hoekje. Fardale strompelde achteruit, gehinderd door een gebroken voorpoot, die er geknakt en krachteloos bij hing. Op drie poten waakte de wolf bij de ingang van de schuilplaats om Mogweed tegen dit nieuwe gevaar te beschermen.

Vanuit zijn schuilplaats zag Mogweed hoe de snuffelaar, een van de bruutste roofdieren van de Westelijke Gronden, in de handen van de

trol aan rafelige stukken werd gescheurd.
Toen het werk van het wezen gedaan was, draaide het zich met zijn klauwen nog in de ingewanden van de snuffelaar naar hen om. De stompe kop was getekend door strepen zwart bloed en de gele tanden waren nog ontbloot. Zijn adem stoomde uit zijn brede, platte neus. Toen vroeg het, in een grove benadering van de gemeenschappelijke taal van veel van de volkeren in dit land, met bulderende stem: 'Wie zijn jullie, indringers?'

Tolchuk hurkte trillend neer temidden van de verscheurde resten van het wouddier, vechtend tegen zijn bloeddorst. Zijn klauwen schreeuwden erom zich in de wolf te zetten, die nog altijd vlakbij stond, en het speeksel liep dik over zijn tong. De geur van bloed, dat als pasgedolven erts zwak naar ijzer rook, kleurde zijn gedachten. Hij had de strijders van zijn stam weleens horen praten over de ferengata, het hartsvuur dat in de strijd kon oplaaien, en hoe de geur van het bloed van de vijand een trol kon aanzetten tot razernij totdat hij ook zijn laatste restje zelfbeheersing verloor.
Tolchuk voelde zijn hart zo woest tegen zijn ribben bonken dat de knallende donderslagen die rondom weerklonken niet meer leken dan een zwakke nabootsing van het bulderen van zijn bloed. Bloed riep om bloed.
Hij verzette zich uit alle macht tegen die natuurlijke drang. Dit was niet het moment om blind te handelen. Dat had hij eerder deze dag gedaan, en daardoor lag Fenshwa nu dood in het vertrek van de geesten. Zijn schouders schokten, maar hij was meester over zijn geest.
Omdat hij het kleine menswezen onder het rotsplateau had zien wegkruipen, beschermd door zijn wolf, was Tolchuk overgegaan op de gemeenschappelijke taal die de volken in de bergen voor de handel gebruikten. Tolchuk worstelde met de woorden. De keel van een trol was niet gebouwd op de fijne schakeringen van de gewone spraak. De trollentaal bestond vooral uit gebaren, houdingen en ongearticuleerde keelklanken. Maar Tolchuk besefte dat er een reden moest zijn waarom de Geestenpoort hem hier had gebracht. Hij herinnerde zich wat de Triade had gezegd: de Poort zou hem brengen waar hij moest zijn. De komst van een man naar het land van zijn volk moest iets te betekenen hebben. Mensen hadden zich hier in geen eeuwen gewaagd. De schedels van de laatste waaghalzen sierden nog altijd de trommelgrot van de strijders. En dus dwong Tolchuk zijn mond de woorden te vormen die hij nodig had. 'Wie zijn jullie?' vroeg hij weer. 'Wat zoeken jullie in ons land?'
Een diepe grom van de wolf was het enige antwoord – geen dreigement,

geen uitdaging, maar een eerste waarschuwing.
Tolchuk merkte aan de reactie van de wolf dat het tweetal geen kwaad in de zin had, maar alleen met rust gelaten wilde worden. Hij wist echter ook dat ze elkaar hier niet bij toeval tegen het lijf waren gelopen. Hun ontmoeting had zo moeten zijn.
'Niet bang zijn,' zei hij langzaam en op beheerste toon. 'Kom. Spreek.'
Zijn milde woorden leken de wolf in verwarring te brengen. Tolchuk zag dat de wolf even achteromkeek naar de donkere nis onder de overhangende rots. Toen de blik van de wolf zich weer op hem richtte, zag Tolchuk iets vreemds. De ogen van de wolf, met hun zachte, geelbruine gloed, hadden dezelfde smalle, katachtige pupillen als de zijne – wat voor een wolf even onnatuurlijk was als zijn eigen ogen dat voor een trol waren. Tolchuk werd ook de intelligentie gewaar die achter die heldere ogen school en niet voor de zijne onderdeed.
Toen vormden zich opeens vreemde beelden in Tolchuks geest, als de herinnering aan een halfvergeten droom.
Wolf groet wolf, neus aan neus. Welkom in de roedel.

18

Mogweed zat nog altijd diep weggekropen onder de rotsrichel. Fardale was zeker met zijn kop tegen een rots geslagen in zijn gevecht met de snuffelaar. Dat wezen daar was géén silura! Hij vertikte het zich dichterbij te wagen zodat hij de ogen van de trol beter kon zien, zoals Fardale wilde. Hij was niet van plan zich binnen handbereik van dat beest te begeven. Als het aan hem lag, hield hij zich hier schuil totdat hij van de honger omkwam. Liever dat dan aan stukken gescheurd te worden zoals de dode snuffelaar.

Toen zei de trol iets dat hem tot nadenken stemde. 'Hoe komen de gedachten van jouw wolf in mijn hoofd?' zei de trol met een stem die klonk alsof hij een keel vol knarsende keien had. 'Wat is dit voor goochelarij?'

Kon de trol Fardale horen? Onwillekeurig kroop Mogweed naar voren, net genoeg om een blik buiten zijn schuilplaats te werpen. Het regende niet meer, en door een paar scheuren in het wolkendek stroomde het zonlicht uit over het druipnatte landschap. Hij keek opzij naar de trol, die niet meer dan een paar passen van hem vandaan stond. Op het stenige gezicht van de trol lag een waakzame uitdrukking. Gekleed in een leren lendendoek en met een draagtas om zijn bovenbeen gebonden, zat hij gehurkt tussen de resten van de snuffelaar. Het wezen zag er wel min of meer uit zoals op de tekeningen van trollen die hij had gezien, maar dan minder verwrongen en misvormd dan die schetsen deden voorkomen. Misschien had de tekenaar overdreven. Dit was de eerste trol die hij van zijn leven zag – als het al een trol was!

Hij zag de katachtige pupillen. Fardale had gelijk. Ze leken op silura-ogen – maar dit wezen was een reus! Een silura kon zijn massa niet vergroten als hij van gedaante veranderde. Vlees was vlees. Het gewicht van een silura bleef gelijk, welke vorm hij ook aannam: hert, wolf, beer, mens, rokarend. De omvang van de silura bleef hetzelfde.

Fardale keek Mogweed over zijn schouder aan. De nieuwsgierigheid straalde zijn broer uit de ogen. Fardales gedachten onderbraken die van Mogweed: *Een wolf herkent het huilen van zijn roedel.*

De trol was dus echt ontvankelijk voor zijn broer! Mogweed kroop verder naar voren. Hoe kon dat? De trol was minstens drie keer zo zwaar als zij. Geen silura had ooit zo'n omvang gehad, zelfs niet bij benadering.

'Kom maar, kleine man. Niet bang zijn. Ik eet je niet op.'

Mogweed zag dat de ogen van de trol hem hadden gevonden in de donkere schaduwen. De trol keek hem nu recht in de ogen. Zijn gezichtsvermogen moest wel scherp zijn, want zijn ogen waren gewend aan het halfduister in de grotten waarin hij huisde.

'Kom,' zei de bulderende stem.

Mogweed bleef zitten waar hij zat, nog half verscholen achter Fardales rug, maar met zijn woorden had de trol iets van de doodsangst in zijn hart weggenomen. Hij schraapte zijn keel. 'Wat wil je van ons?' riep hij. Zijn stem klonk als zwak gepiep vergeleken bij die van de trol.

'Kom naar voren. Ik zie je dan beter.'

Mogweed verstrakte. Fardale richtte zijn blik op zijn broer. *Een havik met een gebroken vleugel kan niet vliegen. Boskatten jagen in de struiken.* Fardale gaf aan dat ze op hun reis door het land van de trollen wel wat hulp konden gebruiken.

Op drie poten hinkelde Fardale dichter naar het logge wezen toe om Mogweed de ruimte te geven om uit zijn schuilplaats te kruipen. Mogweed bleef aarzelen. Hij wist dat hij geen keus had, maar zijn benen weigerden in beweging te komen.

'Ik doe je niets, kleine man. Mijn woord is mijn hart.' Het beest klopte zich met een bloederige poot op de borst. Een ondertoon van verdriet en vermoeidheid kleurde zijn stem. Om die stem, meer dan om zijn woorden, kreeg Mogweed zijn benen uiteindelijk zover dat ze hem gehoorzaamden.

Hij kroop onder de rotsrichel vandaan en richtte zich op voor de trol. Mogweed huiverde van afkeer bij het zien van het platte, ingedeukte gezicht met de enorme neusvleugels en de dikke lippen. De massa van die berg van spieren en botten verlamde zijn tong.

Fardale gaf zijn broer een por met zijn snuit. Mogweed duwde hem ruw weg. Wat moest je zeggen tegen een trol?

Fardale snoof luidruchtig en ging op de natte rotsen zitten. De wolf keek de trol in de ogen. Mogweed voelde de muggenbeet van een overdracht, maar Fardales gedachten waren niet op hem gericht. Mogweed zag dat de trol zijn poot omhoogbracht en zich in zijn borstelige wenkbrauwen krabde. Hij schudde zijn hoofd.

'Een vallei, hier ver vandaan?' mompelde de trol. 'Wat mag dat wezen?'

Mogweed deed zijn mond open toen hij begreep wat zijn broer had willen zeggen. Zijn stem sloeg over. 'Zo heet de wolf. Fardale: ver dal. Hij praat in beelden.'

'Doen wolven dat zo?'

'Nee.' Mogweeds zelfvertrouwen groeide nu het ernaar uitzag dat de trol hen niet zou aanvallen. 'Het is geen wolf. Hij is mijn broer. Ik heet Mogweed.'
'Ik ben Tolchuk.' De trol bracht zijn kin omhoog bij wijze van begroeting. 'Hoe kan die wolf je broer wezen?'
'Wij zijn silura, gedaanteveranderaars. We kunnen met elkaar spreken met de tong van onze geest.'
Tolchuk deed geschrokken een stap achteruit. Zijn stem kwam knersend over de rotsen. 'Jullie zijn tutura! Bedriegers. Kinderrovers!'
Mogweed kromp ineen. Waarom werd zijn volk zo in het nauw gedreven? Een opwelling van woede brak door zijn angst heen. 'Dat is een leugen! We zijn gewoon een woudvolk dat door andere volken wordt zwartgemaakt. We doen niemand kwaad en leiden een vreedzaam bestaan.'
Mogweed zag dat de trol zijn woorden tot zich liet doordringen. Tolchuk kneep zijn ogen bedachtzaam tot spleetjes. Toen hij weer iets zei, was zijn toon milder. 'Ik hoor de waarheid in je stem. Het spijt me. Ik hoor slechte verhalen.'
'Niet alle verhalen zijn even waar.'
De trol ontspande zich en liet zijn schouders zakken. 'Die les heb ik vandaag al vaker geleerd.'
'We zijn alleen op doorreis. We zijn hier terechtgekomen doordat we op de vlucht waren voor dat beest dat je hebt gedood. Laat ons alsjeblieft door.'
'Ik houd jullie niet tegen, maar alleen overleven jullie het niet in ons land. De trollenstammen zitten jullie op de hielen voordat jullie de pas over zijn.'
Mogweeds gezicht betrok.
'Het gehuil van dat beest klinkt al in mijn broeders' oren.' Hij wees naar het karkas van de snuffelaar. 'Op zijn bloed komen straks heel veel trollen af. En dan eten ze jullie op.'
Fardale kwam overeind toen hij dat hoorde. Hij strompelde naar zijn broer toe.
Mogweeds adem stokte in zijn keel. Binnenkort kwamen de trollen hier met drommen tegelijk aanzetten!
Tolchuk merkte Mogweeds paniek kennelijk op, want hij vervolgde op zachte toon: 'Ik moet vanavond nog uit mijn land vertrekken. Als jullie dat willen, kan ik met jullie meegaan. Om jullie te beschermen en jullie te helpen ongezien door dit land te trekken.'
Een trol als reisgenoot? Mogweeds mond werd kurkdroog. Fardale keek hem aan. Mogweed stelde zich open voor zijn broers gedachten.
Een roedel groeit in aantal en wint aan kracht.
Mogweed knikte onwillekeurig, maar hij kon zijn blik niet afhouden

van de lange tanden van de trol die voor hem stond. Dan mag ik hopen, dacht hij bij zichzelf, dat een van de leden de rest van de roedel niet opeet.

Tolchuk staarde over het kampvuur heen naar de twee broers. Ze hadden pas diep in de nacht stilgehouden om nog een paar uur te rusten voordat de zon opkwam. De wolvenbroer had zich opgerold en zijn snuit onder zijn doornatte staart gestopt. Zijn gespalkte voorpoot stak recht naar voren en wees naar het knapperende kampvuurtje. Tolchuk volgde zijn gelijkmatige ademhaling. Fardale was diep in slaap.

Vanuit zijn ooghoek zag Tolchuk iets bewegen. De andere broer lag in een deken gewikkeld aan de andere kant van het vuur, maar aan de weerkaatsing van de vlammen in zijn ogen zag hij dat deze broer niet sliep. De broer die Mogweed heette, had Tolchuk de hele tocht met argusogen in de gaten gehouden.

'Je moet slapen,' zei Tolchuk zacht. Zijn tong struikelde nog steeds over de taal. 'Ik waak. Ik heb niet veel slaap nodig.'

'Ik heb geen slaap,' zei Mogweed. Zijn stem klonk schor van de uitputting. De ogen van de man zagen rood en waren onderlijnd met blauwe halvemanen.

Tolchuk nam hem aandachtig op. Wat was het mensenras eigenlijk teer. Met die dunne armpjes, als jonge bomen in de knop, en een borstkas die zo klein was dat hij niet begreep hoe ze ooit genoeg lucht binnenkregen. Hij richtte het woord weer tot Mogweed en spoorde hem aan te gaan slapen. 'Morgen is een zware dag. Het is nog twee lange dagen reizen om de pas over te komen en het land van mijn volk uit te gaan.'

'En dan?'

In Tolchuks voorhoofd verschenen diepe rimpels. 'Ik weet het niet. Ik zoek antwoorden. Toen ik jullie vond, hoopte ik op een teken, de zin van onze ontmoeting. Maar jullie zijn gewoon verdwaalde reizigers.'

Mogweed gaapte met wijdopen mond. Hij prevelde tegen het vuur: 'Wij zijn ook op zoek naar antwoorden.'

'Antwoorden waarop?'

'Waarom we niet kunnen wisselen.'

'Kunnen jullie niet van gedaante veranderen?'

'Nee, er is... iets gebeurd... en toen zaten we gevangen in deze gedaanten. Mijn broer en ik zijn op reis, net als jij, om een manier te vinden om ons lichaam te bevrijden. We zoeken een stad in het land van de mensen waar nog een magiespoor bewaard is gebleven, een stad die Aloa Glen heet.'

'Jullie reis is gevaarlijk. Waarom niet gewoon tevreden zijn met wat je bent?'

Tolchuk zag Mogweeds mondhoeken naar beneden gaan. 'Wij zijn silura. Als we langer dan veertien manen een en dezelfde gedaante aanhouden, vervaagt de herinnering aan onze silura-afkomst en blijven we uiteindelijk die gedaante. Ik wil niet vergeten wie ik ben en waar ik vandaan kom – en ik wil zeker niet voorgoed een mens blijven!' Mogweed was steeds harder gaan praten en Fardale bewoog even in zijn slaap. Kennelijk had Tolchuk een gevoelige snaar bij Mogweed geraakt. Hij rimpelde zijn voorhoofd en wreef toen over zijn kin. Toen hij weer het woord nam, was hij overgestapt op een ander onderwerp. 'Je wolf... Je broer, bedoel ik... stuurt me keer op keer hetzelfde beeld: een wolf ziet een broeder. Steeds weer. Ik begrijp dat beeld niet.'
Mogweed aarzelde en liet een diepe stilte vallen. Als hij de weerspiegeling van de vlammen in zijn starende blik niet had gezien, had Tolchuk gedacht dat Mogweed in slaap moest zijn gevallen. Na een hele tijd stelde Mogweed hem een vraag: 'Zijn alle trollen net als jij?'
Dat had Tolchuk niet verwacht. Sprongen zijn misvormingen dan zo in het oog dat zelfs iemand van een ander volk zag hoe afzichtelijk hij was? 'Nee,' zei hij ten slotte. 'Ik ben een halfbloed. Mijn bloed is gemengd. Ik ben half mens en half trol.'
In het antwoord van de kleine man klonk een verbitterd lachje door. 'Dat klopt niet, trol. Je bent niet half mens. Je bent half silura.'
'Wat zeg je?'
'Ik heb jagers gezien en andere mensen uit de Westelijke Gronden. Door jouw aderen stroomt geen mensenbloed. In geen enkel land is er een volk te vinden dat de taal van de geest van de silura kan horen. Maar jij kunt dat wel. Je ogen... Je hebt dezelfde ogen als wij. Je moet silurabloed hebben. Van mensen stam je niet af.'
Tolchuk bleef doodstil zitten. Zijn hart sloeg een paar slagen over en hij voelde de kou in de grond opeens tot in zijn botten. Hij dacht terug aan wat de Triade had gepreveld toen hij over zijn gemengde bloed was begonnen. 'Hij weet het niet,' had hij opgevangen in de woorden die uit het drietal waren opgestegen. Als de Triade zijn ware afkomst kende, waarom hadden ze dan niets tegen hem gezegd?
Tolchuk rilde. Mogweeds woorden roken naar de waarheid – zeker nu hij met eigen ogen had kunnen zien hoe zwak en klein het mensenras was. Een mensenwijfje overleefde een paring met een trol niet. Trollenwijfjes wogen dan misschien niet meer dan een mensenman, maar ze hadden een stevige, gedrongen bouw. Een vrouw van het menselijk ras zou bezwijken onder de kracht waarmee een bronstige, volwassen trol een wijfje besteeg. Zelfs zwakkere trollenwijfjes werden soms nog verpletterd en vermorzeld onder opgewonden mannetjes. Daarom hield een mannetje er ook een harem van wijfjes op na: als

er een werd vermorzeld, waren er altijd nog meer.
Tolchuk liet zijn hoofd in zijn handen zakken. Het duizelde hem. In de gedaante van een trollenwijfje kon een silura misschien wel bestand zijn geweest tegen het enorme gewicht van zijn vader. Maar had ze die gedaante met opzet aangenomen, of was ze gevangen geraakt in haar trollengedaante en was ze haar leven als silura vergeten? Tolchuk zou het nooit weten. Ze was bij zijn geboorte gestorven. Tenminste, dat was hem verteld. Wat was de waarheid?
Mogweed had kennelijk gemerkt dat zijn mededeling Tolchuk had geraakt. Hij klakte met zijn tong, duidelijk bezorgd dat hij hem voor het hoofd had gestoten. 'Het... Het spijt me als...'
Tolchuk legde hem met een handgebaar het zwijgen op. Zijn mond leek verlamd; de woorden bleven steken in zijn keel. Zwijgend staarde hij over het vuur heen naar de twee broers. Ook zij waren stamgenoten. Hij zag de angstige blik in Mogweeds ogen. En ook hier zou hij er nooit helemaal bij horen, net zomin als in de grotten van de trollen. De helft die trol was, zou zijn nieuwe stam altijd tegen de borst blijven stuiten en angst aanjagen.
Tolchuk keek toe terwijl Mogweed diep wegkroop in zijn deken en de wollen punt over zijn hoofd trok. Zelf bleef hij als verdoofd zitten. Het vuur gaf geen warmte vannacht. Hij staarde omhoog naar de paar sterren die hier en daar knipoogden tussen de wolken. Het vuur deed zich met zachte plofjes te goed aan het sprokkelhout.
Hij had zich nog nooit zo alleen gevoeld.

De volgende middag had Tolchuk spijt dat hij over eenzaamheid had geklaagd. De bergpaden leken opeens overvol. Hij had de hele nacht zitten malen over wat Mogweed had verteld. Het gevoel van verdwazing was alleen even onderbroken toen ze die ochtend het kamp opbraken. Al die verwarrende gedachten die door zijn hoofd warrelden en het gebrek aan rust hadden Tolchuk minder oplettend gemaakt. Voordat hij zijn reisgenoten kon verbergen, waren vanaf een helling beneden de wind drie trollen op hen af gestormd.
Hij staarde naar de drie trollen van de Kuukla-stam, de stam die zijn vader had gedood op een van hun strooftochten. Te oordelen naar hun forse postuur en de vele littekens waren dit drie geharde strijders die al vele oorlogen hadden overleefd. Hun leider stak ver boven Tolchuk uit.
'Het is die halfbloed van de Toktala!' gromde de reus van een trol. Met de eikenstam die hij in zijn vrije hand meedroeg, wees hij in Tolchuks richting. 'Zo te zien kan zelfs een halfbloed hier in de bergen nog wat wild vangen.'
Tolchuk ging voor Mogweed staan, die geschrokken was teruggedeinsd.

Fardale, scheef op zijn drie gezonde poten, bleef dicht naast Tolchuks dikke bovenbeen staan. De wolf gromde naar het groepje trollen. Tolchuk had de knokkels van één hand op de natte rotsen gezet om zo min mogelijk af te wijken van de geijkte trollenhouding. Als hij een kans wilde maken in dit treffen, mocht hij in geen geval hun afkeer wekken. Met een zucht van opluchting dat hij weer kon terugvallen op de trollentaal, zette hij zijn meest mannelijke keelstem op. 'Dit zijn geen bloedmaaltjes. Ze staan onder mijn bescherming.'

De leider ontblootte zijn tanden in een half geamuseerde, half dreigende grimas. 'Een trol die naar de pijpen van een mens danst? Of is je menselijke helft soms de trol de baas?'

'Ik ben een trol.' Tolchuk trok zijn lippen op om een glimp van zijn tanden te laten zien, als waarschuwing aan de leider dat zijn woorden om vergelding vroegen.

Zijn poging leek de reusachtige trol vooral te vermaken. 'Waant Lenchuks zoon zich beter dan zijn vader? De man die je vader naar de grot van de geesten heeft gestuurd, kun je beter niet kwaad maken.'

Tolchuk verstijfde en de pezen in zijn nek verstrakten. Als de trol ware woorden sprak, dan stond hier zijn vaders moordenaar! Hij dacht terug aan wat de Triade had gezegd: het Hart zou hem brengen waar hij moest zijn. Tolchuk liet nu al zijn tanden zien.

De lach die in de ogen van de leider vonkte, verdween om plaats te maken voor een scherpe, dreigende blik. 'Pas maar op dat je ogen niet groter zijn dan je maag, halfbloedje. Ik zal ook deze belediging laten gaan en je in leven laten – als je je vangst aan ons overdraagt.' De blik van de leider ging naar de wolf en Mogweed. 'Dat wordt vast een smakelijk stoofpotje.'

Hoewel ze in de taal van de trollen praatten, kwam iets van de betekenis kennelijk ook op Mogweed over, of misschien was het ook wel de hongerige blik waarmee de leider de kleine man bekeek. Wat het ook was, Mogweed kreunde en maakte zich nog kleiner achter Tolchuks rug. Fardale bleef staan waar hij stond, maar zijn grom klonk steeds dieper.

'Ze staan onder mijn bescherming,' zei Tolchuk weer. 'Ze gaan ongehinderd verder.'

'Daar zal alleen armkracht over beslissen!' grauwde de leider. Hij liet de boomstam op het pad neerkomen. De dreun weergalmde tussen de omringende bergwanden.

Tolchuk keek neer op zijn eigen, lege handen. Hij had geen wapen. Hij stak zijn vrije hand uit. 'Klauw tegen klauw dan.'

De reusachtige trol lachte schamper. 'De eerste wet van de strijd, halfbloed: geef nooit je overwicht uit handen.' Hij liet de boomstam niet vallen.

Tolchuk fronste zijn wenkbrauwen. Hij maakte geen schijn van kans tegen een gewapende tegenstander. 'Is dat het eergevoel van de Kuukla?'

'Wat is eer? De enige ware eer ligt in de overwinning. De Kuukla zullen alle stammen aan zich onderwerpen!'

Terwijl de leider zich snuivend en snoevend opmaakte voor de aanval, speurde Tolchuk snel het pad af op zoek naar een wapen – een kei, een stok, wat dan ook. De regenbui van de afgelopen nacht had echter al het puin van het pad gespoeld. Hij had geen wapen.

Toen schoot hem iets te binnen. Hij had tóch een wapen: een steen. Hij maakte de tas om zijn bovenbeen open, morrelend aan de sluiting, en haalde de enorme hartsteen te voorschijn.

De aanvoerder zag de kei in Tolchuks hand. De ogen van de reus werden groot toen hij de steen herkende. 'Hartsteen!' De hebzucht joeg een zichtbare huivering door zijn lichaam. 'Geef mij die steen, dan laat ik jullie allemaal gaan.'

'Nee.'

Met een woeste brul bracht de leider zijn boomstam omhoog. Tolchuk duwde Mogweed en Fardale opzij. Oog in oog met de reus bereidde Tolchuk zich voor op het gevecht, met zijn steen als wapen. Hij had al eerder iemand met een kei gedood; misschien zou hij zo ook nu kunnen winnen.

Hij kreeg echter niet de kans om de proef op de som te nemen. Toen hij de hand met het Trollenhart optilde, drong een bundel zonlicht door de wolken en viel op de steen. Door de aanraking van de zon spatten uit het Hart duizend kleuren op.

Tolchuk kneep zijn ogen dicht tegen het felle licht. Hij schermde met een hand zijn ogen af tegen het schijnsel en zag toen dat de gloed van het Hart de Kuukla-leider omspoelde. Een waas van rook sloeg uit het lichaam van de reus en hield een ademtocht lang de omtrekken van de leider vast. Even later werd de kringelende rook als een hoopje as in de haard door de steen opgezogen en opgeslokt in de felle gloed.

Zodra de rook was verdwenen, sloten de wolken zich weer aaneen en namen het zonlicht weg. De steen verloor zijn glans.

Roerloos, alsof ze uit graniet gehouwen waren, keken Tolchuk en de andere twee trollen toe hoe het lichaam van de leider twee tellen lang wankelde en toen voorover op het pad stortte. De boomstam rolde uit zijn krachteloze hand.

Hij was dood.

De andere twee trollen staarden met grote ogen naar de steen. Toen draaiden ze zich als één man om, als op een onzichtbaar teken, en vluchtten weg over het bergpad.

Mogweed kwam naast Tolchuk staan. 'Wat was dat?' vroeg hij, starend naar de steen.
Tolchuk keek neer op het lijk van de moordenaar van zijn vader. 'Gerechtigheid.'

In de twee dagen daarna merkte Mogweed een verandering op in Tolchuk. Ze reisden zoveel mogelijk 's nachts om niet te worden opgemerkt door andere trollenstammen, maar zelfs in het donker zag Mogweed dat de trol met moeite de ene voet voor de andere kreeg, alsof hij een zware last meetorste. Praten deed het wezen zelden en in zijn ogen lag een verre blik. Zelfs op Fardales zendingen reageerde de trol niet.
Goed, dus Tolchuk wist nu van zijn afkomst. Waarom woog die wetenschap zo zwaar op het wezen?
Mogweed schudde zijn zorgen over de trol van zich af. Hij was vooral opgelucht dat ze de afgelopen middag het domein van de trollen achter zich hadden gelaten en in veiliger gebied waren aanbeland. Het was nu niet ver meer naar de top van de pas door de Tanden. Voorbij die bergketen lagen de Oostelijke Landen – het domein van de mensen.
Hoewel het bijna avond was en ze binnenkort hun kamp zouden moeten opslaan, sjokte Tolchuk voor de anderen uit naar de top van de bergrug. Fardale volgde de trol aan de voet, als een afgerichte hond.
Mogweed zag zijn broer moeizaam tegen een rotsblok op klauteren. De gespalkte voorpoot maakte de wolf wel trager, maar legde hem niet lam. Niets leek zijn broer lang tegen te kunnen houden. Mogweed ging met zijn hand naar zijn zij en voelde de ijzeren randen van de muilkorf door het leer van zijn tas. Hij had de muilkorf meegegrist van de dode snuffelaar toen de anderen elders waren met hun aandacht. Het geval zou nog goed van pas kunnen komen als Fardale ooit eens in bedwang moest worden gehouden. Hij gaf een klopje op zijn tas. Je kon maar beter goed voorbereid zijn.
Mogweed bleef naast het rotsblok staan en staarde uit over de oostelijke hellingen. De toppen wierpen hun schaduwen uit over het land, langgerekt door de zon die achter hem onderging.
Vanaf hier gingen alle paden bergafwaarts.
Fardale stak zijn neus in het windje dat hem vanaf de lagere hellingen tegemoet blies. Zelfs Mogweeds zwakke reukvermogen was nog scherp genoeg om de zilte geur van de zee in de verte te kunnen ruiken. Een vreemde, intrigerende geur, dacht Mogweed bij zichzelf, zo anders dan thuis. Er hing echter ook iets anders in de lucht, een vertrouwde stank die de zwakkere geuren bijna overstemde. 'Ik ruik rook,' waarschuwde Mogweed.
'Oude rook,' zei Tolchuk. In zijn stem lag meer daadkracht dan in de

voorgaande dagen. Hij leek de geur te willen proeven, zo diep snoof hij de lucht op. 'Dat vuur is minstens een dag oud.'

'Denk je dat het veilig is om verder te gaan?' De angst voor een bosbrand kroop over Mogweeds vel.

De trol knikte. 'En nu we niet meer in trollengebied zijn, wordt het misschien tijd dat onze wegen zich scheiden.'

Mogweed zocht naar woorden om Tolchuk te bedanken voor zijn hulp toen de trol opeens naar adem hapte en naar zijn borst greep.

'Wat is er?' vroeg Mogweed, die schichtig om zich heen keek om te zien waar het gevaar dreigde. Fardale sprong van het rotsblok en liep met grote, soepele passen naar Tolchuk toe. De wolf legde bezorgd een poot op het been van de trol.

Tolchuk rechtte zijn rug en ging met zijn hand naar zijn tas. Rommelend in zijn bagage haalde hij de enorme edelsteen te voorschijn die de trol had gedood. De steen gloeide robijnrood op in het schemerige licht, met een felle gloed die pijn deed aan de ogen. Toen trok het vurige schijnsel zich terug in de steen, als afkoelende kooltjes na de maaltijd, totdat het licht helemaal verdwenen was.

'Wat is dat voor ding? Dat heb je ons nog steeds niet verteld.' Mogweed deed zijn best om niet al te hebzuchtig te klinken. Die edelsteen moest wel verschrikkelijk veel waard zijn. De ruilwaarde zou nog goed van pas kunnen komen in het land van de mensen.

'Hartsteen.' Tolchuk stopte de edelsteen weer terug in zijn tas. 'Een heilige steen van mijn volk.'

Mogweeds blik was op de tas blijven rusten. 'En die gloed? Waarom straalt die steen zo? Wat betekent dat?'

'Dat is een teken. De geesten manen me verder te gaan.'

'Waarheen?'

Tolchuk wees naar de oostelijke hellingen die zich in een weids uitzicht onder hen uitstrekten. In de verte reikten dunne vingers van rook naar de donker wordende hemel. 'Als het mag, reis ik met jullie mee naar het land van de mensen. Het lot heeft kennelijk bepaald dat onze wegen zich hier nog niet scheiden. Wellicht vinden we daar de antwoorden die we alle drie zoeken.'

'Of onze dood,' mompelde Mogweed.

DERDE BOEK

Wegen en waarschuwingen

19

Elena stond als vastgenageld op straat, met haar ogen strak gericht op de plek waar haar broer een paar tellen geleden nog had gestaan. Nu waren alleen nog lege, beroete keien te zien. De hele stad werd doodstil om haar heen, alsof alle huizen de adem inhielden. Haar vermogen te bevatten wat er was gebeurd, was tegelijk met Joach verdwenen. Ze knipperde niet één keer met haar ogen toen de eenarmige zwaardvechter naar haar toe gestrompeld kwam.

'Het spijt me,' zei hij. Hij legde zijn ene hand op haar schouder. 'Ik had geen idee van de macht van dat monster,' vervolgde hij met een stem vol ingehouden woede. 'Wees gerust. Ik zal hem vinden en je broer bevrijden.'

De kleine vrouw die Elena eerder in veiligheid had gebracht, kwam bij hen staan. 'Erril, wie was die man in de mantel? Herkende je hem?'

'Iemand uit mijn verleden,' prevelde hij. 'Iemand die ik niet had gedacht ooit nog te zien.'

'Wie?'

'Dat doet er nu niet toe. De burgers zijn in alle staten. We kunnen maar het beste zo snel mogelijk uit deze vervloekte vallei vertrekken.' Om hen heen begon de stad te bekomen van de aanval door de demon. In de straten rond het plein werd al om wapens geroepen.

'En het meisje?' vroeg de vrouw.

Elena staarde nog altijd wezenloos voor zich uit. 'Mijn broer...' kwam het fluisterend over haar lippen.

'We brengen haar ergens in veiligheid,' zei Erril. 'En dan zal ik uitzoeken wat er van de magiër en de jongen geworden is.'

De reusachtige bergbewoner kwam naar hen toe en benam Elena het uitzicht op de plek waar Joach had gestaan. Zijn verschijning verbrak de zwakke schakel tussen Elena en haar broer. Het werd haar zwart voor ogen en ze zakte in elkaar op de keien. De sterke arm van de zwaardvechter ving haar op voordat haar hoofd de grond raakte.

'Erril, het kind is ziek van de verschrikkingen die ze hier heeft moeten verduren,' zei de vrouw. 'Ze moet ergens heen waar het warm is, weg van hier.'

Errils stem klonk vlak naast Elena's oor. Zijn arm lag om haar schou-

ders en ze voelde zijn adem tegen haar hals. 'Neelahn, we moeten erachter zien te komen of ze nog ergens familie heeft.'
Dat woord, 'familie', drong door de donkere wolk die om Elena's hart lag. Haar blik ging naar de verscheurde resten van tante Fila, die als afgedankte vodden in een hoek waren gesmeten. De tranen die in haar borst opgesloten hadden gezeten, kwamen los en begonnen te stromen. Haar ademhaling kwam met horten en stoten. De laatste woorden van haar tante schoten haar weer te binnen. Met een uiterste krachtsinspanning draaide ze zich om naar de zwaardvechter. 'Ik... heb nog een oom. Ze zei... Ik moest van haar naar hem toe.'
De vrouw knielde naast haar neer. 'Wie zei dat, kindje?'
'Waar is je oom?' kwam Erril tussenbeide.
Elena tilde met moeite haar arm op en wees naar het noorden.
'Kun je ons erheen brengen?'
Ze knikte.
Toen klonk van dichtbij opeens een lage stem: 'Kijk eens wat ik gevonden heb.'
Elena en Erril keken allebei om. Elena zag dat de bergbewoner zijn arm achter een regenton stak en een iel gebouwde man te voorschijn sleurde die gekleed was in een viezig uniform van het garnizoen van de stad.
'Wie is dat?'
Elena wist het antwoord op de vraag van de zwaardvechter. Ze kende dat magere gezicht met dat keurige snorretje en die zwarte ogen. Elena worstelde om de woorden over haar lippen te krijgen. 'Dat is de man die mijn familie heeft vermoord! Hij hoorde bij de oude man.'
Het was de man die Rockingham werd genoemd.

Erril zag de ogen van de bevende man heen en weer schieten, speurend naar hulp of een uitweg. Kral had zijn stenen vuist echter stevig om de mantel van de man geslagen. In zijn andere hand hield hij zijn bijl. Erril herkende de magere man als de soldaat die met de zwarte magiër had gepraat. 'Wie ben jij?' vroeg Erril bars.
'Ik ben... Ik sta aan het hoofd van het plaatselijke garnizoen.' Rockingham deed zijn best om dreiging in zijn woorden te leggen, maar de angst liet zijn stem trillen. Zijn ogen schoten steeds weer naar het onthoofde karkas van het monster dat door de bergbewoner was gedood. 'Je zou er verstandig aan doen me te laten gaan.'
'Dit meisje hier zegt dat je onder één hoedje speelt met de zwarte magiër. Is dat zo?'
'Nee. Ze liegt.'
Erril gaf de bergbewoner een knikje. Er was een manier om de oprechtheid van deze man te beproeven. 'Onderzoek hem.'

Kral knikte en zette zijn bijl tegen de regenton. Hij drukte zijn handpalmen tegen de slapen van de man. Rockingham deinsde achteruit, maar Kral hield hem stevig vast. Een tel later trok de bergbewoner zijn handen terug, alsof hij ze in het vuur had gestoken.

'Spreekt hij de waarheid, Kral?'

De bergbewoner spreidde de vingers van een hand wijd uit, alsof hij pijn had. 'Ik weet het niet. Ik heb nog nooit zoiets gevoeld. Het is net alsof... alsof...' Kral schudde zijn hoofd.

'Wat?' drong Neelahn aan.

'Het lijkt alsof die man zélf van leugens gemaakt is. Wat hij zei, was maar een druppel in een monsterlijke oceaan van onwaarheden. Ik kan hem niet duiden.' Kral deed een stap bij de man vandaan, alsof hij gruwde bij de gedachte dat hij diens huid nog een keer zou moeten aanraken.

'Denk je...?' Errils vraag werd onderbroken door een hoornsignaal dat schel over de stad schalde.

Een heel koor van hoorns antwoordde, en van een dak vlakbij stoof een zwerm duiven geschrokken op. Het hoorngeschetter kwam vanuit de richting van het garnizoen. Erril werd zich opeens bewust van hoofden die her en der voorzichtig uit ramen en deuren werden gestoken. De stad begon zich te herstellen van de schok van de magische aanval.

'Misschien moesten we jouw advies maar opvolgen, Erril,' zei Neelahn, 'en vertrekken. We hebben niets meer te winnen door hier nog te blijven.'

Opnieuw klonk hoorngeschal.

'Mijn mannen rukken op,' zei Rockingham. 'Laat me gaan en laat het meisje hier, dan komen jullie er misschien nog levend vanaf.'

Kral schudde de man zo ruw door elkaar dat hij geschrokken piepte.

'Volgens mij verkeer jij niet in een positie om bevelen uit te delen,' zei Erril. 'Kral, sleep hem maar met ons mee.'

Elena roerde zich. 'Nee! Hij is slecht!'

Erril legde zijn hand bij het meisje op de schouder; een kind in paniek was wel het laatste dat hij nu kon gebruiken. Op een wat vriendelijker toon zei hij: 'Misschien heeft hij een idee waar je broer heen is gebracht. Als we hem willen terugvinden, weet deze man misschien hoe.'

Erril zag dat ze haar angst wegslikte en haar rug rechtte. In haar ogen verscheen een vonkje van vastberadenheid. Ze spuwde naar hun gevangene: 'Hij is niet te vertrouwen.'

Erril voelde respect voor het jonge meisje in zich opwellen. 'Ik vertrouw nooit iemand,' zei hij zacht. Hij wendde zich tot Kral en Neelahn. 'We gaan naar het noorden, om te zien of we haar oom kunnen vinden. Wie weet komen we dan ook meer te weten over alle gebeurtenissen van vandaag.'

Kral knikte en bond Rockinghams armen vast. Daarna hing hij de bijl aan zijn riem en drukte hij een mes tegen Rockinghams ribben. 'Dat houdt je tong misschien in bedwang,' gromde Kral met een grimmig lachje.

Neelahn sloeg een arm om Elena heen. 'Kom, kind.'

Erril leidde hen door achterafstraatjes en steegjes naar het noorden. De meeste burgers waren na alle opschudding hun huizen in gevlucht, en wie niet binnen zat, patrouilleerde over de hoofdstraten. Ze werden door bijna niemand opgemerkt.

Bol keek onderzoekend de kamer rond, krabbend in de dikke snor die zijn samengeknepen lippen verborg. Hij was nagenoeg klaar. De stapels boeken en rollen waren in kasten en laden, op planken en in lege hoeken gepropt. Hij had eindelijk de eettafel bevrijd van zijn her en der bijeengescharrelde bibliotheek. Het was tientallen jaren geleden dat hij voor het laatst het hout van die tafel had gezien; hier en daar hadden boekbanden zelfs hun omtrekken in het gelakte eikenhout uitgesleten. Het tafelblad zat onder de spikkels vergeeld kaarsvet, als het pokdalige gezicht van een zieke. Hij zuchtte. Beter werd het niet. Hij was niet in de wieg gelegd voor kamermeisje.

Hij haalde zijn vingers door zijn witte haar en rook de kokoa die op de kachel stond te pruttelen. De linzen voor de soep zouden nu wel zo goed als gaar zijn. Het braadstuk moest nog een keer bedropen worden, maar dat had niet echt haast. Hij kon nog wel even een extra bosje wortels uit de tuin halen. Als de vorst er een dezer dagen overheen ging, waren ze toch niets meer waard.

Hij keek uit het raam dat uitkeek op het westen en zag de zon achter de toppen van de Tanden zakken. Donkere wolken joegen over de bergkammen en legden regensluiers over de pieken. Het werd een natte nacht.

Nee, de wortels moesten nog maar even wachten. Hij had niet veel tijd meer.

Zijn hand ging telkens even naar de amulet die aan gevlochten strengen van zijn zus Fila's haar om zijn nek hing. Zij zou een veel betere maaltijd op tafel hebben gezet, maar zo had het nou eenmaal niet mogen zijn. Het lot had zijn keuze op een van de tweeling laten vallen en had Fila weggegrist. Zij had nu haar eigen verantwoordelijkheden, zodat de meer praktische taken op Bols schouders rustten. Wie van hen aan het kortste eind had getrokken viel nog te bezien. De wegen die uit dit vertrek leidden, wezen naar wel duizend punten op het kompas. Voor geen van hen beiden was er nu nog een weg terug, al net zomin als voor een kei die na eeuwen door de regen wordt losgewrikt en een verwoes-

tend spoor over een berghelling trekt.
'Vuur zal het teken zijn van haar komst,' prevelde hij voor zich uit in het lege vertrek. 'Maar wat gebeurt er dan?'
Kou wurmde zich onder zijn grove hemd en wollen onderkleding en kroop over zijn huid. Hij liep door de kamer naar de haard en pakte de koperen pook om het vuur op te stoken tot het feller brandde. Hij bleef voor de vlammen staan en liet zijn kleren warm worden. Waarom zat er toch altijd die kou in zijn oude botten? Het leek wel alsof hij het gewoon nooit meer warm kon krijgen tegenwoordig.
Niet dat hij daarom voor de haard bleef treuzelen. Er wachtte hem nog een laatste taak. Hij klemde de amulet stevig tegen zijn borst. 'Alsjeblieft, Fila, neem me deze plicht uit handen. Jij was altijd al de sterkste van ons tweeën.'
Er kwam geen antwoord. Zelfs de warme gloed die de amulet gewoonlijk tot leven bracht, bleef uit. Hij had ook niet anders verwacht. Fila was nu buiten het bereik van dat simpele handigheidje. Hij stond er alleen voor.
Hij warmde zijn vingers aan de warme luchtstromen die uit de haard opstegen in een poging zijn handen op de een of andere manier te zuiveren voor wat hem te doen stond. Hij staarde naar de witte haartjes op zijn knokkels. Sinds wanneer had hij zulke oude handen, met die rimpelige, perkamentachtige huid over knokige botten?
Hij liet met een zucht zijn handen langs zijn zij vallen en draaide zijn rug naar het vuur. Als zijn lezing van de teksten de juiste was, kon het gezelschap elk moment voor de deur staan. Bol had als jonge man zijn huis precies op deze plek gebouwd voor de avond die komen ging. Onder de vloerplanken lagen de resten van het heiligdom van de oude school verscholen. Hier zou iedereen uiteindelijk samenkomen, en hier zou de reis een aanvang nemen.
Vanavond zou hij even sterk moeten zijn als Fila.
Bol liep naar een kast van ondoordringbaar ijzerhout. De kastdeur was verzegeld en er was maar één sleutel. Na een korte aarzeling bracht hij zijn hand omhoog en haalde het gevlochten koord over zijn hoofd. Hij tilde het koord op en staarde naar de amulet. De groene jade in de vorm van een wijnkruik bevatte drie druppels heilig water. Het water was nog doortrokken van eeuwenoude sporen elementaire energie. De amulet, die de tweeling het vermogen had gegeven over grote afstanden boodschappen over te brengen, was van levensbelang geweest voor hun samenwerking en hun plannen.
Hij deed zijn ogen dicht. Hoe heilig de amulet ook was, wat Bol nu deed aarzelen was de verbinding die hij vormde met zijn gestorven zuster. Hij was een deel van de nagedachtenis aan zijn zuster dat hij niet graag uit

handen gaf. En toch... Hij zag Fila's strenge grijze ogen voor zich en stelde zich voor wat ze over zijn getreuzel te zeggen zou hebben. 'Schiet toch op, oude man,' zou ze bozig zeggen. 'Er komt een tijd dat je hem moet loslaten.' Ze was altijd al de meest praktische van hen beiden geweest.

Om zijn mondhoeken speelde een klein lachje. Hij draaide de amulet rond aan het koord en liet hem toen hard neerkomen op het zegel op de ijzerhouten kast. Splinters jade schoten door de kamer. Een stukje raakte zijn wang, alsof hij met een klap in zijn gezicht werd gestraft voor de vernieling van dat verfijnde kunstwerk.

Hij sloeg geen acht op het stekende gevoel in zijn wang. De sleutel werkte. Het zegel op de kast was verbroken. Hij stak een hand uit naar het deurtje en deed de kast open die meer dan twintig jaar geleden was afgesloten. In het schimmige binnenste van de kast lag één enkel voorwerp: een kistje van palissanderhout met een opengewerkt bloempatroon in verguldsel op de hoeken. Bol haalde het fraaie kistje niet uit de kast, maar lichtte alleen het deksel op. Op een kussentje van paarsblauwe zijde lag een dolk die ouder was dan de oudste huizen in het dal, ouder dan de herinnering van de meeste mensen reikte.

Voordat de angst zijn hand kon verlammen, pakte Bol de dolk bij het heft en tilde hem uit zijn bed in het kistje. Hij hield het mes op in de vuurgloed. Het zwarte lemmet leek het licht op te zuigen, terwijl de gouden roos die in het heft was uitgesneden de vlammen verblindend fel weerkaatste.

Tranen prikten in zijn ogen toen hij daar stond met de dolk, maar zijn handen beefden niet en zijn tranen kregen geen kans. Bol kende zijn plicht. Hij was de broer van zijn zus.

'Vergeef me, Elena,' fluisterde hij in de lege kamer voor zich uit.

20

Elena slaakte een blijde kreet toen ze onder de takken van de wilg door naar het paard toe holde. 'Mist, je bent er nog!' Ze sloeg haar armen om de hals van het paard en snoof de vertrouwde geur van de merrie op, een mengeling van hooi en muskus. Zo rook de schuur bij haar thuis altijd. Ze klemde haar armen nog vaster om het paard. Met haar ogen dicht was het een heel klein beetje alsof ze weer thuis was.
Mist duwde haar zacht hinnikend opzij en stak haar hals uit naar het jonge gras vlakbij. Ze keek er duidelijk niet van op dat Elena was teruggekomen. Bij die begroeting, onverschillig als altijd, schoten Elena de tranen in de ogen.
Erril zei iets, achter haar, maar zijn woorden waren aan Kral gericht. Elena lette niet op hem; Mist onder haar handen te voelen was haar voorlopig genoeg. Het paard was echt, tastbaar, met haar stevige pezen, harde botten en ruwe haren. De merrie was niet in lucht opgegaan.
'Wees op je hoede, Kral,' vervolgde Erril. 'Als je onze spullen en de paarden hebt opgehaald bij de herberg, kom dan weer rechtstreeks hierheen.'
'Mij houdt niemand tegen. Wat doen we met de gevangene?'
'Bind hem voorlopig maar vast aan de boom.'
Elena perste haar lippen op elkaar toen ze hoorde wat Erril zei, en ze knoopte Mists leidsels los van de stam van de wilg.
'Wat doe je, kind? Laat dat paard staan.' Errils stem klonk scherp van vermoeidheid.
'Ik wil niet dat die man in de buurt van Mist komt.' Ze trok Mist aan haar halster mee tot aan de rand van het baldakijn van takken. Mists nabijheid sterkte haar zelfvertrouwen. Ze had veel verloren, maar haar merrie had ze in elk geval nog. 'En ik heet trouwens niet "kind", maar Elena.'
Neelahn liep met een geamuseerd lachje naar Elena toe; haar violette ogen en honingblonde haar glansden in het vlekkerige zonlicht dat door de takken heen drong. De kleine vrouw was zo mooi dat Elena haar adem inhield. In de stad had de vrouw gewoontjes geleken, maar hier tussen de bomen leek ze op te bloeien als de wilde bloemen in het woud. Elena had zelfs het idee dat de wilgentakken zo bewogen dat de verdwaalde zonnestralen de schoonheid van de kleine vrouw nog meer benadrukten.

'Dat is een fraaie merrie,' zei Neelahn.
Elena keek naar haar voeten, zich pijnlijk bewust van haar eigen onbeholpen lichaam. Van zo dichtbij rook ze de geur van kamperfoelie die om Neelahn heen hing. 'Dank je wel,' zei Elena verlegen. 'Ik heb voor haar gezorgd sinds ze een veulentje was.'
'Dan zullen jullie wel goede vriendjes zijn. Ik ben blij dat je ons de weg kon wijzen naar de plek waar je haar had achtergelaten.' Neelahn hield Mist een appel voor uit de voorraden die ze hadden gekocht op hun heimelijke weg uit de stad. Mist draaide opgetogen haar oren naar achteren en griste met haar volle lippen de appel in één keer uit haar handen.
'Mist! Gedraag je!'
Maar Neelahn grijnsde alleen. 'Elena, weet je de weg naar het huis van je oom even goed te vinden als de weg hierheen?'
'Ja hoor, hij woont in het volgende dal. In Winterhorst, bij de oude ruïne.'
'Wat zeg je?' Erril keek haar verbijsterd aan. Kral was op weg gegaan naar de stad en Erril had net met een laatste rukje gecontroleerd of Rockingham stevig genoeg was vastgebonden en gekneveld. Hij kwam met grote passen naar Elena toe. 'Waar zei je dat hij woonde?'
Neelahn legde een hand op Elena's onderarm. 'Hij woont ergens bij een ruïne, zei ze. En schreeuw niet zo.'
De zwaardvechter verstrakte om haar terechtwijzing en zijn blik werd donker. 'Best. Goed, kind... Elena, bedoel ik. Die ruïne, zijn dat de resten van een oude school?'
Elena haalde haar schouders op. 'We mogen nooit naar de ruïne, want het stikt er van de gifslangen. Maar oom Bol is altijd aan het rommelen tussen de stenen; hij vindt er vaak boeken en dat soort dingen.'
Erril blies nijdig zijn adem uit. 'Heeft je oom ooit iets... ongewoons gevonden?'
Ze haalde haar schouders op en schudde haar hoofd. 'Ik heb hem er nooit over gehoord, maar hij is ook nogal op zichzelf.'
'Ken jij die plek, Erril?' vroeg Neelahn.
Hij praatte alsof zijn keel was dichtgesnoerd. 'De vorige keer dat ik hier was, ben ik er geweest.'
'Dus je weet waar het is?'
'Ja.'
'Dan kunnen we vertrekken zodra Kral terugkomt met de paarden.' Neelahn draaide Erril de rug toe en keek Elena aan. 'En terwijl we wachten, kun jij ons misschien wel vertellen hoe je in handen van die boze mannen bent gevallen.'
Elena schopte met haar tenen tegen de grond. Het hele verhaal opdissen was wel het laatste dat ze wilde. De pijn was nog te rauw.

Neelahn legde een hand om Elena's wang. 'Je bent hier veilig. Erril kan heel goed overweg met een zwaard. Hij laat je niets overkomen. We moeten meer weten om je broer te kunnen helpen. Dat wil jij toch ook, of niet?'

Elena boog haar hoofd en begon te praten. Ze weigerde op te kijken en praatte zo zacht dat Erril zich naar haar toe moest buigen om te horen wat ze zei. 'Die man en die andere in de mantel kwamen gisteravond bij onze boerderij.' Elena keek naar haar hand, waar nu niets bijzonders meer aan te zien was, en vertelde wat er de vorige avond was gebeurd. Over haar rood verkleurde hand zei ze met opzet niets. '... en toen zijn Joach en ik weggereden voordat de wormen en het vuur ons te pakken konden krijgen. Maar toen we in de stad kwamen, stonden ze ons op te wachten en werden we gegrepen.'

'Weet je ook waarom ze jullie achternazaten?' vroeg Neelahn.

Ze sloeg haar ogen neer. 'Ik weet niet... Nee.'

Vanuit haar ooghoeken zag ze Neelahn en de zwaardvechter heimelijke blikken wisselen. In beide paren ogen stond twijfel te lezen.

'Misschien kan ik het beter aan onze gevangene vragen,' zei Erril ten slotte. 'Ik kan er vast wel iets uit wringen.'

Neelahn fronste. 'Ik denk dat we' – Elena zag dat de kleine vrouw een licht knikje in haar richting gaf – 'wel genoeg geweld hebben gezien voor vandaag. Waarom wacht je niet met je... eh... je ondervragingen totdat we het meisje bij haar oom hebben gebracht?'

Erril keek weinig toeschietelijk, maar uiteindelijk zuchtte hij en knikte. 'We moeten toch wachten tot Kral terug is. Zijn vaardigheden kunnen ons nog van pas komen.'

Neelahn wendde zich weer tot haar. 'Rust maar even uit, Elena. We hebben nog een lange rit voor de boeg.'

Elena knikte en ging in Mists schaduw staan. Ze frunnikte aan het halster van de merrie in een poging druk bezig te lijken. Waarom had ze gelogen? Ze hadden Joach dan wel niet kunnen redden, maar haar hadden ze wel gered. Ze wierp een blik op haar rechterhand en staarde naar haar bleke handpalm. De rode kleur was verdwenen. Opgelost, van het ene moment op het andere, net als haar broer Joach. Ze slikte een nieuwe aanval van tranen weg. Ze mocht dan al huiveren als ze alleen maar aan haar magische gave dácht, maar als dat vermogen haar broer kon terugbrengen, zou ze de vloek met alle liefde weer aanvaarden.

Elena liet haar hand zakken.

Maar goed, het was voorbij. Toch?

De schemering viel.

Erril hield zijn ogen ingespannen gericht op het pad door de bomen, bedacht op verborgen gevaren in de gespikkelde schaduwen. Maar ondertussen toverde zijn geest telkens weer het beeld van de zwarte magiër te voorschijn die op straat in rook opging. Hij wist niet hoe hij die ontmoeting moest verklaren. Hij probeerde die gedachten weg te stoppen totdat hij de tijd had om alles grondig uit te pluizen en door te denken, maar dat lukte hem niet.

Hoe kon Greshym nu nog leven? Had hij het zich misschien ingebeeld? Nee. Het gezicht was ouder geworden, maar het was echt dat van Greshym. Hij tuurde door de tunnel van de jaren terug naar die nacht in de herberg, de nacht dat het Boek in het leven was geroepen. Hij herinnerde zich de band tussen Greshym en zijn broer. Hij voelde nog de eerbied en de genegenheid die hij voor de oudere, gewonde magiër had gekoesterd. Hoe kon hij dat rijmen met de haat die nu in hem opwelde? Zijn haren gingen overeind staan bij de herinnering aan de zwarte kunsten van de magiër. Die verdorven bedrieger! Wat voor spelletje had hij al die eeuwen gespeeld?

En hoe zat het met het Boek? Wat had het allemaal te betekenen?

Het pad werd steiler en zijn paard ging langzamer lopen. Hij zette zijn hakken in de flanken van het dier, harder dan de bedoeling was, en de hengst sprong met een geschrokken hinnik naar voren. Hij klopte het dier op de hals om hem met zijn aanraking te kalmeren. Zijn zelfbeheersing mocht dan te lijden hebben onder zijn woede en zijn frustratie, maar daar mocht hij zijn paard niet de dupe van laten worden.

Erril draaide zich om in het zadel en liet zijn blik over zijn reisgenoten gaan. Zodra Kral was teruggekomen met de paarden en de bagage die ze bij de herberg hadden achtergelaten, had Erril het gezelschap goed voort laten maken. De herbergier had nog geprobeerd om Kral tegen te houden, brullend dat de bergbewoner ervandoor ging met andermans spullen. De wachten hadden hun handen echter nog vol aan de tierende burgers en waren niet komen opdagen. Toen Kral eenmaal met zijn bijl een tafel doormidden had geslagen, had de herbergier snel eieren voor zijn geld gekozen en had hij de reus laten gaan. Na Krals terugkeer had Erril besloten niet af te wachten of het garnizoen nog naar hen op zoek ging, maar de laatste uren daglicht goed te gebruiken. Hij had alles opgeladen en was de anderen voorgegaan naar het hoogland.

Neelahn en het kind reden achter hem op het paard van het meisje. Kral en de gevangene bereden een van de reusachtige oorlogspaarden van het bergvolk. Met zijn vurige ogen en met ijzer beslagen hoeven was het een hengst die alleen een krankzinnige tot staan zou proberen te brengen.

Neelahn ving Errils blik op en wees met haar kin vooruit. ‘Er is storm op til. We moeten bij Elena’s oom zijn voordat de nacht echt valt.’

Erril wierp een blik op het meisje. Wat was haar rol in alles wat er gaande was? Ze kon niet anders dan een toevallig slachtoffer zijn – een maagd, misschien, bedoeld voor een of andere vuige magische handeling. Hij had op zijn reizen horen fluisteren over zulke weerzinwekkende daden. Hij ging weer recht in het zadel zitten en zag donkere wolken voor de ondergaande zon schuiven. Eerst moest hij van dat meisje af zijn, dan kon hij zijn volle aandacht op de kwestie van de magiër richten. Met een voorzichtig tikje spoorde hij zijn rijdier aan. Hij moest en zou Greshym opsporen, en het terugvinden van de jongen speelde daar maar een ondergeschikte rol in. De zwarte magiër had heel wat op zijn geweten.

Het bos veranderde naarmate ze dichter bij het hoogland kwamen. De eiken en zwarte elzen, hun ritselende herfstbladeren fel gekleurd als een smeulend vuurtje, maakten plaats voor een groen tapijt van altijdgroene dennen. Een rivier van afgeworpen naalden stroomde in gele golven uit over het pad.

Erril had geen gids nodig. Hij kende het pad naar de ruïne die in de vallei van Winterhorst verscholen lag. Waarom bouwde iemand zijn huis op die verlaten, winderige plek? Op deze hoogte kon de sneeuw 's winters tot aan de dakrand van een huis van twee verdiepingen staan. Hij wist wel waarom de school daar was gebouwd: voor het opleiden van ingewijden voor de Orde was een afgelegen plek een voordeel. Zo was er niet alleen weinig om de leerlingen van hun lessen af te houden, maar kon ook worden voorkomen dat eventuele 'ongelukjes' van de beginnende magiërs kwade gevolgen hadden voor beter bewoonbare gebieden.

Maar waarom zou iemand daar nu nog willen wonen, nu Chi het land in de steek had gelaten?

Erril dreef zijn paard in handgalop een steile helling over. De hoeven van zijn rijdier gleden bijna weg over het gladde kussen van dennennaalden. Bovenaan bleef hij even staan. Uit het smalle dal dat voor hem lag, steeg een enkele rookpluim op naar de schemerige hemel. Vanaf de bergen aan de overkant leken donkere wolken als motten op een kaarsvlam op die rooksliert af te komen. De storm kon elk moment losbarsten. Bliksem sprong van wolk naar wolk.

Zijn ogen volgden de rook naar de bron. Onder in het dal stond een klein stenen huis dat de vallei met zijn schoorsteen vulde met de geur van houtrook. Zijn neus snoof die belofte van warmte op, en ook het gele licht dat door de kleine ramen naar buiten stroomde leek hem te verwelkomen.

Het paard van Neelahn en Elena bleef naast zijn hengst stilstaan. 'Dat is het huis van mijn oom,' verklaarde het meisje. 'Zo te zien is hij thuis.'

Erril dreef zijn paard met een tikje van de teugels langs de helling naar het huis. 'Hopelijk is hij ingesteld op bezoek.'
Met een verbeten trek om zijn mond liet Erril zijn blik over het omliggende gebied gaan, speurend naar vluchtroutes en geschikte plaatsen voor een gevecht, mocht dat nodig blijken. Zijn vaardigheden als veldheer in de strijd tegen de Gulgotha waren een tweede natuur geworden, even vanzelfsprekend als het kloppen van zijn hart.
Ook de woning van die 'oom Bol' nam hij aandachtig in zich op. Toen hij zag in welke staat het huis verkeerde, daalde de man meteen in Errils achting. Het was een bouwval. Het mos lag in dikke plakken op de dakspanen. De deuren van de schuur, weggestopt naast het huis, hingen scheef in de scharnieren. Rond een veldje met drie geiten stond een hek waar de gaten in vielen. Uit die gaten staken drie gehoornde koppen die de nieuwkomers aanstaarden. Hun afgeknepen gemekker volgde hen als schimpscheuten naar de deur.
Erril schudde zijn hoofd en dacht terug aan de ordelijke, statige boerenhoeve van zijn familie op de vlakten. Hij ging met zijn blik omhoog naar de hellingen achter het huisje. Brokkelige stenen doorsneden de aangrenzende helling in onnatuurlijk rechte lijnen. In zijn herinnering zag hij de rijen met gebouwen en slaapzalen van de school van de Orde. De woestenij van stenen getuigde in stilte van dat eeuwenoude oord van kennis.
Toen vloog opeens de deur van het huis open en viel er een baan van licht op de drie paarden. In de gloed van het haardvuur stond een man afgetekend. 'Waar staan jullie nou op te wachten? Kom, schiet op! Het begint te onweren.' De man wenkte met zijn arm en verdween weer in het huis.
Elena draaide zich om in het zadel en keek hen met een zorgelijke frons aan. 'Mijn oom is niet zo goed met mensen.'
'Hij moet hebben geweten dat we kwamen,' zei Erril, plotseling op zijn hoede.
Zijn argwaan groeide toen ze eenmaal de paarden op stal hadden gezet en het huis waren binnengegaan. Na hun lange tocht door het kille hoogland benam de warmte in het huisje hun bijna de adem. Niet dat Erril dat echt opmerkte, want zijn blik viel meteen op de volgeladen tafel. Drie hoge kaarsen rezen als eilandjes op uit een dampende zee van eten: rundvlees van het spit, gestoomde rode aardappels, dikke bonensoep met een peperbrood zo groot als zijn hoofd. Schalen met wortels en groenten vochten met kommen vol bramen om een plaatsje op de tafel. Er stonden zes tinnen borden, met zes bekers kokoa ernaast.
'Ga zitten, ga zitten,' zei de man met het witte haar, terwijl hij kommen voor de soep op de borden zette. Hij onderbrak zijn bezigheid alleen

even om Elena een snelle kus op haar voorhoofd te geven. 'Ik heb het maar net op tijd gered. Fila zou razend zijn als ik niet alles precies deed zoals zij het wilde.'

Elena legde haar hand op die van de oude man en zei zacht: 'Oom... oom Bol, ik heb slecht nieuws. Fila is dood.'

Hij trok zijn hand uit die van het kind en gaf haar een klopje op haar wang. 'Ja, ik weet het. Maak je daar nu maar niet druk om. Kom, ga zitten! Straks wordt alles koud.'

Erril vond eindelijk zijn spraakvermogen terug. 'Verwachtte u bezoek?'

De man krabde zich met een vinger vol inktvlekken op zijn hoofd. 'Bezoek? Nee hoor. Ik verwachtte jóú, Erril van Standi.'

21

Elena keek naar de zwaardvechter, die in het rundvlees en de rode aardappels op zijn bord prikte. Zijn vork kraste over het tin. Elena zat naast Erril en ving de zijdelingse blikken op waarmee hij oom Bol aan het hoofd van de tafel argwanend in de gaten hield. Oom Bol had op zijn beurt geen oog voor Erril, maar alleen voor Neelahn, die aan het andere uiteinde van de tafel zat. In het schijnsel van het haardvuur leek haar schoonheid te verbleken vergeleken met hoe mooi ze in de bossen was geweest, maar toch kon oom Bol zijn ogen nauwelijks van haar afhouden. Vreemd, dacht Elena, hoe Neelahns schoonheid nu eens toe- en dan weer afnam.

Plotseling liet een harde boer het aardewerk rinkelen. Kral balanceerde op een te kleine stoel aan de andere kant van de tafel, tegenover Elena, en haalde de rand van zijn mouw langs zijn baard. Iedereen keek naar hem, en hij keek met een vragende blik terug. De bergbewoner was zich kennelijk niet bewust van de afkeuring die zijn onbetamelijke uitbarsting mogelijk had gewekt. ‘Wat is er?’ vroeg hij, terwijl hij zijn vork op zijn bord legde, achteroverleunde en over zijn volle buik wreef. Zijn blik ging van de een naar de ander. ‘Nou?’

Elena sloeg haar hand voor haar mond om een giecheltje tegen te houden.

Rockingham, die zijn vlees met een lepel te lijf ging – het enige bestek dat hij mocht gebruiken – mompelde binnensmonds: ‘En míj binden ze vast.’ De benen van de gevangene waren bij de enkels samengebonden en voor alle zekerheid ook nog vastgesnoerd aan een poot van de eikenhouten tafel.

Erril schraapte zijn keel en keek oom Bol aan. ‘Volgens mij is iedereen nu wel uitgegeten. Misschien kunt u ons nu dan uitleggen hoe u wist dat we kwamen, en zelfs hoe ik heette.’

‘Wil er nog iemand een toetje?’ Oom Bol schoof zijn stoel naar achteren, zodat de poten over de vloer schraapten. ‘Ter ere van de brand in de boomgaard heb ik warme appeltaart gemaakt. Wie wil er een stuk?’

‘Dat kan wel even...’ begon Erril, maar de vier opgestoken handen van zijn reisgenoten hielden hem tegen. De zwaardvechter liet met een diepe zucht zijn schouders hangen. ‘Goed. Haal die taart dan maar.’

Oom Bol ging staan en rekte zich uit. 'Misschien...' Zijn blik ging weer naar het gezicht van de kleine vrouw. 'Neelahn was het, toch? Zou je me even willen helpen in de keuken?'
'Natuurlijk.' Neelahn veegde haar ranke handen af aan het linnen doekje op haar schoot en stond toen op om met Oom Bol mee te gaan de kamer uit.
Erril trommelde ongedurig met zijn vingers tegen zijn beker kokoa. Elena voelde dat de zwaardvechter op ontploffen stond. Vanaf het moment dat oom Bol hem met zijn naam had aangesproken en vervolgens had geweigerd vragen te beantwoorden totdat iedereen had gegeten, waren de pezen in Errils nek veranderd in dikke, strak gespannen kabels. Hij had het eten op zijn bord nauwelijks aangeraakt, terwijl hij toch echt honger moest hebben.
'U moet zich niets van oom Bol aantrekken,' zei Elena. 'Zo is hij nou eenmaal.'
Erril hield op met trommelen en keek Elena aan. 'Wat is je oom eigenlijk van plan?'
'Dat vertelt hij ons vanzelf wel, op zijn eigen tijd. Hij vertelde ons altijd verhalen voor het slapengaan, en als je probeerde hem te laten opschieten, liet hij ze alleen maar langer duren.'
'En dus wordt er eerst taart gegeten, kennelijk,' zei hij stuurs.
Elena knikte, knauwend op de binnenkant van haar wang. Ze verzweeg dat ze aanvoelde hoe gespannen haar oom was. Er zat hem echt iets dwars. Ze had nog nooit meegemaakt dat hij bij het minste gerucht al opschrok. Toen er een houtblok in de haard knapte, was hij bijna tegen de dakbalken gevlogen. Oom Bol was ook altijd een flinke eter geweest – de vrouwen in de familie vroegen zich al jaren vertwijfeld af hoe hij zo tanig en gespierd bleef met alles wat hij naar binnen werkte –, maar vanavond had hij al even weinig gegeten van het vlees op zijn bord als Erril.
Oom Bol kwam terug met schone borden en vorken, gevolgd door Neelahn, die de geurige appeltaart droeg. Het aroma van pruttelende appels met kaneel vulde de kamer. De geur leek zelfs Erril iets vrolijker te stemmen.
Het uitstel dat Erril zo had geërgerd duurde niet lang. De taartschaal was in een ommezien leeg en onder veel innig tevreden gezucht zakte iedereen met de zoete smaak nog op de tong en een volle maag onderuit rond de tafel.
Oom Bol stond op. 'Heeft iedereen genoeg gegeten?'
Een instemmend gekreun klonk op.
'Dan is het nu denk ik tijd dat ik jullie laat zien waar jullie vannacht kunnen slapen. De mannen zullen een kamer moeten delen, ben ik bang,

en Neelahn en Elena kunnen samen de andere kamer nemen.'
Erril stak zijn hand op. 'Over die vragen waar ik nog een antwoord op wil...'
Oom Bol fronste zijn wenkbrauwen. 'Kom straks maar bij de haard zitten om een pijpje te roken, Erril, nadat we voor iedereen een bed hebben gevonden.' Hij draaide zich om naar Elena. 'Kom jij er ook maar bij, lieverd. Ik moet je nog een boodschap overbrengen.'
'Wat u te zeggen hebt, kunt u ook zeggen waar mijn reisgenoten bij zijn,' bromde Erril. De ogen van Kral en Neelahn lichtten verwachtingsvol op. Rockingham deed een vergeefse poging om onverschillig te kijken.
Haar oom krabde zich in zijn snor. 'Nee, ik denk niet dat de Broederschap dat op prijs zou stellen.'
'Welke broedersch...?' begon Elena, maar Erril legde een hand op haar schouder en maande haar met een kneepje tot zwijgen.
'Het is lang geleden dat ik op mijn gemak een pijpje heb gerookt,' zei Erril. 'Ik kijk ernaar uit.' Zijn woorden klonken scherp, als een nauwverholen dreigement.
'Mooi! Dan zal ik jullie nu naar jullie kamers brengen.'

Rockingham hoorde de reus de deur van hun kamer dichtdoen. Hij kon Kral niet zien terwijl de bergbewoner zijn rijkleding uittrok en in zijn ledikant ging liggen. Door de touwen waarmee Rockingham op het bed was vastgesnoerd – zijn handen waren vastgebonden aan het grenen hoofdeind en zijn voeten aan de stijlen aan het voeteneind – kon hij zich nauwelijks bewegen, en zijn gezichtsveld was beperkt tot het plafond en een klein stuk van de kamer. Toen even later de lamp uitging, was zelfs dat weinige uitzicht verdwenen.
Rockingham lag uitgestrekt op zijn rug onder een zware deken. Hij trok zijn neus op. Hij kon de bergbewoner dan wel niet zien, maar ruiken deed hij hem des te beter. De geur van natte geiten kroop door de kamer en wikkelde zich als een deken om hem heen; als hij niet beter wist, zou hij denken dat hij in een schuur te slapen was gelegd. Hij deed zijn ogen dicht en probeerde door zijn mond adem te halen. Het hielp niet. Hij probeerde zich op zijn zij te draaien, maar de touwen hielden hem muurvast op zijn plaats. Het bed kraakte door zijn geworstel.
'Ik ben een lichte slaper,' bromde Kral in het donker. 'Ik zou de proef niet op de som nemen als ik jou was.'
Rockingham zei niets. Waarom zou hij zich nog moe maken? De touwen zaten strak – nog strakker en ze zouden schrijnen.
Hij bleef stil liggen en staarde naar de balken aan het plafond. Waarom zou hij eigenlijk willen vluchten? Waar kon hij nog heen? Terug naar

het garnizoen kon hij niet, dat stond vast. Als het bericht Heer Gulgotha bereikte dat een van zijn luitenants was onthoofd en het meisje dat hij zocht was ontkomen, wachtte hem een dood waar de meest geharde strijder nog van zou ijzen. Hij wist wat er door de onderaardse kerkers van Blackhall sloop. Hij rilde onder zijn dikke deken.
Het enige dat hij nu nog kon doen, was zich uit de voeten maken en bidden dat de knechten van de Duistere Heer hem niet zouden vinden, óf bij deze groep blijven en loeren op een kans om het meisje in handen te krijgen. Zij was de sleutel van zijn kerker. Als hij haar terugkreeg, zou dat de toorn van Heer Gulgotha kunnen temperen.
Daarom had hij zich niet verzet toen de eenarmige zwaardvechter hem ontvoerde. Hij liet zich wel de stad uit slepen – hoe verder, hoe beter. Hij zou niet tegenstribbelen. Ze zouden vanzelf wel minder waakzaam worden. Hij wachtte gewoon zijn kans af. Een klein lachje plooide zijn lippen bij de gedachte aan zijn terugkeer naar Blackhall, met het meisje geketend achter zich aan. Dat was het wachten meer dan waard.
Mijmerend over dat moment voelde hij een beginnende kriebel in zijn kruis. Die lichtekooi in de herberg ook, met haar verdomde luizen! Hij probeerde zijn benen tegen elkaar te wrijven om de jeuk te verzachten, maar dat maakte het alleen maar erger. En toen begon de reus ook nog eens te snurken. Niet met een bescheiden, piepend fluitje door zijn neus, maar rochelend, van diep uit zijn keel, nat van het slijm en het speeksel. Bij elke luidruchtige ademhaling kromp Rockingham gruwend ineen op zijn bed.
Hij kneep zijn ogen stijf dicht en kronkelde in stilte. Dit werd nog een lange nacht.
De martelingen in de kerkers van Blackhall leken opeens een stuk draaglijker.

Erril stond tegen de schoorsteenmantel geleund. Waar was Bol? De anderen hadden zich in hun kamer teruggetrokken en Erril was alleen met Elena achtergebleven. Hij keek naar het meisje, dat in het vuur zat te staren. Ze verdween bijna in de diepe kussens van de leunstoel en leek op te gaan in de vlammen. Onder de uitputting op haar gezicht straalde ze een intens verdriet uit. Voor een kind dat zo jong en met zoveel geweld van huis en haard was verdreven, sprak er een vastberadenheid uit haar houding die hem een blik gunde op haar sterke geest.
Erril zocht naar troostende woorden, maar hij had zijn medeleven al heel lang niet meer hoeven aanspreken. Hij merkte dat zijn ogen weer waren afgedwaald naar de ongedurige vlammen. Soms kwam er met de jaren geen wijsheid, maar alleen een laag eelt.
De terugkeer van de oom van het meisje maakte een eind aan zijn over-

peinzingen. Oom Bol had twee pijpen in zijn hand. 'De tabak komt uit zuidelijk Standi, meen ik. Ik dacht dat je iets van thuis wel prettig zou vinden,' zei hij toen hij Erril een van de pijpen gaf.
'Dank u.' Hij bracht de pijp naar zijn neus. De geur van gedroogde tabaksbladeren en kruim verdreef verdere woorden. Achter in zijn keel proefde hij de weidse velden van thuis. Bol stak een stug lontje in de haard om een vlammetje te maken. Hij hield de vlam bij zijn pijp en zoog zijn wangen als een blaasbalg in en uit totdat de tabak opgloeide. Erril nam de brandende pit van de oude man over, maar zijn hand bleef aarzelend boven de tabak hangen. Eigenlijk wilde hij deze herinnering aan thuis liever niet in vlammen laten opgaan.
Hij merkte dat Elena hem met een bijna tastbaar verdriet aanstaarde. Vlammen hadden haar de afgelopen dagen nog veel meer afgenomen. Hij stak de pit in zijn pijp en zoog de rook diep in zijn longen. Door de warmte en de vertrouwde smaak smolt de spanning weg uit zijn lichaam en hij zakte bijna door zijn knieën.
'Ga zitten,' zei Bol, wijzend naar de enige andere stoel die bij de haard stond. De oude man bleef naast Elena staan.
Erril liet zich in de ganzenveren kussens vallen. Met enige aarzeling haalde hij de pijp uit zijn mond. 'Hoe weet u wie ik ben? Hoe wist u dat we vanavond zouden komen?'
Bol knikte. 'Je vraagt naar het slot van het verhaal. Om het slot te begrijpen, moet je eerst inzicht krijgen in het begin.'
'Ik luister.' Erril stopte de pijp weer in zijn mond.
'Je hebt me de Broederschap al horen noemen. De volledige titel luidt, als ik het goed heb, de Verbroken Broederschap. Laat ik daar maar mee beginnen.'
'Wat is dat?' vroeg Elena zacht.
Haar oom blies een rookwolkje uit in een volmaakte grijze cirkel. Toen Elena zag hoe het kringetje door de kamer dreef op de warme lucht die van het haardvuur opsteeg, verscheen er een schaduw van een lachje om haar mond. 'Je zult misschien niet alles begrijpen wat ik je nu ga vertellen, liefje, maar er was een tijd dat in dit land een orde van magiërs bestond die witte magie bedreven. Een geest, Chi, verleende hun die macht, die vele malen krachtiger was dan de zwakke, elementaire magie die in het land zelf besloten lag. Dankzij die macht kon de Orde een schitterende beschaving opbouwen.'
'Zo heb ik het niet geleerd op school,' zei Elena twijfelend.
'Niet alles wat je leert is ook waar.'
'En wat gebeurde er toen?'
'Lang geleden verdween de magie opeens, op het moment dat de nood het hoogst was. Het land werd bedreigd door de legers en de monsters

van de Gulgotha. De magiërs en ons volk boden moedig weerstand, maar zonder onze witte magie hadden we geen verweer tegen de zwarte magie van de indringers. Alasea werd verslagen, zijn volkeren werden onderworpen en hun historie werd verwoest.'

'Waar was onze magie dan gebleven?'

Erril beantwoordde haar vraag met een stem vol wrok. 'Die liet ons gewoon in de steek.'

Bol knikte. 'Alleen hier en daar bleven kleine beetjes magie bestaan. Nu de macht van de Orde verloren was gegaan, viel de Broederschap uiteen. Een paar magiërs sloegen echter de handen ineen om te proberen de magie die in het land was achtergebleven op te sporen en nieuw leven in te blazen. Dat moesten ze in het diepste geheim doen, want als de Duistere Heer van de Gulgotha hen ontdekte, zou hij hen tot op de laatste man doden. Dat was het begin van de Verbroken Broederschap.'

'Een geheim genootschap?' vroeg Elena ademloos.

Geheim was nog te zacht uitgedrukt, dacht Erril bij zichzelf. Voor zover hij wist, was er vandaag de dag nog maar een handjevol mensen op de hoogte van het bestaan van de kliek die zich in hun bolwerk in de verzonken ruïnes van Aloa Glen verscholen hield. Er waren zelfs niet veel mensen meer die wisten dat de verdwenen stad nog bestond. De weg erheen werd afgeschermd door de magiesporen die daar nog altijd innig werden gekoesterd. Velen hadden de mythische stad gezocht, maar slechts zeer weinigen hadden hem ooit gevonden. En wie zich in die stad had gewaagd, was nooit meer teruggekeerd.

'De Broederschap beging alleen een cruciale vergissing,' zei Bol.

Daar keek Erril van op. Wat bedoelde de oude man daarmee?

'Omdat de leden zo sterk gericht waren op de enorme krachten van Chi,' ging Bol verder, 'hadden ze geen oog meer voor de magie van het land zelf, zelfs niet toen Chi eenmaal voor hen verloren was.'

'Wat kunnen een paar handigheidjes uitrichten die met veel pijn en moeite worden ontfutseld aan het land en de elementen?' vroeg Erril. 'Wat stelt dat voor tegenover de duistere macht van de Gulgotha?'

Bol keek Elena aan. 'Nu begrijp je misschien waarom de Zusterschap werd opgericht. Mannen zien alleen gradaties van macht, maar voor vrouwen is kracht als een weefsel waarvan alle draden met elkaar verbonden zijn.'

'Wat is die Zusterschap?' vroeg Erril. 'In alle eeuwen die ik nu heb geleefd, heb ik zelfs nog nooit geruchten over zoiets gehoord. Wie was de oprichter?'

'Het is geen open orde zoals jouw Broederschap. Het berust op geboorte.'

'Wat?'

Bol zwaaide met zijn pijp. 'Je vroeg me door wie de Zusterschap werd opgericht. Door één iemand. Misschien ken je haar wel, of weet je ván haar.'
'Wie dan?' Erril zat nu rechtop in zijn stoel.
'Sisakofa.'
Het antwoord viel hem als een steen op de maag. 'De hexe van ziel en steen!' Hij herinnerde zich de laatste keer dat hij die lasterlijke naam had horen noemen, door Greshym, in de nacht dat het Boek in het leven werd geroepen. De magiër met de ene hand had gewaarschuwd dat het Boek de weg zou bereiden voor de wedergeboorte van de hexe.
'Inderdaad,' zei Bol. 'Zij is mijn verre voorouder. Een heel verre. Ze was al een oud verhaal toen jij nog een jonkie was.'
'Kunt u uw geslacht terugvoeren tot die vuige hexe?'
'Er was niets vuigs aan haar.' Bols gezicht verstrakte. 'Aan deze vrouw waren krachten vergund die gelijkstonden aan die van mannen, of die in sommige opzichten zelfs te boven gingen. Ze droeg ook het teken van de Roos. De mannen konden alleen de gedachte niet verdragen dat een vrouw dezelfde macht bezat als zij. Daarom werden er leugens over haar rondgestrooid, om haar in diskrediet te brengen.'
Erril zag dat Elena opschrok van wat haar oom vertelde, maar zijn hart ging zo tekeer dat zijn oren ervan suisden en hij besteedde verder geen aandacht aan haar. 'Dat kan niet! Chi verleende zijn gaven nooit aan vrouwen.'
'Wie zegt dat ik het over Chi heb?'
'Wat? Wilt u soms beweren dat elementaire magie gelijkwaardig is aan Chi?'
Bol blies met bolle wangen zijn pijprook door de kamer. 'In sommige gevallen wel, ja. Daar ben ik van overtuigd. Het was alleen niet de elementaire magie die Sisakofa in haar macht liet delen.'
'Wat dan wel?'
'Je loopt weer op het verhaal vooruit.'
Erril beet op zijn tong om niet tegen de oude man uit te varen. Bol moest het verhaal duidelijk in zijn eigen tempo vertellen. 'Goed. Ga verder,' mompelde hij.
'Toen Sisakofa's leven ten einde liep, verliet haar magie haar met de belofte dat de kracht zou terugkeren naar haar nazaat als de nood het hoogst was. Sisakofa werd gewaarschuwd voor een duistere schaduw die over de landen van Alasea zou neerdalen. Wanneer die donkere tijden zouden aanbreken, werd haar nooit verteld. Daarom bracht Sisakofa haar vrouwelijke nakomelingen bijeen in een genootschap. Ze leerde hun hoe ze zich konden voorbereiden op de terugkeer van haar magische krachten. Sisakofa voorvoelde dat de natuurkrachten een sleu-

telrol zouden spelen in de wedergeboorte van het licht in het land, en daarom leerde ze haar Zusterschap de elementaire geesten aan te wenden en te eerbiedigen.'

'Waarom weet u zoveel van de Zusterschap? U bent geen vrouwelijke afstammeling.'

'Ik ben geboren als een van een tweeling, met mijn zus Fila. Als de eerste tweelingbroer werd ik toegelaten tot hun geheimen. Mijn geboorte werd als een teken gezien – een teken dat zij die Sisakofa haar kracht gaf binnenkort zou terugkeren. Daar bereidde de Zusterschap zich op voor door alles te lezen wat ze in handen konden krijgen.' Bol duidde met een armzwaai op de stapels boekrollen en banden. 'Ze verdiepten zich in de oude teksten en zochten naar voortekenen in de natuurkrachten.'

'En wat leerden ze daaruit?'

'We ontdekten wat haar komst zou aankondigen en wie een sleutelrol zou spelen – onder wie ook jij. We wisten ook dat de natuurkrachten erbij betrokken zouden zijn. "Drie komen er," staat er geschreven. We wisten alleen niet welke, of wie. Die Kral is ongetwijfeld rijk aan steenmagie. En Neelahn... Ze is een niphai, nietwaar?'

'Ja,' zei Erril.

'Het vuur van de wortel brandt fel in haar. Ik kon mijn ogen nauwelijks van haar afhouden. Alleen die derde... Hij is ook doordrenkt van magie, maar ik zou niet kunnen zeggen hoe.'

'Kral voelde ook iets vreemds aan hem.'

'Hij moet de derde zijn.' Oom Bol trok aan zijn pijp, kneep zijn ogen half dicht en liet zijn woorden vergezeld gaan van rookpluimpjes. Hij krabde zich in zijn baard. 'Er was ook een orakeltekst die naar ik meende gewag maakte van de komst van "iemand uit vervlogen tijden en verdwenen landen", maar daarin zal ik me dan wel hebben vergist. Tenzij daarmee op jou werd gedoeld, maar dat dacht ik toch niet. Misschien zie ik het verkeerd. Als het om het Boek gaat, is er veel onduidelijk, zoals ik eerder al zei.'

'Zo te horen weet u al vrij veel. Wanneer zou die hexe moeten terugkeren?'

Bol keek hem met grote ogen aan. 'Lieve help, ze ís al teruggekeerd. Wist je dat dan niet?'

Erril viel stil van verbazing.

Bol wees naar zijn nichtje. Het drong nu pas tot Erril door dat het meisje het relaas met groeiende angst had gevolgd. 'Geboren uit het geslacht van Sisakofa en gebaard uit vuur. Daar zit je hexe.'

22

Op de verklaring van oom Bol dat Elena een hexe was, daalde er een loodzware stilte neer over de kamer. Elena probeerde nog dieper weg te zinken in de ganzenveren kussens van haar stoel. Ze zag dat de wenkbrauwen van de zwaardvechter omhoogschoten tot ze niet verder konden en dat zijn toch al getaande gezicht verduisterde. Hij keek Elena zo doordringend aan dat ze het gevoel had alsof zijn ogen zich dwars door haar huid boorden. Haar armen kwamen omhoog en sloten zich stevig om haar bovenlichaam.

Ineenkrimpend onder zijn blik stak ze haar rechterhand op in het schijnsel van de vlammen. 'Maar ik... ik ben helemaal geen hexe meer,' zei ze. 'Het is weg.'

Haar oom klopte haar troostend op haar schouder. 'Zo werkt het niet, liefje.'

Erril luisterde niet. 'Het is nog maar een kind. Waarom zou ik geloven dat u de waarheid spreekt?'

Oom Bol liep van Elena's stoel naar het haardvuur. Aan zijn zware tred en zijn afhangende schouders zag Elena dat hij de uitputting nabij was. Maar zijn stem had nog evenveel kracht als altijd. 'Waarom zou je eraan twijfelen? Je bent al te lang aan het zwerven, Erril. Ik denk dat je in je hart wel weet dat dit de waarheid is. Waarom denk je dat die zwarte magiër het meisje wilde grijpen? Hij voelde dat de macht ontwaakt was in haar.'

'Wilt u dat ik de daden van een man met een duister hart als bewijs aanneem?'

Haar oom warmde zijn handen en luisterde naar het trage kloppen van zijn hart. Zonder zijn ogen af te wenden van de vlammen zei hij: 'Je weet dat ik de waarheid spreek.' Hij draaide zich om naar Erril. 'Het gaat om het Bloedboek.'

'Dus u weet ook van het Boek?'

'Natuurlijk. Wat dacht je dan? Dat is wat jullie vanavond hierheen heeft gebracht.'

Errils pijp lag vergeten in zijn hand. 'Ik kwam uw nichtje brengen. Meer niet.'

'Nee. Het lot heeft jullie hierheen gedreven omdat jullie hier moesten

zijn. De wegen van de hexe en het Boek zijn dezelfde.'
'Mijn broer heeft nooit iets over een hexe gezegd. Hij zei dat het Boek onze laatste hoop was in de strijd tegen het duistere bewind van de Gulgotha. Van een hexe wist hij niets.' De afkeer waarmee hij dat woord uitsprak, joeg Elena het schaamrood op de kaken.
'We hadden besloten dat Shorkan er niet van hoefde te weten.'
'Wat bedoelt u daarmee?'
Oom Bol trok bedachtzaam aan zijn pijp voordat hij verder ging. 'Hoe denk je dat je broer wist wat hij moest doen om het Bloedboek te scheppen?'
'Dat weet ik niet. Hij had het over oude teksten.'
'De Zusterschap had hem die kennis in de geest gelegd. Wij stuurden Shorkan, zonder dat hij zich daarvan bewust was.'
'Dat kan niet!'
Oom Bol haalde zijn schouders op. Het ongeloof van de zwaardvechter leek hem niet te deren. Zwijgend staarden de twee mannen elkaar aan.
Uiteindelijk verbrak Erril de gespannen stilte. 'Dus mijn broer en ik zijn gewoon gebruikt in een of ander plan om de erfgename van Sisakofa terug te brengen naar de landen van Alasea. Is dat wat u me duidelijk wilt maken?'
'Nee, dat is het niet. De Zusterschap heeft hetzelfde doel voor ogen als jij: de terugkeer van het licht naar onze landen, de verdrijving van de Gulgotha. Je kunt toch niet van haar,' zei oom Bol met een knikje naar Elena, 'verwachten dat zij, zelfs mét het Bloedboek, eigenhandig de legers van de Duistere Heer verslaat, laat staan het Zwarte Beest in eigen persoon?'
Errils blik ging naar Elena. De woede in zijn ogen maakte plaats voor verwarring.
'Het wordt tijd dat de Broederschap en de Zusterschap de handen ineenslaan,' ging oom Bol verder. 'De Broederschap heeft het Boek in het leven geroepen en bewaard. De Zusterschap heeft de natuurgeesten in ere gehouden en de weg bereid voor de terugkeer van de hexe. De tijd is rijp om de twee samen te smeden tot één streven, één doel: de Gulgotha verslaan en onze landen bevrijden!'
Errils ogen gingen weer terug naar het gerimpelde gezicht van oom Bol. 'Hoe dan?'
'De hexe en het Bloedboek moeten bij elkaar worden gebracht.'
'En dan?' vroeg Erril verbitterd. 'Wat is er voorzien?'
Oom Bols volgende woorden werden op fluistertoon uitgesproken, omspoeld door de rook van zijn pijp. 'We weten het niet. Het Bloedboek is een krachtige talisman. Het doel van het Boek is in vragen versluierd.

Voortekenen omgeven het als een draaikolk, een woeste woeling die onmogelijk te duiden is. Niemand kan voorzeggen wat er zal volgen op de vereniging van de hexe en het Boek. De een voorspelt verlossing, de ander vernietiging, maar de meeste voortekenen duiden op de een of andere manier op beide.'

'Als de toekomst zo onduidelijk is, waarom zouden we het er dan op wagen om de hexe en het Boek samen te brengen?'

'Omdat de orakels wel eensgezind zijn over het lot van Alasea als we dat níét doen. Dan zal het land op zijn duistere pad voortgaan, naar een zwarte toekomst waarin niet alleen Alasea, maar deze hele wereld en zelfs de tijd wordt verzwolgen. De hexe en het Boek moeten worden verenigd!'

Elena dook in elkaar in haar stoel. Ze kon toch onmogelijk zo belangrijk zijn? Die last wilde ze niet op haar schouders.

Erril leek ook nog steeds te twijfelen. 'En wat is mijn plaats in dit alles?'

'Jij bent de bewaarder van het Boek, de eeuwige wachter. Vanaf nu moet je ook de hexe onder je hoede nemen. Je moet Elena beschermen en haar bij het Boek brengen.'

'En het kind in gevaar brengen? Kan ik het Boek niet alleen gaan halen en hierheen brengen?'

Oom Bol schudde zijn hoofd. 'Dan zul je falen. Dat is voorzegd. Om enige hoop op een goede afloop te hebben, moet de hexe vergezeld worden door de bewaarder en de drie natuurgeesten die hier vanavond zijn; zoveel staat vast. Maar wees gewaarschuwd: ook dit pad is in nevelen gehuld, en zekerheid dat het Bloedboek wordt bereikt is er niet. Het wordt een reis vol gevaren.'

'Heb ik eigenlijk wel een keus?'

'Heb je die dan ooit? Altijd maar doelloos ronddolen, is dat dan hoe je wilt leven?'

Erril boog het hoofd. 'Ik wil mijn eigen leven terug – zoals het was voordat ik al die eeuwen geleden met Shorkan die herberg binnenstapte.'

'Dat is onmogelijk. Maar wellicht vind je op deze reis een weg terug naar de man die je ooit was.'

Erril liet zijn hoofd hangen. Elena voelde een steek van medelijden met de zwaardvechter, ondanks haar schrik om alles wat haar oom had verteld. Hij leek afgemat tot op het bot, alsof het gewicht van de jaren op hem neerdrukte.

'Maak je keus, Erril van Standi.'

Zijn gefluisterde woorden waren tegen de vloer gericht. 'Ik zal haar naar de plaats brengen waar ik het Boek heb verborgen.'

'Aloa Glen?'

Hij keek op. 'Blijft er dan niets voor u verborgen?'
Oom Bol haalde zijn schouders op. 'Ik heb alleen aanwijzingen,' zei hij zacht. 'Woorden uit boeken en boekrollen. Mijn kennis reikt niet voorbij die deur.'
'Het is een lange reis naar Aloa Glen, en de stad is bovendien beschermd door toverij. Voordat ik op weg kan gaan, moet ik de sleutel halen die de weg naar de stad kan ontsluiten. Die heb ik hier verstopt, in de ruïne van de oude school. Bij de...'
Oom Bol zwaaide met de steel van zijn pijp naar Erril. 'Vertel het me maar niet. Hoe minder mensen ervan weten, des te beter.'
Na die woorden viel er een lange stilte.
Elena zat te draaien in haar stoel. Haar hoofd tolde van alles wat ze had gehoord. Ze bevatte nog niet de helft, maar één ding was haar maar al te duidelijk. Haar angst vond de woorden en haar stem versplinterde de stilte die in de kamer hing. 'Ik wil geen hexe zijn.'
Haar oom probeerde te glimlachen om haar gerust te stellen, maar hij kwam niet verder dan een trilling in zijn snor. Ze schrok van het peilloze verdriet in zijn ogen. In plaats van haar te troosten draaide oom Bol haar zijn rug toe en ging voor Erril staan. 'Je zei net dat je bewijs wilde zien.' Hij haalde iets uit zijn vest. 'Herken je dit, Erril?'
Elena kon Errils gezicht nog zien. Zijn mond viel open en hij struikelde over zijn woorden. 'Die is van Shorkan! Waar hebt u die gevonden?'
Wat Erril werd voorgehouden, kon Elena niet zien. Ze rekte haar hals uit, maar haar oom stond er met zijn rug voor.
'Misschien herinner je je nog,' zei haar oom, 'dat Shorkan hem aan de jongen gaf op de avond dat het Boek werd gevormd. Toen je wegvluchtte nadat je het kind had gedood, zijn wij hem gaan halen. Hij zat nog in de dode vingers van de jongen geklemd.'
'Wat wilt u daarmee doen?'
'Wat nodig is.'
Opeens draaide haar oom zich om naar Elena. Hij had een dolk in zijn handen; het zwarte lemmet glansde in de vuurgloed. Er stonden tranen in zijn ogen. 'Ik doe dit niet graag, Elena.'
Hij greep haar pols en trok haar hand naar zich toe. Elena hapte geschrokken naar adem. Wat was hij van plan? Ze was te verrast om tegen te stribbelen.
'Dit is de eeuwenoude dolk waarmee de magiërs het Bloedboek wijdden toen het werd gemaakt.' Hij haalde het scherp langs haar opgeheven handpalm.
Het bloed begon te stromen voordat de pijn haar ogen bereikte. Ze slaakte een scherpe kreet en staarde vol ongeloof naar de snee.
Hij drukte het heft van de dolk in haar bloedende hand. Toen het bloed

in het mes drong, vlamde uit het zwarte lemmet een heldere lichtflits op. Nadat het schijnsel weer was gedoofd, glansde het donkere blad zilver op in het licht van de vlammen.
Oom Bol liet zich voor haar op zijn knieën vallen. 'Nu is het de dolk van een hexe.'

Erril zat rechtop in zijn stoel. Zijn pijp was uit zijn krachteloze handen gevallen en de smeulende tabak was uitgestrooid over de grenen vloerplanken. In zijn hart had hij wel geweten dat de oude man de waarheid sprak, maar nu hij dit voor zijn ogen zag gebeuren, waren zijn geest en zijn lichaam als verlamd. In een ver verleden was hij er vaker getuige van geweest dat leerlingen hun eerste wond ontvingen van een meester van de Orde, als inwijding in hun magie. Ook toen had een verblindend licht het moment gemarkeerd waarop ze met macht werden bekleed. Elena was werkelijk een hexe!
Hij zag dat het kind de dolk in haar schoot liet vallen en het bloed van haar hand veegde. Van de wond die haar oom haar had toegebracht, was niets meer te zien. De huid had zich gesloten zonder een litteken achter te laten.
Haar oom zat nog altijd op zijn knieën voor haar. 'Vergeef me, Elena.'
'Ik hoef dat stomme mes niet.'
'Je moet het aannemen. Je hebt het nodig om je magie aan te wenden.'
Ze stak haar rechterhand op. 'Die is er niet meer, dat zei ik toch? Kijk maar: mijn hand is weer normaal. Die rode kleur is weggetrokken.'
Erril schraapte zijn keel. Hij dempte zijn stem om het kind niet nog meer van streek te maken; zo te zien kon ze elk moment in paniek raken. 'De Roos is vervaagd omdat je de bron van je macht hebt uitgeput,' zei hij. 'Je moet hernieuwen.'
'Dat wil ik niet!' Tranen liepen over haar wangen.
Haar oom legde zijn handen op haar knieën. 'Ik weet dat je bang bent, liefje. Maar je tante Fila rekent op je.'
Toen ze de naam van haar tante hoorde, bedaarde ze een beetje. 'Wat bedoelt u?' vroeg ze tussen twee snikken door.
Bol kwam overeind. 'Kom maar mee, dan zal ik je iets laten zien. Tante Fila heeft een geschenk voor je achtergelaten.'
'Wist zij dan van al dat hexengedoe?'
'Ja, Elena, dat wist ze. En ze was ontzettend trots toen ze zag hoe sterk je werd.'
Ze slikte haar laatste restje tranen weg. 'Echt waar?'
Haar oom knikte. 'Kom maar mee.' Bol draaide zich om naar Erril. 'Loop jij ook maar mee. Misschien kan het je helpen de sleutel terug te

vinden die je in de ruïne hebt verstopt.'
Erril kwam overeind uit zijn stoel. Samen met Elena volgde hij de oude man door de kamer naar een kast vol stoffige boeken. Bol ging met zijn vingers over de ingebonden ruggen alsof hij een geliefde streelde. Hij zuchtte licht en liet zijn hand toen rusten op een boekensteun in de vorm van een drakenkop. Na een draai aan de stenen kop klonk vanachter de boekenkast het geluid van slippende katrollen en schuivende stenen. Even later draaide de kast in zijn geheel naar hen toe.
'Achteruit,' maande Bol. Hij trok de boekenkast als een deur verder open totdat een stenen trap naar beneden zichtbaar werd.
Elena's ogen werden groot; de verbazing smoorde haar tranen.
Ook Erril was een en al nieuwsgierigheid. 'Waar gaat die trap heen?'
Bol reikte naar een lantaarn op de buffetkast. Hij pakte de lamp op en draaide de pit omhoog om de vlam feller te laten branden. 'Kom maar mee, en kijk uit waar je loopt. De stenen zijn vochtig en erg glad.'
Erril gebaarde naar Elena dat zij haar oom moest volgen en sloot zelf de rij. De trap van brede, ruw uitgehakte stenen platen zag er veel ouder uit dan de stenen muren van het huisje. Spinrag hing in slierten van het lage plafond. Het meisje en de kromgebogen man liepen onder de spinnenwebben door, die wiegden in de opgewekte luchtstromen. Erril was langer dan de anderen en moest steeds spinrag uit zijn haar vegen terwijl hij over de gladde treden afdaalde. Hij mepte naar de beestjes die met hun pootjes in zijn nek kriebelden.
Toen Elena een pets hoorde en achteromkeek, zag ze hem in zijn nek wrijven. 'Pas maar op. Het brengt ongeluk als je een spin doodslaat.'
'Loop nou maar door, kind.' Hij zette een vinger in haar rug en duwde haar zachtjes voor zich uit. Zíj had geen spinnen in haar haren.

Elena liep met de oren gespitst de laatste paar treden af. Haar voetstappen echoden tegen de stenen. De muffe, dompige geur van stilstaand water en schimmel kriebelde in haar neus. Op de onderste tree bleef ze staan. Oom Bol stond een paar passen voor haar uit met zijn lantaarn hoog in de lucht. De lamp bescheen een vertrek waarvan de muren aan weerszijden een grove cirkel vormden. Twaalf stenen pilaren verdeelden de muren in gelijke delen, als wachten van steen. In de nissen tussen de zuilen hingen oude, spiegelende platen waarvan het zilveren oppervlak op veel plekken werd ontsierd door groenige vochtvlekken.
Oom Bol lachte haar bemoedigend toe. 'Er is hier niets om bang voor te zijn, Elena.'
Erril, achter haar, duwde haar zachtjes naar voren. Toen ze naar haar oom toe liep, werden de schittering van het lamplicht en hun bewegingen weerkaatst in de spiegels. De verspringende spiegelbeelden maak-

ten haar schrikachtig en ze ging dichter naast de zwaardvechter lopen. Ze dacht steeds dat ze iets zag bewegen vanuit haar ooghoeken. Een donkere gang voerde vanuit het vertrek naar andere duistere geheimen. Erril stelde de vraag die ook Elena op de lippen lag: 'Waar zijn we hier?'
'We staan aan de buitenrand van de oude ruïne.' Oom Bol hield nog steeds zijn pijp tussen zijn tanden geklemd. Het gloeiende kopje fungeerde als een wijzende vinger. Hij draaide om zijn as om het hele vertrek te omvatten. 'Dit was het heiligdom van de school. Hier kwamen de leerlingen – van jouw leeftijd ongeveer, Elena – om te mediteren en te bidden om leiding van de geest Chi.'
Ze staarde naar de donkere schaduwen rondom. Er zaten toch gifslangen in de ruïne? Ze ging nog dichter tegen de man met het zwaard aan staan. 'Moet ik tot Chi bidden?' vroeg ze met fluisterende stem. 'Hier?'
'Nee, lieverd, Chi is er niet meer. De geest die jou je gave heeft geschonken, is anders.'
'In welk opzicht?' vroeg Erril. De springerige schaduwen en de slangen die hier misschien zaten, leken hem helemaal niet te deren.
Oom Bol maakte zich zo te zien ook niet ongerust. Hij praatte met Erril, terwijl Elena luisterde of ze niet ergens iets hoorde sissen. 'Chi was meer een mannelijke geest die zich alleen met mannen in verbinding stelde. We denken dat de geest die Elena en Sisakofa hun gaven schonk in zekere zin de vrouwelijke pendant van Chi is.' Hij zwaaide met de lantaarn naar de spiegels. 'Of een spiegelbeeld van Chi, eigenlijk.'
'Maar Chi verleende vele mannen zijn gaven,' zei Erril. 'Waarom verkiest deze geest alleen dit ene meisje – Elena – als instrument?'
'Die vraag is vaak besproken, en ook de geschriften van Sisakofa gaan erop in. Het beste antwoord waarin de Zusterschap zich min of meer kon vinden, is dat Chi als elke man zijn zaad wijd en zijd kon verspreiden en zo vele mannen aan zijn kudde kon toevoegen. Deze andere geest is meer als een vrouw, die maar één zaadje tegelijk kan voeden en koesteren. Dat zaad was eens Sisakofa en is nu Elena.'
'Dan is die geest dus zwakker dan Chi,' zei Erril.
Oom Bol keek Erril fronsend aan. De punten van zijn witte snor wezen naar beneden. 'Om een kind ter wereld te brengen, is zowel een man als een vrouw nodig. Wie is de sterkste of de zwakste in die verbintenis? Het zijn gewoon twee zijden van dezelfde medaille.'
Erril haalde zijn schouders op. 'Gepraat voor dromers.'
'Wat is dat voor geest?' vroeg Elena. Ze begon nieuwsgierig te worden, al bleef ze nog wel op haar hoede voor slangen. 'Waar komt die vandaan?'
'We weten nog lang niet alles, liefje. Dat is iets wat tante Fila hopelijk nog ontdekt.'

‘Maar tante Fila is dood. Die kan ons toch niet meer helpen?’
Oom Bol legde een hand om haar wang. ‘Tante Fila is bijzonder. Onze familie was zelfs in de tijd vóór Sisakofa al gezegend met een speciale band met de natuurgeesten. Je moeder had dat ook, Elena.’
‘Mijn moeder?’
Bol knikte. ‘Weet je nog dat ze altijd wist of het een jongen of een meisje zou worden als er iemand in verwachting was, of wanneer een koe moest kalven?’
‘Dat is waar, iedereen in de buurt kwam dat soort dingen altijd aan haar vragen.’
‘Dat was haar bijzondere gave.’
‘Had tante Fila dan ook bijzondere gaven?’
‘Heel krachtige, zelfs. Je tante Fila mengde en kneedde de magie van de natuurgeesten als het brooddeeg in haar bakkerij. Ze kon allerlei toverijen aanwenden.’
De tranen sprongen Elena weer in de ogen bij de gedachte aan haar ouders, haar broer en tante Fila. ‘Waarom is ze nou doodgegaan?’
‘Stil maar, schatje... niet huilen. Kom, ik moet je iets laten zien.’ Oom Bol nam haar mee naar een nis tussen twee pilaren.
Toen Elena achter hem aan liep, zag ze dat dit het enige gedeelte van de muur was waar geen spiegel was opgehangen. De nis, verlicht door de lantaarn, was niet opgebouwd uit gestapelde stenen zoals de muur, maar uitgehakt uit het gesteente van de berghelling. Op een sokkel in de nis stond een bekken met water. Ze zag dat er een druppeltje water van de vochtige rotswand in het bekken viel.
‘Wat is dit?’ vroeg Erril achter haar.
‘De leerlingen gebruikten dit water voor rituele wassingen. Talloze magiërs hebben hun handen in deze kom gestoken om zich te zuiveren voor hun meditatie.’
Elena drong naar voren en ging op haar tenen staan om in het water te kijken. ‘Wat heeft dit met tante Fila te maken?’
‘Dit water welt op uit bronnen diep in de heuvels en is doordrenkt met natuurkrachten.’ Oom Bol keek over haar hoofd heen naar Erril. ‘Ik denk dat de magiërs van de school, blind als ze waren voor de natuurgeesten, niet eens beseften welke kracht er door dit water stroomde. Ze hebben het misschien alleen aangevoeld en daarom hun heiligdom hier gebouwd.’
‘Wat doet dat water?’ vroeg Erril.
‘Zoals water zich een pad kan banen door steen, zo baant dit water zich een weg tussen mensen. Tante Fila en ik droegen allebei een amulet met een paar druppels van dit water, en zo konden we over grote afstanden met elkaar praten.’ Oom Bol haalde een kleine amulet van jade uit zijn

vestzak, gevormd als een fiool van een alchemist. Het flesje hing aan een grijs gevlochten koord. Hij gaf het aan Elena.
Ze hief de amulet voorzichtig op in het lamplicht. 'Dank u wel! Wat mooi!'
Oom Bol boog zich voorover en kuste Elena op haar voorhoofd. 'Het is een geschenk van tante Fila. Het koordje is zelfs gevlochten van haar haren.' Hij ging met zijn hand naar het amulet en trok er een stukje jade uit dat als een kurk in het flesje stak. 'Vul het maar met water,' zei hij, wijzend naar het bekken.
Elena keek vragend omhoog naar oom en liep toen naar het poeltje om de amulet erin te dopen. Het koude water beet in haar vingers. Ze tilde de fiool weer uit het water en oom Bol gaf haar de stop van jade aan. 'Goed aandrukken,' zei hij.
De rimpels stonden in Elena's voorhoofd terwijl ze het stukje jade stevig op zijn plaats duwde. 'En nu?' vroeg ze.
'Met deze amulet kun je met tante Fila praten. Het enige dat je hoeft te doen is de amulet stevig vasthouden en het willen.'
Ze voelde even een rilling van angst over haar rug lopen. Ze hield van haar tante, maar... 'Kan ik dan met haar geest praten?'
'Ja. Haar lichaam is er dan wel niet meer, maar haar geest leeft nog voort. Ik kan haar zelf niet meer bereiken met mijn amulet. De elementaire kracht alleen is niet genoeg om de afstand tot het geestenrijk te overbruggen. Maar jou zou het wel lukken, dacht tante Fila.'
Elena kon haar ogen niet van de amulet afhouden. 'Hoe dan?'
'Loop maar naar een spiegel. Je hebt een spiegelend oppervlak nodig. Tuur in de spiegel, hou de amulet stevig vast en spreek Fila's naam uit. Probeer het maar.'
Met een bedenkelijk gezicht ging Elena naar de spiegel in de volgende nis. Ze hing het koord om haar nek en klemde haar hand zo stevig om de amulet dat de scherpe randjes zich in haar huid boorden. Toen drukte ze haar knuist tegen haar borst en staarde in de spiegel. De groene vochtvlekken verstoorden haar spiegelbeeld, zodat ze er ziek uitzag.
'Denk aan haar en zeg haar naam,' fluisterde oom Bol naast haar. Hij klonk zo hoopvol en tegelijkertijd zo verdrietig dat ze hem niet teleur wilde stellen. Ze haalde zich de strenge blik van haar tante voor de geest en de manier waarop ze haar haar droeg: in een strak knotje in haar nek. 'Tante Fila?' zei ze tegen de spiegel. 'Hoort u mij?'
Terwijl ze het zei, voelde Elena beweging in de amulet, alsof het een ei was dat op uitkomen stond. Maar verder gebeurde er niets. Ze keek opzij naar oom Bol. 'Het werkt niet.'
Hij kneep zijn ogen tot spleetjes en liet zijn schouders hangen. 'Misschien is ze te ver weg.'

'Of misschien had ze het verkeerd,' zei Erril. 'We kunnen maar beter...' Boven aan de trap sloeg de boekenkast met een klap dicht. Elena schrok en kneep haar hand in een reflex stijf dicht, zodat ze haar duim openhaalde aan een scherp randje van de amulet.
De lantaarn zwaaide heen en weer in de hand van oom Bol en schaduwen schoten over de muren. Een ijzige tel lang bleven hij en Erril als verlamd staan.
Toen gloeide er opeens een nieuw licht op in het vertrek. Het kwam uit de spiegel voor Elena. Haar ogen werden aangetrokken door het schijnsel en zagen iets waarvan ze had gedacht het nooit meer te zien: haar tante Fila! De oude vrouw werd omspoeld door het licht en achter haar flonkerden sterren. Die stralende achtergrond deed Elena denken aan iets wat ze eerder had gezien.
Voordat ze kon bedenken wat het was, begon tante Fila te praten. Op het gezicht van haar tante lag een angstige, geschrokken blik. 'Vlucht!' Ze wees met een spookachtige hand naar de donkere gang die vanuit de kamer dieper de ruïnes in voerde. 'Vlucht, nu! Ga weg uit het huis en vlucht naar de bossen!'

23

Met zijn kussen over zijn hoofd werd Rockingham eindelijk door vermoeidheid overmeesterd en viel hij in een onrustige slaap. Hij droomde dat hij op de rand van een klif stond, boven een donkere, ruwe branding. Kijkend naar de golven die met hun witte koppen op de zwarte rotsen onder hem braken, was hij zich er op de een of andere manier van bewust dat hij droomde. Op volle zee dreigde een storm en wolken en regen versluierden de horizon. Zoals wel vaker in dromen was het niet duidelijk welk moment van de dag het was; te oordelen naar het licht was er een omslag op til. Maar of het licht nu binnenkort helderder zou worden zoals in de vroege ochtend, of zou afnemen en overgaan in duisternis, durfde hij niet te zeggen. Het enige dat hij wist, was dat hij zijn omgeving herkende. Hij had hier eerder gestaan. Hij herinnerde zich de zilte lucht in zijn neus en de wind tegen zijn gezicht. De Kaap van Devunberry, aan de kust van het eiland waarop hij geboren was!

Een glimlach brak door op zijn gezicht. Hij was in jaren niet in de Archipel geweest. Het was heerlijk om weer terug te zijn, al was het dan maar in zijn dromen. Hij snoof de lucht diep op in zijn longen. Als hij nou heel ingespannen tuurde... Ja, daar in de verte zag hij vaag het eiland Maunsk, dat bijna verdween in de jagende wolken.

Starend naar het buureiland werd het hem opeens bang te moede. Hij wierp een snelle blik over zijn schouder, alsof hij verwachtte te worden besprongen door een of ander nachtmerrieachtig monster, maar in de glooiende groene heuvels was niets te bespeuren.

Waarom ging zijn hart dan zo tekeer? Dit was zijn thuis. Er was hier toch niets om bang voor te zijn? Zijn ogen dronken het uitzicht vanaf het klif in. De weidse, woelige zee, de wind en de regen waren op een vreemde manier vertrouwd, meer dan alleen een herinnering aan thuis. Alles aan dit beeld – het eiland dat in de verte door de wolken werd opgeslokt, de woeste, beukende golven in de diepte, de speldenprikjes van de opspattende nevel in zijn gezicht – het was niet alleen dat hij hier eerder was geweest, hij had hier zelfs op exact hetzelfde moment gestaan. Maar wanneer dan?

Hij probeerde zijn hoofd op orde te krijgen, maar een knagende angst zat hem in de weg. Hij voelde plotseling de behoefte te vluchten. Maar voordat hij aan die drang kon toegeven, begonnen zijn voeten al uit zichzelf te lopen, niet om hem in veiligheid te brengen, maar naar de rand van het klif! Zoals zo vaak in dromen kon hij niet meer stoppen. Zijn lichaam was net een marionet op de kermis, een pop van waaruit hij naar buiten keek. Hij kon zijn voeten niet tegenhouden op hun weg naar voren. Al worstelend zag hij dat zijn rechtervoet een stap in de lucht deed.

Nu wist hij het weer! Hij was hier niet alleen eerder geweest, hij had ook al eens precies gedaan wat hij nu deed. Pijn welde op in zijn borst en wrong zich in een schreeuw naar buiten toen zijn lichaam van de rotswand stortte. 'Linora!'

Terwijl de rotsen en de kolkende branding op hem af schoten, tuimelden in zijn hoofd woorden rond in een kille, vertrouwde taal en vol zwartgallig amusement. 'Rustig maar, Rockingham,' zei Dismarums stem, 'ik vang je wel weer op.' Zijn lachje klonk nog na in zijn hoofd toen hij de golven raakte.

Rockingham werd met een schok wakker in het huis van de oude man, met de smaak van bloed in zijn mond. Zijn onderkleding was nat van het zweet, alsof hij een heel eind hard had gelopen. Hij worstelde om overeind te komen, maar de touwen hielden hem tegen.

Toen werd er opeens een ruwe hand over zijn mond geslagen. Hij probeerde te schreeuwen, maar de hand hield elk geluid tegen.

'Wees stil of sterf,' fluisterde iemand in zijn oor. Rockingham voelde het scherp van een mes in zijn keel prikken. Hij bleef stil liggen. Het wapen werd weggetrokken en de touwen werden losgesneden.

Rockingham deed zijn armen naar beneden en wreef over zijn polsen. De brede schaduw van de bergbewoner viel over zijn bed. 'Aankleden. Opschieten!' gromde Kral tegen hem.

Hij zag dat de kleine vrouw, Neelahn, al helemaal aangekleed door het kleine raam naar buiten tuurde. 'Snel!' zei ze. 'Ze zijn nu allebei binnen. We kunnen veilig naar buiten. Als we eenmaal bij de paarden zijn, kunnen we hen weglokken.'

'Wat is er aan de hand?' vroeg Rockingham, terwijl hij zijn hemd in zijn broek stopte. Hij bukte zich naar zijn laarzen.

'Skaltums,' antwoordde Kral.

Rockingham maakte voort en sprong bijna in zijn laarzen. Dit was niet het moment om in handen van de luitenants van de Duistere Heer te vallen. Hij moest eerst zijn troef kunnen uitspelen. 'Waar is het meisje... de anderen?'

Kral negeerde de vraag van het mannetje. Hij duwde hem naar het raam, al begreep hij nog steeds niet waarom de vrouw de gevangene zo nodig wilde meeslepen. Wat hem betreft werd Rockingham overgeleverd aan de tanden en de klauwen van die beesten. Maar Neelahn wilde van geen wijken weten.

Neelahn deed voorzichtig het raam open. In de kamer beneden klonk gekletter. 'Denk je dat ze nog op tijd weg konden komen?' fluisterde ze.

Hij zei niets. Hij betwijfelde het, maar bracht zijn vrees liever niet onder woorden. Had hij maar eerder gemerkt dat die beesten in aantocht waren. Veel tijd had Kral niet gehad; tegen de tijd dat hij de trap af was gehold en de kelderdeur had dichtgetrapt, klauwde de eerste skaltum al aan de voordeur. Het had geen haar gescheeld of hij was zelf niet eens meer boven gekomen.

'Denk je dat ze zich lang genoeg verscholen kunnen houden, zodat wij de paarden kunnen halen om de monsters weg te lokken?' vroeg Neelahn, terwijl ze het raam vastzette.

'De deur naar de kelder is goed verborgen.'

'Veel tijd hebben we niet!' Het raam stond nu wijd open en ze klauterde door de opening het rieten dak op.

Kral tilde de gevangene op en schoof hem over de vensterbank. De magere man rolde over het dak en tuimelde bijna over de rand. Vervolgens wurmde Kral zich door het raam naar buiten, wat hij pas gedaan kreeg toen hij zo diep mogelijk uitademde, zodat hij zijn brede bovenlijf tussen de smalle kozijnen door kon persen. Hij kreeg het even benauwd toen zijn riem aan de vensterbank bleef haken, maar toen schoot hij los en kon hij ook zijn benen het dak op schuiven.

'Als een koe die kalft,' zei Rockingham tegen niemand in het bijzonder. Zijn luchthartige toon strookte niet met de diepe rimpels in zijn voorhoofd, of met zijn ogen die steeds heen en weer schoten om alle hoeken van het dak in de gaten te houden.

Neelahn stond aan de rand van het dak. De paardenstal met de scheefhangende deuren en het mottige rieten dak stond op nog geen steenworp afstand. 'We kunnen springen,' fluisterde ze. 'Of we klauteren naar de achterkant van het huis en klimmen via de houtstapel naar beneden.'

Bij wijze van antwoord sprong Kral van het dak. Hij landde met een doffe klap in een hoop dorre dennennaalden en wenkte de anderen. Neelahn gebaarde dat Rockingham eerst moest gaan; kennelijk vertrouwde zij de man al evenmin. Rockingham had geen aansporing nodig. Uit de vaart waarmee hij zich naar de rand van het dak liet glijden, bleek dat hij ook weinig trek had in een treffen met wat er op de benedenverdieping huishield. Hij bleef even aan de dakrand bungelen en liet zich toen naast Kral neervallen.

Neelahn hing haar tas recht en wierp een blik naar beneden. Kral deed een stap naar voren om haar zo nodig te kunnen opvangen. Ze stond

nog steeds te aarzelen op de rand toen uit de slaapkamer achter haar het geluid van met geweld versplinterd hout opklonk.
'Kom, snel!' riep Kral. Hij had het nog niet gezegd of Neelahn vloog al van het dak.
'Rennen!' hijgde ze toen ze op haar voeten neerkwam. Voordat Kral zijn logge lichaam in beweging kon krijgen, schoot zij al in de richting van de paardenstal. Ze vloog naar voren als een dwarrelend blad. Kral kwam dreunend achter haar aan en dreef Rockingham voor zich uit.
Achter zich hoorde hij glas breken en hout doormidden knappen. Hij keek over zijn schouder en zag dat een duistere gestalte zich door het raam op de bovenverdieping wrong, klauwend in het rieten dak. Het beest zat nu nog klem, maar zou zich zo te zien binnen de kortste keren los weten te worstelen. Hij ging harder lopen en gaf Rockingham een zet naar voren. De stedeling struikelde, maar Kral greep hem bij de schouder en hield hem overeind.
Neelahn was inmiddels de paardenstal in gerend, zag Kral. Tegen de tijd dat hij de scheve deuren met de gescheurde, ruwleren scharnieren bereikte, was de vrouw alweer op weg naar buiten met twee paarden achter zich aan – de grijze merrie van het meisje en de voshengst van de steppeman. Zijn eigen oorlogspaard, Rorshaf, duldde de vrouw niet in zijn buurt en sloeg snuivend met een beslagen hoef in de droge mest. Kennelijk hing de geur van de gruwelijke beesten die in aantocht waren in de lucht, want zijn zwarte flanken trilden van de spanning. Pas toen Kral twee keer met zijn tong klakte, kwamen Rorshafs hoeven tot rust.
Neelahn klom op de ongezadelde voshengst en gooide de teugels van de kleine merrie naar Rockingham. Kral constateerde tevreden dat ze de merrie aan haar hengst had gebonden om te voorkomen dat de gevangene ervandoor ging. De merrie liet Rockingham niet zomaar opstijgen, maar Kral – in de weer met zijn eigen paard – moest toegeven dat het garnizoen de man goed had opgeleid. Hij liet zich niet afwerpen en kreeg het dier in bedwang.
Kral slingerde zijn zadel en zijn tassen over Rorshafs rug en trok de riem goed aan. Een tel later zat hij in het zadel. Hij voelde even aan een van de tassen naast zijn bovenbeen. De tas voelde nog vol aan; de inhoud was duidelijk onaangeroerd.
Hij liep voor de anderen uit naar de staldeur en trapte de deuren wijd open.
Een grote gestalte plofte pal voor hem neer op de stenige grond. Zijn oorlogspaard, dat nog door een laaiende brand zou rijden zonder een krimp te geven, steigerde en snoof van angst. Kral sloeg de teugels om zijn vuist en worstelde om in het zadel te blijven.

Voor hem, met de vleugels wijd uitgeslagen, stond een van de luitenants van de Duistere Heer. De skaltum siste naar het steigerende paard en versperde het de weg. Met enige moeite en een woeste ruk aan het bit kreeg Kral Rorshaf zover dat hij zijn hoeven op de grond hield. De andere paarden en hun berijders hadden zich stilletjes teruggetrokken in de bouwvallige stal, maar ook daar waren ze niet veilig, want dit beest zou zich niet laten weerhouden door een paar rotte en kromgetrokken planken. Kral zette Rorshaf aan met zijn hakken, maar voor het eerst sinds zijn hengst het bit had geaccepteerd, weigerde het dier hem te gehoorzamen. Hij dreef zijn hakken harder in de flanken, maar het paard was verlamd van doodsangst en reageerde niet.
Kral boog zich naar voren tot zijn zadelknop in zijn buik drukte. 'Rorshaf, partu sagui weni sky,' klakte hij zijn hengst in het oor in de taal van de bergpaarden, die iedere bergbewoner even goed kende als zijn moedertaal. Kral was de beste Fluisteraar van zijn stam. Het verhaal ging dat hij als zuigeling in zijn haard de taal van de bergpaarden al sprak. Ondanks die gave vergde het al zijn overredingskracht om de angst uit Rorshafs hart te verdrijven en zijn hengst zover te krijgen dat hij weer naar hem luisterde.
Toen het oorlogspaard weer op Krals handen om de teugels reageerde, tikte Kral zijn flanken aan en deed het paard behoedzaam een paar stappen dichter naar de skaltum toe.
De oren van het gevleugelde wezen draaiden naar voren en naar achteren om de situatie te peilen. Het had de nagels van zijn achterpoten diep in de grond geslagen. Groenig slijm drupte van de scherpe klauwen, die zich telkens kromden en uitstrekten. Tussen de dunne lippen waren de tanden te zien, en in het zwakke maanlicht leken de ogen inktzwarte gaten met daarin diepliggende, roodgloeiende kolen. De beweging van het paard trok de aandacht van het monster.
'Waar isss het meissje?' siste de skaltum hem toe. 'Lever haar uit en we gunnen je een ssnelle dood.'
Kral hoorde de vermoeidheid van het beest achter diens woorden. Zijn ademhaling kwam met horten en stoten. Het had moeten zwoegen om hier zo snel te zijn. Met een beetje geluk kon Kral het monster misschien lang genoeg bezighouden om de anderen de kans te geven te ontkomen. Hij maakte met zijn duim de bijl los die aan zijn zadel hing en trok het wapen op zijn schoot. Toen joeg hij zijn paard met zijn hakken in een sprong naar voren en stormde recht op het beest af. Een woeste kreet welde op in zijn keel, de strijdkreet van zijn stam, en zijn bijl zwaaide boven zijn hoofd door de lucht.
Zoals Kral al had gehoopt, drong zijn aanval de afgematte, verraste skaltum twee passen achteruit voordat hij zich in zijn volle lengte kon

oprichten. Dat was genoeg; achter Kral was nu voldoende ruimte voor een ruiter te paard om achter hem langs het donkere bos in te glippen. 'Ga!' schreeuwde hij tegen de anderen. Veel aansporing hadden ze niet nodig. Een stormloop van denderende hoeven joeg achter zijn paard voorbij. Hij durfde hen niet na te kijken, maar hield zijn ogen strak gericht op de klauwen en de tanden van de skaltum.
De skaltum begreep dat een paar van zijn prooien hem tussen de vingers door dreigden te glippen en haalde naar Kral uit op het moment dat de laatste van zijn reisgenoten achter hem langs vloog. Een bliksemsnelle zwaai van Krals bijl weerde de flits van giftige nagels af van zijn gezicht en op de terugweg sloeg de hardhouten steel een uitgestoken klauw weg van de buik van zijn paard. Kral stuurde zijn paard met lichte druk van zijn benen en door zijn gewicht iets te verplaatsen. Rorshaf werd een verlengstuk van zijn eigen lichaam; de scheiding tussen paard en man loste op in een bundeling van spieren en wilskracht.
De skaltum week een stap achteruit. Het beest haalde zwoegend adem, vermoeid van de krachtsinspanning. 'Je vecht goed, man van steen. Maar de nacht behoort mij toe.'
Kral liet zijn bijl in het rond zwaaien in een zinloze vertoning van zijn kunnen. Hij wist dat hij geen kans maakte tegen het beest. Van zijn vorige gevecht met de broeders van dit monster had hij geleerd dat zwarte magie de skaltum voor kwaad behoedde. De zon ging nog lang niet op en Kral kon deze patstelling niet lang in stand houden. Vroeg of laat zou een klauw of een tand door zijn verdediging heen breken. Hij kon alleen tijd zien te winnen, zodat Neelahn en de garnizoenssoldaat konden ontkomen, en daarna proberen het beest weg te lokken van het huis – als hij dan nog leefde.
De skaltum wachtte af, en die pauze gaf hem de kans om op adem te komen. Het beest had geen haast om hem af te maken, maar speelde met hem. Waarschijnlijk besefte het dat het kind dat het zocht niet bij degenen was die te paard waren gevlucht. Kral rechtte zijn rug in het zadel. Hij had Neelahn en de anderen voldoende tijd gegeven om weg te komen. Als hij hier dan toch moest sterven, dan het liefst met zijn bijl geheven en op de rug van het paard dat hij zelf had grootgebracht. Hij zwaaide met zijn bijl boven zijn hoofd om een aanval van het beest uit te lokken. Het werkte – dat vervloekte, voorspelbare beest!
Nu moest hij het weg zien te krijgen bij het huis.
Kral liet zijn paard steigeren, zodat de wild maaiende hoeven zijn tegenstander op afstand hielden. Achter op de steigerende hengst gaf Kral Rorshaf een teken om te draaien. Het paard draaide op zijn achterbenen rond, kwam met een dreun terug naar de grond en wierp Kral over de zadelknop naar voren. De skaltum stond nu achter hem, krijsend.

De bergbewoner zette zijn hakken in zijn paard in een poging naar de bosrand om de hoek van het huis te komen, maar al na een paar stappen kwam Rorshaf zo abrupt tot stilstand dat zijn hoeven diepe voren in de stenige bodem trokken. Zijn onverwachte manoeuvre verraste Kral. Hij zette zich nog schrap, maar kon niet meer voorkomen dat hij over het hoofd van zijn paard heen naar voren tuimelde. Hij landde met een koprol en voorkwam zo dat hij een arm of been brak. Toen hij op zijn knieën overeind kwam, zag Kral waar Rorshaf zo van was geschrokken.
Een tweede skaltum kwam van de voorkant van het huis aangestapt en sneed zijn vluchtroute naar het bos af. Achter zich hoorde Kral de eerste skaltum sissend lachen: 'Kom maar terug, kleintje. We zijn nog niet uitgessspeeld.'

Terwijl Bol een toorts probeerde los te wrikken uit de brokkelige stenen muur, liep Erril naar de trap om op onderzoek uit te gaan naar de oorzaak van de beroering in het huis.
'Geen stap verder, steppeman!'
Erril draaide zich om naar de stem, die afkomstig was van de geest in de spiegel. De strenge gestalte van de oude vrouw werd omspoeld door pulserende banen van licht. Hij richtte zich tot de spiegel. 'Mijn metgezellen zijn in gevaar daarboven.'
'Bekommer je niet om hen,' zei ze kil, met toegeknepen ogen. 'Jij was de hoeder van het Boek en dat maakt je nu de hoeder van haar voor wie het Boek is gemaakt. Breng Elena in veiligheid. De begeerte van het Zwarte Hart is met de jaren niet verzwakt. Je moet nu gaan!' Haar lichtende beeld in de spiegel flakkerde als een kaarsvlam in de wind en haar stem begon te haperen. 'De zwarte magie... het huis binnengeslopen... verzwakt mijn greep. Vlucht... nu het nog kan! Stel me niet teleur, Erril van Standi.'
Daarop loste haar geest op in het niets en nam de duisternis weer bezit van het vertrek. Alleen de blauwe vlammen van de toortsen dreven het donker iets terug.
In de stilte schoof het meisje dichter naar Erril toe. Boven klonk een bulderend gekraak en ze pakte geschrokken zijn hand. Om haar gerust te stellen gaf hij een kneepje in haar hand, die als een gloeiend kooltje in de zijne lag. Hoe kon dit kind ooit een hexe zijn? Hexen waren boze sprookjes over kromme oude besjes die zich schuilhielden in moerassen en beeldschone vrouwen met ravenzwarte haren die mannen met hun middernachtelijke bezoeken te gronde richtten. Erril keek het meisje onderzoekend aan. In het licht van de fakkels glansden haar ogen van de angst, haar mond stond iets open en ze hield haar adem in. Een hand

speelde met een haarlok bij haar oor. Hij kneep nog een keer in haar hand. Boosaardig of niet, deze hexe stond onder zijn bescherming.
Bol had eindelijk een fakkel uit zijn houder kunnen bevrijden en wees ermee naar de enige gang die uit het vertrek voerde.
'Die kant op.' Hij gaf de toorts aan Erril.
Om de flakkerende toorts aan te kunnen pakken, moest Erril zijn enige hand uit Elena's stevige greep bevrijden. De hand van het meisje bleef even leeg in de lucht hangen en klemde zich toen om de zoom van Errils leren wambuis.
Bol stak zijn lantaarn omhoog. 'Ik ga wel voorop. Ik heb de ruïnes verkend en weet hier goed de weg.'
'Weet je hoe we naar de bossen kunnen komen?' vroeg Erril.
De oude man fluisterde zijn antwoord terwijl hij zich omdraaide om hun voor te gaan naar de donkere gang. 'Dat heb ik ooit geweten, ja, maar deze ruïnes hebben er een handje van om je bij de neus te nemen.'
Erril liep met Elena vlak naast zich achter Bol aan door de donkere gang die uit het vertrek wegvoerde. De gang kwam uit in een zaal van de oude school. Gebeeldhouwde stenen verkruimelden in het vocht en de schimmel stond dik op de stenen muren. De standbeelden in de alkoven en nissen waar ze langs kwamen, waren zo verweerd door het druipende water en de eeuwen dat ze waren vervormd tot ineengedoken, dreigende figuren die zich elk moment op de voorbijgangers leken te kunnen storten.
Elena bleef angstvallig uit de buurt van die duistere hoeken, merkte Erril, en bij ieder geluidje stokte haar adem. Half struikelend van de vermoeidheid liep ze naast hem. Hij hoorde dat ze iets voor zich uit mompelde, onsamenhangende woorden die tegen de vloer gericht leken – iets over slangen. Errils klemde zijn kiezen op elkaar. Het kind had de laatste twee dagen geen oog dichtgedaan. Ze moest ergens heen waar ze kon slapen en weer op krachten kon komen. Het waren niet alleen fysieke gevaren die dit jonge meisje bedreigden.
Hij had graag een arm om haar heen geslagen, maar dat maakte de sputterende toorts in zijn hand onmogelijk. Voor het eerst in lange tijd betreurde hij het verlies van zijn arm.
Voor zich uit zag hij Bol aarzelend om zich heen kijken op een punt waar drie vervallen gangen bij elkaar kwamen. De onderaardse ruïne van de oude school was een doolhof van in elkaar overlopende stenen gangen en half ingestorte kamers. In het begin had Bol doelbewust zijn weg door die wirwar van gangen gezocht, maar naarmate ze verder kwamen, bleef hij steeds vaker staan om zich op zijn hoofd te krabben en zoekend om zich heen te turen.
Erril ging naast hem staan. 'Wat is er?'

'Ik denk dat ik verkeerd ben gelopen. Deze kruising kan ik me niet heugen.'
'Wat wil je daarmee zeggen?'
'Dat we verdwaald zijn. Grote delen van deze ruïne heb ik nooit verkend. Sommige stukken zijn onbetrouwbaar en staan op instorten. En in andere gedeelten heersen de wezens van het onderaardse die de gangen bewaken tegen indringers.'
'Waar zitten we nu?'
In antwoord op zijn vraag klonk opeens van alle kanten een luid gesis. Naast Erril begon Elena zacht te jammeren.
Bol liet zijn lantaarn zakken. 'Hoe hard denk je dat je kunt lopen met Elena in je armen?' fluisterde hij tegen Erril.
'Hoezo?'
Bol tuurde de donkere gangen af. 'Ik wist niet dat ze hun territorium zo ver hadden uitgebreid. De winterkou moet ze naar de laagten hebben gedreven.'
Erril luisterde naar het steeds harder klinkende gesis. 'Slangen?'
Bol schudde zijn hoofd. 'Iets ergers. Iets veel ergers. Rotskobolden.'

Terwijl Kral overeind krabbelde, sloegen de twee skaltums hun vleugels uit in de koude nachtlucht. Een van Krals knieën weigerde dienst en om niet te vallen stak hij een hand uit naar Rorshafs schoft. Het oorlogspaard schoof dichter naar hem toe. Rorshafs ogen puilden uit van angst en zijn vacht was glad van het zweet, maar het paard week niet van Krals zijde, klaar om voor hem in de bres te springen.
De skaltum achter hem gniffelde. Het lachje knerste als keien die in een wassende beek op de bedding langs elkaar schuiven. 'Mijn vogeltje heeft een geknakte vleugel. Kom maar hier, dan zal ik hem even maken.'
Kral hoorde de benige vleugels en klauwen langs elkaar schuren toen de skaltum dichterbij kwam. Hij keek naar zijn lege handen – hij had geen wapen meer. Zijn bijl was uit zijn handen gevlogen toen hij uit het zadel werd geworpen en lag nu op de grond, voor de poten van de andere skaltum. Hij had een ander wapen nodig, maar hij had er geen. Tenzij...
De skaltum voor hem kwam nu ook langzaam dichterbij. 'We hebben een lange reiss achter de rug. We kunnen wel een hapje gebruiken voordat we het huis afbreken en de prooi vinden waar we eigenlijk voor kwamen.'
De twee skaltums sisten. Groene olie drupte van de klauwen van de skaltum voor hem, die naar hem staarde als een kwijlende hond naar een bot.
Krals hand ging naar een van zijn tassen. Hij peuterde het riempje los en sloeg de klep open.

'En wat denkt de kleine man dat hij heeft?' vroeg het beest achter hem. 'Weer een glanzzend blad om mee naar onss te zzwaaien? Je kunt onss geen kwaad doen, weke man, alleen zzorgen dat we meer trek krijgen.'

Kral stak zijn hand in zijn tas en greep zijn 'wapen' bij een lang oor. Hij haalde de afgehakte kop te voorschijn van de skaltum die hij in de stad had verslagen en tilde die hoog op, zodat beide wezens hem goed konden zien. 'Vertrouw maar niet blind op jullie zwarte magie! Ik weet nu hoe ik door jullie boze afweer heen kan breken!'

De aanblik van de kop, met de lange tong die slap uit de dode bek hing, had het gewenste effect op de beesten. Kral vermoedde dat de skaltums in de voorbije eeuwen zelden hadden meegemaakt dat een soortgenoot werd verslagen. De ontdekking dreef de twee met slaande vleugels geschrokken achteruit. Kral kwam hinkend naar voren, op zijn fluitje gevolgd door zijn paard. Hij zwaaide met de kop naar de skaltum voor hem. Het beest week ver genoeg terug om Kral de kans te geven zijn bijl te grijpen.

In een snelle beweging haalde hij het bijlbad door het dikke bloed dat in stroperige draden uit de afgesneden hals in zijn hand droop. 'Het bloed van jullie soort op een lemmet maakt jullie duistere bescherming krachteloos.' Hij stak de bijl in de lucht en bad dat zijn list zou werken. 'Ik heb geen zonlicht meer nodig om jullie te doden!'

Zijn woorden joegen een huivering door de skaltums. De twee wezens waren de uitputting nabij en ze leken geen van beide geneigd zijn bewering op de proef te stellen. Hij hees zich in het zadel en stuurde zijn paard met zijn knieën opzij. Nu had hij de beide skaltums voor zich.

'We zzullen je doden, kleine man. Let op onzze woorden. Als de onzzen horen wat jij hebt gedaan, ben jij met de jouwen vleesss voor onzze tanden.'

'We zijn klaar voor jullie! Jullie bloed zal in rivieren van onze bergen stromen,' verzekerde hij de wezens, terwijl hij Rorshaf liet omdraaien en zijn paard een teken gaf dat hij moest rennen zo hard hij kon. De angst gaf zijn hengst vleugels en Rorshafs hoefijzers joegen denderend over de koude aarde. Aan weerszijden zoefden de bomen voorbij. Pas toen een wirwar van takken boven zijn hoofd hem vrijwaarde van een aanval van bovenaf, durfde Kral weer adem te halen.

Hun razende vlucht door de winterse nacht werd begeleid door de rollende donder boven hun hoofd. De storm kon elk moment losbarsten. Met één oog op de bliksems die de donkere lucht doorkliefden, voelde Kral twee gevoelens in zijn hart om voorrang strijden: de opluchting dat hij nog leefde en schaamte om wat hij had gedaan. Hij zette Rorshaf tot nog grotere snelheid aan, alsof hij zijn lage daad zo achter zich kon laten. Het schuim stond Rorshaf op de mond terwijl hij door het bos raasde.

Wat als een steen op zijn hart lag, was niet dat hij zijn reisgenoten in het huis aan hun lot had overgelaten. De beesten hadden nu vrij spel, maar in zijn hart wist hij dat hij al het mogelijke had gedaan om hun de tijd te geven uit de kelder te ontsnappen en zichzelf in veiligheid te brengen. Hij had gedaan wat hij kon, zelfs zijn eigen leven in de waagschaal gesteld.

Nee. Wat zijn hart verscheurde en zijn strot dichtkneep, was dat hij had gelogen, dat hij een onwaarheid had gesproken! En waarvoor? Alleen maar om zijn eigen verachtelijke hachje te redden!

Hij gaf een ruk aan Rorshafs teugels. Zijn hengst steigerde schuimbekkend en met angstig draaiende ogen, en kwam toen abrupt tot stilstand. Boven Krals hoofd braken bliksem en donder de lucht opeens open, alsof ook de hemel het uitschreeuwde om zijn leugenachtige hart. IJskoude regendruppels sloegen tussen de dennen door tegen zijn opgeheven gezicht.

Niemand in zijn stam had ooit een leugen over zijn lippen laten komen. Met het speeksel van zijn valse tong had Kral het haardvuur van zijn familie gedoofd. Na die schending was er voor hem geen weg terug meer naar zijn thuis in de bergen.

Kral, gedoemd voor altijd, legde het hoofd in de nek en brulde het uit tegen de regen.

24

Elena klampte zich vast aan het wambuis van de zwaardvechter terwijl rondom het gesis van de kobolden naderbij sloop. Wat nu weer? Ze had vandaag al te veel verschrikkingen gezien. Ze begroef haar gezicht in Errils leren hemd. Een verre donderslag die hoog boven hun hoofd weergalmde, bracht het sissen even tot zwijgen, maar niet voor lang. Toen het knetterende gebulder wegstierf, kwam het dreigende geluid weer opzetten, als een kriebel in haar oren. Heel voorzichtig deed ze één oog open en tuurde de gang achter hen in. Kropen daar in het duister nou nog donkerder schaduwen dichterbij?

Achter haar zei oom Bol: 'Ik ruik regen verderop in deze gang.'

Ze keek even om naar haar oom.

Hij tuurde de ruimte aan hun linkerhand in. 'En volgens mij is het gesis die kant op ook minder.'

'Laten we daar dan maar heen gaan,' zei Erril.

Met haar oor tegen zijn zij gedrukt hoorde Elena Errils hart bonzen in zijn ribbenkast. Ze concentreerde zich op het ruisen van het bloed door het hart van de strijder, zodat dat het sissen overstemde.

'Gooi die toorts maar weg,' zei Bol. 'Je kunt je arm beter gebruiken om Elena te dragen. We moeten opschieten. Zolang we niet treuzelen, laten ze ons misschien door hun zalen lopen zonder ons kwaad te doen.'

Elena liet zich door Errils gestaalde arm de lucht in tillen. Ze sloeg haar armen om zijn nek om niet naar de grond te vallen. 'Kruip maar op mijn rug,' zei hij.

Ze deed wat hij vroeg en vouwde haar benen om zijn middel. Hij haakte zijn ene arm onder haar been. 'Je hoeft me niet vast te houden,' zei ze naast zijn oor. 'Als je iets vooroverleunt, kan ik zelf blijven zitten.'

Met een brom ten antwoord liet Erril haar been los.

Ze spande haar benen aan en probeerde haar gewicht beter te verdelen. Zo kon ze stevig blijven zitten; eigenlijk was het net alsof ze paardreed. 'Ik zit,' zei ze.

Erril legde een hand op zijn zwaardgevest en knikte naar Bol. 'Ga maar voor.' Elena's arm drukte tegen zijn luchtpijp en kneep zijn stem af.

Bol tilde zijn lantaarn op, glipte de gang aan hun linkerhand in en liep op een drafje voor hen uit. Erril volgde met een gesmoord 'Hou je vast'

over zijn schouder tegen het meisje.
Elena drukte haar wang tegen zijn nek en hield zich stevig vast, zonder haar rijdier helemaal de adem af te snijden. Zijn geur vulde haar neus: de volle, kruidige geur van paard en man, als een vleugje van de leem van de steppen waar hij was opgegroeid. Ze zag hem voor zich zoals hij als jongen moest zijn geweest, rennend over de velden van Standi, met zijn sterke benen die over greppels sprongen en met zijn borst vooruit, vol van de lucht die geel zag van het fijne stuifmeel van de voorjaarsvelden. Als ze elkaar als kinderen hadden leren kennen, zouden ze dan vrienden zijn geworden?
Voordat ze de kans kreeg te bedenken waarom haar hart zo vreemd reageerde op zijn geur, kwamen ze weer in een andere gang terecht. Het gesis klonk harder en de muren om hen heen weerkaatsten het dreigende geluid. Het leek alsof het lawaai haar hoofd binnendrong en daar in het rond stuiterde. Ze tuurde over Errils schouder heen naar oom Bol, die met de lantaarn voor hen uit draafde.
Ze liepen stevig door, maar hun tempo lag niet zo hoog dat ze gevaar liepen om over een oude steen te struikelen of hun hoofd te stoten tegen een ingezakte dakbalk. Die snelle, maar gestage tred behoedde oom Bol voor de dood. Vanaf haar uitkijkpost kon Elena de voorste rand van de cirkel van licht rond de lantaarn voor hen uit zien schuiven en obstakels beschijnen. Opeens verdween het lantaarnlicht op zijn baan over de stenen vloer, alsof de hongerige duisternis het had opgeslokt. Het duurde even voordat het tot haar doordrong wat er voor hen lag.
'Pas op!' schreeuwde ze tegen haar oom, die nog altijd voor hen uit liep. Haar kreet bereikte zijn oren op het moment dat zijn ogen zagen waar ze voor waarschuwde. Hij kwam glippend tot stilstand, maaiend met zijn armen om niet voorover te tuimelen. Zijn tenen zweefden boven de rand van een afgrond. Bijna was Erril tegen hem op gebotst en had hij Bol alsnog in de zwarte diepte gestort, maar de zwaardvechter herstelde zich snel en trok oom Bol in plaats daarvan weg bij de rand.
Elena liet zich van Errils rug glijden. Alle drie staarden ze naar de gapende kloof. De gang was opengespleten door een oude barst en een verschuiving in het gesteente van het voorgebergte; het lantaarnlicht kon de afgrond maar net overbruggen tot aan de overkant, waar de gang weer verder ging – veel te ver weg om te springen.
Opnieuw weergalmde een donderslag van het onweer boven hun hoofd door de gewelven. De knal van de donder klonk luid en duidelijk van de verste kant van de gang. Oom Bol had gelijk gehad. Aan die kant was de weg naar buiten vrij. Maar nu er een kloof tussen hen en de rest van de gang gaapte, hadden ze evengoed duizend mijl van die vluchtweg gescheiden kunnen zijn.

Toen het gerommel van de donder wegstierf, werd duidelijk waar het gesis vandaan kwam. Het geluid steeg als een stoomwolk op uit de afgrond, alsof ergens in de diepte een ketel vol ziedend water stond die elk moment uit elkaar kon spatten.

'Rotskobolden,' prevelde Bol.

Achter hun rug gaven zware tongen sissend antwoord op hun soortgenoten in de diepte.

Oom Bol draaide zich om naar Elena. In zijn ogen lag een moedeloze blik die ze er nooit eerder had gezien. 'Het spijt me,' fluisterde hij tegen haar en Erril.

Elena hoorde nauwelijks wat hij zei. Uit de gang die achter hen lag, zag ze een massa inktzwarte schimmen op hun licht af schieten.

'Kral!' Neelahns kreet verwaaide in de storm die het bos ranselde. Takken sloegen tegen haar paard; regen striemde in haar gezicht. Ze reed tussen de bomen door in de richting van de denderende hoeven die ze had horen langskomen. Met gefluisterde woorden in zijn oor spoorde ze de hengst aan.

Achter haar reed de merrie met Rockingham. Een touw verbond de merrie met de hengst, maar de man deed geen poging om van zijn rijdier te springen en te vluchten. Kennelijk had de gevangene geen behoefte om deze bossen te voet te doorkruisen, midden in de nacht en met monsters in de buurt.

'Hij is gewoon dood,' zei Rockingham knorrig. 'Waarom zoeken we geen boom met dikke takken op waar we de storm kunnen uitzitten?'

'Nee.'

'Hij kan nooit heelhuids aan die skaltums ontsnapt zijn.'

'Dat is hem anders al een keer gelukt.'

Rockingham trok zijn schouders op en kromde zijn rug tegen een onverwacht harde regenvlaag. 'Niet op een donkere nacht als deze.'

'Ik hoorde hem.'

'Je hoorde de donder.'

Neelahn zette haar hengst iets aan en trok de merrie mee. Ze had scherpe zintuigen. Wat ze gehoord had, was níét de donder geweest. 'Kral!' riep ze weer, maar de wind plukte de naam van haar lippen.

Alsof het bos haar antwoordde, gloeide op dat moment tussen de bomen ver voor hen uit een licht op. Haar eerste gedachte was dat ze met een boog waren teruggereden en dat het wazige schijnsel uit het huis van de oude man kwam. Maar nee, ze waren al te diep in het bos doorgedrongen en te ver van het huis vandaan. Ze ging rechtop zitten en tuurde voor zich uit in een poging door de sluier van regen te kijken. Het schijnsel, een zachte, azuurblauwe gloed, leek op en neer te dansen. Probeerde iemand hun aandacht te trekken? Kral misschien?

Ze stak een hand uit naar een boomstam en liet haar oogleden langzaam iets zakken, de ruwe bast aftastend tot ze doordrong tot in het hart van de boom, tot aan de wortels die verstrengeld waren met die van de andere bomen in het donkere woud. Achter in haar keel zong ze een lied van de niphai, een vragend lied. Was het vriend of vijand, daar voor hen uit? Een geërgerd gebrom was haar enige antwoord. De wortels van deze bomen waren versuft als een man die snurkt in zijn dromen, vergeleken met de symfonie die vroeger in haar eigen bossen had opgeklonken. Slechts één vederlicht antwoord kwam terug op haar vraag: elven.

Verrast trok ze haar handen van de houtige stam. Gewoon een oude nachtmerrie, zei ze tegen zichzelf. Deze bomen waren verzonken in het verleden. De elven hadden dit land duizenden eeuwen geleden verlaten. Lang geleden waren ze verdwenen en met hun windschepen voorbij de Grote Westelijke Oceaan naar een land ver weg gevaren, vanwaar ze nooit meer waren teruggekeerd.

Toch wekte die verwijzing naar de oude elven onrust in haar hart; het was een vervloekte naam om tussen die door storm en regen geteisterde takken te vinden.

Nieuwsgierig dreef ze haar hengst voorzichtig verder in de richting van het licht. Stammen schoven tussen haar en de gloed in, zodat het schijnsel steeds even oplichtte en dan weer verdween, als een geheim signaal. Op dat moment joeg een harde windstoot vanaf de bergtoppen een muur van regen over hen heen en vaagde het licht weg. Neelahn hield haar paard in en wachtte. Ze kon niet meer met zekerheid zeggen waar ze het licht het laatst had gezien.

Terwijl ze daar stond, turend met ingehouden adem, dook Rockingham op zijn grijze merrie op naast haar voshengst. 'Dit zint me niets. Laten we maar liever omdraaien. Wie weet wat voor monsters er vannacht in het bos rondsluipen.'

Ze legde hem met een handgebaar het zwijgen op. 'Stil!' Ze spitste haar oren. Hoorde ze daar een takje knappen?

'Wa...' Rockinghams vraag werd gesmoord door een grote hand die zich om zijn mond sloot.

Neelahn dook ineen op haar paard toen ze de enorme gestalte zag die achter Rockingham was opgedoken en hem van zijn merrie trok. Een mes schoot met een flits uit de schede om haar pols en naar haar hand. Rockinghams belager, wie het ook was, stond achter het paard, waar ze hem niet goed kon zien.

Uit haar ooghoeken zag ze het licht weer opduiken aan haar rechterhand, dieper in het bos. Ze liet het voor wat het was en richtte haar aandacht op wat er achter de merrie gaande was. Toen dook boven de flanken van het paard opeens een gezicht op. De uit steen gehouwen gelaatstrekken en de dikke baard waren vertrouwd. 'Kral?' vroeg ze op gedempte toon.

'Blijf laag,' fluisterde hij tegen haar, gebarend dat ze moest afstijgen.

Neelahn liet zich van haar hengst glijden en dook naar waar Kral en Rockingham stonden. De garnizoenssoldaat wreef met een kwade blik in zijn nek.

'Bind de paarden vast,' fluisterde de grote man haar toe.

'Waarom?'

Hij wees naar het licht. 'De paarden trekken aandacht. Jullie maakten zoveel herrie dat een dove rotskat jullie nog had kunnen vinden. Als we te voet verder gaan, verwaaien onze geur en het geluid van onze voetstappen in de storm.'

'Wie denk je dat daar is?'

'Ik... Ik zou het niet durven zeggen.' Kral wendde snel zijn hoofd af. 'Maar op een vreselijke nacht als deze kunnen we niet waakzaam genoeg zijn.'

Neelahn fronste. De bergbewoner gedroeg zich eigenaardig, maar wat hij zei was waar.

'Ik ga helemaal nergens heen,' zei Rockingham, die wijdbeens ging staan.

'Klopt,' zei Kral. Hij pakte de man met een hand bij zijn armen en bond een touw om zijn polsen. 'Jij blijft hier, bij de paarden.' Kral gooide het ene uiteinde van het touw over een hoge tak van een wintereik en ving het weer op. Toen trok hij het touw strak tot Rockinghams armen zo ver omhoog waren gesjord dat hij op de punten van zijn tenen wiebelde. Kral bond het touw vast om een boomstam.

Rockingham deed zijn mond open om te protesteren, maar zijn woorden werden gesmoord door de prop die in zijn mond werd geduwd.

'Moet dat nou echt?' vroeg Neelahn, die Krals brute optreden verbaasd had gadegeslagen. 'Hij heeft ons tot nu toe nog geen enkele last bezorgd.'

'Wat dacht je van de skaltums?' zei Kral. 'Hoe wisten die ons te vinden?'

Ze keek hem onzeker aan, zonder iets te zeggen.

'Kom, straks gaat de zon op,' zei hij. 'Ik ga terug naar het huis om het dal van die beesten te verlossen, zoals ik ook met die andere heb afgerekend.' Hij knikte naar het lichtje. 'Maar eerst wil ik weten wie er nog meer door het bos rijdt op deze stormachtige nacht.'

Neelahn overwoog hem te vertellen wat ze van de boomstemmen had gehoord, maar Krals gedrag gaf haar een onbehaaglijk gevoel, dat haar de lust benam hem deelgenoot te maken van haar zorgen. Wat had het

ook voor zin om over de elven te beginnen? Die bestonden alleen nog in oude verhalen.
'Jij kunt maar beter ook bij de paarden blijven,' zei Kral.
'Nee.' Het woord was al over haar lippen voordat ze het kon tegenhouden, maar ze nam het niet terug. 'Ik ga met je mee.'
Even leek het alsof Kral haar zou tegenspreken, maar toen haalde hij zijn schouders op en draaide zich om. Zonder nog een geluid te maken sloop hij weg, met Neelahn dicht achter zijn brede rug. Ondanks zijn omvang leek hij bijna over de bosgrond te zweven. Stil en met vaste tred snelde hij op het verre licht af, met zijn bijl in zijn hand geklemd. Neelahn, die zelf uit de bossen kwam, moest voortmaken om de man bij te houden. Het was alsof de storm haar met natte armen de weg probeerde te versperren, terwijl de regen die door het bladerdak op hen neergutste langs Krals lichaam stroomde alsof hij een rotsblok was.
Ze zeiden geen woord op hun weg door het bos, maar door Neelahns hoofd spookten duizend gedachten rond. Na zijn gevecht met de skaltum in de stad was Kral vermoeid maar onaangedaan uit de strijd gekomen, zonder een deukje in zijn onverstoorbare zelfverzekerdheid. Maar nu lag er een scherpte in zijn woorden, en zijn gedrag was hard en ongenaakbaar als zijn bijl. Zelfs zijn schouders waren strak en onbuigzaam als ijzer.
Als Krals gedrag niet zo vreemd was geweest, was ze misschien wel bij Rockingham en de paarden gebleven en had ze waarschijnlijk kunnen voorkomen dat Rockingham als een beest werd opgebonden. Maar de manier waarop Krals wenkbrauwen zich samenpakten boven zijn diepliggende rode ogen joeg haar angst aan – niet om haarzelf, maar om anderen die hij tegen kon komen. Niet alles deze nacht hoefde met ijzer en spierkracht begroet te worden.
Neelahn ging naast de bergbewoner lopen en keek naar het licht dat voorbij het volgende groepje bomen opgloeide. Degene die dat schijnsel verspreidde in deze storm, wie of wat het ook mocht zijn, verdiende meer aandacht dan alleen blinde woede. Ze drong zich voor Kral, vastbesloten om eerst te bekijken of Krals bijl eraan te pas moest komen. Ze vloog voor de reus uit in een geruisloze dans van haar rappe voeten over de gevallen bladeren en de takjes. Het leven van het bos was een deel van haar wezen. Achter zich hoorde ze Kral boos fluisteren.
Het kleine glimlachje dat om haar lippen speelde, verdween toen ze voorbij de bomen kwam en zag wie en wat het licht naar dit donkere woud had gebracht. Nee! Haar instinct kreeg de overhand en opnieuw griste haar hand haar dolk uit de schede om haar pols. Ze stormde de lichtcirkel in.

De lange, ranke man, twee keer zo lang als Neelahn maar slechts half zo zwaar en gekleed in niets dan een dun wit hemd dat in een wijde groene broek was gestopt, draaide zijn hoofd op de lange, dunne nek in haar richting. Hij stond in een kring van paddestoelen en had één arm geheven, met daarop de bron van het schijnsel. Op zijn hand zat een vogel met een verenkleed dat helder azuurblauw oplichtte. Opgeschrikt sloeg het dier tweemaal de vleugels uit, en door die beweging gloeide het licht feller op. Een maanvalk!
De valk sperde zijn snavel open en krijste.
'Neelahn, niet doen!' riep Kral achter haar toen ze met haar dolk geheven naar voren stormde.
Ze sloeg geen acht op hem en slaakte een woedende kreet.
De elve moest sterven!

Erril duwde het kind achter zich en trok zijn zwaard. Hij keerde zich om naar de donkere gang. Sissende, zwarte gedaanten slopen op hen af. Bol ging naast het meisje staan en hield zijn lantaarn omhoog. Het schijnsel viel als een eiland van licht rond het drietal. Achter hen wachtte de afgrond; als ze zich terugtrokken, betekende dat alleen dat ze een andere dood zouden sterven.
'Ik begrijp het niet,' mompelde Bol achter hem. 'Die paar keer dat ik hier rotskobolden heb gezien, hoefde ik alleen maar weg te lopen. Ze zijn me nog nooit achternagekomen.'
'Misschien zijn ze sindsdien brutaler geworden,' zei Erril. Hij zag een paar schimmen tot aan de rand van de lichtcirkel glippen. Het schijnsel van de lantaarn leek hen tegen te houden, als een soort magisch schild.
Een donkere gestalte maakte zich los uit de groep en kroop naar voren. Vlak buiten de cirkel van licht bleef het wezen staan, alsof het de duisternis net niet durfde los te laten. Rode ogen en iets ontblote, puntige tanden lichtten heel even op in een glimpje lamplicht. Erril voelde dat zijn nekharen overeind gingen staan. De aanblik van het wezen bracht de nachtmerries terug van toen hij als kind midden in de nacht met de dekens tot aan zijn kin naar de vreemde geluiden van het huis had liggen luisteren.
'Ze blijven daar niet lang meer staan,' zei Erril. 'Heb je een wapen, Bol?'
'Nee, alleen het licht.' De oude man deed een stap naar voren, zodat de lantaarn zijn licht vooruit wierp.
De brutaalste kobold liet zich door het licht verrassen. Het wezen, open en bloot in het heldere schijnsel, was niet groter dan een geit. Zijn vel, dat in de schaduwen zwart had geleken, bleek nu schubbig wit als de onderbuik van een dode vis en was bedekt met een vettige glans. De

grote rode ogen staarden hen bewegingloos aan. Even later scharrelde het achteruit, bij hen vandaan, sissend tussen de puntige tanden van een adder. Een kronkelende staart met een zwarte hoorn op de punt schoot vanachter de kobold dreigend naar voren.

Erril vertrok zijn gezicht, niet om de aanblik van dat ene wezen dat in het lantaarnlicht was gevangen, maar om wat het licht verder zichtbaar maakte. Het hele vertrek krioelde van de ineengedoken gedaanten. Zelfs aan de muren en het plafond hingen kobolden, die hun nagels in de brokkelige stukken steen hadden geslagen.

De kobold die het dichtst bij was gekomen, schoot terug naar de schaduwen. Het licht hield ook het leger van zijn soortgenoten op afstand, maar ze weken niet verder achteruit.

'Wat zullen we doen?' vroeg Erril aan Bol. 'Mijn zwaard alleen is niet genoeg om ons een weg door die meute te banen. Misschien met hexenmagie?' Het kostte Erril moeite om niet naar het meisje te staren, dat zich angstig achter Bol verschool.

'Nee, Elena is leeg. En net als haar mannelijke tegenhangers heeft ze zonlicht nodig om haar kracht te hernieuwen. Ze kan ons niet helpen.'

'Valt er dan misschien met die rotskobolden te praten?'

'Ik weet het niet. Het is een schuw volkje, dat zelden met anderen in aanraking komt.'

'En hoe vergaat het die anderen over het algemeen?'

'Hun schedels en beenderen zijn teruggevonden, schoongegeten en wel.'

Erril keek naar de kobolden, die langzaam maar zeker weer dichterbij begonnen te kruipen. Hij gebaarde dat Elena bij de muur moest gaan staan, met Bol voor zich ter bescherming. Erril had bewegingsruimte nodig. Hij bracht de punt van zijn zwaard omhoog.

Hij speurde naar een teken dat de wezens genoeg moed hadden verzameld om in de aanval te gaan, maar ze draalden nog altijd aan de rand van de lichtcirkel, alsof ze zelf ook een of ander teken afwachtten. Het was alsof de kobolden vastbesloten waren om de indringers de doorgang te versperren, maar niet goed wisten wat ze verder met hen aan moesten.

'Wat... doen ze?' vroeg Elena achter de rug van haar oom. Haar stem klonk verrassend vast. Misschien was ze te naïef om goed te beseffen hoe slecht het er voor hen uitzag.

'Ik weet het niet zeker, liefje,' zei Bol, 'maar laten we maar stil zijn.'

Op hun woorden ontstond er beroering in de drom kobolden. Het begon aan de andere kant van het vertrek en verplaatste zich in hun richting: heftig gesis en gekrakeel van klakkende tongen.

Erril verstrakte. Hij hief zijn zwaard met vaste hand en keek strak voor zich uit.

Opeens brak een andere kobold los uit de drom die vol in het lamplicht ging staan. Net als zijn voorganger keek het wezen hem met grote rode ogen aan en hield het zijn staart naar Erril uitgestoken. Deze keer zat in de pootjes echter een voorwerp geklemd dat oplichtte in het licht van de lamp. De kobold kwam langzaam naar voren, met de poten naar hem opgeheven alsof hij een geschenk aanbood. Erril deed een stap naar achteren en richtte de punt van zijn zwaard op de kobold.

De andere kobolden die zich in het vertrek verdrongen, sisten niet meer en bleven roerloos staan. De kobold voor Erril vouwde zijn lange vingers open en ontblootte een bewerkt stuk metaal dat zo groot was dat het op zijn beide bleke poten rustte.

Errils adem stokte in zijn keel. Het metaal glansde als goud in het lamplicht. Hij kende dat voorwerp, die vorm, en hij wist dat het geen goud was dat oplichtte in het schijnsel, maar ijzer dat uit het bloed van duizend magiërs was gesmeed. Hij had het meer dan een eeuw geleden in de ruïne van de oude school verborgen om het niet op zijn reizen ten prooi te laten vallen aan struikrovers of dieven.

Het was de sleutel van Aloa Glen.

Verdoofd door die onverwachte ontdekking liet Erril zijn concentratie verslappen en kwam hij te laat in beweging. De kobold met de schat schoot naar voren, niet naar Erril, maar langs hem heen. Voordat Erril iets kon doen, was de kobold al achter hem langs geglipt en naar de rand van de gapende kloof gedraafd. Daar hield het wezen even stil en keek het over zijn schouder om naar Erril.

'Nee!' Erril liet zijn zwaard vallen en stak een hand uit naar het wezen. De sleutel mocht niet verloren gaan! Maar weer was hij te laat. De kobold sprong in de afgrond; met de sleutel van de verdwenen stad nog in zijn poten stortte hij zich in die zwarte muil.

Erril stormde naar de rand en liet zich op zijn knieën vallen. Hij tuurde de kloof in, maar alleen de duisternis staarde hem aan. 'Licht me bij!' beval Erril.

'Kijk, ze gaan weg,' zei Bol.

Erril wierp een snelle blik over zijn schouder. Het leger rotskobolden week achteruit en loste langzaam op in de schaduwen van de donkere zalen: dat gevaar was geweken. Hij richtte zijn aandacht weer op de afgrond en herhaalde: 'Kom hier met je lantaarn en licht me bij!'

'Waarom? We kunnen hier beter weggaan en een weg terug naar boven zoeken,' zei Bol, terwijl hij met de lantaarn naar de kloof liep.

'Laat het licht in de diepte zakken.'

Bol knielde zuchtend neer en stak zijn lantaarn over de rand. Het licht stroomde uit over de donkere diepte en bescheen een smalle richel op een paar handbreedten onder hen. Vanaf die rand voerden ruw uitgehakte treden dieper de kloof in. Aan de uiterste rand van de cirkel van licht was nog net de kobold te zien die over de treden naar beneden sprong. Even later was hij verdwenen, opgeslokt door het duister.

'We moeten die kleine rat te pakken krijgen.' Erril kwam overeind en raapte zijn gevallen zwaard op.

'Waarom? Laat hem toch gaan, Erril. We moeten Elena in veiligheid brengen.'

Erril stak zijn zwaard met kracht in de schede. 'Als we ooit Aloa Glen en het Bloedboek willen vinden, en die kans is al klein genoeg, dan hebben we dat ding nodig dat de kobold in zijn handen had. Dat is de sleutel tot de weg naar de verdwenen stad. Zonder dat ding zullen we nooit door de oude bezweringen heen kunnen breken die over Aloa Glen zijn uitgesproken. Ik moet die sleutel terug zien te krijgen.'

Bol liet Errils woorden met een frons tot zich doordringen. 'Hoe hebben zij die sleutel ooit gevonden? En waarom laten ze hem aan ons zien, om er vervolgens vandoor te gaan?'

'We zijn hierheen gedreven.' Erril wees naar de inmiddels verlaten gang. 'Nu ze de sleutel hebben laten zien, hoeven ze ons niet meer op te drijven. Ze rekenen erop dat we nu vanzelf wel achter hen aan komen.'

Elena was aan komen lopen om ook in de afgrond te turen. 'Waarheen?'

Erril ging naast haar staan. 'De diepte in.'

Kral stormde achter Neelahn aan. Waar kwam die woede vandaan die opeens was opgelaaid in die anders zo rustige vrouw? De regen sloeg in golven over de kleine open plek tussen de bomen. De man die er stond, even groot als Kral maar dun als een jong boompje dat buigt in de wind, keek Neelahn met licht getuite lippen aan, alsof hij vooral benieuwd was waarom die vrouw met haar dolk geheven op hem af kwam. Zijn haar hing in een lange vlecht op zijn rug en was zilver getint, hoewel dat gezien zijn gladde gezicht niet op ouderdom wees. Maar zijn blauwe ogen, die heel kort op Kral bleven rusten, leken te zeggen dat de jaren jeugdige angsten en de verwondering wel hadden weggesleten. Er sprak verveling uit zijn blik.

Het enige licht op die winderige open plek verspreidde zich in golven van een vogel, een valk die een diepe, azuurblauwe gloed uitstraalde. De vogel prijkte op de knokkige vuist van de lange man en reageerde luidruchtiger dan zijn drager. Hij krijste met wijd opengesperde snavel naar Neelahn, alsof hij de woeste kreet imiteerde die de kleine vrouw had geslaakt.

Een regenvlaag woei in Krals ogen. Hij knipperde. In die fractie van een tel verdween de vogel van de hand van de vreemdeling. Als een streep van licht, fel als de bliksemschichten die van wolk naar wolk sprongen, dook de vogel op Neelahn af en stootte de dolk uit haar hand. Nog voordat Neelahns voeten van de schok als aan de grond genageld konden blijven staan, zat de valk alweer op zijn hoge uitkijkpost.

Neelahn bleef hijgend staan. Haar dunne haar plakte in strengen tegen haar gezicht. 'Dit is jouw land niet!' schreeuwde ze boven de donder uit. 'Jouw soort hoort hier niet!'

Inmiddels was Kral naast haar komen staan en hij legde een hand op haar schouder. Hij wist niet wie de man kon zijn, maar hij vertrouwde op Neelahns intuïtie en bleef bij haar om zijn metgezel zo nodig hulp te bieden. Hij voelde haar trillen onder zijn hand, alsof de gevoelens die door haar heen raasden met geweld een uitweg zochten. 'Wie is dat? Ken je hem?'

Zijn stem bracht Neelahn enigszins tot bedaren. 'Hem niet, nee. Maar ik ken zijn volk – de elven!' Dat laatste woord richtte ze vol venijn tot de vreemdeling.

De vreemdeling zweeg, onaangedaan, alsof hij hun taal niet sprak. Kral verstrakte toen de elvenman een onverhoedse beweging maakte, maar hij stak alleen een lange vinger uit om zijn valk tussen de veren te krabben. Dat leek de vogel te kalmeren; het dier ontspande zich en maakte het zich iets gemakkelijker op zijn roest.

'Ik heb nog nooit van die stam gehoord,' zei Kral, die onwillekeurig was gaan fluisteren.

'Dat kan ook niet. Toen de eerste mensen naar dit land kwamen, waren de elven al niet meer dan een mythe over een volk dat lang geleden was verdwenen voorbij de nevelen van de Grote Westelijke Oceaan.'

'Waarom weet jij dan wel van hun bestaan?'

'Het geheugen van de bomen gaat ver terug. Toen onze oudste wortels jong waren, leefden er nog elven onder het bladerdak in de Westelijke Gronden. De meest geheiligde bomen zongen hun verhalen nog, liederen over oorlog... en over verraad.'

'Maar zingen doen ze niet langer,' zei de vreemdeling. Het waren zijn eerste woorden, en zijn stem was helder als een klokkenspel. Hij sprak zonder zijn ogen van zijn valk af te wenden en hij hield zijn hoofd iets schuin, alsof hij diep in gedachten verzonken was.

'Dankzij jullie!' Neelahn begon weer te beven.

Hij haalde zijn schouders op.

'Jullie hebben ons verraden.' De tranen stonden in haar ogen.

'Nee, jouw volk heeft zichzelf te gronde gericht.' Voor het eerst flakkerde er woede op in de blauwe ogen van de vreemdeling, als een plotselinge onweersbui aan een zomerse hemel. Hij rechtte zijn rug en keek hen beiden aan; zijn hoge jukbeenderen waren scherp afgetekend in zijn bleke gezicht.

Kral gaf Neelahns schouder een kneepje om de woede die in haar oplaaide te bezweren. Door die aanraking bespeurde Kral de waarheid in Neelahns woorden. Ze was overtuigd van de waarachtigheid van haar beschuldigingen. Kral had echter het gevoel dat de vreemdeling evenmin loog. Híj geloofde evenzeer in zijn eigen verklaring van onschuld. Kral was de eerste die de gespannen stilte verbrak. De stormvlagen en donderslagen van de onweersbui die boven hun hoofd woedde, leken bijna kalm in vergelijking met de stille oorlog die hier gaande was. 'Ik begrijp het niet. Wat is er tussen jullie volken gebeurd?'
Neelahn keek Kral aan. 'Er was een tijd, lang geleden, dat overal in dit land de geestbomen van mijn geboorteland groeiden, de koakona. Het woud strekte zich van de Tanden uit over de weidse Westelijke Gronden tot aan de Grote Westelijke Oceaan. Ons volk werd geëerd als de geesten van wortel en leem. En we lieten iedereen vrijelijk delen in onze gaven.'
De vreemdeling lachte schamper. 'Jullie heersten alsof de andere volken in het land niets meer waren dan werktuigen om die teerbeminde bomen van jullie te laten groeien. Jouw volk heerste als despoten.'
'Dat is een leugen!'
'In het begin zagen wij ook niet in dat jullie verspreiding over het land tegennatuurlijk was. We hielpen jullie en schonken jullie wind en licht voor jullie bomen. Op den duur merkten we echter in de windstromingen hoog in de lucht dat die opmars van jouw volk het land in het verderf stortte: moerassen verdroogden, rivieren verlegden hun loop, bergen verkruimelden. De veelzijdige schoonheid van het leven werd beknot door de onverbiddelijke opmars van jouw volk. En dus hielden we onze gaven achter en probeerden we jullie oudsten tot rede te brengen. Maar we werden weggehoond en verstoten uit ons geboorteland.'
'Nadat jullie ons hadden vervloekt! Jullie zaaiden het Rot op jullie winden en troffen ons met de rotting van wortel en blad. In het hele land begonnen onze bomen te verdorren en te sterven, totdat er nog maar een enkel dal over was. Dat dal overleefde de zuivering alleen dankzij de bescherming van de nieuwe magie van het mensenras. Jullie hebben ons weggevaagd!'
'Niet waar! Het leven was ons dierbaar, zelfs dat van jullie. Niet wij hebben jullie bomen vervloekt en het Rot gebracht, maar het lánd deed dat. De natuur kwam in het geweer tegen jullie opmars, om zijn verscheidenheid te behouden. Jullie zijn door het land zelf onttroond. Wij hadden er geen schuld aan.'
Kral zag Neelahns ogen groot worden; woede en redelijkheid vochten om voorrang in haar blik. 'Je liegt,' zei ze, maar deze keer klonk er twijfel door in haar stem. Ze draaide zich om naar Kral. 'Hij liegt, toch?'

Kral schudde zijn hoofd. 'Ik bespeur alleen de waarheid, maar die berust op het geloof in zijn eigen woorden. Hij gelooft wat hij zegt. Dat betekent niet dat wat hij gelooft ook de waarheid is.'

Neelahn drukte haar vuisten tegen haar slapen alsof ze de twijfels wilde vermorzelen die daar wortel hadden geschoten. 'Waarom? Waarom zijn jullie dan teruggekomen?'

'Toen we werden verbannen, legden jullie oudsten elementaire wakers over dit land om ons te weren. Na de dood van de laatste boom nam de kracht van de wakers af en lag de weg terug weer open. En dus werd ik hierheen gezonden.'

'Waarom?' vroeg Kral.

'Om terug te halen wat we waren kwijtgeraakt, wat we gedwongen waren achter te laten.'

'Wat was dat dan?' vroeg Neelahn. 'Wij hebben niets van jullie achtergehouden.'

'Toch wel. Jullie verborgen het hier in deze vallei, een dal dat nog altijd de naam draagt die wij het ooit gaven: Winterhorst.'

Kral en Neelahn stelden als uit één mond dezelfde vraag: 'Wat?'

Hij hief zijn valk hoog op. 'Zoek wat wij zijn kwijtgeraakt.' De vogel schoot als een streep helder maanlicht de lucht in en scheerde hoog over de verregende open plek. 'Zoek onze verloren koning.'

VIERDE BOEK

Maanlicht en magie

25

Met zijn schouders hoog opgetrokken tegen de striemende regen sjokte Tolchuk achter de anderen aan. Het onweer was losgebarsten zodra ze uit het hooggebergte waren afgedaald en beland waren in de bossen die de lagergelegen hooglanden omzoomden. De bliksem trok grillige strepen door de nachtelijke hemel en verlichtte het donkere bos dat voor hem lag met korte, felle uitbarstingen van verblindend licht.

Bij een van die flitsen zag hij dat Mogweed en zijn wolvenbroer al bijna een mijl voorsprong op hem hadden. Ondanks de gierende storm hadden zijn reisgenoten er flink de pas in gezet zodra ze voorbij de bosrand kwamen. Zij waren thuis in het woud, al was dit dan niet hun eigen bos, en het vertrouwde gewelf van verstrengelde takken en het dichte kreupelhout leken hun ledematen nieuwe kracht te geven. De gewonde wolf draafde ondanks zijn gespalkte poot tussen de bomen door, terwijl Tolchuk, geplaagd door een hoest die zijn ribbenkast deed kraken en een verstopte neus door al het snot dat zich na weken van nattigheid had opgehoopt, ongewild steeds verder bij de anderen achteropraakte. Tolchuk dacht hunkerend terug aan zijn grotten thuis, aan de vlammen die hoog oplaaiden in zijn eigen vuurplaats. Hij boog zijn hoofd en haalde zijn onderarm langs zijn rauwe neus. De eerste winterstorm luidde de Sulachra in, de ceremonie van de doden, waarin de geesten van de overledenen eer werd bewezen door gedroogde geitenmest in de familiehaard te branden. Hij haalde zich voor de geest hoe de zoet geurende rook in dikke wolken uit de grotten opsteeg en de wijfjes met waaiers van gedroogde tokatokabladeren zwaaiden om de mengeling van geuren naar buiten te drijven, de storm in. De bliksem zou het hemelgewelf opensplijten, zodat de rook kon opstijgen naar de andere wereld om de doden te laten weten dat ze nog niet vergeten waren. Tolchuk hoestte, een echo van het onweer boven zijn hoofd, en vroeg zich af wie de Sulachra voor zijn gestorven vader zou uitvoeren. Als er geen rook voor hem opsteeg, zou hij dan denken dat hij niet meer werd herdacht? Met elke moeizame stap bonkte Tolchuks beentas tegen zijn dij, en dat bracht hem plotseling op een idee. Hij kwam half struikelend tot stilstand, legde zijn hand om het Trollenhart in de buidel en dacht terug aan wat de Triade had verteld. De geesten van de doden, dus ook die van zijn vader, waren nooit afgereisd naar de andere wereld. Ze zaten hier gevangen, in het hartsteen!

Dat besef sloeg een gat in Tolchuks borst waarin een gapende leegte opwelde. De Sulachra-ceremonie was een schijnvertoning! De rook was nooit opgestegen naar de brede neuzen van de geesten. De doden waren nooit in de andere wereld aangekomen.

Tolchuk liet zijn hand weer zakken, weg van de buidel en de edelsteen. De Sulachra bracht alle trollenstammen een paar dagen lang samen voor een gemeenschappelijk eerbetoon. Het was een periode van vrede en bezinning, een korte adempauze tussen de stammenoorlogen. De ceremonie verenigde het trollenvolk met zijn zegen. Nu hij wist van de leugen achter de handeling was de schoonheid van het ritueel voor Tolchuk echter voorgoed besmet.

Op slag voelde hij zich minder trol. Hij wierp een blik op het donkere bos dat zich voor hem ontrolde. Deze reis zou hem nog talloze mijlen verder voeren. Wat zou hij onderweg nog meer ontdekken? Wie zou hij worden?

Een krakende donderslag klonk als een spotlach boven zijn hoofd terwijl de bliksem het duistere dakgewelf van de wereld openreet. In die korte lichtflits zag Tolchuk dat Mogweed en Fardale uit het zicht waren verdwenen. De donkere, glimmende stammen hadden zijn reisgenoten opgeslokt.

Alleen tussen de bomen voelde Tolchuk zich alsof er tot duizend mijl in de omtrek geen ander levend wezen te vinden was dan hij. Tussen de rollende donderslagen door heerste er diepe stilte in het bos, afgezien van het kletteren van de regen op de bladeren en het fluiten van de wind door de dennentakken. Nergens kraste er een klipkraai of kwaakte een kikker. Tolchuk veegde zijn druipende neus af en snoof luidruchtig, louter en alleen om de stilte in het bos te verbreken. Hier ben ik, zei hij met elke snuf. Ik ben niet dood.

Hij liep verder. Zodra hij zich weer in beweging zette, zag hij aan zijn rechterhand een lichtje opgloeien. Hoe konden Fardale en Mogweed al zo ver zijn? Hij zette koers naar het licht, op benen die even log aanvoelden als de boomstammen die hem omringden. Die drassige bossen deden iets eigenaardigs met zijn richtinggevoel. Met zijn ogen strak op het licht, dat hem de weg wees als een baken op een eiland in een woelige zee, ploeterde Tolchuk verder.

Het eenzame bos gaf hem een brandende behoefte anderen te zien, alsof hij zich ervan moest vergewissen dat het duistere woud niet álle levende wezens had verzwolgen. Terwijl hij met moeite zijn ene been voor het andere zette, vroeg hij zich af waarom zijn reisgenoten zo gehecht waren aan deze enge, beklemmende wereld van dikke takken en verstikkend kreupelhout. Waar waren de vergezichten over duizend mijlen? Waar waren de besneeuwde toppen, rij na rij, zo ver het oog reikte? Hij had hier nauwelijks de ruimte om een hand uit te steken om een zwiepende tak uit zijn gezicht te houden, en hij kon niet verder kijken dan zijn neus lang was. Zelfs in de onderaardse gang naar het vertrek van de geesten had hij zich niet zo opgesloten gevoeld.

Na een tijdje merkte hij dat de afstand tussen hem en de gloed kleiner begon te worden. De anderen waren blijkbaar eindelijk gestopt om uit rusten. Hij hoopte dat ze een droog plekje hadden gevonden waar ze het onweer van vanavond konden uitzitten. De gedachte aan een droge schuilplaats en zijn verlangen naar gezelschap gaven zijn tred nieuwe kracht.

Even later zag hij donkere schimmen bewegen in de lichtvlek. Zijn hart sprong op toen hij de anderen zag. Hij was niet alleen. Toen het licht even iets feller opgloeide, zag hij dat tegen de azuurblauwe gloed drie silhouetten afgetekend stonden. Aarzelend bleef hij staan.

Drie? Waren zijn reisgenoten iemand tegengekomen?

Op dat moment schoot het schijnsel als een vuurpijl weg, het bos in. Misschien kon hij zich maar beter verscholen houden. Maar als de anderen nou in moeilijkheden waren? Wat als ze in de armen van een struikrover of een bandiet waren gelopen? Hij was niet vertrouwd met de listen van het woud en hij besefte dat het alleen aan het rumoer van de storm te danken was, dat alle andere geluiden overstemde, dat de anderen hem nog niet hadden gehoord. Hij zou het nooit klaarspelen om dichterbij te sluipen en eerst te kijken wat er aan de hand was. De knappende twijgjes en het geritsel van de boomtakken zouden hem meteen verraden.

Trollen waren geen sluwe, listige wezens. Ze vertrouwden op bruut geweld, zowel in de aanval als in de verdediging. Tolchuk was dan misschien maar een halfbloed, maar hij wist dat hij in dat opzicht in ieder geval raszuiver was.

En dus koos hij voor de enige weg die voor een trol openlag. Hij veegde zijn neus af, zoog zijn longen vol met vochtige lucht en stormde naar voren met de grote sprongen waarmee hij in het hooggebergte al veel berggeiten had verrast. Het enige bedrieglijke aan trollen was hun snelheid. Weinig levende wezens beseften hoe snel een trol kon zijn als het echt nodig was. En die paar wezens, zoals de geiten waar ze op jaagden, konden het nooit navertellen.

Dankzij zijn onverwachte snelheid, al ging die dan gepaard met een vreselijk kabaal van brekende takken en krakende boompjes, kon hij het drietal in het bos overrompelen. Drie hoofden draaiden zich om naar Tolchuk toen hij de open plek op kwam stuiven – de verbaasde gezich-

ten van drie volslagen vreemden.
Zijn reisgenoten waren er helemaal niet bij!
Hij besefte dat zijn eenzame hersenspinsels hem blind hadden gemaakt voor de mogelijkheid dat er ook andere reizigers door het winderige bos konden zwerven. Tolchuk bleef verdwaasd staan, aangestaard door drie paar verbaasde ogen. De grootste man, die qua omvang nauwelijks onderdeed voor een trol, had een bijl in zijn hand; een kleine vrouw had geschrokken een hand voor haar mond geslagen. Iets van hen vandaan stond een spichtige man met zilveren haren als aan de grond genageld, met zijn wenkbrauwen zo hoog opgetrokken dat ze bijna in zijn haar verdwenen.
De magere man, die op Mogweed leek, maar dan zo uitgerekt dat hij bijna doormidden brak, kwam als eerste weer in beweging. Zijn licht getuite lippen en zijn iets inzakkende schouders waren het enige teken dat hij nauwelijks geschrokken was. Hij stak een vinger op, wees ermee naar Tolchuk en zei met tinkelende stem: 'Zo te zien ben ik niet als enige ver van huis in deze stormachtige nacht.'
Zodra de man begon te praten, voelde Tolchuk dat het brok hartsteen op zijn bovenbeen aan zijn hart trok, alsof er haken diep in zijn borst werden geslagen. Deze ontmoeting was geen toeval. Hij staarde naar de kleine, blonde vrouw en haar reusachtige metgezel. 'Wie zijn jullie?' vroeg Tolchuk in de gemeenschappelijke taal.
Dat hij kon praten leek de man met de bijl en de kleine vrouw te verbazen. Ze deed zelfs een stap achteruit. Alleen de lange, magere man keek niet van zijn woorden op.
'Wie zijn jullie allemaal?' vroeg Tolchuk weer.
De spookachtig dunne man gebaarde met zijn hand naar het groepje. 'Zoekers, trol, net als jij. De hexe lokt ons naar haar toe als motten naar een kaarsvlam.'
Tolchuk veegde verward zijn neus af. De doffe pijn in zijn hart begon te zakken. 'Ik begrijp het niet goed. Wat voor hexe?'
De man glimlachte, maar er klonk geen vreugde in zijn stem. 'De hexe die onze werelden zal verwoesten.'

Mogweed hurkte neer bij het gat in de heuvel. De hoop stenen bij de ingang van de oude tunnel ging bijna schuil onder het klamme mos en de schilfers korstmos. Een knoestige eik op de helling boven de donkere opening had de aarde doorboord met zijn wortels, zodat die als de tralies van een kerker voor de ingang hingen. Te oordelen naar de omvang van de eik en het korstmos dat in dikke lagen op de stenen groeide, moest die gang wel zo oud zijn als het bos zelf. Het was hem al eerder opgevallen dat de hele vallei bezaaid leek met brokkelige stenen en

de resten van eeuwenoude muren.
Misschien was het een oude mijn. Mogweed had gehoord dat overal in de Tanden mijnen waren uitgegraven waar erts en edelstenen werden gedolven. De gedachte aan diamanten en goud dreef Mogweed dichter naar de ingang van de onderaardse gang.
Gebukt voor de opening trok Mogweed zijn neus op voor de stank die uit het gat opsteeg. Hij rook oude dierenkeutels en de muskusachtige geur van beren. De geur moest wel oud zijn, want een beer zou zich niet door het dikke kluwen wortels heen kunnen worstelen die voor de ingang waren gegroeid. Zelfs Fardale had zich er maar met moeite door naar binnen kunnen persen om de gang te verkennen.
Als hier binnen geen gevaar school, zou dit een veilige plek zijn om te wachten tot de storm iets luwde. Hij hoorde zijn broer rondsnuffelen in de gang. 'Zie je iets?' riep hij.
Niet dat zijn broer antwoord kon geven, natuurlijk. Nog afgezien van het feit dat Fardale een wolf was, moesten ze in direct contact staan, oog in oog, om te kunnen praten in de geesttaal van zijn volk. Maar de hardop uitgesproken vraag hielp het angstige voorgevoel te verdrijven dat zich als spinrag om zijn hart had gewikkeld terwijl hij daar in de regen zat te wachten, omringd door bomen die hij niet kende. Een paar tellen geleden had hij kunnen zweren dat hij een kreet had gehoord, niet eens zo heel ver van hem vandaan. De donder en de regen hadden de schreeuw echter gedempt, en nu zou Mogweed echt niet meer kunnen zeggen of het niet gewoon het gehuil van de wind was geweest.
En waar bleef de trol?
Mogweed merkte met lichte schrik dat die vraag vergezeld ging van een ongerust gevoel. Hij zou opgelucht moeten zijn dat het logge wezen dat hem achteloos doormidden kon breken er niet was. Maar Mogweed had er zo langzamerhand vertrouwen in gekregen dat de trol hem geen kwaad wilde doen, en nu hij hier alleen in dit donkere woud zat, zou hij blij zijn om dat stenige gezicht met die puntige oren voor zich te zien opduiken.
Mogweed kwam overeind en keek uit over de hellingen die verlicht werden door de bliksem. Hij wist dat Tolchuk er moeite mee had om hen bij te benen. De snotterige kwaal die de trol plaagde, bezorgde hem steeds meer last. Ze konden alle drie wel een dag rust bij een warm vuurtje in een droge schuilplaats gebruiken.
Mogweed trok zijn oliejas recht en zakte weer door zijn knieën om te wachten tot zijn broer terugkwam. Het was hun geluk geweest dat Fardale met zijn scherpe wolveninstincten deze gang had ontdekt. Zo'n schuilplaats konden ze goed gebruiken, vooral de zieke trol. Toen hij zijn hand op een wortel legde en vooroverleunde om in het donkere gat

te turen, droop de regen die zich op de kraag van zijn jas had verzameld in een ijskoud straaltje in zijn nek. Hij voelde de kou tot in zijn tenen en schor van de ergernis riep hij: 'Schiet eens op, Fardale. Nog even en ik vries hier dood.'
Op dat moment sloeg achter Mogweed een felle bliksemflits in. Het licht weerkaatste in een paar ogen op nog geen armlengte van Mogweeds neus. Met een schrille kreet viel Mogweed achterover. Toen hij met zijn achterste recht in een ijzige plas landde, drong het tot hem door dat het bruingele ogen waren geweest, met katachtige pupillen. Het waren de ogen van zijn broer.
Hij zag Fardales wolvenkop tussen twee wortels door uit het gat steken. Als wolven konden grijnzen, dan was dat onmiskenbaar wat deze wolf deed.
'Fardale, stuk koude stront!' Mogweed krabbelde overeind. Door zijn woede en schaamte was hij de kou in één klap vergeten. 'Kun je niet even waarschuwen voordat je me bespringt?'
De ogen van zijn broer lichtten op. *De hongerige mus die op een worm loert, wordt door een havik opgegeten.*
'Ik heb nou eenmaal niet zo'n scherpe neus als jij, of ogen die in het donker kunnen zien. Met die zwakke mensenzintuigen vraag je je af waarom ze de ruimte op hun gezicht voor een neus en ogen niet beter hebben gebruikt.' Mogweed klopte met een boos gezicht zijn achterwerk schoon. 'En, is het veilig?'
Achter Mogweeds ogen vormde zich een beeld terwijl Fardale de gang uit klauterde: *een nest gevoerd met droge veertjes, hoog in een boom.* Hinkend op zijn gespalkte poot kwam Fardale naar zijn broer toe.
Mogweed zuchtte. 'Dan kan ik me eindelijk warmen en misschien zelfs die kleren drogen. Ik heb het gevoel alsof ik al mijn hele leven doorweekt ben.'
Tolchuks gestalte verscheen in Mogweeds gedachten. Fardales ogen gloeiden hem tegemoet.
'Ik weet niet waar hij is,' antwoordde Mogweed. 'Als we een vuurtje maken in de tunnel, kan hij de vlammen als richtpunt gebruiken.'
Er sprak aarzeling uit Fardales houding. Hij keek Mogweed vragend aan, alsof hij overwoog om Mogweed achter te laten en de trage trol te gaan zoeken.
'Hij duikt echt wel weer op,' hield Mogweed vol, die opeens zenuwachtig werd bij de gedachte om weer alleen achter te blijven. 'Ik denk trouwens niet dat Tolchuk iets zal tegenkomen waar een trol geen raad mee weet.'
Dat leek de wolf gerust te stellen, hoewel Fardale zijn ogen nog wel over de richels en hellingen om hen heen liet dwalen. In de wetenschap dat

zijn broer bij hem zou blijven, gooide Mogweed zijn tassen tussen de wortels door de gang in en kroop vervolgens met veel persen en wurmen zelf door de ingang.
Binnen werd Mogweed verwelkomd door een enkeldiep tapijt van naar binnen gewaaide bladeren en dennennaalden. Hij trok een vies gezicht om die pappige bende, bukte zich en dolf zijn halfbegraven tas weer op. Terwijl hij de bladeren van zijn tas schudde, hoorde hij buiten bij de ingang een laag gegrom. Even dacht hij dat het gewoon het onweer was, maar toen besefte hij dat zijn broer hem ergens voor wilde waarschuwen.
Hij draaide zich met een ruk om en zag nog net hoe een streep licht als een brandende pijl tussen de steile hellingen in hun smalle dal naar beneden kwam zetten. Het licht kwam recht op zijn broer af. Fardale was met zijn kop geheven blijven staan en uit zijn keel steeg een ononderbroken gegrom op.
Wat was dat? Mogweed worstelde zich dichterbij om tussen de wortels door te gluren. De streep licht beschreef een scherpe bocht en schoot nu niet meer op zijn broer af, maar op hem! Mogweed krabbelde naar achteren terwijl het licht, dat een stralende vogel bleek te zijn, recht op zijn gezicht af vloog.
Een schelle kreet uit een opengesperde snavel ging de vogel voor.
Liggend op zijn rug in de diepe laag vermolmde bladeren zag Mogweed de vogel tussen de wortels door de tunnel in duiken. Met een schreeuw van angst sloeg hij zijn armen over zijn hoofd. Het dier sloeg een keer met zijn vleugels en gleed toen over hem heen. In het voorbijgaan veegden de scherpe klauwen over de rug van Mogweeds hand.
Een paar vleugelslagen later was de vogel al diep in de onderaardse gang doorgedrongen.
Mogweed ging verdwaasd overeind zitten. Fardale wurmde zich tussen de wortels door naar binnen en keek de gloed na op zijn weg door de donkere gang. Toen het licht om een verre bocht in de tunnel was verdwenen, draaide Fardale zich om en snuffelde aan de schrammen op Mogweeds hand. Mogweed wist niet goed of hij dat deed uit medeleven met zijn gewonde broer, of alleen om de geur van de vogel te onderzoeken.
Fardales snuit kriebelde over het spoor dat de klauw over Mogweeds hand had getrokken en diens warme adem streek over zijn broers wond. Toen Fardale zijn nieuwsgierigheid kennelijk had bevredigd, trok hij zijn kop weg. Hij draaide om zijn as en draafde een paar passen de tunnel in.
'Wat ga je doen?' vroeg Mogweed.
Fardale keek achterom. *Een wolvin zit klaar voor de sprong en be-*

schermt haar worp tegen de adder in het gras. En toen sprong zijn broer weg, de lichtende vogel achterna.

'Wacht even!'

Maar Fardale hield zijn pas zelfs niet in. Even later was Mogweed weer alleen. Uit de regen en min of meer uit het zicht door de afhangende wortels voor de ingang zat hij hier warm, droog en redelijk veilig, maar toch dreunde zijn hart in zijn oren en luisterde hij ingespannen of hij de zachte voetstappen van zijn broer niet hoorde terugkomen. Mogweeds handen gingen steeds weer naar zijn hals om zijn keel te beschermen.

De vreemde vogel had hem schrik aangejaagd. Als bewoner van de Westelijke Gronden was hij vertrouwd met allerlei gevleugelde dieren, maar vogels als deze kwamen in zijn streken niet voor. Hij wist niet of ze inheems waren in het land van de mensen, maar hij had het gevoel dat de vogel hier ook vreemd was. Het dier leek op de een of andere manier niet in dit bos thuis te horen, maar in een andere wereld.

Terwijl hij daar peinzend over de vogel op zijn broer wachtte, begon het onweer af te nemen en viel het constante gekletter van de regen op de achtergrond geleidelijk stil. De storm leek in elk geval over zijn hoogtepunt heen. Nu het rumoer van de regen was verdwenen, hoorde hij een nieuw geluid. Misschien was het er al die tijd al geweest en hadden de slagregens het alleen overstemd. Of misschien was het echt net begonnen.

Het geluid kwam niet van buiten zijn schuilplaats, maar uit de onderaardse gang – uit de richting waarin de vogel en zijn broer waren verdwenen.

De haartjes op zijn armen gingen ervan overeind staan.

Het was net alsof Fardale een voorspelling had gedaan met zijn laatste opmerking: *Een wolvin zit klaar voor de sprong en beschermt haar worp tegen de adder in het gras.* Het geluid, een zacht gesis dat aanzwol en afnam alsof de gang zelf ademde, kwam in golven op hem af van diep uit de helling, als duizend onzichtbare slangen.

Toen werd het zachte gesis opeens doorsneden door een scherp gejank. Het was een kreet van pijn, een jank die Mogweed zo langzamerhand goed kende: het janken van Fardale.

Een diepe stilte volgde, en die stilte drukte Mogweed als een steen op het hart.

'Ik weet niets van een hexe,' zei Tolchuk, die zijn ogen over de drie vreemdelingen liet gaan. De grote man met de vervaarlijke bijl leek de meest voor de hand liggende tegenstander om in het oog te houden, maar Tolchuk was nog meer op zijn hoede voor de lange, dunne man met de zilverwitte vlecht. Diens eeuwige laatdunkende lachje en zijn halfgeloken ogen waren een stille waarschuwing voor een grimmiger gevaar dan een bijlblad.

'Dit is mijn zaak niet,' vervolgde Tolchuk. 'Ik wens u een behouden reis.' Hij sloeg zijn hand voor zijn mond met de scherpe tanden om duidelijk te maken dat zijn bedoelingen vreedzaam waren, zoals onder trollen gebruikelijk was, al wist hij niet of ze het gebaar zouden begrijpen. Toen begon hij achteruit weg te lopen, met een waakzaam oog op het drietal.

'Wacht,' zei de kleine vrouw, die haar best deed haar angst te bedwingen. Ze veegde de verwaaide strengen haar uit haar natte gezicht. 'Het is een duistere nacht, vol gevaren. Wees op je hoede in het woud.'

Tolchuk hield zijn pas in. Hij zag dat de vrouw een snelle blik op de magere man wierp terwijl ze hem waarschuwde.

'In het bos dwalen beesten rond met kwaad in het hart,' vervolgde ze, 'die jacht maken op vrienden van ons. Wees voorzichtig.'

Tolchuk dacht aan zijn reisgenoten die nietsvermoedend door het natte bos banjerden. 'Er lopen hier in het bos ook vrienden van mij rond. Wat voor...'

Op dat moment sneed een doordringend gejank door het afnemende gekletter van de regen. Alle hoofden draaiden zich in de richting van de kreet, die even abrupt als hij de nacht had opgeschrikt ook weer wegstierf.

'Wolven,' bromde de man met de bijl.

'Nee, dat is een van mijn vrienden,' zei Tolchuk, die de stem van de wolf had herkend. 'Fardale is in gevaar. Ik moet hem helpen.' De trol liep weg in de richting waaruit het gejank had opgeklonken.

'Wacht, trol,' zei de man met de dikke baard, die zijn bijl al hoger ophief. 'Als het mag, ga ik met je mee. Misschien worden je reisgenoten aangevallen door een van die verdorven beesten die ons tot in de heuvels zijn gevolgd. In dat geval heb je mijn hulp nodig.'

'Ja,' zei de kleine vrouw. 'Kral heeft gelijk. Laat ons allebei meegaan.'

'Nee, Neelahn,' zei de grote man. 'Het is te gevaarlijk.'

'In dit woud is het vannacht nergens veilig. Ik ga mee.'

Tolchuk had hun hulp liever niet aanvaard, maar hij had geen tijd om te protesteren. Zonder iets te zeggen draaide hij zich om en dreunde met zware passen in de richting van het geluid. Hij merkte dat de ranke man aanstalten maakte om hen te volgen.

Neelahn zag het ook. 'Jij bent niet welkom, elve. Ga je duistere doelen najagen en laat ons met rust.'

'Ik kom ook niet mee om jullie te helpen,' zei hij, terwijl hij achter hen aan stapte. 'Het toeval wil alleen dat mijn maanvalk ook deze kant op vloog, dat is alles.'

'Je jaagt een schim na. Er is geen koning van jullie in dit land achtergebleven.'
'Dat is wat jouw volk altijd heeft beweerd.'
'Stil!' blafte Kral. 'Hou op met dat gekibbel. Straks horen de beesten jullie nog. Vanaf nu gaan we zwijgend verder.'
Tolchuk bedankte de baardige man in stilte. Waarom praatten al die volken toch aan één stuk door? Mogweed stak ook van die ergerlijke monologen af als er niemand was om mee te praten, alsof hij het heerlijk vond om zijn eigen stem te horen.
Geplaagd door bezorgdheid om zijn praatgrage reisgenoot ging Tolchuk de anderen voor over de heuveltop en daalde hij langs de helling af. De heuvel liep steil af en hij moest goed kijken waar hij liep, maar in die glibberige waterval van natte bladeren en leem vonden zijn voeten hier en daar steun tegen de hopen brokkelige steen waarmee de helling bezaaid lag. Met de stenen als treden daalde het groepje langs de helling af in de laagte.
Eenmaal veilig beneden bleef Tolchuk aarzelend staan. Hij dacht dat het gehuil hier ergens vandaan was gekomen, maar het bos deed rare dingen met zijn zintuigen. Welke kant moest hij nu op? Opeens zag hij vanuit zijn ooghoeken iets bewegen. Hij draaide zich om en zag Mogweed, die met zijn rug naar Tolchuk en de anderen toe met de wortels van een grote, zwarte eik worstelde alsof hij met de boom in gevecht was. Hij knipperde met zijn ogen en zag toen achter de man het onmiskenbare zwarte oog van een spelonk. Mogweed vocht zich blind een weg naar buiten en sleepte zijn tas achter zich aan. De stof bleef haken aan een wortel en scheurde met veel kabaal. Toen de tas losschoot, tolde Mogweed om zijn as en kwam oog in oog met het groepje. Hij staarde een tel lang met open mond naar de vreemdelingen en nam toen weer een duik naar het kluwen wortels.
Tolchuk deed een stap naar hem toe. 'Er is geen gevaar, Mogweed. Deze mensen doen je niets.'
Mogweed slikte een paar keer en deed zijn mond open zonder iets te kunnen uitbrengen. Wild gebarend naar de halfverscholen ingang van de grot hakkelde hij ten slotte: 'Far... Er is iets met Fardale.'
'Ik heb je broer horen janken,' zei Tolchuk. 'Wat is er gebeurd? Waar is hij?'
'Een vogel... Een verdomde, lichtende havik heeft hem dieper de gang in gelokt.'
'De maanvalk!' riep Neelahn verontwaardigd achter Tolchuk. 'De vogel van de elve! Ik zei het toch? Hij is niet te vertrouwen.'
'Mijn dier heeft je kameraad niets aangedaan,' wierp de elve tegen, 'tenzij hij zo dom was de vogel aan te vallen. Mijn valk heeft geleerd om

te doen wat nodig is om in leven te blijven – zoals alle elven.'
Tolchuk draaide zich om naar de anderen en zag dat de vrouw die Neelahn werd genoemd met ogen vol haat naar de dunne man staarde, maar voordat ze nog iets kon zeggen, bromde de baardige bergbewoner tegen hen beiden: 'Om die oude ruzies maal ik niet.' Hij wees met een priemende vinger naar de dunne man. 'Jij daar, elve, wat is daar in die gang? En...'
Een opgestoken hand onderbrak Kral. 'Ik heet Meric, dat ten eerste. Meric van het Huis van de Morgenster, geen "elve". En van deze gang weet ik niets. Mijn valk volgt het spoor van onze verloren koning. Het was zijn keus om deze onderaardse gang te nemen, niet de mijne.'
'Hij liegt!' zei Neelahn fel.
'Ik ben hier niet om jou te overtuigen.' Meric draaide zich op een ranke hak om en beende naar de ingang van de tunnel. Mogweed sprong ijlings uit de weg. Net als Tolchuk voelde zijn reisgenoot kennelijk de bijna tastbare dreiging die van de man uitging.
Ondanks zijn wantrouwen liep Tolchuk achter Meric aan, omdat hij zich verantwoordelijk voelde voor Fardale. Het was deels aan hem te wijten dat zijn reisgenoot iets was overkomen. Hij had niet zo ver achterop moeten raken. Als hij bij hen was geweest, had hij Fardales belager misschien kunnen tegenhouden. Weinig kon door de verdediging van een trol heen breken.
Voor hem uit klapte Meric zich dubbel om de gang in te gaan. Zonder enige moeite glipte hij tussen het traliehek van wortels door. Tolchuk besefte dat de oude, dikke wortels hem de weg zouden versperren. Hij gaf een paar rukken aan een handvol wortels, maar zelfs een trol kon geen oude eik ontwortelen die zich stevig door steen en aarde had geboord. Tussen de wortels door zag hij dat Meric een doorzichtige steen uit zijn zak haalde en tussen zijn handen opwreef. Toen blies hij op de steen, alsof hij een vlam wilde ontlokken aan een smeulend kooltje, totdat er een groenig licht uit opschoot. Met dat lichtje in zijn opgeheven hand verdween Meric de tunnel in.
Tolchuk voelde dat er iemand achter hem stond. Kral, de bergbewoner, zei iets achter zijn schouder: 'Laat mij maar even een doorgang uithakken.'
Tolchuk deed een stap naar achteren om Krals bijl de ruimte te geven om uit te halen.
'Niet doen!' Neelahn stormde naar voren, stak een kleine hand op en duwde de enorme bijl opzij. 'Die boom heeft niemand ooit kwaad gedaan.' Eerbiedig legde ze haar handen tegen de wortels, als een kind dat een handje op de knie van een grootouder legt. Daarop boog ze heel even het hoofd, en toen schoof ze de wortels opzij met hetzelfde gemak

als waarmee Tolchuk de leren voorhang voor zijn grot opensloeg. Tolchuk, die zijn spierkracht met de stugge wortels had gemeten, was vol ontzag voor de kracht die in die ranke handen moest schuilen.
Hij was niet de enige die onder de indruk was. Tolchuk hoorde een verwonderde brom van Mogweed, die in zijn schaduw was weggedoken.
'Een niphai,' zei Mogweed op verbaasde toon. 'Ik dacht dat de laatste boomzangers eeuwen geleden gestorven waren.'
Niemand sloeg acht op Mogweeds opmerking, maar Tolchuk zag dat zijn reisgenoot zijn ogen tot spleetjes had geknepen en de kleine vrouw onderzoekend opnam.
'Neelahn,' begon Kral, waarmee hij Tolchuks gedachtegang onderbrak, 'zoals het tussen jou en de elve staat, is het misschien beter als jij teruggaat naar Rockingham. De trol en ik redden het wel alleen.'
De kleine vrouw haalde al adem om tegen te stribbelen, maar Kral vervolgde: 'Rockingham zit al een tijdje vastgebonden. Zijn polsen zullen zo langzamerhand wel schrijnen.'
Tolchuk wist niet over wie Kral het had, maar aan Neelahns zorgelijke blik te zien had Kral haar overtuigd. Tolchuk zelf had echter nog zijn twijfels. 'Maar het bos is niet veilig voor een wijfje alleen,' zei hij, in een opwelling van oprechte bezorgdheid die hemzelf nog het meest verraste.
'Dank je voor je goede zorgen, trol,' zei ze koel. Hij had haar kennelijk onbedoeld gekrenkt met zijn welgemeende waarschuwing. 'Maar temidden van bomen voel ik geen angst.'
Mogweed kwam aarzelend tussenbeide, starend naar de donkere tunnel. 'Ik... Ik kan... Ik zou voor alle zekerheid wel met haar kunnen meegaan.'
Voordat iemand iets kon zeggen, draaide Kral zich met een ruk om. 'Goed, dat is dan afgesproken.' De bergbewoner wrong zich langs de wortels, die alweer begonnen terug te vallen op hun oude plaats voor de ingang, en kroop gebukt de onderaardse gang in. Met gebogen rug liep hij vastberaden verder door de stenen gang.
Tolchuk zette de knokkels van één hand op de grond en klom achter hem aan door de opening van de tunnel.
'Doe voorzichtig,' riep Neelahn. 'En pas op voor de elve.'
Tolchuk gaf geen antwoord, uit angst dat hij de vrouw weer zou beledigen, maar liep zwijgend achter Kral aan.
Het zwakke licht van het nachtelijke bos vervaagde al snel achter hen. Zelfs de ogen van de trol hadden er moeite mee om nog iets in de donkere schaduwen te onderscheiden. Hij hoorde Kral steunen als hij zich stootte aan onzichtbare obstakels. 'Die Meric met zijn lichtje kan nooit ver weg zijn,' zei Kral toen hij even stilstond om zich over zijn blauwe schenen te wrijven.

Tolchuk zei niets. Een zoemend geluid, zo zwak dat ook zijn scherpe oren het nauwelijks opvingen, leidde zijn aandacht af van Krals opmerking. Hij krabde en wreef met een vinger in zijn oor omdat hij niet zeker wist of het geluid in zijn hoofd zat of uit de onderaardse gang kwam.
Toen Kral weer verder liep, verdronk het geluid in het schrapen van zijn laarzen over de stenen ondergrond. Met de oren gespitst liep Tolchuk achter hem aan. Even later maakte de tunnel een bocht en hoefde hij geen moeite meer te doen om het geluid te horen. Het gezoem klonk nu zo hard dat het ook boven Krals voetstappen uit te horen was.
De bergbewoner bleef staan en luisterde. 'Wat is dat voor geluid?' fluisterde Kral.
Tolchuk had inmiddels om de volgende bocht een zwakke gloed ontdekt. 'Daar schijnt een lichtje,' zei hij zacht, voor zich uit wijzend.
Kral sloop verder en probeerde niet met zijn hakken over het steengruis in de gang te schrapen. Tolchuk deed zijn best om zijn bijna geluidloze tred na te volgen, maar zijn benen wilden niet meewerken. Hij klonk als een scharrelende krab.
Toen ze bijna bij de bocht waren, werd het licht feller. De lichtbron kwam dichterbij. 'Er komt iemand aan,' fluisterde Kral.
'Is het Meric?' Hij had het nog niet gezegd of een kleine kei die een groenig schijnsel verspreidde, rolde de bocht om en stuitte daar op Krals tenen. 'De steen van de elve,' zei Tolchuk.
Kral bukte zich en raapte de steen op. Hij draaide zich om en gaf de steen door aan Tolchuk. Het gezoem was inmiddels aangezwollen tot een onmiskenbaar gesis, dat hen aan alle kanten omringde. Kral wees naar een smet op het lichtende oppervlak van de steen. 'Bloed.'

26

Elena schrok op van het gejank dat van ergens voorbij de afgrond opklonk. Ook oom Bol leek van streek; hij mompelde iets voor zich uit over dat er in geen jaren wolven waren gezien in de streek. Het wolfachtige gehuil sneed door het harde gesis van de rotskobolden als een mes door mist. Het boorde zich diep in Elena's hart en sloeg een gat in haar laatste restje standvastigheid. Ze bleef staan op de treden die van de eerste richel naar beneden voerden en kon zichzelf er niet meer toe zetten dieper de kloof in te gaan.

In de donkere afgrond dwarrelden beelden voor haar ogen van verwrongen monsters en verscheurende tanden. Ze huiverde en sperde haar ogen zo ver mogelijk open, totdat ze schrijnden van de inspanning om te zien wat er achter die zwarte sluier loerde. Ze had het gevoel dat er elk moment klauwen te voorschijn konden schieten om haar mee het donker in te sleuren, zodat ze nooit meer daglicht zou zien. Ook de lamp van haar oom kon de verstikkende duisternis niet verdrijven.

Een hand sloot zich om haar schouder. 'Pas op, lieverd.' Oom Bol trok haar weg van de rand van de treden. 'De rand is niet stevig, dat brokkelige steen hangt van ouderdom aan elkaar. Ik denk niet dat het veel kan hebben, zelfs niet van iemand die zo licht is als jij. Blijf maar dicht bij de wand.'

Ze wankelde achteruit tot haar rug de loodrechte wand raakte.

Erril stond vier treden lager. Hij was blijven staan toen het gejank om hen heen weergalmde en hield zijn zwaard gericht op het duister naast de smalle treden. Het flakkerende lamplicht wierp grillige schaduwen over zijn gezicht en veranderde het in een boosaardig masker met diep weggezonken ogen en doodsbleke lippen. Die aanblik deed Elena huiveren; toen kwam de lamp weer tot bedaren en kreeg zijn gezicht de getaande, bereisde warmte terug waarin twee waakzame ogen fonkelden. Hij ving haar blik op. 'We mogen wel opschieten als we onze dief nog willen inhalen,' zei hij.

Op het knikje van oom Bol bracht Erril zijn zwaard naar voren en volgde hij de punt de donkere treden af.

'Oom Bol,' fluisterde Elena, die zo dicht mogelijk in de buurt van diens lamp bleef, 'als die kobolden willen dat we deze kant op gaan, zoals Erril zei, wat willen ze dan van ons?' Achter haar borstbeen worstelde het bange voorgevoel zich vrij dat ze zo krampachtig had geprobeerd weg te stoppen. Na alles wat er was gebeurd sinds de zon gisteren was ondergegaan, vermoedde ze dat ze het antwoord op haar vraag wel wist. Haar vrees werd bevestigd door de bezorgde blik in de ogen van haar oom. De kobolden waren eigenlijk op háár uit.

Maar natuurlijk ontkende hij dat. 'Lieverd, geen mens weet wat er omgaat in de koppen van die wezens die de zon nooit zien. Het kan best alleen een plagerijtje zijn. Ze staan bekend als sluwe gauwdieven.'

Ze geloofde niets van wat hij zei, maar ze knikte toch maar; oom Bol had al genoeg aan zijn hoofd. Ze slikte een brok in haar keel weg alsof het een oude broodkorst was en wist zelfs nog een zwak glimlachje voor hem op haar gezicht te toveren.

Oom Bol spoorde haar met een zacht duwtje aan de zwaardvechter te volgen. Erril was al verder afgedaald en had bijna de rand van de lichtkring bereikt. Op de grens van het licht en die zee van duisternis was hij blijven staan. Hij had zijn gezicht naar hen toe gekeerd en een bevreemde blik plooide zijn anders zo regelmatige trekken. Zijn ogen keken alleen niet naar hen, maar staarden naar iets achter Elena. Toen hij zijn mond opendeed, sloeg de angst in haar hart bevend zijn vleugels uit. 'Er komt iets aan.' Hij wees met zijn zwaard naar het duister achter haar rug.

Oom Bol en zij draaiden zich om. In de duisternis achter hen gloeide een vonkje op. Het lichtje zwenkte in trage slingers heen en weer, alsof het iets zocht.

'Wie...' begon oom Bol.

Erril siste om hem tot stilte te manen.

Het lichtpuntje hield op met slingeren en bleef even onbeweeglijk in de muur van duisternis hangen, om dan pijlsnel op hen af te schieten.

Erril schoot als een schim op Elena af en duwde haar naar achteren. De drie drukten zich tegen de muur. Beschut achter de rug van de twee mannen kromp Elena angstig ineen. Wat stond haar nu weer voor verschrikking te wachten?

En toen was het er. Elena hapte naar adem, niet van angst, maar van ontzag. Een vogel die oplichtte met de kleur van zonlicht over water dook op hen af. Zijn vleugels waren wijd uitgeslagen en zijn verenkleed verspreidde een zachte gloed. Toen de vogel dichterbij kwam, konden ze roze en koperrode tinten in zijn veren onderscheiden. Vlak voor hen bleef het dier in de lucht hangen, dansend op onzichtbare luchtstromingen, en liet zich met kleine vleugelslagen door het duister dragen. Twee ogen als gloeiende kiezeltjes namen de drie tegen de wand gedrukte figuren aandachtig op.

'Niet te geloven!' zei oom Bol, hees van verwondering. 'Ik dacht dat die beesten al eeuwen geleden waren uitgestorven in deze contreien.'

Erril hield zijn zwaard nog op het dier gericht, waakzaam als altijd. 'Wat is het? Een of andere onderaardse vogel?'

'Nee, dit dier is thuis in de bovenwereld. Het vangt maanlicht in zijn veren om zichzelf ook in de donkerste nachten bij te lichten op de jacht.'

'Er is veel op mijn weg gekomen in al die eeuwen dat ik over de wereld heb gezworven, maar zoiets heb ik nog nooit gezien.'

'Dit is van voor jouw tijd, Erril, zelfs nog van voor de tijd van je vroegste voorouders.'

'Wat is het dan voor vogel, oom Bol?' vroeg Elena. Haar vrees voor de indringer begon te wijken. De waakzaamheid van haar twee beschermers was verslapt en ze stonden haar toe zich tussen hen naar voren te dringen om de vogel beter te bekijken, die nog altijd boven de bodemloze put van duisternis zweefde. Ze liep zo ver mogelijk naar de rand van de treden – maar niet te ver, want ze had de waarschuwing van haar oom goed in haar oren geknoopt.

'Een maanvalk, vermoed ik. Ik ken ze alleen van beschrijvingen in oude, halfvergane boekrollen.' De stem van haar oom klonk ver weg, alsof hij zijn blik zoekend naar binnen had gekeerd. 'Sommige teksten beschrijven het dier als een glorierijk wezen met nobele bedoelingen, maar andere melden dat het een boosaardig beest is dat niets dan kwaads voorspelt.'

Haar oom ging nog even op dezelfde monotone toon verder, maar zodra Elena de naam van de vogel had gehoord, luisterde ze niet echt meer – een maanvalk! Aangetrokken door zijn schoonheid stak ze haar hand uit tot voorbij de rand van de trap. Had ze nou maar een stukje brood om het dier te lokken, zoals ze altijd met de dikke gans op de vijver bij Maple's Corner deed. Of een stukje vlees, corrigeerde ze zichzelf, want aan zijn kromme snavel en scherpe klauwen te zien moest het wel een roofvogel zijn. Maar waar maakte het in deze donkere grotten dan jacht op? Ze stak haar hand nog verder uit, reikend naar de vogel. De valk kwam zwenkend naar haar toe, zodat een vleugelpunt de diepte in wees. De vogel wiekte tot boven haar hoofd, en met elke vleugelslag flitste het maanlicht heller op. Ze stak haar arm in de lucht om zijn vlucht te volgen. Ze kon hem bijna aanraken; haar vingertoppen kwamen zo dichtbij dat ze langs de azuurblauwe gloed streken. Onwillekeurig maakte ze geruststellende, koerende geluidjes. Ze bad dat het dier niet bang voor haar was.

'Pas op, Elena,' maande haar oom toen de vogel een haarbreedte lager zakte.

Elena's hand werd nu omspoeld door het schijnsel. Haar verrukking

verdreef het laatste restje angst vanachter haar borstbeen – totdat de valk krijste.
Het ene moment leek de vogel nog op haar uitgestoken hand te willen neerstrijken, en even later was er gewoonweg niets meer waar hij op zou kunnen zitten.
Elena's hand was verdwenen!
De kreet die uit haar keel opwelde, klonk als een echo van de schreeuw van de valk. Krijsend klapwiekte de vogel op. Elena lette niet meer op het dier, maar staarde met grote ogen naar haar arm. Na haar pols begon de duisternis, alsof de zwarte afgrond haar hand had opgeslokt. Geschrokken trok ze haar arm terug, vrezend voor een golf van bloed en pijn. Maar zodra ze haar arm tegen haar borst drukte, bleek haar hand gewoon weer vast te zitten aan haar pols, alsof er niets mee was gebeurd.
Ze kreunde. In het schijnsel van de lamp die haar oom ophield, gloeide de huid van haar hand weer op met een robijnrode gloed. Dieprode, bijna zwarte wervelingen vloeiden dooreen over haar huid.
Een snik ontsnapte aan haar keel. Niet weer! Ze stak haar hand smekend op naar haar oom en bad hem met haar ogen het weg te nemen.
De valk beschreef een duikvlucht in een streep van maanlicht en streek neer op haar bloedrode hand. Zijn onverwachte gewicht drukte haar arm bijna naar beneden, maar voordat de vogel zijn evenwicht kon verliezen, dreef hij zijn zwarte klauwen diep in haar handpalm, zo diep dat de nagels heel even haar huid doorboorden. Rond de poten van de valk welden dikke bloedtranen op. Toen ze met enige moeite haar arm weer strekte, liet de vogel zijn greep verslappen en trokken de klauwen zich terug uit haar vlees. De poten van het dier lichtten zilverwit op in het lamplicht. Haar verwondering over zijn schoonheid dempte Elena's schok.
De valk bewoog zijn kop heen en weer en keek aandachtig naar haar hand. Even flitste de gedachte door haar hoofd dat het dier wellicht overwoog zich te goed te doen aan een van haar vingers. Maar toen boog de vogel zijn kop en wreef met zijn kamveren over haar trillende hand.
Tevredengesteld ging het dier daarna rechtop op haar hand zitten, spreidde zijn vleugels uit en vulde de grot met een triomfantelijk gekrijs, terwijl de gloed van zijn opgezette verenkleed feller oplichtte.

'En wat zeggen je oude teksten daarover?' vroeg Erril aan Bol. Hij knikte naar de valk, die bij het meisje op de pols zat. Na zijn luide gekrijs was het dier gekalmeerd; het streek zijn veren glad met zijn kromme snavel. Erril wist niet goed wat hem meer dwarszat: het gedrag van de vogel of het feit dat onder zijn ogen de macht van een hexe tot wasdom kwam. Zijn blik dwaalde steeds weer af naar de rode hand van het meisje. Hij had de verklaring van de oude man over Elena's afkomst dan wel aanvaard, maar dat maakte het niet minder schokkend om het hier voor zijn neus bewezen te zien worden.

'Zoals ik al zei,' verklaarde Bol streng, waarop Erril zijn blik weer losmaakte van de hand van het kind, 'spreken de boekrollen verschillend over de maanvalken – de een licht, de ander duister.'

'En haar hand? Ik dacht dat magiërs zonlicht nodig hadden voor een hernieuwing. Hoe speelt ze het klaar om haar Roos te doen herleven in dit donkere hol?'

Bol krabde met een vinger achter zijn oor. 'Misschien is het wel het licht van de vogel.'

'Maanlicht?'

'Ik heb ooit een tekst gelezen van een lang geleden gestorven alchemist die aanvoerde dat maanlicht gewoon weerkaatst zonlicht was.' Bol maakte een wegwerpgebaar. 'Die alchemist is voor zijn heiligschennis op de brandstapel geëindigd, vanzelfsprekend, maar je vraagt je toch af of er niet iets van waarheid in zou kunnen zitten.'

Beide mannen gingen met hun blik naar de vogel. Elena zag waarop hun aandacht zich richtte. 'Mag... Mag ik hem houden?' vroeg ze, met ogen die straalden van het weerkaatste maanlicht dat van de vogel spatte.

'Die vogel komt uit het wild,' antwoordde Bol. 'Ik heb geen zeggenschap over zijn hart. Niemand heeft dat, denk ik. Hij maakt zijn eigen keuzes, en om de een of andere reden heeft hij jou uitgekozen.'

'Denkt u dat hij bij me blijft?'

Bol haalde zijn schouders op. 'Dat moeten we maar afwachten. Eigenlijk denk ik, liefje, dat die donkere gewelven hem angstig hebben gemaakt. Hij is vast per ongeluk in deze gangen terechtgekomen en toen verdwaald omdat hij probeerde te schuilen voor het onweer. Als hij weer buiten in het woud is, denk ik dat hij wel weer wegvliegt.'

Erril draaide het tweetal de rug toe en richtte zijn aandacht weer op de donkere treden. Dat gedoe over die verdwaalde vogel had nu wel lang genoeg geduurd. Zeldzaam of niet, de vogel was niet van belang voor zijn jacht op de ijzeren sleutel. De grijpgrage kobold was inmiddels over de treden uit het zicht verdwenen en het was nog maar de vraag of hij in die doolhof van vertrekken en gangen nog te vinden was. Het had waarschijnlijk geen enkele zin meer om hem nog te volgen, maar Erril kon zijn plicht niet verzaken. Van de twee sleutels was er één door de Broederschap aan hem toevertrouwd als eerbetoon aan zijn familie... en aan het offer dat hij had gebracht. Hij voelde een steek in zijn stomp, op de plek waar vroeger zijn rechterarm had gezeten. Met gesloten ogen liet hij de herinnering over zich heen komen. Hij had een hoge prijs voor de sleutel betaald.

Hij huiverde, deed zijn ogen weer open en hief zijn zwaard. Nee, hij zou de sleutel niet aan die sluipende, sissende wezens uitleveren. 'We moeten verder. We raken het spoor kwijt.'
Bol knikte en tilde zijn lantaarn op, die hij had neergezet op de trap. 'We hebben nu in elk geval twee lichtbronnen,' zei hij, terwijl hij zijn lamp hoog optilde en naar de maanvalk knikte. 'Wie weet hebben we zo licht genoeg om dat spoor weer op te pikken.'
'Als we hier nog langer blijven staan, zou zelfs de middagzon aan een onbewolkte hemel niet meer genoeg zijn.' Erril draaide zich om en liep voor de anderen uit de trap af. Zijn laarzen bonkten op het steen, gevolgd door de lichtere tred van de andere twee. Hij moest Bol gelijk geven; het bleef vervelend dat ze door de vogel vertraging hadden opgelopen, maar nu ze meer licht hadden, konden ze in het leem en vuil die glinsterden van het vocht wel beter verraderlijke plekken onderscheiden. En het licht onthulde kleine pootafdrukken met wijd uitstaande tenen in de dunne laag slik.
Erril wees zonder iets te zeggen met de punt van zijn zwaard naar de afdrukken. Bol knikte. Het groepje werd stil bij het zien van dat bewijs van het wezen dat ze volgden. De sporen maakten duidelijk dat ze geen hersenschim najaagden, maar een wezen van vlees en bloed. Ze liepen in stilte verder, en naarmate ze dieper afdaalden pakte het vocht in de lucht zich samen tot een dichte nevel. Erril merkte dat het van lieverlee moeilijker werd om adem te halen in die benauwde damp; elke hap lucht moest met moeite naar binnen gewerkt worden.
Bol fluisterde iets achter zijn rug, waarbij hij om de paar woorden piepend ademhaalde. 'Weet je... zeker... dat we de magische muren van Aloa Glen... niet op een andere manier... kunnen ontsluiten? Is die sleutel... echt nodig? Misschien kan Elena's magie...'
'Nee!' zei Erril schor. 'Ik moet... We moeten die sleutel echt hebben.'
'Ik wil geen magie doen,' viel Elena Erril bij. De angst maakte haar stem scherp.
Haar oom legde een hand op haar hoofd in een poging het kind gerust te stellen, maar dat leverde hem alleen een korte, scherpe waarschuwingskreet van de valk op. De vogel zette zijn borstveren op en wierp met zijn zwarte oogjes een priemende blik op de vingers van de oude man. Bol balde zijn vuist en trok zijn hand weg. 'Ik ben in minderheid, geloof ik.'
Erril versnelde zijn pas, bang dat het zwakke spoor helemaal zou verdwijnen als ze nog meer tijd verloren lieten gaan. Dat was echter niet de enige zorg die hem tot haast aanzette. Als de oude man de kans kreeg, zou hij hem er misschien van overtuigen dat hij de achtervolging beter kon opgeven. Bols woorden waren in zijn hoofd blijven rondspoken.

Misschien waren er inderdaad wel andere manieren om de verdwenen stad binnen te komen. Misschien kón Elena met haar hexerij wel door de magische sluier heen dringen die Aloa Glen afschermde. Misschien hadden ze de sleutel wel helemaal niet nodig.
Erril kneep in zijn zwaardgevest tot zijn pols er pijn van deed en beende over de treden naar beneden. Die sleutel was van hem!
'Langzaam aan, Erril. Mijn gewrichten zijn niet meer zo soepel als de jouwe.' Bol bracht de woorden met moeite uit, en de ademhaling van de oude man klonk gejaagd in de zware, vochtige lucht. 'Dat steen is zo glad als de rug van een salamander.'
Erril ging iets langzamer lopen, niet zozeer omdat de oude man dat wilde, maar omdat in het halfduister voor hen uit het einde van de treden in zicht kwam in het dubbele schijnsel van de vogel en de lamp.
Ze waren aanbeland op de bodem van de kloof.
Hij stak zijn hand op om Bol en Elena te waarschuwen dat ze moesten blijven staan totdat hij had bekeken wat er voorbij de treden was. Met zijn rug tegen de muur daalde hij voorzichtig de laatste treden af en sloop met zijn zwaard voor zich uit tot waar het lamplicht ophield. Hij sperde zijn ogen wijd open om nog iets te onderscheiden in het donker. Onder aan de trap lag een vloer vol brokken steen en verspreid puin. Een smal paadje voerde kronkelend tussen de puinhopen door. In de tegenoverliggende wand van de kloof ontwaarde hij een nauwelijks zichtbare, donkere spleet die nog zwarter was dan het donkere gesteente. Begon daar misschien een andere gang? Erril vermoedde dat het smalle pad hen naar dat punt zou brengen.
Terwijl hij de omgeving afspeurde naar belagers die zich achter de verspreide rotsblokken konden verschuilen, hoorde hij achter zich laarzen over het steen schrapen. Het lichtschijnsel kwam dichterbij, tegelijk met zijn twee metgezellen die tegen zijn uitdrukkelijke bevel in naar hem toe kwamen.
Bol kwam schuin achter hem staan. 'Wat denk je?' fluisterde hij.
Erril slikte het scherpe verwijt in dat hem op de lippen lag. Waarom deden ze niet gewoon wat hij vroeg en bleven ze niet op de trap staan? Hij keek niet om, maar richtte zijn blik op de gang in de verte. Nu Bol dichterbij was gekomen met de lantaarn, verlichtte het sterke schijnsel de doorgang in de rotswand aan de overkant van de kloof.
Het was inderdaad het begin van een onderaardse gang, maar anders dan de door mensenhand uitgehakte vertrekken van de oude school was dit een natuurlijke scheur in het gesteente. De spleet in de rotswand begon op twee keer manshoogte en liep naar de vloer toe breder uit. Een plotselinge beweging naast de ingang van de tunnel ving zijn blik.
Erril verstrakte.

Hij zag een kleine, donkere gedaante over het laatste gedeelte van het pad schieten. Bij de ingang van de tunnel bleef de gestalte even staan. Op de een of andere manier voelde Erril dat het wezen hem recht in zijn gezicht staarde en uitlachte. Toen verdween de kleine gedaante met een sprongetje in de spleet en loste op in het duister.

'Kom, vlug!' zei Erril met een schorre stem van de spanning. 'We komen in de buurt! Hou wel de schaduwen in de gaten. Ik vertrouw die kobolden niet.'

Elena liet de valk op haar schouder klimmen. Zijn klauwen drongen door de dunne stof van haar hemd en klemden zich vast aan haar vel alsof hij zich zelfs door dat beetje wol niet van Elena's huid wilde laten scheiden. De vogel kroop weg tegen haar hals, maar zijn kop bleef heen en weer schieten om de bodem van de kloof voor hen in het oog te houden, alsof hij de waarschuwing van de zwaardvechter goed in zijn oren had geknoopt.

Zonder nog iets te zeggen ging Erril de anderen voor tussen de rotsen en keien. Zijn zware laarzen kwamen hard neer op het pad. Bol gaf haar een duwtje om haar aan te sporen verder te gaan, maar ze merkte dat hij zijn handen wel buiten het bereik van de snavel van de vogel hield. Het viel haar ook op dat haar oom verontrustend moeizaam ademde in de klamme, zware lucht. Ze merkte dat ze zelf ook diep door haar mond moest ademhalen om het niet benauwd te krijgen. Ze keek even omhoog naar haar oom, die zwakjes naar haar lachte. Hij zag grauwer dan anders, vond ze. Of misschien leek hij alleen maar bleek in het licht van de lantaarn.

'We kunnen beter niet al te ver bij Erril achteropraken.' Hij spoorde haar met een knikje aan en sloot zelf de rij om hun rugdekking te geven.

Elena stapte achter de zwaardvechter aan, die met grote passen over de vlakke grond voor hen uit beende. Nu ze niet meer bang hoefden te zijn dat ze hun nek braken op de gladde treden, was de noodzaak om hun voeten voorzichtig neer te zetten verdwenen. Elena moest bijna rennen om Erril bij te houden.

Ze keek achterom en zag dat haar oom steeds verder achteropraakte. Hij liep met hangende schouders en veegde met de rug van zijn hand zijn voorhoofd af. Trilde zijn hand? Misschien moest ze de zwaardvechter vragen wat zachter te lopen. Net toen ze moed had verzameld om iets te zeggen, stak Erril waarschuwend een hand op.

Ze was blij dat hij even rust hield op hun gejaagde mars. Ze voegde zich bij Erril. 'Mijn oom...' zei ze. Ze draaide zich half om en wees. Ze nam weer een hap lucht, verrast dat ze zelf zo buiten adem was, en ging verder: '... Hij moet even rusten.'

De zwaardvechter bromde iets onverstaanbaars terug en tuurde ingespannen naar de grote keien die rechts van het pad als drakeneieren op een hoop lagen. 'Blijf hier,' zei hij, terwijl hij op de stapel af liep.
Ze bleef staan, huppend van de ene voet op de andere. Ze keek over haar schouder. Oom Bol had nog steeds een paar span te gaan en hield onder het lopen een hand tegen zijn linkerzij gedrukt. Toen hij zag dat ze stil waren blijven staan, ging hij nog langzamer lopen. Met een diepe frons sloop Elena stilletjes achter de zwaardvechter aan.
Kennelijk hoorde hij haar voetstappen, of misschien merkte hij dat het licht was verschoven, want hij draaide zich naar haar om. 'Luister eens, dame. Je moet blijven staan waar je staat. Ik wil eerst weten of achter die keien iets of iemand ons opwacht, en als er iets gebeurt, wil ik geen last van je hebben.'
'Maar het is daar donker. Met mijn licht erbij zie je veel meer.' Tranen prikten in haar ogen bij de gedachte alleen achter te blijven. Ze keek achterom naar haar oom, ver weg, die tegen een groot rotsblok geleund stond.
'Nee. Als daar rotskobolden zitten, zien ze door jouw licht meteen dat ik eraan kom en had ik hier evengoed met honderd brandende toortsen kunnen lopen. Ik ga alleen verder. Ga maar terug naar je oom.'
Ze knikte gehoorzaam en rechtte haar rug om te laten zien dat ze nergens bang voor was. Haar onderlip trilde een beetje en verstoorde haar poging tot dapperheid.
Een van zijn mondhoeken krulde nauwelijks merkbaar op. Zijn anders zo strakke gezicht plooide zich in welwillende geamuseerdheid en onthulde rimpels die diep in zijn gezicht geëtst leken. Ze besefte dat hij in vroeger tijden veel en vaak gelachen moest hebben, al was het dan duidelijk lang geleden. 'We zijn allemaal bang, Elena,' zei hij. 'Soms moeten we dat alleen opzij schuiven en gewoon doorgaan. Laat de angst je niet de baas worden.'
'Ben jij weleens bang?'
Hij keek haar lang aan zonder iets te zeggen en haalde toen zijn schouders op. Zijn blik was ver weg en zijn stem klonk zacht. 'Ik geloof niet dat ik me ooit nog echt veilig heb gevoeld sinds ik mijn broer verloor.'
Ze raakte even zijn elleboog aan. 'Ik ook niet,' zei ze bedeesd.
Haar antwoord leek hem in de war te brengen, maar toen schemerde het begrip in zijn ogen. 'We vinden je broer heus nog wel.'
'Ik mis Joach zo.'
'Nou, hier zullen we hem in elk geval niet vinden. We moeten echt verder. Als jij je oom nou even gaat helpen – zo te zien kan hij wel een sterke schouder gebruiken –, dan ga ik kijken of er niets achter die keien zit.'

Ze knikte. Het trillen was opgehouden. Hij keek haar even bedachtzaam aan, draaide zich toen op zijn hakken om en liep met zijn zwaard geheven naar de groep rotsblokken. Ze keek hem na tot hij achter een rotsblok met de omvang van een klein huis dook en verdween. Een paar tellen lang speurde ze de rotsen af naar een glimp van de zwaardvechter. Ze zag niets, maar tussen de blokken hingen overal schaduwen waarin allerlei onzichtbare dingen op de loer konden liggen. Zoals ze daar stond met de vogel in zijn stralenkrans van maanlicht, besefte ze, kon iedereen haar vanachter die hoop rotsen als een ster zien stralen.

De rillingen liepen over haar rug, alsof iemand heel lichtjes met een vingertop langs haar nekhaartjes streek. Ze kreeg opeens het gevoel alsof uit verborgen hoekjes ogen haar in de gaten hielden. Ze liep achteruit weg van de groep rotsen, terug naar de plek waar haar oom op hen wachtte.

Bewoog daar niet iets, in de schaduw onder die rots die eruitzag als een half ingestorte schuur? Het licht verplaatste zich met haar bewegingen en alle schaduwen schoven mee. Het leek alsof de schaduwen leefden en zich dreigend kronkelden. Misschien hadden ze de zwaardvechter al wel verzwolgen en hadden ze alleen nog maar meer honger gekregen van dat maaltje.

Haar voeten schoven steeds sneller achteruit. Haar hak raakte een losse steen, en een gilletje ontsnapte haar toen ze het keitje zag wegschieten. Het was helemaal geen steen! Ze keek het beestje na, dat wegscharrelde op scharen die tikkend open- en dichtgingen. Het diertje – een soort holenkrab – verdween in de schaduwen.

Plotseling dacht ze overal holendiertjes te zien. Ze holde terug naar de plek waar ze haar oom het laatst had gezien. Een middelgroot rotsblok onttrok oom Bol aan het oog, maar achter die kei straalde het licht van zijn lamp als een baken.

'Oom Bol,' riep ze toen ze om de hoek van het rotsblok gehold kwam. Ze ontdekte haar oom een paar passen verderop en stond meteen stil. Zijn lantaarn lag op zijn kant en haar oom lag er op zijn rug naast, roerloos op het koude steen.

Een paar tellen lang was ze verlamd van de schrik en haar adem stokte in haar keel. Oom Bol! De gedachte om nog een familielid te moeten missen kon ze niet verdragen. Ze deed een pas achteruit, alsof ze dat beeld ongedaan kon maken door te vluchten. Toen zag ze dat zijn borst op- en neerging! Hij was niet dood! Hij ademde nog, maar hij was wel buiten bewustzijn. Ze was zo opgelucht dat haar knieën knikten, alsof ze een marionet was waarvan een voor een de draden knapten. Ze vocht om niet te vallen. Half struikelend, half vallend liet ze zich naast haar oom zakken. De valk krijste verontwaardigd, opgeschrikt

door haar onverhoedse beweging, en sloeg zijn vleugels uit. Helder maanlicht stroomde uit over haar oom.
Ze greep zijn hand. Zijn huid voelde koud en vreemd klam aan. Zijn wangen zagen bleek als die van een lijk dat opgebaard ligt voor een wake. Onwillekeurig gaf ze klopjes op zijn hand en mompelde: 'Wakker worden, oom Bol. Laat me hier niet alleen. Word alstublieft wakker.'
Ze liet zijn hand los en voelde aan zijn voorhoofd. Hij gloeide. De aanraking van haar hand op zijn koortsige voorhoofd bracht hem in beweging. Een lage kreun ontsnapte aan zijn keel en steeg op als stoom uit een pot met kokend water. In de stille grot klonk zelfs dat zachte geluid al hard.
Oom Bols hoofd rolde heen en weer alsof hij een nachtmerrie had, maar haar aanraking bracht hem niet bij zijn positieven. Ze wreef over zijn wangen en zijn polsen, maar ze slaagde er niet in hem bij bewustzijn te brengen. Ze keek om zich heen, snikkend tegen wil en dank. Ze had hulp nodig. Waar was Erril? Ze durfde hem niet goed te roepen, uit angst dat iets anders in die schaduwen tussen de rotsen op haar kreet zou antwoorden.
Toen ze haar oren spitste om te luisteren of ze de zwaardvechter al hoorde terugkomen, ving ze het zachte gespetter op van stromend water. Had ze niet ergens vlakbij een beekje gezien? Ze speurde de omgeving af. Daar moest het zijn, vlak achter die rotspilaar!
Ze boog zich weer over oom Bol. Misschien hielp het als ze zijn lippen bevochtigde met een beetje water. Maar durfde ze hem wel alleen te laten?
Haar oom lag weer stil, alsof zijn nare dromen hem met rust hadden gelaten, maar zijn ademhaling klonk nu nog rauwer. Ze greep onwillekeurig naar haar eigen keel toen ze dat hese gereutel hoorde. Ze kon toch niet stomweg toekijken hoe hij stierf? Ze merkte dat haar ogen naar haar rechterhand gingen, waar de rode wervelingen in navolging van haar eigen opwinding heviger leken te kolken dan anders.
Kon haar magie iets voor haar oom doen? Ze zag weer voor zich hoe haar ouders werden verzwolgen door de vlammen. Nee, dat durfde ze niet aan. Ze liet haar hand zakken. Ze moest water gaan halen. Als ze hard holde, zou ze in een tel bij het stroompje zijn.
Voordat de angst haar voorgoed kon verlammen, schoot ze weg. Net als eerst liet de valk krijsend zijn ongenoegen blijken en begroef hij zijn klauwen in haar schouder om in evenwicht te blijven. Elena lette niet op de pijn en rende verder.
Ze liep zo hard als ze kon in de wetenschap dat haar doel niet ver weg was. Door haar vaart kon ze niet op tijd stoppen toen ze zag wat er bij het stroompje stond; ze viel op haar knieën, die pijnlijk over de ruwe

rotsen schuurden. Haar gil stokte in haar keel. De valk, die van haar schouder was losgeschoten toen ze zo plotseling tot stilstand kwam, sloeg zijn vleugels uit en cirkelde rond boven haar hoofd.
Het stroompje was onder handbereik, maar iets anders had het water eerder gevonden.
Ze staarde naar het harige beest, dat ophield met drinken en zijn kop optilde. Het licht van haar valk weerkaatste in zijn enorme gele ogen. Ze wist wat dat was. Ze had de jagers zien thuiskomen uit de hooglanden met hun pelzen over hun schouders. Het was een wolf.
Het dier liet een waarschuwend gegrom horen, maar kwam niet dichterbij. Kennelijk was hij evenzeer op zijn hoede voor haar als zij voor hem. Het dier week een paar passen achteruit, trekkend met zijn linkervoorpoot. Flarden van een soort verband hingen om zijn gewonde poot. Hij was gewond. Een van zijn oren was ook gescheurd, zag ze; het oor hing er rafelig bij en zat onder het aangekoekte bloed.
Ze herinnerde zich het gejank dat ze een tijdje geleden hadden gehoord. Dit moest het dier zijn dat met zijn gehuil uiting had gegeven aan zijn pijn.
Ze namen elkaar argwanend op. De wolf gromde niet meer, maar was roerloos blijven staan, enigszins onvast op zijn drie poten. Ze bekeek de resten van het verband. De wolf kon dat niet zelf hebben gedaan; iemand moest het dier hebben verzorgd. Ze wist dat woudlopers soms wolven gebruikten bij de jacht. Was dit misschien een verdwaald huisdier?
Toen ze begreep dat de wolf niet van plan was haar naar de keel te springen, haalde ze weer voorzichtig adem. Ze wendde zich iets af, klaar om weg te lopen, maar bleef toen staan. Al haar spieren spanden zich voor de vlucht, ingegeven door haar angst, maar de raad van de zwaardvechter om haar angst haar niet de baas te laten worden, hield haar op haar plaats. Misschien had de wolf wel hulp nodig, net als haar oom.
Op dat moment schoot er nog een andere gedachte door haar hoofd. Misschien kon het dier met zijn scherpe neus hen zelfs helpen een weg naar buiten te vinden! Elena dacht aan haar zieke oom. Ze moesten hier zo snel mogelijk vandaan. Als ze de wolf nou voor zich kon winnen...
Ze besloot het erop te wagen. Bijtend op haar onderlip deed ze behoedzaam een stap dichter naar het stroompje. Ze vouwde haar handen tot een kom, schepte wat van het koude water op en hield het de wolf voor. Zo zou hij toch wel begrijpen dat ze het goed met hem voorhad? De wolf kneep zijn ogen wantrouwig tot spleetjes.
Ze deed haar best haar armen niet te laten trillen en niet terug te deinzen. Op dat moment kwam de valk aangevlogen en streek voorzichtig neer op haar schouder.

De wolf keek naar de vogel en liet zijn blik toen weer naar het aangeboden water gaan.
Hij deed een stap naar voren.
'Kom maar,' fluisterde ze. 'Niet bang zijn.'
De wolf kwam nog een stap dichterbij. Zijn snuit was nu al zo dichtbij dat ze zijn warme adem over haar vingers voelde strijken. Het dier stak zijn hals uit. Tussen twee uitzonderlijk lange hoektanden kwam aarzelend een tong te voorschijn die van het water proefde. Ondanks zijn dorst lieten zijn ogen de hare geen moment los. Er was iets vreemds aan die gele ogen, zag ze nu. De pupillen waren niet rond, zoals bij honden, maar stonden als smalle streepjes in de iris, zoals bij kattenogen.
Terwijl ze de wolf in stille verwondering aanstaarde, werden zijn ogen opeens groot en zwart. Zijn blik schoot opzij, over haar rechterschouder, en grommend trok het dier zijn kop in.
'Achteruit, Elena! Nu!' Ze keek achterom en zag Erril achter een rotsblok vandaan stappen, met zijn zwaard dreigend opgeheven naar de harige wolf. 'Kom achter me staan, snel.' Erril haalde met zijn zwaard uit naar de wolf.
Zonder erbij na te denken gooide Elena zich voor het wapen van de zwaardvechter. Met vlakke hand sloeg ze het scherp opzij. 'Nee!' Zodra haar rechterhand zijn zwaard raakte, schoot er een ijzige flits op uit haar handpalm die zich om Errils zwaard wikkelde.
Errils adem stokte en hij gooide het verkilde wapen van zich af. Het ijzeren zwaard viel kletterend op het steen en spatte als een glazen vaas in duizend bevroren splinters uiteen.
Elena zag dat de zwaardvechter zijn blik op haar gezicht richtte. Woede joeg het bloed naar zijn wangen, maar in zijn ogen lag een geschrokken blik. 'Mijn zwaard!'
'Ik deed het niet expres,' zei Elena met een klein stemmetje, terwijl ze haar rechterhand wegstopte achter haar rug. Het drong langzaam tot haar door dat ze zojuist het enige wapen had vernield dat hun gezelschap rijk was. Haar ogen schoten vol tranen. 'Het spijt me.'
Achter haar rug gromde de wolf.

Erril greep het verdwaasde meisje beet en duwde haar uit de weg. Hij zette zich schrap om het op te nemen tegen de manshoge wolf. Het beest was gewond, dus de kans bestond dat hij het met een welgemikte trap of een vuistslag kon verjagen.
De wolf gromde echter niet naar hen, maar had zich omgedraaid naar het donkere pad dat hen eerder hier had gebracht. De nekharen van de wolf stonden overeind en in zijn keel welde een langgerekt, ononderbroken gebrom op, gericht op het duister.

'Er komt iets aan,' zei Elena.
Nu hoorde Erril ook poten over gruis schuifelen, en een meer vertrouwd geluid: gesis. 'Kobolden.' Hij trok Elena opzij.
De wolf liep achteruit naar hen toe, plassend door het stroompje.
Elena wees naar het dier. 'Hij weet het ook. Hij heeft zijn verwondingen vast ook aan de kobolden te danken.'
Erril luisterde niet naar wat Elena zei en duwde haar voor zich uit over het pad, terwijl zijn ogen het pad naar de spleet in de rotswand afspeurden. 'We halen je oom op en dan gaan we verder. We kunnen ons hier niet uit vechten, niet zonder wapen. We zullen ze voor moeten blijven.'
Elena keek achterom. 'De wolf komt achter ons aan.'
Erril zag de wolf ook. Het dier bleef op veilige afstand, half verscholen, en zocht steeds de schaduwen van de rotsblokken op. Zonder dichterbij te komen volgde de wolf hen op stille poten.
'Hij wil ons beschermen,' zei Elena.
'Nee, hij komt gewoon op het licht af.'
'Om zijn gewonde poot zit een oude, kapotte spalk. Ik denk dat iemand hem kwijt is.'
Het meisje had gelijk, maar de kans bestond dat de wolf was verwilderd en zich tegen zijn eigenaar had gekeerd. De spalk zag er oud en gehavend uit, alsof het dier er al grote afstanden mee had afgelegd. Maar verwilderd of niet, een directe bedreiging vormde de wolf op het oog niet, en bij een aanval van de kobolden zouden zijn lange tanden goed van pas kunnen komen en hun wellicht lang genoeg respijt geven om zich in veiligheid te brengen. En dus liet Erril het dier ongemoeid – zolang het op afstand bleef.
Zodra ze de oude man en zijn lantaarn in het oog kregen, holde Elena vooruit en knielde neer naast haar oom. Erril voegde zich bij het meisje en zag dat Bols borstkas nog op- en neerging. Hij legde een vinger tegen de hals van de oude man. Bols pols was zwak.
Hij richtte zich op en keek om zich heen in de donkere ruimte. Sinds hun terugtocht van het stroompje was het gesis weer zwakker geworden. De kobolden kwamen in ieder geval niet dichterbij.
Elena keek omhoog naar Erril. 'Gaat hij dood?'
'Ik weet het niet. Hij is al oud.'
'Kunnen we niet iets voor hem doen?'
'Ik zou hem kunnen dragen.'
Ze keek met twijfel in haar ogen naar zijn ene arm.
'Hij is niet zo zwaar. Het lukt wel.'
Elena knikte en legde een hand op haar ooms borst. Haar hand glansde dieprood op in het dubbele licht. Erril dacht terug aan de overwel-

digende kracht die zijn zwaard had bevroren. Als hij het wapen een tel later had laten vallen, zou het ijs ook zijn hand hebben verkild. Haar magie was sterk, maar haar beheersing was zwak. En toch...

'We kunnen ook nog iets anders doen,' zei hij, 'maar dat is wel gevaarlijk.'

Haar gezicht klaarde op. 'Wat dan?'

'Je magie.'

De vonk van hoop in haar ogen doofde. Ze liet haar hoofd hangen. 'Nee. Ik weet niet hoe ik de magie moet laten doen wat ik wil.'

'Je kon anders wel voorkomen dat ik de wolf kwaad deed.'

'Dat is misschien wel zo, maar ik was niet van plan je zwaard kapot te maken. Ik heb geen macht over de magie.'

'In mijn tijd maakten de jonge magiërs voortdurend brokken. Ik had een broer, Shorkan. Hij ontving zijn Chirische kracht op dezelfde leeftijd als jij. Toen hij nog jong was, heeft hij een keer onze keuken laten afbranden omdat hij de haard wilde aansteken met zijn magie.'

'Maar later ging het toch wel beter?'

Hij knikte. 'Door veel te leren en te oefenen werd hij een groot magiër.'

'Maar van wie moet ik het dan leren?'

Erril knielde naast haar neer. 'Ik was mijn broers dienstman.'

'Wat is dat?'

'Zijn beschermer. Alle magiërs kregen een dienstman om te voorkomen dat ze ongelukken begingen met hun vroege magie. Ik hielp Shorkan in de eerste jaren van zijn opleiding, en in die tijd heb ik vaak genoeg zijn hachje gered. Dienstmannen werden niet in de hogere kunst ingewijd, maar we werden wel onderricht in sturing – hoe je de macht in vaste banen kunt leiden. Dat leerden we om degenen die onder onze hoede stonden bij te staan.' Erril pakte haar rode hand en onderdrukte een huivering. 'Misschien kan ik je helpen.'

'Echt?'

'Ik kan het proberen. Wat jij moet doen om je oom te helpen is niet moeilijk, maar je zult wel heel voorzichtig met je magie moeten omspringen.'

'Komt hij er dan weer bovenop?'

'Dat weet ik niet. Wat ik je nu ga leren is geen echte genezing – daar heb ik de kennis niet voor. Wat ik je wel kan laten zien, is hoe je een klein drupje van je magie op je oom kunt overbrengen. Dat geeft zijn ziel nieuwe kracht, waarmee hij deze flauwte misschien te boven kan komen.'

Elena staarde hem twijfelend aan. 'En als er nou iets fout gaat?'

'Dan sterft hij.'

Ze knipperde met grote, bange ogen en sloeg stil haar armen om zich heen. Zo bleef ze een paar tellen zwijgend zitten, tot ze ten slotte zei: 'Maar als ik het niet probeer, gaat oom Bol misschien ook dood.'

Erril knikte, onder de indruk van de veerkracht van het kind. Haar hand beefde toen ze haar armen losmaakte en nadenkend naar de poelen van kleur op haar rode hand keek, maar in haar ogen vonkten vastberadenheid en daadkracht.

Ze klemde haar kiezen op elkaar en keek hem recht in de ogen. Voor het eerst zag hij in dat gezichtje de vrouw die ze ooit zou worden. Heldere, groene ogen, golvend rood haar, een mond waar kracht uit sprak. Ze zou uitgroeien tot een grote schoonheid – als ze tenminste tijd van leven had. 'Zeg maar wat ik moet doen,' zei ze.

Hij knielde en gebaarde haar naast hem te komen zitten. 'Er is bloed voor nodig.'

Ze deinsde iets achteruit.

'Niet bang zijn, dit is lichte magie. Een drupje, meer niet.' Erril wees naar de schede met de dolk die Bol het kind had gegeven.

Elena maakte schoorvoetend de hexendolk los uit haar gordel. Het zilveren blad glansde als een schilfer maanlicht in het schijnsel van de vogel.

'Geef mij de dolk maar even,' zei Erril.

Het kind gehoorzaamde, opgelucht dat ze het wapen uit handen kon geven.

Erril pakte de hand van de oude man en legde die bij zich op zijn knie. Met het mes prikte hij in de top van Bols duim. Als een zwarte parel welde het dikke bloed op uit het wondje. Toen gaf hij het mes terug aan Elena. 'Nu moet jij hetzelfde bij jezelf doen.'

Hij zag dat ze geschrokken haar vuist balde en wegtrok. De uitdrukking op haar gezicht bracht hem met een schok de jongen voor de geest die was opgeofferd om het Bloedboek in het leven te roepen. Ook hij was teruggedeinsd voor zijn eerste keep. Erril keek naar het jonge meisje en bad dat haar niet hetzelfde lot wachtte als de jongen.

'Het moet gebeuren. Je oom heeft de eerste keep uitgevoerd toen hij je dolk inwijdde. Deze tweede keer moet je het eigenhandig doen.'

Ze knikte en dwong zichzelf haar hand open te vouwen en het mes te pakken. Met onverwacht vaste hand hief ze het mes boven haar rode duim.

'Een klein sneetje maar. Het bloeden moet wel binnen de perken blijven.'

Ze haalde diep adem, keek hem even kort van opzij aan en stak toen de punt in haar duim. Hij zag dat ze goed oppaste dat het mes niet te diep ging. Toen dat gedaan was, stak ze de dolk bedaard weer in de schede, alsof ze alleen maar wat boter op haar brood had gesmeerd,

zonder haar blik af te wenden van het bloed dat uit haar gewonde duim drupte.
'Heel goed. En nu druk je jouw wondje op dat van je oom.' Ze stak haar hand al uit, maar hij hield haar tegen. 'Wanneer de verbinding is gelegd, zul je je oom kunnen... kunnen voelen.'
'Voelen?'
Hij fronste zijn wenkbrauwen. Hoe moest hij beschrijven wat hij zelf nooit had meegemaakt? 'Mijn broer zei ooit dat het lijkt alsof je plotseling in die ander verandert. Je kunt niet echt zijn gedachten lezen, maar je weet gewoon hoe het is om in zijn huid te zitten.'
Ze kneep haar ogen half dicht – of het uit ongeloof was of uit angst wist hij niet. 'En wat moet ik dan doen?'
'Zodra je voelt dat jullie verbonden zijn, moet je zo snel als je kunt de verbinding verbreken door je duim weg te halen. Hoe langer het duurt, des te meer magie breng je op je oom over. Je mag je magie niet meer dan een hartslag lang in hem door laten sijpelen.'
'Wordt oom Bol dan niet sneller beter als hij iets meer krijgt?'
'Nee. Dit is pure magie, geen gerichte bezwering. Alleen uitverkorenen zoals jij kunnen als werktuig dienen voor zoveel kracht. Aan meer dan een drupje moeten we ons niet wagen.'
'En als het toch gebeurt?'
'Weet je nog wat je met mijn zwaard hebt gedaan?'

Elena zag weer voor zich hoe het ijs het zwaard had bevroren tot het ijzer broos werd. Ze keek naar haar oom, uitgestrekt op het steen. Dat liet ze hem niet overkomen.
Ze bleef roerloos naast hem zitten, bang om te bewegen, om nog meer familieleden kwaad te doen. Uit haar ooghoek zag ze de wolf zitten, weggekropen in de inktzwarte schaduw van een rotsblok niet ver van hen vandaan. Zijn bruingele ogen gloeiden in zijn schuilplaats en vingen het maanlicht van de valk op haar schouder. De zwaardvechter hield de bloedige duim van haar oom naar haar op en keek haar aan. Er waren zoveel ogen op haar gericht.
Ze deed haar eigen ogen dicht en haalde diep adem om zichzelf tot rust te manen. Toen sloeg ze haar ogen weer op en keek neer op het gezicht van haar oom. Hij, de man die haar bij het haardvuur zo vaak op verhalen had vergast, had haar nodig. En nu was ze zelf in een van zijn wilde verhalen terechtgekomen.
Terwijl ze naar hem staarde, zag ze opeens hoeveel haar oom op haar eigen moeder leek, met die jukbeenderen en de stand van hun ogen. En zijn neus, die breder was dan de hare, was net die van haar broer Joach. Hij had zoveel van haar familie in de lijnen en vlakken van zijn ge-

zicht. Bij die gedachte schoot in haar hart weer een glimpje hoop op. Als ze hem redde, kon ze zo misschien op de een of andere manier iets van al die anderen in leven houden.
Ze tilde haar hoofd op en keek de zwaardvechter aan.
Hij veegde een traan van haar wang.
Ze duwde zijn hand weg. 'Ik ben zover.'
Hij hield de hand van haar oom voor haar op en drukte haar op het hart: 'Een enkel druppeltje, meer niet.'
Ze haalde nog een keer diep adem, liet haar adem met een zachte kreun ontsnappen en drukte toen haar duim op het wondje van haar oom.
Er gebeurde niets, en bijna was ze met een mengeling van opluchting en wanhoop in tranen uitgebarsten. Maar toen voelde ze opeens dat een deel van haar door de wond overging in haar oom. Ze zag de wereld nog steeds door haar eigen ogen; ze zag hoe het lichaam van haar oom leek te verstrakken onder haar aanraking; ze voelde dat de valk met een verraste kreet opvloog van haar schouder en neerstreek op een rotspunt. Maar tegelijkertijd voelde ze het gekriebel van een baard in haar hals en hoe haar gewrichten pijnlijk protesteerden tegen de spanning in haar spieren. En ze voelde dat ze op haar rug op de rotsen lag, uitgestrekt op het koude steen.
Wat ze echter vooral voelde, was haar hart, dat zwoegend en trillend worstelde om te blijven kloppen. Of het haar eigen hart was of de schim van het hart van haar oom durfde ze niet te zeggen. Ergens tussen die twee in was ze zichzelf kwijtgeraakt. De grens tussen Elena's besef en wat haar oom voelde leek te vervagen.
Met de waarschuwing van de zwaardvechter in haar achterhoofd trok ze geschrokken haar duim weg. Zodra de aanraking werd verbroken, kwam ze weer met een schok terug in haar eigen lichaam. Ze schudde haar hoofd om haar gedachten op orde te krijgen en ging op haar hurken zitten. Plotseling voelde ze zich heel erg klein, en om de een of andere reden ook ontzettend alleen.
Haar aandacht werd getrokken door een kreun van haar oom, die rechtop probeerde te gaan zitten. Hij bracht een trillende hand naar zijn voorhoofd. 'Wat is er gebeurd? Ben ik in slaap gevallen?'
Hij leek een stuk opgeknapt. Zijn wangen hadden weer wat kleur en zijn ademhaling klonk niet zo raspend meer. Maar Elena wist wel beter dan te denken dat hij genezen was. Ze had zijn hart gevoeld. Oom Bol was nog steeds ziek.
Ze sloeg haar armen om hem heen, maar woorden kon ze niet vinden. En dus vertelde Erril haar oom wat er allemaal was gebeurd.
Toen de zwaardvechter klaar was met zijn relaas, pakte oom Bol Elena bij de schouders en hield haar van zich af, zodat hij haar goed kon be-

kijken. 'Je hebt met je magie mijn leven gered. Ik voel me tien jaar jonger, alsof ik zo een heel bataljon kobolden aankan.'
Hij lachte zijn aanstekelijke glimlach, en op haar gezicht verscheen een verlegen grijns.
'Ik zei toch dat je Fila's kracht in je had?' Hij trok haar weer in zijn armen en drukte haar stevig tegen zich aan. In zijn omhelzing luisterde ze naar het hart van de oude man. Ze dacht terug aan die zwoegende hartslag, aan zijn zwak kloppende pols. Bij elke hartslag huiverde ze, bang dat het zijn laatste kon zijn.
Wat had die magie voor zin? Hoe kon magie de wereld redden, terwijl die niet eens sterk genoeg was om een oude man te genezen? Ze voelde opeens de last van twee dagen zonder slaap op haar schouders drukken en liet zich tegen haar oom aan leunen.
Terwijl ze zich in zijn armen liet wegzakken, klonk om haar heen weer dat mompelende, dringende gesis: rotskobolden. Haar oom hielp haar overeind. Wanneer mocht ze eindelijk eens uitrusten?
'We moeten opschieten,' riep Erril. 'Het geduld van die wezens raakt op en het spoor wordt oud.'
Toen Elena achter hem aan liep, sloffend alsof haar voeten vol zand zaten, schoot de maanvalk door de spelonk op haar af en streek weer neer op haar schouder. Uit haar ooghoek zag ze dat de wolf haar volgde in de schaduwen achter haar rug. Waarom vertrouwden die wilde dieren haar?
Ze wierp een blik op haar robijnrode hand en zag dat het wondje in haar duim verdwenen was.
En hoe zat het met die onbekende geest die haar deze magie had vergund? Waarom had die geest haar zijn vertrouwen geschonken? Ze was maar een boerendochter; wat voor kracht zagen al die wezens in haar? Ze voelde tranen in haar ogen prikken, maar ze veegde ze weg voordat de anderen het konden merken. Ze wilde die verantwoordelijkheid helemaal niet. Ze slikte haar tranen weg. Was er niet iemand aan wie ze die plicht kon overdragen?
Ze staarde naar de brede rug van Erril, die met grote passen voor haar uit liep. Haar 'dienstman' had hij zichzelf genoemd. In haar hart wist Elena dat de magie een last was die zij zou moeten meetorsen, maar ze hoefde het misschien niet alleen te doen. Die gedachte droogde haar tranen. Misschien had ze toch iemand om op te steunen, iemand die ze kon vertrouwen.
'Mijn dienstman,' fluisterde ze voor zich uit, om haar tong het woord te laten proeven.

27

Kral gaf de lichtende groene steen aan Tolchuk en veegde het bloed dat aan zijn vingers kleefde af aan zijn broek. Het vreemde gesis was afgezwakt tot een gefluister en daarna verstomd. De stilte die ervoor in de plaats was gekomen, was drukkend als de lucht voor een zomerse onweersbui. Terwijl de trol de elvensteen bestudeerde, sloop hij voorzichtig verder de vervallen stenen gang in.

Het groenige schijnsel van de edelsteen verlichtte de donkere gang en wierp een onnatuurlijke gloed over de wanden. Verderop hingen mos en wortels als slingers af van het plafond en de vloer lag bezaaid met brokken eeuwenoud steen dat hij onder zijn voeten tot gruis vermaalde.

Kral sloeg een wortel weg die in zijn baard probeerde te kruipen. Met zijn hoofd ingetrokken tussen zijn schouders sloeg hij een hoek om, gevolgd door Tolchuk en het licht. Even verderop kwam de gang uit in een groot vertrek. Kral gebaarde de trol dat hij moest blijven wachten. Hij maakte de bijl los uit zijn gordel en sloop behoedzaam naar voren, met zijn hand stevig om de met leer omwikkelde hardhouten steel. De groenige gloed bescheen het opgedroogde bloed op het bijlblad. De bloedvlekken waren paarszwart, als beurse plekken op het ijzer. Hij klemde zijn kiezen op elkaar bij de herinnering aan zijn schande, de leugen die hij over zijn lippen had laten komen. Hij sloot zijn vuist nog steviger om het heft. Misschien kon vers bloed de smet op zijn bijl en zijn hart helpen wegspoelen.

Toen Kral bij de doorgang naar het grote vertrek kwam, drukte hij zich met zijn rug tegen de wand van de gang. Hij wierp een snelle blik in het vertrek dat zich voor hem uitstrekte. Ooit moest deze ruimte als een soort grote zaal hebben gediend. Booggewelven overspanden de duisternis boven zijn hoofd en op de muren waren nog vervaagde schilderingen te zien, als zwakke echo's van een ver verleden. Vermoedelijk waren hier bijeenkomsten gehouden: de vele donkere gaten in de muren rondom wezen op weer andere gangen die hier samenkwamen. Het vertrek was zo groot dat het helle groene schijnsel van de steen de overkant van de ruimte niet bereikte.

Kral maakte zich klein tegen de muur en speurde de ruimte af naar een levensteken van de elve. Dat de gloeisteen van de eigenaardige man naar hen was teruggerold, wees erop dat hij in de buurt moest zijn, maar binnen Krals blikveld was er niets te zien in het vertrek. Hij kon natuurlijk al verder zijn gegaan, buiten het bereik van het licht. Kral richtte zich op en wenkte Tolchuk dichterbij, zodat het licht van de steen een groter deel van het vertrek kon bestrijken.

De poten van de trol knerpten met veel kabaal over het steen toen hij met zijn logge gang op Kral toe gelopen kwam. Samen liepen ze het vertrek in.

'Ik ruik... iets raars,' zei Tolchuk. De trol had zijn neus in de lucht gestoken en zijn neusvleugels wijd opengesperd.

Kral bleef staan en keek rond in het vertrek. Nu hij beter werd bijgelicht, ontdekte hij een vlek van iets nats en donkers op het grauwe steen. Hij wees. 'Bloed.'

De twee liepen zij aan zij verder, maar de trol hield met zijn waakzame blik de muren rondom in het oog in plaats van naar de vloer te kijken. Kral liet hem de wacht houden en knielde neer om te zien of het inderdaad bloed was dat hij op de vloer had gezien. Hij doopte een vinger in het plasje en bracht zijn vinger naar zijn neus. Het rook naar muskus en ijzer. Een vlekkerig spoor verdween in de muur van duisternis aan de andere kant van het vertrek.

'Het bloed is nog warm.' Kral kwam weer overeind. 'Meric kan niet ver zijn.'

De trol leek hem nauwelijks te horen. Met zijn knarsende stem maande hij alleen: 'Die geur... Hij wordt steeds sterker.'

Kral snoof. Hij rook alleen stof en schimmel. Met een ongeduldig knikje wees hij naar het bloedspoor.

Ze volgden het spoor door de donkere zaal. Vijf passen later begreep Kral waarom het licht van de steen niet was doorgedrongen tot de tegenoverliggende muur van het vertrek. Er was geen muur. In de vloer voor hen gaapte een grote leegte, alsof een boosaardige god het achterste gedeelte van het vertrek had weggeslagen en een diepe kloof had achtergelaten.

Kral ging aan de rand van de kloof staan. Het bloedspoor liep over de rand en verdween tussen de wirwar van rotsblokken beneden. Hij keek achterom naar het besmeurde pad. Had Meric zichzelf hierheen gesleept om zich daar beneden in veiligheid te brengen, of was zijn bloedende lichaam meegesleurd en naar beneden gegooid? En wie of wat had hem aangevallen?

Tolchuk siste. 'Ze komen. Die geur!'

Als een vuistslag trof de vreemde stank opeens Krals neus. De walm van etterende wonden omhulde hem. Kral bracht zijn bijl omhoog. 'Wat is dat?'

'Niet wat, wie!' De trol gebaarde met een zwaai van zijn poot naar het vertrek.
Van alle kanten werd vanuit de gangen het licht naar hen weerkaatst door honderden paren rode ogen, als een hemel vol priemende rode sterren.
Rondom klonk gesis op.
Kral week een stap achteruit en de hak van zijn laars glipte over de rand van de scheur in de vloer.
Toen spoelde het gesis opeens als een woeste zee over hen heen en stormde de meute vanuit de gangen op hen af.

Rockingham wreef over zijn zere polsen en liet zijn nek kraken om zijn wervels los te maken. Hij werd heen en weer geslingerd tussen boosheid en opluchting. 'Ik dacht dat jullie me hier zouden laten hangen voor de kraaien,' zei hij stuurs.
Neelahn hield het mes waarmee ze zijn boeien had losgesneden nog in haar hand geklemd. Vertrouwen deed ze hem kennelijk nog steeds niet. 'Dat zou ik nooit doen. En we kwamen trouwens terug voor de paarden.' Ze pakte Mist en Errils hengst bij de teugels. Krals reusachtige oorlogspaard hief dreigend zijn hoofd op zodra ze dichterbij kwam.
Terwijl hij de verkrampte spieren in zijn arm kneedde, liet Rockingham zijn ogen over de man gaan die met Neelahn was meegekomen. Hij was even lang als Rockingham en ook net zo mager. Zijn sluike bruine haar was niet bijeengebonden, zoals gebruik was in de streek. Een vreemdeling, vermoedde Rockingham. De onbekende man had een scherp, hoekig gezicht; zijn halfgeloken ogen waren nog scherper. Hij droeg een jagersjas van genaaid leer over een grijs wambuis en beenstukken. Niet de gebruikelijke manier van kleden in deze contreien.
'Wie heb je meegebracht?' vroeg Rockingham ten slotte aan Neelahn.
Neelahn was net klaar met het nalopen en vastsjorren van de bepakking van de paarden. Ze haalde een hand over haar voorhoofd en streek een paar verdwaalde lokken uit haar gezicht. 'Hij is zijn reisgenoot kwijt en Kral heeft aangeboden hem te helpen zoeken.'
De vreemdeling keek zwijgend voor zich uit, alsof hij het liefst zou opgaan in het doornatte bos om hen heen. Rockingham ging voor hem staan. 'Hoe heet je, makker?'
'Mogweed.' Zijn stem klonk geknepen, nerveus.
'Je bent niet van hier, zeker?'
Hij schudde zijn hoofd.
'Waar kom je vandaan?'
Het bleef even stil.
Rockingham wist haarfijn wanneer iemand snel met een verzonnen ver-

haal op de proppen probeerde te komen. Deze man had iets te verbergen. Dat was prettig. Iemand met geheimen kon Rockingham voor zijn karretje spannen – als hij tenminste ontdekte wat hij achterhield.

'Ik... Ik kom uit de zuidelijke landen,' zei Mogweed ten slotte.

Rockingham knikte, maar hij geloofde er geen woord van. Ook Neelahn voelde kennelijk de onwaarheid in de woorden van de vreemdeling, want ze wierp de man een korte, donkere blik toe.

Wat deed de man hier in dit druipende bos? Waar was die vreemdeling opuit? Het verlangen in het hart van een man was de prijs van zijn ziel. Als hij dat maar eenmaal kende...

Terwijl Rockingham naar Mogweed stond te staren, verstrakte de vreemdeling opeens en dook in elkaar. Een tel later begonnen de paarden geschrokken te hinniken. Het oorlogspaard sloeg met zijn beslagen hoeven.

Toen hoorden Neelahn en hij het ook, tegelijkertijd. Van dieper uit het dal kwam het geluid van zware vleugelslagen dichterbij. Het kwam uit de richting van het huis. Geen van beiden hoefden ze de naam te noemen van wat hen naderde.

'Ze hebben het meisje zeker niet kunnen vinden,' zei Rockingham.

'Snel!' zei Neelahn dringend. 'Er is een grot hier vlakbij. De doorgang is te klein voor de skaltums. Daar zijn we veilig. Kral is al binnen.'

Mogweed wist kennelijk ook van de schuilplaats waar Neelahn het over had. Hij trok Neelahn aan haar mouw. 'Nee, het is daar niet veilig. Mijn broer...'

'Neem maar van ons aan,' zei Rockingham, terwijl hij de teugels van de grijze merrie opving die Neelahn hem toewierp, 'dat wat er in die grotten schuilt nooit erger kan zijn dan wat er nu jacht op ons maakt.'

Mogweed aarzelde. Hij speurde met zijn ogen het bos af alsof hij een uitweg zocht. Hij leek wel een bang hert, dacht Rockingham bij zichzelf.

Neelahn sprak de man toe en maakte voorzichtig haar mouw los uit zijn greep. 'Jij staat hier buiten, Mogweed. Ze zijn op ons uit. Ik denk niet dat ze achter jou aan komen als je vlucht.'

Neelahn sprong op de rug van de hengst, maar Mogweeds ogen bleven door het donkere bos dwalen. In die merkwaardige geelbruine ogen stond angst te lezen.

Neelahn richtte opnieuw het woord tot hem. 'Ik weet wie je bent, Mogweed. Je komt uit de Westelijke Gronden, net als ik. Maar een mens ben je niet. Je kattenogen verraden wat je tong verzwijgt. Je bent een silura.'

Rockingham verslikte zich bijna. 'Een wisselaar!' Hij deed een paar stappen van de man vandaan. Dus dát was het geheim van de vreemdeling. Hij hees zich snel in het zadel om maar zoveel mogelijk afstand tussen

hem en dat wezen te scheppen, dat hij alleen kende uit de meest afschuwelijke legenden.
'Silura,' zei Neelahn weer, 'je kunt je hier eenvoudig verstoppen. Verander gewoon in een wouddier en verdwijn in het bos. Dit is jouw strijd niet.'
'Nee,' zei de man met een wilde blik in zijn ogen. 'Je weet niet wie ik ben. Ik kan niet meer veranderen! Ik zit gevangen in deze gedaante.'
Zijn woorden leken Neelahn te verbazen. Ze ging rechtop in het zadel zitten en keek hem met opgetrokken wenkbrauwen aan. Het geluid van de vleugelslagen kwam dichterbij. Ze stak een hand uit naar de gedaanteveranderaar. 'Kom met ons mee, of vlucht. We kunnen niet langer wachten.'
Mogweed maakte aanstalten om weg te lopen, maar bleef toen weer staan. Net toen Neelahn haar arm wilde terugtrekken, schoot hij naar voren en pakte haar hand. Met een rug trok ze hem achter zich op het zadel.
Neelahn bracht haar paard in galop en reed weg. Rockingham overwoog even om de andere kant op te rijden en zo aan zijn ontvoerders te ontsnappen. Hij luisterde naar het klapperen van de vleugels in de kille lucht en huiverde. Toen zette hij zijn hakken in de flanken van zijn paard en ging achter de anderen aan. Het zou de reinste dwaasheid zijn om in handen van de luitenants van de Duistere Heer te vallen voordat hij het meisje had teruggevonden.
Met dreunende hoeven volgde hij Neelahn. Hij moest dat vervloekte kind in handen krijgen.
Rockingham staarde naar de rug van de man die achter Neelahn op het paard zat. Hij begon al te bekomen van de eerste schok oog in oog te staan met een silura. Wat had hij te duchten van een gedaanteveranderaar die niet van gedaante kon veranderen? Dan was hij niets meer dan een man – een man met een geheim en een verlangen, een man die hij kon manipuleren. Rockingham wist wanneer hem iets in de schoot werd geworpen. Met die man als zijn bondgenoot kon hij zich misschien toch nog uit zijn ketenen bevrijden en ontkomen aan zijn ontvoerders én aan het misnoegen van de Duistere Heer.
Hij zette zijn merrie met zijn hakken aan om de afstand tussen de snellende paarden te verkleinen.
Achter hen stegen de echo's van vleugelslagen op uit het dal.
Als hij maar genoeg tijd kreeg...

Tolchuk kende die beesten. De trollen hadden vaak last van strooptochten door rotskobolden in hun lagergelegen grotten en gangen. Meestal leverden ze niet meer dan wat ongemak op: ze roofden glimmende dingetjes, vernielden wat aardewerk en verziekten de gangen met hun stank en hun uitwerpselen. Hij had nog nooit gehoord dat ze wapens gebruikten.

De kobolden in deze meute, die uit de omliggende gangen kwam opzetten als een wassende bergbeek in het voorjaar, klemden elk een gemeen mes in hun handen dat groen glinsterde in het licht van de steen. Een kobold op zich vormde geen bedreiging – niet voor een trol, in elk geval, noch voor de grote bergbewoner naast hem. Maar deze beesten waren niet alleen.

Tolchuk herinnerde zich de steenhavik die hij als kind eens had gezien. Het dier beging de vergissing om een rosmuisje na te jagen tot in zijn hol. Op een lege akker zou hij aan de muis een lekker maaltje hebben gehad, maar toen de soortgenoten van zijn prooi als overkokend water uit de omringende holen schoten, was de havik van jager veranderd in prooi en werd hij belaagd door de tandjes van honderden muizen. Schoongeknaagde botten en een haaksnavel waren alles was er van de sterke havik was overgebleven; zelfs zijn oogkassen waren leeggeplukt. Dat beeld flitste door zijn hoofd toen de meute vanuit de gangen kwam aanstormen.

Nu was hij zelf die havik.

Kral bromde iets onverstaanbaars achter in zijn keel. Hij had zijn bijl geheven en stond klaar voor de strijd.

Dat had geen enkele zin, bedacht Tolchuk. De trol deed het enige waartoe hij in staat was. Hij plukte de grote man naast hem met een van zijn dikke armen van de grond en trok hem in een stevige omhelzing tegen zich aan. Heel even hing de bergbewoner geschrokken en verdwaasd in zijn armen, maar toen begon de man woest om zich heen te maaien in de overtuiging dat hij werd aangevallen. Met Kral in zijn armen sprong Tolchuk in de inktzwarte afgrond.

Hij moest het de bergbewoner nageven: Kral brulde het niet uit, maar hing alleen verdoofd van de schok in de armen van de trol terwijl ze in de diepte stortten.Tolchuks schouder sloeg tegen een uitstekende rotspunt en bracht hem uit balans. Hij vocht om overeind te blijven toen hij met een smak op een rotsrichel landde, maar hun dubbele gewicht wierp de trol met een enorme kracht tegen de rots. Zijn adem werd uit zijn longen geperst toen hij de grond raakte, maar hij slaagde er desondanks in de man te beschermen en met zijn eigen lichaam de ergste klap voor Kral op te vangen.

Kral rolde van hem af – waar Tolchuks gekneusde longen hem erg dankbaar voor waren – en duwde zich op zijn knieën overeind. De bergbewoner keek de trol met vlammende ogen aan. ‘Wat denk je dat je doet, trol?’

'Boven was geen hoop voor ons. Daar was alleen de dood.'
Heel even zag hij spijt op Krals gezicht, alsof hij juist naar het gevecht had uitgekeken – of misschien alleen naar de afloop. 'Ik neem mijn eigen beslissingen,' bracht hij ten slotte met moeite uit. 'Doe zoiets niet nog eens.'
'Ik... Het spijt me.' Tolchuk ging voorzichtig zitten. De moeite die hem dat kostte, was kennelijk op zijn gezicht te lezen.
'Je bent gewond.'
'Niet echt. Trollen hebben stevige botten.'
Krals stem klonk zorgelijk. 'Het was dwaas om te springen zonder te kijken.'
'Ik zag...' Hij moest zijn tong dwingen om de woorden van de gemeenschappelijke taal te vormen. 'Ik had de richel van daar boven gezien, man uit de bergen.'
Kral keek hem ongelovig aan.
'Trollenogen dringen beter door in het donker dan die van mensen.' Tolchuk was er inmiddels in geslaagd zijn voeten op de grond te zetten. Hij duwde zichzelf overeind, maar stond nog wel te wankelen op zijn benen.
Kral legde een hand op de schouder van de trol om hem staande te houden. Zijn andere hand zat nog altijd om zijn bijl geklemd. Hij had het wapen niet laten vallen, en Tolchuk vroeg zich af of zelfs de dood de bijl uit zijn vingers zou weten te wringen. Het leek alsof de bijl en de man met elkaar versmolten waren.
De bergbewoner zei niets totdat Tolchuk een paar keer diep had ademgehaald en het hem niet meer duizelde. 'Ik moet je mijn verontschuldigingen aanbieden,' zei Kral ten slotte op rustiger toon. 'Zonder jou was ik nu dood geweest. Ik heb je verkeerd ingeschat.'
Tolchuk voelde aan een gekneusde rib. 'Dat doet jouw volk altijd.'
'Die vergissing maak ik niet nog eens.'
Tolchuk sloeg hem op zijn schouder. 'Dan zal ik proberen om... om je eerst te waarschuwen voordat ik je van een rots af duw.'
Op Krals gezicht brak een glimlach door. 'Je bent een eigenaardige trol.'
'Je moest eens weten.' Hij liet de schouder van de man los. 'Maar wat nu? Ik ben gesprongen... maar ik heb niet nagedacht over waar we hierna naartoe moeten springen.'
Kral raapte de lichtende steen op die de trol door de klap uit zijn handen had laten vallen. Tolchuk prees zich gelukkig dat de steen niet over de rand was gerold. De bergbewoner hield de steen voor zijn gezicht. 'Wat we ook doen, laten we het in elk geval snel doen. Het licht van de elve wordt zwakker.'
Tolchuk merkte dat hij recht in het licht van de steen kon kijken, ter-

wijl het schijnsel eerst nog pijn had gedaan aan zijn trollenogen. 'De kobolden zullen ons ook de kans niet geven om uit te rusten,' voegde hij eraan toe. Tolchuk liep naar de rand en keek naar beneden, de kloof in.
'Is er een manier om naar beneden te komen?' vroeg Kral achter zijn rug.
'Ik kan de bodem van de kloof wel zien, maar het is te ver om te springen.'
Kral was teruggelopen naar de rotswand en streek met een hand over het steen. 'De rots is oneffen. Er zitten genoeg handgrepen en uitstekende punten aan. We kunnen proberen naar beneden te klimmen.'
Tolchuk draaide zich om naar Kral. 'Hieronder ligt een grote hoop rotsblokken. Als we daarbij kunnen komen, kunnen we over de blokken naar de bodem klauteren.'
Kral knikte. Zijn blik stond afwezig, alsof hij alle risico's tegen elkaar afwoog. Toen wees hij opeens met zijn bijl naar het andere eind van de afgrond. 'Zien mijn ogen spoken in deze duisternis, of is dat daar echt een lichtje?'
Tolchuk draaide zich om en volgde de arm van de bergbewoner met zijn ogen. Ja, daar in de verte vlamde een schijnsel op – twee lichtjes! Hij keek hoe de lichtjes op en neer dansten. De twee lichtbronnen naderden dezelfde rotswand waar zij op hun richel stonden, maar dan veel dieper in de afgrond.
'Kobolden?' vroeg Kral.
'Nee, kobolden houden niet van licht. Dat verzwakt hun bloed.' Tolchuk dacht aan de kruitpotten die de trollen lieten branden om de rotskobolden uit gewijde gedeelten van hun grotten te weren.
'Wie is het dan?'
'Ik weet het niet.'
'Je zei dat je trollenogen scherp zagen in donkere ruimten. Kun je details onderscheiden?'
'Het is erg ver weg,' zei hij, ingespannen turend in de richting van het licht. Af en toe ving hij heel even een glimp op van schimmen die in het schijnsel bewogen, maar details zag hij niet. 'Nee, niets. Het is te...' De trol verstrakte.
'Wat?' vroeg Kral gespannen.
De trol stak een poot op. Vreemde beelden vormden zich in zijn hoofd, maar ergens voelde het ook vertrouwd: Fardale. De wolvenbroer was daar beneden en wilde hem iets duidelijk maken: *Een gewond jong vindt beschermers. Een vreemde geur blaast een spoor aan.* In zijn hoofd doken nog meer beelden op, maar de meeste waren te vluchtig om ze goed tot zich te laten doordringen.

Uit de flarden kwam nog één helder beeld bovendrijven: *Bloed vloeit met vonkende bliksem.*
Tolchuk wist niet wat dat laatste beeld kon betekenen, maar de stugge haartjes op zijn rugkam gingen recht overeind staan.
'Wat zie je?' vroeg Kral ongeduldig.
'Ik zie niets, ik vóél iets. Er gebeuren vreemde dingen daar beneden.'
'Hoe weet je dat?'
'Er is daar een vriend... een broer. Hij is niet alleen.'
'Wat zegt hij?'
Tolchuk schudde zijn hoofd. 'Hij is te ver weg om hem goed te verstaan.'
Terwijl ze stonden te kijken, verdwenen de twee lichtjes in een gang in de diepte.
'We moeten erachteraan,' zei Tolchuk met klem.
'Waarom?'
'Ik... Ik weet het niet,' loog Tolchuk.
Kral fronste argwanend zijn wenkbrauwen.
Schuldgevoel bekroop Tolchuk, maar hij zei niets meer. Hoe kon hij uitleggen wat zijn hart onweerstaanbaar voortdreef? Als hij nu de hartsteen uit zijn bergplaats in zijn buidel haalde, besefte Tolchuk, dan zou de zwakke gloed van de elvensteen verbleken bij het felle schijnsel van de steen.
Het Hart van zijn volk riep hem toe.
Hij moest wel volgen.

Mogweed moest zijn uiterste best doen om op het galopperende paard te blijven zitten. Het was vreemd om op de rug van een ander dier te rijden. Hij had nog nooit zoiets gezien. Met Fardale had hij een keer vanuit de beschutting van hun woud gekeken naar grazende kudden wilde steppepaarden op de vlakten ten noorden van de Westelijke Gronden. De merries met hun grote, lieve, donkere ogen en de hengsten die ze met vlammende ogen beschermden, waren als bonte vlekken uitgewaaierd over de gele steppe. Hij kon zich niet voorstellen dat die paarden werden bereden, in toom werden gehouden door leer en ijzer.
Hij bleef zich verwonderen over de volkeren in deze streken. Konden ze alle wilde dieren hun gezag opleggen? Hij dacht terug aan de stralende valk die volgens de lange, dunne man aan hem gehoorzaamde en aan de jagers die met leren riemen de grauwende snuffelaars hun wil oplegden. Wat dreef andere volkeren ertoe levende wezens aan zich te onderwerpen? Silura, voor wie de gedaanten van andere dieren evenzovele ervaringen waren, was het idee om wilde dieren te vangen en te onderwerpen wezensvreemd.

Misschien zou hij het vanzelf gaan begrijpen als hij nog langer in deze menselijke gedaante verkeerde en de menselijke wil zijn eigen identiteit verdrong. Dan zou hij net als het paard waarop hij zat vergeten hoe het voelde om vrij te zijn. Met zijn armen stevig om het middel van de niphai geslagen bad hij dat het nooit zover zou komen.
Het paard maakte een onverwachte beweging en geschrokken sloot hij zijn armen nog vaster om Neelahn. Hij durfde er niet op te vertrouwen dat de druk van zijn benen genoeg was om in het zadel te blijven. De hengst was uitgegleden in de modder en halfvergane bladeren.
'Dit paard houdt je wel op zijn rug,' zei Neelahn, die zich uit zijn greep los probeerde te wurmen.
Hij liet zijn greep iets verslappen, maar hij bleef op zijn hoede. Kon hij wel vertrouwen op een getemd dier? Hij hield zijn ogen open en zijn oren gespitst.
Een jaren oude laag humus dempte het geklepper van de paardenhoeven toen ze in volle vaart de volgende helling beklommen. Boven de omringende heuvels klonk nog steeds het geluid van vleugelslagen. Hij hoorde – zelfs met zijn zwakke mensenoren – dat het rumoer snel aanzwol.
Kennelijk besefte de niphai dat ook. 'We halen het wel,' zei ze, maar zo te horen zei ze dat vooral om zichzelf gerust te stellen.
Het andere paard kwam met dreunende hoeven langszij. De merrie, die minder zwaar belast was dan de hengst met zijn twee berijders, bereikte de top als eerste. Rockingham bracht zijn rijdier tot stilstand en wees. 'Daar is een open plek. Is het daar?' schreeuwde hij tegen de wind in. Uit de bollende wolken kwam de regen weer scherp als een hagel van pijlen naar beneden. 'Ik zie geen grot.'
'Toch is hij er, goed verscholen,' antwoordde Neelahn terwijl de hengst het laatste stuk naar de top aflegde en voorbij de stilstaande ruiter vloog. 'Rijd door!'
De twee paarden daalden meer struikelend dan galopperend de steile helling af. Doornatte takken probeerden Mogweed steeds weer van het paard te wippen. Alleen door zijn ogen stevig dicht te knijpen kon hij voorkomen dat hij het uitbrulde van angst. Het onweer dat boven zijn hoofd losbarstte, overstemde nauwelijks zijn bonkende hart. In de korte stiltes tussen twee donderslagen hoorde hij het zachte gejammer dat over zijn lippen kwam.
Vlak voordat hij in paniek van zijn paard viel, kwam er abrupt een eind aan hun bolderende rit. Mogweed deed voorzichtig zijn ogen open. Ze stonden aan de rand van een kleine open plek. Uit angst dat het paard weer aan een woeste wedren zou beginnen, liet hij zich van zijn rug vallen en deed een paar stappen van het dier vandaan.

Neelahn wees naar de ingang van de tunnel, verscholen achter de wortels van de eik die de wacht hield. 'Daar is de grot,' zei ze tegen Rockingham, terwijl hij naast haar op zijn merrie tot stilstand kwam.
'Stil,' maande hij haar, met een hand afwerend opgestoken.
De spieren in Mogweeds trillende benen spanden zich al om te vluchten.
'Wat is er?' fluisterde Neelahn. Haar ogen zochten de open plek af.
'Luister.' Rockingham sprong van zijn paard en gebaarde dat ze zijn voorbeeld moest volgen.
Mogweed spande zijn mensenoren tot het uiterste in, maar hij hoorde alleen de regen op de bladeren spetteren. Zelfs de donder was weggestorven. Aan de drukkende lucht voelde Mogweed echter wel dat de rust maar tijdelijk zou zijn. Binnenkort zou de storm pas goed losbarsten.
'Ik hoor niets,' zei Neelahn, die hun paarden vastbond. Ze keek verward, maar toen vlogen haar ogen opeens wijd open. 'De vleugels! Ik hoor ze niet meer! Rennen!'
Rockingham was al weg.
Maar het was al te laat. Terwijl het drietal op de opening van de grot af rende, doken twee reusachtige gedaanten op wijd uitgeslagen vleugels naar beneden en landden met veel geweld op de bosgrond. Grote klauwen zonken diep weg in de modder en trokken voren voordat ze tot stilstand kwamen.
Mogweed gaf een brul toen hij de wezens zag en zonk trillend van angst op zijn knieën. Twee paar rode ogen namen hem aandachtig op. Vleugels met zwarte beenderen vouwden zich op achter ruggen en verspreidden een weerzinwekkende walm van rottend aas. In de lucht hing een geur van ziekelijke boosaardigheid. Zelfs in zijn ergste nachtmerries had hij nog nooit zulke verschrikkelijke beesten gezien.
'Waar sscharrelen we heen, muissje?' siste een van de beesten, gevolgd door een vochtig lachje van het andere. 'Denk je dat je kunt ontkomen aan de hongerige kat?'
Achter hen waren de paarden intussen in doodsangst aan het hinniken geslagen. De merrie trok woest aan haar leidsels, maar zowel het touw als de boom hield stand. De hengst wist zich echter los te rukken en stormde met uitpuilende ogen van paniek over de open plek.
In een oogwenk had een van de beesten zich op het vluchtende paard gestort en zijn klauwen in de rug van het dier geboord. Tanden en nagels reten de buik van de hengst open, zodat de rode ingewanden uitstroomden over de koude modder. Daarop liet het monster het paard los, zodat de hengst meer dood dan levend weg kon strompelen. Zijn darmen sleepte hij over de grond achter zich aan. Bij die aanblik lach-

te zijn belager, wie het bloederige schuim op de bek stond. Voordat het paard meer dan een paar wankele stappen had kunnen doen, met een nek die strak stond van de pijn, nam het beest opnieuw een sprong en sloot het paard in tussen zijn uitgestrekte vleugels. Dankzij de vleugels hoefden de anderen er geen getuige van te zijn hoe het monster het paard te grazen nam, maar de ijselijke gil van de hengst hielden ze niet tegen. Mogweed sloeg zijn handen voor zijn oren. Op dat moment verlangde hij naar zijn eigen dood, als dat betekende dat hij dat geluid nooit meer zou hoeven horen.

De gil werd op zijn hoogtepunt abrupt afgebroken, en het monster liep weg van zijn prooi. De dampende massa die hij op de koude grond achterliet, leek in niets meer op een paard: meer dan een hoop rauw vlees, versplinterde botten en uiteengereten ingewanden was het niet.

Mogweed drukte zijn hoofd tegen de grond en voelde zijn maag omhoogkomen. De misselijkheid won het van zijn angst en hij draaide zijn maag om op de bosgrond.

Toen zijn maag weer tot rust was gekomen, voelde Mogweed de rode ogen van de wezens in zijn rug prikken.

'Kijk eensss aan, er isss in elk geval íémand die weet hoe hij voor zijn meessterss moet buigen,' lachte de een.

De ander, het beest dat het paard had gegrepen, sprak toen Mogweed zijn hoofd optilde. Zijn kop zag zwart van het bloed en zijn tanden staken glanzend wit af tegen zijn lippen. 'Waar iss het kind dat we zzzoeken?' Het beest wees naar de afkoelende resten van het verscheurde paard. 'Of moet ik bij iemand anderss achterop sspringen?'

Neelahn antwoordde, maar haar woorden stelden Mogweed niet gerust. 'We vertellen jullie niets, honden van de Duistere Heer.'

Het dichtstbijzijnde beest siste haar woedend toe.

Rockingham, achter haar, praatte gehaast over haar woorden heen. 'U weet wie ik ben, Heren van het Zwarte Bloed.'

Neelahn draaide zich met een ruk naar de man om en keek hem met vlammende ogen aan.

Hij sloeg geen acht op haar. 'Ik zal u vertellen waar het meisje zich schuilhoudt.'

28

Erril deed zijn best om de oude man niet op te jagen. Als Bol weer instortte, zouden ze meer tijd verliezen dan ze nu verspilden met hun trage voortgang. En dus hield hij een rustig tempo aan, al drong zijn hart nog zo aan op snelheid.

Aan de andere kant besefte hij, kijkend naar de oude man met zijn grijze baard, dat hij zich weleens voor niets zorgen kon maken om diens zwakke gestel. Na wat het meisje voor hem had gedaan was Bol op het oog weer opmerkelijk vief. Hij hoefde zich niet meer moeizaam sloffend voort te slepen over de kiezels, en zijn ademhaling en zijn humeur waren aanzienlijk opgeknapt. Erril had misschien wel flinker durven doorstappen als Elena haar oom niet met argusogen in de gaten had gehouden. Er lag een zorgelijke argwaan in haar blik, alsof ze de plotselinge opleving van haar oom niet vertrouwde. Vanwege die wantrouwige blik negeerde Erril zijn eigen inschatting en hield hij het tempo laag op hun mars naar de overkant van de kloof.

Zelfs Bol protesteerde tegen hun slakkengangetje. 'De holenkrabben schieten nog harder op dan wij. Hoor je dat gesis? De rotskobolden beginnen hun geduld te verliezen.'

'Nee hoor, oom. Ze blijven op afstand. En we hebben de wolf nog om ons te beschermen.'

Het viel Erril op hoeveel vertrouwen Elena in die woudhond stelde. Ze hadden van haar zelfs op het dier moeten wachten toen de wolf zijn slinkse achtervolging had onderbroken om zijn snuit snuffelend omhoog te steken in de klamme luchtstroming in de spelonk. Hij was blijven staan, starend in de duisternis met die eigenaardige geelbruine ogen, en pas toen hij weer achter hen aan kwam, hadden ze van Elena hun tocht mogen vervolgen.

'Rugdekking van een wolf!' verzuchtte haar oom. 'Dat is niet bepaald een geruststellende gedachte.'

'We gaan niet harder lopen,' zei Elena op een toon die geen tegenspraak duldde. De maanvalk op haar schouder zette haar woorden kracht bij door met een korte, droge klap zijn vleugels uit te slaan, alsof het hem woest maakte dat iemand de mens die hij had uitverkoren in twijfel trok.

Hoewel Bol en hij het liefst harder door zouden lopen, hield Erril het tempo laag. Hij besefte opeens dat hij in dit opzicht op Elena's intuïtie vertrouwde, meer dan op die van hemzelf of van Bol, en bij die gedachte struikelde hij bijna. Hij vertrouwde een hexe!
Erril dacht aan de honderden jonge magiërs die ooit aan het begin van hun leertijd hadden gestaan. Velen van hen waren hooghartig en eigenzinnig geworden nadat ze eenmaal van hun magie hadden geproefd; hun nieuwe macht was hun naar het hoofd gestegen. Vaak had de tijd hun trots wel weer getemperd als het besef eenmaal begon te dagen dat het aannemen van het witte kleed ook beperkingen, gevaren en verantwoordelijkheden met zich meebracht.
Erril keek naar Elena. Ze had een hand op haar ooms mouw gelegd om hem in te tomen en liet intussen haar blik waakzaam door de grot gaan, naar de wolf die in de schaduwen achter hen aan sloop en naar het pad dat voor hen lag. Haar scherpe ogen vingen de aandachtige blik op waarmee hij haar opnam. Ze sloeg haar ogen niet neer. In verbazingwekkend korte tijd had ze zich al veel magie eigen gemaakt; ze had kennisgemaakt met haar vernietigende en helende vermogens, ze besefte hoe teugelloos die kracht kon zijn en hoe hij beheerst kon worden. Maar meer dan wat ook had ze ervaren welke verantwoordelijkheid hij oplegde.
Hij bestudeerde de onverzettelijke, vermoeide blik in haar ogen. Ze had een eigenzinnigheid die niet voortkwam uit trots of hoogmoed, maar uit lessen die het vuur haar had geleerd. In twee dagen tijd had ze al meer geleerd over wat het betekende om een magiër te zijn dan veel leerling-magiërs na jaren van studie. Niet als het ging om de vertrouwdheid met bezweringen en magische bindingen misschien, maar wel waar het iets veel wezenlijkers betrof: de gevolgen van de macht.
Ja, hexe of geen hexe, hij vertrouwde haar.
Hij wendde zijn blik af en vervolgde zijn weg naar de spleet in de rotswand. Voor hen uit wachtten raadsels en gevaren, en nu hij geen zwaard meer had, zou hij die met lege handen tegemoet moeten treden. Tot zijn eigen verwondering voelde hij zich echter bemoedigd door de hexe die achter hem liep.
Voor de anderen uit verkende hij het oneffen pad en waarschuwde hen waar ze moesten oppassen voor plekken met glibberige modder of verraderlijke losse stenen. Het gesis van de kobolden bleef hen achtervolgen, maar de schepsels hielden genoeg afstand van hun kleine eiland van licht om onzichtbaar te blijven. Het enige dat er om hen heen bewoog waren de schaduwen en de steels volgende, donkere wolf.
'We zijn er bijna,' merkte Bol op toen ze de spleet naderden.
Hoorde hij nou een vermoeide ondertoon in de stem van de oude man?

Erril keek hem scherp aan. Zijn ademhaling klonk goed en er lag nog steeds een gezonde blos op zijn wangen.
'En dan te bedenken dat ik het altijd heerlijk vond om in die oude ruïne op onderzoek uit te gaan.' Hij maakte een grof geluid met zijn lippen. 'Na vannacht hoef ik die muffe, vochtige gangen nooit meer te zien.'
'Nog even en we staan buiten,' zei Elena overtuigd, waarna ze er zacht aan toevoegde: 'Hoop ik.'
Erril was aangekomen bij de donkere scheur in de wand. 'Geef mij je lamp maar, Bol.' Nu hij niet meer werd gehinderd door zijn zwaard, had hij zijn hand vrij om hen bij te lichten op hun pad; hij vermoedde dat er voor hen uit meer gevaar school dan achter hun rug.
Bol gaf hem de lantaarn aan en Erril keek fronsend naar de olievoorraad. 'Wat die kobolden ook voor spelletje spelen, ze mogen wel snel zijn,' zei hij. De lamp was zo goed als leeg. Erril draaide de vlam lager om olie te sparen. Met de maneschijn van de valk als extra lichtbron konden ze wel met minder lamplicht toe.
Hij hief de lantaarn op naar de scheur die in de rotswand gaapte.
Voordat hij naar binnen ging, wilde hij eerst kijken waar het pad heen ging. Aan de andere kant van de kloof had hij nog gedacht dat de spleet een natuurlijke opening in de rotswand was, maar nu zijn lamp het inwendige bescheen, ontdekte hij dat hij zich had vergist. Bogen spanden zich tussen muren van ruw uitgehakt steen en gaven de weg naar voren aan. Deze gang was niet door de natuur of door de goden gemaakt, en te oordelen naar het handwerk was er ook geen mensenhand aan te pas gekomen. Het pokdalige, gegroefde oppervlak van het kale gesteente droeg onmiskenbaar de sporen van scherpe nagels, en op de eerste boog ontdekte hij primitieve afbeeldingen van verstrengelde kobolden.
Erril volgde een groef in de wand met zijn vinger. Zodra zijn hand de muur raakte, viel het gesis van de kobolden die hen achtervolgden abrupt stil. Ze waren zo gewend geraakt aan het onophoudelijke rumoer dat de stilte hun oren trof als een donderslag toen het opeens wegviel.
'Hun spelletje loopt ten einde, vermoed ik,' zei Bol. Zijn gefluisterde woorden klonken onverwacht hard in de stilgevallen kloof. 'Ik denk niet dat we ons nog zorgen hoeven te maken over de olie in de lamp.'
'Kom,' zei Erril, die voor de anderen uit de gang in stapte. 'Ik begin die achtervolging beu te worden.'
Na een paar stappen stonden ze al onder de eerste boog die de gang overspande. Nu hij het beeldhouwwerk op de boog van dichtbij kon bekijken, zag Erril dat de verstrengelde kobolden in allerlei seksuele houdingen waren afgebeeld. De hele overspanning was één grote orgie van grove intimiteiten in alle mogelijke verwrongen posities, waaron-

der verscheidene die Erril nooit voor mogelijk had gehouden, of zelfs had wíllen houden.
Erril zag dat het meisje grote ogen opzette toen ze besefte wat het beeldhouwwerk moest voorstellen. Ze bloosde en sloeg haar ogen neer.
Het enige commentaar van Bol, die zich voorover had gebogen om een paar mannelijke kobolden te bestuderen die een wijfje deelden, was een neutraal: 'Fascinerend. Werkelijk fascinerend.'
Nu de aandacht van de twee mannen op de boog was gericht, was Elena de enige die de verandering in de gang opmerkte. 'Ik zie een lichtje verderop,' zei ze.
Erril draaide zich om en zag het zwakke schijnsel dat vanaf een bocht in de gang naar hen toe stroomde. Hij schermde zijn lamp af om het licht beter te kunnen zien. In het halfduister werd de schamele gloed scherper en heller. De kleur en de aard van het schijnsel, hoe diffuus ook, maakten een herinnering in Erril wakker. Waar had hij die zilverachtige, zuivere gloed eerder gezien?
'Ik dacht dat kobolden niet van licht hielden,' zei Erril.
'Niet van helder licht, nee,' antwoordde Bol. 'Men zegt dat hun ogen op een ander soort verlichting zijn ingesteld zodat ze hun weg kunnen vinden over de duistere paden diep in de bergen. Volgens andere bronnen is het de uitstraling van de elementaire steenmagie die hen aantrekt en de weg wijst. Dat zou verklaren waarom rotskobolden een plaag vormen in mijnen waar bergkristal wordt gedolven en waarom ze vaak gewijde grottenstelsels teisteren. Ze worden aangetrokken door steenmagie als ijzer door een magneet.'
'Mijn ijzeren sleutel,' zei Erril, bij wie iets begon te dagen. 'Die is uit elementaire magie gevormd. Ik heb hem goed verstopt, maar als ze magie kunnen ruiken...'
'Ze ruiken hem niet, ze zíén hem. Er wordt wel gezegd...'
Erril schudde zijn hoofd. '"Er wordt zus gezegd, er wordt zo gezegd" – ik heb wel weer genoeg vaag gezever gehoord. De bron van dat licht moet zo fel zijn dat het een strijder uit de zuidelijke woestijn nog zou verblinden. Als we willen weten wat de kobolden met dat licht doen, moeten we verder.' Erril beende de gang in. 'En ik wil mijn sleutel terug, elementaire magie of niet.'
Hij volgde het zilverige spoor. Hoe krachtiger het schijnsel werd, des te dwingender drong zich de vraag op waarom die glans hem zo bekend voorkwam. Waar kende hij dat licht van? Het was zo zuiver dat het de onbestemde kleur uit de omringende muren leek op te zuigen tot het de ziel van het gesteente blootlegde. Zelfs het grove snijwerk op de bogen kreeg een zekere schoonheid in het schijnsel. Waar...?
Een onverwachte herinnering schoot door zijn hoofd en even hield hij

zijn pas in. Hij wist waar hij die gloed eerder had gezien! Hij huiverde en schudde zijn hoofd. Dat kon niet. Niet hier. Misschien hielden zijn ogen hem gewoon voor de gek, na al die uren in dit donkere hol met niets dan de gele vlam van de lamp en het kille blauwe schijnsel van de valk om hen bij te lichten. Dat zuivere licht kon onmogelijk écht zijn wat hij dacht dat het was.

Onwillekeurig begon hij harder te lopen.

'Wacht,' zei Elena, die achterop begon te raken. Hij hoorde de bezorgdheid om haar oom in haar stem. 'We gaan niet rennen. Het kan wel wachten, wat het ook is.'

Nee, dacht Erril bij zichzelf, dat kan het niet. Maar hij luisterde naar haar en vertraagde zijn pas. Hij vertrouwde die hexe.

'Wat heb jij ineens?' vroeg Bol toen ze Erril hadden ingehaald.

Elena keek naar haar oom om te zien of er al enig teken van achteruitgang te bespeuren was. Ze had geen vertrouwen in de helende kracht van haar magie en ze bad dat hij het lang genoeg zou uithouden om een echte genezer te vinden. Op den duur zou haar magie opbranden als de olie in de lamp, besefte ze, en dan zou haar oom weer leeg achterblijven, kwetsbaar voor het verraad van zijn verzwakte hart. Voorlopig leek hij echter nog sterk en gezond.

Oom Bol stak zijn arm uit naar de zwaardvechter. 'Niet zo snel, Erril. Het meisje is moe. Ze houdt het niet vol in dit tempo.'

Elena voelde haar mondhoeken opkrullen. Ze maakte zich zoveel zorgen om hem dat ze er geen moment bij had stilgestaan dat hij misschien evengoed angsten uitstond om háár. 'Met mij gaat het best, oom. Maar we moeten wel voorzichtig blijven.'

'Elena heeft gelijk,' zei Erril. 'Er is iets vreemds daar in de gang. Of het kwaad in de zin heeft weet ik niet, maar we kunnen ons het beste op het ergste voorbereiden en onze adem en onze krachten sparen.' Met zijn lantaarn geheven liep Erril verder door de gang in de richting van het licht.

Oom Bol gebaarde dat Elena hem moest volgen, en aangezien de gang breed genoeg was, bleef hij naast haar lopen. 'Ik heb die blik in je ogen wel gezien,' riep hij tegen Errils rug. 'Je hebt een vermoeden van wat ons daar in de gang wacht.'

'Je vergist je, oude man.'

'Wie is hier nou oud? Jij bent vijf of zes keer zo oud als ik. Zeg het nou maar gewoon. Wat denk je dat het is? Wat zit je dwars?'

'Slechte herinneringen, dat is alles.'

'Waaraan?'

'Komt de... de aard van het licht je niet vreemd voor?'

Haar oom kneep zijn ogen tot spleetjes en tuurde de gang in.
'Ik vind het wel mooi,' antwoordde Elena.
Erril schudde zijn hoofd op een manier die Elena het gevoel gaf dat ze iets stoms had gezegd. Maar het wás toch echt mooi? Het was net alsof het licht alles schoonspoelde, en hoe dieper ze in die gloed doordrongen, des te minder zwaar en klam voelde de lucht aan, alsof ze na een lange winteravond een heldere voorjaarsochtend tegemoet liepen.
'Het ziet er onnatuurlijk uit,' zei haar oom. 'En het is ook geen elementaire magie; daar is het te sterk voor. Zou het een of ander toverschijnsel zijn? Ik heb nog nooit gehoord van kobolden die toverij bedrijven, maar er is nou eenmaal vrij weinig bekend over dat volkje.' Hij wees naar de groteske sculpturen op de boog waar ze op dat moment onderdoor liepen. 'Zo had ik ook geen enkel vermoeden van hun... hun zinnelijke verbeeldingskracht.'
'Het riekt naar magie,' verklaarde Erril. 'De stank slaat me praktisch tegemoet.'
'Dat lijkt me niet. Elementaire magie is een subtiele kracht, zoals ik eerder zei. Iets elementairs zou nooit zoiets krachtigs kunnen voortbrengen.'
'Het is ook niet elementair,' zei Erril afgemeten. 'Het is Chirisch!'
Oom Bol bleef verbouwereerd staan. 'Wat een onzin! Hier beneden? Toen Chi ons land in de steek liet, is er in deze streek geen bron van macht blijven bestaan. In Aloa Glen misschien, maar niet hier.'
Erril draaide zich met een strak gezicht om naar Elena's oom. 'Ik heb dit soort schijnsel een keer eerder gezien.'
'Waar dan?' kwam Elena tussenbeide.
De zwaardvechter gaf geen antwoord. Hij keurde haar zelfs geen blik waardig.
'Waar dan?' herhaalde haar oom.
Hij liet weer een korte stilte vallen en antwoordde toen met zachte stem: 'Toen het Boek werd gevormd.'
'Wat? Weet je het zeker?'
'Zoiets vergeet je niet.' Hij kreeg een verre blik in zijn ogen terwijl hij in gedachten terugging naar een andere plek, in een ver verleden. 'Toen dat vervloekte Boek gebonden werd, was dat mijn taak. Wacht op het teken, had Shorkan gezegd: een flits van verblindend wit licht. Dan moest ik het Boek dichtslaan en zo de bezwering ten einde brengen.' Zijn blik richtte zich weer op oom Bol.
'Dat licht... Je wilt toch niet zeggen dat...?'
'Ik vergeet het nooit meer. Ook na vijfhonderd winters niet. Het trok een brandend spoor door mijn ogen en schroeide me tot diep in mijn geest. Dit is hetzelfde licht, vol Chirische energie.'

Haar oom krabde in zijn baard en mompelde: 'Opmerkelijk. Misschien is er een andere verklaring voor te vinden.'
'Die verdomde kobolden kunnen hun verklaringen en geheimen voor mijn part houden. Ik wil gewoon mijn sleutel terug, meer niet.'
'Misschien is dat het,' zei Elena. 'Misschien heeft dat sleutelgeval van jou er wel iets mee te maken.'
De ogen van haar oom begonnen te fonkelen. 'Het kind heeft gelijk! Dat moet bijna wel.'
Errils frons werd alleen maar dieper. 'Het doet er niet toe.'
'Dat doet het wel, Erril. Waarom denk je dat die kobold jou de sleutel liet zien en toen wegrende? Waarom hebben de kobolden ons niet aangevallen, maar alleen opgedreven? Dat is niet wat je normaal gesproken zou verwachten. Wat willen ze van ons?'
Errils ogen vlogen even opzij naar Elena.
Oom Bol had zijn blik kennelijk gezien. 'Dat dacht ik ook. Dat het iets met Elena te maken moest hebben.'
Ze kromp ineen. Die gedachte was ook bij haar opgekomen, maar het deed pijn om het met zoveel woorden te horen zeggen. Alsjeblieft, bad ze, schuif het niet op mij af. Er was al zoveel haar schuld haar ouders, haar huis, tante Fila, Joach.
'Maar ik had het verkeerd,' ging oom Bol verder.
Uit Errils blik sprak de twijfel die Elena zelf ook voelde. 'Waar is het de kobolden dan om te doen?' vroeg hij.
'Het ligt zo voor de hand!' Hij stak een hand uit en gaf Elena een ruwe aai over haar bol. 'Maar als zij haar inzicht niet met ons had gedeeld, zou ik er nooit op gekomen zijn.'
'Wat dan?' zeiden Elena en Erril in koor.
'Niet wát, maar wíé!'
Erril snoof geërgerd. Elena wachtte lijdzaam af. Ze had de zwaardvechter er aan tafel al voor gewaarschuwd – gisteravond, al leek het inmiddels jaren geleden – dat je oom Bol maar beter rustig zijn gang kon laten gaan als hij iets te vertellen had.
'Zeg het nou maar, oude man!' gooide Erril er ten slotte uit. 'Op wie zijn ze dan uit?'
Haar oom hief zijn ogen ten hemel alsof het overduidelijk was. 'Op jou, natuurlijk.'
Elena luisterde nog maar met een half oor naar het verhitte gesprek tussen de twee mannen. Diep in haar hart hoopte ze dat oom Bol het bij het juiste eind had. Als de rotskobolden iets van hen wilden, wilde zij daar niet de oorzaak van zijn.
'Je bent gek, oude man!' zei Erril. 'Mij? Willen ze mij? Tot vandaag had ik zelfs nog nooit een rotskobold gezien – niet één in al die honderden

winters dat ik heb rondgezworven. Wat moeten ze met mij?'

Bol trok zijn vingers als een kam door zijn baard en haalde zijn schouders op. 'Dat komen we vanzelf te weten als we verder gaan.'

Elena, opgelucht dat de zware verantwoordelijkheid voor hun benarde situatie niet meer op haar schouders rustte, had haar blik laten afdwalen naar de duisternis achter hun rug. Dicht bij de wand zag ze een donkere vlek in de schaduwen; de wolf volgde hen nog steeds. Het arme beest was waarschijnlijk even bang en verdwaald als zij en vertrouwde erop dat zij een uitweg uit deze doolhof van onderaardse gangen zouden vinden. Ze hoopte dat hij zijn vertrouwen niet voor niets in hen had gesteld.

'Laten we dan maar gaan,' zei Erril. 'Als ze alleen op mij uit zijn, laten ze jullie hier misschien ongehinderd vandaan gaan.'

'Niets daarvan,' zei haar oom. 'Als we hier uitkomen, dan is het samen.'

'Met de wolf,' voegde Elena eraan toe, maar behalve een afwezig klopje op haar hoofd van haar oom kreeg ze geen reactie op haar woorden.

Naast oom Bol liep ze verder door de gang. Erril ging voorop met de lamp in zijn hand; hij had de vlam gedoofd om de olie te sparen, want het zilverachtige licht was inmiddels sterk genoeg om te kunnen zien waar ze liepen. Het enige andere licht kwam van de maanvalk, die op haar schouder zat te dommelen.

Op hun weg door de tunnel wierp ze af en toe een blik achterom naar de wolf, die hen op veilige afstand volgde. Het dier wachtte steeds totdat ze weer een redelijke afstand in de gang hadden afgelegd, en schoot dan vooruit naar het volgende donkere hoekje waar hij in de schaduwen kon verdwijnen. Het schijnsel werd echter steeds sterker en er bleven steeds minder schaduwen over waarin de wolf volledig kon opgaan in de duisternis.

Nu Elena hun talmende metgezel beter kon zien, hield ze haar pas in om het dier nader te bekijken. Ze zag tot haar verrassing dat zijn vacht niet egaal zwart was, zoals ze eerst had gedacht, maar was doorschoten met bruine en goudkleurige strepen. Het licht legde een diepe glans over zijn vacht en zijn ogen fonkelden als twee brokken barnsteen. Ze zag ook dat hij steeds moeizamer vooruitkwam. Telkens als hij zijn gewonde voorpoot belastte, dook zijn kop naar beneden van de pijn. Het arme dier!

Terwijl ze naar de wolf keek, voelde ze dat zijn ogen op haar bleven rusten en besefte ze dat hij op zijn beurt háár bestudeerde. Een tel lang vonden die geelgouden ogen de hare in de gang. Toen hun blikken elkaar troffen, voelde ze zich opeens licht in het hoofd en verspreidde zich een warme, tintelende gloed over haar rechterhand. Het was plotseling alsof ze het wilde woud waar hij was geboren kon ruiken en ze voelde dat zijn hart verlangde naar de vrijheid van de schaduwrijke bossen. Ze liet die gewaarwordingen verwonderd over zich heen komen en voelde de wanden van de tunnel om zich heen vervagen. In haar hoofd vormde zich een beeld: *Een vogeljong valt uit het nest naar de grond, maar net voordat het neerkomt, slaat het zijn vleugeltjes uit en vliegt. Als de kleine vogel omhoogschiet, wordt hij een grote adelaar die met zijn vleugels het zonlicht tegenhoudt en de wereld opslokt.*

Het beeld verbrokkelde weer even snel als het zich had gevormd. De gang verscheen weer en sloot zich om haar heen. Ze zag alleen nog maar de geelbruine ogen van de wolf die haar glanzend aankeken. Elena struikelde over een losse steen.

Voordat ze kon vallen, ving oom Bol haar op. 'Pas op, lieverd,' prevelde hij.

Ze hoorde nauwelijks wat hij zei en wendde haar blik niet af van de wolf. Wat was er nou net gebeurd? Ze wreef in haar ogen. De wolf was ineengedoken blijven zitten en staarde haar met halfdichte ogen aan. Op de een of andere manier wist ze dat de wolf zich bewust was van wat haar zojuist was overkomen: die gewaarwordingen, het beeld van het vogeljong. Elena zag de oogleden van de wolf zich langzaam sluiten over die merkwaardige geelbruine ogen.

Nee! Er was meer aan de hand, besefte Elena opeens. De wolf wíst niet alleen van de beelden, hij had ze haar zelf gestuurd!

Maar hoe kon dat? Waarom? Wat had dat te betekenen?

Ze trok haar oom aan zijn mouw en hield hem tegen. 'De wolf... De wolf... Hij...'

'Stil, Elena. We zijn bijna aan het eind van de gang.'

Elena zag Erril een korte blik op de wolf werpen na wat ze had gezegd. Het gezicht van de zwaardvechter verstrakte en kreeg een dreigende uitdrukking, alsof hij vermoedde dat de wolf in de aanval zou gaan. Toen hij zag dat het dier op veilige afstand ineengedoken bleef zitten, wendde hij zich met een vragende blik tot haar. Elena merkte dat haar mond op slot zat onder Errils strenge blik. Hoe moest ze de woorden vinden voor wat er net was gebeurd? Ze zweeg, en even later richtte de zwaardvechter zijn blik weer voor zich.

Oom Bol had zijn ogen al die tijd niet afgewend van het verblindende licht dat hun tegemoet straalde door de stenen boog die het eind van de gang markeerde. 'Wat mooi,' zei hij zacht.

Toen pas merkte Elena hoe helder het licht dat hen omspoelde inmiddels was geworden.

Oom Bol gaf een knikje naar Erril dat hij verder kon gaan. 'Laten we maar eens kijken wat ons daar wacht.'

De zwaardvechter ging weer voorop, maar langzamer nu, aarzelend, alsof hij bang was voor wat hij zou ontdekken. Toen ze achter hem aan liep, merkte Elena dat haar benen ook nauwelijks in beweging te krijgen waren. Het was geen angst; op de een of andere manier leek het felle licht als een sterke wind door de tunnel te blazen. Ze merkte dat ze ertegenop moest boksen om de boog aan het eind van de gang te bereiken.

'Opmerkelijk,' hoorde ze Bol achter zich zeggen. Haar oom liep voorovergebogen verder, alsof hij tegen een stormwind in liep.

Erril hield zijn hand voor zijn ogen met zijn handpalm naar buiten terwijl hij naar de boog toe liep.

Elena keek even achterom om te zien of de wolf nog achter hen aan kwam. Ze zag hem naar voren schieten naar dit helverlichte deel van de gang. Er waren nu nergens schaduwen meer waarin hij zich kon verbergen, maar hij hield zijn snuit vlak boven de grond en zijn oren lagen achterover tegen zijn kop. Toen hij eenmaal verder doordrong in het schijnsel, zag ze dat hij abrupt bleef staan.

Er voer een huivering door zijn lijf. Hij deed nog een voorzichtige stap naar voren. Toen hij in beweging kwam, spoelde het schijnsel over hem heen en was het alsof zijn lichaam begon te golven. Hij deed nog een stap vooruit, zijn nek dik en gespannen van de pijn. Elena's adem stokte. De omtrekken van de wolf leken te vervloeien als dikke stroop, alsof het licht de wolf wegblies van de boog. Wat daaronder aan de oppervlakte kwam, was geen wolf meer, maar iets wat uitvloeide in stromen en beken. Als gesmolten was, dacht Elena.

Het enige gedeelte van zijn lichaam dat onveranderd bleef, waren zijn ogen. Vanuit die rimpelende, vloeiende massa staarden dezelfde geelbruine ogen haar nog altijd aan.

Stomverbaasd keek ze toe hoe de wolf probeerde dichter naar hen toe te kruipen. Maar de beweging leek te veel kracht te kosten, en op de een of andere manier wist Elena dat iedere stap het dier verschrikkelijk veel pijn deed. De pijn leek in golven door zijn rimpelende gedaante te slaan. De wolf week een stap terug, en nog een. Hoe verder hij zich van het licht verwijderde, des te duidelijker kwam zijn wolvengedaante weer terug – oren, poten, staart, vacht – totdat Elena niets meer zag van wat er zojuist met hem was gebeurd.

Onder de starende blik van de wolf liep ze achteruit achter haar oom aan de boog en het licht tegemoet. Ze wist nu dat het géén wolf was. Ze zag het dier nog een stap achteruit doen. Zijn ogen bleven strak op haar gericht en opeens voelde ze zich overspoeld door een onpeilbaar verdriet. Of dat gevoel van de wolf afkomstig was of van haarzelf, wist ze niet.

'Lieve Moeder!' zei Erril achter haar. Elena draaide zich om. Misschien had de zwaardvechter ook gezien wat er met het wolfachtige wezen was gebeurd. Maar de zwaardvechter stond met zijn rug naar haar toe. Hij was aan het eind van de tunnel gekomen en was blijven staan, met een hand tegen de laatste stenen boog. Hij staarde door de doorgang naar iets in het volgende vertrek.

Ze zag hem op zijn knieën vallen. 'Nee, lieve Moeder, dat kan niet! Niet dit, alles behalve dit!' riep hij uit. 'Niet hier! Niet na al die jaren!'

29

'Waar iss het kind?' vroeg de skaltum weer, terwijl hij een stap dichter naar Rockingham deed. Het beest had een dij van het paard in een klauw en zette er zijn tanden in.

Rockingham kon een rilling van afschuw niet onderdrukken en week achteruit, in de richting van de niphai. Neelahns zachte mond was veranderd in een witte streep van woede. Hij maakte een afwerend gebaar. Ze kon elk moment iets zeggen wat zijn laatste hoop om de skaltum om de tuin te leiden de grond in zou boren, besefte hij – zoals dat hij geen enkel idee had waar die vuige hexe was! Hij vervloekte alle eerlijke mensen. Hoe werd zo iemand ooit oud? Hij stak zijn hand naar haar op met de handpalm naar voren en bad dat ze haar mond zou houden. Ze negeerde hem. 'Jij bent nog minder dan een tor die in de mest rondwroet,' siste Neelahn hem toe, kennelijk in de overtuiging dat hij hen zou verraden. En dat zou hij ook zeker doen als dat hem in leven kon houden, maar op dit moment was de tijd er nog niet rijp voor.

Hij waagde het erop zijn blik af te wenden van de skaltum, zodat hij Neelahn recht in de ogen kon kijken. Hij liet zijn stem zo ver mogelijk dalen. In Blackhall ging het gerucht dat de luitenants van de Duistere Heer er moeite mee hadden om lage tonen op te vangen. Hun scherpe oren pikten net als die van vuurvleren vooral de hogere tonen op. Of het alleen een roddel was of op waarheid berustte, wist Rockingham niet, maar voor alle zekerheid praatte hij zo snel en zo laag mogelijk. 'Stil! Laat dit aan mij over, als je leven je lief is. Vertrouw me nou maar.'

'Jou vertrouwen?' zei ze, veel te hard. 'Ik zou nog eerder de Zwarte Ziel zelf vertrouwen.'

De ineengedoken Mogweed schoof dichter naar Rockingham toe. De gedaanteveranderaar leek zijn blik niet te kunnen afwenden van de bloederige massa die kortgeleden nog een trotse hengst was geweest. De overgebleven merrie, vlakbij, rukte niet meer aan haar teugels maar stond alleen nog te trillen. Van de ogen was alleen het oogwit te zien, maar het dier gaf geen kik. Slim beest, dacht Rockingham bij zichzelf. Mogweed boog zich naar hen toe om zich in hun gesprek te mengen. 'Als deze man die beesten kent, kunnen we zijn raad misschien maar beter ter harte nemen.'

De ranke vrouw veegde de woorden van de gedaanteveranderaar met een hoofdbeweging weg. 'Hij weet niets. Hij...'
'Precies!' zei Rockingham, die tot elke prijs wilde voorkomen dat ze luidkeels verkondigde hoe weinig hij eigenlijk wist. Zijn ogen boorden zich in de hare. Op lage toon, zo zacht dat hij de woorden meer uitademde dan uitsprak, zei hij: 'Ik wéét ook niets. Dat is het 'm juist. Ik kan ze niets van waarde verraden, maar ik kan wél ons hachje redden. Ik wil ook niet in hun handen vallen. Ik laat me nog liever door die klauwen verscheuren dan dat ik in schande word meegesleurd naar de Duistere Heer.' Hij keek even om naar het uiteengereten paard. Dat was een genadige dood vergeleken bij wat er in de krochten van Blackhalls kerkers kon gebeuren. Met zijn ogen legde hij Neelahn het zwijgen op. 'Laat me mijn gang gaan.'
En wat hij beter kon dan wat ook was overleven – met behulp van zijn sluwe geest en zijn rappe tong.
Ze staarde hem met vlammende ogen aan, maar hield haar lippen nu strak op elkaar.
Hij draaide zich om naar de skaltum, die het bot in het dijbeen inmiddels had gekraakt en er nu het merg uit zoog. Het beest wist dat ze geen kant op konden en leek de spanning het liefst zo lang mogelijk te willen rekken. Het andere monster kwam dichterbij geslopen en richtte zijn ogen op Rockingham. 'Ik hoor wel mugjess zzzoemen, maar geen antwoorden. Zzeg onss waar het meissje zzich sschuilhoudt.'
Rockingham trok zijn rijmantel recht en probeerde zich zo zelfverzekerd en kalm mogelijk voor te doen tegenover de twee reusachtige skaltums. Hij ontspande zijn dichtgeknepen keel met een kuchje en stak van wal. 'Net als u, verheven luitenants van het Zwarte Hart, maak ik jacht op het hexenkind.'
'Je hebt gefaald. Het nieuwss heeft Blackhall bereikt. Wij zzijn uitgesstuurd om jouw fout te hersstellen.'
Rockingham spreidde zijn handen uit alsof hun woorden hem diep raakten. 'Mijn fout was het niet. De schuld ligt bij de oude, verminkte man, Dismarum. Hij negeerde mijn wens om het meisje met geweld en het zwaard te pakken te krijgen en vertrouwde in plaats daarvan op kunstgrepen en bedrog. Dat werd zijn ondergang en deed ons helaas falen! Dat kind zit boordevol boosaardige listen. Ze wist alle valkuilen van de zwarte magiër te omzeilen.'
'En waar wass jij terwijl dit allesss gebeurde, kleine man?'
Hij legde zijn hand op zijn borst. 'Het Zwarte Hart had mij aan de zwarte magiër toevertrouwd. Ik had geen keus, ik moest doen wat Dismarum mij opdroeg – al beging hij dan een fout. Maar toen Dismarum faalde en naar zijn duistere magie greep om zijn schande te ontvluchten, was

ik vrij om achter het meisje aan te gaan. En dat doe ik dan ook.'
'Waarom iss zze dan nog altijd vrij?'
'Ze is vlug en wordt beschermd door sterke bondgenoten en nog sterkere magie.'
'Het iss een kind.'
Hij priemde met zijn vinger naar het dichtstbijzijnde beest. 'Dat *kind* heeft anders wel een van uw soortgenoten gedood. Onderschat haar vermogens niet – dat deed uw onfortuinlijke broeder ook.'
De andere skaltum kwam met een sprong dichterbij. Het bloed van het paard droop nog van zijn klauwen. Rockingham deed zijn uiterste best om niet terug te deinzen. Het was nu meer dan ooit van levensbelang dat hij kracht toonde. 'Je vertelt onss leugenss, zzwakke man,' zei de skaltum. 'We hebben de moordenaar van onzze broeder gezzien. Het wass geen meissje. Hij kende zzelfs de zzwakke plekken in onzze duisstere afweer.'
Die verdomde berg van een kerel! Waarom zei iedereen stomweg wat hem op de lippen lag? Ontzetting en angst joegen door zijn aderen, maar hij verborg zijn gevoelens achter een strak masker van welwillende onverschilligheid terwijl zijn geest naar nieuwe leugens zocht. Hij legde een scherpe ondertoon in zijn stem toen hij het beest antwoord gaf. 'En wie denkt u dat die man uw geheimen heeft verteld?'
Die vraag stemde de skaltum even tot nadenken. Het beest keek opzij naar zijn metgezel en richtte zijn blik toen weer op Rockingham. Zijn stem klonk al minder boosaardig. 'En toch iss zzze nog altijd niet gevangen. En daarvoor ligt de sschuld geheel en al bij jou.'
'Het is waar dat ze nog niet geketend aan uw voeten ligt, in afwachting van het behagen dat de meester in haar zal scheppen.' Toen hij zich voorstelde wat zijn meester behaagde, kon Rockingham een huivering niet onderdrukken. Met haperende stem ging hij verder: 'Ma... Maar... ik heb haar opgejaagd en voor me uit gedreven als een blad in de storm, en nu zit ze hopeloos in de val. Ik hoef haar alleen nog maar te halen.'
'Waar?'
Rockingham wees naar het traliewerk van wortels voor de ingang van de tunnel. 'Ze zit in de val en u kunt haar niet uitgraven. U zult haar niet kunnen bereiken voor de dageraad komt en het licht wordt.' De beide skaltums keken snel naar het oosten; onwillekeurig maakten hun vleugels een afwerend gebaar. Er waren dus wel degelijk manieren om een skaltum stil te krijgen. Rockingham stond zichzelf een nauwelijks zichtbaar lachje toe. 'Alleen ik kan haar uit haar hol lokken.'
'Alss zze zzo kwaadaardig isss, hoe denkt een man alss jij, die de wind zzo omverblaasst, haar dan naar buiten te kunnen sslepen?'
'Ik heb iets van haar,' zei Rockingham met een knikje naar Neelahn, die

naar hem keek met een gezicht dat star stond van de afkeer en de haat. Alles hing af van de volgende leugen. 'Ik heb haar teerbeminde zus.'
Hij zag dat Neelahns ogen groot werden van de schok. Zijn glimlach brak nu volop door. Soms werden zelfs de deugdzamen door zuiver toeval gedwongen om met zijn bedrog in de pas te lopen. Haar verblufte en geschokte blik was volkomen overtuigend. Hij draaide zich om en keek de twee skaltums aan. 'Het komt me eigenlijk uitstekend uit dat u zo onverwacht opdook. Nu kan ik haar aan uw goede zorgen toevertrouwen terwijl ik onze prooi uit haar schuilplaats lok.'
Rockingham wenkte Mogweed dichterbij, die nog naast Neelahn stond. De silura verroerde zich niet. Rockingham zag dat hij beefde. 'Als u haar zuster bewaakt,' zei Rockingham tegen de skaltum, 'kunnen mijn wacht en ik meer haast maken met onze achtervolging van het meisje.'
Hij gebaarde weer naar Mogweed. Deze keer wist de gedaanteveranderaar zich los te rukken uit de greep van de aarde op zijn voeten en liep hij struikelend naar Rockingham toe. Hij kwam zelfs bijna te dichtbij, als een schaduw waaraan niet te ontsnappen viel.
Een van de skaltums sloop dichter naar Neelahn toe. Vol bewondering zag Rockingham dat ze geen krimp gaf toen het beest zich over haar heen boog. Ze keek alleen naar hem, vol woede.
'Verlies haar niet uit het oog,' zei hij. 'Zonder haar krijgen we de hexe niet te pakken.'
'Wij zzzullen onze plicht doen,' zei de skaltum bij Neelahn.
'En doe jij vooral de jouwe, kleine man,' zei de andere.
Rockingham boog ten antwoord zijn hoofd om zijn triomfantelijke grijns te verbergen. Toen stak hij zijn arm door die van de gedaanteveranderaar en voerde de verbouwereerde man mee naar de donkere ingang van de tunnel.
Achter hun rug riep de skaltum met het bloed aan de klauwen waarmee hij het paard had verscheurd: 'Alss je onss verraadt, zzzal het feit dat je de ssschepping van de meesster bent onss er niet van weerhouden je armen en benen uit te rukken en onsss tegoed te doen aan je ogen.'
Rockinghams hoofd verdween bijna tussen zijn schouders toen hij dat hoorde. Hij wist niet wat het schepsel bedoelde met 'de schepping van de meester', maar afgaand op het gemak waarmee hij ze om de tuin had geleid, zaten die vreemde breinen vol misvattingen. Hij duwde Mogweed door het voorhangsel van wortels de onderaardse gang in.
Daarna draaide hij zich weer om naar de skaltums. 'U kunt op me rekenen,' zei hij op luide toon tegen ze. Zijn blik bleef even op Neelahn rusten, maar hij keek snel weer weg. Verraad had baat bij koelte. Toch voelde hij zijn hart een slag overslaan. Er kwam een herinnering in hem op aan een vrouw die hem met diezelfde blik vol pijn en woede had

aangekeken. Maar wie? Hij wrong zich tussen de wortels door achter Mogweed aan, over de laag halfverteerde bladeren die zich in de ingang van de tunnel hadden opgehoopt. En wanneer? Bijna kon hij een beeld van de vrouw opdiepen uit zijn verleden – zelfs een geur, en zonlicht op goudblonde haren – maar de herinnering waaierde uit als een zwerm vlinders. Hij schudde zijn hoofd; het was vast een of ander hoertje met wie hij het bed in was gedoken en van wie hij zich door de drank niets meer kon herinneren. Diep in zijn hart wist hij echter dat het niet zo was.

Mogweed schraapte zijn keel om zijn aandacht te trekken. De grote ogen van de gedaanteveranderaar leken bijna licht te geven. 'Waar gaan we nu heen?'

Rockingham wees met een grimmig lachje naar buiten. 'Zo ver mogelijk weg van die monsters.'

Mogweed kwam pas in beweging toen Rockingham hem een zet gaf. De gedaanteveranderaar mompelde: 'Maar... Maar van iedereen die hier naar binnen is gegaan, is tot nu toe nog niemand teruggekomen.'

Tolchuk klauterde over de laatste rotsblokken naar de bodem van de kloof. Hij keek omhoog naar Kral, die stond te wankelen op een gevaarlijk overhellende plaat graniet. De plaat wipte op onder de voeten van de bergbewoner. Tolchuk had de lichtende steen aan Kral gegeven zodat de bergbewoner beter licht had om bij te klimmen, maar de elementaire magie in de steen was verzwakt tot er nauwelijks meer een spoortje van zijn voormalige luister restte. De steen moest in de hand worden meegedragen en was eerder een last dan een hulpmiddel voor de bergbewoner bij zijn afdaling langs de ingestorte wand van de kloof, maar Kral klampte zich eraan vast als een verdrinkende trol aan een boomstam.

'Meer naar links!' riep hij naar Kral. 'Daar is het steiler, maar ook ruwer. Meer steun voor je voeten en je klauwen.'

'Ik heb geen klauwen,' bromde Kral, maar hij volgde zijn advies op en slingerde zich om de opgehoopte rotsblokken heen naar de andere kant.

Tolchuk wachtte. Hij moest wel. Met zijn ogen volgde hij de bergbewoner op zijn weg langs de rotswand. Kral was een bedreven klimmer, maar dat moesten alle bergbewoners waarschijnlijk wel zijn om boven de sneeuwgrens in de Tanden te overleven. Ondanks de zwakke ogen van zijn soort en de steen in zijn ene hand daalde Kral met verrassende snelheid en vaardigheid af langs het laatste stuk van de donkere rotswand.

Maar voor Tolchuk ging het niet snel genoeg. De trol wipte vol ongeduld van de ene voet op de andere. Het was niet eenvoudig om gelaten af te wachten na al die inspanning. Zijn rugspieren schrijnden en hij voelde een kloppende pijn in een ingescheurde nagel aan zijn rechterhand. Zelfs zijn benen – die twee boomstammen van spieren, pezen en bot – trilden nu ze zo abrupt tot stilstand werden gedwongen. Maar het ergste van alles was nog dat zijn hart hem bleef voortjagen om Fardale te zoeken. Vanaf het moment dat de beelden van de wolvenbroer in zijn brein waren gekropen, had hij de roep van het Hart van zijn volk met korte, scherpe rukjes aan zijn ziel voelen trekken, vooral als hij even stilstond of uitrustte – zoals nu.

Hij deed zijn uiterste best om aan iets anders te denken en de neiging te weerstaan om de bergbewoner achter te laten op de rotswand en alleen verder te gaan. Dat deed een trol niet. Je liet een stamgenoot niet alleen als er gevaar dreigde. Die les stond elke trol in het hart gegrift – ook een halfbloed. Een nobele stelregel, vond Tolchuk, maar helaas was dat ook de voornaamste reden waarom de stammenoorlogen van de trollen altijd zo wreed waren en zo lang duurden. De verwonding van een stamlid gold als een aanval op de hele stam. Geen enkele belediging werd onbeantwoord gelaten, geen dreigement werd genegeerd, totdat uiteindelijk de voltallige mannelijke bevolking van een van de twee strijdende stammen was uitgeroeid. Tolchuks gezicht betrok bij die wrange herinneringen. Met uitzondering van de religieuze ceremonies was er nooit een tijd geweest dat alle trollenstammen verenigd waren. En gezien de onwrikbare overtuigingen van zijn volk en de erecode van de strijders betwijfelde hij of dat ooit zou gebeuren.

Eer en trouw waren niet in alle gevallen nobel, besefte hij met een diepe zucht.

Toch liet hij Kral niet in de steek, hoe diep de haken zich ook in zijn hart ingroeven om hem mee te trekken. Hij kon de vele generaties trollenbloed die door zijn aderen stroomden niet zomaar negeren. Eer en trouw mochten dan duizenden van zijn soortgenoten het leven hebben gekost, ze waren even onverbrekelijk met hem verbonden als zijn botten en pezen. En dus wachtte hij.

Erg lang hoefde Tolchuk gelukkig niet meer te blijven staan. Hijgend en wel sprong Kral van het laatste rotsblok en landde hij naast hem op de bodem van de kloof.

‘Ik hoop maar dat we er goed aan doen om zo verder te gaan,’ zei Kral, happend naar adem. ‘Hier naar boven klimmen gaat niet, dus we kunnen niet langs dezelfde weg terug.’

Tolchuk haalde zijn bonkige schouders op. ‘We vinden vast wel een andere uitweg.’ Hij ging op weg in de richting waar hij Fardale en de lichtjes het laatst had gezien. Achter zich hoorde hij een onderdrukte kreun toen de bergbewoner zich in beweging probeerde te zetten om hem te volgen. Kral zou vast graag even bijkomen na die klimpartij, maar Tolchuk wilde niet al te ver bij de wolvenbroer achteropraken. Als dit onderaardse gangenstelsel net zo bochtig en vertakt was als de grotten van Tolchuks stam, dan was een kleine voorsprong al genoeg om Fardale kwijt te raken. Hij spoorde de bergbewoner aan om voort te maken. 'Alleen als we snel zijn, kunnen we de rotskobolden voor blijven.'

'Als we ze zo tenminste niet weer recht in de armen lopen,' voegde Kral eraan toe, maar hij versnelde zijn pas om de trol bij te houden.

Ze liepen zwijgend verder om hun adem te sparen voor de tocht over het ruwe terrein. De lucht was zwaar en dik als geitenmelk en leek met elke moeizame stap zwaarder te worden. Tolchuks brede borstkas dronk de lucht moeiteloos in; als trol was hij gebouwd op de grotten die diep onder de bergen verscholen lagen. Maar Kral had altijd tussen de hoge, besneeuwde toppen geleefd en was gewend aan de ijle lucht en de bergwind van de Tanden. Voor hem maakte de stilstaande, bedompte lucht de tocht extra zwaar. Het kostte de grote man moeite om niet bij de trol achterop te raken.

Tolchuk hield één oor gespitst op de bergbewoner en diens rauwe ademhaling. Er kwam geen klacht over Krals lippen, maar Tolchuk besefte dat een rustpauze binnenkort onvermijdelijk werd. Zijn ogen zochten de grot af. In de verte lag een hoop rotsblokken op hun pad. Als ze in ieder geval maar tot daar konden komen voordat ze rust namen, dacht Tolchuk, dan waren ze niet al te ver van de gang waarin Fardale was verdwenen. Voortgedreven door de hartsteen van zijn volk was zelfs de kortste onderbreking Tolchuk echter eigenlijk al te veel. Nu hij eenmaal weer op weg was, zou hij het liefst helemaal niet meer hebben stilgehouden.

Achter zich hoorde hij Kral hoesten – een reutelende, hese hoest. Tolchuk fronste zijn wenkbrauwen. Nog iets verder, dacht hij bij zichzelf. Hij stapte door, bedacht op verdere tekenen dat de man uit de bergen de uitputting nabij was.

Tolchuk was zo gespitst op Krals ademhaling en het onbetrouwbare terrein, waar hij elk moment kon uitglijden over het losse gruis, dat hij de schim die zich van een rotsblok losmaakte en op hem af kwam pas opmerkte toen de gedaante al recht voor hem stond.

'Mijn steen, graag,' zei de schim.

Kral stapte om Tolchuks grote lichaam heen met het licht. In de groenachtige gloed zag Tolchuk dat de gedaante de elvenman was die zich Meric had genoemd. Zijn witte hemd was gescheurd en besmeurd met modder en onmiskenbare, donkere bloedvlekken. In zijn groene broek zaten ook scheuren en een reep van zijn hemd was als een verband om zijn bovenbeen gebonden. Over zijn been liep een straaltje bloed. Een blauwe plek zat als een donkere veeg op zijn bleke wang. Hij stak zijn hand uit en herhaalde zijn verzoek: 'Mijn windsteen.' Zijn achteloos uitgesproken woorden en zijn hooghartige houding konden niet verhullen dat zijn hand beefde.

'We dachten dat je dood was,' zei Kral. Hij vertrouwde de elve kennelijk niet, want hij hield de steen nog altijd in zijn vuist geklemd. 'Dat bloed, het spoor over de rand van de kloof. Hoe heb je de sprong naar de eerste richel overleefd?'

'Ik ben niet op een richel gesprongen.' Hij hield zijn ene hand nog altijd uitgestoken en met de andere veegde hij een streng zilverig haar uit zijn gezicht die was losgeraakt uit zijn lange vlecht. 'Ik ben hier neergekomen.'

Kral keek omhoog naar de duistere hoogte vanwaar ze naar deze plek gesprongen, geklauterd en geploeterd waren. 'Neelahn waarschuwde me al voor je leugens,' mompelde hij, maar zijn blik ging terug naar de dunne man en bleef aandachtig op hem rusten.

'Ik lieg niet.'

Tolchuks stem klonk scherp van de achterdocht. 'Die val overleeft een trol nog niet eens.'

'Ik ben ook niet gevallen,' kwam het hooghartige antwoord.

'Wat heb je dan gedaan?' vroeg Kral. 'Gevlogen?'

'De elven mogen dan meesters zijn van de wind en de lucht, maar zelfs wij zijn niet tot de vlucht in staat. Zoveel kracht heeft de elementaire magie niet. Vliegen kan ik niet, maar door de elementaire krachten te gebruiken kon ik mijn val naar de bodem van deze kloof sturen. Ik vertraagde mijn val, verdeelde de energie over een duikvlucht die mij tot hier bracht.'

'En toen heb je gewacht tot wij kwamen?'

Zijn mondhoeken gingen iets naar beneden. 'Ik heb mijn wonden verzorgd.' Hij wees naar zijn benen. 'Die wezens verrasten me en ze hebben me meermalen geraakt voordat ik kon ontkomen. Terwijl ik het bloeden stelpte, zag ik de gloed van mijn windsteen boven aan de rotswand. Ik zag jullie springen en naar beneden klimmen – en besloot te wachten. Niet op jullie, maar op mijn steen.' Hij stak zijn arm uit naar Kral. 'Mag ik dan nu mijn eigendom terug?'

Kral gaf de steen niet af. 'Dit is onze enige lichtbron. We zoeken een vriend.'

'Ik ook.'

Kral en Meric staarden elkaar aan.

'Misschien kunnen we... samen verder gaan,' zei Tolchuk. 'Als de kobolden weer aanvallen, kunnen we iedereen gebruiken.'

'De steen blijft bij mij,' zei Kral.

'Dan dood je zijn schijnsel. Ik kan de gloed weer opwarmen tot hij helder straalt.'
Krals vingers sloten zich vaster om de steen. Tolchuk zag dat de gloed sterk was afgenomen sinds ze in de kloof waren gesprongen. De bergbewoner aarzelde en stak toen langzaam zijn hand uit om het kristal in Merics hand te leggen. Hij sloot zijn grote hand om de steen en de elvenhand en zei: 'We blijven bij elkaar. Zweer het.'
'Bij ons volk wordt niet lichtvaardig gezworen, man uit de bergen.'
'Bij ons ook niet.' Kral verstevigde zijn greep. 'Zweer het.'
Merics ogen vernauwden zich tot dreigende spleetjes en toen hij sprak, klonk zijn stem verbeten: 'Ik geef je mijn woord. Ik zal je helpen jullie vriend te zoeken.'
Kral hield de hand van de elve nog een tel langer vast en keek hem doordringend aan. Toen knikte hij en liet zijn hand los.
'We moeten verder,' zei Tolchuk.
'Waarheen?' vroeg de elve.
'Naar die gang daar, om onze vriend te zoeken,' zei Tolchuk. 'Er zijn anderen bij hem die lichten bij zich hebben.'
'Licht?' vroeg Meric hoopvol. 'Zweefde een van die lichten misschien op de wind? Het zou mijn vogel kunnen zijn.'
Tolchuk krabde in de stugge korte haren op zijn hoofd. 'Nee.'
Meric vertrok zijn dunne lippen in een streep. 'En je hebt verder geen licht gezien?'
Tolchuk schudde zijn hoofd. Zijn antwoord leek de elve te verontrusten. 'Waarom is het zo belangrijk dat je die vogel terugvindt?'
'Hij heeft koninklijk bloed geroken. Dat wist ik zodra ik afdaalde in deze vallei.'
'Ik begrijp het niet.'
Meric negeerde Tolchuk en speurde de donkere kloof af. 'Volgens hem volgt zijn vogel een spoor, net als een jachthond,' legde Kral uit. 'Hij zoekt hun verloren koning.'
'De afstammeling van onze koning,' verduidelijkte Meric. Hij wreef over zijn hervonden windsteen en blies erop. De gloed van de steen bloeide met nieuwe kracht op en legde een glans over de zilveren haren en de bleke huid van de elve. Hij keek hen in de ogen. In zijn stem klonk het vuur van oude haat. 'Onze koningin mocht vertrekken toen we uit ons land werden verbannen, maar onze koning bleef achter, als gijzelaar.'
Kral maakte een handgebaar dat de kloof en het land daarbuiten omvatte. 'Hoe weet je of er na al die eeuwen nog wel een afstammeling in leven is?'
'De koning zwoer dat hij zijn geslacht zou laten voortbestaan in ons land.'

'En als hij daar nou niet toe in staat was?'
'Ik zei dat hij het zwoer, bergbewoner,' zei Meric kil. 'En onze beloften worden nooit verbroken.'
Tolchuk voelde de spanning stijgen en probeerde het gesprek een andere wending te geven. 'Die havik...'
'Maanvalk,' verbeterde de elve, die zijn blik van Kral afwendde.
'Die vogel, ja,' ging Tolchuk verder, 'hoe kan die iemand zoeken die hij nog nooit heeft gezien? Zelfs een snuffelaar heeft een geur nodig.'
'Het gaat niet zozeer om een geur als wel om de band. De eieren van maanvalken worden bevochtigd met koninklijk bloed. Vogel en bloed zijn verbonden. Deze valk stamt rechtstreeks af van de maanvalk die ooit met onze koning verbonden was. Afstammelingen herkennen elkaar. De vogel strijkt alleen neer op iemand bij wie het bloed van onze verloren koning door de aderen stroomt.'
'Ik heb hem anders ook op jouw hand zien zitten,' zei Kral.
Meric slaakte een vermoeide zucht, alsof de verklaring voor de hand lag. 'Ik ben ook van koninklijken bloede, de vierde zoon van koningin Tratal, de Morgenster. Het is de droom van ons volk om onze twee koningshuizen – de tak van onze huidige koningin en die van de oude koning – weer te verenigen.'
Kral lachte schor. 'Je bent dus een koppelaar, Meric, op zoek naar een man voor een van je zussen!' Hij lachte weer. 'Om jullie edele koningshuizen te verenigen! Verduiveld, ik ben blij dat mijn stam is opgehouden met al dat gedoe. Wij buigen voor niemand.'
Het bloed steeg Meric naar de wangen om Krals spottende woorden; hij perste zijn dunne lippen op elkaar en zijn ogen spuwden vuur. Tolchuk voelde een diepe onderstroom in deze magere man, die als hij ooit aan de oppervlakte werd gebracht, een groter gevaar vormde dan honderd kobolden bij elkaar. Hij besloot een eind te maken aan het gesprek, ook al omdat zijn hart weer begon te bonken van verlangen om zijn tocht voort te zetten. 'Daar is een gang. Mijn vriend is daarin gelopen. Misschien is jouw valk ook die kant op gegaan.'
De rode blos op Merics gezicht trok langzaam weg toen hij zich naar hem omdraaide. Hij haalde zijn schouders op en zei: 'Ik ga met jullie mee – zoals ik heb gezworen.' Na een korte, felle blik op Kral keek hij Tolchuk weer aan en vervolgde: 'Ik zal de vogel nog iets langer laten jagen.'
'Dan gaan we maar.' Tolchuk draaide zich om en liep weg voordat Kral weer iets zei wat de elve nog bozer maakte. Meric kwam vlak achter Tolchuk aan en liet Kral de stoet sluiten.
De stilte sloot zich om hen heen terwijl ze zich moeizaam een weg zochten over een weerbarstige berg van dicht opeengepakte rotsblokken. Tol-

chuk moest de kleinere mannen over een aantal van de grotere blokken heen tillen. Bij Kral ging dat gepaard met veel gefrons en een hoogrode kleur. De onafhankelijke bergbewoner steigerde bij de gedachte dat hij hulp nodig had, maar zijn trots maakte hem niet blind voor de realiteit. Gehuld in nukkig stilzwijgen liet hij zich ophijsen en opduwen tot boven op de grillige rotspartij.

Meric daarentegen aanvaardde Tolchuks hulp zonder enig blijk van erkentelijkheid. Nog voordat Tolchuk hem zijn hand toestak, had hij de zijne al uitgestoken, alsof hij er wel aan gewend was om iemand met meer spierkracht om zich heen te hebben om hem te helpen. Toen Tolchuk hem optilde, verbaasde het hem hoe licht de elve was, alsof zijn botten even hol waren als die van een of andere langpotige waadvogel. Hij tilde Meric hoog op zodat de elve een arm kon uitsteken naar Kral, maar Kral liet de reikende arm voor wat hij was en staarde zwijgend de duisternis in. Toen hij besefte dat de bergbewoner niet van plan was hem te helpen, greep Meric een rotspunt en hees zichzelf op.

Al die tijd zei niemand een woord. Nu Tolchuks armen en benen druk bezig waren met de klimpartij, had hij zijn hoofd vrij om na te denken over wat de elve had gezegd. Ergens klopte er iets niet, maar als hij probeerde zijn nagels erachter te krijgen, scharrelde de gedachte als een torretje buiten zijn bereik. De zwijgende tocht over de rotsblokken stelde hem in staat alles wat hij van de elve wist nog eens op een rijtje te zetten. Hij ging in gedachten terug naar hun eerste ontmoeting, en tegen de tijd dat ze over het laatste rotsblok klauterden, was hij er eindelijk achter wat hem dwarszat.

Hij sprak Meric aan. De elve stond met zijn handen op zijn knieën uit te hijgen van de zware klimpartij over de rotsen. Kral had zich vlakbij tegen een rotsblok laten vallen en masseerde een verkrampte spier in zijn linkerbovenbeen. 'Toen we elkaar tegenkwamen op de open plek in het bos zei je niets over de afstammeling van een koning. Toen had je het alleen over een hexe. Wat bedoelde je daarmee?'

Meric knikte en wachtte tot hij weer een beetje op adem was gekomen. 'Dat is de andere reden dat ik ben uitgestuurd om de koning te zoeken. Onze orakels spraken van een hexe in dit land, die zou verschijnen in het dal waar ook onze verloren koning te vinden zou zijn. Uit alle landen zouden beschermers naar die hexe toe worden getrokken als motten naar een dodelijke vlam, en ze zal verwoesting over onze oude geboortegrond brengen. Ik zoek dus niet alleen onze koning, maar ook tekenen dat zij is verschenen.'

'Waarom?' vroeg Kral, die licht hinkend op zijn linkerbeen dichterbij kwam.

'Om haar te doden.'

30

Elena zag haar oom naar Erril toe lopen. De zwaardvechter had zich op de drempel van het vertrek op zijn knieën laten vallen. Zijn gezicht was afgewend van het licht dat uit de kamer scheen. Op Errils wang lag een enkele traan, die in het stralende schijnsel glinsterde als een edelsteen.

'Wat is er?' vroeg oom Bol. Hij legde een hand op de schouder van de zwaardvechter.

Erril gaf geen antwoord, maar stak alleen zijn arm uit naar het aangrenzende vertrek.

Elena sloop dichterbij tot ze in de schaduw van haar oom stond. Om zijn rug heen gluurde ze het schijnsel in. De bron van het stralende licht stond in het midden van een min of meer rond vertrek. Verder was de kamer leeg en sober.

'Schitterend handwerk,' zei haar oom, die met halfdichtgeknepen ogen de kamer in keek. 'Maar wat heeft je zo geraakt, Erril?'

Erril schudde zwijgend zijn hoofd.

Elena schoof achter de rug van haar oom vandaan om het vertrek beter te kunnen zien. Op de kale vloer in het midden stond een kristallen beeld dat een zilveren schijnsel uitzond als water uit een fontein. Het steen waarvan het beeld was gemaakt, was de bron van dat zuivere licht, maar Elena merkte dat de straling haar niet verblindde of de omtrekken van het beeld vervaagde; eigenlijk was zelfs het tegendeel het geval. Het leek alsof het licht zich om het werk plooide en de details zo alleen maar meer ophaalde en vaste vorm gaf.

'De kunstenaar die dit werk heeft geschapen, beschikte over een wonderbaarlijk talent,' zei oom Bol zacht voor zich uit, terwijl hij zijn blik steeds weer bezorgd naar de zwaardvechter liet gaan. 'Dit kan toch nauwelijks het werk van kobolden zijn. Die gladde afwerking en die details rond de ogen en de mond zijn van een heel andere orde dan dat bijna primitieve werk op de bogen.'

Elena stemde in stilte in met het oordeel van haar oom. Het beeld bezat een uitzonderlijke, zij het wrede schoonheid.

Het beeld stelde een jongen voor. Elena schatte hem niet ouder dan tien winters. Hij knielde, met een hand op de vloer en zijn andere arm smekend opgeheven. Het gezicht van de jongen was verwrongen van de pijn

en was ook naar de hemel gekeerd. Wat de jongen die gruwelijke pijn bezorgde, was duidelijk te zien.
'Zie je hoe de beeldhouwer verschillende materialen heeft gebruikt om het beeld grotere zeggingskracht te geven?' zei haar oom met een hand op haar schouder. 'De jongen is van kristal, maar het zwaard is van zilver.'
Elena knikte. Uit haar ooghoek zag ze dat Errils gezicht verstrakte toen haar oom het zwaard noemde. Dat element van het beeld stond haar niet aan, en voor Erril gold kennelijk hetzelfde.
Door de rug van de kristallen jongen, dwars door zijn borst en zijn hart, stak een zilveren zwaard. Een handbreedte scheidde het gevest van de rug van de jongen en de punt boorde zich in de stenen vloer. Het leek alsof de jongen zich verzette tegen zijn lot, alsof hij nog niet besefte dat het zwaard hem dodelijk getroffen had, maar alleen de pijn voelde. Zijn gezicht, argeloos en verdwaasd, was naar de hemel opgeheven in een smeekbede om van deze marteling te worden verlost. Zijn wijd opengesperde ogen zochten wanhopig naar een verklaring waarom dit had moeten gebeuren.
Starend naar het gezicht van de jongen merkte Elena dat de tranen haar in de ogen schoten. Iets in haar wilde het vertrek in lopen en het kind troosten, zijn leed verzachten. Maar ze wist dat het maar een standbeeld was. De pijn die hier tot uitdrukking werd gebracht, stamde uit een lang vervlogen tijd, maar het kunstwerk was zo beeldschoon dat de pijn door de eeuwen heen reikte en haar hart raakte.
'Jammer dat het beeld beschadigd is,' zei haar oom scherp; als geschiedvorser ging schade aan voorwerpen uit de oudheid hem altijd erg aan het hart. Hij wees met een diepe frons naar het beeld. 'Die is waarschijnlijk door een van de kobolden toegebracht toen ze het beeld hiernaartoe sleepten.'
Elena begreep niet goed waar haar oom op doelde, totdat het tot haar doordrong dat aan de linkerarm van de jongen, die hij uitstrekte naar het plafond van het vertrek, de hand ontbrak, alsof die met een bijl was afgehakt. Vreemd dat ze dat niet meteen had gezien. Ze bekeek het beeld nog eens goed en besloot toen dat ze het niet met haar oom eens was. Het standbeeld was niet beschadigd, maar alleen niet voltooid – als een droevig liedje dat een paar noten voor het eind ophoudt en het oor in afwachting achterlaat.
Haar oom had zich intussen weer tot Erril gewend. Oom Bols ogen keken hem streng aan; zijn mond was een ijzeren streep en zijn gezicht stond strak van onverzettelijkheid. 'Nu hou je op met die onzin, Standi! Waarom heb je zo'n moeite met een stuk bewerkt kristal?'
Erril bleef zwijgen, met zijn rug gekromd onder zijn verdriet. Toen hij

ten slotte sprak, richtte hij zijn woorden op schorre toon tot de stenen vloer. 'Dit is mijn schande,' prevelde hij, 'de belichaming van mijn schande.'

Terwijl Erril daar zat met gebogen hoofd, wist hij diep in zijn hart dat Bol gelijk had gehad. De kobolden hadden hen niet hierheen gedreven vanwege het meisje, maar om hem. Op de een of andere manier kenden de kobolden zijn schande en ze hadden hem hier gebracht om die onder ogen te zien.

Als die schepsels dat wilden, dan zou hij ze ook geven wat ze van hem verlangden. Hij wist dat hij niet het recht had zich ervoor te verschuilen, en dus tilde hij zijn hoofd op en staarde naar het standbeeld. Het jongensgezicht, dat tot in het fijnste detail was uitgewerkt, straalde een helder licht uit, fel als de brandende herinnering in zijn eigen geest. Hij zou dat gezicht nooit kunnen vergeten – en hij mócht het ook nooit vergeten. Zijn herinnering was een eerbetoon, hoe bescheiden ook, aan het offer dat de jongen had gebracht.

Hij liet zijn ogen op het opgeheven gezichtje rusten en dacht terug aan de kamer in de herberg en de nacht dat het Boek was gevormd. Veel van wat er die nacht was gebeurd, was vandaag weer voor hem tot leven gekomen. Eerst was Greshym op straat opgedoken, duister en gehuld in zwarte magie. En nu dit: een beeld van de jonge magiër die zijn leven had gegeven op de punt van Errils eigen zwaard om het Boek zijn bloed te gunnen. De sleutelfiguren uit die noodlottige nacht werden weer bijeengebracht.

Het raadsel waarom dit allemaal gebeurde, waarom hij hier vanavond naar dit vertrek was geleid, brak uiteindelijk door de schande en de pijn die zijn hart vervulden. Hij kwam overeind. Eeuwenlang had hij met de herinnering aan zijn laaghartige daad moeten leven. De aanblik van het beeld had die oude wond weer opengereten, maar nu werd zijn schrijnende schuldgevoel weggebrand door de woede die in zijn hart oplaaide. Hij rechtte zijn rug. De schepper van dat standbeeld, wie dat ook mocht zijn, had veel uit te leggen – en Erril had er alles voor over om die antwoorden ook te vinden.

Toen Erril een stap in het vertrek zette, riep Bol: 'Zeg op, man! Wat is er aan de hand?'

Erril knikte naar het standbeeld. 'Dat is de jonge magiër die ik heb gedood in de nacht dat het Boek werd gemaakt.' Hij zag de geschokte blik in Bols ogen, en ook het meisje deinsde voor hem terug; deze keer wendde hij zijn blik echter niet af. Met vaste stem ging hij verder: 'Ik weet niet wat hier voor spelletje wordt gespeeld, maar ik ga er een eind aan maken.'

Erril stapte op het beeld af. Hoe dichterbij hij kwam, des te meer leek de pijn het kristallen gezicht van de jongen te verwringen, alsof het beeld wist wie hij was en het weerzien vreesde. Het zou de lichtval wel zijn, dacht hij bij zichzelf. Hij stak een vinger uit en raakte het harde kristal aan. Even dacht hij dat hij zich zou branden, dat het beeld op de een of andere manier zijn oude misdaad zou wreken, maar het steen voelde koel en glad aan, en enigszins vochtig door de klamme lucht in de onderaardse ruimte.

Onwillekeurig streek Erril met zijn vinger over de wang van de jongen. Hij was vergeten hoe jong het kind was geweest. En hoe klein – Erril torende hoog boven de geknielde gestalte uit. Het kind had dit lot niet verdiend. Erril zocht naar woorden om hem om vergeving te vragen, maar hij had nooit geweten hoe de jongen heette.

'Het moest gebeuren,' zei Bol op zachte toon achter hem. 'Ik heb de oude teksten gelezen. Er moest bloed van een onschuldige vloeien.'

'Maar moest dat dan ook door *mijn* hand gebeuren?'

'We torsen allemaal een last mee. Mijn zus Fila, Elena, de jongen. Het zijn duistere tijden, en als we bidden om een nieuwe dageraad, zullen we moeten neerknielen, al zijn we nog zo moe en al doen onze botten nog zo zeer.'

'Ik heb genoeg gebeden. Wie luistert er?' Hij legde zijn hand om het geheven, gepijnigde gezicht van de jongen. 'Wie luisterde er naar deze jongen?'

'De weg die jij hebt bewandeld, is een weg vol hartzeer en smart geweest, en ik zal niet zeggen dat de weg die je nog te gaan hebt gemakkelijker zal worden. Dit kan ik je wel zeggen: alleen door die reis te aanvaarden zul je alles wat je gedaan hebt kunnen inlossen en recht kunnen doen aan iedereen die onderweg zijn leven heeft gegeven. Waak over je hart, Erril van Standi.'

Erril liet zijn hand van het gezicht van de jongen glijden. 'Daar is het te laat voor. Mijn hart is jaren geleden al verloren gegaan.'

'Niet waar.' Bol stak een hand uit en kneep Erril in zijn schouder. 'Het houdt zich misschien schuil, het heeft zich misschien verhard in de loop van honderden winters, maar ik weet zeker dat je op deze weg je hart weer zult vinden.'

Errils gezicht verstrakte. Hij wilde zijn hart niet terugvinden. Die pijn zou onverdraaglijk groot zijn.

Op dat moment hoorde hij Elena's stem, schril van de schrik. 'Luister!'

Erril tilde zijn hoofd op. Een vertrouwd geluid kwam op hen af: gesis.

Er waren kobolden in aantocht! Erril wierp een blik in de gang. De schepsels waren nog niet in het zicht. Hij keek om zich heen in het ver-

trek. Er kwam nog een andere gang op de kamer uit, maar ook uit die richting naderde het vochtige gesis van kobolden.
'Ze hebben ons ingesloten,' zei Bol.
'En in de open ruimte zijn we veel te kwetsbaar,' zei Erril. 'We maken meer kans in een van de gangen.'
Bol keek Erril aan. 'Een gevecht overleven we niet. We hebben niet eens wapens. Ze hadden een reden om ons hierheen te drijven. Als ze ons wilden doden, hadden ze dat al veel eerder kunnen doen.'
Erril keerde Bol zijn rug toe en deed weer een stap dichter naar het standbeeld. 'Ik vertrouw liever niet op het redeneervermogen van een kobold. We hebben een wapen nodig, dat weet ik wel.' Hij dook achter de rug van het standbeeld. Daar boog hij zich voorover, greep het gevest van het zilveren zwaard en trok eraan. Een tel lang hield het gebeeldhouwde kristal het wapen in een ijzeren greep en vreesde Erril dat hij niet de kracht zou hebben om het los te rukken, maar toen hij zijn spieren tot het uiterste spande, gleed het zwaard plotseling uit het beeld, alsof het door een onzichtbare hand was losgelaten.
Met het zwaard in de hand wankelde Erril achteruit. Hij hervond zijn evenwicht en hief het wapen. Op het lange blad lag zo'n felle glans dat het zilver zelf uit glorie gesmeed leek. 'Nu kunnen we vechten. Ik ben dat gesluip in de schaduwen en die gesiste dreigementen beu.'
'Dat zal niet nodig zijn.' De woorden kwamen vanachter zijn rug.
Erril draaide zich met een ruk om. Zijn zwaard sneed in een boog door de lucht en eindigde met de punt op de vreemdeling gericht. Uit de tegenoverliggende gang kwam een gebogen gestalte aangeschuifeld. De spreker, met een kromme rug en een grijze, warrige haardos, hief zijn gezicht op naar het licht. Het was een man. Hij liep naar hen toe, slechts gekleed in een lendendoek die besmeurd was met leem en vuil. Scherpe klauwen hadden een wirwar van littekens achtergelaten op zijn borst en hij strompelde op de enkel van een verdraaide voet. Zijn rechterarm was bij de elleboog afgerukt; de stomp was een verknoopte bult van rood weefsel.
'Wie ben je?' vroeg Erril.
Toen hij sprak, kwam vanachter de man een stroom van kobolden het vertrek binnen, die als schichtige schaduwen rond zijn benen samendromden. Elena was inmiddels dichter naar Erril toe geschoven. Toen hij haar angstige piepje naast zich hoorde, draaide hij zich om en zag de rode ogen die hen vanuit de andere gang aanstaarden. Ze zaten in de val.
Hij richtte zich weer tot de gebrekkige man. 'Wie ben je?' herhaalde hij, met een stem vol dreiging.
De man veegde zijn samengeklitte haren weg en toonde zijn uitgeteer-

de gezicht, dat bedekt was met littekens. Zijn neus was opengehaald en slecht genezen; een van zijn ogen was weg. Hij glimlachte met een tandeloze mond. 'Herken je me niet, Erril?' In het kakelende lachje van de man schemerde de krankzinnigheid; zijn hand schokte alsof hij er zelf geen enkele macht over had.

'Ik ken geen wezens als jij, holenwezen,' zei hij vol afkeer.

'Holenwezen?' De man giechelde weer. Hij bracht zijn bevende hand naar zijn hoofd en wroette rond in zijn haar. Hij plukte er iets uit, bestudeerde zijn vondst en kneep het toen tussen twee lange gele nagels fijn. 'Je broer was niet zo onbehouwen de laatste keer dat we elkaar zagen – toen hij mij om een gunst smeekte.'

Erril knipperde verrast met zijn ogen. Van verbijstering kon hij geen woord uitbrengen. Wie was die krankzinnige?

Bol verbrak de stilte. 'Leeft u temidden van de rotskobolden?'

De man wuifde zijn vraag met een achteloos gebaar weg. 'Ze vrezen me. In hun klakkende, sissende taal ben ik "de man die leeft als steen".'

'U spreekt hun taal!' riep Bol verwonderd uit.

'Ik heb genoeg tijd in eenzaamheid doorgebracht om die te leren.'

Erril was inmiddels over de eerste schok heen. Hij maalde niet om de rotskobolden, of om hun taal. 'Je had het over mijn broer,' zei hij ten slotte.

Het ene, heldere oog van de man richtte zich weer op Erril. 'Jawel, Shorkan was altijd een bron van verrukking, vermengd met frustratie. Jammer dat we hem moesten verliezen.' Zijn ogen gingen naar het beeld. 'Er is die nacht zoveel voor ons verloren gegaan.'

'Hou op met die dwaasheid, oude man. Wie ben je, en waarom zijn we hierheen gedreven?'

De man zuchtte diep. 'Ik stond ooit bekend als Realto. Meester Realto, voor mijn leerlingen. Herken je de rector van de school nog altijd niet?'

Erril kon een geschokte uitroep niet onderdrukken; de punt van zijn zwaard zakte naar de vloer. Meester Realto! Het was onmogelijk, maar toch ontwaarde Erril een vage gelijkenis onder alle littekens en het aangekoekte vuil. Hoe kon dat? Hoe was het mogelijk dat de rector na al die tijd nog in leven was? Alle magiërs zouden zijn afgeslacht in de nacht dat de school door skaltums en hondsoldaten was gezuiverd. Hem was altijd verteld dat de jongen de enige overlevende was. 'W-wat?'

De man zweeg en zijn moeizame glimlach vervaagde tot een droevige frons. In zijn doffe blik leek enige helderheid te glanzen. Zijn stem daalde onder het gewicht van de herinnering. 'Die nacht... Ik stuurde je broer achter de jongen aan in de leerlingenvleugel en probeerde weg te komen. Ik had willen vluchten, maar de schrikheren namen me te grazen.

Ik had geluk; ze speelden alleen met me.' Hij wees naar zijn gehavende arm en de littekens op zijn borst. Op het gezicht van de oude man verscheen opeens een verdwaasde uitdrukking. Hij keek om zich heen alsof hij iets kwijt was. Zijn oog viel op een kobold die veel kleiner was dan de anderen. Hij tilde het spartelende schepsel op aan een arm. 'Zijn die jonkies niet aandoenlijk?'
Erril trok zijn mondhoeken vol afkeer naar beneden. Hij had nooit veel respect voor de rector kunnen opbrengen; de man was hem te laf geweest, te klagerig. Maar nu... 'Meester Realto, hou op met die onzin. Wat gebeurde er toen?'
Errils stem bracht de man weer bij zijn positieven. Hij liet de kobold pardoes vallen, alsof het hem verraste dat hij hem vasthad. Hij veegde zijn hand af aan zijn lendendoek en vervolgde: 'Ik... Ik was nog in leven toen de schrikheren die mij gegrepen hadden, hoorden dat Shorkan was ontkomen, mét een jongen. Ze lieten me voor dood achter, want hun gif stroomde al door mijn aderen. Ik sleepte mezelf naar een van de diepste kelders en ik wist hoe ik van daaruit de onderaardse grotten kon bereiken.'
'Je hebt je school in de steek gelaten.'
In de stem van de man sloop een grimmige ondertoon. 'Ik ben geen kapitein die met zijn schip moet vergaan! De school was verloren. Alleen het gekerm van de stervenden en de honden van de Duistere Heer doolden nog door de gangen.' De oude man haalde een hand over zijn voorhoofd alsof hij de herinnering wilde uitwissen. 'Ik wilde in alle rust sterven, niet eindigen als vulling voor de buik van een schrikheer. En dus sleepte ik mezelf hierheen,' zei hij, gebarend naar het vertrek.
Bol was de volgende die iets zei. 'Maar u stierf niet – niet aan het gif in uw wonden en niet van de ouderdom.'
Meester Realto's oog bleef op het standbeeld rusten. Met een naar binnen gekeerde blik begon de oude man te neuriën terwijl hij zacht heen en weer wiegde.
Toen een antwoord uitbleef, schraapte Bol zijn keel.
Realto knipperde toen het geluid tot hem doordrong en praatte op fluistertoon verder. 'Nee, ik stierf niet. Híj kwam terug.'
'Wat bedoel je daarmee?' vroeg Erril.
'De jongen had me nodig. Op de een of andere manier wist hij waar ik was en hij verscheen, vervuld van Chirische macht. Zijn licht genas me, en zolang ik in de buurt van dat licht bleef, hield de magie me buiten het bereik van de tand des tijds. Hij had een hoeder nodig, iemand die over hem kon waken.' Hij rukte zijn blik los van het standbeeld en sprak hen toen op samenzweerderige toon toe, alsof hij bang was dat het beeld hem kon horen. 'Ik wilde eerst niets van zijn verzoek weten, maar ik

had zo weinig gedaan om mijn school voor het kwaad te behoeden.' De man leek van vermoeidheid bijna te bezwijken. 'Ik kon het hem toch niet weigeren?'
'Hoe weet u dat allemaal?' vroeg Bol. 'Spreekt het standbeeld tegen u?'
Realto zwaaide met zijn hand naast zijn hoofd alsof hij de gedachte wilde wegwuiven. 'Nee, hij praat tegen me in mijn dromen. Zonder hem was ik hier allang krankzinnig geworden.'
Bol keek Erril even aan. In zijn blik stond de twijfel over de geestelijke vermogens van de man duidelijk te lezen.
Opeens rechtte de man zijn rug en begon tegen hen te krijsen. 'Houd haar uit de buurt!' Het kluwen kobolden om zijn voeten stoof dreigend op.
Erril keek om en zag dat Elena een hand, haar roodbevlekte hand, had uitgestoken naar het beeld. Uit nieuwsgierigheid, vermoedde hij. Op de woorden van de man bleef ze als aan de grond genageld staan. 'Je kunt er misschien maar beter van afblijven,' zei Erril tegen haar.
De maanvalk op haar schouder kraste naar hem, maar ze liet haar hand zakken en kwam dichter bij Erril staan.
Toen ze bij het standbeeld wegging, kalmeerde de man weer, en na een paar tellen nam het rumoer van de kobolden weer af tot een gedempt gesis. 'Ze mag het beeld niet aanraken,' zei de man.
'Waarom niet?'
'De jongen wacht op jou, Erril, en op niemand anders. We hebben beiden lang op dit treffen moeten wachten.'
Errils ogen vernauwden zich. 'Waarvoor?'
De getekende man wees met zijn goede hand naar de uitgestrekte arm van de jongen. De hand ontbrak aan de arm van het beeld. Toen Erril de man niet-begrijpend aanstaarde, prikte Realto keer op keer met een priemende vinger naar het beeld. 'Om het standbeeld af te maken, dwaas!'
Waar had hij het over, vroeg Erril zich af. De man schudde naar hem met zijn gebalde vuist. Toen brak het besef opeens bij Erril door, als een houtblok dat knapt in het haardvuur. 'Dus daarom heb je de sleutel gestolen!' beet hij de oude man toe.
'Ik dacht dat je het nooit zou begrijpen,' zei meester Realto. Hij prevelde er nog iets achteraan, alsof hij met zichzelf in discussie ging. Toen tilde hij met een ruk zijn hoofd op en brulde Erril toe: 'Je bent altijd een onbenul geweest!'
Voordat Erril iets terug kon zeggen, had de oude man zich al omgedraaid naar de plaag van kobolden achter hem. Hij klakte en siste tegen ze. Een van de kobolden, achteraan, schoot het vertrek uit. Realto praatte met zijn rug naar Erril toe verder. 'Ze hebben een goede neus voor magie. Zo hebben ze mij ook gevonden. Ze zijn bang voor het

licht, maar ze worden aangetrokken door de magie. Ze zien me voor een god aan.'

Verderop in de gang ontstond opschudding. Een kobold drong zich door de meute. Het wezen had zijn handen ineengeslagen en torste iets zwaars mee. Terwijl zijn staart druk heen en weer zwiepte van de opwinding kwam hij naar de oude man toe gelopen. Met de kop gebogen bood hij de man het voorwerp aan dat hij in zijn klauwen hield. Realto nam het geschenk met een sissend en snuivend geluid aan.

De kobold sloop weer weg en Realto keerde zich om naar Erril. 'Het kostte ze weinig moeite om te achterhalen waar jij de sleutel had verborgen. De jongen sprak tot mij in een droom en ik stuurde ze uit om de sleutel terug te halen. We wisten dat er je uiteindelijk voor zou terugkomen, en dus wachtten we. Toen ik hoorde dat je was gekomen, heb ik de kleine kobold je met de sleutel hierheen laten lokken.'

'Waarom ben je me niet zelf komen halen? Dan was die hele jacht ons bespaard gebleven.'

De hoofdmeester fronste en sloeg zijn ogen ten hemel. 'Ik mag me niet verwijderen van de aanraking van het licht. Buiten het licht is het niet veilig voor me.' Hij stak Erril de sleutel toe. 'Ik heb lang genoeg gewacht. Maak het beeld af.'

Erril staarde naar de sleutel. Hij had veel op het spel gezet om hem terug te halen, maar nu hij wist wat hij geacht werd ermee te doen, schrok hij ervoor terug. Het metaal, gesmeed uit ijzer dat onttrokken was aan het bloed van duizend magiërs, vlamde vuurrood op in het zilverige schijnsel. Erril bekeek de sleutel en wist wat hem te doen stond.

Het metaal was gesmeed in de vorm van een vuist – de vuist van een jongen.

Erril gaf zijn zwaard aan Bol, die hem met grote, vragende ogen aankeek. Met trillende handen pakte Erril de sleutel aan. Bijna liet hij hem uit zijn gevoelloze vingers glippen, maar hij verstevigde zijn greep en sloot zijn hand om de kleine vuist. Toen stapte hij naar het beeld.

'Alleen jij kunt dit doen, Erril,' zei de rector van de school. 'Door jouw hand verloor hij het leven.'

Erril stak zijn arm uit en plaatste de vuist op de lege pols van het standbeeld. Het paste precies. Toen zijn vingers de sleutel loslieten, bleef de vuist op zijn plaats. Hij deed een stap naar achteren. Nu het was voltooid, veranderde ook de zeggingskracht van het beeld. De klaaglijke pose van de jongen, die zijn van pijn verwrongen gezicht smekend ophief naar een onverschillige hemel, veranderde door de geheven vuist in een trotse, tartende houding. Van het gezicht van de jongen straalde de smart van de verantwoordelijkheid, en zijn vuist was geheven in woede en vastberadenheid.

Het was geen jongen meer die daar knielde, maar een man.
Terwijl Erril met tranen in zijn ogen toekeek, keerde het beeld hem zijn kristallen gezicht toe en keek hem recht in de ogen.
Achter hem slaakte Elena een verbaasde kreet en Bol hapte naar adem. Maar Errils oren hoorden alleen de geprevelde woorden van de oude rector, uitgesproken op een toon die het midden hield tussen vervoering en krankzinnigheid: 'Alleen jij kon het doen, Erril van Standi. Door jouw hand verloor hij het leven. Alleen de jouwe kon het hem teruggeven.'

31

Mogweed drukte zich tegen de stenen muur van de gang terwijl Rockingham verwoede pogingen deed om de fakkel aan te steken die hij had gemaakt van een droge tak en een reep van Mogweeds hemd. De silura was bang voor de magere man, met zijn snelle bewegingen en zijn wantrouwige blik, maar hij merkte dat hij tegen wil en dank ontzag had voor diens rappe tong – en ontzag had bij Mogweed nog zelden iemand opgewekt. Zelfs zijn broer met zijn moed en zijn trouw had het altijd met een smalende opmerking moeten doen; deze man was zijn belangstelling echter zonder meer waard. Met niets dan zijn woorden en zijn pientere verstand had Rockingham hen uit de klauwen van de gevleugelde wezens gered. Fardale zou zijn tanden en spierkracht in de strijd hebben gegooid, met een gruwelijke dood voor hen allemaal als enige resultaat.

Mogweed kon nog veel van deze man leren.

'Dat rotding!' vloekte Rockingham bij zijn zoveelste vergeefse poging om met zijn tondeldoos de brand te steken in het in olie gedoopte hemd. Hij sloeg nogmaals vonken uit zijn vuursteen, en eindelijk sprong er een vonk in het tondel. 'Dat werd tijd!' Hij blies op de vonk totdat er een beverig vlammetje opschoot. Even later brandde het hemd volop en bloeide het licht als een roos op in het halfduister; de vuurgloed wierp grillige schaduwen over het gezicht van de magere man en deed pijn aan Mogweeds ogen. 'Zoek nog maar wat takken bij elkaar en scheur dat hemd aan repen voor als we onze fakkels moeten verversen. Ik weet niet hoe lang het gaat duren hier beneden.'

Mogweed keek de gang op en neer, eerst in de richting van het bos waar de skaltums op hen wachtten en toen in de richting waarin zijn broer was verdwenen. Hij kon Fardales gejank niet uit zijn hoofd krijgen. 'En wat nu?'

'Nu moeten we de tijd zien door te komen. Het loopt al tegen de ochtend. Als de zon opgaat, blijven de skaltums niet meer wachten, maar zoeken ze een donker plekje op om te schuilen voor het zonlicht.'

'Weet je het zeker?'

Rockingham haalde zijn schouders op. 'We kunnen in de tussentijd ook op zoek gaan naar een andere manier om hier weg te komen – misschien is er nog een andere uitgang, op veilige afstand van die beesten.'

Mogweeds achting voor de man steeg. Hij leek iedereen altijd een stap voor te blijven en zijn geest bleef scherp, zelfs als hij oog in oog stond met verschrikkingen als die daar buiten. 'We moeten wel voorzichtig zijn,' zei hij in een poging van nut te zijn. 'Er zit hier iets, iets wat sist. Ik geloof dat het mijn broer heeft gegrepen.'

Rockingham stak zijn vlammende toorts in de lucht. 'Wezens die in het donker leven, zijn meestal bang voor vuur. Zolang we goed uitkijken en zorgen dat de fakkel blijft branden, zijn we waarschijnlijk wel veilig.'

Mogweed knikte en liep achter de man aan de gang in. De wanden weerkaatsten hun gedempte voetstappen. Mos en wortels hingen in slierten af van het lage plafond. Op hun weg door de tunnel streek Rockinghams toorts soms langs een van die uitgedroogde ranken, zodat ze sissend en knetterend in brand vlogen. Telkens als dat gebeurde, klopte Mogweeds hart in zijn keel. Het gesis deed hem denken aan het geluid waar Fardale op af was gegaan.

Nadat ze een tijdje in stilte hadden gelopen, fluisterde Rockingham: 'Kijk, daar voor ons. Volgens mij houdt de gang daar op.'

Mogweeds benen weigerden dienst. Hij kon niet verder.

'Het is een vertrek,' zei Rockingham, die doorliep zonder te merken dat zijn metgezel was blijven staan.

De duisternis wikkelde zich al snel om Mogweeds schouders toen Rockingham en de toorts zich verder van hem verwijderden. Het donker kreeg een stem en fluisterde zonder woorden in zijn oor. Mogweed wist dat hij het zich alleen maar verbeeldde, maar de duisternis liet zich niet negeren. Zijn angst voor het donker botste met zijn vrees voor wat er verderop in de gang op hem wachtte.

Een nog grotere angst dreef Mogweed ondanks alles voort. Sinds hij op pad was gegaan, had hij altijd Fardale of de trol in de buurt gehad. Nu was zijn wolvenbroer ongetwijfeld dood en doolde Tolchuk ergens in dit gangenstelsel rond, en de gedachte dat hij hier alleen zou achterblijven, met zijn eigen hart en zijn gedachten als enige gezelschap, was genoeg om zijn benen te verlossen uit de verlammende greep van de angst. Zijn voeten schoven over de stenen vloer om de afstand tot de toorts te verkleinen.

'Het is inderdaad een groot vertrek,' zei Rockingham, die vanuit van de gang rondkeek in de ruimte. 'Er komen alleen erg veel gangen op uit. Hoe moeten we ooit weten welke gang naar buiten leidt? Misschien doen ze dat wel geen van alle.'

Mogweed gluurde voorzichtig om een hoekje. Hij zag geen spoor van

Fardale of een van de anderen. Hij luisterde ingespannen of hij het gesis hoorde dat eerder was aangezwollen in de gang, maar dat bleek nog niet eenvoudig nu zijn hart het bloed suizend langs zijn oren joeg. 'Misschien heeft wat hier huist zijn honger al gestild, wat het ook mag zijn,' mompelde hij.

'Dat is te hopen, maar we mogen er niet op rekenen,' antwoordde Rockingham.

'Wat nu?'

'Er zijn hier te veel gangen om uit te kiezen. Als we verder gaan, is de kans groot dat we verdwalen. Ik stel voor dat we hier wachten tot de zon opkomt en dan proberen ongezien weg te glippen zoals we ook zijn binnengekomen.'

'En de vrouw dan?'

'Neelahn?'

'Ja.'

Rockingham trok een gepijnigd gezicht, maar Mogweed zag dat zijn verdriet grotendeels geveinsd was. 'Aan haar dood danken wij onze vrijheid.'

Mogweed voelde een steek van oprecht verdriet in zijn hart, maar hij duwde het snel weg. Híj leefde nog. Dat was het enige dat ertoe deed. De niphai hadden zijn volk toch al nooit een warm hart toegedragen.

Na een paar tellen begon de stilte ongemakkelijk te worden. Ze wilden geen van beiden al te lang stilstaan bij die laatste gedachte. Ze hadden woorden nodig om zichzelf te verlossen van de herinnering aan Neelahns violette ogen.

'Ben je echt een wisselaar?' vroeg Rockingham. Hij leunde met zijn rug tegen de muur om even uit te rusten en tegelijkertijd het vertrek in de gaten te kunnen houden.

Mogweed boog zijn hoofd uit plotselinge schaamte voor zijn afkomst – of in ieder geval voor de naam die zijn volk had, hoe onverdiend die ook mocht zijn. 'We noemen onszelf silura.'

'En kun je echt wanneer je maar wilt een andere gedaante aannemen?'

'Vroeger wel, ja.'

'Dat moet echt fantastisch zijn.'

Mogweed keek verrast op. Dat was wel het laatste dat hij uit de mond van een mens had verwacht te horen. De mensen hadden hen altijd gehaat. Hij had altijd gedacht dat het idee van gedaanteverandering hun tegen de borst stuitte.

'Een oude gedaante afleggen en een nieuwe aannemen – ik wou dat ik dat kon: je laat je oude leven achter en begint gewoon opnieuw. Met een nieuw gezicht, een nieuw lichaam.' Rockinghams blik keerde zich naar binnen, gevangen in een persoonlijke herinnering. 'Het zou in elk geval een uitstekende oplossing zijn voor mijn huidige problemen,' zei hij met een lachje.

Het was een vreemde man, anders dan de mensen die Mogweed had verwacht aan te treffen aan deze kant van de Tanden. De mensen in zijn woud waren altijd jagers, de schrik van de bospaden. Hij moest meer over deze eigenaardige man te weten zien te komen. 'Wat zijn dat dan voor moeilijkheden?'

Rockingham wierp hem een schattende, argwanende blik toe en slaakte toen een berustende zucht. 'Ik kan het je net zo goed vertellen. Ik ben uitgestuurd om een meisje op te halen, hier in deze vallei – een kind van wie de heer van dit land vermoedt dat het een hexe is.'

Mogweed veroorloofde zichzelf een klein lachje. De man maakte ongetwijfeld een grapje. Hij kende de verhalen over hexen, maar niemand nam die ooit serieus.

Kennelijk zag Rockingham de uitdrukking op zijn gezicht. 'Dit is geen sprookje voor bij de open haard. De Duistere Heer had gelijk. Het meisje is echt een hexe.'

Met de twijfel in zijn hart vroeg Mogweed zich af of de man hem met zijn sluwe tong voor de gek probeerde te houden. 'Is dat het meisje waar de gevleugelde monsters het over hadden?'

'Ja, maar ze is me door de vingers geglipt, en dat zal de meester niet onbestraft laten. Ik zal moeten vluchten, buiten het bereik van het Zwarte Hart, of ik moet het meisje zien terug te halen.'

'Waar is ze nu?'

Rockinghams gezicht verstrakte. 'Hoe moet ik dat in Moeders vuile naam weten? Als ze slim is, heeft ze het met haar staart tussen haar benen op een lopen gezet en staat ze pas aan de overkant van de Grote Westelijke Oceaan weer stil.'

'Maar als je haar te pakken krijgt, ben je veilig?'

'Meer dan veilig. Dan zou de Duistere Heer me overladen met geschenken – met magische gaven en rijkdommen.'

Mogweeds mond werd droog. Hij schoof dichter naar Rockingham toe en leunde naast hem tegen de muur. 'Magie? Die heer van jouw volk, heeft hij daar vaardigheid in?'

'Zo kun je het wel noemen.' Rockingham huiverde. 'Hij kan een paar... opmerkelijke dingen.'

'Daar wordt hij dan zeker wel om bewonderd?'

Rockingham keek Mogweed met grote ogen aan en barstte toen in lachen uit. 'Bewonderd!' zei hij, nog nahikkend. 'Dat is nou een woord dat ik nog nooit iemand heb horen gebruiken als het over mijn doorluchtige heer ging.' Hij sloeg Mogweed op zijn schouder. 'Ik mag jou wel, wisselaar. Je hebt een boeiende kijk op het leven in ons land.'

Mogweed wist niet goed hoe hij moest reageren op de lof die hem werd toegezwaaid. Hij wist niet eens zeker of Rockingham niet de draak met hem stak.

'Waarom ben je eigenlijk naar dit land gekomen – gedaanteveranderaar die niet kan veranderen?'

'We... Ik zoek een remedie. Volgens de boeken zou een oord dat Aloa Glen wordt genoemd nog krachtige magie herbergen.' Er ging Mogweed opeens een lichtje op. Hij rechtte zijn rug en keek Rockingham aan. 'Is dat de zetel van jouw verheven heer?'

In Rockinghams ogen verscheen een droevige blik en hij schudde zijn hoofd. 'Ik wou dat ik beter nieuws voor je had, makker, maar Aloa Glen is een fabeltje. Ik heb op mijn reizen veel van dit land gezien. Er is geen stad met die naam.'

De woorden van de man troffen Mogweed als stenen tegen zijn borst. Bestond de stad niet? Zijn stem haperde. 'Weet... Weet je dat zeker?' Hij liet zijn ogen over zijn lichaam gaan: die schriele armen, die ziekelijk bleke huid die zo teer was dat je kleren moest dragen om hem te beschermen. Hij kon toch niet voorgoed met deze gedaante opgescheept zitten? 'Dat kan niet! Je moet je vergissen!'

'Ik wil je niet kwetsen en ik zou je graag je dromen gunnen, echt, maar dat oord is al lang geleden verwoest en onder de golven verdwenen.'

'Hoe moet ik dan ooit mijn lichaam bevrijden?' De vraag was niet aan Rockingham gericht, maar aan zijn eigen jammerende ziel.

De man gaf desondanks antwoord. 'Mijn meester zou het wel kunnen, denk ik,' zei hij, bijna terloops. 'Zijn magie kent zijn gelijke niet.'

Mogweeds hart sloeg een slag over. Hij greep dat sprankje hoop met beide handen aan en drukte het koesterend aan zijn hart. 'Denk je dat hij daartoe bereid zou zijn?'

'Mijn heer is niet scheutig met het inwilligen van verzoeken. Maar wie weet? Als ik je als vriend voordraag, misschien...' Zijn stem kreeg een zure ondertoon. 'Maar goed, dat zal niet gaan. Ik kan me niet meer aan het hof vertonen, niet nu ik heb gefaald.'

'Maar als je het meisje had?' zei Mogweed. Zijn geest klampte zich vast aan die nieuwe kans. Misschien was alles toch nog niet verloren. 'Dan werd je met geschenken overladen, zei je – en met magie.'

'Ja, met het kind in handen zouden we alles kunnen krijgen. Maar ik zie hier geen meisje.'

Mogweed liet zijn hoofd weer hangen. Er moest toch iets op te vinden zijn?

'Maar wie weet?' zei Rockingham. 'Misschien loop ik dat meisje nog wel tegen het lijf. En met jouw hulp kan ik haar misschien wel te pakken krijgen.'

Mogweed balde zijn vuisten. Hij keek Rockingham aan met een verbeten trek om zijn mond en zei met overtuiging in zijn stem: 'Ik zal je helpen.' Heel even meende Mogweed een sluw lachje te zien opflakkeren in Rockinghams ogen, maar even later straalde het gezicht van de man hem weer open en uitnodigend toe. Iets minder zelfverzekerd voegde Mogweed eraan toe: 'Ik zal je helpen het meisje te vinden.'

'Wil je die hexe doden?' vroeg Kral aan de elve. Hij kon zichzelf er maar met moeite van weerhouden een arm uit te steken en Merics schriele nek om te draaien. Hij wist dat de elve op het meisje Elena doelde. Waarom al die gekte om dat kind? Hij had bijna een hele dag in haar gezelschap doorgebracht en ze leek niet anders dan andere kinderen van haar leeftijd. Magie had hij niet gezien; wel een jong, bang meisje.

'Wat gaat jou dat aan, man uit de bergen?' zei Meric, die achter de borstelige rug van de trol het laatste stuk van hun tocht door de kloof aflegde. Ze hadden bijna hun doel bereikt: een scheur die in de steile rotswand gaapte. 'Door die hexe om te brengen zou ik dit dal van een plaag verlossen.'

'Dit is jouw land niet, elve. Jij doodt niemand in deze vallei, niet om een of andere profetie.'

Meric draaide zich om en keek Kral aan. 'Probeer me niet tegen te houden, want dan zul je ontdekken hoe snel een elve kan doden.'

'Je komt met dreigementen, terwijl je om vergeving zou moeten smeken,' zei Kral, en hij wipte met zijn duim zijn bijl los uit de koppel aan zijn gordel. Hij liet de steel van de bijl blind in zijn hand glijden en sloot zijn vingers om het koele hout. Als die elve op een gevecht uit was, ging hij de uitdaging met alle genoegen aan.

Merics blik schoot naar de bijl; in zijn halfgeloken ogen verscheen een donkere, dreigende blik.

De man mocht dan weinig gespierd lijken, maar Kral herkende een slang als hij erop trapte. De soepele, snelle bewegingen van die figuur wezen op verborgen gevaren, als de giftanden van een groefkopadder. Kral greep zijn bijl steviger vast en hield zijn duim vrij, zodat hij het wapen kon laten zwenken. Hij wachtte af. Zoals gebruik was in de bergen, zou hij de elve de eerste stap laten doen.

En dat deed Meric – met verbijsterende snelheid.

De elve verdween van de plek waar hij zojuist nog had gestaan en dook op een rotsblok vlakbij weer op. In de hand van de man lag een zwaard dat zo smal en dun was dat het bijna een schaduw leek. De elve had zijn sprong zo snel gemaakt dat Kral hem niet met zijn ogen had kunnen volgen. Alleen een hoog, gierend geluid in zijn achterhoofd had hem gewaarschuwd dat zijn tegenstander had bewogen.

Die waarschuwing klonk opnieuw, en deze keer had Kral nauwelijks de tijd om zijn bijl omhoog te brengen en de stoot af te weren die op zijn buik af kwam. Hij zag de aanval niet eens, maar reageerde puur op zijn instinct. Zijn bijl raakte het zwaard met zoveel kracht dat Merics zwaardarm naar achteren schoot. De elve wankelde een paar stappen achteruit om niet te vallen; zijn gezicht zag vuurrood van de inspanning.
Kral besefte dat die bliksemsnelle bewegingen de elve veel kracht moesten kosten. Niemand kon al te lang achter elkaar met die onnatuurlijke snelheid bewegen. Misschien werden ze wel gevoed vanuit een soort vreemde, elementaire kracht in zijn bloed.
Meric hijgde en klemde zijn kiezen op elkaar.
Kral hoopte dat hij lang genoeg in leven kon blijven om de man uit te putten. Hij had de bijl nu in beide handen geklemd en zijn pezen lagen als kabels op zijn armen. Meric kneep één oog half dicht en bracht de punt van zijn zwaard omhoog.
Op dat moment gebeurde er iets waardoor het licht in de grot uiteen leek te spatten. Het zwakke elvenlicht werd opgeslokt door een bloedrode gloed. Beide vechtersbazen draaiden zich met een ruk om naar de bron van dat licht.
Tolchuk had zich in zijn volle lengte opgericht, zodat hij boven de twee mannen uittorende. Eén arm hield hij hoog in de lucht. In zijn hand lag een steen zo groot als een stierenhart. Het verblindende licht dat de steen uitstraalde, leek een belichaming van de woede van de trol. 'Hou op!' bulderde hij. Zijn stem weergalmde tegen de wanden van de grot. 'Jullie hebben een eed gezworen! Jullie zijn broeders. Onder trollen doodt de ene broer de andere niet!'
Het waren niet Tolchuks woorden of zelfs de lichtende rode steen waardoor Kral zijn arm met de bijl liet zakken. Het was de schaamte, vermengd met de pijn op het gezicht van de trol, die ook op Krals eigen gezicht de schaamte plotseling deed opvlammen. Even later boog Meric ook het hoofd en het zwaard verdween uit zijn hand. Waar het wapen was gebleven, wist Kral niet. Aan de gordel van de elve hing geen schede.
'Waar vechten jullie om?' vroeg Tolchuk, die zijn arm weer liet zakken. 'Om die hexe? Kral, je praat en doet alsof je dat wijfje kent.'
Kral kon niet liegen. Niet nog eens, tenminste. 'Ik denk dat ik weet op wie de elve doelt,' zei hij zacht. 'Het is nog maar een kind.'
'Of het nou een kind is of niet,' reageerde Meric, 'ze is een monster. Ik zal haar doden. Wie haar helpt, is een kind van het kwaad en zal samen met haar sterven.'
'Ik ken dat kind. Ik heb gezien wat haar probeerde te doden – dát zijn de monsters! Degenen die haar helpen, hebben zich deugdzaam en no-

bel van geest betoond. Als het moet, zal ik me graag aan hun zijde scharen en sterven.'

Krals woorden sloegen een barst in Merics rotsvaste overtuiging. 'Maar het orakel van Selph waarschuwde voor...'

'Ik maal niet om de woorden van een of andere waarzegger,' zei Kral. 'De taal van profetieën is vaak verdraaid en verwrongen. Alleen steen spreekt duidelijke, ware taal.'

De gloed van Tolchuks kristal vervaagde. Hij stopte de steen weg in een buidel om zijn bovenbeen. 'Ik ben het met de bergbewoner eens,' zei hij, met een wrange ondertoon bij de herinnering. 'De woorden van een orakel zijn niet altijd duidelijk.'

'En wie onschuldig bloed vergiet, kan dat niet meer ongedaan maken,' voegde Kral eraan toe. 'Het kind heeft niets gedaan om een mes in haar hart te rechtvaardigen. Ik beoordeel haar op haar daden, niet op voorspellingen van overzee.'

Meric keek Tolchuk en Kral met onbewogen gezicht een voor een aan. 'Jullie spreken vanuit je hart,' zei hij. 'Ik zal nadenken over wat hier is gezegd.'

'Je zult het kind dus geen kwaad doen, hexe of geen hexe?'

Meric staarde hem aan, wierp even een blik opzij naar Tolchuk en gaf toen antwoord. 'Mijn zwaard blijft ongebruikt – voorlopig.'

Tolchuk klapte in zijn handen. 'Goed. We gaan.'

Kral knikte en hing zijn bijl weer aan zijn gordel.

Meric draaide zich op zijn hakken om en liep achter de trol aan. Krals ogen volgden de man aandachtig. In zijn achterhoofd hoorde hij nog altijd die waarschuwingskreet, als een verre echo. Als zoon van de bergen, één met het gesteente, had hij Meric gepeild toen de elve zijn belofte deed om zich in te tomen, speurend naar de waarheid achter zijn woorden. Wat Neelahn had gezegd toen ze afscheid nam van Kral was juist gebleken: Meric was niet te vertrouwen.

De elve had gelogen.

32

Elena slaakte een kreet van schrik en deinsde achteruit totdat ze met haar rug tegen de muur van ruw steen stond. Met grote ogen keek ze naar het ontwaakte standbeeld. Toen haar schouder het steen raakte, klapwiekte de maanvalk krijsend op van zijn zitplaats en schoot als een pijl van licht weg van het wonder dat zich voor hun ogen voltrok. Uit haar ooghoek zag ze dat hij de gang in vloog die het vertrek uit leidde en vluchtte in de richting waar ze vandaan waren gekomen. Een paar kobolden sprongen op naar de vogel die over hun hoofden schoot, maar uit de scherpe kreet die wegstierf in de gang begreep ze dat de valk was ontkomen.

Het vertrek van haar vogel kon haar echter niet lang afleiden. Voor haar ogen veranderde het kristal in vloeibaar licht – eerst het gebeeldhouwde hoofd, daarna het lichaam van de jongen. Als een roos die zich openvouwt onder de aanraking van de zon richtte het beeld zich op benen van stralend licht op.

Elena's verbijstering over die wonderbaarlijke gebeurtenis was vermengd met een andere gewaarwording: pijn. Ze klemde haar rechterhand tegen haar borst. De hand vlamde op met een gloed die even stralend was als het licht van de jongen, alsof de robijnrode kleur van haar huid was veranderd in een roodgloeiende, te kleine handschoen. Ze rukte haar blik los van de jongen en staarde naar haar hand. Hij zag er nog hetzelfde uit. Er likten geen vlammen aan de knuist die ze tegen haar borst geklemd hield.

Ze stopte haar hand tussen de plooien van haar hemd in een poging het spookvuur te doven. In de beschutting van de stof vervaagde de brandende pijn tot een dof, schrijnend gevoel. Ze hield haar hand verstopt tegen haar hart en besefte dat hij niet mocht worden blootgesteld aan het licht van de jongen. Toch tintelde er iets in haar door de krankzinnige behoefte om op de bron van dat licht af te vliegen en die kracht te laten samenvloeien met de hare. Ze beefde. In haar hart vochten aantrekking en afstoting om voorrang, maar met de waarschuwing van de oude gek voor ogen om het standbeeld niet aan te raken, hield ze haar benen in toom en haar hand verborgen in haar hemd.

Ze keek naar de door littekens getekende man die Realto heette, omringd door zijn kobolden, en zag dat hij haar aanstaarde. De kobolden sprongen opgewonden om hem heen en zwiepten met hun staarten. De verandering die zich in het beeld voltrok, had hun duidelijk angst aangejaagd. Een kobold wilde in het been van de rector klimmen en trok met zijn scherpe nagels diepe sporen in diens bovenbeen. De man verblikte of verbloosde niet, maar sloeg het schepsel alleen van zich af. Het bloed liep in dikke stromen over zijn dij, maar hij wendde zijn blik geen moment van haar af.

Hij leek te weten dat hij haar blik had gevangen. Vanaf de overkant van het vertrek zag ze dat zijn lippen een woord vormden. Er klonk geen stemgeluid, maar desondanks wist ze wat zijn van haat vertrokken mond zei: hexe.

Ze deinsde terug voor de smalende blik in zijn krankzinnige ogen en drukte zich tegen het steen alsof ze daarin aan zijn afkeer kon ontsnappen. Gelukkig kwam op dat moment oom Bol naast haar staan, die haar met zijn lichaam afschermde voor de blik van de oude gek. Hij sloeg een arm om haar schouders en ze verborg zich opgelucht in zijn armen.

'Het is net alsof Chi hier is,' mompelde haar oom, die zijn ogen strak op het beeld gericht hield. 'Je kunt nog een spoor van de oude geest voelen.'

Elena kroop nog dichter tegen hem aan. Ook zij voelde de weerklank van een kracht uit een ver verleden. Die geest sprak tot haar hart en spoorde haar aan naar voren te komen, maar de kloppende pijn in haar hand was de vlammen nog niet vergeten en maande haar afstand te houden.

Ze hoorde haar oom iets voor zich uit prevelen. De trilling in zijn stem rukte haar los uit haar gedachten. Om oom Bols mond lag een droevige glimlach en zijn ogen glansden in het licht. 'Ik wou dat Fila dit kon zien,' zei hij, terwijl hij haar even tegen zich aan trok.

Zijn woorden en zijn omhelzing maakten Elena's diep weggestopte verdriet wakker om iedereen die ze verloren had: haar moeder, haar vader, haar tante, haar broer en zelfs zichzelf, in zekere zin. Door haar tranen heen staarde ze naar het midden van het vertrek.

Erril stond nog altijd als verlamd voor het beeld, alsof hij zelf in steen was veranderd. De ogen van de zwaardvechter straalden als heldere sterren in het schijnsel, maar niet van ontzag of verwondering. Schok en ontzetting hadden diepe lijnen in zijn gezicht geëtst. Onder Elena's ogen liet Erril zich op zijn knieën zakken tot zijn gezicht op gelijke hoogte was met dat van de jongen. 'Het spijt me,' zei hij, zo schor dat Elena de woorden bijna niet verstond.

Het standbeeld stak zijn ijzeren hand uit naar de zwaardvechter. De gesmede vuist vouwde zich open en de jongen legde de metalen hand op Errils schouder. De man huiverde onder zijn aanraking. 'Nee,' zei de jongen. Zijn stem klonk als de wind door een fluit van kristal. 'Het spijt míj. Ik heb gefaald.'

Erril zag dat de pijn op het gezicht van de jongen verhevigde. Hij wist dat zijn eigen gezicht dat van de jongen weerspiegelde. Errils stem brak van de tranen. 'Ik heb je gedood, ik heb je aan mijn zwaard geregen.' In gedachten zag hij weer hoe de poel van bloed zich over het geoliede hout verspreidde.

De jongen verstevigde de greep om zijn schouder en zijn stem won aan kracht. Erril kon zelfs het accent onderscheiden van de kustplaats waar de jongen geboren was. 'Ik heb niet veel tijd om te praten. Nu ik uit het kristal ben bevrijd, zal mijn geest snel vervliegen. Weet wel, Erril van Standi, dat je niet al wat ik ben hebt gedood. Ik leef nog. Jouw zwaard doodde alleen wat elke deugdzame man in zichzelf gedood zou willen zien.'

'Ik begrijp het niet. Ik heb met eigen ogen gezien dat je dood op de vloer van de herberg lag.'

De kristallen lippen lachten Erril droevig toe. 'Heb je nooit ontdekt wat er die nacht werkelijk is gebeurd?' De jongen leek even in zichzelf te keren. 'Er is zoveel tijd verstreken en toch zo weinig wijsheid vergaard,' zei hij zacht. 'Ik had mijn broeders nooit in de steek mogen laten.'

'Je hebt niet gefaald! Het was die laaghartige verrader Greshym die een duister spelletje met ons speelde. Jij was alleen een onschuldige pion in zijn schaakspel.'

'Was dat maar waar, ridder van de Orde. Maar je vergist je. Greshym en je broer onttrokken zich niet aan hun plicht. Toen de bezwering was uitgesproken en de magie was ontketend, wisten we pas wat er werkelijk van ons werd gevraagd. Eerst dachten we nog dat ons leven de tol was die we moesten betalen, maar toen de magie om ons heen kolkte, beseften we dat we een nog veel grotere schuld moesten inlossen.' De jongen sprak met verstikte stem. 'Ik zag het en raakte in paniek. De andere magiërs hielden stand, maar ik vluchtte.'

Erril dacht terug aan de weerkring van was, de geschokte kreet van zijn broer Shorkan en de jongen die losbrak uit de kring. 'Wat gebeurde er? Wat was de verlangde verschrikking?'

De stem van de jongen daalde tot een moeizaam gefluister. 'Om het Boek in het leven te roepen, moest elk van ons een offer brengen. Al het zuivere en goede moest aan elk van ons worden onttrokken en worden overgebracht in het Boek.' De jongen haperde en viel stil.

Erril zweeg en wachtte tot de oude herinneringen de tong van de jon-

gen niet langer in hun greep hielden.
'M-maar er werd meer van ons gevraagd! Wanneer het Boek eenmaal was doordrenkt met al het goede dat in ons was, zouden we toch níét sterven!' De jongen keek Erril met afgrijzen in zijn ogen aan. 'Het kwade, het laaghartige in ons zou blijven leven!'
Zijn woorden verkilden Erril tot op het bot. Hij dacht terug aan Greshyms getekende gezicht in de schaduw van zijn kap in de straten van Winterfell – een ziekte in de gedaante van zijn oude vriend. 'Ik heb Greshym gezien,' prevelde hij, 'gehuld in het gewaad van Gulgotha: een zwarte magiër.'
De jongen liet zijn hoofd hangen. 'Dat was de laatste tol die we moesten betalen. Wij konden geen Boek vormen dat de Zwarte Heer tartte zonder iets van ons aan hem af te staan. Er moest een evenwicht worden bereikt. Om het Boek te doen ontstaan uit het goede en lichte in ons, moest een schuld worden afbetaald. Wat verwrongen en verdorven was, werd aan Gulgotha ten geschenke gegeven, als een werktuig dat het monster naar believen kon gebruiken.' De ijzeren hand van de jongen sloot zich krampachtig om Errils schouder. 'Ik kon het niet.'
'En dus vluchtte je.'
'Ik was te laat. De splijting van mijn ziel was al begonnen en kon niet meer tot staan worden gebracht. Toen ik de weerkring om ons heen verbrak, brak het kwade in mij door en stortte zich op jou.'
Erril herinnerde zich het harige, scherpgetande wezen. 'Het monster dat ik in de herberg heb gedood,' zei hij, 'was dat kwaad dat uit jou was voortgekomen?'
De jongen knikte. 'Terwijl jij vocht, vluchtte ik door de bres in de weerkring en onthield het Boek zo het goede in mij. In paniek zocht mijn ziel, die nog altijd doordrongen was van Chirische kracht, een vertrouwde plek. Voor ik het wist was ik terug in de school en voelde ik dat er nog een magiër in leven was – meester Realto, die hier naar deze onderaardse schuilplaats was gekropen om aan zijn verwondingen te sterven. Ik genas hem en hield met mijn magie zijn leven in stand. Ik besefte dat er een tijd zou komen dat ik het onheil dat mijn angst had aangericht ongedaan kon maken en mijn schande kon uitwissen. Daarom ving ik mijn ziel in kristal, verborg hem hier bij een hoeder en wachtte. Ik wist dat je zou komen. Toen je mijn boze ik doodde, werden jij en ik verbonden met banden van tijd en plaats.'
'Waarom? Wat wil je dat ik doe?'
'We moeten afmaken wat je broer Shorkan is begonnen. Het Boek is nog niet voltooid. Mijn ziel moet zich verenigen met de anderen om de bezwering te voltooien waaraan we vijfhonderd winters geleden zijn begonnen.'

'Hoe dan?'
'Breng me naar het Boek' – de jongen draaide zich om naar het meisje en Elena kromp ineen tegen de muur – 'met de hexe. Iedereen moet worden samengebracht.'
Erril schudde de hand van de jongen van zijn schouder. 'Het Boek is hier ver vandaan. Als ik jouw standbeeld moet dragen...'
'Dat hoeft niet. Je hebt een talisman voor me meegenomen.' De jongen stak zijn ijzeren hand op, de oude sleutel van Aloa Glen. Hij balde de hand weer tot een vuist. 'Neem dit mee om de magische sluier te doorbreken die de verzonken stad verhult. Ik zal van deze sleutel meer maken dan alleen een klomp ijzer in je zak. Ik zal...' De jongen kromp opeens ineen van de pijn. Het was alsof zijn verschijning minder vloeibaar werd, dikker, als halfgestold bloed. Elke beweging leek meer kracht van hem te vergen. 'Ik kan mijn ziel niet lang meer gescheiden houden van het kristal. De tijd dringt. Ik moet een nieuw omhulsel vinden of terugkeren in mijn kristallen gedaante.'
'Wat moet ik doen?' Erril stak zijn arm uit alsof hij de jongen wilde helpen, maar zijn hand bleef halverwege in de lucht hangen, zoekend naar een doel.
'Ik zal me verenigen met de sleutel.' De jongen stak Erril de ijzeren vuist toe. 'Dit wordt mijn nieuwe omhulsel. Als ik eenmaal verenigd ben, zal ik niet meer tot je kunnen spreken.'
'Maar ik heb...'
'Ik kan niet langer blijven.' De stem van de jongen stierf weg. Zijn licht vervaagde langs de randen en het kristal verloor zijn scherpte. De omtrekken van de jongen leken te versmelten. Onder Errils ogen begonnen het schijnsel en de materie die net nog zowel jongen als beeld waren geweest op te gaan in de ijzeren vuist. Als van ver weg hoorde hij de stem van de jongen: 'Ik kan nog maar één vraag beantwoorden, zwaardvechter.'
Duizend vragen tolden door Errils geest. Er waren zo ontelbaar veel antwoorden waar hij al vijf eeuwen lang op wachtte. Worstelend om zich te bevrijden uit dat kluwen van vragen die met elkaar wedijverden om gesteld te worden, hoorde hij een vraag over zijn lippen komen. Winter na winter had hij geleefd met de wroeging over die nooit gestelde vraag. Nu liet hij zich zijn kans niet meer ontnemen.
'Hoe heet je, jongen?'
De jongen bleef even stil. Erril zag één enkele traan over zijn wang rollen, een traan van dankbaarheid. 'Denal. Ik heet Denal.'
'Ik zal het niet vergeten.' Erril boog zijn hoofd.
Toen hij weer opkeek, was de jongen vervaagd tot een ijle nevel; het kristal maakte plaats voor zuivere macht. De ijzeren sleutel hing in de

lucht en nam de krachten van de ziel en de magie in zich op. Vlak voordat het schijnsel volledig was opgelost, hoorde hij Denals stem in zijn oor fluisteren: 'Je bent vergeven.'

In het laatste vonkje licht dat als een nauwelijks waarneembare aura om de ijzeren vuist hing, zag Erril de sleutel naar de vloer vallen. Toen het ijzer het steen raakte, verdween het licht en slokte de duisternis alles op. En in het donker weende Erril om een jongen die lang geleden door zijn zwaard was gevallen.

VIJFDE BOEK

Donder

33

Tolchuk tuurde in de spleet en krabde aan de benige rand boven zijn oog. Hij had kunnen zweren dat hij ver voor zich uit een straaltje licht hun kant op had zien schijnen, een vreemde gloed. In de trollentaal bestonden meer dan tien woorden voor de verschillende soorten licht in onderaardse gangen en grotten, maar Tolchuk merkte dat hij geen woorden kon vinden om te beschrijven wat hij precies had gezien. Toen hij eindelijk voor de scheur in de rotswand stond, nieuwsgierig naar het schijnsel, was het lichtje opeens verdwenen. Tolchuk bleef staren. Deed het donker soms rare dingen met zijn ogen?

Maar zijn ogen bedrogen hem niet en zijn gezichtsvermogen was even scherp als altijd, wist hij. En er was nog iets wat hem vertelde dat hij zich de gloed niet had verbeeld: met het licht was ook de drang in zijn bloed die hem voortjoeg op zijn tocht plotseling verdwenen. Van het ene moment op het andere dreef het Hart van zijn volk hem niet meer verder, en dat hield hem nog meer bezig dan het licht. Wat was er gebeurd?

Achter zich hoorde Tolchuk de zware voetstappen van Kral, die hem samen met Meric achteropkwam. Tolchuk zuchtte. De trol was voor de twee uit gelopen om de geladen stilte niet te hoeven voelen die zijn metgezellen omhulde.

'Waar is dat licht?' zei Kral. De bergbewoner legde een hand tegen de rotswand en haalde zwoegend adem in de bedompte lucht.

Meric streek zijn hemd glad in een poging nog enigszins gekleed te lijken in de repen die van zijn schouders afhingen. De donkere vlek op zijn broekspijp was groter geworden; zijn wond was weer opengegaan. Hij steunde met zijn volle gewicht op zijn goede been en was zo buiten adem dat hij geen woord kon uitbrengen. Zijn groeiende ergernis over hun situatie sprak echter onmiskenbaar uit zijn blik.

'Het licht is verdwenen,' zei Tolchuk. Hij staarde de gang in zonder te weten hoe ze hun tocht moesten voortzetten nu hij niet meer op zijn hartsteen kon afgaan.

'Je vriend was deze kant op gegaan, zei je,' zei Kral. 'Misschien heeft hij een weg naar buiten gevonden.'

'Ik voel geen wind,' zei Tolchuk. 'Ik ruik geen nelodar.'

'Geen wat?'
'Trollenwoord. Lucht buiten een grot, zonder ganggeuren,' mompelde Tolchuk afwezig. Hij kneep zijn ogen tot spleetjes. Diep in de gang, tegen de linkerwand, meende hij beweging te zien in de schaduwen. Tolchuk verstrakte en tuurde ingespannen het pad af. De schaduwen roerden zich niet meer. Misschien had hij het verkeerd. Daar! Er bewoog weer iets! Een dreigend gegrom ontsnapte aan zijn brede borst.
'Wat is er?' zei Kral, die zijn bijl al in zijn hand had.
'Er komt iets aan.'
Meric kwam naar hen toe gestrompeld. Het smalle zwaard in zijn hand wees naar de gang. 'Kobolden?'
Tolchuk wist het niet zeker en liet de vraag van de elve onbeantwoord. De drie stonden naast elkaar voor de scheur in de rotswand.
'Kun je dat vervloekte licht van je niet feller laten schijnen?' siste Kral tegen Meric.
De elve bracht zijn groene steen naar zijn mond en blies over het oppervlak. De steen gloeide op als een kooltje in een smeulend haardvuur. Meric hield de steen in de lucht, zodat het licht dieper in de gang doordrong.
In het heldere schijnsel weerkaatsten twee ogen het licht vanuit een muur van duisternis – een paar bruingele ogen.
'Wat is dat?'
Op een steenworp afstand stapte de gedaante in het volle licht. Hij kneep zijn ogen dicht voor het felle schijnsel en gromde.
'Een wolf!' Kral verstrakte en pakte zijn bijl steviger beet.
Tolchuk legde een hand op de arm van de bergbewoner. 'Nee, dat is mijn vriend.'
Toen de woorden van de trol de wolf bereikten, zwakte het gegrom af tot een laag gerommel dat aangaf dat het dier de anderen niet vertrouwde.
'Het is veilig, Fardale,' riep Tolchuk zijn wolvenbroeder toe. 'Kom maar.'
Fardale deed een paar voorzichtige stappen dichterbij. Zijn ogen vonden die van Tolchuk en het hoofd van de trol vulde zich met beelden.
Tolchuk hoorde Merics stem van ver weg. 'Hebben we daarvoor zo geploeterd?' vroeg hij op knorrige toon. 'Hebben we daarvoor ons leven gewaagd? Voor jouw wolfshond?'
'Fardale is geen wolf,' antwoordde Tolchuk over zijn schouder, terwijl hij tegelijkertijd de gedachten van de silura probeerde te bevatten. 'Hij is mijn bloedbroeder. We hebben onze afkomst gemeen.'
Fardales beelden zochten naarstig naar orde in Tolchuks brein. Langzaam maar zeker groeide het begrip. Verderop in deze gang was iets wonderlijks gebeurd, maar de details waren wazig. *Een brandend licht.*

Huid die golfde als een rivier. De beelden waren vermengd met verdriet en pijn, alsof de vervulling van een vurige wens door Fardales vingers was geglipt. Hartzeer en verwondering verscherpten de beelden van zijn broeder in het bloed.

'Waar zijn de anderen?' vroeg Meric naast hem. 'Je zei dat ze licht hadden.'

Tolchuk knikte. 'Fardale, waar zijn ze?'

De wolf rimpelde zijn snuit en keek achterom naar waar hij vandaan was gekomen, zodat zijn neus in de richting wees waar de anderen waren.

'Ze zijn zeker verder gelopen,' zei Kral. 'Laten wij dat dan ook maar doen. Je wolf hebben we in ieder geval alvast gevonden. Nu nog een manier om hier weg te komen.'

Fardale richtte zijn blik weer op de trol. 'Hebben de anderen een weg naar buiten gevonden?' vroeg Tolchuk.

In Tolchuks geest vormde zich één enkel beeld: *kobolden.* Honderden kobolden. Fardale zond hem een beeld van een wolf die door een gang wegsloop terwijl kobolden in paniekerige haast voorbijstoven, zonder acht op het dier te slaan dat zich tegen de wand onzichtbaar probeerde te maken.

'Waar wachten we nog op?' vroeg Kral. 'De wolf geeft je echt geen antwoord.'

Tolchuk maakte zijn blik los van Fardale om Kral aan te kijken. 'Dat heeft hij al gedaan. De gang zit vol met kobolden. Ze hebben de anderen ingesloten.'

Kral gaf een knikje naar de wolf en snoof. 'Heeft hij je dat verteld?'

'Er is nog veel in dit land dat je niet weet, bergbewoner.'

'Dat mag dan zo zijn, maar ik weet wél dat we naar buiten moeten zien te komen. Als daar kobolden zitten, proberen we een andere kant. Misschien is er een weg omhoog langs de andere kant van de kloof.'

'Wil je de anderen aan de kobolden overleveren?'

'Dat is mijn zaak niet.' Kral wuifde Tolchuks woorden weg. 'Ik heb vrienden boven die in gevaar zijn. Daar ben ik nodig.'

'Maar Fardale heeft me beelden van de anderen gestuurd. Ze zijn van jouw soort en hebben alleen een strijder met één arm om over hen te waken. Wil je hen met zo weinig bescherming aan hun lot overlaten?'

Kral hoorde Tolchuks woorden met stijgende verbazing aan. 'Met één arm?' Kral keek naar de wolf met een nieuw ontzag in zijn blik. 'Dat kan niet. Hier beneden? Heeft jouw wolf iets gezegd... gestuurd... wat dat verdomde beest ook doet... over de anderen?'

'De strijder beschermt een jong wijfje en een oude man met bakkebaarden.'

'Lieve Moeder, ze zijn het echt!'

'Wie?'
'Mijn vrienden. Kom, snel!' Kral liep de gang in en schoof voorzichtig langs de wolf. Fardale draaide zich om om hem te volgen.
Tolchuk deed al een stap in hun richting toen hij achter zich een stem hoorde. 'Ik ga niet verder met jullie mee,' zei Meric.
Kral draaide zich met een ruk om. Hij hield zijn bijl nog steeds in zijn hand geklemd. 'Je hebt een eed gezworen.'
Meric haalde zijn schouders op. 'Ik had gezworen jullie te helpen totdat de trol zijn vriend vond. Die belofte ben ik nagekomen.' Hij wees naar de wolf. 'Daar is hij. Meer heb ik niet gezworen en dus ben ik nu van mijn eed verlost. Ik neem mijn licht mee en ga elders op zoek naar mijn vogel – alleen. Ik ben jullie gezelschap beu.'
'Monster!' beet Kral hem toe. 'We kunnen niets zonder licht.'
'Dat is mijn zaak niet,' zei Meric schamper, met precies dezelfde woorden die Kral een paar tellen eerder had gebruikt, en op dezelfde afwijzende toon. Meric deed een stap opzij, weg van de scheur in de rotswand. 'Jullie kunnen nog wel iets meekrijgen om jullie op weg te helpen...'
Kral wachtte af. Zijn wenkbrauwen verduisterden zijn gezicht als donderwolken.
Meric glimlachte, maar in zijn ogen stond geen vreugde te lezen. 'Ik geef jullie mijn beste wensen.'
Kral slaakte een woedende brul en stormde op de elve af.
Tolchuk ving de man met één arm op toen hij langs hem denderde. 'Nee! Er wordt geen bloed vergoten.' Kral probeerde zich los te worstelen, maar Tolchuk kwam niet van zijn plaats. Een trol kon wortel schieten in steen, zo wilden de verhalen, en was dan even onwrikbaar als een rotsblok. 'Meric is een vrij man, geen slaaf. Hij heeft woord gehouden.'
Meric knikte kort naar de trol, maar de spottende grijns om zijn lippen was nog altijd op Kral gericht.
'Zonder licht kunnen we mijn vrienden niet helpen,' wierp Kral tegen. 'Moeten zij sterven zodat hij kan doen wat hem uitkomt?'
'Ik zie scherp in het donker,' zei Tolchuk. 'Ik kan je naar je vrienden brengen. De anderen hebben lampen. Als we hen vinden, hebben we de elvensteen niet meer nodig.'
Kral was nog te woest om zich door de woorden van de trol te laten overtuigen.
'Ik ga,' zei Meric achter hen. 'Ik wens je het beste, trol. Jóú wel.'
Terwijl Tolchuk zich schrap zette om de bergbewoner tegen te houden, die een nieuwe poging deed om zich een weg langs hem te banen, ontwaarden zijn trollenogen een glinstering in de donkere gang voor hem. 'Wacht!' zei hij. 'Kijk!'

Drie hoofden draaiden zich om naar de gang, en onder hun ogen groeide de glinstering uit tot een gloed, die op zijn beurt aanzwol tot een duidelijk licht, een azuurblauw schijnsel dat op en neer deinde en brede halve cirkels beschreef.
'Mijn valk!' riep Meric toen de vogel dichterbij kwam.
In een flits dook de maanvalk over Tolchuks hoofd en landde op de opgestoken vuist van de elve. De vogel hield zijn vleugels iets uitgeslagen en zijn borst ging snel op en neer. Het licht werd beurtelings zwakker en feller terwijl het dier op zijn roest heen en weer hupte.
'Nu kan hij zijn steen zeker missen,' mompelde Kral narrig achter Tolchuks rug. 'Nu hij zijn luizige vogel heeft gevonden, heeft hij licht genoeg om laf de benen te nemen.'
Meric had de bergbewoner kennelijk gehoord. Hij gaf antwoord terwijl hij zijn vogel aan alle kanten bekeek en een losse veer uit zijn vleugel plukte. 'Nee, mijn steen houd ik.'
Kral vloekte en dook naar voren. Tolchuk wist hem nog in toom te houden, maar het was niet van harte. Ook Tolchuk vond het gedrag van de elve op z'n zachtst gezegd maar kleinzielig. Tegen Krals woorden was niets in te brengen. Meric had de steen niet nodig, en zij konden het licht goed gebruiken.
Wat de elve toen zei, gaf de trol weer vertrouwen in de ranke man. 'Ik houd mijn steen, maar ik zal wel met jullie meegaan.'
'Waarom?' vroeg Kral nijdig. 'Die onverwachte ommezwaai en welwillendheid zinnen me niet. Waarom wil je ons nu opeens wel helpen?'
'Het is geen welwillendheid.' Meric haalde zijn vingers door de kopveren van de vogel. Hij gaf een knikje naar de valk. 'De klauwen van de vogel zijn zilver verkleurd. Dat is het teken.' Meric deed zijn uiterste best om zijn stem even afstandelijk te laten klinken als altijd, maar hij kon zijn opwinding niet verbergen. 'Hij heeft onze verloren koning gevonden.'

Neelahn stond met haar rug tegen de stam van de oude olm. Ze drukte haar vingers diep in de groeven in de bast. Ze hoorde het angstige hinniken van de merrie, die zich aan de rand van de open plek probeerde te verbergen. Het paard was zo ver als haar teugels het toelieten tussen de bomen geschoten en probeerde zich nu in de schaduwen onzichtbaar te maken.
Datgene waar de merrie voor was teruggedeinsd, verhief zich nu naast Neelahn. Ze probeerde niet te letten op de skaltum die hoog boven haar uittorende. Het wezen likte met een lange zwarte tong zijn lippen af. De andere skaltum had de wacht overgedragen en deed zich nu op zijn beurt te goed aan de verscheurde hengst. Ze hield haar gezicht afgewend

van het geluid van versplinterende botten en smakkende lippen.
Haar nagels groeven zich dieper en dieper in de boombast; de pijn weerhield haar ervan in doodsangst voor de schepsels te vluchten. De monsters waren er zo zeker van dat geen prooi aan hen kon ontsnappen dat ze niet eens de moeite hadden genomen om haar vast te binden. En met recht. Ze waren zo snel als slangen in de aanval en niets ontging hun scherpe blik in het zwakke maanlicht. Ze kon onmogelijk ontsnappen.
Terwijl ze wachtte, gingen haar ogen telkens weer terug naar de met wortels overwoekerde ingang van de tunnel. Rockingham had haar verraden, maar hoe ze die ploert ook haatte, ze wist dat hij de silura in elk geval had helpen ontkomen. En als Rockingham Kral en de trol vond in die kronkelige onderaardse gangen en ze kon waarschuwen, zouden zij ook een andere uitgang uit het grottenstelsel kunnen zoeken en aan de klauwen van haar bewakers kunnen ontsnappen. Ze zou met haar leven betalen voor de vrijheid van de anderen – dat hoopte ze tenminste.
Ze zuchtte en liet haar handen graven. Ze moest Rockinghams leugen zo lang mogelijk in stand houden. Laat die skaltums maar denken dat zij de zus was van het kind dat ze zochten. Het hield haar in leven en hield de beesten hier bij haar – en weg bij het huis. Ze hoopte dat Erril en het meisje uit de boerderij van de oude man hadden kunnen vluchten en hier nu al mijlenver vandaan waren. Hoe langer ze aan het bedrog kon meewerken, des te groter was de kans dat ze zichzelf in veiligheid konden brengen. En dus beet ze op haar tong en wachtte af.
De skaltum naast haar zag dat ze naar de gang keek. 'Weesss maar niet bang, kleintje, je zzus komt wel.' Het wezen lachte haar toe. 'Wat een ontroerende hereniging. Missschien geef ik haar zzelfss wel een hapje van je hart.'
Ze deed er het zwijgen toe en deed alsof het beest niets had gezegd. Ze weigerde hem haar angst te tonen. Doden zouden ze haar toch wel, maar hun speeltje zou ze niet worden.
Haar nagels groeven zich door de bast van olm tot ze op de vlezige houtvezels stuitte. In het koele vlees van de boom liet ze haar gehavende vingertoppen rusten. Ze bleef roerloos staan. De bliksem danste boven de toppen van de Tanden. Onweerswolken pakten zich samen. De storm die de zwarte wolken aankondigden, zou de wereld tot in zijn wortels laten schudden. Ze sloot haar ogen voor de oorlog aan de hemel en bereidde zich voor. Ze ging op zoek naar de geest van de boom.
Neelahn was niet van plan om met zich te laten sollen als de skaltum haar greep – ze zou vechten voor wat ze waard was!

34

Elena hurkte neer in de inktzwarte grot. De duisternis was zo ondoordringbaar dat ze hem kon voelen, drukkend op haar huid. Als haar oom zijn arm niet om haar schouders had geslagen, zou ze hebben gedacht dat ze naar een andere wereld was geslingerd waar niemand zich zelfs nog maar een voorstelling van licht had gemaakt. Ze had nooit geweten dat het zo volkomen donker kon zijn. Haar ogen sperden zich wijd open op zoek naar licht.

Toen gleed de arm van haar oom van haar schouders en werd haar verbinding met de wereld verbroken. Het steen onder haar voeten was nu haar enige bewijs dat de wereld nog bestond. Dat het brandende gevoel in haar rechterhand tegelijk met het licht was verdwenen, was een schrale troost. Ze sloeg haar armen dicht om zich heen en wou dat de maanvalk haar niet in steek had gelaten. Het licht van de vogel zou nu meer dan welkom zijn.

Plotseling vlamde er een fel licht op in het vertrek, alsof de goden haar gebed hadden verhoord. Verblind door die onverwachte uitbarsting knipperde Elena een paar keer met haar ogen. Haar oom tilde de lantaarn op. Hij had de pit weer aangestoken en draaide de vlam op tot de lamp een heldere gloed verspreidde. Hij hield de lantaarn hoog op.

In het schijnsel van de lamp, dat veel matter was dan het klare licht van het kristal, zag Elena Erril knielen om de ijzeren vuist van de vloer op te rapen. Hij bekeek de sleutel even met een vreemde uitdrukking op zijn gezicht en stopte hem toen zorgvuldig weg in een zak van zijn hemd.

Toen Erril overeind kwam en zijn rug rechtte, werd Elena's aandacht getrokken door beroering achter in het vertrek. Ze slaakte een geschrokken kreet. De drom kobolden krioelde en krabbelde over de krankzinnige rector heen, die languit op de grond lag. Realto lag op zijn buik op het steen, met zijn goede arm uitgestoken naar waar het beeld had gestaan. Zo te zien bewoog hij niet – en ademen deed hij al evenmin. Een kobold kroop naar voren en tilde Realto's hand op. De arm hing krachteloos in zijn poten. De kobold liet de hand weer vallen en schoot geschrokken achteruit.

Erril had Realto inmiddels ook ontdekt. Hij deed een stap naar de oude rector toe.

'Laat maar, Erril,' zei oom Bol, naast Elena. 'Hij is dood. Het licht van de jongen was het enige dat hem nog in leven hield. Nu de magie is verdwenen, is het leven uit hem geweken. Ik denk dat we hem met rust moeten laten, gezien het gedrag van die kobolden.'
Erril knikte en raapte het zwaard op dat hij bij Bol had achtergelaten. Ook nu het zwaard niet meer baadde in het schijnsel van het standbeeld, leek het blad dieper te glanzen dan alleen van het weerkaatste lamplicht. Lichtsporen dansten over de kling.
'Laten we de gang maar proberen waar we ook door zijn binnengekomen,' zei Erril. 'Daar zitten minder kobolden.'
'Denk eraan,' zei oom Bol, 'dat het minste blijk van agressie van onze kant hun woede kan wekken. Ze hebben zojuist hun standbeeld onder hun ogen zien verdwijnen en Realto, die ze als een god vereerden, ligt dood aan hun voeten.' Oom Bol knikte naar een groepje kobolden die tegen elkaar aan waren gekropen en met hun poten naar hen wezen. 'Ik denk dat wij de schuld krijgen van hun verlies.'
'Hoe eerder we weg zijn, hoe beter, in dat geval.' Erril wenkte Elena dichterbij. 'We hebben een afleidingsmanoeuvre nodig,' zei hij. 'Iets waar ze van schrikken, zodat ze terugdeinzen en wij de kans krijgen om weg te glippen.'
Elena knikte, maar ze had geen idee wat de zwaardvechter van haar verwachtte.
Haar oom had ook zijn twijfels over Errils plan. Hij praatte op zachte toon en wendde zijn waakzame blik niet af van de kobolden die hen omringden. 'Het lijkt me geen goed idee om ze angst aan te jagen, Erril, niet zoals ze er nu aan toe zijn. Die schepsels zijn al in alle staten. Als ze in paniek raken...'
'Als we niet snel iets doen, eten ze hun buiken rond aan ons.' Erril liet zich naast Elena op een knie zakken. De punt van zijn zwaard hield hij op de koboldenmeute gericht. 'Luister, meisje. Ik heb je net met je oom laten zien hoe je kunt genezen. Nu wordt het tijd voor je volgende lesje in de magie.'
Elena aarzelde en voelde haar mond droog worden. Het was net alsof er iemand met zijn vuist in haar hart kneep. Ze was nog banger voor rauwe magie dan voor de tanden en de klauwen van de kobolden. 'Kunnen we niet iets anders doen? Misschien heeft oom Bol wel gelijk. We kunnen ze ook gewoon laten bedaren, misschien gaan ze dan vanzelf wel weg.'
Het gesis om hen heen zwol aan tot een luid gegier. Ze keek het vertrek rond en zag dat er vanuit de twee gangen nog meer kobolden binnenstroomden. Hun muskuslucht vermengde zich met de scherpe geur van de angst. De kobolden rond het uitgestrekte lichaam van de rector be-

gonnen met hun linkerpoot op de vloer te stampen. Even later namen de andere kobolden het ritme over en al snel vulde het geluid van hun gestamp het vertrek. De dreun beukte op hen in en de ring van ogen om hen heen gloeide rood op.

'Misschien heeft Erril gelijk,' fluisterde oom Bol.

Ze zag dat beide mannen de ogen op haar gericht hielden. Haar hart roffelde in de maat met de stampende voeten van de kobolden, maar ze trok haar tong los van haar droge verhemelte en zei: 'Ik zal het proberen.'

'Goed zo.' Erril gaf zijn zwaard aan haar oom. 'Zorg dat ze het zwaard kunnen zien. Ik heb het idee dat het hun ontzag inboezemt.' Toen oom Bol het wapen eenmaal onwennig geheven had, draaide Erril zich om naar Elena en stak zijn arm uit naar haar rechterhand. Ze voelde zijn gejaagdheid en spanning in de kracht waarmee hij in haar hand kneep, maar zijn stem bleef kalm. Dat betekende nog meer voor haar dan zijn zwaard. 'Dit gaat lukken, Elena, dat moet je van me aannemen. Magie is nauw verbonden met licht. Dat kon je zien aan het beeld van Denal en je hebt het gemerkt toen het zonlicht en het maanlicht je krachten opwekten. In je hart weet je dat, toch?'

Ze knikte.

'Een van de eenvoudigste werkingen van de magie bestaat eruit dat je gewoon toont dat hij bestaat.'

Erril zag aan de diepe rimpels die in haar voorhoofd verschenen dat ze hem niet begreep. 'Magie stroomt onzichtbaar door je aderen en door je lichaam. Die rode hand is het enige blijk dat je over spirituele macht beschikt. Magie is net als de vlam in een lantaarn. Die kracht wil ongehinderd uit jou stromen en zich tonen aan de buitenwereld. Maar net zoals het ruitje van de lamp de vlam insluit, zo verbergt jouw lichaam de waarheid. Ik kan je leren hoe je dat deurtje kunt openzetten en je licht kunt laten uitstromen.'

Elena dacht terug aan wat er kon gebeuren als ze haar magie liet 'uitstromen'. Die vlam had haar beide ouders verzwolgen. 'Dan dood ik alles om me heen,' waarschuwde ze.

'Nee, ik vraag je niet om je magie uit te werpen. Dat kan inderdaad dodelijk zijn als het niet op een beheerste manier gebeurt. Dat kan ik je niet leren. Ik wil alleen dat je jezelf openstelt en laat zien wat je in je hebt, dat je de vlam laat zien die in jou brandt.'

'Waarom? Waarom zou dat helpen?'

'Kobolden zijn bang voor het licht en ze kunnen magie voelen. Als jij je aan hen toont, zijn ze misschien zo verbluft of onder de indruk dat wij de kans krijgen om weg te komen.'

Ze liet haar ogen over de kobolden gaan die om hen heen krioelden. Ze zag dat het lichaam van de rector werd opgetild en weggedragen op de rug van een aantal grotere kobolden. De eerbied waarmee dat gebeurde trof haar. De andere kobolden maakten de weg vrij zodat de dode ongehinderd uit het vertrek kon worden gedragen. De kobolden moesten wel een diep respect voor de rector hebben gevoeld, of in ieder geval voor de magie die in hem huisde.

Die gedachte was kennelijk ook bij oom Bol opgekomen. 'Het zou best eens kunnen werken. Zo te zien vereren ze magie,' mompelde hij terwijl de kobolden met het stoffelijk overschot van Realto naar buiten schuifelden.

'Hoe moet ik dat doen?' Haar stem trilde, evenals haar schouders.

'Het is heel eenvoudig,' zei Erril. 'Er is zelfs geen bloedritueel voor nodig, want je laat geen magie naar buiten treden.' Hij legde zijn hand om haar gezicht. Zijn ogen keken in de hare en ze kreeg een bibberig gevoel in haar knieën, dat niets te maken had met de angst die haar hart in zijn greep hield. 'Doe je ogen maar dicht en keer je blik naar binnen, net zoals je bij het lichaam van je oom deed.'

Ze deed wat hij zei en kneep haar ogen stijf dicht, maar de angst weerhield haar ervan in zichzelf af te dalen. Haar oren bleven gespitst op het gestamp en gesis om haar heen en de scherpe geur van koboldenlijven drong haar neus binnen. Ze wist niet goed wat er van haar werd verwacht en huiverde.

Toen voelde ze opeens zijn arm om haar heen. Hij drukte haar hoofd tegen zijn borst. 'Stil maar. Niet letten op wat er allemaal om je heen gebeurt. Sluit je zintuigen af.' De geur van het vet in het haar van de zwaardvechter verdrong de stank van de kobolden in haar neus. Zijn fluisterende stem drong haar oren binnen en verdreef de geluiden uit het vertrek.

'Ze zijn klaar met Realto,' hoorde ze haar oom in de verte zeggen. 'Als je iets gaat doen, doe het dan snel.'

Voordat ze in paniek kon raken van zijn opmerking, sloot Errils arm zich vaster om haar heen en trok hij haar buiten het bereik van haar angsten. Ze liet zich opgaan in zijn omhelzing. Zijn adem, warm en kalm, streek over haar wang. 'Zie jezelf,' zei hij. 'Zie de vrouw in het kind, als de eik in het eikeltje. Zoek je kracht en je vindt je magie.'

Zijn woorden en zijn warmte maakten een golf van gevoelens in Elena los waarvoor ze geen woorden kon vinden. Ze probeerde het niet eens, maar liet zichzelf gewoon *zijn*; ze schudde elk besef van zichzelf af totdat ze niet méér wist dan dat ze bestond. Terwijl ze zo zweefde in een wereld zonder gedachten of vormen, bloeide in de duisternis om haar heen een licht op. Nee, zo was het niet. Het licht nam niet in kracht toe, maar zij kwam er zelf dichterbij, als een zwaluw die op zijn nest af duikt. Het schijnsel was niet opeens in het duister verschenen, het was er al die tijd geweest!

Van ver weg hoorde ze Errils stem: 'Doe je ogen open en laat het ons zien. Toon ons je vlam, Elena.'
Nu begreep ze het. Ze maakte zich los uit Errils omhelzing en kwam overeind. Ze hoefde niet te verbergen wie ze was! Toen ze rechtop stond, sloeg ze haar ogen op en bevrijdde haar hart. Ze deed een deur open die al dicht had gezeten sinds ze klein was en had geleerd dat de wereld je ware ik niet wil zien. Ze legde haar remmingen af en spreidde haar armen uit om het vertrek en de hele wereld te omvatten. Ze legde zichzelf bloot zonder schaamte, zonder wroeging. Ze liet zien wie ze was geweest en wie ze nu was – en bovenal: wie ze zou worden!
Als zonlicht door een open raam stroomde haar magie naar buiten en verdreef de schaduwen uit het vertrek.

Errils eerste gedachte toen het meisje haar kracht vond, was om de verblufte Bol het zwaard uit zijn handen te rukken en de kling door haar hart te jagen. Voordat hij het wist, had hij het zwaard zelfs al in zijn hand. Maar hij verzette zich tegen die moorddadige aandrang en kneep in het gevest tot zijn knokkels wit zagen. Zelfs Bol deinsde terug voor het kind. De mond van de oude man viel open van verbazing en het licht veranderde zijn gegroefde gezicht in een star masker.
Wat een kracht, dacht Erril. Dit had hij nooit durven vermoeden. Zelfs magiërs die na een hernieuwing van Chi waren vervuld, straalden niet zo'n helder licht uit. Elena stond met haar armen wijd en haar lichaam liep over van een overweldigend schijnsel. Zelfs de schaduwen van degenen om haar heen waren verdwenen – het licht leek zich gewoon om hen heen te buigen en alles te omsluiten.
Het kind in het hart van het schijnsel joeg Erril angst aan. Ze was geen klein kind meer dat zich angstig aan anderen vastklampte, dat van streek was en beducht was voor haar macht. Haar gezicht en haar lichaam straalden een zelfvertrouwen uit dat haar innerlijke licht zelfs bijna verduisterde. Nu ze haar schittering de vrije teugel had gegeven, was alle angst of twijfel van haar af gevallen. Dit was niet het gezicht van een kind of zelfs van een vrouw, maar van iets wat grensde aan het goddelijke. Erril zag nog fellere lichten opflitsen in de glans die haar lichaam omhulde, bijna alsof de sterren vochten om in haar nabijheid te zijn.
Erril merkte dat zijn blik steeds weer terugging naar één enkel facet in de wonderbaarlijke verschijning van het meisje. Haar volle, iets geopende mond glimlachte naar iets buiten Errils blikveld. In die lach zag Erril de vrouw die ze kon worden: een wijze, sterke vrouw die zich naar niemand zou voegen. Erril merkte dat hij haar met stokkende adem aanstaarde. Er roerde zich iets in zijn binnenste, iets wat hij lange tijd had dood gewaand: hoop. Die uitwerking op zijn gemoed schokte hem nog

dieper dan haar kracht. Het is maar een kind, hield hij zichzelf voor. Maar hij wist ook dat dat niet waar was. Drie gezichten keken uit dat ene, stralende gelaat: het kind Elena, de vrouw Elena en iets anders wat niet Elena of zelfs maar van deze wereld was.
Op dat moment kwam er een kobold naar Erril toe gewaggeld, met zijn ogen strak op Elena gericht. Het schepsel botste tegen zijn been op en klampte zich vast aan Errils broekspijp, als een schip op zoek naar een veilige haven. Voordat Erril hem van zich af kon schudden, liet de kobold hem los en wankelde naar het meisje. Erril had zijn zwaard al in de aanslag om hem tegen te houden, maar opeens viel de kobold met zijn gezicht plat op de grond. Er trok een huivering door het kleine lichaampje, dat vervolgens roerloos op het steen bleef liggen – te stil. Dood, vermoedde Erril.
Hij rukte zijn blik los van het meisje en ontdekte dat het vertrek bezaaid lag met in elkaar gezakte kobolden. Hij zag andere rotskobolden vanuit de gangen op het licht af komen. Als blinde motten struikelden ze het schijnsel in dat de ruimte vulde, maar na een paar wankele passen hadden ze geen kracht meer en vielen ze in tranen op de stenen vloer op een hoop. Andere kobolden zagen het gevaar en vluchtten door de gangen weg voor het licht.
'Het is het licht,' zei Bol vlak naast hem. 'Dat doodt ze. Doet Elena dat?'
Erril merkte dat hij iets wilde zeggen – alles om niet gebiologeerd naar het kind te staren. 'Ik denk het niet. Het schijnsel is alleen een weerspiegeling van haar magie, geen schadelijke kracht.'
'Kobolden mijden licht.' Bol gebaarde naar de dode schepsels die in het vertrek verspreid lagen. 'Misschien hebben ze daar wel alle reden toe. Misschien verdraagt hun aard wel geen licht. Dan zou zoveel licht, zoveel kracht, dodelijk voor hen kunnen zijn.'
Errils blik ging weer naar het meisje. Hun woorden waren waarschijnlijk door de glans rond Elena gedrongen en hadden haar oren bereikt. Haar glimlach was verdwenen.

Elena had haar oom gehoord. Zijn woorden klonken ver weg als het gefladder van vogels in een bos, maar hun betekenis drong wel tot haar door. Haar blik keerde terug naar het vertrek. Ze zag de hopen kobolden aan haar voeten, met hun halzen, armen en benen in onnatuurlijke hoeken gebogen. Wat waren het er veel! Ze had honderden van die arme schepsels gedood. Ze slaakte een kreet en het licht dat ze uitstraalde viel te pletter op het steen en loste in het niets op. Trillend op haar benen bleef ze staan, als een eiland in een donkere zee van dode kobolden. Oom Bols lantaarn was nu weer de enige lichtbron in het vertrek. Hij kwam met de lamp in zijn handen naar haar toe. Ze deinsde terug voor het schijnsel. Het innerlijke licht, de kern van haar wezen, had de dood gebracht; nu leek dit zwak glanzende licht haar die verdorven daad te verwijten. Elena wendde zich met een ruk af van het licht en keek de zwaardvechter aan. 'Jij zei dat het hun geen kwaad zou doen,' riep ze. Haar stem klonk als de voorbode van een stortvloed aan tranen.

Haar woorden raakten hem. Zijn ogen vernauwden zich en hij perste zijn lippen op elkaar. 'Het spijt me, Elena. Ik had de aard van die schepsels en de schittering van jouw magie niet goed ingeschat.'

Ze sloeg haar handen voor haar mond. De schittering van haar magie! Zijn woorden maakten haar misselijk. De kobolden hadden hun geen kwaad gedaan, alleen een beetje lastig gevallen, en ze hadden ook geholpen Erril de sleutel weer in handen te geven. En na alle moeite die ze voor hen hadden gedaan, had zij ze vermoord. Haar oog viel op kleinere kobolden tussen de verstrengelde lichamen. Ze had zelfs hun kinderen geveld.

Haar handen kropen voor haar gezicht. Ze wilde het niet meer zien.

Oom Bol legde een hand op haar schouder. 'Jij kunt er niets aan doen, liefje. We wisten het niet. Als iemand hier schuld aan heeft, zijn wij het. Wij vroegen je om dit te doen.'

Ze schudde zijn hand van zich af en liet haar handen zakken om hem boos aan te kijken. 'Je begrijpt het niet!'

Haar oom keek haar met grote ogen aan.

Ze liet een verbitterd lachje ontsnappen. 'Ik genoot van de macht! Ik had me nog nooit zo compleet, zo vrij gevoeld. Ik wentelde me in mijn magie, ik liet hem door me heen spoelen en alle twijfel wegdrukken. En terwijl ik dat licht omarmde en me gelukkig voelde in die gloed, doodde het iedereen om me heen.'

'Het geeft niet, liefje. Je kon het niet weten.'

Ze draaide haar oom de rug toe. Niet alleen omdat zijn woorden haar niet konden troosten, maar ook omdat ze bang was dat hij de waarheid in haar ogen zou zien. Ze had al te veel gezegd. Snikkend liet ze zich op haar knieën op de grond zakken.

Wat ze haar oom niet had verteld, en wat ze zelf ook liever niet wilde zien, was dat ze het wél had geweten. Ergens diep in haar binnenste had ze gevoeld dat de dood haar omringde, dat hun levens als kaarsen uitdoofden. En het kon haar niets schelen. Ze kón het zich niet eens aantrekken. Ze had geen oog voor de lichamen die rondom neervielen, zolang de magie in haar het uitschreeuwde en zich onmogelijk liet negeren. Haar hart had het uitgezongen om haar magie de vrijheid te geven, om haar kracht over de wereld te laten uitstromen. Haar oren hoorden niets anders meer dan dat machtslied, dat de kreten van de stervende kobolden had overstemd.

Erril kwam naar haar toe en trok haar overeind, met zijn zwaard nog in de hand. Het leek alsof hij voelde welke stormen er in haar binnenste raasden. 'Rauwe magie is verleidelijk,' zei hij. 'Laat je er niet door in de luren leggen.'

Ze probeerde zich los te maken, maar zijn sterke arm was één bonk harde spieren. Hij boog zich naar haar toe tot zijn ogen de hare vonden en zei fel: 'Je bent nog steeds Elena. Je moet de magie niet laten bepalen wie je bent. Het is een werktuig, meer niet.' Zijn toon werd zachter. 'De magie heeft zijn eigen stem,' ging hij bijna fluisterend verder. 'Ik weet hoe moeilijk het is om die stem buiten te sluiten, dat het vaak je eigen ziel lijkt die tegen je praat – maar je hoeft er niet naar te luisteren. Je bent nog steeds Elena, de dochter van je vader en moeder, de zus van je broer, het nichtje van je oom. Je bent van vlees en bloed, niet van magie.'

Ze knikte. Zijn woorden gaven haar benen nieuwe kracht. Ze liet zich naar oom Bol brengen, die met glanzende ogen van bezorgdheid naar haar keek, en liet hem zijn armen om haar heen slaan. Ze leunde snikkend tegen hem aan, maar deze keer heelden de tranen haar in plaats van haar te verscheuren.

Terwijl ze opging in zijn omhelzing, zwol opnieuw het gesis aan dat haar magie eerder het zwijgen had opgelegd. Het geluid was nu echter niet meer omrand door angst. Elena maakte zich los uit de armen van haar oom. Gedrieën stonden ze temidden van de doden.

'We moeten hier weg,' zei Erril.

Maar het was al te laat. Vanuit de gangen stroomden de kobolden het vertrek in. Nu het licht was verdwenen, kwamen ze te voorschijn voor de wraak die hun door de schittering van de hexe was ontnomen. Voor het eerst die nacht hoorde Elena een kobold brullen.

Erril sprong naar voren om de stortvloed van wezens op te vangen en duwde zijn metgezellen achteruit tegen de muur. Omringd door krioelende kobolden liet hij zijn zwaard door de lucht suizen. Hij had nooit eerder zo'n vlijmscherp zwaard in zijn handen gehad. De kling sneed even moeiteloos door bot als door de lucht. Met iedere houw van zijn zwaard groeide de hoop kobolden aan zijn voeten, maar andere sprongen over de lijken van hun broeders om de aanval door te zetten.

Vanuit zijn ooghoeken zag Erril dat Bol met zijn lamp uithaalde naar de paar kobolden die bij Elena probeerden te komen. De dansende lantaarn wierp grillige schaduwen op de muren van het vertrek. De oude man weerde zich kranig. De kobolden bleven op hun hoede voor het meisje, alsof ze vreesden dat ze elk moment weer in dat stralende schijnsel kon uitbarsten. In stilte hoopte Erril dat Elena een nieuwe poging zou wagen, maar hij wist dat hij dat niet van haar kon verlangen. Ze was nog te zeer van streek.

Hij zette door. De kleinste opening in de aanval van de kobolden kon al genoeg zijn om zich een weg naar de dichtstbijzijnde gang te vechten.

Maar die opening kwam niet. Integendeel, het gevecht nam in hevigheid toe. Uit angst voor de macht van het meisje kozen de kobolden Erril uit als het doelwit van hun woede. Van alle kanten stortten de kobolden zich op hem, en hij kon ze niet allemaal tegenhouden. Klauwen reten zijn borst open; tanden zetten zich in zijn benen.

Zijn kling mocht dan nog zo scherp geslepen zijn, in zijn hart voelde hij de uitzichtloosheid van zijn situatie. Hij wankelde. Kobolden overspoelden hem en sloegen hem tegen de grond. Hij viel achterover en sloeg zo hard met zijn hoofd tegen de stenen vloer dat hij lichtpuntjes voor zijn verdwaasde ogen zag dansen. Vijf kobolden zaten schrijlings op zijn borst en zijn benen. Drie hielden zijn zwaardarm tegen de grond. Tanden boorden zich in zijn onderarm.

Erril verbeet de pijn en worstelde om zich van zijn last te bevrijden. Had hij zijn andere arm nog maar, dacht hij wanhopig, dan had hij misschien nog een kans gehad. Hij kromde zich onder het gewicht van de kobolden, vastbesloten om onder ze vandaan te rollen. In het gewoel voelde hij dat de sleutel uit zijn zak werd gerukt. Een van die vervloekte beesten probeerde zijn ijzeren vuist weer te stelen.

Zijn hoofd ging met een ruk omhoog om het grijpgrage schepsel te ontdekken dat in zijn zak wroette. Hij strekte zijn nek zo ver mogelijk om de borstzak van zijn hemd te kunnen zien, waar hij de sleutel had weggestopt.

Er was geen koboldenklauw te zien. In plaats daarvan zag hij iets wat hem zo verraste dat hij van de schok bijna de kobolden van zich af had gesmeten. Als een spin van metaal kwam de ijzeren hand uit zijn zak gekropen, de vingers wijd uitgespreid en zoekend naar houvast. Op het moment dat Erril de hand in het oog kreeg, voelde hij een pijnscheut in de stomp aan zijn schouder. Even dacht hij dat een kobold zijn nagels in zijn vlees had gezet, maar toen besefte hij dat hij die vlammende pijn eerder had gevoeld – lang geleden, toen hij zijn arm was kwijtgeraakt. Het was de schok van de magie! Toen de pijn zakte, vlamde in zijn stomp een nieuwe gewaarwording op. Erril voelde zijn ontbrekende arm!

Met ogen vol ongeloof keek hij naar zijn schouder en hij vertelde zijn hart dat er nog altijd geen arm zat, maar toch kon hij zweren dat hij een denkbeeldige arm voelde die verbonden was met zijn schouder.

Een arm die uitliep in de ijzeren vuist!

Hij voelde het koude metaal van de sleutel als een handschoen om zijn spookhand. Hij strekte de ijzeren vingers. Lieve Moeder! Opeens schoten de woorden van de jonge Denal hem weer te binnen: ik zal van deze sleutel meer maken dan alleen een klomp ijzer in je zak.
In zijn verbijstering had hij zijn worsteling opgegeven. Een kobold nam die onverwachte pauze in het gevecht te baat en dook met ontblote snijtanden naar zijn hals, klaar om hem aan stukken te scheuren. In een reflex stak Erril de arm op die hij al eeuwen niet meer had. De hand van ijzer schoot naar voren en sloot zich om de dunne nek van de kobold. De botjes in de strot van het wezen knapten in die ijzeren bankschroef terwijl hij het leven uit zijn belager perste.
De andere kobolden zagen wat er gebeurde en weken in een drom achteruit. In hun haast om weg te komen buitelden ze over elkaar heen. Erril sprong overeind met zijn zwaard in zijn ene hand. Zijn andere hand, de hand van bewerkt ijzer, hing nog in de lucht met de roerloze kobold in zijn greep. Hij beval de metalen hand open te gaan en de kobold viel dood neer op de grond. Wanneer Erril zijn fantoomarm bewoog, leek het alsof de ijzeren sleutel uit zichzelf door de lucht zweefde, maar Erril wist dat het niet zo was – hij had er evenveel macht over als over zijn hand van vlees en bloed.
De rotskobolden deinsden terug voor die zwevende dreiging en knepen hun grote, zwarte ogen samen van angst.
Maar hoe lang nog?
Het antwoord op Errils vraag liet niet lang op zich wachten. Een nieuwe stroom kobolden stroomde het vertrek in, en hun aantallen gaven de andere nieuwe moed. Met een boos gesis drongen ze van alle kanten naar hen op. Ze lieten zich ook niet meer afschrikken door Elena; Erril zag dat ze haar en haar oom ook tegen de muur dreven.
Erril week achteruit om hen te hulp te schieten, maar ondanks zijn ijzeren hand merkte hij dat hij zich maar met moeite staande kon houden tegenover de meute belagers. Hinkend vanwege een diepe snee in zijn linkerbeen strompelde Erril naar zijn metgezellen. Hij haalde woest uit naar de schepsels met zijn zilveren zwaard en zijn ijzeren hand en maaide zich bloederig een weg door de kobolden.
Maar het was niet genoeg.
Zijn voeten verloren hun houvast op de vloer, die inmiddels glad was geworden van het bloed. Hij gleed uit en viel op zijn knieën, een opening die de kobolden met op bloed belust gejoel benutten. De wezens stortten zich boven op hem, klommen langs zijn rug omhoog en sloegen hun nagels in zijn huid. Weer werd hij tegen het koude steen gedrukt. Met een verslagen brul voelde hij hoe scherpe tanden zijn keel vonden.

35

Kral liep achter de achterste kobold aan naar het eind van de gang. Zwaaiend met zijn bijl doorkliefde hij de kop van een grote kobold die zich had omgedraaid om hem de weg te versperren. Hij wilde het blad weer lostrekken, maar de bijl zat vast in het bot. Hij bleef staan en veegde het zweet van zijn voorhoofd. Hij en de anderen hadden zich vanaf de spleet in de rotswand een weg door de gang gevochten. Echt verzet was er vreemd genoeg nauwelijks geboden. De kobolden renden zonder veel oog voor hun aanvallers door de gang, alsof ze er evenzeer op gebrand waren om het eind van de gang te bereiken als hij en zijn metgezellen.

Iets had die schepsels kwaad gemaakt.

Aan het flakkerende licht voor zich uit zag Kral dat de gang op een steenworp afstand ten einde kwam. In het grote vertrek waar de tunnel op uitkwam, zag de vloer zwart van de kobolden; honderden waren het er, dood en levend.

'Hier zijn ze niet heelhuids uit gekomen,' gromde Kral, denkend aan het jonge meisje en de eenarmige zwaardvechter. Hij rukte zijn bijl los uit de dode kobold.

'Houd moed,' zei Tolchuk. De trol veegde een kobold van zijn been en sloeg het schepsel dood tegen de wand van de tunnel. 'Kobolden hebben een hekel aan licht. Waar licht is, is hoop.'

Op dat moment laaide het schijnsel verderop feller op. Een kobold die was overgoten met brandende olie werd door de vlammen verteerd. Het wezen tolde in doodsnood door het vertrek en het vuur sloeg over op twee andere kobolden, die zijn woeste dans nabootsten.

'Er wordt nog gevochten,' zei Meric, die zich langs hen heen drong. Donker bloed drupte van het smalle zwaard in zijn hand.

De wolf volgde de elve op de hielen en rende het vertrek in. Zijn gewonde poot leek vergeten en hij gromde diep in zijn keel.

Nu Kral zijn bijl had weten te bevrijden, volgde hij de twee het vertrek in. Tolchuk rekende af met de laatste paar kobolden die nog achter hen aan kwamen.

Toen het groepje het vertrek binnenstormde, begeleid door een strijdkreet van Kral, keken de kobolden nauwelijks op, zozeer gingen ze op

in de strijd die tegen de verste wand gaande was. Kral zag dat de oude man uit de hoeve brandende olie over een kobold gooide, terwijl het meisje achter zijn rug wegkroop. Maar het hevigste gevecht woedde voor de voeten van de twee, waar een berg kobolden op en over iemand heen krioelde die onder hun massa bedolven was.
De meute kobolden kwam als een golf in de branding opzetten toen de strijder op zijn knieën omhoogkwam. Even leek het alsof hij zich zou kunnen losworstelen en overeind zou komen, maar even later had een nieuwe golf kobolden hem alweer tegen de grond gedrukt – maar niet voordat Kral had gezien wie daar voor zijn leven vocht. Errils gezicht, verwrongen van de inspanning en met een bloedend en opgezet oog, flitste hem een tel lang tegemoet, waarna het weer door een nieuwe golf kobolden werd verzwolgen.
Brullend hakte Kral zich een weg naar voren; de maanvalk cirkelde rond boven hun hoofd en liet een schel, hoog gekrijs horen. Ook de anderen stortten zich op de woelige massa wezens, maar het was alsof ze tegen een woeste branding vochten. De ene aanval was nog niet afgeslagen of er kwam alweer een nieuwe opzetten. De groep raakte al snel gescheiden. Tolchuk dekte Kral in de rug, terwijl de wolf en de elve samen rondtolden in een dans des doods. Onstuitbaar als het getij dreef het gevecht de twee paren steeds verder uit elkaar.
'Help de oude man en het kind!' riep Kral naar Meric. De bergbewoner hakte met zoveel kracht in op de nek van een kobold dat de kop door het vertrek vloog. 'Dan nemen wij de zwaardvechter!'
Kral wist niet of de elve hem boven de kreten van de gewonden en de stervenden uit had gehoord, maar hij dacht te zien dat Meric iets in de goede richting opschoof. Tevredengesteld draaide Kral zich om naar Erril. Achter zijn rug hoorde de bergbewoner de botten kraken van de belagers die Tolchuk van zich af sloeg. Met een trol achter je, dacht Kral met een grimmig lachje, was je even goed beschermd als met een stevige stenen muur achter je rug. Zo had Kral zijn bijl en zijn spierkracht vrij om zich aan het komende gevecht te wijden.
De bergbewoner bundelde zijn woede en begon zich een weg naar Erril toe te vechten. Zijn maaiende bijl veranderde in een vage streep; hij handelde vooral uit instinct, meer dan uit een bewuste gedachte. Zijn geest trok zich terug in zijn herinnering, waar de lessen lagen opgeslagen die hij lang geleden had geleerd.
Kral had met een bijl leren vechten van Mulf, een oude, grijze strijder in de Tanden. Volgens de verhalen had de oude man nog in de Dwergenoorlogen gevochten en een dag en een nacht alleen standgehouden in de Tranenpas. Als jongen van net elf winters, met een hoofd vol dromen van een roemvolle toekomst, had Kral de oude man opgezocht in

zijn grot hoog in de Tanden. Zijn eerste blik op Mulf had Krals hoop de bodem in geslagen. Met zijn kromme rug leek Mulf zo oud als de wortels van de bergen. Zijn baard was wit als de eerste sneeuw en zo lang dat de oude man hem in zijn gordel moest stoppen om er niet over te struikelen. Moest die gebrekkige grijsaard hem iets leren? Mulf oogde nog te zwak om een bijl van de grond te krijgen, laat staan dat hij ermee kon vechten. Maar na zijn eerste les van de oude leermeester zat de jonge Kral op zijn achterwerk in de modder en prijkte er een grote blauwe plek op zijn voorhoofd, waar Mulf hem met het ondereind van zijn bijlsteel had geraakt. Het laatste dat de jongen nog wist, was dat het bijlblad op zijn hoofd af was komen suizen. In een beweging die Krals ogen niet konden volgen, had de oude man de bijl om zijn duim laten draaien en had hij het hout in plaats van het vlijmscherpe ijzer op zijn hersenpan laten neerkomen. Op die kille ochtend, met zijn achterwerk op het koude ijs, had Kral de eerste van vele lessen geleerd van die leermeester met zijn scherpe ogen: onderschat je tegenstander nooit. En dat deed hij vandaag zeker niet!

De kobolden mochten dan klein van stuk zijn, ze waren wel fel, gespierd en scherp. Kral liet zijn arm gestaag maaien en hield zijn blik strak op die wirwar van klauwen gericht. Meer dan eens voorkwam die oplettendheid dat er een koboldenmes in zijn borst verdween. Toen hij bijna bij Erril was, vond hij kobolden tegenover zich met de getande dolken die hij ook had gezien in de handen van de schepsels die hen boven aan de kloof hadden aangevallen en Kral en Tolchuk over de rand hadden gedreven.

Hij weerde een dolkstoot af door de kobold de hand af te hakken. Het beest brulde het uit en het mes, met de poot nog om het heft geklemd, tuimelde naar de grond. Kral wendde zich af van het bloed dat uit de stomp opspoot – niet van afschuw, maar om zich niet door het warme bloed te laten verblinden. Een tweede kobold viel hem van de andere kant aan met een mes. Omdat hij geen tijd meer had voor een uithaal met zijn bijl, viel hij terug op de handgreep van zijn oude meester en ramde de steel in het oog van het beest. Hij hoorde het bot splijten onder de kracht van het hout en de kobold viel neer op het steen.

Kral stapte over het schepsel heen en zette zijn dodenmars voort.

Terwijl Erril wegzonk onder het gewicht van de kobolden, worstelde hij met meer dan alleen die beesten. Een deel van zijn ziel was gereed om de strijd op te geven – hij had het gevoel alsof hij vanaf het moment dat het Bloedboek in het leven was geroepen niets anders had gedaan dan vechten. Diep in zijn hart weerhield de koppigheid van de Standi's hem er echter van toe te geven aan de wanhoop. Nee, al die eeuwen, al die

winters waren een zwaardere last dan die meute kobolden. Hij had zoveel opgeofferd, zo lang gewacht – hij weigerde om hier te sterven, om zo aan zijn eind te komen!
Met een woedende brul trapte hij de kobolden van zijn benen af en kneep hij met zijn ijzeren hand de wezens de keel dicht die hun tanden in zijn keel of zijn gezicht wilden zetten. Op de momenten dat zijn zwaardarm niet door spartelende lichamen tegen de grond werd gedrukt, wist hij de zee van kobolden telkens even met zijn zwaard te keren, maar die adempauzes duurden nooit lang genoeg om overeind te krabbelen of te zien hoe het Bol en Elena verging. Rotskobolden omringden hem als een ondoordringbare muur.
Maar hij stond zichzelf niet toe te verzwakken; hij sloot zich af voor de fluisteringen van de wanhoop.
Eén keer hoorde hij iemand roepen en werd ergens in het vertrek het woord 'kind' gebruld, maar de stem verdronk vrijwel meteen in het gesis en geschreeuw. Wie kon dat geweest zijn? Of had hij het zich alleen maar verbeeld?
Even later zag hij de maanvalk als een lichtende streep boven zijn hoofd voorbijschieten. Die vervloekte vogel was zeker verdwaald in de doolhof van gangen en teruggekomen. Hij dankte de goden voor dat gelukje, hoe gering ook. Het onverwachte schijnsel verraste de kobolden en dat gaf hem de kans zijn arm te bevrijden. Met woeste houwen van zijn zwaard dreef Erril de beesten achteruit.
Toen hij weer op zijn benen stond, zag hij iets dat het bloed in zijn aderen deed stollen.
Op nog geen pas van hem vandaan stond een kobold die twee keer zo groot was als een man. Het bloed droop van zijn armen; zijn scherpe hoektanden waren ontbloot in een grijns des doods.
Erril wankelde achteruit. Een scherpe pijn schoot door zijn rechterbeen en hij zakte door zijn knieën. In zijn val zag hij dat een kobold met een mes het lemmet een tweede keer in zijn bovenbeen boorde. Toen het mes bot raakte, vernauwde de pijn zijn gezichtsveld. Hij maaide en trapte woest om zich heen om zich van zijn belager te ontdoen. Zonder iets te zien stak hij zijn onzichtbare arm uit. Zijn vuist sloot zich om het wezen met het mes en perste het leven eruit. Hij liet de dode kobold in het rond zwaaien om zich andere kobolden van het lijf te houden en gebruikte het slappe lichaam als schild.
En nog was Erril niet snel genoeg.
Een mes begroef zich in zijn rug. Een tel lang werd het hem zwart voor de ogen door de pijn. Toen hij weer iets kon zien, ontdekte hij dat zijn ijzeren hand leeg was en dat zijn schild was verdwenen. Voor hem drongen de kobolden alweer op; meerdere waren gewapend.

Pijn en woede vernauwden zijn blik. Zijn dood naderde, de dood die hem al die eeuwen was ontzegd.
Hij hief zijn zwaard. Er waren momenten in zijn lange leven geweest dat hij de dood met open armen zou hebben verwelkomd, dat hij hunkerde naar die langverwachte rust – maar niet nu! De anderen rekenden op hem – het meisje, de oude man, zelfs de jonge Denal. Hij ging razend tekeer tegen dit sterven.
Hij duwde zichzelf omhoog op zijn al eerder getroffen linkerbeen, verbeet de vlammende pijn in zijn rug en spuwde een straaltje bloed op de vloer. Hij omklemde zijn zwaard met een onwrikbare vuist.
Op het moment dat hij de punt van zijn wapen uitnodigend omhoogbracht, vloog de muur van kobolden uiteen en zag hij dat de afzichtelijke koning van de kobolden zich een weg tussen zijn soortgenoten door baande. Het monster plukte twee kleinere kobolden van de grond en smeet ze door het vertrek. Erril voelde zijn zwaardarm trillen. Had hij nog wel de kracht om het tegen dit wezen op te nemen? Het beest torende boven Erril uit; het was twee keer zo lang als hij en was nog breder gebouwd.
Opeens dreunde een vertrouwde stem door het vertrek. 'Het steen zij dank, je leeft nog.' Die stem kende Erril. Hij zag Kral achter de rug van het reusachtige wezen vandaan komen. De nu verbroken ring van kobolden viel in angstige delen uiteen en loste even later in het niets op. Tollend op zijn benen keek Erril om zich heen. Het vertrek begon leeg te lopen. De laatste nog levende kobolden slopen en strompelden de ruimte uit, totdat alleen het reusachtige, misvormde schepsel dat voor hem stond nog over was. Erril zag dat Kral een hand op diens arm legde. Kennelijk had de bergbewoner begrepen waarom Erril hem zo ontzet aanstaarde. 'Dit is Tolchuk. Het is een vriend.'
'Wat... Wat...?' Erril was te verdoofd om de vraag over zijn lippen te krijgen.
'Tolchuk is een trol. Hij heeft geholpen om jullie te redden.'
Krals woorden herinnerden Erril aan de anderen. Hij liep wankelend door het vertrek, totdat hij Elena vanachter de rug van haar oom te voorschijn zag schuiven. Bols kleren hingen in repen om zijn lichaam; op zijn gezicht en zijn borst zaten bloedspatten. Terwijl de maanvalk boven hun hoofd lage duikvluchten maakte, keek de oude man hem met een beverig lachje aan. Tussen de dode kobolden ontdekte Erril nog twee gedaanten. De wolf die hen zo hardnekkig was blijven volgen, snuffelde aan de verwrongen lichamen voor de voeten van Bol en Elena. Naast het dier stond een lange man met zilverig haar dat in een lange vlecht was gebonden. Een zwaard zo dun als een naald bungelde in de hand van de vreemdeling, alsof hij eigenlijk vergeten was dat hij het vasthield.

De man liet zijn ogen speurend door het vertrek gaan.
Erril zwaaide duizelig voorover. Voordat hij languit op de grond kon vallen, stond Kral al naast hem en had hij een arm om zijn schouder geslagen. 'Rustig aan. Je hebt een paar flinke wonden opgelopen.'
Elena's stem klonk op in het vertrek. Erril zag dat ze met haar rechterhand naar de snee in de wang van haar oom ging. Haar rode hand viel bijna weg tegen het rode bloed op zijn huid. 'Oom Bol is ook gewond,' riep ze naar hen. Hij hoorde de tranen in haar stem.
Erril zag de ranke vreemdeling, die dicht bij Elena stond, plotseling verstrakken. Het zwaard van de man, dat eerst nog vergeten in zijn hand had gehangen, kwam nu omhoog en wees naar Elena. 'Het teken!' riep hij uit, starend naar haar hand. 'Het teken van de hexe!'
Kral liet Erril meteen los. 'Nee!' bulderde de bergbewoner. Errils benen waren te verzwakt om zijn gewicht te dragen. De stenen vloer raasde op hem af. Hij zag Kral op de ranke man af stormen, maar hij wist dat de afstand te groot was voor de bergbewoner. 'Niet doen, Meric! Nee!'
Door het waas voor zijn ogen zag Erril de zilverharige man snel als een boskat op het meisje af springen. Elena had nog maar net de tijd om haar hoofd om te draaien en het zwaard op haar hart af te zien komen. Voordat de kling doel trof, trok een koele duisternis Erril de diepte in.

36

Elena zag het zwaard op haar borst af schieten en bracht in een reflex haar arm omhoog om het af te weren. Haar belager was een wazige schim die sneller bewoog dan haar ogen konden volgen. Alleen zijn zwaard dat op haar af kwam, vast en doelgericht in zijn handen, fonkelde dun en scherp in het zwakke licht. In haar keel welde een schreeuw op, maar de angst hield hem tegen. Haar mond sperde zich open voor een stille kreet.

Toch hoorden haar oren een schreeuw – een snerpende, woedende jammerklacht. Terwijl het zwaard naar voren schoot, flitste er een bliksemschicht tussen haar en de punt van het zwaard in – de maanvalk! Terwijl het gekrijs nog tussen de muren weergalmde, zag ze hoe de vogel op de kling werd gespietst.

De schok waarmee zijn kleine lijfje werd geraakt, leek door het zwaard te trekken en de aanvaller te verdoven. De man hield zijn stoot abrupt in en wankelde op zijn benen. Zijn zwaard hield hij uitgestoken. Het wapen lag in zijn bevende hand met de punt op nog geen duimbreedte van het dunne hemd dat Elena's bovenlichaam bedekte. De kling had de maanvalk doorboord; de vogel sloeg zwak met zijn vleugels en liet zijn snavel slap openhangen van de pijn. De man stond als aan de grond genageld en staarde met grote ogen van ontzetting naar de valk.

Op dat moment liep Kral in volle vaart tegen de man op en stootte hem uit de weg. De twee mannen kwamen onzacht tot stilstand tegen de rotswand. Het zwaard viel uit de hand van de vreemdeling en viel kletterend op de stenen vloer.

Toen ontsnapte de ingehouden snik eindelijk aan Elena's keel, en ze viel naast het wapen op haar knieën. De op het zwaard gespietste maanvalk strekte een vleugel uit. Ze stak haar kleine hand uit en tilde de kop van de vogel op. Een zwart oogje boorde zich in de hare. De gloed die in zijn verenkleed gevangenzat, begon al te verflauwen.

Ze sloot haar handen liefdevol om het kleine lijfje en trok de vogel van de kling. Misschien kon ze het dier helpen met haar magie, zoals ze ook bij oom Bol had gedaan. Toen de vogel vrijkwam van het zwaard, doofde het licht van de maanvalk en stokte zijn ademhaling. Ze was te laat! Elena drukte de vogel tegen haar borst. Nu had ze alleen nog haar tra-

nen om het dier haar dankbaarheid te tonen.
'Hij beschermde haar!' steunde de zilverharige man die haar had aangevallen. 'Het dier gaf zijn leven voor haar.'
Kral stond over de man heen gebogen, met zijn hand om de dunne hals van de man met het zwaard. Met zijn andere hand wees de bergbewoner naar Erril, die op de vloer in elkaar was gezakt. 'Bol, zorg voor Erril.'
Haar oom knikte. Toen oom Bol door de grot naar Erril liep, ging hij met een wijde boog om de logge reus heen die vlakbij zat. Het wezen zat gehurkt op de grond en verroerde zich niet toen haar oom voorbijkwam. Het leek meer op een rotsblok dan op een wezen van vlees en bloed – een trol, had de bergbewoner gezegd. Naast hem hinkte de wolf snuffelend rond, maar Elena wist dat het geen gewone woudhond was. Het dier bleef dicht in de buurt van de brede kolos. Ze staarde naar de twee, en op dat moment draaiden ze haar allebei hun kop toe. Haar hart sloeg een slag over toen ze zag dat ze dezelfde ogen hadden: gele cirkels, doorsneden door smalle, zwarte pupillen.
'Tolchuk,' riep Kral naar de trol, 'help me eens even met die verrader van een Meric.' Zijn volgende woorden waren tot Elena gericht. 'Heeft hij je iets aangedaan, meisje?'
Elena keek opzij naar haar belager. De man met de zilverwitte haren en scherpe blauwe ogen die ze Meric noemden, beantwoordde haar blik.
'Ik... Met mij is alles goed,' zei ze. 'Waarom viel hij me aan? Waarom heeft hij mijn vogel vermoord?'
Voordat Kral iets kon zeggen, verhief Meric zijn stem, die al even bijtend was als zijn blik. 'Jouw vogel?'
Elena weigerde haar ogen neer te slaan voor de beschuldigende blik in de ogen van de man. De doorboorde valk lag nog steeds in haar handen. 'Ik heb hem in de grotten gevonden. Hij streek neer op mijn arm.'
'De maanvalk was het dier van deze man,' zei Kral. 'Hij zegt...'
'De hexe liegt!' kwam Meric tussenbeide. 'De vogel zou haar besmette bloed mijden.'
Elena verplaatste haar hand, zodat het lijfje van de valk haar schande beter bedekte. De trol was inmiddels dichterbij geschuifeld. Kral haalde zijn hand van Merics keel en gaf de man over aan de trol. Elena week een paar stappen achteruit.
'Houd hem goed vast, Tolchuk. Hij mag zich niet nog eens op het meisje storten.'
Toen nam de trol het woord. Het was een schok voor Elena dat hij kon spreken; ze had nooit gedacht dat er achter die dikke wenkbrauwen en die kleine varkensoogjes een groter verstand schuilging dan dat van een karrenpaard. Zijn stem klonk als knappende stenen. 'Meric doet haar

niets.' De trol haalde zijn poot van de schouder van de man.
Kral schoot naar voren en ging tussen Elena en Meric in staan. 'Wat doe je nou? Heb je soms een dreun voor je kop gehad van die kobolden?'
'Hij doet haar niets. Dat kan hij niet.'
Elena zag dat Meric geen aanstalten maakte om opnieuw op haar af te schieten. Zijn zwaard lag nog aan zijn voeten; hij liet zijn schouders hangen.
'De maanvalk is op haar neergestreken,' ging Tolchuk verder. 'Met zijn tong kan Meric dan wel beweren dat het een leugen is, maar met zijn hart heeft hij gezien dat de vogel neerdook om zijn leven voor haar op te offeren. De waarheid laat zich niet negeren.'
Kral draaide zijn hoofd om naar Elena. In zijn blik daagde het begrip. 'Bedoel je...?'
Het antwoord kwam van Meric, die de woorden nauwelijks over zijn lippen kon krijgen: 'Daar staat de bloedverwant van mijn volk. De hexe is de verloren afstammeling van onze koning.'
Meric liet zich op zijn knieën zakken en pakte zijn zwaard op. De verslagenheid sprak zo duidelijk uit zijn bewegingen en zijn uitdrukking dat Kral geen alarm sloeg toen de man zich weer bewapende. Meric pakte de kling met beide handen vast. Met een kracht die Elena niet in hem had vermoed, brak de man het zwaard over zijn knie in tweeën.
'Op zoek naar een koning heb ik een koningin gevonden.' Hij hief het gebroken zwaard op naar Elena. 'Mijn leven behoort u toe.'
Elena knipperde een paar keer met haar ogen. Ze wist zich niet goed raad met wat hij zei.
Oom Bol voorkwam dat ze de man moest antwoordden, maar troost boden zijn woorden niet. 'Erril is stervende! Ik heb hulp nodig!' riep hij vanaf de andere kant van het vertrek.
Alle ogen richtten zich op haar oom. Elena zag dat de rug van de zwaardvechter zich kromde; zijn hoofd lag in zijn nek en zijn ogen staarden nietsziend voor zich uit. Zijn adem kwam in korte, onregelmatige stoten uit een lichaam dat vocht om het laatste restje leven niet te laten wegglippen.
De dode valk gleed uit Elena's handen.

Erril zwom door een zee van zwart. Hij vocht tegen de stroom die hem meesleurde, maar hij werd snel moe en voelde zijn armen en benen loodzwaar worden van de inspanning. Als het sap van een boom in de winter verdichtte het duister zich om zijn ledematen en sloot het zich boven zijn hoofd.
Toen hij begon te zinken, gaf hij zijn verzet op, niet omdat hij zich ver-

zoende met zijn lot, maar omdat dat het verstandigste was dat hij kon doen. De strijd vergde te veel van zijn krachten. Hij liet zijn kracht in zich terugvloeien en even later begonnen zijn ogen allerlei kleuren te onderscheiden in het zwart dat hem verzwolg. De sterkste stroom had de brakke groene kleur van stilstaand water. In zijn geest vormde zich een woord: gif. Hij besefte instinctief dat de messen van de kobolden in een sinistere alchemie waren gedoopt.

Woorden die van veraf kwamen, kriebelden in zijn oor.

'Wat gaat ze doen?'

'Doe die dolk weg!'

'Ik voel zijn hart niet.'

'Hij is dood.'

'Nee!'

Erril besefte dat dit alles hem iets zou moeten zeggen, maar de duisternis drong zijn geest binnen en nestelde zich in zijn hersenpan. Ook het zwart had een stem. Het fluisterde van bevrijding. Hij luisterde.

De stem troostte hem en het met groen ijs vermengde zwart zocht zich door zijn bloed een weg naar zijn hart. Waarom was het zo koud?

Terwijl ook die vraag uit zijn bewustzijn wegsijpelde, drong een nieuwe stem zich op. Hij probeerde hem weg te duwen, maar hij was te zwak. '... tegen vechten. Hou vol. Laat me alsjeblieft niet alleen.' Kende hij die stem? Hij liet zich meevoeren door de donkere stroming. Het deed er niet toe.

Hij liet zich meedrijven... vredig.

Toen werd het zwart opeens uiteengereten door een fel schitterend licht dat scherpe klauwen in hem sloeg. De aanraking ontketende een strijd tussen het ijs en het vuur in zijn bloed. Hij kronkelde in hun greep. Nooit eerder had hij zo'n helse pijn gevoeld. Alle verwondingen die hem ooit waren toegebracht, alle pijn die hij ooit had ondergaan, bezochten hem opnieuw als een verzengende speer van vuur. Hij brulde het uit terwijl de klauw zijn lichaam uit de zee van zwart meesleurde naar het vlammende licht. Nee! Het deed te veel pijn! Hij probeerde zich uit de greep van die klauw los te worstelen en terug te duiken in het koele duister, maar hij liet hem niet gaan.

Het licht joeg door zijn lichaam en verdreef de zwarte slierten uit zijn hoofd. De beekjes van groen gif rukten niet verder op, maar werden evenmin verdreven. Als waterslangen schoten ze weg en verborgen zich, wachtend op een nieuwe kans zodra het licht vervaagde.

Felle, gekleurde lichtpuntjes dansten voor zijn ogen, tollend in trage spiralen. Hij ontdekte dat hij met zijn ogen kon knipperen. Bij elke veeg van zijn oogleden vertraagde het tollen, totdat de kleuren uiteindelijk vaste vorm kregen als gezichten.

Hij zag Elena, die zich over hem heen boog. Bol stond achter haar, met Kral naast zich.
De bergbewoner was de eerste die iets zei. 'Je hebt hem gered! Je hebt hem genezen!'
Elena zag bleek en haar huid stond strak gespannen over de beenderen in haar gezicht. In haar betraande ogen zag hij de naweeën van de pijn. Ze trok haar hand uit de zijne. Erril zag het heldere bloed in haar handpalm. Onder aan haar duim gaapte een diepe snee. Hij keek naar het mes in haar andere hand. Het was de hexendolk die Bol in het huis had ingewijd.
'Nee,' zei ze tegen Kral. Het klonk als een uitroep van verdriet en frustratie. Ze balde haar handen tot vuisten. 'Ik kon hem niet genezen!'
Erril probeerde te gaan zitten. Hij wist zeker dat hij daar niet in zou slagen, maar zijn kracht verbaasde hem. Draaierig en met behulp van Krals toegestoken hand wist hij zichzelf overeind te duwen. Hij wankelde toen er splinters van duisternis voor zijn ogen heen en weer schoten, maar na een paar keer diep ademhalen verdwenen die ook.
Naast zich zag Erril de ijzeren sleutel op de vloer liggen. De hand was weer veranderd in een bewerkt brok ijzererts. De spookachtige verbinding met het metaal was verdwenen. Hij pakte de kleine vuist op en sloot zijn eigen vuist eromheen terwijl hij zijn tollende hoofd tot rust probeerde te brengen.
Krals hand lag nog altijd stevig om Errils schouder. 'Zie je wel! Hij is genezen!'
Elena schudde haar hoofd en stond toe dat haar oom haar gewonde hand verbond. 'Mijn bloed heeft zijn leven alleen gerekt,' zei ze op afgemeten toon. 'Meer niet. Als hij geen rust krijgt en verzorging van een genezer, gaat hij dood.'
Kral leek nog niet overtuigd. 'Hij leeft in ieder geval nog, dat is het belangrijkste. Al zouden de kobolden daar nog verandering in kunnen brengen als we hier niet weg kunnen komen.'
'Hoe dan? Waar moeten we heen?' vroeg Bol. Hij had het verband aangelegd en keek met een bevreemde blik op zijn nichtje neer. 'Terug naar het huis kunnen we niet, daar wachten de skaltums ons op.'
Zijn woorden ontnuchterden Kral. 'En als we Erril moeten dragen, kunnen we niet uit de kloof klimmen.'
Errils tong lag dik en log in zijn mond. 'L-laat mij maar hier.'
Niemand sloeg acht op wat hij zei. Niemand keek ook maar in zijn richting.
De trol, die aan de rand van de lichtcirkel van Bols lantaarn stond, nam het woord. 'Mijn wolvenbroeder zegt dat hij misschien een uitweg heeft geroken.'

Erril keek opzij om te zien waar de trol heen wees. De wolf stond met zijn kop naar de andere gang die op het vertrek uitkwam, de gang waar de krankzinnige Realto uit te voorschijn was gekomen. De wolf stond met de poten strak en zijn snuit snuffelend opgeheven in het zuchtje wind dat uit de gang kwam.
'Hij zegt dat hij een bekend spoor ruikt,' ging de trol verder, 'de geur van zijn broer Mogweed.'

Het geschuifel van voeten over steen haalde Mogweed uit zijn halfslaap. Hij deed een oog open maar kwam niet overeind, in de overtuiging dat Rockingham weer aan het ijsberen was geslagen. Maar Mogweed vergiste zich. De man zat met zijn rug tegen de muur en een tak op zijn schoot, waarvan hij een uiteinde omwikkelde met een reep stof. Hun fakkel had hij in een scheur in de vloer gestoken. Het schijnsel van de vlammen danste over de muur. De toorts was nog maar half opgebrand en bleef waarschijnlijk wel branden tot de dag aanbrak, maar Rockingham wilde als altijd op alles voorbereid zijn en had al een nieuwe in de maak.
Mogweed ging rechtop zitten. Zijn beweging trok Rockinghams aandacht.
'Ziedaar, de slaper ontwaakt,' zei Rockingham op zijn gebruikelijke spottende toon. 'De morgen naakt. Je kunt nog wel...'
Mogweed maande hem met opgestoken hand tot stilte. 'Ik dacht dat ik iets hoorde,' zei hij, en met een zachte kreun vouwde hij zijn benen uit en kwam overeind.
'Ik heb niets gehoord.'
'Jij hebt ook niet zulke scherpe oren als ik.' Mogweed sloop langs de muur en bleef bij elke gang even staan om met zijn hoofd scheef te luisteren. Hij hoorde niets meer. Misschien was het geluid een spoortje van een verder vergeten droom geweest.
Bij de ingang van de vierde gang hoorde hij het weer: een zacht schrapen over het steen. Hij verstarde. Het geluid klonk opnieuw. Mogweed wenkte Rockingham. De man kwam zonder een geluid te maken naast hem staan. Toen het fluisterende geschuifel weer opklonk in de gang, keek Mogweed de man vragend aan. Rockingham schudde zijn hoofd. De man hoorde nog steeds niets.
Voor zijn geestesoog zag Mogweed gruwelijke beelden van wat zijn broer kon hebben overmeesterd. Hij kon Fardales gejank nog steeds horen. Hij week een paar stappen achteruit.
'Wat hoor je?' vroeg Rockingham. Hij fluisterde, maar zijn stem klonk vreselijk hard.
'Ik weet het niet. Het is te ver weg.' Mogweed trok zijn hoofd tussen

zijn schouders. 'Zullen we gaan kijken of de skaltums al weg zijn?' Hij keek verlangend naar het punt waar de gang naar de buitenwereld leidde en richtte zijn blik toen weer op de tunnel. Zijn geest kon ergere dingen te voorschijn toveren dan de monsters daar boven.
Rockingham stond in de ingang van de tunnel te luisteren. 'Nu hoor ik het ook, geloof ik.'
Mogweed deed nog een stap achteruit.
'Volgens mij hoorde ik een stem!'
Monsters praatten over het algemeen niet. Tenminste, de monsters in Mogweeds verbeelding niet. Op Rockinghams woorden kwam hij weer dichterbij. Hij stopte de herinnering aan het gejank van Fardale weg en luisterde. Toen hoorde hij het ook. Van ver weg stegen flarden van een gesprek naar hen op, te ver weg om het duidelijk te kunnen horen, maar duidelijk genoeg om het ritme te herkennen als dat van de gemeenschappelijke taal, en niet van een of ander verscheurend beest. Mogweeds hart begon sneller te slaan. Kracht school in aantallen groter dan twee; met anderen erbij steeg de kans dat hij deze nacht zou overleven. In de diepte barstte opeens iemand uit in een bulderende lach. Rockingham en Mogweed keken elkaar aan. Bij het horen van dat geluid welde er een golf van opluchting in Mogweed op. De uitgelaten lach was een welkom geluid in dit duistere gangenstelsel. Rockingham kneep zijn ogen echter tot waarschuwende spleetjes en een koude vuist sloot zich om Mogweeds hart.
'Ik ken die lach,' zei Rockingham zuur, 'dat keiensplijtende gebulder. Ik had gehoopt dat de beesten in deze onderaardse gangen zich aan Kral zouden vol eten en zijn botten weer hadden uitgespuugd. Kennelijk hebben die wezens een meer verfijnde smaak dan ik had gehoopt.'
'Hij is wel sterk,' wierp Mogweed tegen. Hij dacht terug aan de reusachtige gebaarde man met zijn dikke armen. 'En hij heeft een bijl.'
'Stil!' Rockingham maande hem met een vernietigende blik tot stilte. Hij spitste zijn oren om het verre geluid van de stemmen op te vangen. Mogweed hoorde iemand praten. Naarmate de stemmen in de gang dichterbij kwamen, kwamen de woorden duidelijker over. Zijn scherpe oren vingen zelfs de uitputting en de verbijstering in de stem van de spreker op. 'Dus jij zegt dat Elena afstamt van de koning van die Meric.'
Ook Rockingham had kennelijk iets onbestemds in de woorden van de spreker opgemerkt en herkend. 'Dat is Erril!' siste hij. 'Wat een tegenslag!'
'Is dat ook een strijder?' fluisterde Mogweed. De hoop gaf zijn hart vleugels. Hij zag twee mannen met de omvang van Kral voor zich – en zichzelf, schuilend achter hun brede rug.

'Hij beschermt het demonenkind,' zei Rockingham. Zijn ogen glansden in het licht van de toortsen.
Mogweed begreep niet meteen over wie hij het had. Toen begon het hem te dagen. 'Bedoel je dat meisje naar wie de gevleugelde monsters op zoek zijn? Het kind voor wie je koning ons met allerlei geschenken zal belonen als we haar te pakken krijgen?'
Een meisjesstem steeg op uit de diepte. 'Volgens mij zie ik een lichtje, daar verderop. Kijk maar!'
Rockingham schoot opzij en trok Mogweed mee. 'Ze komt eraan!' zei hij opgetogen.
'Wat doen we nu?'
In Rockinghams voorhoofd verschenen diepe rimpels terwijl hij het probleem van alle kanten bekeek. Toen hij begon te praten, klonk zijn stem vast en zelfverzekerd. Om zijn lippen lag een lachje waar geen enkele warmte in school. 'Zeg niets over wat daar boven op ons wacht. Laat mij het woord voeren. Jij hoeft maar één ding te doen. Als jij me daarmee helpt, zul je daar rijkelijk voor worden beloond.'
Mogweeds ogen glinsterden bij de gedachte aan de grote schatten die in het verschiet lagen. Zijn blik dwaalde over zijn lichaam. Hij zou er al het goud van de wereld voor over hebben om van deze gedaante verlost te worden. Zijn tong streek over zijn droge lippen. Als hij hier deed wat er van hem werd verlangd, wist je maar nooit hoe groot de beloning kon zijn. Misschien kon hij de vloek die zijn lichaam gevangenhield wel verbreken én het goud houden. Hij keek Rockingham aan. 'Wat moet ik doen?'
Rockingham boog zich naar hem toe en begon in zijn oor te fluisteren. Mogweed knikte. Het stelde inderdaad weinig voor – de beloning lag voor het grijpen.

Elena liep achter de gekamde rug van de trol door de steile tunnel omhoog. Vlak achter haar hielp Bol de strompelende Erril vooruit, terwijl Kral met zijn bijl de rij sloot voor het geval de rotskobolden weer een aanval waagden. Naast haar beende de man die Meric heette, rank als een ijle schaduw. Ze wist niet goed wat voor waarde ze moest hechten aan zijn bewering dat ze van dezelfde voorouder afstamden, en haar hoofd zat ook te vol met andere zorgen om er al te lang bij stil te staan. Haar blik dwaalde telkens weer af naar de zwaardvechter.
Erril moest rusten zodra ze in veiligheid waren. Zijn kin hing bijna op zijn borst, alsof zijn hoofd te zwaar was voor zijn lichaam, en hij haalde piepend adem. Het gif in zijn bloed kon elk moment weer de aanval openen.
Haar oom volgde haar blik. 'Het gaat wel, liefje. Erril is sterk.'

Bij zijn woorden tilde de zwaardvechter zijn hoofd op. Erril knikte haar toe. 'Met mij gaat het wel, meisje. Toen het Boek in het leven werd geroepen, werd ik gezegend met een lang leven en een goed herstellingsvermogen. Je hebt me misschien niet genezen, maar dankzij jou heb ik genoeg respijt gekregen om er op eigen kracht bovenop te komen.' Hij keek haar recht in de ogen. 'Je hebt mijn leven gered, Elena – daar mag je niet aan twijfelen. Je magie kan doden, maar hij kan ook helen.'

In gedachten bracht Elena een subtiel onderscheid aan in wat de zwaardvechter had gezegd. Haar magie kon daadwerkelijk doden, maar níét waarlijk helen. Dat vond ze geen eerlijke ruil.

Bol deed zijn best om Errils woorden kracht bij te zetten. 'En je magie heeft mij weer nieuwe kracht gegeven om uit dit hol te klauteren. Ik zou het vreselijk hebben gevonden als deze grotten mijn graf waren geworden.'

Elena lachte haar oom halfhartig toe. Ze maakte zich te veel zorgen om er veel warmte in te leggen. Haar oom begreep het niet. Haar magie was niets meer dan een kurk in de fles met de laatste druppels van de levenssappen van haar oom. Zodra haar magie verflauwde, deed zijn leven dat ook.

Achter de rug van de trol stapte ze door, met haar blik strak naar voren gericht. Ze vreesde de dankbaarheid in die ogen en durfde opeens niet meer goed achterom te kijken.

De trol bleef staan. 'Er is een vertrek niet ver voor ons uit,' riep het wezen over zijn bonkige schouder. 'Er brandt een fakkel. Mijn wolvenbroeder is vooruitgelopen om te ontdekken wat ons daar wacht.'

De anderen waren inmiddels dicht achter hem komen staan.

'Zie je iemand?' riep Kral van achter aan de rij.

'Ik zie Fardale bij de uitgang van de tunnel,' gaf de trol door. 'Er staat iemand naast hem.' Het bleef een tijdlang stil, en toen verklaarde Tolchuk met opluchting in zijn stem: 'Het is Mogweed met nog een andere man – geen kobolden.'

'Laten we dan maar maken dat we wegkomen uit deze afschuwelijke kerker van steen,' zei Kral.

De trol liep als eerste het vertrek in. Toen het reusachtige wezen uit de tunnel stapte, had Elena voor het eerst vrij zicht op de met toortslicht gevulde ruimte. Ze zag de wolf snuffelen aan een man die in jagerskleuren gehuld was. Het dier kwispelstaartte, maar de jager negeerde hem en had alleen oog voor haar. Toen ze zijn starende blik beantwoordde, keek hij snel de andere kant op.

Ze ging opzij om de anderen door te laten. Op dat moment zag ze nog een tweede gestalte in het vertrek, een man met een toorts in zijn hand. Haar adem stokte en ze liep achteruit tegen Kral op, die net met gebo-

gen rug de ruimte in kwam lopen.
'Wat is er, meisje?' vroeg hij geërgerd. Toen zag hij de toortsdrager ook.
'Wat doe jij hier?' gromde hij.
Rockingham knikte het groepje toe. 'Op jullie wachten.'
Krals ogen gingen door het vertrek. 'Waar is de nimf? Wat heb je met Neelahn gedaan?'
Alle ogen richtten zich nu op het tweetal. Rockingham wendde zich met een deemoedige blik tot de anderen. 'Ik verdien die beschuldigingen niet. Ik heb de jongedame achtergelaten bij de paarden. Het was te gevaarlijk om haar ons hier te laten vergezellen. En dus zijn Mogweed en ik met gevaar voor eigen leven afgedaald om op onderzoek uit te gaan. Jullie waren al te lang weg.' Zijn blik ging over het groepje. 'Maar nu begrijp ik waarom het zo lang duurde. Zo te zien zijn we weer compleet – er zijn zelfs een paar nieuwkomers bij.' Rockingham maakte een lichte buiging voor de trol.
'We moeten weg,' zei de trol. 'Ik ruik iets smerigs, en hoe eerder we uit deze gangen weg zijn, des te beter.'
'Je ruikt Rockingham, denk ik,' zei Kral. 'Maar je hebt gelijk. Kom, we gaan.'
De bergbewoner nam de leiding over het groepje. Hij stuurde Rockingham vooruit met de fakkel, geflankeerd door de wolf en Mogweed. Kral kwam achter hem aan met Elena naast zich, om haar te beschermen en om Rockingham in de gaten te houden. Bol, Erril en Meric liepen vlak achter hen aan, en de trol sloot de rij om een oogje te houden op wat er in het gangenstelsel op hen loerde, wat dat ook mocht zijn.
Rockingham hield er goed de pas in op weg naar buiten en er was niemand die hem vroeg om het rustiger aan te doen. Onder het lopen was hij onafgebroken aan het woord. 'Het is al bijna ochtend. We kunnen het beste proberen de vallei uit te komen nu het nog donker is en naar de hooglanden of zelfs tot in de bergen zien te komen.' De hele weg naar boven bleef zijn stem maar doorzeuren.
Ze waren allemaal te moe om hem te vragen zijn mond te houden.
'Neelahn zal wel opgetogen zijn om jullie weer te zien,' ging hij verder, met een schril lachje. De man leek zo blij als een klein kind.
Elena besefte dat zij zich hetzelfde zou moeten voelen na al die keren dat ze aan de dood was ontsnapt, maar het kostte haar al genoeg moeite om de ene voet voor de andere te krijgen. Na een tijdje voelde ze een laag van dode bladeren en droge takjes onder haar voeten. Haar hart maakte een sprongetje als dat van een zeeman bij het zien van een meeuw die het vasteland aankondigt: het eerste teken van leven van de buitenwereld! De hele groep versnelde zijn pas over de glibberige ondergrond. Ze wisselde een korte blik uit met haar oom en ze lachten elkaar toe

met wat voelde als de eerste gemeende lach in lange tijd.
Haar voeten vlogen over de bladeren. Half huppelend liep ze voor Kral uit. Voor zich uit zag ze een gordijn van wortels in het licht van de toorts. Daar was het eind van de tunnel!
Achter uit de groep klonk een knarsende stem. 'Er is iets mis,' riep de trol. 'De stank wordt sterker. Wacht.'
Niet weer, dacht Elena wanhopig. We zijn er bijna uit!
De wolf vertrouwde het ook niet. In zijn keel welde een diep gegrom op.
'Zijn het weer kobolden?' brulde Kral naar Tolchuk.
'Ik weet het niet zeker.'
Kral draaide zich om naar de anderen. 'Meric, neem Elena mee naar buiten. Ik ga terug naar Tolchuk. Wat het ook is dat op ons loert, wij houden het wel bij jullie vandaan.'
Meric knikte en duwde haar met een hand in haar rug verder.
Ze aarzelde even, maar Kral gebaarde dat ze door moest lopen en maande haar oom en Erril om bij hen in de buurt te blijven. Erril maakte aanstalten om te blijven staan en Kral te helpen, maar de bergbewoner wees naar het eind van de gang. 'Naar buiten. In jouw toestand zou je toch alleen maar in de weg lopen.'
'Wees op je hoede,' zei de zwaardvechter schor toen hij verder liep.
Meric dreef Elena voor zich uit. 'Loop maar door. We zijn pas veilig als we in het bos zijn.'
Meer aansporing had Elena niet nodig. Ze vloog vooruit, met Meric dicht achter zich aan.
Rockingham was blijven staan waar hij stond toen de trol zijn waarschuwing gaf. Toen hij zag dat ze eraan kwamen, gebaarde hij naar de wolf en Mogweed dat ze op hun post moesten blijven terwijl hij naar de verstrengelde wortels voor de ingang toe kroop en zich naar buiten perste. Mogweed zakte door zijn knieën en sloeg zijn armen om de nek van de wolf om te voorkomen dat het dier ervandoor ging.
Zodra hij zich door de wortels had gewrongen, draaide Rockingham zich om en stak de toorts als een baken omhoog. Hij wenkte Elena. 'Kom maar. Die gangen zijn levensgevaarlijk.'
Ze rende naar hem toe, langs Mogweed, die gespannen naar beide kanten de tunnel in tuurde. De wolf gromde nog steeds toen ze langs hem schoot. Mogweed hield hem stevig vast in zijn nekvel. Ze stak al een hand uit naar Rockingham toen het tot haar doordrong dat de wolf in de richting van het bos gromde – niet naar iets in de tunnel!
Haar ogen vonden die van de man die haar ouders had vermoord.
Ze verstarde met haar arm nog uitgestoken en besefte dat ze een vergissing had begaan toen Rockingham zijn hand uitstak en haar bij haar

pols greep. Met een ruk trok hij haar naar zich toe.
Elena gilde en probeerde zich los te rukken. De anderen stormden op haar af, maar Mogweed gleed uit over de glibberige bladeren toen hij haar te hulp wilde komen en viel half over Meric heen. Tegen de tijd dat ze overeind waren gekrabbeld en de ingang van de tunnel weer vrij was, had Rockingham Elena al tussen de wortels door naar buiten gesleurd.
Ze greep zich met één hand vast terwijl ze naar buiten werd getrokken, maar de dunne wortel brak doormidden.
Met verrassende kracht slingerde Rockingham haar de open plek voor de ingang van de tunnel op.
Ze landde op de natte grond en bladeren, rolde om en kwam overeind, klaar voor zijn aanval.
Achter zich hoorde ze een stem. 'Elena! Pas op!'
Ze herkende Neelahns stem en draaide zich met een ruk om.
Twee skaltums kwamen vanonder het dichte bladerdak van het omringende bos gestapt. Elena liet zich op haar knieën vallen.
'Welkom terug, muissje,' zei de ene.
'Zzullen we ssspelen?' zei de andere.

37

Bij de eerste gil van het meisje schudde Erril Bols helpende arm van zich af en duwde hij de oude man bijna opzij. Die vervloekte Rockingham had hen allemaal beduveld! Wankelend op zijn benen baande Erril zich een weg naar voren, foeterend op het gif in zijn lijf.

Voor hem uit gooide Meric Mogweed van zich af. Hij bevrijdde zichzelf uit het kluwen van armen en benen en stormde naar het eind van de gang. Meric was niet gewapend, maar dat weerhield hem er niet van naar de opening te vliegen. De wolf had zich inmiddels ook losgeworsteld en rende naast hem mee.

Erril zag hun snelheid met een frons aan en voelde zich bespottelijk met zijn strompelende gang. Hij struikelde bijna over Mogweed, die overeind probeerde te komen. 'Het spijt me,' mompelde de jager, die ineenkromp voor Errils boze blik en opzij schuifelde.

Buiten in het donker klonk kil gelach op, sissend en boosaardig. Toen hij dat hoorde, werd het Erril koud om het hart. Hij had dat geluid maar al te vaak gehoord op slagvelden in een ver, vergeten verleden. Er waarden skaltums rond vannacht. Hun vuige lachen was een aankondiging van de dood.

Meric en de wolf wrongen zich door het gordijn van wortels en verdwenen in de nacht. Erril en Bol volgden hen moeizaam naar de uitgang van de tunnel. Beide mannen haalden zwoegend adem tussen opeengeklemde kaken. Erril stak zijn hand al uit op zoek naar houvast, vastbesloten om door te zetten, maar voordat hij de gang uit kon kruipen, sloten sterke vingers zich om zijn schouder en hielden hem tegen.

'Nee,' zei een bulderende stem achter zijn rug. Het was Kral. De bergbewoner trok hem weg uit de opening. Erril zag dat Bol ook in een van de knuisten van de reus gevangenzat. 'Jullie zijn te erg verzwakt. Blijf maar hier. Tolchuk beschermt jullie wel.'

Erril probeerde zijn schouder los te rukken uit de greep van de bergbewoner, maar hij merkte dat hij de kracht ontbeerde. Hij kon niet ontsnappen, niet aan Kral en niet aan de waarheid van diens woorden.

Kral schoof hen zonder verdere plichtplegingen opzij en werkte zich met zijn ellebogen tussen de wortels door naar buiten. Inmiddels was Tolchuk achter hen komen staan. Zijn trollenogen leken bijna te gloeien in

de doorgang. Erril kon niet zeggen of Tolchuk hier was om hen te beschermen of om te zorgen dat ze zich verre van het gevecht hielden.
'Ik ga naar buiten,' zei Erril, en hij stak een arm uit naar de wortels. Hij verwachtte dat de trol iets zou doen om hem tegen te houden.
In plaats daarvan was het Bols hand die hem tegenhield.
De oude man pakte hem bij zijn elleboog, niet om hem tot staan te brengen, maar alleen om Erril zijn eigen overtuiging te laten voelen. 'Ik begin het opeens te begrijpen.' De oude man gaf hem een kneepje in zijn arm. 'Kral heeft gelijk. Dit is niet ónze strijd.'
Bij zijn woorden viel Erril stil van verbazing. Hij had nooit gedacht dat Bol laf was. Hij rukte zijn elleboog los uit de greep van de oude man en keek Bol aan. 'Elena is in gevaar!' beet hij hem toe. 'Je hebt zelf gezegd dat ik haar hoeder ben. Wil je dan dat ik haar nu in de steek laat?'
Bol kneep zijn ogen dicht, getroffen door zijn woorden; op zijn wang hadden scherpe nagels zwarte sporen achtergelaten. 'Natuurlijk niet,' zei hij. 'Maar besef wel: wat hier vannacht gebeurt, heeft zo moeten zijn.' De oude man wuifde hem verder.
Met een boze frons om het oponthoud perste Erril zich tussen de wortels door. In de haast bleef zijn wambuis aan een tak hangen. Hij scheurde het leer los en deed wankelend een paar stappen van de opening vandaan. Bol wrong zich achter hem aan naar buiten, maar Tolchuk rukte alleen aan de wortels. De spieren lagen in dikke kabels op zijn armen, maar de oude eik hield zich met zijn wortels onwrikbaar vast aan het steen. De trol was twee keer zo groot als een man en kon er niet doorheen.
'Jouw strijd is dit ook niet,' zei Bol bij wijze van troost tegen Tolchuk. Zijn woorden waren al net zomin bevredigend voor de trol als eerder voor Erril, en Tolchuk bleef aan de wortels rukken.
Erril sloeg geen acht op de twee en draaide zich om naar de open plek. In het midden van het veld kozen de strijdende partijen positie.
Rockingham stond aan de rand, met zijn rug tegen een dikke eik. Voor hem stond de wolf, grommend en met zijn nekharen overeind. Het dier probeerde te voorkomen dat de man nog meer onheil aanrichtte. Hij kon hem beter naar de strot vliegen, dacht Erril grimmig – en verder onheil voorgoed voorkomen.
Meer dan een vluchtige blik gunde Erril Rockingham echter niet. Zijn aandacht ging uit naar de echte strijd die zich midden op de open plek voltrok.
Twee skaltums hadden Elena ingesloten. Met hun rug naar elkaar toe hielden ze het kind met hun leerachtige vleugels gevangen in een kerker van bot en huid, onbereikbaar voor degenen die haar wilden redden. Het meisje had haar ogen wijd opengesperd en de tranen stroomden

over haar wangen. Ze beefde en kromp telkens ineen als een vleugel langs haar huid streek. Erril wist dat de dood van de kobolden haar zo van streek had gemaakt dat ze bang was om haar krachten aan te wenden om zichzelf te bevrijden.
Anderen deden pogingen haar te redden.
De twee skaltums stonden tegenover drie tegenstanders.
Aan de ene kant stond Meric, met vlammende ogen. Hij had geen wapen in zijn hand, maar over zijn lichaam danste een stralenkrans van licht. Hoewel het windstil was op de open plek, wapperde Merics losgeraakte zilverige haar in een spookachtige bries. De hemel boven het bos hield gelijke tred met zijn woede: torenhoge wolken joegen door de lucht alsof ze het gevecht wilden bijwonen. Bliksem zette de onderbuiken van de donderwolken in het licht en maakte zwarte kolommen zichtbaar die tot aan de grond reikten. Het mocht dan bijna dag zijn, maar de zwarte hemel duidde op een nacht zonder einde.
Aan de andere kant van de open plek stond de ranke gestalte van Neelahn. Haar schouders waren tegen een grote olm gedrukt en ze hield haar armen tartend geheven. Ze gooide haar hoofd in de nek alsof ze de strijdende hemel wilde toezingen. De reusachtige olm torende hoog boven haar uit en strekte zijn takken uit naar diezelfde hemel, in nabootsing van de trotse houding van de kleine niphai.
Dichter bij Erril stond Kral, met zijn zware bijl in de hand. Terwijl de donder over de open plek rolde, blikkerden zijn tanden wit in het weerlicht, ontbloot in de bloeddorstige grimas van een beer. Kral verplaatste zijn bijl in zijn hand. 'Nu zal ik mijn schande wegwassen!' brulde hij tegen de skaltums en tegen de hemel. 'In jullie bloed!'
De skaltums stelden zich op tegenover de drie. De spanning lispelde in hun vleugels en doofde hun eerdere gelach. Achter hun opgetrokken zwarte lippen schemerden scherpe witte tanden. Vlammende ogen wogen de mate van bedreiging door de kleine gestaltes die hun macht tartten.
Bols stem verbrak de geladen stilte die over de open plek was neergedaald. Zelfs de donder die de bliksemflitsen vergezelde, hield zijn gerommel diep in zijn keel. De volgende keer dat de donder van zich liet horen, besefte Erril, zou de lucht zinderen van de strijd. Bol trok aan Errils mouw. 'De elementen!' siste hij. ' "Drie komen er." Zo staat het geschreven.' Bol wees met een priemende vinger naar de open plek. 'Kral, Meric en Neelahn. Steen, wind en het vuur van het leven. Drie komen er! Niet naar mijn huis, zoals ik eerst dacht – maar híér!'
'Drie zullen sterven,' antwoordde Erril. 'Ze kunnen de zwarte magie van de schrikheren niet doorbreken.' Hij trok zijn zwaard uit de schede, maar toen hij de punt omhoogbracht, begon zijn arm te beven. Het gif gierde door zijn spieren.

'Jij en je Broederschap hebben de natuurkrachten altijd onderschat. De uitkomst is niet voorzegd.' Bol had maar één vinger nodig om Errils wapen weg te duwen; de zwaardvechter had niet de kracht om hem tegen te houden. 'Dit is niet onze strijd,' zei de oude man weer.
Erril sprak al zijn wilskracht aan om de ijzeren vuist in zijn zak weer tot leven te wekken. Misschien had zijn fantoomarm wel de kracht die zijn andere arm ontbeerde. Maar de vuist roerde zich niet. Misschien was de magie uitgeput, of wellicht geloofde hij de woorden van de oude man.
Achter zich hoorde Erril Tolchuk worstelen met de haag van verstrengelde boomwortels. De trol gromde van frustratie.
Errils vuist balde zich om zijn zwaardgevest. In zijn hart was hij het met de trol eens.
Op de open plek barstte de strijd los zonder hem.

Neelahn zag een van de gevleugelde wezens met een reusachtige poot uithalen naar de elve. Of, beter gezegd: naar waar de elve net nog had gestaan. Meric vloog achteruit en de klauw graaide in het niets. Neelahn wist zeker dat zijn voeten niet hadden bewogen. Toen kruiste Meric zijn armen voor zijn borst en boog het hoofd. Het flakkerende licht dat zijn lichaam omhulde, vlamde feller op; bliksem schoot als een dunne pijl uit het dikke wolkendek en boorde zich in de uitgestrekte klauw van het beest.
Een donderslag brak de hemel open.
De skaltum krijste en trok zijn poot terug. Het beest leed onmiskenbaar pijn, maar de poot was niet veranderd in een verkoolde stomp. Dankzij zijn pantser van zwarte magie had het weerlicht hem niet waarlijk kunnen deren. De andere skaltum bleef op zijn post bij het doodsbange kind.
Neelahn besefte dat ze een van de twee zou moeten weglokken om Elena de kans te geven te vluchten. De hexe mocht niet sterven! De wedergeboorte van Lokaihera lag in handen van dit kind. Neelahn dacht terug aan de profetie van haar stervende oudste: groen leven ontspruit aan het rode vuur – een vuur uit magie geboren. Neelahn keek naar het bevende meisje. Ze mocht niet sterven.
Neelahns blote tenen groeven zich door de dunne aarde naar de wortels van de olm. Eerder had ze al de geest van de boom aangeroepen. Alle voorbereidingen waren getroffen. Ze sloeg haar ogen iets neer, zong het oude bos toe en zoog zijn kracht in zich op.
Terwijl haar geest zong, voegde haar lied zich bij andere en smolt haar ziel samen.
Ze werd de olm. Ze werd het bos.

De hexe moest worden bevrijd!
Haar armen schoten uit naar de skaltum met de gewonde hand. De olm boven haar hoofd volgde haar beweging, en de langere takken grepen de skaltum beet met dikke armen die in eeuwen van sneeuw en wind waren gehard.
De skaltum verzette zich en zijn kracht deed Neelahn naar adem snakken. Ze belaagde het wezen met zwiepende takken en probeerde het van Elena weg te sleuren, maar het beest sloeg zijn klauwen diep in de grond en het steen en week nog geen duimbreed.
Ook Neelahn boorde haar tenen dieper in de grond. Het zweet stond in dikke druppels op haar voorhoofd; haar stille lied brandde in haar keel. De krachtmeting vergde meer van haar dan ze had verwacht, maar ze had dan ook nog nooit eerder geprobeerd zoveel kracht aan te wenden. De elementaire magie die door haar aderen stroomde, was ook een deel van haar wezen. Door die magie te gebruiken brandde een deel van haar op, als een houtblok dat het haardvuur voedt. Hijgend worstelde ze om het verdorven wezen in haar greep te houden.
Ze besefte dat ze het niet alleen kon. Haar oog viel op Meric. Het schijnsel om zijn lichaam was weer teruggekeerd nadat hij de bliksem had opgeroepen. Ze had een bondgenoot tot haar beschikking. Zijn weerlicht alleen kon het beest niet deren en haar grijpende takken konden het niet van zijn plaats krijgen. Wat als ze hun krachten bundelden? Ze beet peinzend op haar onderlip. Elven en niphai hadden hun zielen niet meer verenigd sinds de tijd dat het land nog pril was. Zouden ze de kloof kunnen overbruggen die kwaad bloed tussen hen geslagen had?
Wankelend schoof Meric dichter naar de skaltum toe. De elve leek vastbesloten om zijn leven te geven voor het kind. Het kostte Neelahn moeite om de edelmoedigheid die hij aan den dag legden, te rijmen met het gloeiende kooltje van de haat in haar hart. Ze beet op haar lip. Was hij te vertrouwen?
De skaltum worstelde in haar greep en ze voelde de takken van de olm scheuren. Pijn vlamde in haar op en ze viel op een knie. Merics ogen zochten de hare; zijn gezicht stond strak van de inspanning.
Zijn ogen vernauwden zich en ze besefte dat haar verwarring ook door zijn hoofd woelde.
Het werd tijd om de banden van het bloed terzijde te schuiven en een nieuw bondgenootschap aan te gaan.
Ze gaf Meric een teken met haar ogen; hij antwoordde met een klein knikje.
Opnieuw schoot de bliksem uit de hemel neer en trof het beest. De skaltum kromp ineen van de pijn, maar bleef ongedeerd. Zijn woeste ge-

spartel bevrijdde het wezen van een deel van de takken waarmee de olm het in zijn greep hield.
Maar Merics bliksemschicht had Neelahn de tijd gegeven die ze nodig had om haar lied te veranderen. Haar vingers klauwden naar de hemel. Uit de grond schoten wortels op die zich strak om de poten van het beest slingerden en zich vastbeten in zijn ziekelijke vlees. Neelahn vocht om het wezen zijn houvast in de aarde te ontnemen. Als ze zijn klauwen kon lostrekken, zouden de takken het beest bij Elena weg kunnen slepen.
Weer sloeg Meric toe. Deze keer bereikte zijn bliksemschicht echter niet de grond, maar sloeg hij in boven de skaltum, in de lucht. Meric wankelde op zijn benen. Zijn haar hing slap op zijn schouders; de spookwind was verdwenen.
Het gevecht matte hem even erg af als haar. Ze zagen allebei lijkbleek; hun ademhaling kwam in horten en stoten. De krachten die ze hadden ontketend, hadden hen beiden uitgeput.
Neelahn zat inmiddels op beide knieën op de grond. Haar spieren trilden van vermoeidheid. Verscheidene grotere takken bogen zich alweer terug naar de boom en haalden niet meer uit naar de skaltum. Merics volgende aanval was niet meer dan een lichtflits en werd zelfs niet meer vergezeld door een donderslag.
De andere skaltum merkte dat hun aanval haperde en keerde zich om naar zijn maat om te helpen. Toen hij een wortel losscheurde, hapte Neelahn naar lucht van de pijn en liet ze zich op één hand voorovervallen.
Ze waren gedoemd.

Toen de skaltum zich omdraaide om zijn broeder te hulp te komen, zag Kral een opening, een onbeschermde flank. Met geheven bijl ging hij in de aanval. Hij wist dat hij het beest niet kon doden, maar hij hoopte zijn aandacht af te leiden zodat het de andere skaltum, die in de wortels verstrikt zat, niet kon beschermen.
Met een brede zwaai bracht hij zijn bijl over zijn schouder naar beneden.
Krals adem stokte toen zijn bijlblad zich in de weke onderbuik van de skaltum vrat en het beest openreet. Zwarte ingewanden puilden uit de wond, als een opgezette tong uit de mond van een stervende.
Man en beest verstijfden bij de aanblik. Bloed droop langs de houten steel van Krals bijl. De skaltum staarde met grote zwarte ogen van verbijstering naar zijn doorkliefde buik.
Toen vloog zijn blik omhoog naar Kral. Zijn ogen vernauwden zich en met een snerpend gekrijs stortte het wezen zich op hem.

Kral kreeg nauwelijks de tijd om zijn bijl op te tillen en de vlijmscherpe klauwen af te weren die langs zijn keel scheerden. Hij was veel te traag om te voorkomen dat de andere klauw zijn kuit greep. De skaltum knapte het bot in tweeën.
De pijn was nog niet tot Krals bewustzijn doorgedrongen toen het beest hem de lucht in trok. Voordat het hem zwart voor ogen kon worden van de pijn in zijn gebroken been, wierp Kral een muur op rond zijn hart.
Hij was een rotsblok. Een rotsblok voelt geen pijn.
Bungelend in de klauw van het beest klapte Kral dubbel en haalde met zijn bijl blind uit naar de arm die hem vasthield. Een lichte siddering voer door het ijzeren blad toen het door het bot in de arm van het wezen sneed. Hij kreeg maar een tel om van zijn voldoening te genieten voordat hij uit de lucht tuimelde en met zijn hoofd tegen de grond klapte.
Verdoofd rolde hij weg van de plek waar hij dacht dat de skaltum stond, met zijn bijl tegen zijn borst gedrukt. Hij zag nauwelijks iets door het bloed dat uit een wond in zijn voorhoofd stroomde. Staan kon hij niet meer, maar hij drukte zich op zijn goede knie op en gaf een houw naar voren met zijn bijl. Hij raakte niets dan lucht. Toen hij het bloed uit zijn ogen wreef, zag hij dat de skaltum de stomp van zijn arm omklemde in een poging de zwarte rivier te stelpen die uit de wond spoot.
Kral staarde naar de verwondingen aan de buik en de arm van het wezen. Zijn wapen was werkelijk door het pantser van zwarte magie gedrongen! Maar waarom? Hoe? In stilte dankte hij de goden van zijn volk. Wat de oorzaak ook mocht zijn, nu had hij de kans om de schande in zijn hart uit te wissen. De vorige keer was hij met laffe woorden van deze monsters weggevlucht. Deze keer zou hij zijn moed tonen!
Toen het ten slotte tot het beest doordrong dat zijn pogingen het bloeden te stelpen zinloos waren, liet het zijn gewonde arm zakken. Het bloed drupte stroperig uit de doorgehakte pols. Het monster kwam weer op hem af, behoedzamer deze keer en met zijn vleugels waakzaam geheven.
Achter het beest zag Kral Elena's gezicht oplichten in de korte lichtflitsen van het weerlicht. Het andere wezen hield haar met een van zijn klauwen omklemd. Haar belager worstelde nog altijd om zich te bevrijden van de wortels die zijn poten verstrikten en de takken die zich aan zijn vleugels vastklampten.
Voordat hij haar te hulp kon schieten, moest Kral eerst afrekenen met het beest dat nu zo omzichtig op hem af stapte.
Kral speurde naar een mogelijke zwakke plek. Het wezen had nog zoveel wapens tot zijn beschikking: de scherpe nagels aan zijn voorpoten,

twee geklauwde achterpoten en een bek vol verscheurende tanden. Bovendien was het beest nu op zijn hoede; het dacht na in plaats van te reageren. Het zou nu niet meer onbezonnen te werk gaan en zijn prooi onderschatten.
Kral wist wat hem te doen stond. Hij moest het beest dichter naar zich toe lokken.
Hij haalde diep adem en laadde zich op voor het wachtende vuur. Na die voorbereiding verbrak hij de magie rond zijn hart. Hij was geen rotsblok meer. Steen veranderde terug in vlees en bloed. De pijn in zijn gebroken been kreeg de vrije teugel; het vlijmde en brandde in zijn bloed als vuur in een dorre struik en verscheurde hem. Het werd hem zwart voor ogen en hij viel op de grond.
Hij vocht om bij bewustzijn te blijven, maar de pijn had andere plannen met hem.
Door die grauwe pijnsluier heen hoorde hij de skaltum met een kakelend lachje op zijn gewonde prooi af springen. 'Ik zzzal me met genoegen te goed doen aan je ingewanden, bergwurm,' siste het beest.
Kral dwong zichzelf zijn ogen op te slaan. Hij lag op zijn zij en zag hoe de tenen van het wezen zich op nog geen haar van zijn neus in de modder boorden. Hij draaide net op tijd zijn hoofd opzij om de tanden van het beest op zijn keel af te zien schieten. Kral negeerde de pijn die als een mes door zijn been sneed en rolde met een ruk om, terwijl hij zijn arm met de bijl tegelijkertijd in een brede zwaai omhoog liet komen.
Hij wist dat hij maar één kans had. Hij voelde zijn bijl bijten, maar waarin?
Toen hij tot stilstand kwam, zag hij de skaltum op een armlengte van hem vandaan uitgestrekt op de grond liggen. De kop was nog verder weggerold.
De goden zij dank!
Kral duwde zich op een knie op, maar hij moest al zijn krachten aanspreken om het duister op afstand te houden dat brullend aan hem trok. Neelahn en Meric waren er niet veel beter aan toe, zag hij. De nimf lag opgerold aan de voet van de boom, met één hand uitgestoken naar de stam van de olm. De boomtakken bewogen nog wel, maar veel kracht hadden ze niet meer. Meric was op zijn knieën neergezegen, duidelijk uitgeput. Het schijnsel dat hem had omhuld, was gedoofd.
Toen Kral om zich heen keek, zag hij dat de overgebleven skaltum de laatste wortels om zijn poten kapottrok en de verzwakte takken van zich af veegde. Het beest was vrij. Elena lag nog altijd in zijn klauw. Ze verzette zich met krachteloze handen; Kral zag haar tranen.
Aan de verdoofde, glazige blik in haar ogen zag Kral dat ze elk moment kon ondergaan in de duisternis die ook hem belaagde. Maar waar het

duister van Kral brandde, beloofde het hare de verkoeling van de ontsnapping.

Houd moed, drukte hij haar in stilte op het hart.

Voor de laatste keer hief Kral zijn bijl. Hij kon de open plek dan misschien niet oversteken om bij de andere skaltum te komen, maar zijn bijl kon dat wel!

Hij had maar één worp.

Toen hij zijn arm naar achteren bracht, bad hij dat de goden deze ene wens zouden vervullen. Hij deed zijn ogen dicht en liet zijn arm naar voren schieten met alle kracht die de spieren in zijn rug en zijn schouders nog konden opbrengen. Hij deed zijn ogen open; de bijl vloog uit zijn hand.

Het blad tolde in trage cirkels door de lucht.

Het lot van het kind lag nu niet meer in zijn handen. Zijn hart wist dat het zijn taak had volbracht en liet de duisternis opkomen. Zijn blik vertroebelde en hij viel kreunend voorover op de aarde.

Elena zag de bijl op zich af schieten. Ze deed geen moeite om zich buiten de baan van het wapen te worstelen. Ze sloot alleen haar ogen. Als zo een eind aan alle verschrikkingen kwam, mocht het blad haar treffen.

Ze voelde een sterke luchtstroom boven haar hoofd. De klauw die zich om haar schouder had gesloten, verstijfde een tel lang en viel toen van haar af. Verrast door de onverwachte vrijheid bezweken haar knieën onder haar eigen gewicht.

'Rennen, Elena!' riep Erril haar vanaf de overkant van de open plek toe. Het duurde een paar tellen voordat zijn woorden tot haar geest doordrongen. Ze keek opzij om te zien wat er van haar belager was geworden: het beest torende nog altijd boven haar uit, maar de lange houten steel van Krals bijl stak als een derde arm uit zijn borst. Het blad had zich tot aan het heft in de borstkas van het beest ingegraven. Donker bloed drupte uit zijn halfopen bek.

Het beest stond nog wel overeind. Met één klauw bevoelde het voorzichtig de met leer omwikkelde steel van de bijl. Uit zijn borst borrelde een reutelende hoest op; uit de wond bleef bloed opwellen. Toen zakte het door zijn knieën, alsof het een lompe poging deed om Elena's houding na te bootsen. Ze staarde gebiologeerd naar de zwarte stromen die uit zijn bek kwamen.

'Achteruit!' riep Erril.

'Elena, liefje – rennen!' De stem van haar oom verbrak de eigenaardige betovering die de skaltum op haar uitoefende. Ze merkte dat haar benen in beweging kwamen en strompelde achteruit over de doornatte

bladeren. En nog kon ze haar ogen niet van het sterven van dat gruwelijke wezen af houden.
De skaltum liet zijn vleugels naar de grond zinken. Zijn ogen zochten de open plek af en bleven toen op Rockingham rusten. Eén enkele nagel werd uitgestoken en wees naar de man. De woorden van het wezen gingen vergezeld van zwarte spikkels schuim. 'Bloed spreekt tot geboorterecht. *Naigoru tum skal mor!*'
Elena voelde de macht van het beest uitvloeien in een stroom over haar hoofd. Haar nekharen gingen recht overeind staan.
Het beest viel achterover op de grond, zodat de steel van de bijl omhoogwees naar de dichtbewolkte hemel. De borstkas kwam nog één keer met kracht omhoog en uit de neus en de bek spoot een dikke straal bloed op. Toen lag het wezen stil.
Alle ogen waren op de dode skaltum gericht toen Rockingham opeens happend naar adem naar zijn keel greep. Zonder nog acht te slaan op de grommende wolf strompelde hij de open plek op. Zijn gezicht was zo rood aangelopen dat hij bijna paars zag en zijn ogen puilden uit hun kassen. Hij stak een arm uit naar Elena. 'H-h-help me.'
Opeens klapte zijn bovenlichaam naar achteren, tot het uiterste gespannen. Zijn rug kromde zich zo onbestaanbaar ver dat Rockingham op zijn tenen moest gaan staan om in evenwicht te blijven. Met zijn ogen op de hemel gericht brulde hij één enkel woord – een naam: 'Linora!' Daarop weerklonk een scherpe knal over de open plek en zeeg Rockingham dood neer op de grond, als een marionet waarvan de touwtjes zijn doorgeknipt.
Elena staarde als verdoofd naar de man die haar familie had uitgemoord. Ze had een gevoel van voldoening verwacht, maar achter haar borstbeen gaapte alleen een grote leegte.
Stilte daalde neer over de vallei. De wind zuchtte in het natte bos.
De wolf trippelde naar Rockingham en snuffelde aan de man. Zijn nekharen stonden nog steeds overeind.
Achter haar hoorde ze de stem van haar oom. 'Kijk, volgens mij ademt Kral nog.'
'Leeft hij nog?' zei de zwaardvechter, schor van verbazing.
Elena rukte haar blik los van Rockinghams levenloze lichaam en draaide zich om naar waar Kral lag.
Oom Bol knielde naast de bergbewoner neer en tilde Krals hoofd van de doorweekte aarde. Bladeren plakten aan één kant tegen zijn bonkige gezicht. Krals ogen gingen knipperend open en hij ademde sidderend uit. Hij hoestte. 'Heb ik... Is het dood?' zei hij met beverige stem.
'Ja,' zei haar oom. 'Blijf stil liggen totdat we je been hebben gespalkt.'
'Ik... Ik wil het meisje zien.'

Haar oom wenkte Elena dichterbij. Ze holde naar de bergbewoner toe, opgetogen dat de dood vannacht in ieder geval één slachtoffer was ontfutseld.

Krals ogen lichtten op van opluchting toen hij haar zag.

Erril was met Elena meegelopen. De zwaardvechter knielde naast Kral neer. 'Je hebt ons allemaal het leven gered.' Hij gebaarde naar Meric en Neelahn, die op onvaste benen overeind kwamen.

'We hebben het samen gedaan,' prevelde Kral. 'Met de hulp van de goden.' Hij duwde zich ver genoeg op om de bijl te zien die uit de dode kolos omhoogstak. Toen zuchtte hij en liet zijn voorhoofd weer in de modder zakken. Elena hoorde hem een dankgebed zeggen.

Erril legde een hand op zijn schouder. 'Je bijl vloog recht op zijn doel af. De kracht in jouw arm heeft deze smerige nacht tot een goed eind gebracht.'

'Maar mijn hart heeft hij niet kunnen redden,' mompelde Kral tegen de aarde.

'Wat mopper je nou?' vroeg Erril. 'Je hebt ze moedig verslagen.'

'Nee, dat hebben de goden gedaan. Mijn bijl kon helemaal niet door de zwarte magie van die beesten heen dringen. Het was het werk van de goden, niet van mijn arm.'

'Nee, Kral, het was niet de hand gods die door hun duistere bescherming heen brak. Jouw bijl had gedronken van het bloed van het monster dat je in Winterfell had gedood. Na een bad in die zwarte ziel kan elk wapen door hun magie heen snijden.'

Toen hij Errils uitleg hoorde, kwam Krals hoofd met een ruk overeind. Zijn ogen stonden opeens weer helder en alert. Hij stak een hand uit en greep de zwaardvechter bij zijn knie. 'Wat zeg je daar?'

Het vuur in Krals ogen leek Erril te verwarren.

De bergbewoner liet zijn hand weer van Errils knie glijden. Krals ogen vernauwden zich door een pijn die meer dan alleen lichamelijk was. 'Ik dacht dat het een list was, een leugen.'

'Wat?' vroeg Erril.

Kral liet zijn hoofd weer zakken. 'Bij het huis is een onwaarheid over mijn lippen gekomen om aan die beesten te ontkomen. Ik zei dat ik wist hoe ik door hun afweer heen kon breken – dat mijn bijl hen kon doden.'

De zwaardvechter deed er het zwijgen toe bij het zien van Krals pijn.

De zware stilte werd ten slotte verbroken door oom Bol, die een hand op de borst van de bergbewoner legde. 'Uiteindelijk bleek het toch de waarheid. Je hebt niet gelogen.'

De pijn schitterde onverminderd in Krals ogen. 'Wel in mijn hart.'

Oom Bol keek Erril vragend aan. Die schudde alleen zijn hoofd en zocht

vergeefs naar woorden. Krals ogen gingen weer langzaam dicht; de pijn maakte zijn ademhaling rasperig.
Zonder goed te beseffen wat ze deed, legde Elena een hand op de arm van oom Bol en Erril. Ze leidde hen weg en knielde zelf naast Kral neer. Hij had haar het leven gered. Ze kon hem die pijn niet in zijn hart laten meedragen. Voor haar veiligheid hadden al te veel anderen te veel opgeofferd. Nu kon ze iets van die schuld inlossen.
Toen ze naast hem kwam zitten, gingen Krals ogen iets verder open bij wijze van begroeting, maar achter zijn blik lag nog steeds een intens verdriet.
Ze tilde zijn kin op met een vinger en legde die toen op zijn lippen. 'Er is geen leugen over je lippen gekomen, man van de bergen. Je hart beschermde je, evengoed als je mij beschermde. Laat schuldgevoel je dappere daden niet bezoedelen. Je hart is zuiver.' Ze boog zich voorover, drukte een zachte kus op zijn lippen en fluisterde weer: 'Er zijn geen leugens over deze lippen gekomen.'
Haar aanraking en haar woorden verzachtten de groeven die diep in zijn voorhoofd en rond zijn ogen gegrift stonden. Zijn lichaam ontspande zich zichtbaar. 'Dank je wel,' prevelde hij zacht, voordat zijn ogen langzaam dichtzakten. Zijn ademhaling werd vrediger.
Erril kneep haar even in haar schouder. 'Je hebt zijn leven gered, denk ik. Zijn schuldgevoel zou zijn wilskracht langzaam maar zeker hebben ondermijnd en Krals hart moet sterk en vrij van twijfel zijn, willen zijn wonden kunnen genezen.'
Elena liet zich achterover tegen Errils borst leunen. De woorden van de zwaardvechter waren ook als balsem voor haar ziel. Een diepe zucht ontsnapte aan haar vermoeide lichaam. Erril sloeg zijn arm om haar heen en hielp haar overeind.
Oom Bol liep over de open plek en knielde neer naast Rockingham. De moordenaar lag op zijn rug in de modder, met zijn armen en benen verwrongen in vreemde hoeken. Haar oom legde een hand in de hals van de man.
Elena wachtte. Opeens bekroop haar de neiging om oom Bol weg te trekken. Rockingham had haar ouders gedood. Ze wilde niet dat er nog iemand in zijn buurt kwam. Ze deed haar mond open, maar sloot hem meteen weer toen ze besefte hoe dwaas haar woorden zouden klinken.
'Ik voel geen hartslag. Hij haalt geen adem,' zei haar oom. Hij kwam steunend overeind, met een hand tegen zijn onderrug. Toen hij zich naar hen omdraaide, veegde hij zijn handen tegen elkaar alsof hij ieder spoor van Rockinghams verdorven aanraking wilde uitwissen. 'Hij is dood.'
Elena liet haar lichaam ontspannen. Het was voorbij. Straks werd het dag. Ze voelde opeens een diepe behoefte om de zon weer te zien.

Haar oom glimlachte naar haar.
Ze beantwoordde zijn lach, eerst schuchter, maar toen met meer overtuiging. Het eind van deze lange nacht kwam eindelijk in zicht.
Haar glimlach stond nog op haar gezicht toen haar neus alarm sloeg, nog voordat haar ogen dat konden doen. De stank van open graven sloeg over de open plek. Ze trok haar neus op in een poging die kwalijke geur buiten te sluiten.
Toen Elena zag wat er achter haar oom opdoemde, begon ze te gillen.

38

Mogweed hoorde het meisje gillen van angst en liep achteruit de gang weer in. Iets wat zo'n doodsangst inboezemde, moest wel veel erger zijn dan een stel kobolden. Misschien kon hij nog een andere weg naar buiten vinden. Maar zijn vrees voor de donkere tunnels en de wezens die zich in het duister schuilhielden deed hem aarzelen.

Tolchuk stond vlak bij de uitgang van de tunnel, achter het gordijn van wortels. Hij was er nog altijd niet in geslaagd zich een weg uit de gang te banen. Het rumoer van het gevecht had het bloed van de trol aan het koken gebracht. Hij rukte woest aan de ijzersterke wortels van de eik. Er waren al een paar nagels gescheurd en Tolchuks vingers bloedden.

Mogweed zag dat de trol beefde van razernij. Ten slotte liet Tolchuk zijn strijd tegen de wortels plotseling varen en draaide hij zich met een ruk om naar Mogweed. Zijn trollenogen vlamden, niet van het geelbruin van zijn silura-afkomst, maar met de rode gloed van een trol. Hij wees met een gehavende vinger naar Mogweed.

'Jij!' bulderde Tolchuk, die nu al zijn boosheid op hem richtte. 'Jij wist ervan!'

Mogweed voelde hoe de lucht zich verdichtte toen de woede van de trol over hem heen spoelde. Met grote ogen van de angst dacht hij terug aan de eerste keer dat hij de trol had gezien, toen die de snuffelaar aan bloederige repen had gescheurd. Zijn tong lag als verlamd in zijn mond.

'Jij wist wat er buiten de tunnel wachtte, maar je tong heeft zich niet geroerd!'

Mogweed worstelde met zijn keel en zijn lippen in een poging de woorden te vinden om de beschuldigingen te weerleggen. Hij kon het niet.

Tolchuk denderde door de gang op hem af. Zijn reusachtige gestalte vulde de tunnel vrijwel volledig. Mogweed sloeg zijn beide armen over zijn hoofd. Hij kon de hete adem van de trol al voelen. Ineengedoken wachtte hij op de scheurende pijn van scherpe tanden.

'Waarom?' siste Tolchuk. Zijn stem klonk laag en doods, en dat joeg Mogweed nog meer angst aan dan zijn bulderende woede. 'Waarom heb je ons verraden?'

Mogweed wist dat hij iets zou moeten zeggen. Tolchuk zou hem ongetwijfeld doden, woest als hij was. Maar wat viel er te zeggen? Hij hád hen ook verraden. Alleen Rockingham zou nu de woorden kunnen vinden om dit lot te ontlopen. Mogweed zag het spottende gezicht van de man voor zich. Ja, Rockingham zou het wel weten, en bij die gedachte wist Mogweed het zelf plotseling ook. Rockingham had hem iets geleerd. Waarom zou hij het ontkennen?

Mogweed dwong zichzelf rustig adem te halen en slikte een paar keer. Hij probeerde niet te letten op de doordringende geur van de verhitte trol. 'Ik wist inderdaad van de gevleugelde beesten,' bekende hij ten slotte met overslaande stem.

Tolchuks adem sloeg tegen zijn gezicht. 'Geef je het toe?'

'Ja.' Mogweed deed zijn ogen dicht en probeerde te doen alsof hij Rockingham was. 'Maar ik kon niet anders. Mijn zwijgen was onderpand voor Neelahns leven.'

'Heb je voor een van ons iedereen opgeofferd?'

'Nee, ze wilden alleen het meisje. Voor de anderen hadden ze vrije doortocht beloofd.'

Tolchuk liet zijn woorden zwijgend tot zich doordringen.

Mogweed voelde dat hij het voordeel van de twijfel kreeg en zette door, zoals Rockingham met de skaltums had gedaan. 'Ik wist niets van dat jonge meisje, maar de niphai zijn vrienden van mijn volk – en het jouwe. De silura en de niphai zijn allebei woudvolken, bondgenoten sinds lang vervlogen tijden. Ik kon Neelahn niet laten sterven voor een of ander mensenkind. De mensen hebben altijd jacht op ons gemaakt, ze hebben ons als beesten afgeslacht. Waarom zou ik het leven van een vriend ruilen tegen dat van een onbekende vijand? En dus stemde ik ermee in.'

'Je had ons kunnen waarschuwen,' zei Tolchuk, maar zijn woede was inmiddels vermengd met aarzeling en twijfel.

Toen kwam Mogweed met de genadeslag. 'Over mijn lippen komen geen valse beloften. Het was dan misschien een laaghartig pact, maar ik deed het om het leven van een onschuldige te redden. Ik had mijn woord gegeven en daar wilde ik niet op terugkomen. Zou jij dat dan wel hebben gedaan? Gaat dat zo bij trollen?'

Tolchuk liet zich op de vloer van de gang zakken. 'Nee. Het verraad van een voorouder heeft juist een vloek over mijn volk gebracht en mij tot mijn tocht gedwongen.'

Mogweed voelde dat hij er beter even het zwijgen toe kon doen.

'Ik bied je mijn verontschuldigingen aan,' zei de trol na een korte stilte. 'De eervolle weg is vaak niet eenvoudig.'

'Je woorden getuigen van respect,' zei Mogweed plechtig. Hij boog het hoofd, maar in zijn hart lachte hij. 'Excuses aanvaard.'

Buiten gilde het meisje opnieuw.

Erril trok het gillende kind tegen zich aan. Een grauwe tentakel, even dik als het bovenbeen van een man en bezaaid met rode vlekken, schoot naar voren en wikkelde zich om het middel en de borst van de oude man.
Grote goden! Erril deinsde achteruit en trok het meisje mee.
Enorme zuignappen zogen zich als monden vast aan de kleren en de huid van de oude man. Voordat Bol een arm kon optillen om zich te verweren, schokte zijn lichaam in de greep van het monster. Zijn mond ging open voor een schreeuw die niemand meer zou horen; een tel later verslapte hij.
De tentakel zwol op om het magere lijf van de oude man van de grond te tillen en als een lappenpop naar de bosrand te slingeren. Toen de tentakel weer uitrolde, zag Erril wat Bol het leven had gekost. Uit elk van de zuigmonden staken gehoornde dolken, die zich als honderden vlijmscherpe tongen in het vlees van de man hadden geboord. Een dampend rood goedje droop van elk van de punten: gif. De dolken werden weer ingetrokken.
Erril week met de jammerende Elena achteruit naar de rand van de open plek. Daar zakte het meisje door haar knieën, zonder haar blik af te wenden van het levenloze lichaam van haar oom.
Erril probeerde haar uit alle macht overeind te houden met zijn ene arm, maar zijn verzwakte spieren verkrampten van de inspanning. Elena gleed uit zijn armen. Met glippende hakken in de natte aarde en de dode bladeren worstelde hij om haar van het beest weg te trekken.
Vol afschuw staarde Erril naar wat hun te wachten stond als ze niet op tijd de bosrand bereikten.
Rockinghams borstkas was als een rijpe meloen opengebarsten, en als een ziedende ketel kolkte die gapende wond van een duistere energie. Vanuit die zwarte leegte had de tentakel zich de wereld in geslingerd.
Kloppend en kronkelend sleepte de arm zich uit het kolkende, zwarte niets.
Nu begreep Erril hoe de Duistere Heer hen had gevonden. Rockingham was geen mens, niet méér, in elk geval, maar een schepsel van zwarte magie. Erril had weleens over zulke wezens horen fluisteren. Rockingham was een golem, een lege huls, opgewekt uit het dode hart van een zelfmoordenaar.
Stapje voor stapje sleurde hij het kind verder van het opdoemende wezen vandaan.
Als een boosaardige boreling wrong het wezen zich langzaam maar zeker los uit de zwarte magie die uit de borstkas van de dode man opbolde. Wat er na de tentakel ter wereld kwam, was meer dan een monster. Zelfs in zijn ergste nachtmerries had Erril nooit zo'n wanstaltig

gedrocht gezien. Zijn geest weigerde te aanvaarden wat zijn ogen zagen.

De tentakel bleek niet de arm van het monster, maar een tong. Toen het wezen zich een weg verder de wereld in baande, verscheen ook de weke bek, dik en gerimpeld rond de giftige tong. Het monster trok zijn lippen op en ontblootte een ring van puntige tanden die glinsterden als glasscherven, rij na rij, tot diep in zijn keel.

Boven de bek deinden honderden steeltjes, elk langer dan Errils arm en bekroond met zwarte bolletjes zo groot als kippeneieren. Erril wist instinctief dat die bollen geen ogen waren, maar een ander zintuig dat het bevattingsvermogen van deze wereld te boven ging.

Uit het wezen steeg een jammerkreet op als het gegil van konijnen die geslacht worden.

Toen wierp het zich naar voren en rolde de open plek op.

Elena gleed uit Errils verzwakte arm en viel languit op de grond. Hij probeerde haar van haar plaats te krijgen, maar hij had de kracht niet meer. Hij keek om zich heen op zoek naar hulp. Aan de overkant van de open plek zag hij Meric, die Neelahn meetrok naar de bosrand. De elve probeerde om het monster heen naar hen toe te komen.

Onder Errils hand ging Elena opeens met een ruk rechtop zitten. Haar voeten zochten naar houvast om te gaan staan. Nu de eerste schok van de dood van haar oom was gezakt, werd ze zich weer bewust van wat er naderbij kwam. Erril hielp haar overeind. 'Snel!' riep hij in haar oor. Ze gehoorzaamde.

Erril kon het weer zonder hulp af en hij gebaarde naar Meric dat hij moest vluchten, in de wetenschap dat de elve zelf al een zware last meetorste. Merics blik ging naar het meisje, dat inmiddels op eigen kracht vooruitkwam. Hij knikte Erril toe en strompelde met Neelahn naar de beschutting van de dikke boomstammen en verstrengelde takken.

Erril en Elena probeerden zich ook in het bos in veiligheid te brengen. Het monster, twee mannen hoog en vier lang, was nu volledig te voorschijn gekomen. Het lijf leek op dat van een enorme slak; de grauwe huid glinsterde van het slijm, waar de hete damp vanaf sloeg in de kille nacht. Op de flanken prijkten zwarte en rode striemen, alsof zijn vlees daar met een mes was opengehaald. Op het opgezwollen lijf zat een rij zuigmonden die elk groter waren dan een volgroeide pompoen.

Opeens voer er een schok door het lijf, één keer, van kop tot staart. Elena gilde.

Uit de rij zuigmonden op het beest schoten tien gepantserde poten naar buiten, als die van een kolossaal insect. De poten zetten zich schrap en tilden het logge lijf omhoog uit de modder. Alleen de tong hing nu nog op de grond, zwiepend en kronkelend als een slang in de struiken.

Op dat moment besefte Erril met een schok wat dit voor beest was. Hij had het monster lang geleden horen beschrijven, al had hij het nooit met eigen ogen gezien. Al die eeuwen die sindsdien waren verstreken, waren niet genoeg geweest om het te vergeten. Voor hen stond een creatuur uit de vulkaangebieden van Gulgotha. In de ziedende zwavelputten van hun geboorteland, temidden van het gif en het vuur, groeven deze wezens de holen uit waarin ze hun eieren legden.

Errils geest verzette zich tegen die wetenschap. Hij bad dat hij zich vergiste.

Maar wat er toen gebeurde, bevestigde zijn angstige vermoedens.

De rug van het monster kromde zich. Opnieuw voer er een schok door het wezen. De huid scheurde langs de flanken open en natte vleugels spreidden zich uit. Als zeilen van been en vel reikten ze van de ene kant van de open plek naar de andere.

Erril joeg Elena sneller voor zich uit.

Hij wist nu zeker welk monster hij hier voor zich zag. In de bouw van de vleugels was het kleinere broedsel zelfs te herkennen.

'Een mulgothra,' hijgde hij binnensmonds terwijl hij het meisje voor zich uit duwde.

Het was een broedskaltum.

39

Elena holde met Erril naar de beschutting van het bos. Haar verdriet om oom Bol drukte als een loden last op haar hart, maar ze hield haar blik verre van zijn lichaam. Ze wist dat ze niet mocht toegeven aan haar verlammende verdriet, hoe verleidelijk het ook was. Als ze het niet voor zichzelf deed, dan voor de zwaardvechter, die nog eerder aan haar zijde zou sterven dan haar in de steek zou laten.

Terwijl ze renden, liet de kolkende hemel een meedogenloze, geselende regenbui op hen los. Weerlicht woedde tussen de wolken, begeleid door knetterende donderslagen vanaf de toppen van de Tanden.

Elena wierp telkens korte blikken over haar schouder, in de overtuiging dat het monster haar elk moment naar de strot kon vliegen. Mulgothra. Haar geest had het woord opgevangen dat de zwaardvechter zacht voor zich uit had gemompeld. Het leek een passende naam voor het schepsel.

Over de donkere open plek kwam het wezen op hen af gestapt. Het liep nog wat onvast op zijn gelede poten, als een kuiken dat net uit het ei is gekropen. Met een klapperend geluid van bot en leer schudde het zijn vleugels uit. De kille regen liep in dampende stromen over de warme huid.

Het voelde haar blik. De steeltjes keerden zich in haar richting en uit de bek klonk een sissende, lage roep van herkenning. Woorden glipten tussen het sissen door naar buiten, als gefluisterd gekrabbel dat opstijgt uit een graf. 'Kom. Rennen is zinloos, kind.' De woorden welden van diep in de donkere bek op.

Elena wist dat het niet de mulgothra was die sprak, of een wezen in de buik van het monster. De spreker loerde in een web ver van dit door de regen geteisterde bos: iets wat oneindig veel duisterder was dan de schril krijtende verschrikking die op haar af kroop, iets uit verdoemde landen, uit diepten waar nooit zonlicht kwam.

Diep in haar hart wist ze wie de woorden had gesproken.

Het Zwarte Hart, de Duistere Heer van de Gulgotha.

Opnieuw welden zijn verdorven woorden op uit de keel van de mulgothra. 'De wereld zal krijsen als jij je niet onderwerpt. Ik vernietig al wat je lief is. Je naam zal een vloek op ieders lippen worden. Dat be-

loof ik je – tenzij je bij me komt. Sluit je bij ons aan, nu.'
Elena liet de woorden langs zich heen gaan en rende verder. Ze probeerde niet naar de stem te luisteren, maar de woorden lieten zich niet buitensluiten; ze wurmden zich een weg naar binnen in haar geest.
'Luister maar hoe luid het geschreeuw zal zijn als je je verzet. Dank je voor het uitgelezen werktuig dat je voor me hebt achtergelaten.'
Elena's voeten stokten op hun jachtige vlucht naar de bosrand. Wat bedoelde dat vuige schepsel? Ze bleef staan en draaide zich half naar het wezen om.
Erril probeerde haar mee te trekken, maar ze schudde zijn door het gif verslapte arm af. De zwaardvechter leek de woorden niet te horen die tegen haar werden gericht.
Het monster draaide zich om, woelend in de aarde met zijn vele poten. Het kon maar één doel voor ogen hebben. Een van Elena's metgezellen lag nog als vergeten afval uitgestrekt op de grond: Kral. De bergbewoner lag op zijn buik op de natte bladeren, zich niet bewust van het naderende monster; zelfs de regen had hem niet uit zijn bewusteloosheid kunnen wekken.
De mulgothra scharrelde naar hem toe. De grauwe tong kwam kronkelend dichterbij.
Elena wendde haar hoofd af. Dit wilde ze niet zien. Toen ze zich van de aanblik af keerde, viel haar oog op het verfomfaaide lichaam van oom Bol. Hij lag met zijn gezicht naar de hemel gekeerd en de regen viel in zijn opengesperde ogen.
Een ijskoude hand sloot zich om haar hart. Haar hele familie was haar afgenomen – alsof al het vlees van haar botten was gerukt – en het enige dat nu nog van de jonge Elena restte, was een gepantserde, harde kern. Al die doden – allemaal omwille van haar!
Ze rukte haar blik los en keek weer naar Kral. Ze deed een stap dichter naar het monster toe. Ze kon niet toestaan dat er nog meer offers werden gebracht. Ze was het verzet beu. Er moest en zou een eind aan alle verschrikkingen komen. Laat het ophouden, alsjeblieft, huilde haar hart.
Voordat ze nog een stap kon doen, schoot er een donkere streep langs haar knieën naar voren. De wolf bleef tussen Kral en de mulgothra in staan en jankte naar het monster, met een woest gehuil dat dwars door de donder en de regen heen sneed. De razendsnelle verschijning van de wolf verraste de gevleugelde verschrikking kennelijk, want het monster krabbelde achteruit, weg van het grommende dier.
De steeltjes zwaaiden druk heen en weer. Even later schoot de tong naar buiten en sloeg de wolf opzij. De klap zond het dier tollend door de regen en tegen de stam van een eik. Elena zag dat de wolf probeerde zijn

kop op te tillen en met zijn poten houvast zocht in de laag dode bladeren op de grond. Toen zakte het dier in elkaar – of hij bewusteloos of dood was, wist Elena niet. Zijn roze tong hing uit zijn halfopen bek. De mulgothra hervatte haar schuifelende gang in Krals richting.

Nee! Ze liep half struikelend naar voren.

'Elena! Blijf staan! Je kunt niets voor hem doen!' Erril probeerde haar tegen te houden, maar het gif in zijn aderen had hem traag gemaakt. Ze dook weg voor zijn grijpende hand. 'Niet doen!'

Ze negeerde de waarschuwingen van de zwaardvechter. Het monster zou korte metten met Kral maken, met al haar vrienden. Ze begon te rennen. Haar hart lag als een dood gewicht in haar borst. Ze zou haar vrienden alleen uit die verscheurende bek kunnen houden als ze de Duistere Heer gaf waar hij opuit was. Door zichzelf op te offeren kon ze de anderen redden. Alles om te zorgen dat deze nacht ten einde kwam. Niemand zou nog omwille van haar sterven.

Met ogen die schrijnden van de ingehouden tranen dook ze op de bergbewoner af, net toen de punt van de tong van de mulgothra over Krals hoofd streek. Glibberend in de natte aarde kwam ze tot stilstand en schopte de tentakel weg. Elena plantte haar voeten in een plas regenwater en posteerde zich tegenover de dreigende gedaante van het monster. Ze stak haar armen in de lucht en legde haar hoofd in haar nek. De regen liep in stromen over haar gezicht en trok kille sporen door haar haren. 'Genoeg,' riep ze met verstikte stem. 'Je kunt me krijgen.'

Toen het monster zich over haar heen boog, kon ze tot diep in de geplooide bek kijken. Haar maag verzette zich tegen de stank. Ze vocht tegen de walging. Diep in de strot van het beest zag ze nog meer tongen, kronkelend en zwiepend als een kluwen wormen, maar de stem die sprak, was niet uit dat nest afkomstig. 'Zeer verstandig, kind. Verzet is zinloos. Je hart kent zijn meester.'

De mulgothra zakte iets door zijn poten, als een spin die zich opmaakt voor de aanval. Elena wilde dapper standhouden, maar ze voelde haar knieën knikken. Een van de tongen glipte uit de wijdopen bek en kwam kloppend op haar af. De punt raakte haar laars en gleed toen langs haar lichaam omhoog. Als in een wanstaltige omhelzing kroop de tong onder haar doorweekte hemd en wikkelde zich om haar borst. Het brandde. Ze voelde de zuigmonden haar huid beroeren.

'Onze scheppingen zullen de wereld op zijn grondvesten doen schudden,' zei de stem, maar Elena besefte dat die woorden niet echt tot haar waren gericht, maar een gefluisterde belofte waren voor de begeerte van het Zwarte Hart zelf.

Op dat moment begaven haar knieën het, maar voordat ze in de modder in elkaar kon zakken, verstevigde de tong zijn greep en tilde haar

op in de regen. De zuigmonden die haar eerst alleen hadden afgetast, beten zich nu in haar vast.
Elena deed haar ogen dicht. Hij mocht zijn hexe hebben. Hier was ze, zijn felbegeerde buit. Haar ziel zou hij toch nooit krijgen. De dood achtervolgde iedereen om haar heen; misschien zou hij ook de Gulgotha wel opeisen.
'Het is ver vliegen,' hoorde ze de stem zeggen.
Ze sloot haar geest af, sloot de wereld buiten en zocht een plek in haar binnenste waar ze het klapperen van vleugels en het bonken van haar eigen hart niet hoorde – ergens waar ze zich kon verschuilen. Ze trok zich terug in zichzelf en liet het donkere bos ver achter zich.
Maar haar vlucht stokte bij het horen van de volgende woorden van de Duistere Heer. 'De mulgothra is zwak. Ze moet eerst eten.'
Elena's ogen vlogen open. Ze zag een tweede tong uit de strot van het monster te voorschijn schieten en zich om Krals hals wikkelen.
Iedere vezel in haar lichaam schreeuwde het uit. Haar bloed werd als ijs in haar aderen. Nee! Haar stille kreet klonk door tot in de verste hoeken van haar wezen en wekte wat zich sluimerend rond haar hart had genesteld. De wereld vervaagde. Zelfs het weerlicht drong niet door haar duisternis heen. De kilte bereikte haar hart – en in haar binnenste laaide het vuur opeens hoog op.
'Genoeg, zei ik!' gilde ze. Haar stem steeg op naar de wolken boven haar hoofd. De donder gaf antwoord. 'Genoeg!' schreeuwde ze opnieuw. Op haar gepijnigde kreet sloot de tentakel zich dichter om haar borst om haar tot stilte te dwingen. Haar woorden sorteerden geen enkel effect. Vanuit een nauwe tunnel zag ze dat de andere tentakel Krals krachteloze lichaam naar de bek en de rijen met tanden trok. Haar blikveld kromp ineen tot de punt van een naald. In haar woedde een kil vuur.
De afgelopen twee nachten had ze zich in de verdediging laten dringen, zich laten tergen, zich van hot naar her laten blazen als een dood blad in een wervelstorm.
Maar nu niet meer.
Ze liet zich niet langer negeren.
Als de Duistere Heer een hexe wilde, kon hij een hexe krijgen. Een hexe die overstroomde van magie!
Ze reikte naar het vuur in haar binnenste, stelde zich open voor haar macht en liet de kille vlammen door haar huid heen branden. De kracht ziedde binnen de begrenzingen van haar lichaam, zoekend naar een kiertje waardoor hij de nacht in kon glippen en vrijuit kon razen. Hij brulde om bloed.
Het zij zo!
Ze stak haar arm uit naar de bek van de mulgothra en haalde haar rech-

terhand langs een van de messcherpe tanden van het monster. Met haar bloed stroomde ook haar magie naar buiten.
Ze haalde uit met een hand waar het rode vuur omheen danste.
Het monster krijste en liet haar op de grond vallen.
Toen ze op haar voeten terechtkwam, zag ze dat de mulgothra Kral ook had losgelaten. Het beest scharrelde achteruit van haar weg, naar de andere kant van de open plek. Het afgehakte uiteinde van zijn tong lag stuiptrekkend te kronkelen voor haar voeten, als een onthoofde slang. Met haar hiel schopte ze het uit de weg.
Opnieuw stond Elena in een plas regenwater, met haar hoofd opgeheven naar de hemel en haar kille ogen op de mulgothra en het boosaardige beest dat in het monster school. Het water om haar voeten veranderde in ijs en breidde zich uit. De regenplas werd een bevroren meer. De modder langs de randen knisperde naarmate haar kille vuur zich verder verspreidde. De regen om haar heen bevroor tot ijspegels die in haar gezicht beten. Zonder acht te slaan op de venijnige kussen van de regen liep ze naar het monster toe.
'Genoeg, zeg ik je!' Ze deed nog een stap. Kral lag achter haar. Haar vastberadenheid zette haar in vuur en vlam: niemand zou hem nu nog deren.
'Ik zal je krijgen, kind. Dood of levend.' De mulgothra sloeg dreigend haar vleugels uit.
Achter haar hoorde ze een andere stem – die van Erril. Hij klonk mijlenver weg. 'Elena, niet doen! Je bent er niet klaar voor! Kom terug! Vlucht!'
Ze negeerde hem. Ze zou niet meer naar anderen luisteren.
Deze nacht zou ze géén pion meer zijn in een of ander spel van vervlogen eeuwen en verloren geslachten.
Géén blad in een storm.
Géén kind.
Elena stak haar hand uit naar het monster. Het bloed drupte van haar gewonde handpalm en viel dampend en sissend op de bevroren grond. Vannacht was ze een hexe.
'Je had naar me moeten luisteren,' zei ze met een dreigende kilte in haar stem.
Het beest deinsde even achteruit, maar schoot toen opeens als een adder naar voren. Terwijl het op haar af rende, kwamen er uit zijn strot honderden tentakels tegelijk te voorschijn, die zwiepend de lucht geselden. Elena bleef staan en wachtte het razende monster op. Ze deed haar ogen dicht en balde haar rechterhand tot een vuist. Ze liet het vuur samenstromen in haar bebloede vingers. De kracht kolkte steeds dichter om zijn eigen kern. Haar arm trilde van de krachten die in haar vuist woed-

den. Ze bundelden zich tot een kille zon in haar hand.
De grond trilde toen de mulgothra op haar af denderde.
Ze voelde de stank van het wezen als een weerzinwekkend warme vlaag tegen haar gezicht slaan.
Haar vingers vouwden zich open als een roos bij zonsopgang.
In haar hand kwam een ster tot uitbarsting.

De kracht van de magische ontlading wierp Erril naar achteren. Hij sloeg met zijn rug tegen een boom en slaagde er met moeite in op de been te blijven.
Bevroren tranen stonden in zijn ogen. Hij knipperde een paar keer om zijn blik te ontdooien, en wat hij toen zag benam hem de adem.
De mulgothra was ruggelings van Elena weggeworpen. Het monster lag op zijn rug. Ze had het beest gedood!
Of nee!
Hij zag een vleugel trillen, en even later rolde het in een explosie van spieren en vleugels weer overeind. Het keerde zich opnieuw naar het kind. Uit de zwarte keel klonk luid gekrijs.
Elena was niet van haar plaats geweken; haar arm stak hoog in de lucht en haar vingers waren wijd uitgespreid.
Erril vloekte.
Haar hand was niet rood meer! Nu haar magie was uitgeput, was ze weerloos.
Hij liep struikelend naar haar toe. Wankelend op zijn benen zag hij hoe Elena met kracht haar arm naar beneden bracht en haar vingers uitstrekte naar de mulgothra.
De bliksem sloeg zo fel in dat Erril op de doorweekte grond viel. Hij keek net op tijd op om te zien hoe een inktzwarte onweerswolk uit de lucht neerdook en het monster opslokte.
Ze had de hemel zelf op het schepsel doen neerdalen! Zoveel kracht had Erril nooit in haar vermoed.
Haar magie was nog niet uitgeput, besefte hij. Die was alleen losgelaten op de wereld – en nu keerde hij terug. Binnen in de gevangen donderwolk zag hij haar magie oplaaien met een ijzig blauw vuur.
Op dat moment kwam uit de ziedende mist van de zwarte wolk een grauwe tentakel te voorschijn. Hij schoot recht op Elena's uitgestoken arm af.

Elena kromp niet ineen. Een lachje vol boosaardig genoegen trok haar lippen strak. De macht zong haar hart toe. Ze voelde de banden tussen haar bloed, en de magie en ze wist wat haar te doen stond.
De blik in haar ogen werd hard bij het zien van de zoekende tong.

Haar magie fluisterde haar in het oor en zei haar dat de wolk die zich om de mulgothra had gewikkeld ook in haar hand lag. Ze kneep haar vuist dicht.

Gefolterde windvlagen gierden door de wolk, die even later rond de mulgothra ineenkromp en instortte. Naarmate de wolk zich om het monster samentrok, veranderde de damp die erin lag opgeslagen in water. Toen de nevel optrok, zag Elena dat een enorme waterbel zich om de worstelende mulgothra had gesloten. Het beest was aan het verdrinken.

Elena voelde dat de Duistere Heer was gevlucht naar zijn hol onder Blackhall. Hij had dit omhulsel achtergelaten.

De mulgothra bleef zich tegen haar dood verzetten, maar in Elena zong de magie. Haar macht wilde meer. Meer!

Iets in haar besefte dat het naar lucht snakkende schepsel maar een werktuig in handen van de Duistere Heer was. Ze wist dat de dood van het monster geen reden was voor uitzinnige vreugde, maar toch voegde een deel van haar zijn stem bij de jubelzang van de magie, die als een blauwe schittering over het oppervlak van de waterbel danste.

Macht wachtte om te worden gebruikt, brulde vol begeerte in haar oren. En Elena gaf gehoor aan die roep.

Starend naar het verdrinkende monster balde ze haar vuist met nog meer kracht. De bel van regenwater voor haar veranderde in ijs en kapselde het monster in zijn ijzige hart in, als een vlieg in barnsteen. Het enorme ijskristal stortte ter aarde en boorde zich half in de modder. Blauwe vlammen, een laatste restje magie, scheerden over het oppervlak.

Het lied klonk zo zoet. Het smeekte haar. Meer! Het bracht haar bloed aan het koken.

Hoe kon ze die smeekbede negeren? Ze kon evenmin haar eigen hart verloochenen.

Ze spande de spieren in haar onderarm tot ze opzetten. Haar vuist was nu zo stevig gebald dat ze haar nagels in haar handpalm dreef. Ze voelde geen pijn en kneep nog harder.

Haar glimlach werd een extatische grimas.

De muur van ijs explodeerde. Het bevroren monster binnenin spatte in duizend stukken uiteen, net als Errils zwaard in de grotten. Stukken ijs en beest vlogen van haar weg zonder haar te raken, maar het bos achter het monster verging het slechter. Tot op een mijl afstand werden bomen ontworteld. Een waar slagveld van brokken ijs en stukken mulgothra waaierde uit vanwaar ze stond.

Elena's vuist ontspande zich bij de aanblik van die enorme verwoesting. Ze liet zich op haar knieën zakken en zocht met haar handen steun op de grond. Wat had ze gedaan? Ze riep zich het beeld voor ogen van de worstelende, naar adem happende mulgothra, voerde aan dat het een levensgevaarlijk monster was dat gedood moest worden. Dat was ook de waarheid, dat wist ze. Een monster als dit zou dood en verderf hebben gezaaid in de vallei waar ze geboren was. Maar ze wist ook wat ze had gevoeld toen ze uithaalde: ze had zich verheugd in het sterven van het beest, ze had genoten van zijn dood.

En het ergste van alles, besefte ze toen ze naar haar handen staarde die wit afstaken tegen de donkere aarde, was dat een deel van haar wanhopig naar de dageraad verlangde – niet om het licht, niet om de warmte, maar alleen omdat de zon haar kracht weer kon doen oplaaien.

Ze wist dat het de hexe in haar was die haar toeriep. Elena kon die stem niet afdoen als die van haar magie. Nee. Het was haar eigen hart dat jubelde om de macht.

Maar wie was dan die vrouw die niet kon voorkomen dat de tranen over haar wangen liepen om de dood van een levend wezen, een misbruikt werktuig dat door haar hand zo'n wrede dood was gestorven?

Dat was zij ook.

Wie was ze?

Wat was er van haar geworden?

Laarzen verschenen in de modder voor haar ogen. Erril knielde naast haar neer. Hij legde een vinger onder haar kin en tilde haar hoofd op. Zijn aanraking voelde warm tegen haar huid. Ze had het zo koud nu haar magie was vervlogen.

Zonder een woord te zeggen trok hij haar tegen zich aan.

Er waren geen woorden om haar hart te helen.

40

Elena trok de hertenleren anorak dichter om haar schouders in de hoop zo alle ijzige lucht onder de jas vandaan te persen. De eerste heldere ochtend sinds ze hier drie manen geleden waren aangekomen, had haar uit de grotten van Krals stam gelokt. Besneeuwde toppen waar de opgaande zon een rozige gloed overheen legde, reikten naar de blauwe hemel. Het uitzicht benam haar de adem, die in witte wolkjes uit haar mond kwam, en haar neus tintelde in de kou. Ze begroef de onderste helft van haar gezicht in de bontkraag van haar jas.

Op een heldere morgen als deze leek de wereld zo puur en zuiver dat ze zich afvroeg of alles wat er was gebeurd niet gewoon een boze droom was geweest. Hier werd ze gewekt door het gegiebel van kinderen en het gebabbel van kookvrouwen die het ontbijt van warme haver en rozijnen klaarmaakten. De geur van eten en van kaneel kleurde de lucht. Lepels tikten tegen aardewerk. Stemmen verhieven zich voor een groet, niet voor een waarschuwing.

Toch hoefde Elena maar een paar stappen te zetten om weer te beseffen dat deze vredige wereld niet meer dan een illusie was. In een afgescheiden grot lag Erril op een bed onder met dons gevulde dekens. Zijn jukbeenderen staken bijna door zijn huid. Hij was vel over been; een verwoestende koorts had zijn spieren weggeteerd. Het gif had zijn hart bereikt op het moment dat hun groepje bijna Krals dorp had bereikt. Aan de kop van de pas was de zwaardvechter in elkaar gezakt.

Zonder de brede rug en de sterke benen van de trol Tolchuk zou Erril het zelfs helemaal niet tot hier hebben gered. De paarden die het hadden overleefd – Rorshaf van Kral en haar lieve Mist – waren te uitgeput geweest om de gewonde man veilig over het laatste verraderlijke bergpad omhoog te dragen. Maar met Tolchuks hulp bereikte de verzwakte man van de vlakten uiteindelijk toch de grotten waar Kral woonde.

Pas een maan later had de koorts zijn toppunt bereikt. Alleen de gestoomde bladeren die Neelahn met veel zorg in kookpotten bereidde en Errils sterke geest hielden de dood die lange dagen buiten zijn grot. Elena had hele nachten aan zijn bed doorgebracht, om zijn voorhoofd te betten met het koele water dat diep uit de grotten kwam en te luisteren naar zijn gesteun en gewoel. Een keer had hij zijn ogen opgeslagen, Elena recht aangekeken en geschreeuwd: 'De hexe zal ons allemaal vermoorden!' Ze was in tranen de grot uit gerend, hoewel ze aan zijn doffe blik kon zien dat hij ijlde door het gif dat door zijn aderen stroomde. Het had dagen geduurd voordat ze het weer had kunnen opbrengen om terug te gaan naar zijn grot.

Vanochtend, nadat ze Mist stiekem een stukje gedroogde appel had gebracht, was Elena bij Erril gaan kijken, die rechtop in bed bleek te zitten en met Kral praatte. Om het onderbeen van de bergbewoner zat nog steeds een spalk, maar met behulp van de houten kruk die hij onder zijn arm klemde, kon hij door de grotten hinken. De wolf zat ook naast Errils bed en luisterde met de oren gespitst naar de twee mannen. Elena kon er nog niet echt bij dat het dier een gedaanteveranderaar was en kon het niet laten om hem af en toe achter zijn oren te krabbelen en over zijn kop te aaien. Dat had ze ook gedaan toen ze de kleine grot binnenkwam. De wolf had met zijn staart gekwispeld en Erril had naar haar gelachen. Hij zag nog steeds bleek, maar over zijn wangen lag nu de gloed van het leven in plaats van de asgrauwe schaduw van de dood. Nieuwe kracht straalde uit zijn ogen.

Elena had zijn glimlach schuchter beantwoord, maar hier in de tintelende lucht brak haar lach echt door. Hij zou het overleven.

De sneeuw kraakte onder haar laarzen op het bevroren pad dat van de beschutte grotten omhoogliep naar de winderige Pas van de Geesten. Her en der in de Tanden begroetten de dunne rookpluimen van de haarden van andere dorpen van het bergvolk de nieuwe morgen. Twaalf telde ze er op haar kronkelende weg omhoog naar de pas.

Deze mensen hadden hun onderdak en een schuilplaats aangeboden. Hun groepje had zich nauwelijks in de Tanden in veiligheid gebracht toen de winter de pas had afgesloten met een razende sneeuwstorm. Ze hadden besloten bij Krals mensen te schuilen voor de winterkou – om hun spoor koud te laten worden voor de honden van de Gulgotha, hun wonden te laten genezen, de tijd de scherpste kantjes van de herinneringen te laten afslijten die lichaam en geest uitputten, te vergeten en te rusten.

Voor hen lag een lange reis, maar daarvan sprak niemand. Die tijd kwam nog wel – als die bloederige nacht eindelijk zijn greep op hun harten en monden verloor. Voorlopig *leefden* ze alleen; ze koesterden zich in de warmte van het haardvuur en het gezelschap. Er werd weinig gepraat. Eén besluit was al wel genomen. Als de dooi de winter brak, zou iedereen met Elena en Erril de reis naar Aloa Glen maken.

Iedereen had zo zijn eigen redenen. Meric wilde de bloedlijn van zijn koning beschermen, Neelahn eerbiedigde de woorden van een stervende ziener, Kral wilde wraak, Mogweed en Fardale wilden zich van een vloek bevrijden, en Tolchuk gaf gehoor aan de oproep van een lichtende steen.

In ieders hart lag echter ook dezelfde, onuitgesproken reden: ze waren nu allemaal door bloedbanden verbonden.

Op weg naar de Pas van de Geesten liet Elena de zon dat besef wegsmelten. De vrieskou brandde in haar longen, maar ze wist dat ze deze tocht moest maken voor iedereen die in haar naam was gestorven, om hun te laten zien wie ze geworden was.

Ze deed het voor haar vader en moeder, voor haar oom en tante en voor een broer die in de straten van Winterfell was verdwenen.

Ze veegde een traan uit haar ogen voordat hij bevroor. Op haar weg omhoog over het steile pad vroeg ze zich af wat er van haar broer Joach was geworden.

'Kom hier, jongen,' gromde Greshym over zijn schouder terwijl hij de kast opengooide en het witte gewaad van de haak haalde.

De broer van de hexe kwam naar hem toe geschuifeld. Joach knipperde niet met zijn ogen en er stond speeksel in zijn mondhoeken. Hij staarde Greshym aan in afwachting van diens bevel, maar in zijn ogen vonkte geen bewustzijn. De machtsspreuk hield de jongen nog altijd in zijn greep. Greshym wierp een norse blik op het ingevallen gezicht en het uitgemergelde lichaam van de jongen. Hij dacht er nooit aan om de jongen op te dragen iets te eten. Hij fronste. Het was niet de bedoeling dat hij stierf. De jongen zou nog van nut kunnen blijken.

Greshym liet het witte gewaad over zijn hoofd glijden en trok de kap diep over zijn gezicht. Hij hing een blauwe sjerp om zijn schouders ten teken dat hij een zwijggelofte had afgelegd, om te voorkomen dat iemand hem stoorde terwijl hij door de gangen onderweg was naar het vertrek van de Pretor. Na een laatste rukje aan zijn gewaad controleerde hij in een spiegel of de plooien van zijn kleding goed vielen, fronste en boog zijn hoofd nog dieper om nog meer schaduw over zijn gezicht te laten vallen.

Tevredengesteld draaide hij zich om naar de deur van zijn slaapcel. 'Volg,' beval hij de jongen toen hij de deur opendeed.

Joach schuifelde op twee passen afstand achter hem aan de gang in. De hal was leeg, maar Greshym hield zijn gezicht toch zorgvuldig verborgen in zijn kap. Er loerden te veel ogen in deze gangen. Het onbedekte gezicht van de jongen zou geen nieuwsgierige blikken trekken. Hij zag eruit als een bediende, zij het misschien iets wezenlozer dan gebruikelijk. Men zou de jongen voor een onbenul aanzien en het onderwerp uit beleefdheid uit de weg gaan.

Greshym volgde een route die hij goed kende. Hij hoefde zijn hoofd niet op te tillen om te kijken welke kant hij op moest. Hij ging de trap naast de keuken op en liep door een stoffige gang naar de andere vleugel. Een doolhof van gangen en zalen bracht hem naar het oudste gedeelte van het Bouwwerk. Opstuivend stof van afgebrokkeld steen en gescheurde voegen markeerde hier hun voortgang door eeuwen van verval. Bij de trap naar de westelijke toren, die naar zijn eenzame bewoner de Speer van de Pretor werd genoemd, hield Greshym even stil om zijn door stof verstopte zijn neus te snuiten in de mouw van zijn witte gewaad.

De jongen botste tegen zijn rug en bleef staan. Er hing een druppel aan zijn neus.

'Blijf,' droeg Greshym de jongen op. Nadat hij zich ervan had verzekerd dat zijn bevel werd opgevolgd, begon Greshym alleen aan de moeizame klim omhoog, over de lange trap die zich bocht na bocht binnen in de toren omhoogwentelde.

Onderweg kwam hij langs twee wachten. Hun meester had hen van zijn komst op de hoogte gesteld. Greshym nam niet de moeite hen in het voorbijgaan te groeten. Hij zag de doodsheid in hun blik. Beide mannen waren in de ban van een machtsspreuk, net als de jongen, maar dan van een verfijning en een bereik die Greshyms vermogens te boven gingen. De spreuk deed zijn werk zo onmerkbaar dat de wachten zelf noch de Ordebroeders zich bewust waren van de hand van de meester.

Boven aan de laatste treden liep Greshym naar de eiken deur met ijzerbeslag. Twee wachten stonden met het zwaard in de schede op hun post. Ze bleven recht voor zich uit kijken, ook toen hij dichterbij kwam. Greshym tilde zijn hand op voor een klop op het hout, maar voordat zijn knokkels het eikenhout raakten, zwaaide de deur al uit zichzelf naar binnen open.

'Kom,' beval een stem vanuit het vertrek. Greshym kromp ineen bij het horen van de stem van de Pretor – niet van angst, maar omdat hij besefte dat hijzelf ook die toon aansloeg als hij de jonge Joach zijn bevelen gaf. Ik ben niets meer dan een bediende voor hem, dacht hij bij zichzelf.

Greshym ging het vertrek van de hooggeëerde leider van de Broederschap binnen en zag de Pretor bij het raam staan dat uitkeek op het westen. Aan de andere kant van het glas wees de schaduw van de toren als een zwarte vinger naar de verre kust. De Pretor staarde in de verte, voorbij de verzonken resten van de eens zo trotse stad Aloa Glen, voorbij de eilanden van de Archipel die als de ruggen van reusachtige zeedieren uit zee oprezen. Greshym wist waar hij naar keek.

Greshym wachtte. De deur sloot zich achter hem en werd vergrendeld. Nu hij uit het zicht was van de glurende ogen van de andere broeders

sloeg Greshym de kap van zijn gewaad terug.
Hier had hij geen geheimen.
Greshym zweeg. De Pretor zou spreken als hij de tijd rijp achtte, en tot die tijd liet Greshym zijn ogen op diens kaarsrechte rug rusten. De identiteit van de Pretor was bij slechts weinigen bekend. Als leider van de stad en de Broederschap had hij lang geleden zijn naam opgegeven in ruil voor de mantel van de verantwoordelijkheid. Behalve Greshym was er niemand meer in leven die zich die dag nog heugde.
Ten langen leste draaide de Pretor het raam de rug toe. Hij had dezelfde grijze ogen als zijn broer Erril. 'Ik voel haar blik,' zei Shorkan. 'De hexe heeft haar ogen op het Boek gericht.'
'Ze zal hierheen komen,' zei Greshym. 'Het Boek roept haar.'
Toen Pretor Shorkan zich weer omdraaide om zijn wake te hervatten, streken schimmen van zwarte krachten over zijn huid en loochenden het witte gewaad van zijn ambt. 'We moeten klaar zijn voor haar komst. Het Zwarte Hart wacht op zijn hexe.'

Elena rondde de laatste bocht van het kronkelende pad en voelde een last van haar hart vallen bij het zien van de pas die zich voor haar uitstrekte. Met een dankgebed op haar lippen liep ze naar de Pas van de Geesten. Een windvlaag dacht haar kap van haar hoofd te rukken, maar kreeg al snel genoeg van zijn spelletje en stierf weg. De wind hield zich rustig vandaag, maar ze wist dat hij tegen de avond weer door de Tanden zou huilen alsof hij rouwde om het verlies van de zon.
Ze keek naar de pas. Het had gesneeuwd vannacht en het maagdelijke wit werd nog door geen enkele voetafdruk ontsierd. Het ging Elena aan het hart dat zij die pracht moest verstoren met de zware stappen van haar laarzen, maar het doel van haar tocht deze morgen wachtte. Met een zucht die als een rookpluim in de lucht opsteeg, liep ze de pas in en begon aan de korte klim naar boven. Het dunne laagje ijs dat de sneeuw bedekte, protesteerde krakend tegen elke stap. Het geknerp was het enige dat ze hoorde.
Tegen de tijd dat ze bijna op het hoogste punt van de pas was, kwam de sneeuw tot aan haar knieën en moest ze zich ploegend een weg omhoog banen. Ze droop van het zweet onder haar onderkleren. Als ze straks stilstond, zou ze daardoor snel afkoelen, besefte ze, maar ze zette door en bereikte even later de top.
Daar hield ze stil en keek naar het oosten. Spijt had ze niet van de klim, hoe moe en klam ze ook was of hoe koud ze het straks ook zou krijgen. De bergen ontvouwden zich voor haar blik en de volle zon stortte zijn licht als een bad over haar uit. Het was zo'n heldere ochtend dat Elena kon zweren dat ze in de verte, waar de aarde zich kromde, de

Grote Oceaan zag glinsteren. Het land strekte zich onder haar uit in weidse vergezichten. Ze zag dat de winter zijn hand al tot ver in het voorgebergte en de dalen had uitgestrekt, maar daar voorbij, op de verre vlakten, schemerde het groen in de dageraad als een vooruitblik op de lente.
Elena trok haar wanten van konijnenbont uit en stak haar handen op in het zonlicht. Ze lichtten op in het ochtendlicht – de ene zo blank als de sneeuw, de andere omspoeld met het rood van de zonsondergang.
Na die gruwelijke nacht had het lang geduurd voordat ze zich weer in staat voelde om haar kracht te hernieuwen. Elena mocht dan niet gewond zijn geraakt zoals de anderen, maar die nacht in het donkere bos had een diepere wond in haar geslagen. Ze had deze tijd om uit te rusten en na te denken nodig gehad om daarvan te herstellen.
Want sinds die duistere nacht waarin ze op haar knieën in Errils armen in de modder had gezeten, had steeds weer dezelfde vraag haar geest verteerd: wie was ze?
Elena staarde naar haar handen en hief ze op naar de wereld.
Was ze het rood van de hexe of het wit van de vrouw?
Inmiddels kende ze het antwoord op die vraag, en hier in de Pas van de Geesten toonde ze dat aan de wereld.
Ze legde haar handpalmen tegen elkaar en vlocht haar vingers samen.
Dit ben ik.

En hier, terwijl Elena met haar keurtroepen achter zich naar de zee voorbij de verre horizon staart, moet ik dit relaas beëindigen.
Mijn inktpotten staan droog, mijn pols doet pijn en ik moet op zoek naar een verkoper die geen al te hoge prijs voor inkt en perkament rekent. Wees dus zo goed mijn verhaal hier te laten ophouden. Gun me mijn rust. De gedachte aan wat ik hierna moet beschrijven – de tocht naar de verdwenen stad – boezemt zelfs mij angst in.
En dus breng ik hier dit verhaal ten einde.
De keurtroepen zijn bij elkaar gekomen; de weg wacht.
Morgen begint de duistere tocht.

Dankwoord

Om te beginnen wil ik Terry Brooks, John Saul en Don McQuinn bedanken voor hun warme woorden en hun steun op de schrijversconferentie in Maui, en voor de deuren die ze voor mij hebben geopend bij de Del Rey-familie. Mijn dank geldt natuurlijk ook John en Shannon Tullius, de organisatoren van de conferentie, zonder wie we elkaar niet hadden gevonden temidden van de tuinen en de watertjes van Wailea.

Kuo-Yu Liang, uitgever bij Del Rey, ben ik dank verschuldigd voor de kans die hij mij bood als nieuwe auteur – en woorden schieten me tekort om Veronica Chapman te bedanken, de redacteur-extraordinaire (dat moet haar nieuwe titel maar worden, vind ik) die aan dit boek heeft geschaafd totdat het zijn huidige verschijningsvorm kreeg. Ook mijn agent Pesha Rubinstein wil ik bedanken voor haar bereidheid de handschoen voor me op te nemen.

Ik mag al evenmin nalaten mijn erkentelijkheid te betuigen aan de mensen die iedere bladzijde van elke versie van dit boek hebben doorgeploegd; zonder hun commentaar, kanttekeningen en bemoedigende woorden had deze roman nooit het levenslicht gezien: Judy en Stephen Prey, Caroline Williams, Dennis Grayson, Chris Crowe, Ron Ball, Nancy Laughlin, Jeffrey Moss en Dave Meek – collectief beter bekend en bemind als de *warped spacers.*

Twee mensen, ten slotte, waren als mijn rechter- en linkerhand bij de totstandkoming van deze wereld en zijn bewoners. Ze waren deelgenoten van mijn dromen en mijn hart. Ik dank al mijn werelden, in de verbeelding en in de werkelijkheid, aan hen. Mijn oneindige liefde en dank gaan uit naar Carolyn McCray en John Clemens.

Lees verder voor een vooruitblik op

Het Boek der Stormen
Het Tweede Boek van
VERBODEN EN VERBANNEN

Tevreden gaf Sy-wen de zeedraak Conch drie tikjes met de muis van haar hand ten teken dat ze klaar was voor vertrek. Het enorme beest zonk met een brommend geluid onder water en nam het meisje mee. Toen de kolkende wolk van luchtbellen eenmaal was opgetrokken, liet Sy-wen haar ogen vol bewondering over de volle lengte gaan van het dier dat ze bereed. Conch was van kop tot staart langer dan zes mannen. 'Draken' noemden de merai de reusachtige dieren met wie ze samenleefden in hun wereld onder water, en hoewel de zeedraken zichzelf bij een eigen naam noemden, vond Sy-wen de aanduiding van haar volk zeer toepasselijk. Conch sloeg zijn voorpoten uit, zodat zijn vleugels zich aan weerszijden uitspreidden. Beheerste, krachtige bewegingen rimpelden zijn vleugels terwijl de draak door de golven voer, en met zijn zwiepende staart en geklauwde achterpoten stuurde hij hen in een wijde bocht rond de lijzijde van het eiland, op weg naar open zee.
Met regelmatige, golvende bewegingen dook Conch dieper onder water. Links en rechts van hen schoten vissen in scholen heen en weer, als lichtende blauwe en groene strepen. Onder de drakenvleugels schoof het rif in gelid voorbij, bespikkeld met het kleurige geel en bloedrood van de anemonen. De lange halmen van de kelp leken hen na te wuiven.
Sy-wen keek naar de bergen van koraal in de diepte. Het was alsof ze vloog, dacht ze, alsof ze hoog boven verre bergketens zweefde. Ze lachte en beet op de steel van haar luchtpeul. Met een verre blik in haar ogen staarde ze naar de zeebodem die ze onder zich door zag schieten. Een paar wolken hoog in de lucht legden een vlekkerige deken van schaduw en gefilterd zonlicht over het landschap. Ze stelde zich voor dat ze met Conch door de lucht vloog.
Plotseling zwenkte Conch door het water en dook hij scherp naar beneden, naar de toppen van het koraal. Sy-wen liet van schrik bijna haar luchtbuis tussen haar lippen vandaan schieten. Ze keek snel om zich heen om te zien waar de draak zo van was geschrokken; een zeedraak had weinig te vrezen in de middendiepte. Behalve...

Sy-wen tuurde ingespannen om zich heen. De vormen hoog boven haar, die ze eerder nog had aangezien voor wolken die hun schaduwen op de zeebodem wierpen, bleken in werkelijkheid de bolle buiken van schepen. Snel telde ze de planken bodems van de vissersboten: zeven – nee, acht! Niemand hoefde Sy-wen te vertellen wat dat betekende. Eén enkele boot had vaak alleen een paar vissers met hengels en netten aan boord: daar was weinig van te duchten. Maar zoveel – Sy-wens hart bonsde haar in de keel –, zoveel boten duidden op jagers.
Sy-wen klemde zich aan Conch vast terwijl hij zich met zijn vleugels en lichaam zo diep onder water liet zwenken dat zijn buik over de ruwe toppen van het rif schraapte. Het water was ondiep rond de eilanden; ze konden elk moment worden ontdekt door de boten boven hun hoofd. Conch spande zich tot het uiterste in om dieper water te vinden. Vanuit haar ooghoek zag Sy-wen het bloed dat een spoor in hun kielzog trok, uit de wonden die het koraal in de drakenbuik had gemaakt.
Aangetrokken door het bloed verscheen een groep haaien als door magie uit de zwarte diepten. Binnen een paar tellen gleden monsterlijke rotshaaien met een lengte van drie man vanuit de donkere dalen in het rif op hen af.
Sy-wen begreep wat Conch probeerde te doen. Hij had zichzelf met opzet verwond om deze grotere roofdieren uit hun verscholen verblijfplaatsen te lokken, zodat hij tussen de meer gebruikelijke bewoners van het rif kon verdwijnen.
Conch vertraagde zijn soepele gang door het water en liet de zwerm roofdieren dichterbij komen. Hij maakte zich zo smal mogelijk terwijl hij door het water gleed, alleen nog voortgestuwd door de trage slagen van zijn lijf.
Sy-wen keek voorzichtig omhoog. Een reusachtige rotshaai schoot met een snelle slag van zijn grote staartvin over haar hoofd. Sy-wen boog zich dieper over Conchs nek. De haai zou geen aanval wagen totdat hij zeker wist dat de draak de dood nabij was, maar dat grote roofdier was op dit moment niet het grootste gevaar.
Hoger boven haar hoofd voeren de boten voorbij. Sy-wen keek ze over haar schouder na en liet langzaam de lucht uit haar brandende longen ontsnappen terwijl de bodems met hun baarden van zeepokken achter haar verdwenen. Ze hadden het gehaald!
Sy-wen ging weer recht op Conchs rug zitten en streek met haar hand over zijn hals. Tranen van opluchting voegden hun zout bij dat van het zeewater. Haar domme nieuwsgierigheid naar de wereld van het vasteland had deze lieve reus bijna het leven gekost. In haar geest vormde zich een nieuw besluit. Haar moeder had haar nooit kunnen vermurwen met haar waarschuwingen, maar nu waren de angst en het gevaar

dan toch eindelijk in haar koppige hart doorgedrongen. Nooit meer. Ze ging nooit meer naar deze eilanden.

Haar moeder had wijze woorden gesproken. Sy-wen balde haar vuisten. Misschien werd het tijd dat ze haar blik openstelde voor de vrouw die ze bijna was. Misschien werd het tijd dat ze volwassen werd en met de wijsheid van een volwassene naar de wereld keek, in plaats van met de blik vol dromen van een kind. Ze keek nog even achterom, naar de laatste boot die van hen wegdreef. Nooit meer!

Op dat moment kwam de zeebodem recht onder hen tot uitbarsting en slokte hen op in een wervelstorm van slik en zand. Conchs lichaam trok zich krampachtig samen. De geschubde plooien die haar als voetsteunen dienden, schoten met een schok open en Sy-wen werd van Conchs rug af geworpen. Haar luchtbuis werd tussen haar tanden vandaan gerukt terwijl ze door het water tuimelde.

Haar keel trok samen toen ze een zoutige mondvol zeewater binnenkreeg. Ze vocht om de steel van haar luchtpijp weer vast te maken in de zandstorm; ze mocht haar luchtvoorraad niet kwijtraken. Terwijl ze steeds trager door het water tolde, tastten haar vingers op het gevoel naar de peul die ze aan de gordel om haar middel droeg en voelden het oppervlak af tot ze de onderkant van de steel vond. Moeder zij dank, hij was nog heel. Haar vingers kropen haastig langs de steel omhoog en brachten het uiteinde naar haar mond.

Ze zoog haar longen gretig vol en bewoog haar handen met de zwemvliezen om niet verder af te drijven. Nu ze weer kon ademhalen, kon ze tenminste ook weer nadenken. Wat was er gebeurd?

Het kolkende zand benam haar het zicht. Ze zwom achteruit, tegen de stroom in, en liet de stroming het slik om haar heen verdunnen terwijl ze met handen en voeten door het water bewoog. Waar was Conch gebleven?

Als de zon die door de wolken breekt, luwde de zandstorm opeens genoeg om Sy-wen een korte blik op het oog van de storm te gunnen. Conchs lange, groene lichaam wrong zich in bochten in een woest gevecht; zijn poten maaiden wild in het rond en zijn nek zwiepte en kronkelde. Het leek bijna alsof hij met zichzelf worstelde. Toen zag Sy-wen zijn tegenstander, die zich strak om zijn lijf had gewikkeld. Hoe feller Conch vocht, hoe vaster zijn tegenstander hem in de greep hield.

Een net – er was een valstrik in het zand gelegd om hem te vangen!

Terwijl Conch worstelde, vond één donker oog Sy-wen en keek haar doordringend aan. Een ogenblik lang bleef de draak stil hangen in het verwarde net. Vlucht, leek hij haar toe te roepen. Ik ben verloren.

Toen zette hij zijn worsteling weer voort, met de moed der wanhoop, en haar lieve makker verdween in een warreling van zand.